文体論の展開

―文藝への言語的アプローチ―

中村明　著

明治書院

目　次

第三章　技躍る多彩な文体

第四章　ことばが氾濫する文体

第五章　川端康成　稲妻の文体

第一章　明治期文豪　重厚な文体

『坊っちゃん』の人物描写
―― 人間内面の人格化と漱石の陰翳 ――

語学的表現研究

漱石作品の言語表現に関する研究文献の概略を以下に整理して掲げる。語学的な論究としては、漱石の文章一般にふれたものに塩田良平「明治作家の文章」（『現代文章講座』東西文明社 一九五九年 所収）、井上百合子「夏目漱石の文体」（『國文學』四巻一二号 一九五九年）、佐藤喜代治「漱石の文章についての覚え書き」（『文芸研究』五四号 一九六六年）、相原和邦「漱石文学における表現方法」（『国文学攷』四一号 一九六六年）など、特定の作品の文体を論じたものに岡田英雄「『倫敦塔』の表現構造」（『静岡大学教育学部研究報告』一六号 一九六六年）、前川清太郎「『明暗』の文体」（『文体論研究』一三号 一九六八年）など、そのうち特に比喩表現に焦点を合わせたものに湊吉正「文体論の一方法」（『千葉大学教育学部研究紀要』一六号 一九六七年）、人物呼称と語り手の視点との関係に着目して論じたものに阿久津友希「漱石の人物呼称表現」（『国語表現研究』九号 一九九六年）、同じく一人称の語り手に言及した藤井淑禎「漱石と一人称」（『図書』五三二号 一九六八年）、また、他作家との表現の比較を試みたものに武田宗俊「鷗外漱石の文体について」（『青山学院大学会報』二号 一九六八年）、木原茂「文体はいかにして生成されるか―鷗外と漱石の場合」（『表現研究』二〇号 一九七四年）など、ジャンルとの関係で文章を考察したものに相馬庸郎「漱石と写生文」（『文学』四二巻四号 一九七四年）など、待遇表現を扱ったものに林四郎「鷗外・漱石・藤村における敬語行動」（敬語講座第5巻『明治大正時代の敬語』明治書院 一九七四年 所収）、峰高久明「漱石の敬語」（『国文学研究』六〇号　一九七六年）など、修辞法にふれたものに安部成得「晩年の漱石詩における対句の一考察」（『帝京大学文学部紀要　国語国文学』一六号　一九八四年）など、用語について考察したものに大野淳一「漱石のことばノート「餘りだわ」「随分ね」「よくッてよ、知らないわ」」（『国語と国文学』六七巻一〇号　一九九〇年）、井田好治「訳語「彼女」の出現と漱石の文体」（『英学史研究』一号　一九七〇年）など、表記法に言及したものに岡三郎「漱石の用字」（『ビブリア』六五号　一九七七年）などがある。

そのほか、文学寄りの考察ではあるが、紅野敏郎「夏目漱石」（『國文學』一四巻二号　一九六九年）、相原和邦「夏目漱石」（『國文學』二二巻一四号　一九七七年）、平岡敏夫「夏目漱石」（『國文學』二三巻一五号　一九七八年）、稲垣達郎「「坊っちゃん」雑談」（『別冊國文學』一四号　一九八二年）、小森陽一「表裏のある言葉」（『日本文学』三一―四月号　一九八三年）なども言語表現の問題を扱っているし、和田利男『漱石のユーモア』（人文書院　一九四七年）、瀬古確『近代日本文章史』（白帝社　一九六八年）、木坂基『近代文章の成立に関する基礎的研究』（風間書房　一九七六年）、竹盛天雄『漱石　文学の端緒』（筑摩書房　一九九一年）など、単行本の中にも、漱石のことばの問題を取り上げたものがある。

作品『坊っちゃん』を対象として語学的な分析を施したものとしては、林四郎「「坊っちゃん」の会話構成」（『言語生活』一三一号　一九六二年）、前田富祺「「坊っちゃん」の漢字」（『日本文学ノート』二号　一九八三年）、越川正之『文学と文体』（創元社　一九七六年）、太田紘子「「坊っちゃん」における笑いの表現と擬声語」（『就実語文』四号　一九八三年）、鈴木雅光「「坊っちゃん」日英表現比較」①②（『東洋』二七巻一一・一二号　一九九〇年）、半藤一利「「坊っちゃん」の用字」（『図書』五三二号　一九九三年）などがある。

筆者自身もこれまでに三度、漱石の表現に言及している。最初は著書『名文』（筑摩書房　一九七九年　ちくま学芸文庫版　一九九三年）の中で『草枕』の文章の一節を取り上げたときである。古風な言いまわし、硬軟織り混ぜた用語、単純な文構造、反復構造の文、接続詞を介さない文展開、現在形文末の多用、ユーモラスな比喩、反復構造の漸層的な展開、イメージのロマンティシズムなどを指摘することをとおして、軽快なリズムで展開する夢幻的な作品世界を支える言語表現側の機構を解読しようとした。

二番目は「夏目漱石の語彙」（講座日本語の語彙　第6巻『近代の語彙』明治書院　一九八二年　所収）と題する論考を発表したときである。そこでは、文体の性格の一面を実証的にとらえる目的から、国立国語研究所のコンピューター処理による語彙調査の成果である用語総索引を利用しながら、漱石調の基礎にある言語意識と文体感覚の反映としての語彙構造を探ろうとした。

もう一つは、「レトリックの現在」（『日本語学』一四巻一二号　一九九五年）と題する論考の中で作品『坊っちゃん』の言語的な表現分析を試みたときである。生き生きとした語り口、豊富な連想、おおげさな感じ、ことばのおかしみ、痛快な印象を誘う表現技法の数々を指摘し、作品の表現構造と伝達効果について考察した。

本稿では、従来ほとんど読後の印象によって語られてきた作中人物に関する表現の実態を調査し、この作品における人物造形の性格を明らかにすることをとおして、漱石の文体の一側面に光を当てることにしたい。

作中人物総覧

岩波書店の『漱石全集　第二巻』（一九九四年）をテキストとし、現代仮名遣いに改めて引用することとする。作品『坊っちゃん』は、中扉を含めて二四七～四〇〇ページにあたり、一章から十一章まで実質一五二ページ分ある。

まず、この作品に登場する人物、および、言及される人物の総覧を掲げる。主役（主人公の坊っちゃん）と脇役（物語の筋に関係する主要な登場人物）をゴシック体、端役（作中場面で個人的な交渉があるか、存在が特定されている人物）を明朝体で示す。そのほか、軽い扱いの寸役（ある場面にちょっと出るだけの人物）を〈　〉、集団（個人的な存在として特定されない数人以上の人物を〔　〕、また、言及人物（単に言及されるだけで場面に登場しない人物〉を「　」に入れて表示することとする。いずれも作品における初出の箇所をもとに出現順に並べると、以下のような調査結果になる。

一章　**坊っちゃん**　〈「弱虫やーい」と囃した小学校の同級生〉　〈坊っちゃんをおぶった小学校の小使〉　坊っちゃんの父　「親類のもの」　〈ナイフを切れそうもないとからかった友達〉　勘太郎　〈大工の兼公〉　〈肴屋の角〉　「茂作」　坊っちゃんの母　〈古川〉　坊っちゃんの兄　**清**　「道具屋」　「不動産を周旋したある人」　「金満家」　〈物理学校の校長〉　清の甥

二章　〈艀の船頭〉　〈汽船の事務員〉　〈浜の鼻たれ小僧〉　〈筒っぽを着た宿の客引き〉　〈湊屋の女〉　〈湊屋の者〉　〈停車場から学校までの車夫〉　〈中学の小使〉　〈学校から山城屋までの車夫〉　〈鞄を放り出した山城屋の者〉　〈給仕をする山城屋の下女〉　〈小倉の制服で登校する生徒達〉　**校長の狸**　〈体操の教師〉　**教頭の赤シャツ**　**うらなり**こと**古賀**　「浅井の民さん」　「民さんのおやじ」　**山嵐**こと**堀田**　漢学の教師　**野だいこ**こと**吉川**　〈山城屋のかみさん〉　いか銀　いか銀の女房

三章　〈数学の授業中の生徒達〉　「鎌倉の車屋」　〈そば屋で出会った生徒三人〉　〈温泉で茶を出す女〉

四章　〈バッタ事件の寄宿生代表六人〉　〈吶喊事件の寄宿生連中三、四十人〉

五章　〈釣舟の船頭〉　〈湊屋のかみさん〉

六章　〈書記の川村〉　博物の教師　歴史の教師

七章　〈引っ越しの際の車屋〉　うらなりの母　萩野の婆さん　萩野の爺さん　**マドンナ**こと**遠山令嬢**　〈マドンナの母〉

八章　赤シャツの弟

九章　〈便所に立った酔っ払いの同僚二人〉　〈宴会で遠征して他人の料理まで手を伸ばす同僚〉　〈芸者の鈴

ちゃん〉 〈他の芸者二、三人〉 〈なんこを攫む同僚〉 〈拳を打つ同僚〉 〈徳利を振って催促する同僚〉

十章 〈祝勝の式に参列した中学の生徒約八百人〉 〈祝勝の式に参列した師範学校の生徒数百人〉 〈旅団長〉 〈知事〉 〈祝勝会の参列者達〉 〈土佐踊りの男約三十人〉 〈万歳節のぽこぽん先生〉 〈見物の大群衆〉 〈喧嘩を始めた師範学校生徒五、六十人〉 〈喧嘩を始めた中学生徒約七十人〉 〈巡査十五、六人〉 〈警察署長〉

十一章 「新聞主筆」 〈角屋の瓦斯燈を見上げて通り過ぎる黒い帽子の男〉 〈湊屋の下女〉 「坊っちゃんを街鉄に周旋したある人」

以上のように、『坊っちゃん』には、主役一名、脇役七名、端役一四名が登場する。寸役の数は解釈によって少し動くが、四一名から四五名程度になる。集団で正確な数の記述のあるのは、三章のそば屋で出会った生徒について「隅の方に三人かたまって」とある箇所と、四章のバッタ事件で呼び出した寄宿生代表の六人だけで、概数で数字の出ているのは、四章の吶喊事件の寄宿生について「三四十人」、十章の「学校の生徒は八百人もある」、同じ章の高知から来た踊り手について「男が十人許り宛、舞台の上に三列に並んで、其三十人が」、その後の喧嘩に参加した師範学校の生徒について「五六十人もあろうか」、その際に「巡査は十五六人来た」とある箇所である。そのほか、見当がつくのは、三章の数学の授業を受ける生徒は一クラスの人数の五時間分、十章の喧嘩に加わった生徒の数は「中学は慥かに三割方多い」とあるから約七十人、仮に両校とも似たような割合で喧嘩に参加したとすれば、師範学校の生徒総数は約六百人となる。しかし、一方、二章ですれ違う登校中の生徒、坊っちゃんの数学の授業を受けた生徒やそば屋で出会った生徒、四章の寄宿生、十章の式に参列した中学生や喧嘩に加わった生徒は当然重複することになる。言及するだけの人物は、前掲の表の結果ではちょうど十人となる。

一章には主役の坊っちゃんと脇役の清、それに、端役として家族や友達が登場する。つまりこの章は、本格的に物語が始まる前にその時間的・空間的な舞台背景を解説した、いわば序章として位置づけられる。二章には、狸校長、赤シャツ、うらなり、山嵐、野だいことといった脇役が登場する。主要な作中人物のほとんどが勢揃いするこの章は、役者たちの顔見せの一幕という位置づけになり、三章以降で、漫画じみて見えるほど個性的なその脇役たちが絡み合って物語が進行する。

端役の表現

言及人物・集団・寸役については説明を省略する。一章で最初に登場する端役は坊っちゃんの父である。「学校の二階から飛び降りて」「腰を抜かし」、「小使に負ぶさって帰って来た時、おやじが大きな眼をして二階から飛び降りて腰を抜かす奴があるかと云った」とある。この場合の「大きな眼」は、父親の目の特徴というより、負ぶわれている息子の姿に驚いて目を見張ったようすを指す。その際に発したことばは、「親譲り」と言うにふさわしくいかにも乱暴だが、明治時代の父親像から推測すれば、心配する気持ちを叱りつける調子でぶつける、期待するわが子への裏返しの愛情表現とも考えられる。しかし、坊っちゃんの心に残る父親像は、「頑固だけれども」「依怙贔負はせぬ男」という一点を除き、日ごろ「何もせぬ男で」「些ともおれを可愛がって呉れ」ず、「こいつはどうせ碌なものにはならない」と見限り、「貴様は駄目だ〳〵と口癖の様に云って居」て兄の告げ口で「勘当すると言い出」す人間で、「母が死んでから六年目の正月に」「卒中で亡くなった」と、マイナス面だけ強調される。

勘太郎は名を明示し、「山城屋と云う質屋の」「十三四の倅」で「弱虫だが力は強」く「鉢の開いた頭」と、具体的な記述がある。

母親は「兄許り贔負にし」、坊っちゃんのことを「乱暴で乱暴で行く先が案じられる」と言い、病人のいる家の中で暴れまわる坊っちゃんに「御前の様なもの、顔は見たくない」と「愛想をつかした」まま世を去ったことになり、一点の救いのあった父親像よりも、さらに冷たい扱いに終始する。

兄は「やに色が白くって、芝居の真似をして女形になるのが好きだった」が、「実業家になるとか云って頻りに英語を勉強して居た」。「元来女の様な性分で、ずるい」と書き、「卑怯な待駒をして、人が困ると嬉しそうに冷やかし」、坊っちゃんに駒を投げつけられて「眉間が割れて少々血が出た」一件を「おやじに言付けた」という逸話でその性格を具体化する。一方、「商業学校を卒業した」後、「何とか会社の九州支店に口があって」「家を売って財産を片付けて任地に出立する」が、その際、坊っちゃんの「下宿へ来て金を六百円出して是を資本にして商売するなり、学資にして勉強するなり、どうでも随意に使うがい丶」と言った点を取り上げ、その「淡泊な処置が気に入って」日ごろは仲の悪かった坊っちゃんも「感心なやり方だ」と評価するくだりを用意する。

清の甥については、「存外結構な人で」、「おれが行くたびに、居りさえすれば、何くれと款待《もて》なして呉れた」とあるだけである。

漢学の教師は漢学らしく「流石に堅い」挨拶をし、「のべつに弁じ」る「愛嬌のある御爺さん」で、会議中に「蒟蒻版を畳んだり延ばし」たりし、床の間の掛け軸を「海屋と云って有名な書家のかいた者(ママ)だ」と教え、送別会で「歯のない口を歪めて、そりゃ聞こえません伝兵衛さん」と始め、忘れて後が続かない。

いか銀の亭主は「骨董を売買する」男で、坊っちゃんの茶を勝手にいれて「自分が飲」みながら印材や華山の掛物や端渓の硯を売りつけようとする、欲深で油断のならない人間として描く。女房は「亭主より四つ許り年嵩の女」で中学で習った「キッチに似て居る」。

博物教師は会議中に「教場の屋根に烏がとまってるのを眺め」、「あの瀬戸物はどこで出来るんだ」という坊っちゃんの非常識な質問に「あれは瀬戸物じゃありません、伊万里です」と言って「えへ丶丶丶と笑」う。これも担当科目にふさわしい人物造形である。

うらなりの母親は「五十位な年寄」で髪が「切り下げの品格のある婦人」、顔は「よくうらなり君に似て居る」。萩野の老夫妻は「もとが士族だけに双方共上品」だ。婆さんは「昨日も芋一昨日も芋で今夜も芋」という「貧乏士族のけちん坊」だが「嘘は吐かない女だ」。爺さんは「夜になると、変な声を出して謡をうたう」。

赤シャツの弟は「おれに代数と算術を教わる至って出来のわるい子」で「渡りものだから生れ付いての田舎者よりも人が悪る」く、祝勝会の余興見物に山嵐を誘い、喧嘩だ来てくれと注進に及ぶ。

以上のように、端役にもある程度の人物描写は見られるが、個性的な人物造形は、脇役クラス以上にとどまるようである。

脇役の描写

主役坊っちゃんを取り巻く人物群像七人がそれぞれどのように描かれているか、一人ずつ取り上げてみよう。そもそも『坊っちゃん』は、清に捧げる鎮魂の作品であり、清に語って聞かせる構図で書かれたという解釈（前掲竹盛天雄『漱石　文学の端緒』二二六ページなど参照）もあるとおり、主人公の人となりを紹介し物語の背景を語る一章での重要な脇役は清である。そして、前述のように、狸・赤シャツ・うらなり・山嵐・野だいことといった主たる登場人物が二章に勢揃いする。最後まで遠景として描かれるマドンナだけは、五章にその存在が語られ、七章になってようやく現実の姿を現す。

清はこういう人物として描かれる。一章にまず「十年来召し使って居る清と云う下女」と書き、「もと由緒のあるものだったそうだが、瓦解のときに零落して、つい奉公迄する様になったのだと聞いて居る。だから婆さんである」とその素性を説明する。「胡魔塩の鬢」や五章の「皺苦茶だらけ」は老齢であることの具体化である。「どう云う因縁か、おれを非常に可愛がって呉れた」と書き、「無暗に珍重してくれた」、「ちやほやしてくれる」、「母が死んでから清は愈おれを可愛がった」、「愛に溺れて居た」、「親身の甥よりも他人のおれのほうが好き」などと、言い方を換えて繰り返し、細ごまと身のまわりの世話をやく行為を具体的に語る。「おやじも兄も居ない時に」「自分の小遣で金鍔や紅梅焼」「鍋焼饂飩さえ買ってくれ」るし、「食い物許りではな」く靴足袋、それに当時は貴重だった鉛筆、帳面なども買ってくれ、「寒い夜などは」「寐て居る枕元へ蕎麦湯を持って来てくれる」。「ずっと後の事であるが金を三円許り借してくれた事さえある」。七章には、坊っちゃんが茶代をやり過ぎて懐が心細くなったことを知り「為替で十円あげる」と送金することも述べている。物質的に面倒を見るだけではない。面と向かっても、「真っ直ぐでよい御気性だ」と褒め、「おれは御世辞は嫌だ」と答えると、「夫《それ》だから好い御気性ですと云っては、嬉しそうにおれの顔を眺めて居る」。「昔風の女だから、自分とおれとの関係を封建時代の主従の様に考えて」、甥の前で坊っちゃんの自慢をする。坊っちゃんが勘当になりかけたときに「泣きながらおやじに詫まって、漸くおやじの怒りが解けた」こともある。「出立の日には朝早くから来て、色々世話をや」き、プラットフォームで「もう御別れになるかも知れません。随分御機嫌よう」と小さな声で言ったその顔は「目に涙が一杯たまって居る」と書く。

一方で短所も指摘する。一つは「元は身分のあるものでも教育のない婆さん」（四章には「教育もない身分もない婆さん」とある）という点で、そのために常識に欠ける。「自分の好きなものは必ずえらい人物になって、嫌なひとは屹度落ち振れるものと信じて居る」単純さも、四国へ行くので土産に何がいいかと尋ねれば「越後の笹飴が食べたい」と応じ、「方角が違う」「西の方だよ」と言うと「箱根のさきですか手前ですか」と問うのはその典型である。七章には「字がまずい許ではな」く「大抵平仮名だから、どこで切れて、どこで始まるのだか句読をつけるのに余っ程骨が折れ」「意味がつながらない」手紙に下書き四日、清書二日を要したとある。もう一つは、坊っちゃんの将来について、立身出世し麹町か麻布かに立派な玄関のある家を建て、庭にぶらんこを置け、西洋間は一つで沢山です抔《など》と勝手な計画を独りで並べ」る「想像力の強い女」という欠点である。

一緒に暮らしている間はうるさい感じもつきまとうが、離れて暮らすとその善さが身にしみ、実はかけがえのない存在であったことに思いあたる。四章に「人間として頗る尊とい」、「立派な人間だ」、五章に「赤シャツより余っ程上等だ」、六章に「美しい心」、「おれの片割れ」、七章に「善人だ。あんな気立のいゝ女は日本中さがして歩行いたって滅多にはない」と評価が上り詰めていく。いずれも、坊っちゃんが世間と対立して困った場面に現れることに注目したい。うちひしがれたときにきまって清を思い出すのは、大人になりきれず世間に敗北していく若者の心の支えだからだろう。恋人というより母の存在に近いが、母の身代わりという人形ではない。遠く離れているうちに、その心の拠り所が時に神格化して見えるのは、「自分の力でおれを製造して誇ってる」清が永遠の母性の姿だったからかもしれない。母に抱かれることに憧れながら現実には叶わなかった幼児期の夢を、この作品は清として引きずっているようにも見える。

「今年の二月肺炎に罹って死」ぬ前日、「後生だから清が死んだら、坊っちゃんの御寺へ埋めて下さい」と頼み、「だから、清の墓は小日向の養源寺にある」という一文で作品は終わる。「したがって」や「それで」の場合は、清の墓がなぜ小日向の養源寺にあるかという理由を述べた感じの強い一文で作品が結ばれることになるが、原文では「だから」とあるため、そういう事情で清の墓がそこにあるという事実を述べて自然に作品が終わる感じになる。二章からこの直前までは坊っちゃんが主人公だが、序章（厳密にはテキストの二五二ページ以降）とこの結びの部分という、その物語をはめこむ枠組みのほうは、むしろ清を中心にした話だという意味で、作品の二重構造を認めることができる。

二章に勢揃いする物語の脇役たちを、登場する順に取り上げる。最初は校長の狸である。外面的な人物造形がかなり具体的で、読んでいてイメージがわく。「薄髯のある、色の黒い、眼の大きな」「狸の様な顔をし」た男で、驚くと

「狸の様な眼をぱちつかせ」るが、普段は「やに勿体ぶって」おり、「教育が生きてフロックコートを着ればおれになるんだと云わぬ許り」（七）だ。坊っちゃんから見れば、生徒の処分は「手温るい」（四）し、「煮え切らない、愚図」（六）だが、「弁舌は中々達者」（六）で「いやに曲りくねった言葉を使」（四）い、「条理に適わない議論を吐いて、得意気に一同を見廻」（六）す。根は新聞記事を心配する小心者でも、「要領を得ない事ばかり並べて、しかも落ち付き払ってる」（十一）という人物として描いている。

　次に登場するのが教頭の赤シャツである。二章に「文学士と云えば大学の卒業生だからえらい人なんだろう」とまず学歴にふれ、次いで、声の印象と衣装に関する説明・感想を述べる。顔については、六章に「いくら気取ったって、あの面じゃ駄目だ」、「あの盤台面をおれの鼻の側面へ持って来た」とあるだけだが、声については念入りに語る。まず、二章で「妙に女の様な優しい声を出す人」と記し、五章で「気味の悪るい様に優しい声を出す男」、六章で「持ち前の声をわざと気取ってあんな優しい様に見せてる」、「女の様な声を出す」、八章で「ねち〳〵した猫撫声」、九章で「例のやさしい声を一層やさしくして」と、以後の各章で繰り返し、読者に印象づける。衣装については、「此暑いのにフランネルの襯衣《しゃつ》を着て居る」「夫《それ》が赤シャツだから人を馬鹿にしている」と記し、この教頭のトレードマークとしてあだ名に採用されるせいか、以後の章に格別の言及はない。

　女のような声と結びつくのが、女のような笑い方だ。五章に「顋を前の方へ突き出してホ、、、と笑った」と出して「マドンナの話はよそうじゃないかホ、、、と赤シャツが気味の悪るい笑い方をした」と繰り返し、「赤シャツはホ、、、と笑った」と追い打ちをかける。この笑い方は気取りを印象づける点でフランネルの赤シャツと通じる。片仮名語をひけらかす（五）のも気取りである。「歩るき方から気取って」おり、「音を立てない様に靴の底をそっと落」し（六）、七章には「例の如く猫足にあるいて」と出てくる。「男は白い麻を使うもんだ」のに「縞のある絹ハンケチ」（六）なのも、「琥珀のパイプを」その「絹ハンケチで磨」（六）くのもそうだ。「べら〳〵然たる着物へ縮緬の帯をだらしなく巻きつけて、例の通り金鎖をぶらつかして居」たり、汽車が入って来ると「いの一号に上等へ飛び込んだ」（七）りするのも、気取りの具体例として印象に残る。同じ章に「コスメチックと色男の問屋を以て自ら任じている」「厭味で練りかためた様な赤シャツ」という総括がある。

声が「ねちねち」していれば性格も「ねちねち」しているらしく、「妙な所へこだわって、ねち〳〵押し寄せてくる」（八）。その声が「丸で男だか女だか分りゃしない」（五）ところから態度が男らしくないという性格面に及ぶ。「慇懃に御辞儀を」（七）するのはともかく、「邪推する」（五）のも、「親切に下宿の世話なんかしてくれても、滅多に油断の出来ないのが」（五）と遠まわしに山嵐を非難するのもその一例だ。六章ではそれを「それなら、そうと確《はっ》乎《きり》断言するがい、、男らしくもない」と批評し、「文学士の癖に意気地のないもんだ」、「弱虫に極まってる」と幻滅する。「僕は堀田君の事に就いて、別段君に何も明言した覚はない」と言い逃れるのも「心配性な男」（六）だからであり、「弁舌は中々達者」（六）で「図太くて胡魔化す」（七）し、追い出した張本人のくせに「一番うらなり君をほめ」（九）たり、「ふた言目には品性だの、精神的娯楽だのと云う癖に、裏へ廻って、芸者と関係なんかつけ」（十）ることに象徴されるように、「表と裏とは違った男」（八）である。マドンナとの逢引を見られた翌日「学校へ出ると第一番におれの傍へ来て」やたらに話しかけ、「野芹川の土手でも御目に懸りましたね」という問いに「い、え僕はあっちへは行かない、湯に這入って、すぐ帰った」（八）と白々しく嘘を吐きとおすのも、「馴染の芸者が這入ってくると、入れ代りに席をはずして、逃げるなんて、どこ迄も人を胡魔化す気」でいるのも、「狡い奴だから、芸者を先へよこして、後から忍んでくる」（十一）のも同じ線上に考えられる行為だ。こんなことが重なり、坊っちゃんが「どこ迄女らしいんだか奥行がわからない」（六）と呆れるほどの人物として描かれる。

十章で、山嵐と坊っちゃんは喧嘩に巻き込まれ、新聞ざたになって退職に追い込まれる。それを仕組んだのが赤シャツだと山嵐はにらみ、坊っちゃんもそれを信じ込んで、そのまま作品が終わる。冷静に考えてみると、弟を使って乱闘場面に誘い込み、それを新聞に書かせることだけなら、手を回せば可能かもしれないが、中学と師範学校の生徒連中の間に意のままに喧嘩を引き起こすことは難しく、赤シャツのたくらみをもってしても、それを極秘裡に運ぶことは至難の業だ。赤シャツのずるさを念入りに描くことによって、「曲者」であり「卑怯」（いずれも八）であり、「到底智慧比べで勝てる奴ではな」（十一）く、「悪事を働いて、人が何か云うと、ちゃんと逃道を拵らえて待ってる」（九）ような「奸物」（九）なら、いかにもやりそうな雰囲気を醸し出し、不自然だとするそんな疑問が浮かびにくくなっている。

ライバルの山嵐よりも先に、犠牲者の英語教師うらなりが登場する。「古賀とか云う大変顔色の悪るい男が居た。大概顔の蒼い人は瘠せてるもんだが此男は蒼くふくれて居る」（二）。「土地の人で先祖代々の屋敷を控えている」この男の身体的な特徴は、「うらなり」というあだ名のもとになった顔色が蒼くふくれている点だ。六章でも「唐茄子のうらなり君」が「蒼い顔をして湯壺のなかに膨れて居る」と書き、マドンナの話題に「蒼い顔を益《ますます》蒼くした」と結ぶ。七章にも「顔はふくれて居るが」、「冬瓜の水膨れの様な」と繰り返し、印象づける。

性格はきわめて大人しく万事に控えめだという点に尽きる。「うらなり君程大人しい人は居ない。滅多に笑った事もないが、余計な口をきいた事もない」（六）、「あまり御人が好過ぎるけれ、御欺され」て「暮し向きが思わしくなって」（七）、「どこ迄人が好いんだか、殆んど底が知れない」（九）と説明し、「挨拶をするとへえと恐縮して頭を下げる」、「慇懃に狸に挨拶をした」（いずれも六）、「平常から天地の間に居候をして居る様に、小さく構えている」、席を譲られても「恐れ入った体裁で」相変わらず立っている、「在れどもなきが如く、人質に取られた人形の様に大人しくしている」、汽車はいつも「活版で押した様に下等ばかりへ乗る男」、話しかけられても「えとかいえとかぎり」（いずれも七）言わない、「自席から、座敷の端の末座迄行って、慇懃に一同に挨拶をした上」「へえつく張って席に戻った」のみならず、自分が「馬鹿にされている校長や、教頭に恭しく御礼を云っている」、宴会が乱れてきても「苦しそうに袴も脱がず控えて居る」（いずれも九）と、具体的な態度や所作として入念に描き、赤シャツの対極に位置づける。

坊っちゃんは赤シャツを嫌うと同程度にこのうらなりの人物に惹かれる。「うらなり君に逢ってから始めて」「君子」ということばが「正体のある文字だと感心した」（六）、「敬愛するうらなり君」、「結構な男」、「善良な君子」（いずれも七）と書き、九章では「聖人」と激賞する。作品に描かれた言動からは絶讃に値する人物には感じられない。子供の無心さと大人の小賢しさ、成長とともに失う純と身につく不純、あくまでヴェクトルの違う赤シャツとのそういう清濁の対比において、坊っちゃんの心をとらえたものと解釈すべきだろう。

山嵐も、別の意味で赤シャツの正反対の人物として描かれる。堀田というこの数学の主任は「逞しい毬栗坊主で、叡山の悪僧と云うべき面構」（二）をしており、顔は六章に「小日向の養源寺の座敷にかゝってた懸物」の「韋駄天と云う怪物」に「よく似て居」て、野だより「遙かに趣がある」とあり、十一章に「おい有望々々と韋駄天の様な顔は急に活気を呈した」と繰り返される。目については、六章に「今日は怒ってるから、眼をぐる〳〵廻しちゃ、時々おれの方を見る」、「怖い眼をして、おれの方を見る」と立腹時の目つきを記し、八章で「金壺眼をぐりつかせて、おれを睨めた時は憎い奴だと思った」と回想する。「鼻がふくれ上がって真赤になって頗る見苦しい」（十）、「紫色に膨張して、掘ったら中から膿が出そうに見える」（十一）という描写は、喧嘩騒ぎで怪我をした後だから鼻の特徴とは言えないが、山嵐のイメージとして読者の印象に残る。

体つきについては「逞しい」（二）、「強そう」（七）とあるだけだが、十章の喧嘩の場面に「山嵐の大きな身体」と明記しているほか、「教師は二人だ。大きい奴と、小さい奴だ」とあり、後者は坊っちゃんを指すから、山嵐は大柄だと見て間違いない。また、九章の鉄拳制裁を話し合う箇所に「瘤だらけの腕をまくって」「二の腕へ力瘤を入れて、一寸攫んで見ろと云うから、指の先で揉んで見たら、何の事はない湯屋にある軽石の様なものだ」、「かんじん綯りを二本より合せて、この力瘤の出る所へ巻きつけて、うんと腕を曲げると、ぷつりと切れる」とあることで筋骨隆々とした体を読者は想像する。

最も特徴的なのは、赤シャツの女のような猫撫で声と対照的な大きな声である。二章で坊っちゃんの宿を訪問する場面に「この部屋かいと大きな声がする」と書き、以後も「肝癪持ちだから、負け嫌な大きな声を出す」、「硝子窓を振わせる様な声」（いずれも六）、「馬鹿に大きな声を出して」、「乱暴な声」（いずれも九）と繰り返す。赤シャツが小さく口を開けて「ホ、、、」と笑うのに対し、この山嵐は「遊びに来給えアハ、、、」（二）と口を大きく開けて笑うのは、その豪快な人物を印象づける象徴的な行為だ。「冷然とおれの顔を見てふんと云った」（二）、「奮然として、起ち上がった」、「どんと腰を卸した」（いずれも六）、「頑として黙ってる」（八）、「大に飲む積だ」、「おれが剣舞をやるから、三味線を弾けと号令を下した」、野だの「頸筋をうんと攫んで引き戻し」、「横に捩ったら、すとんと倒れた」（いずれも九）、「無暗に牛肉を頬張り」（十）、「おれは逃げも隠れもせん」（十一）と言う言動を描き、豪快な山嵐像を肉づけする。

性格は、下宿先を「今日見て、あす移って、あさってから学校へ行けば極りがいゝ」と勝手に決めるような一人呑み込みが多く、「せっかちで肝癪持ち」（いずれも二）で、会津生まれの「剛情張り」（九）で「頑固」（十一）で、「おれが居なくっちゃ日本が困るだろうと云う様な面を肩の上へ載せてる」（七）自信家だ。「反動が恐しいの、騒動が大きくなるのと姑息な事を云った日には此弊風はいつ矯正出来るか知れません」（六）と生徒の厳罰を主張し、マドンナの一件でうらなりのために「教頭の所へ意見をしに」（七）行き、うらなりの留任を求めて「校長へ二度、赤シャツへ一度行って談判」（九）するなど、正義感に燃えた勇気ある人物に描かれる。

「智慧はあまりなさそうだ」が、いか銀の一件で「大変失敬した勘弁し給えと長々しい謝罪を」（いずれも九）する潔さや、主任なのに自分から出向いたり、氷水を奢ったり、下宿の世話をしたり、親切な面をも兼ね備えており、

「一番人望のある教師」（六）である。

野だいこは「画学の教師は全く芸人風だ。べら〳〵した透綾の羽織を着て、扇子をぱちつかせて、御国はどちらでげす、え？　東京？　夫《そ》りゃ嬉しい、御仲間が出来て……私もこれで江戸っ子ですと云った」（二）という調子で現れ、いきなり「こんなのが江戸っ子なら江戸には生れたくないもんだ」と坊っちゃんの反感を買う。五章で吉川という名前が披露され、「赤シャツのうちへ朝夕出入して、どこへでも随行して行く。丸で同輩じゃない。主従見た様だ」と早くも軽蔑の対象にすわり、教頭に取り入るようすを二人の対話で念入りに伝える。「なに、教頭の御手際じゃか丶りますよ」、「教頭の御手際でさえ逃げられちゃ」、「あなたの手腕でゴルキなんですから」と赤シャツの釣りの腕を褒めちぎる世辞がその一つ。「い丶景色だ」に「絶景でげす」、「ターナーの画にありそうだね」に「全くターナーですね」、「ゴルキと云うと露西亜《ロシア》の文学者見た様な名だね」に「丸で露西亜の文学者ですね」、「もう帰ろうか」に「え丶丁度時分ですね」、「全く喜んで居るんです、ね、吉川君」に「喜んでる所じゃない。大騒ぎです」、「教頭として君の為を思うから」に「教頭は全く君に好意を持ってるんですよ」、「少し込み入ってるんだが」に「中々込み入ってますからね」、「い丶景色だ。おい、吉川君どうだい、あの浜の景色は」に「なある程こりゃ奇絶ですね」という組合せを見ると、赤シャツのことばに応じる野だいこのことばは、ただそれをなぞるだけで新しい情報を何一つ付加しない鸚鵡返しに近いことに気づく。会議での発言も「例のへら〳〵調で」、「言語はあるが意味がない」（六）。このように野だいこは、軽薄で江戸っ子の名折れだと坊っちゃんが毛嫌いする人間に描かれている。「干瓢づら」（六）をし、「黄色い声」（八）、「いやな声を出し」（九）、「芸人じみた下駄を穿」（八）いて「噺し家見た様な言葉使い」（九）をする。「生意気な、出ないで済む所へ必ず顔を出す」（七）男ではあるが、「天誅を加える」（十一）ほど極悪な人間ではない。物語の構造は坊っちゃん・山嵐組 対 赤シャツ・野だいこ組の争いに見えるが、山嵐が正義感から赤シャツを懲らしめるのが主、坊っちゃんが野だいこをやっつけるのが副という構図で、副将戦のほうは勧善懲悪というより、気に入らない日ごろの言動に対する腹いせのようにも見える。

マドンナは実際の場面に姿を現すのは七章の温泉行きのときだけで、「若々しい女の笑い声」に振り向くと「色の白い、ハイカラ頭の、背の高い美人」が立っており、「水晶の珠を香水で暖ためて、掌へ握って見た様な心持ちがした」と抽象的に記されるにとどまる。

主役の人物像

坊っちゃん自身の視点で語られるため、他の作中人物より偏った見方になることは避けがたいが、作品に表現されているかぎりでの人間像を再構成してみよう。

履歴から始める。「旗本の元は清和源氏で、多田の満仲の後裔」（四）で、「江戸っ子」（九）で、「ある私立の中学を卒業」（一）し、「神田の小川町へ下宿をして居た」が、物理学校を卒業し、「二十三年四ヶ月」（五）で月給四十円で四国辺の中学の教師（二）になり、帰京後月給二五円の「街鉄の技手」（十一）となる。

身体的特徴としては、「華奢《きやしや》に小作りに出来て居る」（三）、「小さい奴」、「身長は小さくっても喧嘩の本場で修業を積んだ兄さんだ」（ともに十）とあり、赤シャツに「あなたは大分御丈夫の様ですな」と言われて「痩せても病気はしません」と答えているところから、かなり小柄であることがわかる。髪については「月は正面からおれの五分刈りの頭から顋の辺り迄、会釈もなく照す」（七）とある。ほかには「おれの眼は恰好はよくないが、大きい事に於ては大抵の人には負けない」（六）という目、「おれは膏っ手だから」という手ぐらいで、顔などの特徴は描かれていない。衣装については、宴会の場では「窮屈にズボンの儘かしこまって」（九）とあり、喧嘩の場では「飛白《かすり》の袷を着て居た」とあるように、洋服と和服と両方着用する。趣味・嗜好品については、「学問は生来どれもこれも好きでない。ことに語学とか文学とか云うものは真平御免だ」（一）、「ターナーとは何の事だか知らない」（五）、「俳句はやりません、左様ならと、そこ〳〵に帰って来た」（八）、盆栽を見て「松の枝を挿して何にする気か知らないが、何ヶ月立っても散る気遣がなくって、よかろう」、「あの瀬戸物はどこで出来るんだと博物の教師に聞いた」り、床の間に懸けてある有名な書家の書を見て「漢学の先生に、なぜあんなまずいものを例々と懸けて置くんですと尋ねた」（いずれも九）りすること、釣りに出かけても「そう〳〵糸を捲いて仕舞った」（五）こと、送別会で芸者が「三味線を抱えても、おれは唄わない」と断るだけでなく、皆の隠し芸を見て「気狂《きちがい》会」（ともに九）と酷評することなどから、文学も美術も音楽も解さない無趣味の並はずれた無風流人と推測され、「おれは肴を食ったら、すぐ帰る。酒なんか飲む奴は馬鹿だ」と言うぐらいだから酒はたしなまないが、「吸いかけた巻烟草を海の中へた、き込んだら」（五）、「ベンチへ腰を懸けて、敷島を吹かして居ると」（七）とあるから喫煙の習慣はある。「団子を二皿食って」とあるからかなりの甘党のようで、「おれは蕎麦が大好きである」、「温泉だけは立派なものだ。折角来たもんだから毎日這入ってやろう」（ともに三）というあたりを含め、食うことと湯に入ることを唯一の道楽とする男と想像される。

作品の冒頭に出る「親譲りの無鉄砲」という性格から起こるさまざまな行動として、「小学校に居る時分学校の二階から飛び降りて一週間程腰を抜かした事」と、友達にけしかけられてナイフで「右の手の親指の甲をはすに切り込んだ」ことという、幼い日の失敗談をまず紹介する。「物理学校の前を通り掛かったら生徒募集の広告が出て居たから、何も縁だと思って規則書をもらってすぐ入学の手続をして仕舞った」のも「親譲りの無鉄砲から起った失策だ」、校長から田舎の中学教師の口を紹介され、「教師になる気も、田舎へ行く考えも何もなかった」のに「行きましょうと即席に返事をした」のも、「親譲りの無鉄砲が祟った」（いずれも一）と振り返る。宿で茶代を五円もやって後で困るのも、「生徒の模範になれの、一校の師表と仰がれなくては行かんの」という狸校長の形式的な訓示を法外な注文と受け取り、「到底あなたの仰ゃる通りにゃ、出来ません、此辞令は返しますと云った」（ともに二）のも、「即夜下宿を引き払」い、「出る事は出たが、どこへ行くと云うあてもない」（七）というのも、送別会で「野だの頭をぽかりと喰わ」（九）したり、角屋から出て来るのを待ち伏せし、「玉子を二つ取り出して、やっと云いながら、野だの面へ擲き付けた」（十一）りするのも、大人としては無鉄砲の誹りを免れない。後のことも考えずに「茂作の人参畠をあらした」り「古川の持って居る田圃の井戸を埋め」たり、「母が病気で死ぬ二三日前台所で宙返りをし」（いずれも一）たりした子供がそのまま大人になったように見える。

第二に、強情で負けん気の強い点があげられる。幼時に「口惜しかったから、兄の横っ面を張った」り、「手に在った飛車を眉間へ擲きつけ」（ともに一）たりしたとある。教室で「幾何の問題」を質問されて解けずに生徒に囃されたときに「箆棒め」（三）と強がりを言うのも、「バッタの癖に人を驚ろかしやがって、どうするか見ろと、いきなり括り枕を取って、二三度擲きつけた」のも、寄宿生のいたずらにかんかんになり「どうするか見ろ」「こん畜生」「あやまらせてやる迄はひかないぞ」（いずれも四）と息巻くのも、「おれも負けない気で、矢っ張り眼をぐりつかせて、山嵐を睨めてやった」（六）のも、「生徒が何を云ったって、やろうと思った事をやめる様なおれではない」（三）と意地を張るのも、強情を張って机の上の一銭五厘をいつまでも引っ込めないでいて山嵐に「君は余っ程負け惜しみの強い男だ」（九）と言われるのも、すべてそういう性格のあらわれだ。

第三に、清が「真っ直でよい御気性だ」、「慾がすくなくって、心が奇麗だ」（ともに一）、「慾がなくって、真直な気性だ」（四）、「竹を割った様な気性」（七）と褒める点があげられる。「証拠さえ挙がらなければ、しらを切る」生徒を「けちな奴らだ」と蔑み、自分はいたずらをしても「卑怯な事は只の一度もなかった」（いずれも四）とその潔白さを主張する。「憚りながら男だ。受け合った事を裏へ廻って反古にする様なさもしい了見は持ってるもんか」（六）と気張ることからも、真っ正直に生きようとしていることがわかる。

第四として、そこから来る正義感があげられる。清が「御兄様は御父様が買って御上げなさるから構いません」と言って坊っちゃんにだけいろいろ買ってくれるのを「是は不公平である。おやじは頑固だけれども、そんな依怙贔負はせぬ男だ」(ともに一)と、日ごろ自分をかわいがってくれない父親を弁護するのも、うらなりの転勤話を、恋敵を遠方へ追いやる策略と睨み、「まるで欺撃ですね。それでおれの月給を上げるなんて、不都合な事があるものか」(八)と赤シャツに昇給を断りに行くのも、喧嘩騒ぎに巻き込まれた二人のうち山嵐にだけ辞表を出せという学校側のやり方に憤り「堀田には出せ、私には出さないで好、と云う法がありますか」とねじ込むのも、曲がったことの嫌いな性分から出た行動だ。

第五として、人情味、やさしさを取り上げる。九章に「うらなり君の顔を見る度に気の毒で堪らなかったが、愈《いよいよ》送別の今日となったら、何だか憐れっぽくって、出来る事なら、おれが代りに行ってやりたい様な気がしだした」と同情するくだりが出る。十章には「おやじの死ぬとき一週間許り徹夜して看病した事がある」と、かわいがってくれなかった父親を看取るやさしさもある。

第六として、せっかちで、気が短い点があげられる。七章に「おれは焦っ勝ちな性分」、十一章に「おれは性急な性分」と自分で言い、そういう性格を思わせる行動が各章に現れる。艀《はしけ》に「威勢よく一番に飛び込んだ」り「陸へ着いた時も、いの一番に飛び上がって、いきなり、磯に立って居た鼻たれ小僧をつらまえて中学校はどこだと聞いた」り、お湯に「ざぶりと飛び込んで、すぐ上がったり」する行動にも、せっかちな性分が表れている。バッタ事件で「おれなら即席に寄宿生をことごとく退校して仕舞う」（ともに四）と息巻き、山嵐についての赤シャツの勘ぐりを「そんな廻りくどい事をしないでも、じかにおれを捕まえて喧嘩を吹き懸けりゃ手数が省ける」（六）と訝り、赤シャツから月給を上げてやるという話を聞いた日の夕飯どきに萩野の婆さんからうらなりの転勤話の実情を聞くと、その晩のうちに「赤シャツの所へ行って断わって来なくちゃ気が済まない」と「小倉の袴をつけて又出掛け」（ともに八）るのも、「おれは明日辞表を出してすぐ東京へ帰っちまわあ」（十一）と、すぐに辞表を出したがるのも、その典型的な行為である。

第七として、込み入ったことが嫌いで、事を起こすのを億劫がる性質をあげる。「商売をしたって面倒くさくって旨く出来るものじゃなし」、「只行く許である。尤も少々面倒臭い」（ともに一）とある。「奮発して長いのを書いてやった」はずの清への手紙が実際はごく短く、しかもその文章が「きのう着いた。つまらん所だ。」（ともに二）と短い文を接続詞もなしに並べただけの畳みかける調子になっている点も性格描写として注目される。

第八として、何事にも我慢ができない性分で怒りっぽい点をあげる。兄に親不幸だと言われて「横っ面を張った」り、待ち駒を卑怯だと癇癪を起こして「手に在った飛車を眉間へ擲きつけてやった」（ともに一）り、この性格は子供のときから目立つ。大人になって教師勤めをしても、「あんまり腹が立ったから、そんな生意気な奴は教えないと云ってすた〳〵帰って来」（三）るのも、堪え性のない証拠だ。「急に腹が立」ってバッタに「どうするか見ろと、いきなり括り枕を取って、二三度擲きつけ」（四）、野だいこのしゃべり方に腹を立てては「よっぽど撲りつけてやろうかと思」い、釣った魚の「針をとろうとするが中々取れない」と癇癪を起こし、「糸を振って胴の間へ擲きつけたら、すぐ死んで仕舞った」（いずれも五）とか、「肝癪が強過ぎてそれが心配になる」（七）と清が案ずるのも無理はないと思わせる言動が多い。十一章の〝天誅〟事件の首謀者であるあの山嵐でさえ「君はすぐ喧嘩を吹き懸ける男だ。成程江戸っ子の軽跳な風を、よく、あらわしてる」（九）と呆れるほどである。

第九として、何事にも長続きがしない点をあげる。「其時丈はやな心持だが三十分許り立つと奇麗に消えて仕舞う」し、「長く心配しようと思っても心配が出来ない男だ」（ともに三）と当人が認める。十一章の赤シャツの見張りも「七日目にはもう休もうかと思」うように、「熱心になると徹夜でもして仕事をするが、其代り何によらず長持ちのした試しがない」という性格である。

第一〇として、ものにこだわらない淡泊な性格をあげる。子供のころ「苦になる事は少しもなかった」（一）し、成人してからも「おれは、性来構わない性分だから、どんな事でも苦にしないで今日迄凌いで来た」（七）。事実、遠い四国辺の学校に勤務する話を即座に引き受けた際、「どんな町で、どんな人が住んでるか分らん。分らんでも困らない。心配にはならぬ」と述べ、教師になったときも、普通の人は「辞令を受けて一週間から一ケ月位の間は自分の評番がいゝだろうか、悪るいだろうか非常に気に掛かるそうであるが、おれは一向そんな感じはなかった」（三）とある。「俸給なんかどうでもいゝんですが」（八）という受け答えも恬淡とした性格を物語る。喧嘩騒ぎが新聞の種になって校長が心配顔をしても、書かれた当人は「おれには心配なんかない」（十一）と一向に気にしない。

第一一として、その延長線上にある潔さ、諦めのよさをあげる。宿直の日に温泉へ出かけたのを「是は全くわるい。あやまります」（六）と会議の席で率直に謝る行動はその実践だ。「思い切りは頗るいゝ人間である」（三）と自分で言うだけあって、「赤シャツが勝ちを制したら、早速うちへ帰って荷作りをする覚悟で居」（六）る。

第一二として、人間が単純だという点をあげる。「世の中に正直が勝たないで、外に勝つものがあるか」（四）と寄宿生と対決するのもその一例で、赤シャツにひとに乗ぜられないよう気をつけるように言われて「正直にして居れば誰が乗じたって怖くはないです」、「わるい事をしなけりゃ好いんでしょう」（五）と答えるのも好例だ。山嵐の演説を聞いて「おれはこう云う単純な人間だから、今迄の喧嘩は丸で忘れ」（六）たと自分でも単純なことを認める。世間の意見を代表し、巷の声を伝える役を担う萩野の婆さんに「赤シャツと山嵐たあ、どっちがいゝ人ですかね」と尋ね、「そりゃ強い事は堀田さんの方が強そうじゃけれど、然し赤シャツさんは学士さんじゃけれ、働らきはある方ぞな、もし」という分析的な答えに当惑して、「つまり何方がいゝんですかね」と二者択一を迫るのも、「おれの様な単純なものには白とか黒とか片づけて貰わないと、どっちへ味方をしていゝか分らない」（いずれも七）からで、一徹な山嵐にさえ「君はあまり単純過ぎる」（十一）と言われるほどだ。萩野の婆さんの噂話を鵜呑みにして赤シャツの所にねじ込むのも、赤シャツのことばからすぐ山嵐を悪者と思い込むのも、今度は逆に、証拠もない山嵐の推測を信用して〝天誅〟事件に加担するのも同様である。

第一三として、東京だけを絶対視し、田舎を小馬鹿にする意識を取り上げる。四国辺の町を「地図で見ると海浜で針の先程小さく見える。どうせ碌な所ではあるまい」（一）と最初から見くびる。到着したときも「大森位な漁村だ。人を馬鹿にしていらあ、こんな所に我慢出来るものか」というのが第一印象だ。以下「鼻たれ小僧」、「気の利かぬ田舎もの」、「やな女」、「マッチ箱の様な汽車」、「東京はよい所で御座いましょうと云ったから当り前だと云ってやった」、「田舎者の癖に人を見括ったな」、「田舎者はしみったれだ」、「麻布の聯隊より立派でない」、「神楽坂を半分に狭くした位な道幅で町並みはあれより落ちる」、「こんな所に住んで御城下だ抔《など》と威張ってる人間は可哀想なものだ」（いずれも二）と、特にこの章には、東京讃美、田舎蔑視の表現が頻出する。三章には「東京と断わる以上はもう少し奇麗にしそうなものだが、東京を知らないのか、金がないのか、滅法きたない」、「田舎者は此呼吸が分からない」、「一時間あるくと見物する町もない様な狭い都」、「憐れな奴等だ」、「ひねっこびた、植木鉢の楓見た様な小人」、「毒気を持ってる」、「何を見ても東京の足元にも及ばない」とある。四章では「田舎丈あって秋が来ても気長に暑いもんだ」という論理を超越した感想をはじめ、その田舎の生徒を「下劣な根性」、「腐った了見」を持ち、「嘘を吐いて、胡魔化して、蔭でこせ〳〵生意気な悪いたずらをして」いる「雑兵」ときめつけ、「金は借りるが、返す事は御免だと云う連中はみんな、こんな奴等が卒業してやる仕事に相違ない」と乱暴な推論を展開する。七章には清の手紙の文面として扱っているが、「気候だって東京より不順に極ってる」といったものすごい独断が登場する。八章には、うらなりの転勤先の延岡について「名前を聞いてさえ、開けた所とは思えない。猿と人とが半々に住んでる様な気がする」と述べる。九章の送別会の料理について「汁を飲んで見たがまずいもんだ。口取に蒲鉾はついてるが、どす黒くて竹輪の出来損ないである」とした後、「それでも隣り近所の連中はむしゃ〳〵旨そうに食って居る。大方江戸前の料理を食った事がないんだろう」と記す。十章にも「卑劣な根性」、「田舎に居るのは堕落しに来て居る様なものだ」、「土佐っぽの馬鹿踊なんか、見たくもない」、「利口な顔はあまり見当らない」、「田舎者の癖に」、「田舎者でも退却は巧妙だ」とある。最後の十一章で、「おれと山嵐は此不浄な地を離れ」、清に「もう田舎へは行かない」と約束する。

以上述べてきた性格とは必ずしも合致しない面も散見する。「疳性だから夜具蒲団抔は自分のものへ楽に寐ないと寐た様な心持ちがしない。小供の時から、友達のうちへ泊った事は殆んどない位だ。友達のうちでさえ厭なら学校の宿直は猶更厭だ」（四）と思うのも、清に出す手紙に手間取って「湯に行く時間が遅くなった。然し毎日行きつけたのを一日でも欠かすのは心持がわるい」（七）という箇所も、疳性という方向で解釈できよう。

坊っちゃんは「おれは脳がわるい」（六）とか、「おれの頭はあまりえらくない」（九）とかと自分で言うわりには、結構穿った理屈もこねる。生徒の質問を受けて即答できず、「そんなものが出来る位なら四十円でこんな田舎へくるもんか」（三）と思うのは負け惜しみであり、「わるくならなければ社会に成功はしないものと信じて居る」から「たまに正直な純粋な人を見ると、坊ちゃんだの小僧だのと難癖をつけて軽蔑する」、それなら「いっそ思い切って学校で嘘をつく法とか、人を信じない術とか、人を乗せる策を教授する方が、世の為にも当人の為にもなるだろう」（五）とか、「校長が何もかも責任を受けて、自分の咎だとか、不徳だとか云う位なら、生徒を処分するのは、やめにして、自分から先へ免職になったら、よささうなもんだ」とかという理屈は、ある意味では正論である。「生徒があばれるのは、生徒がわるいんじゃない、教師が悪るいんだ」という議論は、「気狂が人の頭を撲り付けるのは、なぐられた人がわるいから」だと言うに等しいと主張するのも、「高尚な精神的娯楽」の必要性を説く赤シャツに「マドンナに逢うのも精神的娯楽ですか」（いずれも六）と切り返すのも、脳の弱い人間には無理であろう。また、単純ではあっても、憶測や勘ぐりをしないわけではない。「このおれを風流人だ抔と真面目に云うのは只の曲者じゃない」（三）といか銀の魂胆を見破るのは見事だ。「校長は笑いながら、大分元気ですねと賞めた。実を云うと賞めたんじゃあるまい、ひやかしたんだろう」（四）とか、「赤シャツの事だから、下手だから行かないんだ、嫌だから行かないんじゃないと邪推するに相違ない」（五）とか、生徒が「それは先生が神経衰弱だから、ひがんで、そう聞くんだ位云うに極まってる」（十）とかと気を回したり、「飛んだ事でと口では云うが、心のうちでは此馬鹿がと思ってるに相違ない」（十一）と僻んだりもする。

事実として記されている事柄でも、そういう坊っちゃんの〝神経〟が作り出した背景があるかもしれない。それが被害意識につながる点も注目される。「膳を下げた下女が台所へ行った時分、大きな笑い声が聞えた」（二）とあるが、それは偶然かもしれないし、少なくとも宿の連中に、坊っちゃんを嘲笑う悪意があったとは思えない。教室へ向かうのに「敵地へ乗り込む様な気がした」（三）という態度で臨むから、新任教師を迎える生徒たちのいわば名刺代わりとも言えるバッタ事件を単純に笑うことができず、教師を馬鹿にする悪質ないたずらと解するのだろう。いか銀が「留守中も勝手に御茶を入れましょうを一人で履行して居るかも知れない」と想像するのも、一種の被害妄想と言えないことはない。事実として述べられる「天麩羅四杯也」や「団子二皿七銭」という黒板の落書き、「赤手拭」というあだ名なども、生徒の関心が強いことを示しはするが、それを「何だか生徒全体がおれ一人を探偵して居る様に思われた」と受け取るのは、いささか病的な感じがする。

このように、夏目漱石、あるいはむしろ夏目金之助の影が透かしのように入ってしまったとはいえ、坊っちゃん像の輪郭は、いい意味でも、悪い意味でも、子供がそのまま大きくなった姿である。この作品は、大人の世界に飛び込んで純粋さを失う、この世界の当たり前とされるそういう構造の意味を問い直しているようにも読める。構造をわかりやすく浮かび上がらせるには、それぞれに典型的な人物を配するのが有効だ。主人公は勿論、校長も教頭も数学教師も英語教師も画学の教師も、ある時代、ある土地に生きた特定の人間であるより、そういう役柄として描かれているように見える。それぞれの人物像がいささか戯画化されているのは、堀田や古賀や吉川でなく、山嵐・うらなり・野だいことというあだ名で活躍することと通じる。坊っちゃんであり狸であり赤シャツであり、あるいはマドンナであるのも、そういうキャラクターを代表しているからだろう。

一九一四年に漱石は学習院で「私の個人主義」と題する講演を行った。その中で赤シャツのモデルについて、「当時其中学に文学士と云ったら私一人なのですから、もし「坊ちゃん」の中の人物を一々実在のものと認めるならば、赤シャツは即ちこういう私の事にならなければならん」と述べ、「甚だ有難い仕合せ」とおどけているが、この論文のそういう解釈を支える重要な発言である。

つまり、この作品に描かれているのは、明治三十年代の四国辺の一中学ではなく、日本の人間社会というものの模型なのではあるまいか。ラフなタッチでスケッチされているものは、ある一つの世間ではない。人間の内面に潜んでいるさまざまな性格要素を個別に人格化し、それを一つの社会構造として描き出したと見るほうが自然だろう。漱石は、否、人間は誰でも、成長とともに失われていった〝坊っちゃん〟性を懐かしみ、心ならずも次第に〝狸性〟・〝赤シャツ性〟を獲得していたことに気づいて驚く。自分の中の〝野だいこ性〟を嫌悪しながらも一掃できず、〝うらなり性〟に憧れながら現実に果たせず、時に〝山嵐性〟を発揮しようとしてはつまずく。そんな人生にあって、清は一人ひとりのお守りのような存在だったかもしれない。

（「『坊っちゃん』の人物描写」『早稲田大学大学院文学研究科紀要』第四二輯　一九九七年）

「坊っちゃん」対話録

――発声から思考に至るグラデーション――

声の種々層

夏目漱石『坊っちゃん』の文章・文体について、筆者はこれまでに二回、ある程度まとまった形で言及している。一つは明治書院の雑誌『日本語学』の一九九五年十一月号に掲載された「レトリックの現在」と題する論考における分析例としてである。今一つは一九九七年の二月に刊行された『早稲田大学大学院文学研究科紀要』第四二輯・第三分冊所収の論文「『坊っちゃん』の人物描写」（本書二ページ参照）という形で発表したものである。前者では言語的な表現分析を試み、生き生きとした語り口、豊富な連想、おおげさな感じ、ことばのおかしみ、痛快な印象を誘うさまざまな表現技法を指摘し、作品の表現構造と伝達効果について論じた。後者では作品に登場する人物、および、言及される人物の総覧を掲げ、主役・脇役・端役・寸役それぞれの描写における表現の実態を調査して各を比較対照しつつ、この作品における人物造形のあり方を明らかにしようとした。

本稿はその両者の続編として、また別の角度から表現の分析を試みるものである。具体的には、「坊っちゃん」の声にいくつかの層があることに注目して、坊っちゃん自身の対話の実態を調査し、どこまでが実際に坊っちゃんのとった言語行動なのかを推測する。

『坊っちゃん』の会話については、古く筑摩書房の雑誌『言語生活』の一九六二年八月号に林四郎「「坊っちゃん」

の会話構成」という調査研究が掲載されている。そこでは会話の参加者の話の方向を規準とした交流会話・流入会話・対立会話・合流会話および独話という分類がほどこされており、一方、会話の引用に際しての表記形式からオイコミ式・タタミカケ式・タタミコミ式の区別が提示された。本稿では後者の観点を継承して、それをさらにきめ細かく区分し、対人関係や話題・内容などとの関連をも掘り下げて、あの作品の世界でいったい何と何が現実に起こったこととして述べられているのかを探る。すなわち、作中で語られる情報の性質という視角から、この小説の文体の一側面を照らし出そうとするものである。

前掲「『坊っちゃん』の人物描写」において、筆者は全叙述から浮かび上がってくる主役坊っちゃんの人物像を、履歴・身体的特徴・趣味・性格などに分けて記述した。そのうち性格の部分は、強情で負けん気が強い、正義感が強い、人情味が豊かだ、せっかちで気が短い、我慢ができない性分で怒りっぽい、ものにこだわらない淡泊な性質、人間が単純といった一三の点にまとめた。このあたりは、作品『坊っちゃん』を通読して、単純な勧善懲悪の痛快な活劇と感じる一般読者の印象と一致するだろう。

しかし、一方でこういう事実も明らかになった。物語の構造が一見、坊っちゃんと山嵐とが組になって赤シャツ・野だいこ組に立ち向かうタグマッチの様相を呈しているが、叙述を仔細に検討すると、必ずしもそういう構図にはなっていない。大団円にあたる第十一章の立ち回りの部分で端的に示されているように、実際には山嵐がその正義感から赤シャツに立ち向かうのが主たる抗争であり、そのメインイベントと並行して演じられる坊っちゃんが野だいこをやっつけるセミファイナルは、相手の悪事を咎めるというより、その日ごろの言動に対する腹いせのように見えることを指摘した。

新米教師の坊っちゃんは、田舎者の生徒を頭から叱りつける。校長の狸の話に異を唱え、教頭の赤シャツに食ってかかり、数学主任の山嵐こと堀田との仲も一時は一方的に険悪にし、画学の教師野だいこと吉川の顔を見ればどなりつける。読者にはそういう勇ましい坊っちゃん像が形成されるのだが、単純明快に見える坊っちゃんの言動にも、注意深く読むと、憶測や勘ぐり、神経衰弱、そこから来るやや病的な被害意識、被害妄想的な部分も感じられる。対話や独話に見られる坊っちゃんの声を層別に分かち、叙述の襞《ひだ》に分け入る読み方で、主人公の行動と思考、事実と想像をできるだけ正確にたどりながら、作品のそういった光と翳を、あるがままの表現の奥行でとらえてみたい。

この作品は、「坊っちゃん」が「おれ」という一人称で語る小説である。したがって、全編が「坊っちゃん」の声で満ち満ちているのは当然であるが、もちろん主人公がすべて声に出して誰かに話しかけているわけではない。ある部分は山嵐や赤シャツに向かって実際に発話したことばであり、ある部分は発言しようとしてためらった部分であり、ある部分は声に出した独り言であり、ある部分は心の中のつぶやきであり、ぼやきである。また、ある部分は読者に対する、あるいは読者としての清を思い描いての説明であり、訴えであったかもしれない。

以下、そのような現実の発言から心内語、思考内容に至る種々層を、坊っちゃんの発話をとおして考えてみたい。なお、テキストには岩波書店から一九九四年一月に発行された『漱石全集　第二巻』を用い、現代仮名遣いに改めて引用する。

引用符明示発話

明らかに会話と判断できるのは、その部分を「　」で包んで明示してある場合である。これをA段階とすると、坊っちゃんの発話では全編で長短合わせて一四〇箇所を数える。そのうち最も明確なのは、第四章の次の例のように、会話部分を取り立て、改行して独立させたものである。

Ａ１「誰れも入れやせんがな」

「入れないものが、どうして床の中に居るんだ」

第五章の次の例のように、改行せずに次の発話が続く場合も、いくらか独立性が弱まるとはいえ、そのとおりの形でことばが発せられたことを伝えようとしているものと解釈できる点では同様である。

Ａ２　「あんまり喜んでも居ないでしょう」「いえ、御世辞じゃない。全く喜んで居るんです、ね、吉川君」

また、第四章の末尾にある次の例のように、そのまま地の文に流れ込む場合も、「　」の部分はそれに準じて考えてもよさそうである。

Ａ３　「いえ、ちっとも心配じゃありません。（中略）授業が出来ない位なら、頂戴した月給を学校の方へ割戻します」校長は何と思ったものか、暫らくおれの顔を見詰めて居たが、然し顔が大分はれて居ますよと注意した。

「　」で包まれているもう一つの場合は、第一章の終わり近くにある次の例のように、その発話部分が地の文の中に組み込まれているケースである。

Ａ４　余り気の毒だから「行く事は行くがじき帰る。来年の夏休には屹度《きっと》帰る」と慰めてやった。

「　」に包んである以上、この場合もほぼそのような形の発言が行われたことを伝えてはいるが、発話内容の意味や発話意図、発言の仕方などに関する説明を伴うこの形式は、それだけ「　」部分の独立性が弱まり、発言をそのまま記載したという客観性が少し低下するように思われる。発言自体がいくらか概念化し、厳密にそのとおりの言語形式で発音しない場合も含まれるような印象を受ける。この例で言えば、実際の発話は例えば「行く事は行くけれど」「行くには行くが」、「すぐ帰る」「じき戻る」「帰って来るさ」「来年の夏には」「必ず帰るよ」といった形で実現したかもしれないといった含みが、Ａ１～Ａ３より若干大きいように感じられるのである。

と＋発言動詞

発話部分が「　」で明確に区切られていない場合は、なおさらそういう傾向が強くなるが、それでもまだ、引用の「と」を発言を意味する動詞で受ける場合は、そういうことばの形で発言した感じが強い。これをB段階とすると、坊っちゃんの発話で最も多いのは「云う」で五二例、次いで「聞く」が二二例、「答える」が一二例、「返事をする」が六例出現し、ほかに「尋ねる」「聴き返す」「声を出す」「怒鳴りつける」を含めて、全編で九九例に達する。例えば、第五章の初めに出る次の箇所の「そうですなあ」の部分は、いかにもそう発言した感じの一例である。

Ｂ１　おれはそうですなあと少し進まない返事をしたら

それは、助動詞「です」に上司である赤シャツに対する坊っちゃんの待遇意識が感じられ、また、「なあ」という終助詞に坊っちゃんの口調がしのばれる点で、現実の発話らしい生々しさを残しているからである。

第七章に出る次の例の「ますかね」「ですぜ」の箇所もその類例と見てよい。

Ｂ２　奥さんがある様に見えますかね。可哀想に是でもまだ二十四ですぜと云ったら

第八章には、次のようにさらに謙譲表現をも含む「御目に懸りましたね」という例が見え、あたかもその場での発言であるかのような臨場感が強まる。

Ｂ３　野芹川の土手でも御目に懸りましたねと喰わしてやったら

終助詞か待遇表現かその一方だけでも、会話らしい感じは残る。例えば、清に話しかけた第一章の次の例のように終助詞を伴う場合は、それだけでやはり、そのとおりの語形でことばを発したような印象を与える。

Ｂ４　臭いやと云ったら

Ｂ５　今に帰すよと云ったぎり

Ｂ６　どこかへ奉公でもする気かねと云ったら

以下もその類例である。

B７　此学校の生徒は分らずやだなと云ってやった。（第三章）

B８　三時過ぎ迄学校にいさせるのは愚だぜと山嵐に訴えたら（第三章）

同じく第一章で、「二階位から飛び降りて腰を抜かす奴があるか」と「おやじ」に叱られてとっさに言い返す次の例は、終助詞がなく待遇表現のみ現れた場合である。

B９　此次は抜かさずに飛んで見せますと答えた。

聞き手に対する敬意を表す「ます」という助動詞を残すこのような場合も、その形で発言した感じがかなり強いが、終助詞の場合に比べると方向の個別性が弱く、単に待遇レベルを示すにとどまる感じの例もあって、生の発話というリアルな感じがやや弱いようである。実際には「今度は」「腰を抜かさないで」「飛んでお見せしますよ」などと答えたとしても、その発言事実はこのような形にまとめて伝えられる可能性を感じさせるからである。

終助詞も待遇表現も伴わずに引用される会話は一般に、生々しさがもう一段落ちる。しかし、そのうち具体性が高いのは、次の第七章に出る例のように、方言を用いている場合である。

B10　それじゃ僕も二十四で御嫁を御貰いるけれ、世話をして御呉れんかなと田舎言葉を真似て頼んで見たら

方言ではないが、次の例のように、くだけた日常会話に見られる口頭語形や、さらにくだけた俗語のレベルまで崩れた語形が含まれる場合もそれに準ずる。

B11　仰ゃる通りにゃ出来ません（第二章）

B12　何でも蚊んでも（第三章）

B13　僕あ、嫁が貰い度《たく》って仕方がないんだ（第七章）

B14　どうせ臭いんだ、今日から臭くなったんじゃなかろう（第十一章）

「仰ゃる通りには」「何でも彼でも」「僕は」「臭いのだ」「臭くなったのでは」とある場合に比べ、いずれも実際の発話らしい雰囲気が感じられることは間違いない。

次のような感動詞の使用もそういう感じをとどめる方向で働く。

B15　うんと云ったが、うん丈では気が済まなかったから（第三章）

B16　おい天麩羅を持ってこいと大きな声を出した。（第三章）

B17　何そんなに困りゃしないと答えて置いた。（第九章）

第十一章の次の例のように、呼び掛けがある場合も、実際の発話めいた感じが増す。

B18　御婆さん、東京へ行って奥さんを連れてくるんだと答えて

坊っちゃんが「部屋に這入るとすぐ荷作りを始めた」のに驚いて、下宿先である萩野家の老婆が「どう御しるのぞなもしと聞いた」のに応じた坊っちゃんの発言である。

意味を伝えるだけなら一度言えば済むわけであり、次の例のようにことばの反復があると、それだけ実際の発話の感じに近づく。

B19　御免〱と二返許り云うと（第七章）

B20　止せ〱。（中略）よさないかと、出る丈の声を出して（第十章）

第一章にある次の例の「おれ」や「兄さん」のように、話し手の視点が映ることばが使われている場合も、そういう言い方をしたような感じが強い。

B21　なぜおれ一人に呉れて、兄さんには遣らないのかと清に聞く事がある。

指示詞の場合も、それが何を指すかが場面ごとに違うため、やはり同様の効果がある。

B22　こんな部屋はいやだと云ったら（第二章）

Ｂ23　あとで是《これ》を帳場へ持って行けと云ったら（第二章）
Ｂ24　いえ、此所《ここ》で沢山です。一寸話せばい丶んです、と云って（第八章）
Ｂ25　あれは馬鹿野郎だと云ったら（第九章）

以上のようなその場での具体的な発言を髣髴とさせる言語形式を含まない場合は、やや抽象的・概念的な発話伝達という趣を呈することとなる。

Ｂ26　おれは単簡に当分うちは持たない。田舎へ行くんだと云ったら（第一章）

これは清が「坊っちゃん何時家を御持ちなさいますと聞いた」のに対する返答だということになっている。「のだ」でなく「んだ」となってはいるが、全体をそのとおりに発言したという保証はない。極端に言えば、そういう意味合いの応答をしたことを述べたのかもしれない。実際の発話は例えば「しばらく家なんか持たないよ。今度田舎へ行くことになったんだ」といったような調子であったとも考えられる。しかし、「当分うちは持たない。田舎へ行くんだ」というこの形は、坊っちゃんが清に向かって言うのに不自然な表現を含んでいるわけではない。現実にそういう言い方をした可能性を積極的に肯定も否定もできないのである。

もう一歩進んで、不自然な表現が含まれているため、そのとおりに発言したとは考えにくい場合もある。不適切な待遇表現もその一つである。

Ｂ27　おればどうでもするが宜かろうと返事をした。（第一章）

その直前に「兄は家を売って財産を片付けて任地へ出立すると云い出した」という一文があるから、これは兄がそういう意味の話を切り出したのに対して坊っちゃんが応じた態度表明であると考えられる。が、その場で兄に面と向かって「どうでもするが宜かろう」という形で発言するのは、両人の立場や年齢から考えて不自然な感じがする。極端に言えば、「わかりました」とか「どうぞ御自由に」とか「僕はちっとも構いません」とかと応じたのに、そういう態度表明の意味だけをとって、それを自分の心内語のように表現したとも考えられるのである。

第二章で宿屋の女に「中学校を教えろ」とか「帳場へ持って行け」とかと言ったことになっている例も、このとおりの発言であったと受け取るのはためらわれる。また、校長の狸に向かって「数学の主任は誰かと聞いて見たら」とあるくだりも、かなり概念化した発話内容を表すものと考えるべきであろう。

一つ一つの表現が不自然であるということとは別に、ある人物に対する待遇表現のレベルが一定しないために、そのとおりの言語形式で発話が行われたのではないと感じられるケースもある。その場合、常体に近いほうの発話形式が抽象化・概念化されていると考えたほうが自然である。

B28　おれは教頭に向って、まだ誰にも話さないが、是から山嵐と談判する積だと云ったら（第六章）

ここは赤シャツが「君昨日帰りがけに船の中で話した事は、秘密にしてくれ玉え。まだ誰にも話しやしますまいね」と云った」のに対して坊っちゃんが応じた箇所である。その前の第五章に赤シャツとのやりとりが多いので、その点を確認すると「　」に包まれた会話では次のようになっている。

A5　「どうせ険呑です。こうなりゃ険呑は覚悟です」と云ってやった。

その他の箇所でも、文末にデス・マスを用いる敬体をとっている。「　」のない会話でも、その点は変わらず、次のような調子になっている。

B29　行きましょうと答えた。

B30　糸はあまる程ありますが、浮がありませんと云ったら

第六章でも他の会話は同様である。

B31　迷惑じゃありません、御蔭で腹が減りましたと答えた。

とすれば、B28の発話引用のうち、少なくとも「話さないが」や「談判する積だ」の部分はこのとおりに発音した

とは考えにくく、全体として概念化していると推測される。

もっと積極的に、このとおりの発言はありえないと思われる例もある。

B32　車に乗って宿屋へ連れて行けと車夫に云い付けた。

「連れて行け」という文末の形はB28について言及したものの類例と言ってよい。ここで問題にしたいのは、宿屋というものが一軒しかない小さな村ででもないかぎり、単に「宿屋へ連れて行け」と指示されても車夫は走り出せないという事実である。実際には「どこのどういう宿屋」と「云い付けた」にちがいない。このように、その部分がないと機能しない箇所の省略された発話は、それだけで現実みが薄い。

第七章の次のようなやりとりも、このとおりに実現する可能性はきわめて低い。

B33　車屋が、どちらへ参りますと云うから、だまって尾《つ》いて来い、今にわかる、と云って、すたくやって来た。

その必要な情報の部分が、省略されずに抽象化している次のような例は、さらに概念化された感じが強い。

B34　実は是々《これこれ》だが君どこか心当りはありませんかと尋ねて見た。

文例中の「是々」の部分にその内容を代入しないと相手に伝わらないからである。

と＋発言媒介動詞

助詞「と」を受ける動詞が、発言自体を意味せず、「受け合う」「慰める」「云い付ける」「訴える」「挨拶する」「断わる」「叱る」「呼び出す」「頼む」「勧める」「喰らわす」「説明する」のように発言を媒介とする行為を指示する場合がある。これをC段階とすると、坊っちゃんの発話では全部で一六例を数える。

C1　切れぬ事があるか、何でも切って見せると受け合った。(第一章)

C2　何ですかもあるもんか、バッタを床の中に飼っとく奴がどこの国にある。間抜けめ。と叱ったら（第四章）

C3　君どうだ、今夜の送別会に大に飲んだあと、赤シャツと野だを撲ってやらないかと面白半分に勧めて見たら（第九章）

これらは、そのように言って「受け合った」とか「叱った」とか「勧めた」とかという意味を短くすっきりと表現したものであるが、「云って」の部分が省略されたこの形は、それだけ概念化が進んで、そのような意味のことを口にしてというレベルに一歩近づく。

と＋非発言動詞

対話の内容または実現形を引用する助詞「と」を、言語活動と直接のつながりを持たない動詞が受ける場合もある。これをD段階とすれば、坊っちゃんの発話に近いものを受けるこの種の動詞や動詞句として、順に「切り込む」「引き揚げる」「追っ払う」「講義を済ます」「威張る」「凹ます」「抛り出す」「置く」「席を譲る」「帰る」「ぽかり喰わす」「取りかゝる」「引き分ける」「加盟する」「飛び込む」が各一回出現し、次のような箇所が計一五例を数える。

D1　何だか分らない此次教えてやると急いで引き揚げたら（第三章）

D2　四杯食おうが五杯食おうがおれの銭でおれが食うのに文句があるもんかと、さっさと講義を済まして控所へ帰って来た。（第三章）

D3　君俳句をやりますかと来たから、こいつは大変だと思って、俳句はやりません、左様ならと、そこ〳〵に帰って来た。（第八章）

D4　そいつは結構だと、すぐ婆さんから鍋と砂糖をかり込んで、煮方に取りかゝった。（第十章）

D5　そうかそれじゃおれもやろうと、即坐に一味徒党に加盟した。（第十一章）

これらも「云って」を省略した簡潔表現と解することができる。が、この場合は、「引き揚げる」「帰って来る」「かり込む」「加盟する」といった動詞部分が必ずしも発言行為を前提としていないため、発言らしいことばとの直接のかかわりは薄い。「講義を済ます」だけは弁舌抜きで成り立たないが、しかし「何だか分らない此次教えてやる」という部分が講義の一部というわけではないから、意味上「と」から直接つながらない点は他の例と同様である。したがって、その部分が音声を伴って外へ出たときにそのとおりの言語形式であったことを積極的に指示するものではなく、そういった意味合いのことを発言したというにすぎない。C段階の例に比べて、そういう概念化がもう一歩進んでいると見るべきであろう。

しかも、この段階になると、その部分が実際に発言されたという保証もなくなる。「そのように思って」あるいは「そういう意味のことを考えて」、以下の動詞で示す行為を実現したと解しても、文中の意味がその前後の文脈と矛盾しない。つまり、この段階の叙述は、どういう言い方をしたかが曖昧であるだけではなく、そもそも坊っちゃんがそういう意味のことを実際に口に出したかどうかさえ明確ではないのである。

段階別の出現傾向

坊っちゃんの生の対話である可能性の高いものから、以上四段階の表現を取り上げてみた。まず、坊っちゃんの対話の総数と、そのうち「　」で取り立てられたA段階の会話の数とを章別に示すと、次のようになる。

章	一	二	三	四	五	六	七	八	九	十	十一	計
総数	二〇	一〇	二一	二五	一五	一七	三四	三九	三四	一四	四八	二七七
A	四	〇	〇	一五	九	一二	二四	三四	一一	九	三二	一四〇

これを見ると、作品の前半は引用符で取り立てた対話の件数が少なく、中盤で少し増え、特に第七章から急に増えて、祝勝会の式の模様と中学と師範との喧嘩騒動に巻き込まれる場面とで構成される第十章を除くと、以下どの章でもかなりの数にのぼる。

次に、主要な脇役との対話を、相手別に段階ごとに整理して掲げる。

	清	狸	山嵐	赤シャツ	野だいこ	うらなり
A	四	九	五二	三二	一	三
B	一三	五	二二	一〇	四	三
C	〇	〇	三	二	〇	二
D	一	〇	三	一	一	一
計	一八	一四	八〇	四四	六	九

山嵐と組んで赤シャツ支配に抵抗するこの物語の構図が、ここの分布にも、鮮明に映っている。すなわち、善玉の同志である山嵐との対話が圧倒的に多く、次いで悪玉の象徴的存在である赤シャツとの対話がきわだって多い。この両者で他の四人の合計の三倍近くに達し、作品中の全会話の半分近くを占める。なお、清と野だいこに対してA段階の場面直結の対話が少ない点も注目される。

このほかでは、端役のうち二度目の下宿先である萩野の婆さんとの対話でA段階の発話が際立って多く、計三五回のほとんどが第七章と第八章に集中している。この両章は、うらなりこと古賀の転勤騒動をきっかけに、赤シャツやマドンナをめぐる世間話を長々と交わす場面であり、物語舞台の背景を説明する作品構成上の機能を担っている。

坊っちゃんは生徒に向かって「箆棒め、イナゴもバッタも同じもんだ」、「馬鹿あ云え。(中略)さあなぜこんないたずらをしたか、云え」と言い、小使にも「すぐ拾って来い」と命ずる。上司である狸校長にも「堀田には出せ、私には出さなくって好ゝと云う法がありますか」と迫り、二人同時に辞めたら「数学の授業が丸で出来なくなって仕舞う」と慰留されても、「出来なくなっても私の知った事じゃありません」と突っぱねる。悪玉の代表である教頭の赤シャツに対しても、こんな物言いをする。

A6　どうせ険呑です。こうなりゃ険呑は覚悟です

A7　マドンナに逢うのも精神的娯楽ですか

A8　さっき僕の月給をあげてやると云う御話でしたが、少し考が変ったから断わりに来たんです

また、言い方は若干やわらかかったかもしれないが、こんな程度のことは発言する。

B35　野芹川の土手でも御目に懸りましたね

作品『坊っちゃん』は主人公坊っちゃんの一人称小説であるため、こういったいくつかの層の坊っちゃんの対話のほか、全編をとおして坊っちゃん自身の語りである地の文も、読者にはまさしく坊っちゃんの声として聞こえている。もっと痛烈なことはその地の文でのつぶやきなのだ。

E1　年中赤シャツを着るんだそうだ。妙な病気があったもんだ。

E2　いっそ思い切って学校で嘘をつく法とか、人を信じない術とか、人を乗せる策を教授する方が、世の為にも当人の為にもなるだろう。

E3　いくら気取ったって、あの面じゃ駄目だ。

E4　教頭とも思えぬ無責任だ。

E5　どこ迄女らしいんだか奥行がわからない。

E6　夫《そ》れ見ろ。利いたろう。

E7　よく嘘をつく男だ。是で中学の教頭が勤まるなら、おれなんか大学総長がつとまる。

むろん、それは赤シャツに関する批評だけではない。赴任先に到着したとたんにいきなり「野蛮な所だ。（中略）人を馬鹿にしていらあ、こんな所に我慢が出来るものか」と憤り、道を尋ねた相手の小僧を「気の利かぬ田舎者だ。猫の額程な町内の癖に、中学校のありかも知らぬ奴があるものか」と酷評し、狸校長の訓示に「余計な手数だ」、「そんなえらい人が月給四十円で遙々こんな田舎へくるもんか」と反応するのも、発言したわけではなく、ただそう思っただけである。初対面のとき、「何がアハヽヽだ。そんな礼儀を心得ぬ奴の所へ誰が遊びに行くものか」と山嵐に反発するのも同じだ。宿屋の女中の態度に「田舎者の癖に人を見括ったな。（中略）どうするか見ろ」（以上、第二章）と突っ掛かるのもそうだ。

生徒に質問され、「箆棒め、先生だって、出来ないのは当り前だ。出来ないのを出来ないと云うのに不思議があるもんか。そんなものが出来る位なら四十円でこんな田舎へくるもんか」と開き直るのも、その生徒らが黒板に書いた落書きに腹を立て、「狭い都に住んで、外に何にも芸がないから、天麩羅事件を日露戦争の様に触れちらかすんだろう。憐れな奴等だ。小供の時から、こんなに教育されるから、いやにひねっこびた、植木鉢の楓見た様な小人が出来るんだ」（以上、第三章）と斬って捨てるのも同様だ。

狸と赤シャツだけが宿直を免れると聞いて「面白くもない。月給は沢山とる、時間は少ない、夫《それ》で宿直を逃がれるなんて不公平があるものか。勝手な規則をこしらえて、それが当り前だと云う顔をしている。よくまああんなに図迂〳〵しく出来るものだ」（第四章）と憤慨するのも、当の校長や教頭に面と向かって抗議しているわけではない。同輩の野だいこの言動にいきり立ち、「毛筆でもしゃぶって引っ込んでるがいゝ」、「野だの御世話になる位なら首を縊って死んじまわあ」（第五章）と啖呵を切るのも、自分の胸の中でのことなのである。

坊っちゃんのやや病的とも思える被害意識については、すでに前稿で指摘したのでここには繰り返さない。社会的敗者による勧善懲悪の単純明快な活劇に見えるこの作品に、もうひとつの翳をつくりだしているのが、本稿で論究した対話構造なのである。自分を代弁してくれる坊っちゃんの、胸のすくような威勢のよい啖呵に、読者は思わず拍手喝采しようとして、ふとためらう。読者が直接聴きとる坊っちゃんの声の多くが、こんなふうに心の声でしかないことに気づく。他人の耳に確実に届いたはずのことばが意外に少ないという事実は重い。それも痛快なことばほど、他人という社会にそのままぶつかることはない。坊っちゃんとわれわれとの間にむなしくこだまするだけなのだ。

（「『坊っちゃん』対話録」森田良行教授古稀記念論集『日本語研究と日本語教育』明治書院　一九九九年）

森鷗外の文体
――感情表現・比喩表現を夏目漱石と比較する――

鷗外文体の概評

漱石や荷風や潤一郎の作品を愛読したため、その影響で自分の文章が漱石ばり荷風ばり潤一郎ばりになって困ったという話はあまり聞かない。芥川や川端や小林秀雄の文章を読んでいると、いつのまにかその筆癖がうつってしまいそうな気がする。事実、そのエピゴーネンらしい文章に出合うこともある。森鷗外の文章も表現上の特徴が比較的目立つほうだろう。読んでいるうちに「わたくしの往々見る所のものである」とか「恬としてこれを用いる」とか、あるいは「自らなす事を得ない」とかといった調子に感染してしまうかもしれない。その文体的特徴については、すでにいろいろな指摘がある。早く漱石が「行文は漢文に胚胎して和俗を混淆したる」ものだと評し、鷗外自らも『即興詩人』の訳文に関して「国語と漢文を調和し、雅言と俚辞とを融合」しようとしたと、その試みを解説したように、初期の文語体の文章が漢文体を骨格にしていたことは確かである。そして、その一点に限って言えば、翻訳ならざる小説の文章も、口語体の文章も、後期の文章も、随筆の文章も同じ性格を持つと言うことができよう。

詩や翻訳、評論、それに医学上の論文類を別にし、小説や史伝の類に限っても、もちろん鷗外は一定の文体で通したわけではない。『舞姫』の時期は和漢洋、雅俗を折衷した典雅で端正な抒情的美文体、『ヰタ・セクスアリス』の時期は知的で明晰で思弁的な文体、『阿部一族』をはじめとする歴史小説の時期は簡潔で客観的で格調の高い叙事的な文体、それに続く史伝の時期は冷厳な考証を軸とするさらに凝縮された文体というふうに、さまざまな姿を見せる。が、どんなに威儀を正した文面にも行間から詩情がにじむ点もすでに言及されている。

筆者自身もこれまでに三度、鷗外の文章について書いた。著書『名文』において、主として『空車《むなぐるま》』の文章を取り上げ、漢文訓読体の骨格、正式性志向の用語や言いまわし、対句表現を基礎とする対構造の文章と漸層的な文展開から来る厳粛なリズム、抑制の利いた表現態度などを一字一句具体的に論じたのが最初である。

次は『国文学 解釈と鑑賞』に「『即興詩人』の文体」（本書五二ページ参照）と題して書いたもので、国木田独歩・田沢稲舟・木下尚江・樋口一葉・泉鏡花・坪内逍遙・高山樗牛・幸田露伴ら同時代作家の同じ文語体の作品と対比し、この作品における人物描写の特色として、人体各部が一括して説明されず、描写が散在する点、しかもそれらが、対句的なしらべの聞こえる漢文調の簡潔な短文、堂々たる漢語の響きが和語を刺激し、極度に明晰を志向する表現の流れに乗って現れ、荘重な中に潤いを添えていることを実例とともに説いた。

もう一つは明治図書の『中学校国語指導法講座』の第5巻に掲載された「文学教材と文体の考え方」と題する論文の中で『寒山拾得』や『阿部一族』その他の作品の文章にふれたものだ。そこでは、墓誌銘や墓碑銘を思わせる乾いた冷たい文章に時折ぼうっと赤みのさす事実を、表現の伝達する情報としてではなく、例えば『阿部一族』の「二時立つ。二時立つ。もう午《ひる》を過ぎた」といった文の切り方に登場人物の息を吹き込む表現自体の在り方として説明した。それは、冷厳な文字面の奥にかすかに聞こえる作者のうたであり、史実の記録がこの詩情によって文学となっていくと述べたのであった。

次に感情表現と比喩表現に焦点をしぼり、明治の文豪と並び称される夏目漱石と対比しつつその実態を記述する。

感情表現

鷗外と漱石とを比べると、感情表現全体として漱石のほうが例が多い。このことは、「苦しくって堪らなくなるのです。不愉快なのではありません、絶体絶命のような行き詰った心持ちになるのです」とか、「苦痛ばかりでなく、ときには一種の恐ろしさを感ずるようになったのです」とかという心理描写の頻出する作品『こころ』に象徴されるように、漱石の作品には心の動きを描く箇所が多く、鷗外は逆に、特に「歴史其儘」を構築しようとした晩年の作では、事実関係を主体として述べ、内面をそれ自体として取り上げるのをむしろ避ける傾向があったことと対応する。

筆者はかつて著書『感情表現辞典』（六興出版　一九七九年　現行版は東京堂出版）において、いわゆる喜怒哀楽の感情を〈喜〉〈怒〉〈哀〉〈怖〉〈恥〉〈好〉〈厭〉〈昂〉〈安〉〈驚〉の一〇種に分類した。この分野別に見ると、対比的な特徴として、漱石の作品では〈厭〉と〈驚〉、それに〈哀〉も多いという点が目立つ。これはおそらく、『草枕』など若干の作品を除いて漱石作品は不満や悩みを訴える場面が多いということと呼応するのだろう。一方、鷗外のほうは全体的に例が少なく、相対的に多い分野も特に目につかない。

姉の顔は喜びにかがやいている。　――『山椒大夫』

お蝶のような娘に慕われたら、愉快だろうというような心持が、はじめてこのころきざした。　――『ヰタ・セクスアリス』

この子を愛して、当歳のときから五歳になったころまで、ほとんど日ごとに召し寄せて、そばで嬉戯するのを見て楽しんだそうである。　――『渋江抽斎』

この瞳の光を自分の顔に注がれたとき、自分の顔の覚えず霽《はれ》やかになるのを感じた。　――『青年』

以上はいずれも、喜びに関する鷗外の表現例である。最初の例は、「顔が喜びにかがやく」という慣用的な表現で、心理そのものの説明というよりは、心理的な変化が外面に表れたのを見てとったという書き方だ。次の例も、「もし……たら……だろう」という仮定の気持ちであり、次の「楽しむ」も、「そうである」という伝聞の形で客観的に伝えている。最後の例も、直接気持ちを伝えているわけではない。自分の顔がそのように変化する感じがしたという事実を伝えているに過ぎない。

もちろん、「そんな優しい、おとなしい娘を手に入れることができるのかと心中ひそかに喜んだ」（『雁』）というふうに感情を直接表現する例もないわけではないが、漱石に比べるときわめて例がとぼしい。


吾輩は今までこんなことを見たことがないから心ひそかに喜んでその結果を座敷の隅から拝見する。

——『吾輩は猫である』

赤シャツのおかげではなはだ愉快だ。

——『坊っちゃん』

今日は母の手蹟をみるのがはなはだ嬉しい。

——『三四郎』

朗らかなその響きが、健三の暗い心を躍らした。

——『道草』

むろん漱石にも、「それがあなたに通じさえすれば、私は満足なのです」（『こころ』）のように、現に起こっている感情ではなく、ある条件下の心の変化を推測した例や、「夫の様子に満足したらしい彼女は微笑を洩らした」（『明暗』）のように、感情が外見に表れたものとして描いた例もあるが、鷗外と反対に、直接の感情表現が圧倒的に多い。

この不平は赫とした赤い怒りになって現れるか
——『青年』

厨子王は姉の心を忖《はか》りかねて、寂しいような、悲しいような思いに胸が一ぱいになっている。

——『山椒太夫』

すこぶる危険なる古賀の室へ引き越さねばならない。僕は覚えず慄然とした。

——『ヰタ・セクスアリス』

純一は忽ち肌の粟立つのを感じた。そしてひどく刹那の妄想を慙じた。

——『青年』

恋しい恋しいと思う念が、内攻するように奥深くひそんで
——『雁』

なんとなく気が鬱してならないのを、曇った天気の所為に帰しておった。

——『青年』

強い窘迫《きんぱく》と興奮とを感じた。　　　　――同

これまでの不安心な境界を一歩離れて、重荷の一つを卸したように感じた。　　　　――『阿部一族』

庄兵衛は今さらのように驚異の目をみはって喜助を見た。　　　　――『高瀬舟』

〈怒〉から〈驚〉までの感情表現の例を、鷗外の作品の中から一つずつあげてみた。これらを次に掲げる漱石の例と対比しながら、その性格を考えたい。

父に対してはただ薄暗い不愉快の影が頭に残っていた。　　　　――『それから』

その泣き声はわれながら悲壮の音を帯びて天涯の遊子をして断腸の思いあらしむるに足ると信ずる。　　　　――『吾輩は猫である』

けれども恐ろしかった。自己が自己に自然な因果を発展させながら、その因果の重みを背中に負《しょ》って、高い絶壁の端まで押し出されたような心持であった。　　　　――『それから』

お前といっしょにいると頭から火の出るような思いをしなくっちゃならない　　　　――『道草』

私があなたを恋《おも》っているのは、ちょうど宗教家が神にあこがれているようなものだ　　　　――『吾輩は猫である』

忌々しい、こいつの下に働くのかおやおやと失望した。　　　　――『坊っちゃん』

半身を現わしかけた婦人の姿を湯気のうちに認めた時、彼の心臓は、合図の警鐘のように、どきんと打った。　　　　――『明暗』

平生より多少機嫌のよかった奥さんも、とうとう私の恐れを抱いている点までは話を進めずに仕舞いました。私はほっと一息して室へ帰りました。　　　　――『こころ』

すでに死んだと思ったものが急に蘇った時に感ずる驚きと同じであった。　　　　――『明暗』

用例を増やせばそれだけ多様な表現が並ぶ。しかし、こうして両作家の感情表現を概観すると、次のような対比的

な特徴が浮かび上がる。漱石の場合は、感情を分析的にとらえるよりも、「忌々しい」というように生の感情を吐き捨てるか、さもなければ、「不愉快の影」、「重みを背中に負う」、「絶壁の端」、「火が出る」、「合図の警鐘」というふうに比喩的なイメージを駆使して感覚的に伝える。あるいは、これも一種の比喩であるが、「私があなたを恋う」ことを「宗教家が神にあこがれる」ことに、ある種の驚きを「死んだはずの人間が急に蘇った時に感ずる」それに置き換えるような、関係の移行をとおして具体的に説く。

それに対して鷗外の場合は、「胸が一ぱいになる」、「肌が粟立つ」、「重荷を卸す」、「驚異の目を見はる」といった慣用的な表現にとどめるか、「赫とした」、「慄然とする」、「慙じる」、「気が鬱する」、「窘迫」といった難解な漢字・漢語・言いまわしを用い、あるいは「内攻する」と分析するなど、感情そのものに立ち入らず、外側から距離を置いて客観的・概念的に述べるにとどめ、格調高く伝える。

比喩表現

以上の傾向は比喩表現にもほぼそのまま認められる。漱石のほうが用例も多く、また具象的で多様なイメージの広がりが感じられるのである。

著書『比喩表現辞典』（角川書店 一九七七年 新版一九九五年）では、喩えるほうを「イメージ」とよび、喩えられるほうを「トピック」と名づけた。目を糸に喩える場合は「目」がトピック、「糸」がイメージということになる。この区別にしたがって、両作家の比喩表現例をイメージ別に整理し、人間・動物・植物・物体・自然・現象・行為というふうにまとめてみよう。

「雲の峰をよく見ると、真裸な女性《にょしょう》の巨人が、髪を乱し、身を躍らして、一団となって、暴《あ》れ狂っているように」（『それから』）のように、人間のイメージに置換された例、「礼の仕方の巧みなのに驚いた。腰から上が、風に乗る紙のようにふわりと前に落ちた」（『三四郎』）のように、物体のイメージに置換された例、「不意に天から二、三粒落ちて来た、でたらめの雹のようである（ヴァイオリンの音）」（同）のように、自然のイメージに置換された例、「自分の未来に横たわる光明が、次第に彼の眼を遠退いて行くように」（『こころ』）のように、現象のイメージに置換された例のそれぞれの割合が、いずれも相対的に漱石のほうが高い。

「二人の息子が狛犬のように列んでいる」（『山椒太夫』）のように、動物のイメージに置換した例は、逆に鷗外のほうが割合としては高い。ただし、その中には、「毛虫のように嫌う」（『高瀬舟』）、「体を鰕《えび》のように曲げる」（『キタ・セクスアリス』）、「狐につままれたよう」、「牛馬のように働かせる」、「平蜘蛛のようになる」（以上『雁』）といった慣用的な例も多い。このような固定した比喩表現の多いのは、動物のイメージに限らず、鷗外の一般的な傾向であり、漱石にしばしば見られる「達磨を草書に崩したような容貌」（『草枕』）といった突飛な喩えや、「染み込んだ春の日が、深く草の根にこもって、どっかと尻をおろすと、眼に入らぬ陽炎を踏みつぶしたような心持ちがする」（同）といった感覚的な発見や、「方幾里の空気が一面に蚤に刺されていたたまれないような気がする」（同）といった聴覚から触覚に感覚系統の転換する例など、鷗外にはきわめて稀である。

また、漱石の初期作品で目につく遊戯的な比喩表現、すなわち、「先生と大きな声をされると、腹の減った時の丸の内で午砲《ドン》を聞いたような気がする」（『坊っちゃん』）という例だとか、へたなヴァイオリンの音を「鋸の目立て」（『三四郎』）に喩える例、それに、「暗闇で饅頭を食うように、何となく神秘的」（同）だとするような滑稽な例などは、鷗外では早い時期の作品にもあまり見られないようだ。医者でもあった鷗外らしく、「俎橋の手前の広い町を盲腸にたとえ」（『雁』）、そこにある「狭い横町」を「虫様突起」と名づけた医学生の例がわずかに目立つ程度である。

鷗外の比喩表現で特徴的な点としては、ある対象自体を他のイメージでとらえなおす典型的な比喩とは別に、あるものと他のものとの関係を、ほかのあるものと他との関係に置き換えてとらえなおす例、すなわち、関係の移行によって説明する例の目立つことがあげられる。例えば、「僕に物を書けというのは、死者に踊れというようなものではあるまいか」(『追儺』)、「彼のあくまで冷静なる眼光は、蛇の蛙《かわず》をうかがうように女をうかがっていて」(『ヰタ・セクスアリス』)、「この男のそばにこの女がいるのを、ただ何となく病人に看護婦が附いているように感じた」(『百物語』)、「なぜ死期《しご》の近い病人の体を蝨《しらみ》が離れるようにあの女は離れないだろう」(同)といった例は、何かを何かに喩えたものとして単純に理解するわけにはいかない。「僕」と「死者」、「彼」と「蛇」、あるいは、「女」と「蛙」、「この男」と「病人」、「この女」と「看護婦」、「あの女」と「蝨」とが、それぞれ単独で似ているのではなく、両者の関係が互いに似ているというのである。

漱石にも、「朝から晩まで多勢の集まるところへ顔を出して、得意にも見えなければ、失意にも思われない様子は、こういう生活に慣れ抜いて、海月《くらげ》が海に漂いながら、塩水を辛く感じ得ないようなものだろう」(『それから』)のような類例がないわけではない。が、漱石の場合は「寒さが背中へ噛りついたよう」(『こころ』)の例や、「肺の強くない人の、重苦しい葛湯の中を片息で泳いでいるよう」(『それから』)の例や、「兄との応対を傍にいて聞いていると、広い日当りのいい畠へ出たような心持がする」(『三四郎』)の例のように、感覚や心理といった論理的・客観的にとらえにくい対象を読者の感性に訴えて具体的に伝達しようとする例が圧倒的多数を占める。

鷗外の文章にしばしば見られる、この関係の移行にもとづく比喩表現の例は、AをBのイメージでとらえる感覚的把握ではない。aに対するAの役割を、bに対するBの役割に対応するととらえる意味関係の認識であり、具象化を目的とする一般の比喩表現とは、その方向において異質な面を持っている。そしてそれは、前に述べた感情表現における特色と呼応し、この作家の文章の論理的性格、明晰で冷厳な表現の格調を支えていると考えられる。

(「森鷗外の文体―感情表現・比喩表現を漱石と比較する―」『国文学　解釈と鑑賞』一九九二年十一月号　至文堂)

『即興詩人』の文体
――鷗外臭と典雅な詩情のしたたり――

翻訳と文体

森鷗外は衆人の前に颯爽と姿を現す人ではなかったらしい。小心で神経質な一面を具えていたという。並はずれた学識をつきつけて相手をねじ伏せるような議論をしたともいう。完全主義者にふさわしい厳格さと潔癖さと情熱、それがあの、妥協なき用字、容赦せぬ用語、明晰なる構文、あるいは謳い、あるいはポーズと見えるまでのストイックな行文を生み出したのだろうか。

「森林太郎トシテ死セントス墓ハ森林太郎墓ノ外一字モホル可ラス」と言い切った遺言状を鷗外は「何人ノ容喙ヲモ許サス」と結んだ。「石見人森林太郎トシテ死セント欲ス」の一文で明らかなように、そこには一人の人間として死にたいという鷗外最後の希求が記されている。「奈何ナル官憲威力ト雖此ニ反抗スル事ヲ得ス」とし、「宮内省陸軍ノ栄典ハ絶対ニ取リヤメヲ請フ」と具体化するあたりから、このような主旨の遺言状の書かれた事情もなんとなくわかる。全文に見られるある種の調子――簡にして要を得た表現、人を寄せつけぬ毅然たる態度、明晰を妨げる一切の措辞の排除、要求を貫かんとする強い意志をこめた反復徹底は、鷗外文章の呼吸をひょっとすると文学作品以上に端的に伝えてくるのかもしれない。生涯の決算期にあたって記された遺言状の中に鷗外の筆勢を感じとるのは過酷だろう。が、これほど完璧な形で人生の総決算を企図する激しさは、長期にわたる多彩な文学活動を支え、その作品に隠見する、まさにあの意外な熱っぽさではないか。みごとであると言うほかはない。

「明治の興隆以来、わが学芸の世界に偉大と称すべき人があるとすれば、第一に鷗外に指を屈しなければなるまい」とした小泉信三は、文章の点でも、「言葉を愛すること最も深く、和漢洋語に通ずること最も精しく、そうして常にその感覚の新鮮を失わなかった鷗外は、今日においても、いやしくも日本人が物を書く場合、取って第一の模範となすべき文豪である」と最大限の評価を与えた。「第一に」「第一の」という言いまわしにこだわらなければ、いずれそのとおりであろう。その小泉は、鷗外の作中で「第一に「即興詩人」を挙げ」、「第二を「渋江抽斎」とするに躊躇しない」。熱唱する文章と一見記録報告風の文章だ。文学創作のパッションが浮上する作品とそれが深く沈潜する作品――その両極とも言うべき作品が何のこだわりもなく選ばれたのはさすがである。

そして、特に前者については、「青年時代に偶々「即興詩人」を読み得たことは自分の幸福であった」と書き、「その青年時代を「即興詩人」を知らずに過ごした人があるとすれば、それは大きな損をしたものだ」と付言した。一つの訳書としては破格の評価だと言えよう。

原作者はデンマークのハンス・クリスチャン・アンデルセンで、鷗外はその独訳から十年近くをかけて訳出した。その出来ばえは、しばしば原作以上という奇妙な讃辞を引き起こしたほどだった。「原作以上」の翻訳とはどういうものをさすか。それは訳書から受ける感動の質量が原文を読んで得られるそれよりも大きいということだろう。これは、両方の言語に同程度に精通している読者を想定してのことだから、こういう比較はむろん実際にはむずかしい。

通常は訳書のほうが読者の母国語であることが多い。とすれば、訳文を読んだほうが、少なくとも内容の理解は容易なはずだ。時には原文よりも難解な訳文と言われるものも確かにあるが、どんな翻訳でも全体としては原書よりはわかりやすいはずである。その意味では、例えば、この小泉信三が『即興詩人』のドイツ語版を読んだあとで「かくも吾々を動かすのは鷗外の文章によること争うべくもない」という感想をもらしたとしても、それを額面どおりに受けとるのは少し危険であるにちがいない。

しかし、そのドイツ語版から受ける感動が「訳文からのそれに比すべくもない」ことにはいささか驚いたらしい。その差が自分のドイツ語の学力不足のせいではないことを強調するのは、その驚きの大きさを物語る。そして、鷗外訳は「原文の文意は勿論、一字のニュアンスをもおろそかにすることなしに、しかもその無尽蔵なる和漢雅俗一切の語彙を傾けて全く自己の即興詩人を書いた」と言うことができ、さらには「原文の読者の曾《かつ》て味わい知らぬ異常の美しさを加えた」ことに小泉は改めて驚嘆の目を見はる。文学がいかに言語そのものであるかを端的に示す好個の例であると言えよう。

そして、小泉は、「『即興詩人』は和漢洋文字の珠玉をおさめた、日本文というものの到り得る極処を示したもの」であるとし、「鷗外の前に鷗外なく、鷗外の後に鷗外なし」という最大の讃辞を送るのだが、森鷗外『即興詩人』という一個の文学作品の価値がむろん原作と無縁に成立するはずはない。結果としての文章が鷗外固有のものとなりえた名訳であったとしても、それが翻訳であるかぎり、その言語作品の成立を支える基をなした文章、少なくとも、その訳文の生まれ出る機縁となった原文の存在を無視することはできない。したがって、鷗外の『即興詩人』が当時の多感な青年たちを酔わせ、そして、彼らがそのいくつかの章節を諳んじるに至ったとき、そういう広い意味での感動のすべてを文豪森鷗外の表現力に帰するなら、それはやはりいささか強引すぎると言わねばならない。しかも、いかに鷗外色に深く染まっていようと、それは翻案でないばかりか、「殆ど逐字的ともいい得るほどに原文の字句を尊重」した、むしろ忠実な翻訳だという。

作品『即興詩人』の文体を取り上げるとき、必然的に作家森鷗外の文体に言及することになる。かつて神西清の翻訳が、うますぎて、あれはチェーホフじゃない、と言われたように、訳書が固有の価値をもつにつれて、そういう割合が大きくなる。その意味では、鷗外『即興詩人』の文体はかなりの程度まで作家森鷗外の文体となりえているはずである。しかし、それでもやはり、『舞姫』なり『雁』なりを取り上げる場合とは基本的に違った扱いが必要となる。

ここでは、どのような表現的性格が鷗外固有のものであり、どのような部分がどこまで原作に依っているか、という角度からの考察はおこなわない。森鷗外の手に成る日本語作品『即興詩人』の文章が他の作家の作品の文章とどう違うかという観点で扱うことにしたい。つまり、私たちの前に日本語で投げ出されているこの作品の言語表現上の性格をまずは素朴に考えてみようというのである。

なお、できるだけ具体的に対比するために、今回は人物描写に焦点をあて、そのファインダーに映る二、三の映像を追うことにしよう。

総花式の人物紹介

幕が開く。舞台に役者が登場する。その瞬間、観客はそれがいかなる人物であるかを理解する。むろん、身体の細部や名前や出身地などまではわからないが、性別はもちろん、顔のつくり、髪型、体つき、いでたちから、時には職業や身分などまで、たちどころにわかる。ところが、小説のような言語作品の場合はそうはいかない。もしも、芝居に出てくる人物を小説中に等量の情報を持たせて登場させようとすれば、一人あたり数ページのスペースを割いてもとうてい足りない。これは現実と言語との性格の違いであり、それを正確におこなうことは理論上不可能なのだ。

そこで、小説の場合は対象をまるごと描写することは最初からあきらめ、情報の選択に賭ける。詳密描写も骨太のスケッチも、その意味ではまったく程度の差にすぎない。が、考えてみると、言語作品のこのような宿命的制約がつねにマイナスの条件であるとは言えないのである。舞台に登場するあらゆる人物の具えているすべての視覚的情報がいつも同時に必要であるとはかぎらない。重要度に応じての選択が著しく困難であるために、やむなく共起しているケースもあるだろう。そういう意味でなら、必要な際に必要な情報だけ小出しにできる言語表現には有利な面もあるが、今こんなことを議論してみても始まらない。それは音楽と美術の優劣を論ずるようなものだからだ。

小説での人物の出し方、描き方に着目すると、現代小説ほど身体部位の扱いにむらがあることに気づく。例えば、川端康成の『雪国』では、正ヒロイン駒子は「蛭のような唇」と「蚕のような体」という比喩によって、副ヒロイン葉子は「悲しいほど美しい声」によって、それぞれ象徴的に描かれている。そこだけが時には彼女たちの存在をあやうく支えていることもある。ともあれ、背が高いのか低いのか、目が大きいのか細いのか、どういう髪型をしているのか、一編の作品を読み終えても、人体のその他の部分の特徴は容易に浮かんでこない。

それに対し、大正以前、殊に明治期の作品では、ちょうど舞台に登場する人物の視覚的映像をそのまま追うように、一登場人物の外見などにつき、総なめに描き尽くす感じの表現にしばしば出合う。

丸き目、深き皺、太き鼻、逞ましき舟子なり。 ——国木田独歩『源叔父』

其物案じがほなる蒼き色、此夜は頬の辺《あたり》少し赤らみて折々何処《いづこ》ともなく睇視《みつむ》るまなざし、霧に包まれし或物を定かに視んと願ふが如し ——同

前例は、簡潔ここに極まれりの感ある行文だ。わずか二〇字ばかりの短文一つに、目の形、顔面の肌のぐあい、鼻の形態、それに筋骨隆々たる体つきまでが、きっぱりと表現されている。目と皺と鼻とのイメージが逞ましき全体像に向かって流れ込む、このセンテンスの張りは強靱だ。

後例には、顔色、頬のあたりの肌の色、眼球運動と視線の表情が描かれている。この例でも、一登場人物のある心理状態を写して統一感がある。

日本人とは思われぬほどつや〳〵する色白な、恰好のよい顔は、ぞッとするほど愛嬌のあるえくぼをよせながら ——田沢稲舟『五大堂』

ここでは、顔のつくり、その肌の色あいと艶、それに頬のようすを描くことをとおして、一つの顔を立体として読

者の前に差し出している。

黒髪バラリと振り掛かれる、蒼き面《おもて》に血走る双眼、日の如く輝き、怒《いかり》に震ふ朱唇《くちびる》白くなるまで噛み〆《し》めたる梅子の、心決《きわ》めて見上たる美しさ、只凄きばかり、

——木下尚江『火の柱』

髪の色と乱れぐあい、顔色、目の色と光、唇の動きとそれに伴う色の変化、そういうものが、ある女のはりつめた気持ちを映してきりりとした表情の凄いほどの美しさに向かって働いている。

一日《ひとひ》ばかりの程に痩せも痩せたり片靨《かたえくぼ》あいらしかりし頬の肉いたく落ちて白きおもてはいとゞ透き通る程に散りかかる幾筋の黒髪緑は元の緑ながら油けもなきいたいたしさよ

——樋口一葉『闇桜』

愛らしかりし双頬《さうきよう》の靨《えくぼ》いづくに往きし、なつかしかりし遠山の眉いづくに行きし、双星の眼《まなこ》破雷の口、復《また》輝やかず又開かず、黒漆の髪雪白の肌《はだえ》、あれも無しこれも無し、

——同『うもれ木』

両例とも、失われた美を惜しむ箇所だ。そこに現れるイメージは今存在しない。しかし、美しかったかつての姿が点描の否定表現によって読者に髣髴される。

前例では、頬のあたりの筋肉、顔面の肌の色と艶、頭髪の色と艶とほつれぐあいが記されている。後例では、さらに、眉、目、口、皮膚に及ぶ。「片靨」と「双頬の靨」との違いはあっても、相似た相貌が浮かんでくる。

ところで、『源叔父』から『火の柱』までの文例に比べ、これらの二例には古めかしい感じが濃い。なぜだろう。最初の例には的確な簡潔さがあった。次の例には微妙なニュアンスを描き出そうとする意志が見えた。その次の例には多少とも個別的な実物を写すべきことばがあった。そして、その次の例にも、大仰で、また、やや陳腐ながら、ともかくもそこに一つの現実が見えるように書こうとの姿勢が感じられる。

その点、この二つの文例は、まず、あまりにも類型的なのである。単に「痩せも痩せたり」といったきまり文句が使われているだけではない。「ゑくぼ」と「愛らし」、「髪」と「緑」や「うるし」あるいは「散りかかる」との組み

合わせもそうだ。「遠山の眉」「雪白の肌」といった模様化された表現を眺めていると、この『うもれ木』の文例で「片靨」とならずに「双頬の靨」が選ばれたのも、あるいは「双星の眼」とのバランスに関係するのかと、叙述のオーダーを無視して、勘ぐりたくなる。そして、少なくとも、その「双星」という二字漢語の採択が次の「破雷の口」を誘い出したことは確かだろう。「黒漆の髪」と「雪白の肌」との関係も、それらの事実側の要請によってでなく、白と黒とのコントラストを意識した表現側の事情によって、いわば取り合わせとして選ばれた出来合い表現だったかもしれない。

この両例の時代がかった感じは、人物描写における前述の身体各部の並列的叙述にも大きくよりかかっているように思われる。『源叔父』の文例から『火の柱』の文例までの場合は、目なり鼻なり口なりの描写が、逞ましさなり張りつめた精神状態なりに向かって流れ込む。一つの表情をつくるイメージを分担していると見られるほど描写全体の有機性が強いのである。

『闇桜』と『うもれ木』の文例の場合も、例えば美貌の衰えに対する愛惜といったまとまりがないわけではない。しかし、各部の描写間に必然的なつながりがなく恣意性が強いのだ。目をおおうばかりの衰えが見える箇所を列挙したと言っていい。それが極端になると、次のような長大なセンテンスとなって現れる。

横ぶとりして背ひくゝ、頭《つむり》の形《なり》は才槌とて首みぢかく、振むけての面《おもて》を見れば出額の獅子鼻、反歯《そっぱ》の三五郎といふ仇名おもふべし、色は論なく黒きに感心なは目つき何処までもおどけて両の頬に笑くぼの愛敬、目かくしの福笑ひに見るやうな眉のつき方も、さりとはをかしく罪の無き子なり、

——同『たけくらべ』

肥満の度合、背の高さ、頭の形、首の長さ、額の出ぐあい、鼻の形態、歯の反りぐあい、肌の色、目つき、頬の笑くぼ、眉のつき方といった身体各所の特徴に関する情報を列挙することで一人の人物の全体像を彫り浅く刻む例である。

純潔なる白衣《びやくえ》を絡《まと》ひて、死骸の如く横われる、顔の色飽くまで白く、鼻高く、頤《おとがい》細りて手足は綾羅にだも堪へざるべし。唇の色少しく褪せたるに、玉の如き前歯幽かに見え、眼は固く閉したるが、眉は思ひなしか顰《ひそ》みて見られつ。纔《わずか》に束ねたる頭髪は、ふさ〳〵と枕に乱れて、台の上にこぼれたり。

——泉鏡花『外科室』

一つの文ではないが、連続する三文のうちに多くの情報を詰め、その集合によって一つの人物像を刻む、あの典型的な例である。衣装を別にしても、顔色、鼻、頤、手足、唇、歯、目、眉、髪と、視線がなめるように一往復する形でほぼ総身が描かれている。

印象的な特徴を重点的に取り上げるのではない。作品展開のそこここに部分的な人体描写を挟んで流れるのとも違う。このような総花式の列挙型を採る人物描写はやはり古風な感じを免れない。

作中に渦巻く描写の流れ

さて、鷗外の『即興詩人』における人物描写はどういうタイプであろうか。

・新婦の漆黒なる瞳子《ひとみ》は上に向いて、その波紋をなせる髪は白き肩に乱れ落ち、もろ手は曲線美しき胸の上に組み合されたり。

・年老いたる媼《おうな》の身うち痩せ細りたるが、却りて背直《すぐ》にすくやかげなる坐りざまして、あたりに心留めざる如く、手はゆるやかに糸車を廻せり。銀《しろかね》の如き髪の解けたるが、片頰に墜ちかゝりて、褐色なる頸《うなじ》のめぐりに垂るゝを見る。その墨の如き瞳は、とこしえに苧環《おだまき》の上に凝注せり。

前の文例には、瞳の色、頭髪の形態、肩の肌の色、胸の線が連続して取り上げられている。後の文例では、体の肉づき、背筋の状態、頭髪の色彩と形状、頰のようす、うなじの色、瞳の色と動きなどに、やはり畳みかけるように叙述の先を向ける。その点に限って言えば、これまで掲げてきた他作家の諸文例と共通する。

しかし、まず、これらはこの作品中の例外的な存在であることに注意したい。身体各部の特色が数箇所にわたり連続して叙述されるこのような例は、あの長編の中にきわめて少ないのである。

前の文例は、「葡萄架《ぶどうだな》の暗き処に躱れ、石に踞して」覗き見た室内の景である。「白き汗衫《はだぎ》を鬆《ゆる》やかに身に纏ひ、卓の下に跪きて讃美歌を歌」う二人の小娘、その「二人の間に坐せ」る「姉なる新婦」がいる。窓枠に囲まれたこの情景は「ラフアエロの筆に成りたる聖母《マドンナ》と二天使との図」を連想させる。額縁に入った一幅の絵を人に話すとき、それが人物画であれば、私たちもごく自然に、髪型を語り、目や鼻や口を語り、体の線を語るだろう。とするなら、これはその連想自体が要請した表現形式であったことになる。

後の文例の場合も『たけくらべ』や『外科室』の文例とは性格が少し違う。身体各部の描写が列挙されてはいるが、それらは単に、髪はどうで、目はどうで、体型はどうで、というふうに羅列されているわけではない。例えば、「媼は年老いたり。身うち痩せ細りたるに、却りて背直なり。（中略）髪は銀の如くにして、片頬に墜ちかゝり、頸に垂る。頸は褐色なり。瞳は墨の如し。」といった叙述の展開にはなっていない。身体各部の個々の描写が互いに独立して並んでいる構造とは違うのだ。すなわち、登場人物を紹介するためにその容姿をあれこれ説明する書き方にはなっていない。

ひとりの痩身の老女がいる。それが背筋を伸ばし、端然とした姿勢で、ゆっくりと糸車を回している。その動きにつれて白髪が揺れ、乱れた髪が片頬に落ちかかり、その先が褐色のうなじのまわりに垂れる。墨を思わせる瞳から発する無心の視線が苧環《おだまき》に注がれたまま、じっと動かない。

つまり、これは作中人物に関する注釈ではない。作品の流れの内部で必要に応じてからみ合いながら、それ自体が渦巻く流れとなって展開する描写だと言うことができるだろう。

・かの女子《おみなご》の怪しく濃き目の色、鴉青《からすば》いろの髪、をさなくて又怜悧《さかし》げなる顔、美しき紅葉のやうなる手……

このように最も羅列された感じの強い箇所にしても、それは単なる人物紹介として書かれていないことに注意したい。「母上は我に向いて」そう「繰りかへして誉め給ふに、わが心には妬ましきやうなる情起りぬ」という言語環境で、その発言内容として現れるのである。身体各部の描写が一箇所に集中する例の稀なのは、それぞれがこのように作品展開の要請を受けて起こるからであろう。

・君は病めりと云えど、面《おもて》は紅《くれない》に目は輝けるこそ訝《いぶか》しけれ。さなり。我身は頭の頂《いただき》より足の尖《さき》まで燃ゆるやうなり。

・独りアヌンチヤタは静座して我面《わがおもて》を見たるが、其姿はアフロヂテの像の如く、其眸《そのひとみ》には優しさこもれり。

・痩せたる掌《て》に骨牌《かるた》緊《きび》しく握り持ちて鷙鳥《しちょう》の如き眼を卓上の黄金《こがね》に注ぎたるなり。

顔も目も姿も、このように場面の中で語られるのである。

訳文の奥に作家の体臭

翻訳とはいっても、鷗外の文章である。そこに表れる言語的性格には、やはり鷗外臭を嗅ぎとらぬわけにはいかない。

的《あてど》もなしに恍惚《うっとり》と、見つむる目には一ぱいの、涙あふれてはらはら〳〵　——坪内逍遙『桐一葉』

両眼の涙さながら雨の如し。　——高山樗牛『滝口入道』

十兵衛涙に浮くばかりの円《つぶら》の眼《まなこ》を剝《む》き出《いだ》し、瞤《まじろ》ぎもせでぐいと睨めしが　——幸田露伴『五重塔』

涙に満てる梅子の目は熱情に輝きつ　——木下尚江『火の柱』

凄艶なる目の中に、一滴の涙宿したり。　——泉鏡花『照葉狂言』

涙を浮かべた目——例えば、そういう共通の表現対象に向かう他作家の描写例を並べてみた。これらの諸例に目を走らせたあとに、『即興詩人』の次のような描写例に目を移すと、その鷗外臭がぷうんと漂ってくるようだ。

目に喜の涙を浮べて、我項《わがうなじ》を抱き我額に接吻せり。

懐旧の念しきりにして、恋慕の情止むことなく、双眸涙に曇る時、島国は忽ち滅《き》えたり。

簡潔な短文がある。漢文脈が流れ、遠く対句風のしらべも聞こえる。「天然の美音もて、百錬千磨したる抑揚をその宣叙調《レチタチイヲオ》の上にあらはしつ」に代表される独特の調子——堂々たる漢語の響きが和語を刺激して波立たせる、その波紋の広がりが、「我項」「我額」と繰返し、時には「胸（乳房）ゆたかなる羅馬の女子は」と注せずにいられない明晰への極度のこだわりとともに、ここでも荘重で典雅な詩情のしたたりを見せているように思われる。

この作品が翻訳というよりは日本文学の古典として今なお鑑賞にたえるのはなぜだろう。それは、物語の展開に溶けこんだ描写のある確かさと、鷗外自身のこの表現の節度によって、素材にあふれる抒情がしっかりとつなぎとめられているからではないか。

（「『即興詩人』の文体」『国文学　解釈と鑑賞』一九八四年一月号　至文堂）

島崎藤村の文体

――『破戒』『新生』の人体描写――

『夜明け前』の文体的特徴

藤村の文体に対する言語学的立場からの論及としてまっさきに思い浮かぶのは小林英夫の『言語美学序説』である。「アクタガワ・リューノスケの筆くせ」に続いて、藤村の『夜明け前』を取り上げ、その第二部第六章の途中までに現れた言語的特徴を網羅的に記述したものである。そこに列挙された特徴群は、その多くが他の作品にも見られるので、大部分は「トーソンの筆くせ」として一般化できる。そこで、要点を簡潔に紹介するところから本稿を始めることにしたい。

第一点は「……からで」と文を結ぶ例が頻出することである。「どうして半蔵がこんなことを言い出したかというに、本陣庄屋問屋の仕事は将来に彼を待ち受けていたからで。」という例のように、「からである」ときっぱりと言い切らず、「からで」と途中でやめた形で文を切ってしまう。そこに未練な気持ちと腰の低さが感じられるという。

第二点も文末表現に関する特徴である。今あげた「からで」止めもその一つであるが、「嘉平次等は本陣の焼跡まで行って、そこに働いている吉左衛門と半蔵とを見つけた。小屋掛けをした普請場の木の香の中に。」という例のように、文を述語で結ぶという通常の形式をとらず、副詞節など、連用修飾の形で文を切る例が頻出する点である。これは倒置と見ることもできるが、一度文を結んだあとにもう一言付け加えるという未練がましい表現と見ることもできる。「からで」止めや次にあげる配分法の結果などを除いて、小林は「副文止め」という名のもとに一括している。

第三点は「配分法」と名づけられた展開形式である。「それからの黒船が載せて来た人達は、いずれもこの国の主権の所在を判断するに苦しんだ。亜米利加最初の領事ハリスでも。英吉利使節エルゲンでも。」という例のように、いわゆる副文の先がふたまたに分かれるものである。これは副文止めの性格と次にあげる反復法の性格とを兼ね備えた表現価値を持つ。

第四点はその反復法の多用である。「こゝろみに、この新作の軍歌が薩摩隼人の群によって歌われることを想像して見るがいゝ。慨然として敵に向うかのように馬の嘶きに混って、この人達の揚げる蛮音が山国の空に響き渡ることを想像して見るがいゝ」という例では、二つの文がともに「想像して見るがいゝ」という形で結んであり、同形の文末表現が反復されている。これは感情が激していわば未開人の段階に戻った表現であり、このような反復法の愛好は主情的な作者に多いと結論している。

第五点は、これも一種の反復法であるが、「そのいでたちも実際の経験から来た身軽なものばかり。官軍の印として袖に着けた錦の小帛《こぎれ》。肩から横に掛けた青や赤の粗い毛布。それに筒袖。だんぶくろ。」という例のように、その特徴となるものを列挙する展開が目立つことである。対象を面として描かず、いくつかの点として描くところに注目して、これを「点描法」と名づけ、静止化の技法であるとする。

第六点は、「降った雪の溶けずに凍る馬籠峠の上。」とか、「踊り狂う行列の賑かさ。」とかといった文末表現の多いことである。通常「名詞止め」と呼ばれ、ここでもそう呼んでいるが、「妻子は先ず無事。」といった形容動詞の語幹で文を終止する例をも含む。つまり、体言的な要素で文を打ち切る表現の総称である。これも点描法と同様、静止的な感じを与える効果があるとする。

第七点は、「多事な一年も、どうやら滞りなく定例の恵比須講を過ぎて、村では冬至を祝うまで漕ぎつけた。そこへ地震だ。」という例の「そこへ地震だ」の一文のように、「何がどうした」という文の「何が」の部分を置かずに唐突に「何々だ」と表現する例が多いことである。この論文では「主辞省略文」と名づけているが、「省略」というと本来あるべきものが省かれたという感じになるため、別の論文では「主辞内顕文」と呼び改めている。この表現手段は対象への接近の効果を持つという。

第八点は、「連帯の責任者として、縄附きのまゝ引き立てられるところであったと笑わせる。」という例のように、過去の出来事を現在時制で表現する例がしばしば見られることである。この「史てき現在」について波多野完治は心理描写のうえからの必要性を説いているが、『夜明け前』におけるそれは、作者の感動の同じ圏内に読者をひっぱりこもうという「親しみ」の手法だと説く。

第九点は、「吉左衛門は金兵衛に言って見せて笑った。」という例のように、単に「言う」とせず「言って見せる」とする例が多いことである。「語って見せる」「戯れて見せる」など、「見せる」を付加することにより、耳もとでささやくような感じにする「親しみ」の手法の一つだという。

第一〇点は、「禰宜の細君は半蔵を見て声を掛けた。山登りの多くの人を扱い慣れていて、いろいろと彼をいたわって呉れるのも細君だ。」という例の二番目の文のように、「誰それが何々する」の代わりに「何々するのは誰それだ」という形の表現をとる例が目立つことである。これを小林は「PわS《(ママ)》だ」型の文と呼び、何もかも洗いざらいにぶちまけるような印象を与えると分析している。

第一一点は、「吉左衛門が青山の家」とか「万事は半蔵が父の計らいに任せた」とかというように、通常「の」を用いる所属関係に古風な「が」を用いる例の多いことである。「の」が外から取ってつけた関係を示すためにきつい感じがするのに対し、「が」は内属の関係を示すためにやわらかい感じになるという。

第一二点は「得らるゝ」「言わるゝ」といった文語的な言いまわしの多いことであり、しっくりはまった感じを与えるという。

最後の第一三点は、「叔父の病気を案じ顔な栄吉」とか、「あかあかと燃え上る松薪の火を前にして、母屋を預り顔に腕組みしてゐる平助」とかという例に見られる「—顔」の特徴的な用法が頻出することである。動詞の連用形に「顔」の付いた全体が一つの形容動詞に相当する機能を獲得しながら、一方で、他動詞の目的語にあたる「病気を」「母屋を」といった対象を示す成分をも残している特殊な用法である。「祈り顔」「思い顔」「ねぎらい顔」といった表現は読者の感情移入を容易にする効果があるという。

以上の一三の言語的特徴から、『夜明け前』の作者の気のよさ、気の弱さ、余情、未練、腰の低さ、主情性、物への関心、静止、散文性、接近、親しみ、内部の暴露、内属性といった性格を探りとり、それは要するに「親しみ」の文学である、と結論するのである。

人体描写の実態

以上で筆癖についてはほぼ尽くされた感もあるが、それ以外の面に現れた表現上の性格にも言及しておこう。

島崎藤村といえば自然主義文学の代表的な作家の一人とされる。自然主義には自然主義の書き方というものがあり、その派に属する作家たちの文章には当然多くの共通点がある。しかし、同じ白樺派の武者小路実篤、志賀直哉、有島武郎がそれぞれに独自の文体を持ち、同じ新感覚派の横光利一と川端康成がある面ではむしろ対照的な文章を書いたように、〝光が射さない〟として一括される自然主義文学の各作家にも、それぞれの対比的な特徴があるはずである。

そこで、代表的な作家として島崎藤村のほか、田山花袋、徳田秋声、正宗白鳥を取り上げ、それぞれの人物描写を調べてみた。ここでは顔面描写の部分に限って、その調査結果の一部を略述する。

調査の対象とした作品は次のとおりである。テキストはすべて『現代日本文学大系』（筑摩書房）のそれぞれの巻を用いた。引用に際して用いる作品名の略称を〈 〉内に示し、次に成立年を記す。各ページ二段組みになっているので、作品の長さを（ ）内にその段数で示す。

田山花袋：『重右衛門の最後』〈重〉一九〇二年（五七段）　『蒲団』〈蒲〉一九〇七年（六〇段）　『一兵卒』〈一〉一九〇八年（一六段）　『田舎教師』〈田〉一九〇九年（三九五段）

島崎藤村：『破戒』〈破〉一九〇六年（二六二段）　『新生』〈新〉一九一九年（四三七段）

徳田秋声：『あらくれ』〈あ〉一九一四年（一六四段）　『或売笑婦の話』〈或〉一九二〇年（一四段）　『仮装人物』〈仮〉一九三八年（二五一段）　『縮図』〈縮〉一九四一年（一七五段）

正宗白鳥：『何処へ』〈何〉一九〇八年（六五段）　『入江のほとり』〈入〉一九一五年（三三段）　『生まざりしならば』〈生〉一九二三年（三七段）　『安土の春』〈安〉一九二六年（四九段）　『光秀と紹巴』〈光〉一九二六年（二二段）

このうち、正宗白鳥の最後の二編は戯曲なので、常識的には外貌描写が少ないはずである。

顔面各部について言及した箇所の数を、花袋・秋声・白鳥は調査作品の合計で示し、藤村の場合のみ作品別にまとめて示す。

数字は言及箇所の実数、（ ）内は千段あたりの例数に換算し、比較の便を図ったものである。なお、「額に髪が垂れ下がる」など、身体部位の複数箇所にまたがる描写があった場合は、それぞれの部位でカウントした。

	『破戒』二六二段	『新生』四三七段	田山花袋 五二八段	徳田秋声 六〇四段	正宗白鳥 二〇六段
頭・髪	八（三一）	一四（三二）	四五（八五）	六四（一〇六）	一一（五三）
顳顬	○（○）	○（○）	一（二）	五（八）	○（○）
額	五（一九）	二（五）	二（四）	九（一五）	五（二四）
揉みあげ・鬢	○（○）	三（七）	○（○）	三（五）	○（○）
眉	二（八）	二（五）	七（一三）	六（一〇）	一一（五三）
瞼・睫毛・目・瞳	六一（二三三）	三五（八〇）	三〇（五七）	一〇五（一七四）	四五（二一八）
髭・髯・鬚	三（一一）	二（五）	一一（二一）	一七（二八）	二（一〇）
耳	二（八）	三（七）	○（○）	四（七）	二（一〇）
鼻	三（一一）	一（二）	四（八）	一五（二五）	四（一九）
頬	一一（四二）	九（二一）	九（一七）	一四（二三）	六（二九）
唇・口・歯	一六（六一）	二（五）	二（四）	一八（三〇）	一〇（四九）
顎	一（四）	○（○）	○（○）	三（五）	○（○）
顔・表情	八四（三二一）	八一（一八五）	一〇四（一九七）	一九七（三二六）	七六（三七〇）
計	一九六（七四八）	一五四（三五二）	二一五（四〇七）	四六〇（七六二）	一七二（八三五）

この表から次のような傾向がうかがわれる。

人物の外貌描写を顔面に限って言えば、全体として相対的に、戯曲二編を含むにもかかわらず白鳥の作品に例が多く、秋声も比較的多いが、花袋は少なく、両者の半分程度である。藤村の場合、『破戒』では秋声と同程度に多く、

『新生』では花袋よりも少ない。

頭の形や髪の毛に関する言及は、秋声の作品に際立って多く、藤村の場合は両作品とも例がとぼしい。

顳顬《こめかみ》に言及した例は秋声以外にはほとんど見られない。

額に関する言及は白鳥にやや多く、藤村では『破戒』に比較的多いが、『新生』には少ない。

揉みあげや鬢に対する言及は秋声と藤村の『新生』にわずかに例を見るだけである。

眉に関する言及は白鳥の作品に際立って多く、藤村では両作品とも少ない。

瞼・睫毛・目・瞳に関する言及はどの作家の文章にもかなりの例が見られる。ここでは作家ごとにまとめたが、用例出現率の比較では、白鳥の作品に多く、花袋の作品に少ないという結果になっている。藤村の場合は、『破戒』できわめて多く、『新生』では逆に少ない。

口髭・頬髯・顎鬚を「ひげ」としてまとめると、秋声と花袋に比較的例が多く、藤村と白鳥に少ない。頭髪の場合と同じ傾向にあることが注目される。

耳の描写は花袋の作品に現れず、他の作家にも例が少ない。

鼻に関する言及は秋声と白鳥に比較的例が多く、藤村の『新生』ではきわめて少ない。

頬に関する言及は藤村の『破戒』が相対的にやや多く、他はほぼ同程度の出現率である。

唇・口・歯に関する言及は、作家別では白鳥にやや多く、花袋に少ない。藤村の場合は『破戒』にかなり多く、『新生』では逆にきわめて少ない。額や目の場合と似た傾向を示す。

顎については秋声に若干の例が見られるだけで他にはほとんど現れない点、顳顬の場合と同様である。

最後に、顔全体の形や色、およびその表情に対する言及を見渡すと、当然のことながらどの作家の文章にも多くの例が見られる。その点、目の場合と同じであるが、各作家とも用例数は目の場合よりさらに多い。相対的に白鳥の作品に例がもっとも多く、秋声もそれに近いが、花袋の場合は少なく、その間に大きな開きがある。藤村では『破戒』が秋声程度で例が多く、『新生』は逆に花袋程度で例が少ない。この傾向は目およびその周辺の描写の場合ときわめてよく似ている。また、顔と目が圧倒的に例が多いため、この傾向は最初にふれた顔面描写全体の傾向を支配する結果になっている。

以上の分析から島崎藤村の場合をまとめてみると、頭髪・眉・ひげという毛に関する叙述が全般的に少なく、鼻の描写も少ないという消極的な傾向がうかがえる。藤村全体としてどの部位の描写が多いという積極的な傾向は目立たない。調査対象とした両作品で違った傾向を示した部分としては目と顔が注意を引く。いずれにおいても、『破戒』は多いことで目立ち、『新生』は逆に少ないほうで目立つ。この対照的な結果は、前述した用例数の関係で、顔面描写全体の傾向にそのまま映ることになる。

なお、顔に関する叙述のうち、「過ぐる三年の間のことを思出し顔に」といった、前述の藤村に特徴的な「―顔」の例を除くと、『新生』における顔の描写例は大幅に減り、『破戒』の場合との差はさらに広がることを付記しておく。

口に関する叙述が『破戒』に多く『新生』ではむしろ少ないという点でも、両作品は対照的な性格を見せている。また、対照的というほどではないにせよ、『破戒』に頬に関する言及が多い点も、『新生』の場合と異なる。

描写の性格

次に描写の仕方に目を転ずると、藤村の場合は純粋な外貌描写というより、心理状態が目や表情に映り出ていることの叙述である例が多い。「小使は眼をしょぼ〱させて反問した」〈田〉とか、「黒ダイヤのような美しい目」〈仮〉とか、「青春期に達しても、ばさ〱したような目に潤いがなかった」〈あ〉とか、「女はとろりとした疲れた目をしていたが」〈或〉とか、「この眼も若い時は深く澄んで張のある方だったが、今は目蓋にも少し緩《たる》みができていた」〈縮〉とか、「妻君がその品のある顔に巧みに彫り込んである長い睫毛、黒い瞳、青くぼかした白目に艶を含んで自分を見る」〈何〉とか、「柔和な切れの長い目に微笑を浮べて」〈生〉とかというように、目そのものの特徴を描写した例が藤村の文章にはとぼしいのである。

「其眼は一種の神経質な光を帯びて、悲壮な精神《こころ》の内部《なか》を明白《あり〱》と映して見せた」とか、「校長の眼は得意と喜悦《よろこび》とで火のように輝いた」とか、「其の怒気《いかり》を帯びた眼が言った」とか、「熱心な眸《ひとみ》をお志保の横顔に注いだ」とか、「唯もう目を円くして」とか、「考深い目付をして眺め沈んで居た」とか、「猜疑深《うたぐりぶか》い目付をして」とか、「鋭い目付をして、其微細な表情までも見泄《みも》らすまいとする」とか、「驚いたような目付をして」とか、「互いに捜《さぐ》りを入れるような目付して」とか、「愚しい目付をしながら、傲然とした地主の顔色を窺い澄ました」とかというように、目や目付の外貌上の特色というより、その人物の精神状態を映し出した例が、『破戒』では圧倒的に多い。「艶のある清《すず》しい眸を輝かした」とか、「柔嫩《やわらか》な黒眸《くろひとみ》の底には深い憂愁《うれい》のひかりを帯びて」とかといった例もないわけではないが、それらも大抵は外貌より心理を描写することに重点を置いた例なのである。

人物描写といっても心理描写に近いこのような傾向は、『新生』にもそのまま受け継がれている。「そろ〱智識の明けかゝって来たような子供の瞳に見入って居た」のような例は感情表現ではないが、ある年齢層に共通して見られる一般的な傾向を問題にしたものであり、ある子供の個別的な特徴を取り上げた例ではない。そしてやはり、この作品における目の描写も、「眼を円くして岡の方を見た」とか、「「あゝ、好い香気《におい》だ。」と泉太も眼を細くして」とか、「礼を言う嫂《あによめ》の眼は険しく光った」とか、「快活な興奮した眼付で」とか、「彼女の内部《なか》に燃え上り〱するような焔が生々と彼女の瞳にかゞやく」とか、「その日は冴え〲とした眼付をして居た」とか、「険しい眼付をして言った」とか、「名残惜しそうな眼付をした節子」とか、「まるでお伽話でも聞いて居るような眼付をしながら」とか、「仏蘭西を捨て、出て行った姪を思いやるような眼付をした」とかといった例が大部分なのである。

このような傾向は目に関する叙述だけではなく、顔面の他の部分に関する叙述にも広く認められる。口についての言及にしても、「鼻も口元も彫刻のようにくっきりした深い線に刻まれて」とか、「口元に締りがなく、笑うと上の歯《は》齦《ぐき》が剝き出しになり、汚らしい感じで」（以上〈縮〉）とか、「赤い花弁に似た薄い受唇《うけくちびる》〈仮〉とかといった典型的な外貌描写の例よりも、藤村の場合は「礼を述べ乍ら、其口唇《くちびる》で嬉しそうに微笑んで見せた」とか、「怒気《いかり》と畏怖《おそれ》とはかわる〴〵丑松の口唇《くちびる》に浮んだ」とか、「口唇《くちびる》を引歪めて、意味ありげな冷笑《あざわらい》を浮べる」（以上〈破〉）とかというように、心理状態を映し出す描写が中心になる。

頰の叙述も、「頰に痣のある数学の教師」〈重〉とか、ぽったりした頰は林檎のように紅かった」〈縮〉とか、「微紅《うすくれない》の艶々した頰に靨《えくぼ》を見せ」〈何〉とかといった外貌自体の描写より、藤村の場合は「憤慨の情は丑松が全身の血潮に交って、一時に頭脳《あたま》の方へ衝きかゝるかのよう。蒼ざめて居た頰は遽然《にわかに》熱して来て、眶《まぶち》も耳も紅く成った」とか、「自然《おのずと》と外部《そと》に表れる苦悶の情は、頰の色の若々しさに交って、一層その男らしい容貌《おもばせ》を沈欝にして見せた」（以上〈破〉）とかといった例が豊富である。

最後に顔の描写にふれる。ここでもやはり、「丸顔の坊ちゃん坊ちゃんした可愛い顔」とか、「青瓢箪のような顔」（以上〈田〉）とか、「綺麗に小皺の寄った荒んだ顔に薄化粧などをして」とか、「夏の暑い日と、野原の荒い風に焼けやつれた黝《くろ》い顔」（以上〈あ〉）とか、「まん丸な色沢《つや》の余りよくない顔」とか、「鼻筋の通った瘦せぎすな顔」（以上〈仮〉）とか、「生気を失って末枯《すが》れた顔」〈生〉とか、「色の黒い角張つた顔」〈何〉とかといった例が藤村の作品にはとぼしい。

その代わり、例によって、「心の底から閃めいたように、憎悪《にくしみ》の表情が丑松の顔に上った」とか、「憤怒と苦痛とで紅く成った時は、其の粗野な沈鬱な容貌が平素《いつも》よりも一層男性《もっとおとこ》らしく見える」とか、「友達の顔には真実が輝き溢れて居た」とか、あるいは、「一向詰らないような顔」、「早く返事を、と言ったような顔付」、「他《ひと》の秘密を泄《もら》したという顔付」（以上〈破〉）とか、「狼狽の色が彼女の顔に動いた」〈新〉とかというように内面の反映した表情を描く傾向が見てとれる。

「赤い花や桜の実の飾りのついた帽子を冠り莫迦に踵《かゝと》の隆《たか》い靴を穿き人の眼につく風俗をしてその日の糧を探し顔な婦人」とか、「一頃は電車に乗ってさえ眩暈《めまい》が起ったほどの節子に引越の手伝いの出来る時が来たことを悦び顔に見えた」（以上〈新〉）とかといった前述の島崎藤村に特徴的な「―顔」の用法も、以上述べてきた一連の傾向の延長線上に位置づけて解すべきであろう。それらは肉体としての顔面の特色ではない。その人物が何を思い何を感じているかという内面の心理や感情がそれにふさわしい表情として外面化したものである。描写というよりは、単に「……のようすだった」とか「……ように見えた」とかといった説明的な叙述にすぎない例も多い。

表現の姿勢

人物描写に現れたこのような傾向は、言うまでもなく、藤村が文章を執筆する際の表現態度の反映と見るべきである。そう考えるときに注目される点が二つある。一つは、事実を冷静に観察して忠実に記述するタイプの描写よりも、主体的な解釈にもとづく説明的な叙述がベースになっている点である。もう一つは、人物描写が心理や感情の説明として機能する例が主流をなす点である。

『現代日本文学大系』（筑摩書房）に折り込まれた月報のなかで、杉浦明平は「心にじかに伝わる笑も悲しみもともなうことなく、つねにお説教とまではいわないまでも、教育者風の姿勢をとりつづけている」という読後感を述べた。注目される二点のうちの前者の傾向は、読者にそのように感じられる、いわば道学者じみたその語り口の性格、ある種のもったいぶった書き方と一脈通じるように思われる。

藤村の文章がかつての青年の心をとらえ、一方で志賀直哉や井伏鱒二といった読者をはじき出してきた理由の一つに、なまの感情表出、感傷性というものがあったと考えられる。それがどのような表現の姿として言語化されているかを通覧しておく。

第一に「あゝ、年は若し、経験は少し《すくな》」とか、「あゝ、寂しい夕暮もあればあるもの。」とか、あるいは「噫《あゝ》。いつまでも斯うして生きたい。」（以上〈破〉）とかという例に見られる「あゝ」という溜息の言語化がある。

第二に「身は貧しく、義務年限には縛られて居る――丑松は暗い前途を思いやって、やたらに激昂したり戦慄《ふる》えたりした。」〈破〉という例に見られる思い入れのダッシュがある。

第三に「丑松は北の間の柱に倚凭り《よりかゝ》乍ら、目を瞑り、頭をつけて、深く〱思い沈んで居た。」〈破〉という例に見られる形容詞の反復強調がある。

第四に「何故《なぜ》……静止《じっ》として居なかったろう。何故……引越して来たろう。何故……吹聴したろう。何故……思わせたろう。何故……口に出したろう。何故……買わなかったろう。何故……智慧が出なかったろう。」〈破〉という例に典型的に見られる同一文型の憑かれたように執拗な繰り返しがある。

第五に「……打明けて話したものを。あるいは其を為《し》たら、自分の心情《こゝろもち》が先輩の胸にも深く通じたろうものを。」〈破〉という例に見られる「……ものを」止めの文末の連続がある。

第六に「生存の測りがたさ。曾て《かつ》岸本が妻子を引連れて山を下りようとした頃《こ》に斯うした重い澱んだものが一生の旅の途中で自分を待受けようとは奈何《どう》して思いがけよう。」〈新〉という例に見られる体言止めに続く「どうして……よう」の文型がある。

第七に「丑松は眺め入った――高らかに節つけて読む高祖の遺訓の終る迄も――其文章を押頂いて、軈て《やが》若僧の立上る迄も――終《しまい》には、蠟燭の灯が一つ〱吹消されて、仏前の燈明ばかり仄かに残り照らす迄も。」〈破〉という例に見られる倒置構文とその副文止めの連続がある。

第八に「何というまあ壮んな思想《かんがえ》だろう。其に比べると自分の今の生涯は――」〈破〉という例に見られる感嘆文や文末の頓絶がある。

第九に「もし……解りでもしたら――あるいは、最早《もう》解って居るのかも知れない――左様《そう》なると……黙って視て居ることが出来ようか。と言って、奈何《どう》して……帰って行かれよう」〈破〉という例に見られるためらいの展開がある。

第一〇として「台所の庭の方から、遠く寂しく地響のように聞こえるのは、庄馬鹿が米を舂《つ》く音であろう。夜も更けた。」〈破〉という例に見られるポーズをきめた極度の短文がある。

第一一として「旧知なつかしい心から彼は訪ねられるだけ親戚や知人を訪ねたいと思った。芝に。京橋に。日本橋に。牛込に。本郷に。小石川に。あだかも家々の戸を叩いて歩く巡礼のように。」〈新〉という例に見られる切れぎれの文展開がある。

すぐに目につく感傷的な言辞だけでもこのように一〇種を越す。人物描写の性格において注目された二点のうちの後者の特徴が、このような溢れんばかりの感情の吐露と軌を一にすることはわかりやすい。妙に悟ったような語り口と若々しい感傷の同居する島崎藤村の文章は、その評価が時代の波に揺られながら流れて行く。

（「島崎藤村の文体――『破戒』『新生』の人体描写の一側面――」『国文学 解釈と鑑賞』一九九〇年四月号 至文堂）

第二章　白樺派作家　勁直の文体

志賀直哉の文体
——けれんみのない文章——

簡潔調の手本

志賀直哉は長い間〝文章の神様〟として尊敬をあつめた。大正期にすでに『大津順吉』『清兵衛と瓢箪』『城の崎にて』『和解』『小僧の神様』『焚火』『雨蛙』といった好編を続々と発表した。谷崎潤一郎の『文章読本』（以下「谷崎読本」）が出た一九三四年には、代表作とされる長編『暗夜行路』も後編の最終部を除いてできあがっていたものと思われる。各種の文学全集類にも常連として顔を出す一級の作家として確固たる地歩を築いていたはずである。

しかし、森鷗外でも夏目漱石でも芥川龍之介でもなく特にこの作家の文章が祭りあげられるのは、無論そういった文学上の作品実績のせいばかりではない。一見誰にでも書けそうなありきたりのことばだけであいう数かずの名品が綴られたこともあるだろう。

そして、いつか神格化され、志賀直哉の文章をせっせと原稿用紙に書き写すことがすなわち文章修業であるかのような信仰がゆきわたる。そういう布教過程の中で、この谷崎読本の存在を無視するわけにはいかない。志賀直哉の文章を絶讃したこの本自体が広く読まれただけではない。それを一つのきっかけとして、やがて『城の崎にて』が教科書に載り、鑑賞され、記憶される。近代日本の名文というとき、大人たちの多くがまずこの作家の、なかんずく『城の崎にて』の文章を思い浮かべる。かつて確実に存在したこの事実からも、信仰の定着において果たした谷崎読本の役割、あのロングセラーの影響力が小さくなかったことがわかる。

同書の「調子について」では、谷崎自身の文章が属する源氏物語派の流麗調を「最も日本文の特長を発揮した文体」として最初に掲げ、その対極に非源氏物語派の簡潔調を立てる。前者の和文調に対し、漢文調ともいうべき後者の「見事なお手本」として志賀直哉の文章を取り上げ、『城の崎にて』の一節を具体例として引き、その剛健なリズムを説く。

まず、「志賀氏のものに限り特別な活字がある訳はない」のに「刷ってある活字面が実に鮮やかに見える」ことを指摘する。「活字が大きく、地紙が白く、冴え〴〵と眼に這入」るのは、「文字の嵌め込み方に慎重な注意が払われていて、一字も疎かに措かれていない結果」だというのである。

偶然開いた所は豹子頭林冲が、風雪の夜に山神廟で、草秣場の焼けるのを望見する件である。彼はその戯曲的な場景に、何時もの感興を催す事が出来た。

——芥川龍之介『戯作三昧』

まだおかもとに住んでいたじぶんのあるとしの九月のことであった。あまり天気のいゝ日だったので、ゆうこく、といっても三時すこし過ぎたころからふとおもいたってそこらを歩いて来たくなった。

——谷崎潤一郎『蘆刈』

其日は朝から雨だった。午《ひる》からずっと二階の自分の部屋で妻も一緒に、画家のSさん、宿の主のKさん達とトランプをして遊んでいた。

——志賀直哉『焚火』

他の作家の用字が「疎か」だというのではないが、こうして並べてみると、たしかに字面がひときわすっきりと見える。良質の紙に特別あつらえの活字で注文印刷したようなその字面の美しさが、どこまで意識されていたかはわからない。が、結果として文字配列の妙に負うところが大きいのは事実である。ほかの箇所、ほかの作品をのぞいてみても、漢字が三つ連続して用いられたり、平仮名が六つ続けて使われたりすることが少ないことに気づく。漢字なり平仮名なりがかたまりとして見えず、いかにも散らばっているという印象を受けるのだ。

また、この例にも見られるように、その中に片仮名や洋字が交じる。さらによく注意すると、同じ漢字にしても、画数の少ない簡単な字をベースに、画数の多い複雑な字が散在する、という結果になっている。つまり、紙面全体における濃淡のバランスがよく、円みと角ばった感じとの調和もとれて、視覚的な読みやすさを作り出しているのである。

これが用字の工夫によって実現したと考えるのは短絡的にすぎる。谷崎の『蘆刈』の例に見える「おかもと」「じぶん」「ゆうこく」などのように慣用を破って平仮名書きにしたり、仮名が続きすぎるのを嫌って無理に漢字表記に切り替えたりする不自然な用字は見当たらない。とすれば、それはむしろ、和語という日本文のベースにいかに漢語を取り入れるかといった用語感覚が表記面に映り出たものと解すべきだろう。

谷崎読本によると、「志賀氏は多くの作者の中でも派手な言葉やむずかしい漢字を使うことを好まず、用語は地味で質実であ」る。しかし、平凡なことばを平凡に使っていたのでは平凡な文章にしかならない。この作家の文章が平凡に見えて非凡なのは、平凡なことばを非凡に使うからである。

それでは、どこが非凡なのか。それは「形容詞なども、最も平凡で、最も分り易くて、最もその場に当て篏まるものの一つだけを選ぶ」点にある、と谷崎は言う。凡庸な作家ならあれこれと並べ立てるところを志賀は最小限のことばで述べるので、その一語一語が数倍の重みをもち、ひいては、その語を記載した一字一字が数倍の価値を帯びて、紙面が光るということらしい。活字が立って見えるのは、そういう緊迫感のせいだろう。

ゆったりとしたテンポ

小林英夫「志賀直哉の文体」(『國文學』一九五七年八月号　広済堂出版『美学的文体論』再録)に、短編『焚火』を二一分半かけて朗読したところ、それでも速すぎると感じた者が何人かおり、逆に遅すぎると感じた者は皆無だったという報告がある。

こういう文章のテンポの遅さをもたらす言語表現上の要因としていくつかの点が指摘されているが、そのうち、「前文と後文との間に意味上の真空がある」こと、「比較的みじかい単文の積み重ねから成って」いること、「主辞内顕文の多い」こと、「動詞中断形」の目立つことの四点は、いずれも谷崎読本の指摘する「叙述を出来るだけ引き締め」る志賀流の書き方が具体的に表れたものと考えられる。実例で確認しよう。

妻から先へ乗せた。小舟は押し出された。 ——『焚火』

一つ一つの文ではなく、これを文章として理解するためには、Kさんが「厚い板を舟縁のいい位置に渡し」たという文脈の助けを借りて、まず「自分」の「妻」がその小舟に乗り、次いで、多分「自分」が中央の妻のそばに乗りこみ、それからSさんが「舳《へさき》」に乗ったところで、Kさんがその小舟を押しながら「艫《とも》」に飛び乗る……それとしてはほとんど描かれていないそういう場面の動きを読者が積極的に補う必要がある。そして、次文は行を改めて「静かな晩だ」と飛ぶのだ。表現の流れは、言語化されたいくつかの点と点を読者自身がつなぐことによって、ようやくたどることができるのである。文間の意味上の真空を埋めるために読者はそういう行為をしいられる。わずか三つの短文を理解するのにそれだけの時間を要することがわかる。その一つ一つの短文が多くの叙述を切り捨てて成立していることも、同時に見てとることができるだろう。

菓子を貰いつけている犬らしい。媚びるような眼付きが感心しない。菓子はやらなかった。 ——『軽便鉄道』

誰が誰に「菓子はやらなかった」のか。それはすべて文脈に依存した表現である。「主辞内顕文」という小林英夫の用語は、例えばこのように、主語が言語的に明示されていない文をさす。これも読者の積極的な参加を促す表現であり、受身の態度で軽く読み流すわけにはいかない一因となる。

岡蔵という祖父の代からの番頭が居、家業に差支えはなかったが、家に主がいなければと云う祖母の考で彼は市

――『雨蛙』

の寄宿舎から呼び返され、その儘家に居ついたのである。

小林英夫の「中断形」という用語は、いわゆる連用中止に相当する。「風が吹き、火はよく燃えた」（『豊年虫』）といった例によく表れているように、連用形という語形は「用言に連なるのが必ずしもその本来的な職能ではな」く、その「本質はむしろ文を中断して言い掛けのまま残しておくところにあ」る、という判断にもとづく命名である。これも、叙述を凝縮させることによって生じる意味上の空白が文章展開のテンポを緩くする方向に働いていることは容易に納得がいく。

要するに、小林英夫の言う意味での「テンポ」、つまり読解速度が遅いのは、志賀直哉の文章が谷崎の見るとおり「もう此れ以上圧縮出来ないと云う所まで引き締めて」書かれている結果なのである。谷崎読本にある『城の崎にて』の一例で言えば、初心の者が「日が暮れると、他の蜂は皆巣に入って仕舞って、その死骸だけが冷たい瓦の上に一つ残って居たが、それを見ると淋しかつた」と書きそうなところを、この作家はこう締めるのだ。

他の蜂が皆巣に入って仕舞った日暮、冷たい瓦の上に一つ残った死骸を見る事は淋しかった。

谷崎の言う「普通の人が十行二十行を費す内容を五行六行に圧縮」した例とまでは見にくいが、叙述をひきしめる呼吸はつかめるように思う。

近代的文体論の古典的業績の一つと評価される波多野完治『文章心理学』（一九三五年の三省堂刊以来、戦後の新潮社版、大日本図書の〈新稿〉版などの版がある）は、谷崎潤一郎と志賀直哉との文章対比が文体論実践の柱となっている。それによると、谷崎は、文の長さが平均的に長く、その長短の揺れが比較的小さく、用語を品詞別に見ると名詞のわりに動詞・形容詞・副詞が多く、また、直喩表現の例が多い。一方、志賀はそれと対照的に、文の長さの平均が短いわりにその偏差は大きく、用語では名詞の占める割合が大で、比喩表現は少ない。

谷崎の対極に位置

波多野はそのような調査結果の数量的処理によるデータを分析し、そこから、谷崎に社会あるいは人間への志向を、志賀に事実ないし自然への志向を読みとり、それを両者における〈ことば〉の役割の違いとして説く。現象として見られるこうした言語的性格のほとんどは、創作時における執筆態度とそのまま結びつく。志賀の場合、それは自らの神経を集中させて対象の本質をとらえ、それを切り詰めた筆で記した結果として解釈できる表現的特徴だからである。

橋本の図を見ると月が男山のうしろの空にかゝっていてをとこやま峰さしのぼる月かげにあらはれわたるよどの川舟という景樹の歌と、新月やいつをむかしの男山という其角の句とが添えてある。わたしの乗った船が洲に漕ぎ寄せたとき男山はあだかもその絵にあるようにまんまるな月を背中にして鬱蒼とした木々の繁みがびろうどのようなつやを含み、まだ何処やらに夕ばえの色が残っている中空に暗く濃く黒ずみわたっていた。

——谷崎潤一郎『蘆刈』

波多野完治『文章心理学』で表現分析の予備調査に用いられた箇所をふくむ一節である。全体として切れめの目だたない流麗でやわらかな和文調だ。が、ここでは、この文章が事実そのものより、文化を背景としてとらえられた現実を描き出している点に注目したい。

同書でこれと対比される志賀の文章は、「木の繁った美しい山で、その辺では沢と言って居る渓流が幾つかあり、青葉を透かした夏の光が水の上に踊って居た。深い苔が岩石を被い、その上にがくの花が美しく咲き乱れて居た」という『山形』の一節なのだが、表現的性格を対比的に照らし出すには、同じ月の描写を並べてみるほうがわかりやすい。

薄曇りのした空から灰色の月が日本橋側の焼跡をぼんやり照らしていた。月は十日位か、低く、それに何故か近く見えた。八時半頃だが、人が少く、広い歩廊が一層広く感じられた。

――『灰色の月』

こうして比べてみると、志賀の文章は、今まさにその事実をほかならぬ自分の感覚でじかに確実に描きとっていることがはっきりする。個別的で一回的な直截性とでも呼んだらよかろうか。

月の描写に映る文体

これが必ずしも谷崎との対比においてのみ浮かび上がる志賀色ではないことを示すため、幾人かの作家の小説の中から同じく月の描写、月に関する叙述を抜き出してみよう。

空を仰ぐと満月だ。月が明るいので月が空にたった一人だ。彼は両手を月に伸ばした。

「ああ！ 月よ！ お前にこの感情を上げよう。」

――川端康成『月』

このような擬人化は志賀的な文章と最も異質な側面であろう。一九二四年に書かれたこの掌編小説が少年の習作のおもかげを残しているせいだと言うなら、戦後の作品からまた別の側面を取り出してもいい。「仲秋明月の日に生まれて、月子と名づけられていた」という『明月』の一文などは描写でも何でもないが、次の一節にもそういう人工的なにおいがないとはいえない。

大雨の後、庭の水たまりにうつる月を鏡に写してながめたりもしたが、影のまた影とも言い去れないその月が、今も京子の心にありありと浮んで来る。

――川端康成『水月』

これは、その間接性において、こういう場面を連想させる。

月の光は、或る夜は、枕の上から見上げる南隣の家の屋根を照らしていることもあった。夜なかにはばかりへ起きると、私の家の便所と西隣の家の間に残っている雪の上に、その影を落としていることもあった。

――上林暁『月魄《つきしろ》』

これは、「病後初めて月の姿を」直接に自分の目で認め、「この世界には、月というものがあったんだと」「幼児の心で、月に吸いつけられ」、「自分の命をしかと摑んだ感じ」を抱いたときに、月の存在を間接的に感じていたそれまでの体験をふりかえる箇所だ。しかし、このあたりの描写が、「満月にはまだ二三夜あるかと思われるいびつな月」だとか、「お風呂屋の高い煙突から出る煙が、その面をかすめながら、ゆるゆる流れていた」とかという観察を基礎として展開するのに引き替え、川端の前例は、その二重三重の間接性が、足もとの現実に視線を落とすことなく、象徴性を追って気化してしまう。擬人的思考とも通じるこの非現実性は、やはり志賀文学がきっぱりと斥けてきた危うさではないか。

芥川龍之介の『秋』の終わり近くに月見の場面がある。俊吉が「ちょいと出て御覧。好い月だから」と声をかけ、信子が後を追って庭に下りるシーンだ。

> 月は庭の隅にある、痩せがれた檜の梢にあった。従兄はその檜の下に立って、うす明い夜空を眺めていた。

こうして月の描写が始まりそうになるが、俊吉が「十三夜かな」とつぶやくだけの観念的な記述に終わってしまう。個物を概括してしまうこういう抽象的なとらえ方も、志賀の文章とは対蹠的な性格だと言えよう。

「小弓が先達になって、都合四人は月下の昭和通りへ出た。自動車屋の駐車場に、今日一日の用が済んだ多くのハイヤーが、黒塗りの車体に月光を流している」と始まる三島由紀夫『橋づくし』の一場面はこう展開する。

> 月の下には雲が幾片か浮んでおり、それが地平を包む雲の堆積に接している。月はあきらかである。車のゆききがしばらく途絶えると、四人の下駄の音が、月の硬い青ずんだ空のおもてへ、じかに弾《はじ》けて響くように思われる。

少し隔てて、「月光はその細い通りでは、ビルの影に覆われている」とか、「月に照らされて灯っていない灯の丸い磨《すり》硝子の覆いが、まっ白に見える」とか、「川水は月のために擾《みだ》されている」とかといった関連叙述が見られるが、そこでは月自体が感覚的にどう映ったかというより、主として月の有無が取り上げられているにすぎない。

中隊を出る時三日月であった月は、次第に大きさと光を増して行った。片側の嶺線からのぞき込むように現われると、谷を蔽う狭い空をさっさと越え、反対側の嶺線に隠れた。そして光だけ、長く対岸に残っていた。その整然たる宇宙的運行は、私を嘲るように思われた。

——大岡昇平『野火』

これは、作中の九にあたる「月」と題する節の数行である。さらに、「夜、月が数々の葉末を剣のように光らした。空はそのあわいに藍色に澄んで、満月に近い月を、高く冷たく浮べていた」とか、「輝く月光の行きわたった空が、新しい渇望をもって私の眼を吸い込んだ」とかといった叙述が続く。観察者側の反応のみが取り上げられ、月そのものの描写が捨象されるこういう筆致も、志賀流のタッチとはかなり異質であると言わねばなるまい。

白い顔の中でその斑点が次第に面積を拡げるのを見た。赤い大きな円いものが彼女の顔の中に現われてきた。赤い大きな円い熱帯の月が、彼女の顔の中に昇ってきた。

——野間宏『顔の中の赤い月』

このように思想的に象徴化してしまうのも志賀風の行き方ではない。

おそろしく、明るい月夜だった。富士がよかった。月光を受けて、青く透とおるようで、私は、狐に化かされているような気がした。富士が、したたるように青いのだ。燐が燃えているような感じだった。鬼火。狐火。ほたる。すすき。葛の葉。

——太宰治『富嶽百景』

描写はあるが、志賀の文章に比べると、あまりにも生なましい主観的で感覚的な書き方だという印象はぬぐえない。志賀直哉は誇張を嫌う。それは、いい気になって真実から離れ、上滑りをすることだからだ。太宰治のとぼけたポーズがよほど厭だったらしい。「図迂《ずう》々しさから来る人を喰ったものだと一種の面白味を感じられる場合もあるが、弱さの意識から、その弱さを隠そうとするポーズなので、若い人として好ましい傾向ではないと思った」と、『太宰治の死』の中で告白する。これは、従弟から「貴方の大きな愛が他日父君を包み切る日のある事を望みます」

という手紙を受けとって、「大きな愛という言葉の内容を本統に経験した事もない人間が無闇に他人にそんな言葉を使うものではない」という感想を持つ『和解』の一節と通うように思う。

それはさらに、『沓掛にて』で芥川の『奉教人の死』にふれ、「主人公が死んで見たら実は女だったという事を何故最初から読者に知らせて置かなかったか」と感想を述べる創作姿勢にもつながる。

見たものを見たと書くだけ

この作家がいかにものをよく見ているか、『灰色の月』にその視線を追ってみよう。

不意に近づいて来た……反対側の入口近く……右には五十近いもんぺ姿……左には少年工……十七八歳……私の方を背中……袖板がない……入口の方へ真横を向いて……眼をつぶり、口はだらしなく開けたまま……上体を前後に大きく揺って……二十五六の血色のいい丸顔の若者……横に置き、腰掛に着けて、それに跨ぐようにして立っていた……地の悪い工員服の肩は破れ、裏から手拭で継《つぎ》が当ててある。後前に被った戦闘帽の庇の下のよごれた細い首筋が淋しかった……昭和二十年十月十六日の事である。

「あんまり技巧的な文章は僕は好かないですね。志賀さんなんかの文章も、名文と言われているが、実は見たものを見たっていうふうな率直な文章です」と小林秀雄は言う（中村明『作家の文体』筑摩書房 一九七七年）。それはまさに、けれんみのない頼もしい書き方だと言えるだろう。

（「志賀直哉の文体」『国文学 解釈と鑑賞』一九八七年一月号 至文堂）

志賀直哉の文体再考

――描写の底光り――

本稿の目的

志賀直哉の文章や文体について少しまとまった形で述べた最初は、一九七九年に筑摩書房から出した『名文』で、戦後の作品『山鳩』を取り上げ、生きものの悲哀をさりげなく語るこの文章に、余裕のある筆致からにじみだすそこはかとないヒューマーを味わったあたりだろうか。その後、ちくま学芸文庫の『現代名文案内』で『城の崎にて』を、角川書店の『手で書き写したい名文』で『暗夜行路』を取り上げ、それぞれ鍛えられた観察眼にもとづく描写や、景と情の融合した表現に言及した。雑誌でも、『国文学 解釈と鑑賞』掲載の論文「志賀直哉の文体」（本書七八ページ参照）で、『焚火』『雨蛙』『灰色の月』などの緊迫した筆づかいと一回的な描写を扱い、岩波書店の『図書』掲載の「勁直のリズム」と題する稿では、『剃刀』『濁った頭』『蝦蟇《がま》と山棟蛇《やまかがし》』『自転車』などにふれ、精密描写と精神のリズムを語った。本稿では、人物描写に焦点をあて、感情表現や比喩表現にもふれながら、他作家との比較をとおして浮かび上がるこの作家の文体的特質を考えてみたい。

顔の描写

人物描写を部位別に取り上げよう。『清兵衛と瓢箪』の冒頭近くに、清兵衛という小学生が瓢箪に凝って、往来で見た爺さんの頭を瓢箪と見まちがえるところが出てくる。志賀はまず、「或日彼は矢張り瓢箪の事を考え考え浜通りを歩いて居ると、不図、眼に入った物がある」と場面に入る。そのとき清兵衛の目に入った対象は「物」にすぎず、瓢箪でも爺さんの頭でもないからだ。次に「彼ははッとした」と書く。清兵衛が意外な場所で瓢箪を発見して驚いたのだが、作者はあくまで清兵衛自身の意識に沿って表現し、読者には瓢箪云々を知らせない。そのあとでようやく、屋台から飛び出して来た爺さんの禿頭を瓢箪と思い込んだことを読者に告げる。勘違いの程度は、「立派な瓢じゃ」と思いながら、しばらく気がつかずに眺めていたという清兵衛の行動だけで伝え、爺さんについても「いい色をした禿頭を振り立てて彼方の横丁へ入って行った」と、「いい色」という評価に清兵衛の主観をひそめ、清兵衛の見た事実だけを記すにとどめる。

「禿げ頭を日にあてて遠方から見ると、大変よく光るものだ」と解説してみせる夏目漱石『吾輩は猫である』の書き方とも違う。「頭の方は遠慮なく禿げてしまいましたから、この脳天の入れ墨だけ取り残されることになった」と趣向を凝らす芥川龍之介の『雛』の筆致とも違う。「頭が綺麗に禿げていて、カンカン帽を冠っているのが、まるで栓をはめたように見える」と奇抜な比喩で魅了する梶井基次郎『城のある町にて』のセンスとも違う。

頭に髪が残っていれば、それがどんな状態になっているかを、例えば『暗夜行路』では、「額の抜けあがった痩せた人で其薄い柔らかな髪の毛を耳の上から一方へ一本並べに綺麗になでつけていた」とか、「沢山ある髪の毛を紅い球のついた髪差《かんざし》で襟首の上に軽く留めて置いた」とかというふうに、この作家は飛躍せずにきちんと描く。

「うっとうしいくらいたくさんおありになって、一本一本きぬいとをならべたような、細い、くせのない、どっしりとおもい毛のたばが、さらさらと衣にすれながら、お背なかいちめんにひろがって」というふうに、美を感覚的に強調する谷崎潤一郎の『盲目物語』の描き方や、「毛筋が男みたいに太くて、後れ毛一つなく、なにか黒い鉱物の重ったいような光だった」と比喩に流れ込む川端康成の『雪国』の叙述とも異質である。

同じ『暗夜行路』から、赤ん坊の顔の描写例を引こう。「眉間に八の字を作り、頬はすっかりこけ、頭だけがいやに大きく、恰《まる》で年寄りの顔だった」と書き、「眼を閉じたまま急に顔中を皺にして、口を開く」と印象を描く。「顔中を皺にして」という表現など、いかにも誇張のように見えるが、この作家の場合は実感を素朴に語ったと思わせる安定感がある。その赤ん坊の唇の皮膚について、そのあまりに薄く頼りない感じを、「指でも触れたら、一緒に皮がむけて来そうな唇」とはっとするような触覚的想像で伝える箇所にも、「顔中を皺にして泣き出した」という表現が出てくる。

同じ作品の「首筋を握ると、ジキジキと気持の悪い音がした」といった箇所の創作的な擬態語にも、感覚的な的確さが汲みとれる。「背中全体が赤く腫れ上がり、ぶくぶくと中で膿血《うみち》の波打つのが分かった」といった箇所も、いささか誇張ぎみながら読者を感覚的に納得させる表現と言えるだろう。

「土塀へ圧し付けられた時の顔が四十年後の今日迄、因果をなして居りはせぬかと怪しまるる位平坦な顔」のように誇張によって滑稽感を生み出す漱石の『吾輩は猫である』の書き方とはまるで違う。「小さくつぼんだ唇はまことに美しい蛭の輪のように伸び縮みがなめらか」で「映る光をぬめぬめ動かしているよう」と官能的に描かれる川端康成『雪国』の駒子の唇とも違って、象徴的な役割を担っているわけではない。

体の描写

女のふっくらとした重味のある乳房を柔かく握って見て、云いようない快感を感じた。それは何か値うちのあるものに触れている感じだった。軽く揺すると、気持のいい重さが掌に感ぜられる。

これも『暗夜行路』の一節である。この女の乳房それ自体に関しては、「ふっくら」という形容しかない。あとの記述はすべて、その乳房にふれた主人公の感覚と印象だろう。いや、「ふっくら」という形容でさえ、視覚的にとらえた感じというより、実際にさわってみた感触を記したものかもしれない。「重味のある乳房」という表現は、手のひらに重みを感じた人間の触感である。「快感を感じた」のも、もちろんその重みを感じとった人自身である。「値うちのあるもの」に思われるのも、実際にふれてみてはじめてわかる判断にちがいない。特に、「軽く揺すると、気持のいい重さが掌に感ぜられる」というあたりなど、直接その重さを受けるまさに当人の感覚であり、それを「気持のいい重さ」と感じる人間の意識が基盤になった表現である。

その意味で、例えば芥川龍之介の『大導寺信輔の半生』にある「乳房は盛り上がった半球の上へ青い静脈をかがっていた」という描写や、外村繁の『澪標』に出る「二つの乳房はシンメトリーに、それ自身の重みで下部を垂れ、それぞれ薄い陰翳を作っている」の例のように、外から観察し、それに作者が解釈を加える描き方とは異質である。

やはり『暗夜行路』から、今度は手足の描き方を取り上げてみよう。ここにも人目をひく奇抜な比喩や作中での象徴的な働きは見出せない。「子供らしいふっくらした小さな手」とか、「静脈の透いた蒼白い手」とか、「熊のような毛の生えた手」とかというふうに、平凡ながらその手が読者の目に浮かぶよう具体的なようすを伝えるだけである。「身体の割にしまった小さな足が、きちんとした真白な足袋で、褄《つま》をけりながら、すっすっと賢こげに踏み出される」という足の描き方も同様だ。「身体の割にしまった」にしろ、「きちんとした」にしろ、「賢こげに」にしろ、それを頭に描く作中人物の判断に支えられた記述である。

なるほどそこには、「日々の仕事を受け持って来た右手は、皮膚も厚く関節も太いが、甘やかされた左手は、長くしなやかで、美しい」という大岡昇平『野火』の例のような分析的な記述はない。「指はみな肥り切って、関節ごとに糸で括ったような美しさを見せていて、ことに、そのなまなましい色の白さが、まるで幾疋かの蚕が這ってゆくように」という室生犀星『性に眼覚める頃』の例のような官能的な美化が見られるわけでもない。また、「絹のようなその軟い内腿《うちもも》は羽布団の如く男の腰骨から脾腹《ひばら》にまつわる」という永井荷風『腕くらべ』のような二重の比喩で強調される盛り上がりもない。

『暗夜行路』の中に、「小さいチューブを出し、指先きに一寸油をつけて、さも自ら楽しむように手鏡を見つめながら、短く刈って、端だけ細く跳ね上げた赤い其口髭をひねり始めた」という描写がある。『和解』の中には、「医者はよくする癖で其たれ下がっている口鬚の先を下唇の端で口へ掬い込みながら考えていた」という描写がある。この作家がいかにディテールを大事にしているかがわかるだろう。

「黒い鬚髯《しゅぜん》を蓄えていた」という森鷗外『渋江抽斎』の例のような簡潔で形式的な描写ではないし、「獅子のように白い頬鬚を伸ばした老人」という芥川龍之介『芋粥』の例のような概念的な比喩表現でもない。「持主が怒って居るのに髯丈《だけ》落ち付いて居ては済まないとでも心得たものか、一本々々に癇癪を起して、勝手次第の方角へ猛烈なる勢を以て突進して居る」という『吾輩は猫である』の例のように、擬人法を用いた誇張により滑稽感を引き起こす描写とも明らかに異なる。志賀の文章にあってはディテールそれ自体が雄弁に語ろうとはしない。

実感の比喩

『暗夜行路』の「痩せた身体に似合わぬ幅のある、はっきりした声」と、はじめて声に幅を意識した描写は、簡潔ながら読者が想像してみることのできる的確さを具えている。「無意味に大きい声を出して見た。が、それは如何にも力ない悲しげな声になっていた」という箇所も、「無意味に大きい声」にしろ、「如何にも力ない悲しげな声」にしろ、そう感じる作中人物の意識を通っているだけに堅実に働く。

「声は雷のように、階《きざはし》の上から響きました」という芥川龍之介『杜子春』の閻魔大王の声や、「突如、耳の裂けるような声で大喝した」という北条民雄『いのちの初夜』の例のような慣用的な比喩による形容とは違う。「傍若無人の大声は聴き手の鼓膜を痛くさせ」という高見順『故旧忘れ得べき』の例や、「突然襖障子もぴちりと震う大音声」

という徳富蘆花『思出の記』の例のような誇張があるわけでもない。

『暗夜行路』の登喜子は「痩せた背の高い女であった。坐って居ても何となく棒立のような感じがした。動作にも曲線的な所が少なかった」と描かれる。このうち最初の文は体型の客観的な記述だが、続く二つの文は、主人公の視点から、その姿と動作に関する主観的な印象を語った例だ。同じ作品に「眼の細い体の大きな、象のような印象を与える女中」、「痩せた婆さんで、引込んだ眼や、こけた頬や、それが謙作に目刺しを想わせた」といった箇所もある。どちらも一般的な事実ではなく、あくまで作品の主人公の意識がとらえた個別的な印象を記した表現と考えてよい。

『和解』には「身体も毎時《いつも》より何となく軽いような気がした。筋肉が総《すべ》て緩んで居た。死んだ兎を抱いて行くような感じがした」という箇所がある。重病の赤ん坊を抱いて医者の家に急ぐ場面だ。「毎時より」とあり、「何となく……ような気がした」とあるから、ここも主人公である「自分」の感覚を伝える表現であることは明らかである。「ような感じがした」とある以上、「死んだ兎」というイメージも当然「自分」の連想だ。とすれば、断定されている「筋肉が総て緩んで居た」という先行文の情報も主人公の主観的な判断を述べた印象表現でしかないことになる。あまりの軽さに驚き、その頼りなさが、自分では否定したい〝死〟のイメージを無意識のうちに喚び起こしてしまったのだろう。

「重たい石の下から僅に頭を持上げた若草のような娘」という島崎藤村『新生』、「あんな枯木のような坊主は、斬っても血は出まいな」といった正宗白鳥『安土の春』、「色の真黒な海坊主のような大男」といった永井荷風『腕くらべ』、「杉子の桃のつぼみが今にも咲きかけているような感じ」といった武者小路実篤『友情』の例のような、概念的あるいは一般的な比喩による印象描写とは違う。「現世離れのした感じで、海に戯れている彼女の姿が山の精でもあるかのように思えた」という徳田秋声『仮装人物』の例や、「名人は放心しているのだが、上体は盤に向っていた時から崩れない。余香のような姿である」という川端康成『名人』の例のような抽象的な印象表現ともまるで違う。

まして、はじめて見たマドンナの印象を「水晶の珠《たま》を香水で暖《あっ》ためて、掌へ握って見た様な心持ち」とむりやり形容した夏目漱石の『坊っちゃん』の例のように、イメージを浮かべようのない比喩で、むしろ美を解さない「坊っちゃん」という人物像を刻む滑稽な表現とも違う。また、「あの人は元来水生植物なのよ」と印象を語り、「根まで水に洗われていて、どこにも土の匂いがしないのよ。どこもここも綺麗だけれど動物臭い体温が感じられないのよ」と比喩の解説をする円地文子『老桜』に見るような理屈っぽさもない。

発見的な心理描写

実感と事実とに支えられたこのような人物描写の表現の質は、心理描写でも基本的に変わらない。例えば『范の犯罪』に出てくる喜びの表現は、まず「愉快でならなくなりました」と気持ちを述べたあと、「何か大きな声で叫びたいような気がしてきました」という一文を追加している。「大きな声で叫びたい」という具体的な内容を提示することで、読者が自らの体験を想起する手助けになる。

『真鶴』に出てくる怒りの表現には、「子供ながらに不機嫌な皺を眉間《みけん》に作って、さも厭々に歩みを運んでいた」とある。「不機嫌な皺を眉間に作って」と具体的な表情を描いてから「厭々に歩みを運んでいた」と書くことで、読者はいやいや歩いている子供の不機嫌なようすを全体の姿として鮮明に頭に浮かべることができる。

「他の蜂が皆巣へ入ってしまった日暮、冷たい瓦の上に一つ残った死骸を見る事は淋しかった」という『城の崎にて』の有名な例でも、さびしがっている当人の姿は説明されないが、他の蜂がみな巣に入っているときに、死んだ蜂が一匹だけ取り残されている姿が、「日暮」という時間や「瓦の上」という空間の具象を背景に写しとられている。「冷たい瓦」の「冷たい」という感覚は、事故にあいながらも偶然生きている「自分」が、死んだ蜂を思いやった形容だろう。

『暗夜行路』の「息を切って、深い呼吸をしている、父の幅広い肩が見るからに憎々しかった」という憎悪の表現も、憎々しいと感じる対象である父親の姿をきちんと描くことでリアルな感じを強めた。『和解』の「自分は亢奮からそれらをまるで怒っているかのような調子で言っていた」という興奮状態の描写も、興奮という内面の変化を、ものの言い方という外面の変化として描き出すことで具体的なイメージを喚起している。

「夜露が真珠のように光っている」という森鷗外『阿部一族』の例のような一般的な美化とも違い、「花を盛った桜は彼の目には一列の襤褸《らんる》のように憂鬱だった」という芥川龍之介『或阿呆の一生』の例に見るひねりもない。「紙のような低い声」といった室生犀星『杏っ子』の例のような、視覚や触覚と交差する共感覚による難解な聴覚表現や、「胸にべったり醜いあざのような、邪推」という川端康成『千羽鶴』のような肉体と精神との通い合う趣向の斬新さや象徴性があるわけでもない。

「朝露のような湿り気を持った雀の快活な啼声《なきごえ》」という『暗夜行路』の例や、「濃い霧に包まれた山奥の小さい湖水のような、少し気が遠くなるような静かさを持った疲労」という『和解』の例など、気どりや理屈っぽさを一瞬思わせながら、表現の奥に〈朝露—湿り気—啼声〉あるいは〈気が遠くなる—静かさ—疲労〉といった垂直思考では浮ばない、思いもかけない感覚的な発見がひそんでいる。この作家の文体の底で脈打つ勁直のリズム、それを支えているのは、表現へと流れこむこういう透徹した生活実感であったように思われる。

（「志賀直哉の文体再考—描写の底光り」『国文学　解釈と鑑賞』二〇〇三年八月号　至文堂）

有島武郎の文体
――『或る女』の比喩表現から――

有島らしさの位置づけ

　同じ衝動は葉子を駆って倉地の抱擁に自分自身を思い存分虐げようとした。そこには倉地の愛を少しでも多く自分に繋ぎたい欲求も手伝ってはいたけれども、倉地の手で極度の苦痛を感ずることに不満足極まる満足を見いだそうとしていたのだ。精神も肉体もはなはだしく病に蝕まれた葉子は抱擁によっての有頂天な歓楽を味わう資格を失ってからかなり久しかった。そこにはただ地獄のような呵責があるばかりだった。（引用は中央公論社版『日本の文学27　有島武郎・長与善郎集』による。以下同）

有島武郎の文章というと、例えばこんなあたりが見本になるだろうか。

一読して、「衝動が葉子を駆る」とか、「抱擁に自分自身を虐げる」とか、「愛を自分に繋ぐ」とか、「苦痛を感ずることに満足を見いだす」とか、西欧語の直訳めいた、日本語としては強引な言いまわしが、まず目につく。「病に蝕まれる」とか、「地獄のような呵責」とかといった慣用的な表現や固定的な比喩も出る。さらには、「不満足極まる満足」といった、内部に論理上の矛盾を抱え込んだ形の刺激的な筆づかいも見られ、全体として観念の先立つ文章という印象が強い。

それでは、この作家の文章は一般的にそういう性格を強烈な個性として持つのだろうか。その点に全面的に答えようる客観的な調査資料はない。が、他のどのような作家たちと共通性を有するかという観点での統計的なデータならすでにある。

安本美典『文章心理学入門』（誠信書房 一九六五年）の調査結果から、その位置づけを概観する。

調査項目は、⑴直喩の出現度 ⑵声喩の出現度 ⑶色彩語の出現度 ⑷文の長さ ⑸会話文の量 ⑹句点の数 ⑺読点の数 ⑻漢字の使用度 ⑼名詞の使用度 ⑽人格語の使用度 ⑾過去形文末 ⑿現在形文末 ⒀その他の文末 ⒁名詞の長さ ⒂動詞の長さである。その統計的な調査で得られた数値の相関をもとに、⑻⑼⑽を支配するA因子、⑴⑵⑶を支配するB因子、⑸⑹を支配するC因子を抽出し、各因子の強弱の組み合わせによって文章の性格を八つに類別した結果が表におさめられている。

それによると、有島武郎『或る女』の文章は、A因子とC因子が弱く、B因子だけが強いというタイプに入る。すなわち、名詞や漢字が比較的少ない用言型ないし和文型であり、比喩表現や色彩語などの多い修飾型であり、会話の少ない文章型である。

同じグループに属する作品として、芥川龍之介『地獄変』・佐藤春夫『田園の憂鬱』・室生犀星『あにいもうと』・堀辰雄『菜穂子』・中勘助『銀の匙』・近松秋江『黒髪』・石川淳『普賢』・火野葦平『麦と兵隊』・阿部知二『冬の宿』・田宮虎彦『足摺岬』・武田麟太郎『銀座八丁』・高見順『故旧忘れ得べき』・佐多稲子『私の東京地図』の一四編があがっており、このグループの共通の傾向として、西欧的な高い教養を身につけた作家の唯美的、詩的な傾向の作品が多く、文章はやわらかく流麗で、はなやかな印象を与えるという解説が添えられている。

氾濫する比喩

有島武郎の文章で強く印象に残るのは、おそらく欧文脈と比喩表現だろう。最初に掲げた一例にもその特徴が表れている。そのうち欧文脈については、例えば無生物主語の出現度といった項目がないため、前述の安本調査から統計的な数値のうえでその事実を確認することはできない。

一方、比喩表現についてもその全貌のうかがえる調査結果はそこにないが、直喩の項目から類推できる。小説では詩の場合ほど隠喩その他の比喩が数も多くなく、また重要度も高くはないから、数量的にも直喩の部分をおさえるだけで比喩表現全体のおおよその見当はつく。

安本調査は現代作家一〇〇人について各一編の作品を取り上げたものであるが、有島武郎の場合は『或る女』が調査対象となっている。ただし、どの項目も全数調査ではなくサンプリング調査である。調査全体のテキストとした『現代日本文学全集』（筑摩書房）は各ページ三段組みになっている。直喩の調査は、その段を任意系統抽出法にしたがって二〇個抽出し、四〇〇字詰め原稿用紙に換算すると平均で約三〇枚に当たる、その二〇段の文章の中に何個の例が得られるかという数字として示されている。

それによると、『或る女』の直喩の例数は四五とあり、平林たい子『施療室にて』八〇、前田河広一郎『三等船客』六八、堀辰雄『菜穂子』六〇、小林多喜二『蟹工船』五二、小川未明『魯鈍な猫』五一、森田草平『煤煙』五〇、田宮虎彦『足摺岬』四六に次いで、一〇〇作品中の第八位を占める。プロレタリア文学系の作家数人の作品を除くと、きわめて比喩表現の豊富な作品であることが推定される。

武者小路実篤『幸福者』五、志賀直哉『暗夜行路』一七、長与善郎『竹沢先生と云う人』一九、里見弴『多情仏心』一四と並べてみると、『或る女』の四五という数字が白樺派文学の中でいかに突出した存在であるかがわかる。

ただし、一〇〇作家にわたり一五項目を調べるというスケールの関係で、そこでは直喩の調査といってもわずか二〇段を対象としているにすぎない。七ページに満たないその調査範囲は、この作品のような長編小説についてはそのほんの一部分にしか当たらない。

そこで、偶然性をいくらでも排除する意味から、全数調査を併用してそのあたりをきめ細かに検討してみたい。方法を簡便にし、判定の客観性を高めるため、比喩指標「よう」を用いた名詞対応の例に限定して調査した結果を以下に掲げる。安本調査の結果よりも使用率はそれだけ低くなるが、中村明『比喩表現の理論と分類』（国立国語研究所報告57 秀英出版 一九七七年）第二部で明らかにしたように、指標要素「よう」を伴う比喩形式は際だって多く、比喩表現例のかなりの部分を占めるので、作品や作家の間の量的な対比を考えるうえでは大きな障害とならない。同報告書では、その種の表現例が四〇〇字詰め原稿用紙平均何枚につき一例の割合で現れるかという形で示したが、ここでは『或る女』の今回の調査に合わせ、原稿用紙一枚あたりの平均用例数という形で整理し直したものを示す。なお、テキストは川端康成の場合のみ『川端康成全集』（新潮社）を中心とし、他はすべて安本調査の場合と同じ『現代日本文学全集』（筑摩書房）の各作家の巻によった。

作家	平均	
谷崎潤一郎	〇・一一	痴人の愛 〇・一七　卍 〇・〇四　蓼喰う虫 〇・一六　春琴抄 〇・〇九　刺青 〇・三四　細雪 〇・〇〇
芥川龍之介	〇・二二	羅生門 〇・九一　鼻 〇・三七　芋粥 〇・三二　或日の大石内蔵助 〇・〇〇　戯作三昧 〇・一八　蜘蛛の糸 一・四三　地獄変 〇・三六　枯野抄 〇・一〇　蜜柑 〇・四三　秋 〇・一〇　杜子春 〇・四〇　藪の中 〇・一三　お富の貞操 〇・二五　湖南の扇 〇・一六　点鬼簿 〇・〇八　玄鶴山房 〇・〇九　蜃気楼 〇・二一　河童 〇・一三　歯車 〇・二〇
志賀直哉	〇・〇八	暗夜行路 〇・〇九　網走まで 〇・〇〇　大津順吉 〇・〇〇　正義派 〇・一四　清兵衛と瓢簞 〇・〇〇　城の崎にて 〇・一〇　赤西蠣太 〇・〇三　和解 〇・〇〇　焚火 〇・〇九　雨蛙 〇・〇四　矢島柳堂 〇・二三　邦子 〇・〇〇　豊年虫 〇・三三　兎 〇・一七

武者小路実篤	○・○五	お目出たき人 ○・○六　幸福者 ○・○五　友情 ○・○九　愛と死 ○・○一 真理先生 ○・○六
横光利一	○・四二	上海 ○・四○　機械 ○・○五　時間 ○・二二　日輪 ○・六七
川端康成	○・一二	伊豆の踊子 ○・一三　化粧と口笛 ○・二○　雪国 ○・一七　女性開眼 ○・○一 名人 ○・○四　虹いくたび ○・○九　千羽鶴 ○・○五　山の音 ○・○四　みずうみ ○・○八 東京の人 ○・四八

次に、有島武郎『或る女』の場合を同じ条件で新たに調査した。その結果、全編の平均は○・七四となった。以下に各章の結果を示す。

一章＝○・九九　二章＝一・○九　三章＝一・六一　四章＝○・七六　五章＝○・九六　六章＝○・四七
七章＝○・八六　八章＝○・七四　九章＝一・四八　一○章＝一・二四　一一章＝○・九五　一二章＝一・一○
一三章＝一・四二　一四章＝一・一○　一五章＝一・○六　一六章＝一・四三　一七章＝○・八三
一八章＝○・七六　一九章＝○・三三　二○章＝○・七八　二一章＝○・五五　前編＝平均○・九○
二二章＝○・三一　二三章＝○・二四　二四章＝○・三九　二五章＝○・二八　二六章＝○・八五　二七章＝○・五二
二八章＝○・六五　二九章＝○・六一　三○章＝○・二六　三一章＝○・五八　三二章＝○・二七
三三章＝○・七七　三四章＝○・六七　三五章＝○・八二　三六章＝一・○八　三七章＝○・七八
三八章＝○・二二　三九章＝○・六三　四○章＝○・五四　四一章＝○・六○　四二章＝○・八一　四三章＝○・八七
四四章＝○・七七　四五章＝○・五九　四六章＝○・六九　四七章＝○・七二　四八章＝一・○

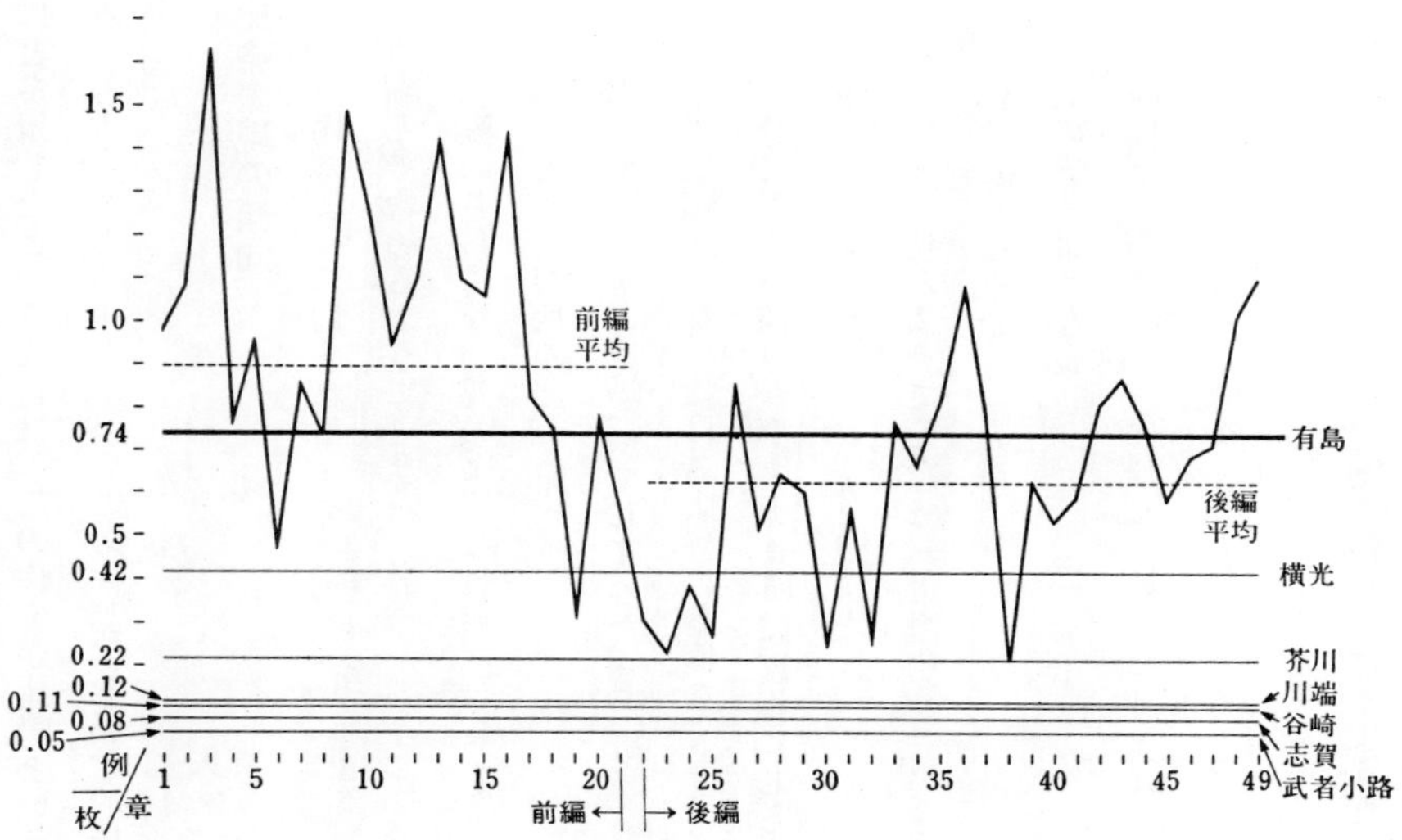

有島武郎「或る女」

○　四九章＝一・一〇　　後編＝平均〇・六三

以上の結果をグラフにすると、図のようになる。折れ線は章ごとの平均、水平線のうち点線は前編・後編の各平均、実線は全編をとおしての平均で、それに他作家の場合を各作家ごとの平均の形で添えて、対比の便をはかった。

図表から次のことが読みとれる。

(1) 比喩表現の出現率は章によってかなりの差があり、例えば第三章は第三八章の八倍近くになる。

(2) 前編における比喩表現の出現率は後編のそれに比べてかなり高く、平均にして約五割増しとなる。

(3) 『或る女』の比喩表現出現率は他作家の作品に比べてきわめて高い。かなり多いほうである横光利一に比べても、後編でその五割増し、前編はその二倍を越え、四九章中の最低である第三八章でさえ、多いほうである芥川龍之介なみに出現する。

この作品『或る女』は、どの角度から見ても、比喩表現の極端に多い部類に入ることは確かである。これほど多用したということは、この作家が比喩というものを有効な表現手段と信じ、その効果を期待したことを思わせる。とするなら、少なくともこの作品において、比喩表現が重要な文体的特徴の一つをなすと考えていいだろう。

比喩表現の傾向

蛇蝎のように憎まれる（三五ページ）
噛んで含めるように（五五ページ）
感激のさらにない死のような世界（八〇ページ）
綿のような初秋の雲（九四ページ）
掌《てのひら》を返したように変ってしまった（一一六ページ）
本当に眼から鼻に抜けるように落度なく（一七〇ページ）
自分に対する誇りが塵芥《ちりあくた》のように踏みにじられる（一八七ページ）
飛び立つような思い（一九九ページ）
風は身を切るようでした（二〇七ページ）
蜜のような歓語（二二六ページ）
血の出るような金（二八七ページ）
時間はただ矢のように飛んで過ぎた（二九九ページ）
父の嘗めるような寵愛（三二四ページ）
過去や現在が手に取るようにはっきり考えられ出した（三三三ページ）
感情が脆くなっていて胸が張り裂けるようだった（三四〇ページ）

吐き出すように言った（三四一ページ）

きゃっと絹を裂くような叫び声を立てた（三四五ページ）

（ページは『現代日本文学全集』）

こう並べてくると、慣用的に固定した比喩、陳腐な比喩が多いことに驚く。プロのもの書きなら意識的に避けそうなこういうありふれた比喩表現がふんだんに用いられている。極端な場合はことわざや慣用句なみの用例だ。形は比喩でも映像喚起力のすでに枯渇したものがかなりの数にのぼり、それが全体としての圧倒的な比喩表現量を支えているのである。

しかし、そのような慣用化した比喩がつねに固定した形で出るとはかぎらない点に注意する必要がある。「からっとした空」とか「からっと晴れる」とかという慣用表現を下敷きにしても、「からっと破ったように晴れ渡っていた空」（二二ページ）として出るとそこに比喩性が生ずる。同様に、「いとしさ悲しさで胸も腸も裂けるようになった」（三九九ページ）といった箇所は、それが「胸が張り裂ける」という慣用的な比喩をふまえ、一方で「断腸の思い」という表現を響かせていることを知りながら、やはりそこに、消えかかっていた比喩性がよみがえってくる効果を読者は感じとる。「射るようないまいましげな眼光を時々葉子に浴びせかけて」（四三ページ）の例も、「射るようなまなざし」という慣用的な比喩を用いながら、それを「鋭い」として単純に成立させず、そこに「いまいましげな」という一語をはさむことで、惰性による直線的な解釈に摩擦を起こす。それによって、「視線を浴びる」という慣用的な基本形から派生したその次の表現の、失いかけた比喩性も意識されることになる。

「煮しめたような穢い部屋」（二二ページ）の例も、「煮しめたような」という慣用化された比喩が、そこから予想される手ぬぐいや衣類ではなく、煮しめることなど思いもよらない「部屋」という居住空間にかかっていく意外性が、その沈滞した比喩性を活性化する効果を認めることができるだろう。

比喩表現というものの一般的な方向として、抽象体の具象化に向かうのが通例であり、この作品でも「闇は重い不思議な瓦斯《ガス》のように力強くすべての物を押しひしゃげていた」（七三ページ）のような例が見られる。この類の比喩で目立つのは、精神の感覚化である。

心の奥の奥に小さく潜んでいる澄み透った魂がはじめて見えるような心持ちがした（三四七ページ）

これは視覚化の例で、他作家にも現れやすいが、「魂を締め木にかけてその油でも搾りあげるような悶え」（一八三ページ）とか、「神経の末梢が大風に遇ったようにざわざわと小気味悪く騒ぎ立った」（三四四ページ）とか、植物扱いにした触覚的な例も注意をひく。

潤いきった大きな二つの瞳と、締って厚い上下の唇とは、皮膚を切り破って現われ出た二対の魂のようになまなましい感じで見る人を打った（二一四ページ）

寝衣《ねまき》がちょっと肌に触るだけのことにも、生命をひっぱたかれるような痛みを覚えて（三四五ページ）

この二例は、「瞳」「唇」を「魂」に、「肌」を「生命」に喩えているという点で、逆に具象体の抽象化と考えられる。が、「二対の魂」とか「生命をひっぱたく」とかといった喩えのことばに明らかなように、「魂」や「生命」を具象化する比喩的思考がそこに働いていることは疑えない。その意味で前例と共通する面がある。

必ずしも体験によるとは言えないイメージが多用されると、「魂を締め木にかける」の例に典型を見るように、像を結ばないまま意味だけがかろうじて伝わる観念的な表現印象が成立する。「辛うじて築き上げた永遠の城塞が、はかなくも瞬時の蜃気楼のように見る見る崩れて行くのを感じて」（一九四ページ）とか、「眼の縁に憂いの雲をかけたような薄紫の暈《かさ》」（二五三ページ）とかといった表現環境で読むと、「横浜の市街は、疫病にかかって弱りきった労働者が、そぼふる雨の中にぐったりと喘いでいるように見えた」（五〇ページ）というような感覚的にも読みうる例でさえ、読者はいかにも頭の中でこしらえあげた感じの概念的な比喩として受けとめ、生き生きした映像の浮かばないまま、ただ「昨日の風が凪いでから、気温は急に夏らしい蒸暑さに返っ」た横浜市街を理解するにとどまる。

陳腐な既成の比喩の多用は、このような鑑賞上の概念化を誘う危険をはらんでいる。「眼で嚙みつくようにその後ろ姿を見送った」（三三八ページ）の例には視覚と触覚との交錯がある。「穏やかな夕空に現われ慣れた雲の峰も、古綿のように形の崩れた色の寒い霰雲に変って」（一四〇ページ）の例にも色彩感覚と皮膚感覚の交錯が見られる。「色も声も痺れ果ててしまったような暗黒の忘我」（三一九ページ）の例などは、「忘我」という抽象体を「暗黒」として具象化する比喩的転換を核とし、それに色彩感覚・聴覚・触覚のからんだ感覚系統の交錯が読者のイメージをとまどわせる。

このような強引さは、一方、論理的な矛盾を抱え込んだ比喩表現として現れる。「葉子の眼は憎むように笑っていた。田川夫人の眼は笑うように憎んでいた」（二五六ページ）の例は、「憎む」と「笑う」というむしろ対照的な意味の語を共存させて読者の神経を刺激し、しかもその喩詞と被喩詞とを逆転させて反復することにより、その摩擦を対句風の一体感に包んで呈する、という手の込みようだ。

「その朝は暁から水が滴りそうに空が晴れて」（三一五ページ）の例では、「空が晴れる」ようすを「水が滴る」という対立的な観念に喩えることにより読者の神経を逆なでする。これは冒険だ。イメージの衝突が、そこで伝えたい論理的な意味内容、「すがすがしい涼風」や「さわやかな天気」という実体を感覚的に後退させやすいからである。

多量に現れる慣用的あるいは概念的な比喩の中に、例えば次のような発見的な比喩が交じって、表現の総体的な芸術性をつなぎとめている。

油じみた襟元を思い出させるような、西に出窓のある薄汚い部屋（一七ページ）

戸板の杉の赤みが鰹節の心《しん》のように半透明に真赤に光っている（二三〇ページ）

その姿は、その囲りの物がだんだん明らかになって行く間に、たった一つだけ真黒なままでいつまでも輪廓を見せないようだった。いわば人の形をした真暗な洞穴が空気の中に出来上ったようだった。（三三九ページ）

作品の底を流れるイメージ

文学研究における比喩表現の考察には多様な観点がありうる。比喩表現の量的な問題、比喩使用の分布の問題、喩えに現れるイメージの分析、逆に、たとえられるトピックの分析、両者の対応の問題、各面の連関の問題など、考究すべき課題は多い。

作家論に向かう場合に特に重要なのは、そのうち、喩えを中心とした調査研究であろう。「AのようなB」あるいは「BはAのようだ」という比喩表現において、Bに相当する事物・事象は作品展開における論理的情報として必要であるが、Aに相当する事物・事象はその話の筋に無関係でもかまわない。「赤い」という事実を喩える際に「夕日」か「血」か「トマト」かをきめるものは、場面の性格でも言語的環境でもなく、表現主体のイメージなのである。比喩はいわばその人間の心象風景の点描であり、作家の意識下の世界観をのぞく窓となる。

最後に、『或る女』に頻出する有島武郎のイメージをたどりながら、文体的特質の点描を試みたい。

《火》 火のような情熱に焼かれようとする／一気に猛火であぶり立てるような激情／黒い焔を上げて燃えるような二つの眸／野火のような勢いで全国に拡がり始めた赤十字社の勢力／煙突の中の黒い煤の間を、横すじかいに休らいながら飛びながら、上って行く火の子のように、葉子の幻想は暗い記憶の洞穴の中を左右によろめきながら奥深くたどって行く／赤蜻蛉も飛びかわす時節で、その群れが、燧石《ひうちいし》から打ち出される火花のように、赤い印象を眼の底に残して乱れあった／血管の中には血の代りに文火《とろび》でも流れているのではないかと思うくらい寒気に対して平気だった……

《熱》 身内の血には激しい熱がこもって、毛の尖へまでも通うようだった／低い、重い声が焼きつくように耳近く聞こえた／勃然として焼くような嫉妬／熱意が身をこがすように燃え立った／熱い涙が眼をこがすように痛めて流れ出した／ほろほろと煮えるような涙が流れて……

《稲妻》　稲妻のように鋭く眼を走らした／稲妻のように鋭く葉子はこの男の優越を感受した／眼は稲妻のように事務長の後姿を斜めにかすめた／雷にでも打たれたようにある朝の新聞記事に注意を向けた／雷のような激しいその怒り声／言葉が喰いしばった歯の間から雷のように葉子の耳を打った／金属の床に触れる音が雷のように響いた……

《電気》　倉地の手を自分の背中に感じて、電気にでも触れたように驚いて飛び退いた／その声は、不思議な力を電気のように感じて震えていた／気まずさを強烈な電気のように感じている／全身は電気を感じたようにびりっと戦《おのの》いた……

《氷》　氷のように冷えきった心／頭は氷で捲かれたように冷たく気うとくなった／背筋に一時に氷をあてられたようになって、身震いしながら／耳の底がかーんとするほど空恐ろしい寂寞の中に、船の舳の方で氷をたたき破るような寒い時鐘の音が聞こえた……

《水》　心は水が澄んだように揺がなかった／互いの感情が水のように苦もなく流れ通う／一筋の透明な淋しさだけが秋の水のように果てしもなく流れている／ぞーっと水を浴びせられたように怖毛《おぞけ》を震った……

《風》　涙は近づく嵐の前のそよ風のようにどこともなく姿をひそめてしまっていた／言いようのない淋しさ、哀しさ、口惜しさが暴風のように襲って来た／反抗心が、またもや旋風のように葉子の心に起った／致命的な傷を負わしたと恨む心とが入り乱れて、旋風のように体中を通り抜けた……

《夢》　大きな眼を夢のように見開いて／自分の過去を夢のように繰り返していた／疲れを夢のように味わいながら／はっとして長い悪夢からでも覚めたように我れに帰った／悪夢から幸福な世界に目覚めたように幸福……

《超越体》　神のように狂暴な熱心／あなたは堕落した天使のような方です／悪夢のような顔をしてにやりと笑った／まるで幽霊のようだった／鬼のような体格／細々した体には、春の精のような豊麗な脂肪がしめやかに沁みわたって行く／母は自分以上の法力を憎む魔女のように葉子の行く道に立ちはだかった／海気にあって息気《いき》をふき返した人魚のような葉子………

《子供》　子供のように単純な愛嬌者になって／おいおいと声を立てて子供のように泣き沈んでしまった／まるで四つか五つの幼児のように頑是なく我儘になって／大きな駄々児のように、顔を洗うといきなり膳の前に胡坐をかいて／熟睡からちょっと驚かされた赤児が、また他愛なく眠りに落ちて行くように、再び夢とも現ともない心に返って行った………

《獣》　野獣のような熱情／致命傷を受けた獣のように呻いた／陥穽《わな》にかかった無知な獣を憫れみ笑うような微笑／一度生血の味をしめた虎の子のような渇欲／すかさず豹のように滑らかに身を起して／傷ついた牛のように叫ぶ／蛇に当惑した熊のような顔つき／縁もゆかりもない馬のようにただ頑丈な一人の男／牝豚のように幾人も子を生む／手傷を負った猪のように一直線に荒れて行く／小羊のような、睫毛の長い、形のいい大きな眼／屠所の羊のように柔順に黙ったまま………

《針》　葉を払い落した枝先きを針のように鋭く空に向けていた／頬には血液がちくちくと軽く針をさすように皮膚に近く突き進んで来る／針で突くような痛みを鋭く深く良心の一隅に感ぜずにはいられなかった／針で揉み込むような頭の中………

《糸》　こんがらがった糸が静かにほごれて行くのを見つめるように、不思議な興味を感じながら／張りつめ通した心の糸が、今こそ思い存分ゆるんだかと思われるその悲しい快さ／自分をこの世につり上げている糸の一つがぷつんと切れたような不思議な淋しさ

（「有島武郎の文体―「或る女」の比喩表現から―」『国文学　解釈と鑑賞』一九八九年二月号　至文堂）

第三章　技躍る多彩な文体

芥川龍之介『東洋の秋』の文章

――息づまる構成美――

目的

作家の文体が作品の文体からの単なる抽象ではなく、各作品の文体の渾然とした集合体を核とする存在であるとするならば、やがて作家の文体として吸収される文体的特徴群が、程度の違いはあれ、どの作品の中にもなにほどか散在しているはずだ。一作の中で完結していると同時に個人文体の一環を成してもいる、そういう文体的な言語的特性を一短編の文章に綿密に読み取る試みを、文体論の展開における一つの実践例として示そう。

資料

芥川龍之介の小品『東洋の秋』（一九二〇年）の文章を分析することを主眼とし、四〇〇字詰め原稿用紙三枚前後のこの作品とほぼ等しい分量になる他作家の作品として川端康成『死面《デスマスク》』（一九三二年）および志賀直哉『山鳩』（一九五〇年）の二編を選んでその対比資料とした。テキストには、『東洋の秋』と『山鳩』は『現代日本文学全集』（筑摩書房）を、『死面』は新潮文庫版の『掌の小説』を用い、引用の際にはいずれも現代仮名遣いで示す。

方法

文芸作品を対象とする文体論の展開においては、それにふさわしい文体分析の方法が、よき読者として作中に思いを沈める味読の深みからおのずと浮かび上がる。志賀直哉の文体にとって重要な自然描写の分析も、武者小路実篤にとってはさほど意味を持たないし、川端康成の『雪国』の文体にとって重要な比喩表現の分析も、谷崎潤一郎の『細雪』にとってはほとんど意味がないように、文体分析の有効な観点は作家により作品により基本的に異なる。どの作家の場合にどのような観点が効果的で、どの作品の場合にどういう分析対象が効果的であるかは、文学の外であらかじめ決まっているわけではない。作品の場で作者の言語を自らの体験とする読者の行為をとおして、文体がはじめて姿を現すという考えに立つとき、分析の観点や対象の文体的な意味を探り当てるには、作品を読むという直接的な文学的体験以外にありえないことは歴然としている。

ここでは、一般的な文体分析用のモデルとなる総合的言語調査という基礎段階を省略し、その作家あるいは作品にとって有効だと考えられる観点に限って文体分析の対象とする。その場合における有効な分析項目のいくつかが、全編を貫く例えば次のような意識的な表現読みを記録し整理する過程で、それぞれの比重に応じた濃淡を見せながら浮かび上がってくるだろう。以下、末尾に付した原文に沿って具体的に論及する。

「おれは日比谷公園を歩いていた」という作品冒頭の一文は、引用符なしの「おれは」という一人称と、「ていた」という文末の形との呼応により、男性の書き手による回想的叙述という執筆姿勢を思わせる。そこで改行した次の第二文は「空には薄雲が重なり合って、地平に近い樹々の上だけ、僅にほの青い色を残している」となっている。何も限定を受けずに単に「空には」とあることにより、前文との関係で日比谷公園の情景という文脈上のつながりが生じ、「ほの青い」という語のかすかな文章意識とともに、曇り空の薄暗い公園のイメージが読み手に伝わる。

その次の「そのせいか秋の木の間の路は、まだ夕暮が来ない内に、砂も、石も、枯草も、しっとりと濡れているらしい」という第三文では、曇ってきたためか、砂・石・枯れ草がいくぶん濡れている情景が読者に伝わるとともに、必ずしも事物ではなく「秋」という語によって季節を明示していること、「そのせいか」の「か」や文末の「らしい」が、神の座からの鳥瞰でない一人称叙述として冒頭の「おれは」と呼応することを考えさせる。

さらにその次の「いや、路の右左に枝をさしかわせた篠懸《すずかけ》にも、露に洗われたような薄明りが、やはり黄色い葉の一枚毎にかすかな陰影を交えながら、懶《ものう》げに漂っているのである」という第四文では、路の両側に篠懸が枝をさしかわせている情景を読者に届ける。順を追って細かくたどれば、「にも」とあり後に「やはり」が続くことから、前言の取り消しを予想させた文頭の「いや」が否定でなく累加の関係であることがわかり、文章意識を感じさせる「露に洗われたよう」という直喩表現によって、しっとりとした薄日のやわらかいイメージが成立し、色づいた葉の黄色がぼんやりと浮かび上がる。そして、「懶げ」という薄明かりに対する擬人化はそれが事象そのものの本質でないため、「かすかな陰影」とともに、書き手の重苦しい心の状態を暗示し、それまでの湿った暗い雰囲気を強める。

次の「おれは籐の杖を小脇にして、火の消えた葉巻を啣《くわ》えながら、別に何処へ行こうという当もなく、寂しい散歩を続けていた」という第五文では、「籐の杖を小脇に」と「火の消えた葉巻を啣え」で、公園を歩いている男のイメージを限定修飾し、特に後者は、これまでに作られた湿った暗い雰囲気とマッチして、書き手の心象風景を暗示しているように思わせる。「別に何処へ行こうと云う当もなく」の部分も、そういう情報を伝えると同時に、「懶げ」を強調する働きをしている。「寂しい散歩」の「寂しい」は、むろん散歩自体の属性ではなく、書き手の心境をくりかえし述べた形容だ。そして、「続けていた」と結ぶことにより、暗く湿った重苦しい空気の中を重い足取りであてもなく歩くという状態がある時間継続していたことを確認させる。このような入念な叙述の積み重ねが後の第八段の転機を効果的にする。

以下は割愛するが、全文を通して表現の形と心とをこのように丹念にたどる文学行為を基礎作業として、文章の性格をその質感とともにつかむのである。右のような表現読みという文学行為をとおしてつかみとったこの文章の主要な特質を、他作家の二作品と対比しつつ簡潔にまとめておく。

導入法

第一点は、作品への導入の仕方が正統的なことだ。この文章の冒頭のわずか三文の中に、人物・場所・季節・時刻という場面の状況がすべて設定されている。これを、「山鳩は姿も好きだが、あの間のぬけた太い啼声も好きだ」と、自己の好悪の感情を無遠慮に投げ出して作品を始める志賀直哉の『山鳩』や、「彼が彼女の何人目の恋人であるかは分からなかった」と、既成道徳に縛られた常識人を驚かすショッキングな一文をいきなり投げつける川端康成の掌編小説『死面』と比べれば、芥川の『東洋の秋』のこの書き出しはオーソドックスで、きわめて穏やかな入り方をしているという印象がさらに鮮明になる。

展開形式

第二点は、展開形式がきわめて規則的なことだ。改行による形式段階を単位として記述内容の展開を追うと、第一段が書き手の行動、第二段が公園の描写、第三段が書き手の行動、第四段が公園の描写というふうに交互に続き、以後も第五段が書き手の心理、第六段が公園の描写、第七段が書き手の行動、第八段が公園の点景としての人物描写、そして、第九段がまた書き手の行動、第一〇段は、書き手の心象としてではあるが、ともかく公園で見かけた人物の描写であり、最後の第一一段もそれまでの順番どおり書き手の行動を述べて、一編の作品を結んでいる。ここには構成上の著しい規則性が見て取れる。作者の視線が書き手としての「おれ」と外界としての公園との間を整然と往復運動し、しかもそれを段落単位にきれいに分節しているのである。

規則性はそれだけではない。書き手の行動を記した段落はほとんど例外なく一文段落なのだ。唯一の例外は最後の第一一段だが、これも「……した。……しながら。」という実質的には一文の倒置表現に近いのである。なお、この形式は余韻を出すために芥川が多用する表現であり、このように作品の末尾に用いた例としては『鼻』や『六の宮の姫君』などがある。

この文章の規則性は、さらに、文末形式との関連にも及ぶ。書き手の行動を記した文は例外なく過去形止め、公園の情景描写は逆に原則として現在形止めと、内容によって書き分けられているのだ。「鶴の声が……空へ挙った」と「鴉が二、三羽……舞い下った」という文が例外となるが、両者とも動きの描写である点で他の情景描写とは性格が違う。

これほどまでに神経の行き届いた叙述であるという事実を背景にすれば、作品構成に次のような起承転結を想定しても強引な解釈とは言えまい。第一段から第四段までで重苦しい外部状況を述べる部分を〈起〉、第五段と第六段で暗い心象風景を述べる部分を〈承〉、公園で落ち葉を掃いている破れ衣の男を見かけて立ち止まり、心に光の射し込む第七段・第八段を〈転〉、それによって明るい心理状態の成立する第九段以下を〈結〉と考えると、筋の展開が起承転結という構造に無理なくあてはまるからだ。

行動事実を軸に自己の嗜好を率直に語った『山鴫』とはもちろん、死とともに性も終わりを告げるのだという観念を薄い感覚のオブラートに包んだ『死面』と比べてさえ、この『東洋の秋』の息苦しいまでに整然とした作品構成が、あまりに人工的な匂いを発散させているという印象は拭えない。

映像展開

第三点は、映像が具体的で、それが多くの感覚系統にわたっていることだ。文章の流れに沿って形成されるイメージの契機となる文章表現を整理しながら作品の映像展開を追ってみよう。

第一段は、日比谷公園を歩いている一人の男のイメージ。

第二段は、薄雲、ほの青い空、薄明り、露、木の間の路、樹々、砂、石、枯草、篠懸の黄色い葉という視覚的イメージに、しっとり濡れたという触覚的なイメージも出現。

第三段は、籐の杖を小脇にして火の消えた葉巻を啣えているというふうに、散歩している男のイメージが具体化。

第四段は、空、海、池、噴水、町、公園、木立、篠懸の黄色い葉、路、霧という視覚的イメージに、ひっそり、噴水のしぶく音、さざめき、鶴の声といった聴覚的イメージも出現。

第五段は、重い足取りで散歩を続ける男のイメージ。

第六段は、薄闇の漂い始めた公園という彩度の落ちた視覚的イメージに、冷たいという温度感覚の触覚的イメージが加わり、さらに、苔、落ち葉、土の匂い、腐って行く花や果物の薄甘い匂い、薔薇の匂い、そして、秋の匂いという多量の嗅覚的イメージが充満。

第七段は、立ち止まった男のイメージ。

第八段は、薄墨色の破れ衣をまとい、髪が乱れて手足の爪も伸びた二人の男が、竹箒で落葉を掃いている人物イメージに、篠懸の落ち葉、砂、公園、二、三羽の鴉という情景イメージが重なる視覚的映像。

第九段は、火の消えた葉巻を啣えながらゆっくりと引き返す男のイメージと、篠懸の間の路のイメージ。

第一〇段は、公園の落ち葉を掃いている二人の男のイメージと、公園の広がりや篠懸の葉という情景のイメージ。

第一一段は、籐の杖を小脇にし口笛を吹きながら歩いている男のイメージと、寒山拾得と二重写しになった、落ち葉を掃く二人の男のイメージという人物映像に、公園の篠懸のきらびやかな葉のイメージという情景映像。

文章の流れに沿って読者の脳裏に展開するイメージを、映像形成の契機となる言語表現側の在り方にしたがって整理すると、以上のようにたどることができる。

『死面』には、男・女・俳優・美術家の著しく粗大なイメージしか現れず、また、自然描写は皆無、情景が具体的な姿で浮かんでこない。『山鳩』にも、「山鳩」という語はくりかえし登場するが、その具体相に叙述の筆は及んでいない。そのほか、小綬鶏・鵯《ひょ》・頬白などの鳥や、猟銃を持った地下足袋姿の男と猟犬も登場するが、いずれも淡泊な記述で、象徴化へのこだわりは感じられない。ほぼ同じ長さから成るこの二つの作品と比べれば、『東洋の秋』の描写はかなり詳細にわたる。また、それが単なる形態的なイメージにとどまらず、雰囲気の醸出に重要な役割を果たす光影感覚・色彩感覚系のイメージがあり、第六段に充満する嗅覚系のイメージも頽廃美の魅惑という面で象徴性が感じられ、さらに聴覚系や触覚系のイメージに至るまで幅広く見られることは特筆に価する。

象徴的語詞

第四点は、象徴的語詞が豊富だということだ。表面上の言語的な意味以外に、作品の雰囲気を作り出すという補助機能を併せ持つことばが多いのである。具体例をあげながら以下に整理して示す。

「ひっそり、しめやか、蕭条、静まり返る、静に、黙然」は〈静〉、「ほの青い色、仄か、かすかな陰影」は〈微〉、「うそ寒い、冷たく」は〈寒〉、「しっとり、濡れた、湿った、洗う、浸す、露、霧、水たまり、噴水、池、海」は〈湿〉、「薄雲、夕暮、薄明り、薄墨色」は〈暗〉、「懶げ、重たく、悩ましい、青ざめた、疲労、倦怠、困憊」は〈鬱〉、「おれ以外に誰も、たった一人、人知れず」は〈孤〉、「寂しい、空しく」は〈寂〉、「黄昏、枯草、落葉、黄色い葉、火の消えた葉巻、腐る、捨てる、破れ衣、秋」は〈終〉という、それぞれ漢字一字に象徴されるような、ある共通の感覚を含んだ語群である。

『山鳩』には、ある雰囲気を感じさせるような象徴的語詞は見当たらない。『死面』では、「恋・嫉妬・男・女・性・死・殺す」など、〈性〉と〈死〉に収斂しそうな語群が見られはするが、主題を急ぎ過ぎたかに見えるほど、それらの語は陰翳を持たず、生のまま観念的に散在するにすぎない。

それに引き替え、この『東洋の秋』では、右に列挙したようなおびただしい関連語群によって、陰欝な雰囲気が醸し出されている。〈静・微・寒・湿・暗・鬱・孤・寂・終〉という陰翳をもった象徴的語詞がネットワークをなして、作品の重苦しい空気を念入りに語り尽くすのだ。

修辞面

第五点は、修辞面の多彩な技巧が施されていることだ。まず、「露に洗われたような薄明り」、「まるで風の落ちた海の如く」（町の音）、「百年の昔も変らないように」（噴水の音）、「鳥の巣のような髪」、「獣にも紛いそうな手足の爪」といった直喩表現、「薄明りが……漂っている」、「篠懸も……葉を垂らしている」、「創作力の空に……黄昏の近づく」、「秋を撒き散らした篠懸の落葉」、「静な悦びがしっとりと薄明く溢れていた」といった隠喩表現、「薄明りが……懶げ」、「疲労と倦怠とが……のしかかっている」、「青ざめた薔薇の花」といった擬人的な表現など、比喩的な表現の例が一編を通じて見られる。「鴉が二三羽、さっと大きな輪を描く」といった擬態語も駆使する。

「火の消えた葉巻」と「篠懸の葉」がくりかえし現れ、次第に象徴性を帯びて、単発の比喩より大きなスケールで一種のライトモチーフの役を務めている。前者は、湿った雰囲気と暗鬱な心境を象徴するかのように、いわば小道具として執拗に描かれながら、心軽く公園の門を出る一作のフィナーレには登場しない。後者の黄色い葉は、心の重い間の記述では、枯れる—終わり—死という連想を利用しているように思われ、口笛に象徴される軽い気分の作品末尾では、同じその黄色が「きらびやか」に変わるのだ。

比喩以外では、「寸刻も休みない売文生活！」といった体言止めや、「……秋の夢は……消え去っていないのに違いない。売文生活に疲れたおれをよみ返らせてくれる秋の夢は。」という反復を利かせた倒置的な異例の文末、あるいは、「もしこの秋の匂の中に、困憊を重ねたおれ自身を名残りなく浸す事が出来たら――」と述語を省略するなど、文末部に変化を持たせる配慮も目立つ。そのほか、「誰が摘んで捨てたのか、青ざめた薔薇の花が一つ」という文中の詩的な中止、「……髪と云い、……破れ衣と云い、……爪の長さと云い」といった並列の表現、「……匂の中に……おれ自身を……浸す」といった欧文脈、さらには、後に寒山拾得を出すために、公園で落ち葉を掃く人物をあらかじめ男二人に設定した伏線的配慮など、数々の工夫が見て取れる。

わずか原稿用紙三枚ちょっとの短編の中にこれだけ多くの技巧を認めうるとすれば、作者の神経の摩滅も思いやられ、読者側にもきわめて負担の大きい文章だと言えるかもしれない。

文章意識的語句

第六点は、文章の品位を意識した語の選択が目立つことだ。「舞い下った」「散り乱れた」「吹き鳴らして」「消え去って」「人知れず」といった複合語、「しっとりと」「仄かに」「空しく」「まみれず」「徐に」「しめやかな」「懶げ」「さざめき」「香り」といった和風の語句、「蕭条」「困憊」「永劫」「閲《けみ》する」といった難語句、「のみならず」「如く」「寸刻」「黙然」「何時か」「憐れむべき」「……たるに過ぎない」「……にも紛いそうな」「踵を返して」「小脇にして」「よみ返らす」といった文章語レベルの語句など、具体的には多様な姿で現れる。和語の複合語はソフトムードを漂わせ、和風の語句には美意識がはっきりと感じられ、難語句には衒学趣味がうかがわれる。文章意識の強い語句の選択を含めて、そこには枯れ切れない気取りがちらちらする。要するに、表現全体の意味というよりは、個々の語そのものの雰囲気に寄り掛かりすぎた点に、作品を覆う美文臭の一因があるように思われる。

リズム感

第七点は、文章にリズム感のあることだろう。句読点がなければ一気に読み進むとまでは言えないにしろ、少なくとも句読点の箇所で休止の意識が生ずることは確かだ。そこで、句読点で区切られる一続きのことばを拍（モーラ）数で測ると、この文章には著しい偏りのあることがわかる。調査結果を度数分布に表すと、『東洋の秋』では一四〜一七拍のところに際立った山があり、ほぼその二倍に当たる二八〜三〇拍のあたりにもう一つの山が認められる。両者を合わせると、全体のほとんど三分の二にも達する。前者を一つのリズム単位と仮定すれば、後者はその芥川のリズム単位が二つ重なったところに句読点が打たれたものと解釈できる。例えば、「その上今日はどう云う訳か、公園の外の町の音も、まるで風の落ちた海の如く、」と一四、五拍で読点を打ってきた後、「蕭条とした木立の向うに「静まり返ってしまったらしい」という一五拍を二つ続けて句点で区切っているのがそれに当たる。

「おれの行く路の右左には、苔の匂や落葉の匂が、湿った土の匂と一しょに、しっとりと冷たく動いている。」というふうに、すべて一五拍で句読点を打った典型的な例もある。完結感を回避して余韻をひきずる作品末尾の倒置的な展開にも、このリズム感が働いて、歌うような調子を響かせる。「そう云う内にこの公園にも、次第に黄昏が近づいて来た」も一五拍と一六拍だ。「もしこの秋の匂の中に、困憊を重ねたおれ自身を名残りなく浸す事が出来たら」は一四拍と三〇拍となるが、後者は「おれ自身を」で一瞬間を置けば一五拍ずつとなる。

おれは籐《とう》の杖を小脇にした儘、気軽く口笛を吹き鳴らして、篠懸の葉ばかりきらびやかな日比谷公園の門を出た。「寒山拾得は生きている」と、口の内に独り呟きながら。

呟きながら口笛を吹き鳴らすとする意味情報にこだわらなければ、耳に心地よく響く一編のフィナーレだ。一七拍、一五拍と読点で刻んだ後、一五拍と一三拍を重ねることで、重心を後ろにかけて安定感を添えながら句点で軽く文を結ぶ。そして、残り香を慕うように未練にすがって一五拍、一六拍と後を追い、「呟きながら」という落ち着かない形で、まだ何かが続きそうなけはいを漂わせつつ文を結び、同時に作品を終えるのである。

これが日本語一般の基本的なリズムだとか、文学作品の文章に共通するリズムだとかということは多分ない。志賀の『山鳩』にも川端の『死面』にも、度数分布においてそのような際立った山が認められないという調査事実は、この芥川作品の散文リズムがかなり個性的な言語的特徴であることをうかがわせる。

取り澄ましたあがき

以上の分析を振り返って寸評を加えておこう。この作品の基本トーンとして、ものの終わりの感覚が底流に潜んでいることは否定できまい。売文生活に明け暮れる自己を嫌悪し、意欲を喪失する作家が、絶望の淵に立って死を見つめるのは、悲惨ではあるが、純文学の一つの型であるように思える。ところが、象徴的語詞にしても、第七段・第八段のいわゆる〈転〉の後では、「よみ返る・気軽く・口笛・きらびやか」といった、むしろ明るい感じの語詞が続出し、ライトモチーフの役を果たした「火の消えた葉巻」のイメージも終盤では消える。通俗的と見えるまでに安易な解決と思われないでもない。しかし、こういった筆づかいを、二十代の終わりにすでに人生の秋を、早過ぎた黄昏を意識した繊細な一作家の、裸になれない都会人作家の、取り澄ましたあがきの跡と見るなら、この作品『東洋の秋』の読後の印象はとたんに重く軋り出すだろう。

『山鳩』の末尾に志賀直哉はこう書いた。「近所の知合いで、S氏という人は血統書きのついた高価なイングリッシュ・セッターを二頭も飼っていて、猟服姿でよく此辺を徘徊している。然し、此人の場合は猟犬は警戒していなければ危いが、鳥は安心していてもいい腕前だそうだ」と。『東洋の秋』――そこにもこんな余裕があったらと思う。神経の行き届いた、息苦しいまでに整いきった、意識過剰のこの文章に、人はとかく、事を描き尽くそうとする気負いや傲慢を見やすいが、むしろ、こういうがんじがらめの文章を書くことで自らの行く手を狭めていった芥川龍之介という才のある作家の悲劇をこそ読み取るべきなのかもしれない。

（「『東洋の秋』の文章」日本文体論学会『文体論研究』一一号 一九六七年）

参考

東洋の秋

おれは日比谷公園を歩いていた。

空には薄雲が重なり合って、地平に近い樹々の上だけ、僅にほの青い色を残している。そのせいか秋の木《こ》の間《ま》の路は、まだ夕暮が来ない内に、砂も、石も、枯草も、しっとりと濡れているらしい。いや、路の右左に枝をさしかわせた篠懸《すずかけ》にも、露に洗われたやうな薄明りが、やはり黄色い葉の一枚毎にかすかな陰影を交えながら、懶《ものう》げに漂っているのである。

おれは籐《とう》の杖を小脇にして、火の消えた葉巻を啣《くわ》えながら、別に何処へ行こうと云う当もなく、寂しい散歩を続けていた。

そのうそ寒い路の上には、おれ以外に誰も歩いていない。路をさし狭んだ篠懸も、ひっそりと黄色い葉を垂らしている。仄《ほの》かに霧の懸っている行く手の樹々の間からは、唯、噴水のしぶく音が、百年の昔も変らないように、小止《おや》みないさざめきを送って来る。その上今日はどう云う訳か、公園の外の町の音も、まるで風の落ちた海の如く、蕭條とした木立の向うに静まり返ってしまったらしい。――と思うと鋭い鶴の声が、しめやかな噴水の響を圧して、遠い林の奥の池から、一二度高く空へ挙った。

おれは散歩を続けながらも、云いようのない疲労と倦怠とが、重たくおれの心の上にのしかかっているのを感じていた。寸刻も休みない売文生活！ おれはこの儘たった一人、悩ましいおれの創作力の空に、空しく黄昏《たそがれ》の近づくのを待っていなければならないのであろうか。

そう云う内にこの公園にも、次第に黄昏が近づいて来た。おれの行く路の右左には、苔の匂《におい》や落葉の匂が、湿った土の匂と一しょに、しっとりと冷たく動いている。その中にうす甘い匂のするのは、人知れず木の間《こま》に腐って行く花や果物の香りかも知れない。と思えば路ばたの水たまりの中にも、誰が摘んで捨てたのか、青ざめた薔薇の花が一つ、土にもまみれずに匂っていた。もしこの秋の匂の中に、困憊《こんぱい》を重ねたおれ自身を名残りなく浸す事が出来たら——

おれは思わず足を止めた。

おれの行く手には二人の男が、静に竹箒《たけぼうき》を動かしながら、路上に明く散り乱れた篠懸《すずかけ》の落葉を掃いている。その鳥の巣のような髪と云い、殆ど肌も蔽わない薄墨色の破れ衣と云い、或は又獣にも紛《まが》いそうな手足の爪の長さと云い、云うまでもなく二人とも、この公園の掃除をする人夫の類《たぐい》とは思われない。のみならず更に不思議な事には、おれが立って見ている間に、何処からか飛んで来た鴉《からす》が二三羽、さっと大きな輪を描くと、黙然と箒を使っている二人の肩や頭の上へ、先を争って舞い下った。が、二人は依然として、砂上に秋を撒き散らした篠懸の落葉を掃いている。

おれは徐《おもむろ》に踵《くびす》を返して、火の消えた葉巻を啣えながら、寂しい篠懸の間の路を元来た方へ歩き出した。

が、おれの心の中には、今までの疲労と倦怠との代りに、何時か静な悦びがしっとりと薄明く溢れていた。あの二人が死んだと思ったのは、憐むべきおれの迷いたるに過ぎない。寒山拾得《かんざんじっとく》は生きている。永劫の流転を閲《けみ》しながらも、今日猶この公園の篠懸の落葉を掻いている。あの二人が生きている限り、懐しい古東洋の秋の夢は、まだ全く東京の町から消え去っていないのに違いない。売文生活に疲れたおれをよみ返らせてくれる秋の夢は。

おれは籐の杖を小脇にした儘、気軽く口笛を吹き鳴らして、篠懸の葉ばかりきらびやかな日比谷公園の門を出た。「寒山拾得は生きている」と、口の内に独り呟きながら。

（大正九年三月）

谷崎潤一郎の文体
——人物描写を志賀直哉・芥川龍之介と対比する——

谷崎文体の先行研究

谷崎潤一郎の文体に関する語学的研究としてすぐ浮かんでくるのは、波多野完治『文章心理学』における志賀直哉の文章との対比である。近代的文体論の古典として名高いこの研究は、文章を言語的に解析し、数量的に処理した調査結果をもとに、その心理学的な解釈をとおして、両作家の文体的特徴を対比的に性格づけた画期的な試みであった。骨子をまとめると次のようになる。谷崎のほうが志賀より平均してかなり長い文を書いており、文の長さの偏差は比較的小さい。また、一文を構成する句（句読点で区切られるひとつながりのことばを波多野は「句」とよぶ）の数が多く、谷崎の文章にはそれだけ複雑な構文が多く見られる。使用語彙の品詞別の傾向としては、谷崎のほうが、名詞に対する動詞の割合が大きく、修飾語として用いられた形容詞も谷崎のほうが多い。比喩表現、特に直喩表現が谷崎には数多く見られる。

このようなデータを両作家が文章というものに課した役割の違い、すなわち、志賀の場合は、ことばは事件や事物を単に暗示するにとどまる書き方であるのに対し、谷崎の場合は、事件や事物の叙述をあくまで言語を主体にしておこなう書き方である、という執筆姿勢の違いから生じた文章の言語的性格の差だと解釈する。そして、志賀が文章の志向が社会的達意のほうへ向かわず物自体のほうに直接向かう、いわば自然あるいは事物への志向という性格を有するのに対し、谷崎は自己の緊張体系を社会的な形でロゴス的な表現形式をとって伝える、いわば社会あるいは人間への志向という性格を有する、と波多野は推論するのである。

当時の研究として目を見はらせる鮮やかな展開であり、ある種の表現手段の偏重が書き手の性格と関係することを実証する研究として、文章心理学という学問が一躍脚光を浴びることとなった。しかし、そこにとらえられた両作家の文体は性格学における二つの基本方向という〝タイプ〟としてのそれであり、例えば谷崎潤一郎の純粋に個別的な文体がとらえられたとは言いがたい。

語学的なアプローチだけでなく、文学的な見地から谷崎の文体に論及した例も少なくない。酒井森之介『谷崎潤一郎の文体』では、「其れはまだ人々が「愚」と云う貴い徳を持って居て、世の中が今のように激しく軋み合わない時分であった」と始まり、「当時の芝居でも草双紙でも、すべて美しい者は強者であり、醜い者は弱者であった」といった対句を挟んで、「天稟の体へ絵の具を注ぎ込む迄になった。芳烈な、或は絢爛な、線と色とが其の頃の人々の肌に躍った」と展開する『刺青』の書き出しや、「泗水の河の畔には、芳草が青々と芽ぐみ、防山、尼丘、五峯の頂の雪は溶けても、沙漠の砂を摑んで来る匈奴のような北風は、いまだに烈しい冬の名残を吹き送った」といった『麒麟』の一節を引き、それ以前に出た田山花袋『蒲団』の冒頭が「小石川の切支丹坂から極楽寺に出る道のだらだら坂を下りようとして彼は考えた。「これで自分と彼女との関係は一段落を告げた。三十六にもなって、子供も三人あって、あんなことを考えたかと思うと、馬鹿々々しくなる。(中略)単に愛情としてのみで、恋ではなかったろうか。」」というふうに日常語でなだらかに流れるのに比較して、谷崎初期のこれらの文章は漢字の審美性と漢文の簡潔雄勁とも言うべき格調の効果をねらった絢爛たる表現がその物語性を強化したことを指摘している。紅野敏郎も『刺青』における巧妙な漢字使用にふれ、「女は黙って頷いて肌を脱いだ。折から朝日が刺青の面にさして、女の背は燦爛とした」に至る作品末尾の一節を引用して、現実の世の中自体は決して絢爛としてはいないが、谷崎の造形した世界はまさに絢爛としており、「女の背は燦爛とした」という結句がその力を如実に示していることを強調している。

谷崎文体の幅

これらの言及はその限りにおいていずれも谷崎文体の一面をかなり正確にとらえていると言える。しかし、一般に作家は文章の感触を時とともに変ずる例も少なくない。特にこの作家はその振幅が大きい。谷崎自身の文章観はその著『文章読本』に語られている。ごくかいつまんで言えば、第一に、よけいな飾りを除いて実際に必要なことばだけで書くべきだという点で実用的な文章と芸術的な文章との区別はないとしたこと、第二に、古典の精神に学び、文章の感覚的要素や〝間〟を大事にして、含蓄のある表現を心がけるべきだと説いたことの二点に集約されよう。

谷崎自身の初期の文章が必ずしもその主張どおりになっていない点は、同書の中で当人が指摘するとおりである。坂上博一は、『文章読本』は〝含蓄〟の文体樹立への谷崎自身の宣言にほかならないと述べ、それ以前の文章との違いを説いている。すなわち、『刺青』の文章が「貴き宝玉」とか「珠のような踵」とかといった華美な形容で色彩感ゆたかに流れるのに対し、例えば『春琴抄』では「奥深い部屋に垂れ籠めて育った娘たちの透き徹るような白さと青さとはどれ程であったか田舎者の佐助少年の眼にそれがいかばかり妖しく艶に映ったか」というふうに、具体的描写を排して曖昧模糊とした表現を積み重ねることによって、ヒロイン春琴の美しさが霞の奥にうっすらと浮かぶという。美辞麗句から朧化法への文体変革であり、陰翳礼讃の美学の実践として位置づけられる。

しかし、平岡敏夫は『吉野葛』の文章について論じながら、平明・平淡の奥に含蓄があり陰翳があるのは、谷崎が現実の風景を写生せずに自らの美学を開陳し、その美意識によって統一しているからだと述べたうえで、この〈スタイル〉は幾多の〈フォーム〉の変遷を超えて存在する谷崎独自の文体なのだと主張する。

美辞麗句という初期の〈フォーム〉を支配した〈スタイル〉が、陰翳を礼讃し含蓄を実践した時期の〈スタイル〉

とまったく同質であると断定できるかどうかは別として、変貌する谷崎らしさと変貌しない谷崎らしさという異質の層があることは疑えない。江戸趣味の勝った戯作風ないし歌舞伎調の、あるいは現代風ないし西欧調のダンディズムと見なされた初期の作品群から、『痴人の愛』あたりを境に落ちつきと厚みを加えて『蓼喰う虫』に至り、その『吉野葛』『蘆刈』『春琴抄』を生みだした古典時代、源氏物語の現代語訳や長編『細雪』に取り組んだ戦中・戦後、『少将滋幹の母』を経て、口述筆記によった晩年の『夢の浮橋』や、老と性とのモチーフを実験的に扱った『鍵』『瘋癲老人日記』にたどりつく六〇年にわたる膨大な作品の流れを眺めると、たしかに、永遠を指向する全身的な女性崇拝という太い筋が一本その中を貫いていることはわかる。と同時に、女性の大阪弁のひとり語りから成る『卍』、仮名を極度に増やして、吶々と語る調子を髣髴とさせた『盲目物語』、句読点を極度に減らして文の切れめをぼかし、一編の文章の大きなうねりを可能にした『春琴抄』、ひそかに見られることを図った男女の日記体で編まれる『鍵』など、変貌する谷崎らしさという〈フォーム〉の広がりも驚くばかりである。

その変貌は一作ずつの実験的言語操作として意識的に趣を転じた面ばかりではない。一例として比喩表現の出現状況を取り上げてみると、一九一〇年に発表された『刺青』では直喩表現だけで四〇〇字詰原稿用紙平均三枚に一例と頻出していた比喩表現の使用が、『痴人の愛』や『蓼喰う虫』ではその半分の六枚に一例の割合になり、『春琴抄』では十枚に一例、『卍』では二十五、六枚に一例と少ない。そして、『細雪』では明確な直喩表現がほとんど姿を見せなくなるのである。

変貌する谷崎らしさの中で比較的その手つき、語り口が生のまま伝わりやすい人物描写のあり方を取り上げ、方法という〈フォーム〉の奥に見え隠れする作家の〈スタイル〉をのぞいてみたい。前章を粗略な総論とするなら、本章はささやかなその各論の一つということになろう。以下は人体の描き方を同世代の作家、志賀直哉と芥川龍之介のそれと比較することによって得られた谷崎潤一郎の表現の対比的特色の一部である。

髪

きらびやかな繍《ぬい》のある桜の唐衣《からぎぬ》にすべらかしの黒髪が艶《あで》やかに垂れて
——芥川龍之介『地獄変』

S氏は五十余りの額のぬけ上がった痩せた人で其薄い柔かな髪の毛を耳の上から一方へ一本並びに綺麗になでつけていた。

——志賀直哉『暗夜行路』

芥川の例は「黒髪が艶やかに」という抽象的な讃辞であり、志賀のそれは逆に、「薄い」「柔かな」という具体的な形容、「耳の上から一方へ一本並べに」という正確な記述というように、しっかりした描写を成り立たせている。

ふさふさとうしろに垂らしていらっしゃるのが、普通のひとにくらべたら欝陶しいくらいにたくさんおありになって、一本々々きぬいとをならべたような、細い、くせのない、どっしりとおもい毛のたばが、さら〳〵と衣《きぬ》にすれながらお背中いちめんにひろがっておりまして
——谷崎潤一郎『盲目物語』

擬態語や比喩表現による美化が一目瞭然であろう。「雑草の生い茂った裏庭にも五月の青葉の明るさが充ちて、逆光線を受けているかみさんの灰色のちゞれ毛を、一とすじ二たすじ銀色に透き徹らせている」(『蓼喰う虫』)のように自然と一体となった美的対象の造形も見られる。

顔

彼女はかがやかしい顔をしていた。それは丁度朝日の光の薄氷《うすらい》にさしているようだった。

——芥川龍之介『或阿呆の一生』

眉間に八の字を作り、頬はすっかりこけ、頭だけがいやに大きく、恰《まる》で年寄りの顔だった。赤児は眼を閉じた

まま急に顔中を皺にして、口を開《あ》く。

――志賀直哉『暗夜行路』

芥川の例は美化された表現と言ってよかろうが、「かがやかしい」という形容と、薄氷に光る朝日の比喩によって、読者が一人の女性の顔を具体的に思い描くのは至難であろう。ある特定の現実を描写したというより、ことばのイメージによって美的な対象を漠然と感じ取らせる例と言える。「顔の色の浅黒い、左の眼尻に黒子のある、小さい瓜実顔」（『藪の中』）のように具象化した例もあるが、慣用的な表現による概念的描写という印象は拭えない。

その点、志賀の例は病気の赤ん坊の顔のようすを現実感を持って伝えてくる。眉、頬、顔の皺と口の動きなどの具体的なイメージを伴った描写だからであろう。

ゆたかな頬をしておりまして、童顔という方の円いかおだちでござりますが、父にいわせますと目鼻だちだけならこのくらいの美人は少くないけれども、おゆうさまの顔には何かこうぼうっと煙っているようなものがある、皃《かお》の造作が、眼でも、鼻でも、口でも、うすものを一枚かぶったようにぼやけていて、どぎつい、はっきりした線がない、じいっとみているとこっちの眼のまえがもや〳〵と翳って来るようでその人の身のまわりにだけ霞がたなびいているようにおもえる、むかしのものゝ本に「蘭《ろう》たけた」という言葉があるのはつまりこういう顔のことだ

――谷崎潤一郎『蘆刈』

長い引用になってしまった。これがすべて顔の説明であるが、具体的にどのようなイメージが浮かぶであろうか。円顔で頬がふっくらしているという点を除くと、眼も鼻も口もぼうっと霞んで一定の像を結ばない。「ものがある」、「線がない」「おもえる」といった活用語の終止形の後の読点に象徴される、切れめのはっきりしないこの文章自体の姿のように、表現対象の輪郭がぼやける方向で美化する谷崎流の陰翳礼讃の好例と言えよう。

眼

彼女の眼の中には、意外な事に、悲しみも怒りも見えなかった。が、唯、抑え切れない嫉妬の情が、燃えるように瞳を火照らせていた。

——芥川龍之介『秋』

其うるんだ眼が電燈の光を受けて美しく光って見えた。

——志賀直哉『暗夜行路』

ともに、目の外形というよりその表情をとらえた描写である。芥川のほうは「抑え切れない嫉妬の情」、「燃えるように」といったやや慣用的な表現により、感覚的というよりはむしろ感情的に読者に訴える。志賀の例も特に独創的な面はないが、眼が潤んでおり、その濡れているところに電燈の光が当たって光っているという事実を的確に感覚として伝えている、という点に違いが見られる。

一杯涙ためたなりじっと落ち着いてなさって、恨めしそうに睨んでなさるだけですねんけど、その眼ェえらい妖艶で、何とも云えんなまめかしい風情あって

——谷崎潤一郎『卍』

泣いていることはわかる。睨んでいることもわかる。が、どういう形の眼で、どういうぐあいに妖艶でなまめかしいのかは書かれていない。読者の想像にゆだねる陰翳をもった表現と見ることもできる。この方法が極端になると、「涙が潸然《さんぜん》と浮かんでいた」（『細雪』）というふうに漢字のロマンティシズムに託して対象を美化することとなる。

口

心もち震える唇の間に、細かい歯並みを覗かせていた。

——芥川龍之介『お富の貞操』

下の歯ぐきに小さく白い歯が二つ見えた。

——志賀直哉『網走まで』

前例はお富という女、後例は赤ん坊であるが、唇の間から歯が見えるようすを写し取った点、両例の情報はよく似ている。しかし、芥川の例が「心もち震える」「細かい歯並み」というレベルで述べるのに対し、志賀のそれは「下

の歯ぐき」「小さく」「白い」「歯が二つ」というふうに対象をきちんととらえた書き方になっている点、むしろ対照的な筆致と考えることができよう。あるいは、志賀が事実の伝達を主眼とするのに対し、芥川は対象の把握というよりも、お富の心配そうなようすを形象化して効果的に伝えるために、あのような唇の動きを描き込んだと解すべきかもしれない。いずれにしろ、そこに両作家の表現姿勢の違いが感じ取られ、興味深い。

彼女が笑うと、京都の女が愛らしいもの、一つに数える茄子歯《なすびば》が見えた。二枚の門歯の根の方が鉄漿《かね》を染めたように黒く、右の犬歯の上に八重歯が一つ、上唇の裏へ引っかゝるほどに尖っていて、それをあどけないと云う人もあろうが、公平に云えば決して美しい口ではない。

――谷崎潤一郎『蓼喰う虫』

これは今まで見てきたような美化表現の例ではない。地域的な美意識をむしろ批判的に述べている。が、「そうどすやろ」と笑う京都生まれのお久という女の個性を描く言辞ではない。その種の京女にあてられた一般的な評価であり、お久はその一典型として扱われているのである。

姿

檜皮《ひはだ》色の着物を着た、背の低い、痩せた、白髪頭の、猿のような老婆である。

――芥川龍之介『羅生門』

痩せた婆さんで、引込んだ眼や、こけた頬や、それが謙作に目刺しを想わせた。

――志賀直哉『暗夜行路』

ともに痩せた老婆の印象を比喩的に表現した例である。前例は、背が低く、痩せていて、髪が白いという三点が「猿」というイメージに収斂していかないため、着衣の色彩を含めて五つのばらばらの情報が老婆を並列的に形容する。「猿」の形象も規定を受けないため、その像も個別的な具体性に欠ける。

その点、後例は、眼が落ちくぼみ、頬がこけているという二点が「目刺し」のイメージを具象化する方向で働くため、表現に統一感がある。「猿」に比べ、この「目刺し」の喩えには生活の実感がこもっており、それだけ独創性も感じられる。

　目鼻立は端正であるが、孰方《どちら》かと云えば愛嬌に乏しい、朴訥な感じの、妙子が批評した通り「平凡な」顔の持ち主で、そう云えば体の恰好、身長、肉附、洋服やネクタイの好み等々に至る迄総べて平凡な、巴里仕込みと云うところなど微塵もない代りには、嫌味のない、堅実な会社員型であった。

――谷崎潤一郎『細雪』

顔だちから体つき、衣類の好みに至るまで、人物像がまとめて語られる箇所であるが、この例も、その男の個人的特徴を描き出す方向にではなく、タイプとして一般化する方向の書き方である点に注目したい。

『細雪』のヒロインたちはこう描かれる。雪子は「きゃしゃ」で「なよなよした痩せ形」であり、妹の妙子は反対に「堅太りのかつちりした肉づき」、姉の幸子はその「両方の長所を取って一つにしたよう」である。背丈は年の順に幸子・雪子・妙子と少しずつ低くなる。幸子は「一番丈夫そうに見える」が「見かけ倒し」であり、雪子は「いかにも胸の病などありそうな恰好」でありながら「めったに風邪一つ引か」ず、「消極的な抵抗力は最も強」い。つまり、個性というよりは対比的な特徴として描かれるのである。

幸子は「花では何が一番好きかと問われゝば躊躇なく桜と答える」。そう「答えた」のではない。行動事実の描写ではなく、率直で近代的な性格の説明なのだ。雪子が「献身的に介抱」するのも、「はっきりともせずぐずぐずして」いるのも、物語の今ではない。「頬づえをついてじっと考え込んだ」という雪子の行動を描かず、「頬づえをついてじっと考え込んでいることもあり、しくしく泣いていることもある」としてその性格を語る書き方なのである。

個よりも型を、今よりも永遠を、描くよりは語る、日本近代の王朝絵巻は、こうしてその作品を、美を、静止させてゆく……。

（「谷崎潤一郎の文体」『国文学 解釈と観賞』一九九二年二月号 至文堂）

小林秀雄の文体
――躍動する感情のリズム――

美と出合う発想と展開

慄えるような深い感動から出発し、詩と批評の近接を果たしたこの稀代の論客の文章には、紛れようもない一つの姿がある。世間の常識を蹴散らし、相手をねじ伏せる強腕がうなると同時に、論理の奥にある魂に響き、読者の胸を揺する。「評論」というよりは、自らが正しく「感想」と呼んだあの自由で激烈な表現の形である。

『無常という事』は「比叡の御社に、いつはりてかんなぎのまねしたるなま女房の、十禅師の御前にて、夜うち深け、人しづまりて後、ていとうとうと、つづみをうちて、心すましたる声にて、とてもかくても候、なうなうとうたひけり」という『一言芳談抄』の一節を引いて始まる。その心を人に問われて、なま女房は「生死無常の有様を思ふに、此世のことはとてもかくても候。なう後世をたすけ給へと申すなり」と答えたという。

読んだ時いい文章だと思って心に残っていたせいもあるには違いないが、「比叡山に行き、山王権現の辺りの青葉やら石垣やらを眺めて、ぼんやりとうろついていると、突然、この短文が、当時の絵巻物の残欠でも見る様な風に心に浮び、文の節々が、まるで古びた絵の細勁な描線を辿る様に心に滲みわたった」という異様な体験を、この批評家はまず、比喩を交えながら、熱っぽく語る。

小林秀雄の批評の性格を決定づけるこういう特有の入り方は、例えば『モオツァルト』の第二章の起こし方をすぐに連想させる。そこでは、いきなり交響曲四〇番のテーマを載せた譜面を引用し、「もう二十年も昔の事をどういう風に思い出したらよいかわからないのであるが、僕の乱脈な放浪時代の或る冬の夜、大阪の道頓堀をうろついていた時、突然、このト短調シンフォニイの有名なテエマが頭の中で鳴った」という、やはり神秘的な経験を語る。ともに痛烈な体験であったに違いない。『無常という事』では、「そんな経験は、はじめてなので、ひどく心が動き、坂本で蕎麦を喰っている間も、あやしい思いがしつづけた」と、その体験の余波を告げる。『モオツァルト』でも、少し後に、「僕は、脳味噌に手術を受けた様に驚き、感動で慄えた」と、その体験のすさまじさを、比喩表現で強調しつつ語っている。

何かの啓示のように突然インスピレーションが襲って来た時の状況を振り返ってみるのは自然だろう。『無常という事』で「あの時、自分は何を感じ、何を考えていたのだろうか、今になってそれがしきりに気にかかる」と述べているのはそれに当たる。『モオツァルト』では、「僕がその時、何を考えていたか忘れた。いずれ人生だとか文学だとか絶望だとか孤独だとか、そういう自分でもよく意味のわからぬやくざな言葉で頭を一杯にして、犬の様にうろついていたのだろう」と、あれこれ想像してみるが、当時を再現するわけにはいかず、むろん確かなことは何もわからない。

ただ、はっきりわかるのは、それが単に偶然その時に起こった空想や、何の意味もない連想ではなかった、ということである。『無常という事』で「取るに足らぬある幻覚が起ったに過ぎまい。そう考えて済ますのは便利であるが、どうもそういう便利な考えを信用する気になれないのは、どうしたものだろうか」と疑問の形で述べたのは、その控えめな弁と受けとめるべきだろう。

得も言われぬその神秘的な現象は、いつもすぐ消えてしまう。『無常という事』で「今はもう同じ文を眼の前にして、そんな詰らぬ事しか考えられないのである」とし、「依然として一種の名文とは思われるが、あれほど自分を動かした美しさは何処に消えて了ったのか」と嘆くのは、そのほんの一例だ。『モオツァルト』で、「百貨店に駈け込み、レコオドを聞いたが、もはや感動は還って来なかった」のも、《美》というものが一瞬にしかとらえられない現象であることを物語る。

しかし、そのほとんど病的と言ってもいいような不思議な経験は、決して普通の意味での論理的な思考の延長上にあるものではない。『無常という事』では、「空想なぞしてはいなかった。青葉が太陽に光るのやら、石垣の苔のつき工合やらを一心に見ていたのだし、鮮やかに浮び上った文章をはっきり辿った。余計な事は何一つ考えなかった」と述べ、その現象が何らかの思考にもとづいて脳裏に描き出された必然的なイメージである可能性を否定した。『モオツァルト』でも、「兎も角、それは、自分で想像してみたとはどうしても思えなかった」と断言し、さらに、「街の雑踏の中を歩く、静まり返った僕の頭の中で、誰かがはっきりと演奏した様に鳴った」と具体化して述べることにより、それが自分で造り出したものでなく、何ものかの手で引き起こされた現象であったことを強調する。「神」とか「超自然」とかといったことばこそ用いていないが、超越体に近いとらえ方で《美》との出合いを神秘的に描き出したものと言えよう。

《美》とのそういう奇蹟的な出合いがどのようにして生ずるか、『無常という事』で、それを可能にしたものを、「どの様な自然の諸条件に、僕の精神のどの様な性質が順応したのだろうか」と探ってみるが、「そんな事はわからない」と即座に諦め、「そういう工合な考え方が既に一片の洒落に過ぎない」と投げ出してしまう。『モオツァルト』でも、「自分のこんな病的な感覚に意味があるなどと言うのではない」と、簡単に片づけてしまう。

何の前ぶれも無しに忽然と起こる《美》との出合いを、あれこれ詮索しても始まらない。が、出合いの時にあの絶対的な時間が流れたことを語ることはできる。『無常という事』で、「僕は、ただ、ある充ち足りた時間があった事を思い出しているだけだ」と振り返り、「自分が生きている証拠だけが充満し、その一つ一つがはっきりとわかっている様な時間が」と倒置的に補足するのは、《美》の中に生きるその絶対的な時間について具体的に語るぎりぎりのことばだったかもしれない。それに続けて、自問自答するさまを「何を。鎌倉時代をか。そうかも知れぬ。そんな気もする。」と、スタッカートで記さねばならなかったところに、過ぎてしまった《美》を説明しようとする時の、なんとも心許ない感じが映っているように思われる。

『モオツァルト』の第二章の結びで、「僅かばかりのレコオドに僅かばかりのスコア、それに、決して正確な音を出したがらぬ古びた安物の蓄音機、――何を不服を言う事があろう。例えば海が黒くなり、空が茜色に染まるごとに、モオツァルトのポリフォニイが威嚇する様に鳴るならば」と、昂る心をやはり倒置風に歌うのも、《美》の絶対境と言うべきものを、いかなる論理の帰結でもなく、音響や色彩という物理的存在自体が引き起こす効果でもなく、表現者と受容者との魂の一瞬の出合いという、奇蹟にも似た神秘的な心理現象としてとらえた興奮のせいではなかろうか。

『無常という事』で、冒頭の「心すましたる声にて」「此世のことはとてもかくても候」とうたう鎌倉時代のなま女房のイメージが、「過去から未来に向かって飴の様に延びた時間という蒼ざめた思想から逃れる」ために、死人という「退っ引きならぬ人間の相しか現れぬ」歴史の「動じない美しい形」を前に、「心を虚しくして思い出す」ことが肝要だとする結論を導く契機として働いたことは否定できない。

同様に、『モオツァルト』では、「ネオンサインとジャズとで充満し、低俗な流行小唄は、電波の様に夜空を走」る道頓堀の雑踏の中で、この批評家の内面に、突然何ものかが鳴らしたト短調シンフォニーのテーマ、その痛切な経験が、一瞬のうちに、モーツァルトの音楽に対する本質的な理解に誘う。「モオツァルトの音楽に夢中になっていたあの頃、僕には既に何も彼も解ってはいなかったのか。若しそうでなければ、今でもまだ何一つ知らずにいるという事になる」といった対極の表現で激しく言ってのけることからも、それはもう疑いようがない。

『川端康成』の中で「正銘の芸術家にとっては、物が解るという様な、安易な才能は、才能の数には這入らない」と切って捨てた、あの芸術批評の精神を思い出そう。モーツァルトについて調べ上げ、多くの知識を得た小林秀雄が二十年前を振り返り、「一体、今、自分は、ト短調シンフォニイを」、頭の中で突然テーマが鳴り出すほど夢中になっていた「その頃よりよく理解しているのだろうか、という考えは、無意味とは思えないのである」と述べたことは重要だ。芸術がわかるとはどういうことか、美とは何かという問題に対するこの批評家のアプローチの性格がそこにくっきりと映っているからである。

ここまで、『無常という事』と『モオツァルト』という二編の作品を重ね合わせながら、感動を源とする小林秀雄一流の批評の文章が、どこから入り、何を盛り、どういうタッチで表現されているかを探ってきた。こういう文体分析が可能なのは、両作品に共通するものがはっきりと見えているからである。

……ある衝撃的な経験を描く……すさまじいその余波を記す……啓示に出合う直前の状況を振り返る……単なる幻覚という前提を斥ける……一瞬のうちに成立した美が、一瞬のうちに消え、感動は戻らない……ある日、突然襲ってくる美の体験は、論理の帰結でも、意識の造り出したイメージでもなく、超越的な出合いの神秘であると説く……美の詮索は無意味であるとし、出合いの時の充実した時間について語る……芸術にとって知識などは役に立たない……美との劇的な出合いを可能にするのは、心を虚しうして対象に向かう真摯な態度なのだと告げる……

無論、何を先に書くかという順序は作品によって違う。ここでは、『無常という事』の展開に合わせて要素を取り上げたので、それぞれに対応する『モオツァルト』の言及箇所は必ずしも原文の順を追っていない。しかし、美との神秘的な出合いに対する感動の慄えを語る小林の芸術批評の文章は、これらの要素を盛りながら、独特の比喩表現、逆説的な言辞を駆使し、複眼的な思考や外面的な矛盾を抱え込む表現で刺激を与え、容赦なく断定的に、あるいは懐疑的に、あるいは否定の連続で、時には感情のリズムを乗せた激しい倒置表現で、鋭く切り込む。そういう一つの典型的な姿がそこにある。

技法競演のリズム

悪条件とは何か。

文学は翻訳で読み、音楽はレコードで聞き、絵は複製で見る。誰も彼もが、そうして来たのだ、少くとも、凡そ近代芸術に関する僕等の最初の開眼はそういう経験に頼ってなされたのである。翻訳文化という軽蔑的な言葉が屢々《しばしば》人の口に上る。尤もな言い分であるが、尤も過ぎれば嘘になる。近代の日本文化が翻訳文化であるという事と、僕等の喜びも悲しみもその中にしかあり得なかったし、現在も未だないという事とは違うのである。どの様な事態であれ、文化の現実の事態というものは、僕等にとっての問題であり課題であるより先きに、僕等が生きる為に、あれこれ退っ引きならぬ形で与えられた食糧である。誰も、或る一種名状し難いものを糧として生きて来たのであって、翻訳文化という様な一観念を食って生きて来たわけではない。当り前な事だが、この方は当り前過ぎて嘘になる様な事は決してないのである。この当り前な事を当り前に考えれば考える程、翻訳文化などという脆弱な言葉は、凡庸な文明批評家の脆弱な精神のなかに、うまく納っていればそれでよいとさえ思われて来る。愛情のない批判者ほど間違う者はない。現に食べている食物を何故ひたすらまずいと考えるのか。まずいと思えば消化不良になるだろう。

――『ゴッホの手紙』

小林秀雄の文章には、他と紛れることのない独特の響きがある。右の引用は、その個性的な文調が言語表現の外面にくっきりと姿を現した箇所の一つだろう。「文体」という語はあえて避けたい。今は「筆癖」と言っておこう。表現上のそういう小林秀雄らしさを指摘するのに苦労は要らない。ごろごろ出て来る。具体的にそのいくつかを並べてみたい。

まず、この一節の冒頭の一文を見よ。「悪条件とは何か」ときっぱり言い放つ。何の修飾語もない。しかも、このわずか七字の一文が、これだけで一つの段落の資格を与えられてすっくと立っているのである。風に乗ってひらひらと改行を繰り返す軽快な文章とは違う。次に五〇〇字を超える長大な段落が続き、それだけでこの一節を構成していることを考えると、この短い一文が改行による空間を抱え込んで、この大段落と対峙している気迫を感じるのだ。長い段落の最初の一文には行進するような調子がある。「文学」「音楽」「絵」という芸術上のテーマを係助詞「は」で取り立て、それぞれ「で」を付して「翻訳」「レコード」「複製」という手軽な手段を配し、「読み」「聞き」「見る」という基本動詞で展開する反復のリズムである。

次の文は「誰も彼もが」と一括し、「のだ」と断定し、そこを句点で切らずに、あえて読点にしてすぐ「少くとも」と追いかけ、「凡そ」と大上段に振りかぶり、「開眼」という語を選んで強調し、「のである」と決めつける。次に、「翻訳文化」というここでのテーマが「軽蔑的な」というマイナス・イメージの修飾を伴って登場する。「人の口に上る」を「屢々」と強めて、これから挑み掛かる相手を正面に引きつける。そして、それを「尤もな言い分」と一度認めた上で、「尤も過ぎれば嘘になる」という小林秀雄一流の奇妙な論理で一蹴する。垂直思考ではとうてい納得できないが、「負けるが勝ち」「過ぎたるは及ばざるが如し」という格言を引くまでもなく、水平思考では理解可能な超論理と言える。

次の文で、凡人には区別のつかぬ類義を鮮やかに峻別する、いわば論理の顕微鏡が働いている。次の文も「どの様な……であれ……というものは」と高圧的に起こし、「文化の現実の事態」を「食糧」に置換する比喩的な思考を軸に展開する。次にそれを「糧」として受け、「翻訳文化」という利いた風なことばを、その「観念」の抽象性を一喝して否定し去る。

次の文で「当り前過ぎて嘘になる」という言いまわしを今度は打消の形で繰り返し、この文から次の文にかけてその「当り前」という語を四度、集中的に用いる。それだけではない。「考えれば考える程」「脆弱な言葉」「脆弱な精神」とあえて同語で畳みかけ、「凡庸な文明批評家」をめった打ちにする。そして、その世間の常識というものに対して「愛情のない」という一撃を浴びせ、「……ほど……者はない」と止めを刺す。「文化」を「食物」に置き換えて比喩的に展開してきたこの一節は、「まずい」「消化不良」といういわば縁語を散らして、呟くように結ばれる。

筆癖が「文体」となるのは、表現の背後に書き手の精神のリズムが脈打ち、読み手の鼓動と共鳴する時である。近代日本の文化が翻訳文化であるか否かといった観念の遊戯など、われわれがその中に生きるほかなかった厳粛な事実の前では何の意味もない、と切って捨てる論法が大事なのではない。論理というよりは、論者の圧倒的な意思が、血の通っていない、ただ尤もらしいだけの常識の皮を剝いでみせる、その文体が感銘を与えるのではないか。

一九七六年のある秋の日、鎌倉雪の下の小林邸で私は氏の日本語観を尋ねてこっぴどく叱られた。「国語というものをそんなふうに問題にしちゃいけないんですよ」と、この批評家は声高に言った。「国語は僕等の肉体なんだよ」――現代人の思い上がりをたしなめる声は今も心の中を響きわたる。「翻訳文化」も小林秀雄の文体が許すことのできない小生意気な観念にすぎなかったのだろう。

深い洞察、切れる論理、胸の透く展開で読者を魅了する。詩と批評の近接をめざす文学の方法を、小林は人を迷わせ吸い込むような文章に乗せて運ぶ。対象のうちに評者がくっきりと息づく作品として日本近代の批評の在り方を方向づけた。

（「小林秀雄の文体」『国文学 解釈と鑑賞』一九九〇年六月号 至文堂）

横光利一の文体
――同世代作家との対比――

横光文体の先行研究

横光利一の文章の特色についてこれまで言われてきたことを自分なりにまとめてみよう。

1　習作期には志賀直哉との類似が指摘されるが、主観性の濃い技巧的な表現や華麗な言語擬装、多角的な視点による戯曲的な工夫もあり、単なる模倣として片づけられない。

2　身辺に素材をとった初期の作品群は、白樺派的な私小説の延長上に位置する。

3　自然感情を意識的に抑制し現実を抽象化してとらえようとする性癖が強く、『蠅』は私小説的な現実密着から方法的に離脱できた作品であり、感覚的なクロースアップと大胆な構図と映画的な展開によって、作品の象徴性に成功した斬新な一編でありえた。

4　『日輪』は擬人法と即物的な比喩を骨格とする表現の獲得により、飛躍と弾力に富み簡潔でスピード感に溢れ、主観の燃焼のうちに生命の律動を伝える文体的効果を奏した。

5　いわゆる新感覚派的な表現は、鋭敏な官能を基礎とする新しい意匠ではなく、むしろ意識的な知性の操作による新感覚的認識とその奇抜な表現の運動の産物にすぎない。

6　ことばとことばとの間の飛躍や、異質なことばの組み合わせから発する抵抗感に新味を求めるという無理が重なり、個々の表現がそれぞれ勝手に独自性を主張するだけで、作品全体が動的な構造性を持つに至らず、散文は情緒的に解体する結果となった。

7 テンポの速い飛躍に富んだ刺激的な文章は斬新な印象を与え、価値観の一変した関東大震災後の復興期に、スピード時代の好尚に合って、ある時期もてはやされた。

8 みずみずしさを湛える『春は馬車に乗って』を仕立て直し、小説として完成度を高めた『花園の思想』は、内省の巧みな律動に沿った展開で、〈花〉の象徴に昇華させた。

9 『機械』でひたすら心理を論理的に追う長文の連続となったが、その粘着力は精神の主体的な持続力の反映というより、道徳的な心情の連鎖に負うところが大きい。

10 『寝園』以降の長編を中心とする時期は文体が比較的安定するが、それは『書方草紙』に言う「国語への服従」を意味し、個性が衰弱し作品が緊張度を減じてゆくことにも呼応する。野心作であったはずの『旅愁』でさえ、直観と東洋的な観念に根ざす情緒的な文章であるにとどまり、最後の作品『微笑』は一見論理的ながら、底流は科学というより魔術の世界で、安易な神秘性へと逃避せざるをえない疲弊した精神が透けて見えて痛々しい。

筆者自身が横光の文章について書くのは今回が三度目である。講談社から出した『名文・名表現　考える力読む力』（現行版ちくま学芸文庫『現代名文案内』）では『春は馬車に乗って』を取り上げ、比喩表現の伝達効果について論じた。まとまった形で横光の文体を扱った最初は至文堂の『国文学　解釈と鑑賞』の一九八三年十月号の「横光利一の文体と文章観」（本書一五〇ページ参照）で、変貌を重ねるその流れこそが横光の文体なのだと結論した。本稿では小調査をもとに、その変貌の事実の一端をことばに密着した形で確認することにしたい。

横光利一〔一八九八年三月一七日生〕			
御身	一九二四年	二六歳	三六枚
	（草稿一九二一年	二三歳）	
蠅	一九二三年	二五歳	一三枚
秋	一九三九年	四一歳	四二枚
微笑	一九四七年	四九歳	六九枚
川端康成〔一八九九年六月一一日生〕			
招魂祭一景	一九二一年	二一歳	二八枚
葬式の名人	一九二三年	二三歳	一九枚
再会	一九四六年	四六歳	四七枚
夢	一九四七年	四八歳	一六枚
井伏鱒二〔一八九八年二月一五日生〕			
借衣	一九二三年	二四歳	三九枚
夜ふけと梅の花	一九二八年	三〇歳	二三枚
	（草稿一九二五年	二七歳）	
橋本屋	一九四六年	四八歳	三二枚
夏まつり	一九四六年〜七年	四八歳	六三枚

同世代作家との対比調査

横光利一および同世代作家二名の青年期と中年期から各二編の作品を選んで表現の言語的な調査を実施し、文体的特徴とその変化の実態を対比的に考察する。調査対象とした作品の成立・発表年（必要に応じ草稿執筆年も併記）、執筆年齢、原稿枚数（推定）は上の表のとおりである。

今回の調査は、比喩表現・擬人法・誇張表現・婉曲表現・欧文直訳体・感覚表現・心理描写・ユーモラスな表現など、いわゆる表現性ゆたかな箇所を抽出するという方法に従った。

次のページにその結果の概略を述べる。最初にその表現の出現する箇所を実数で表示し、次いで（　）内に、それを原稿用紙一枚あたりの出現率に直した数字を示す。

この表から読み取れる情報を列挙する。**比喩表現**では、横光に時期による差がある。青年期で出現率が安定、それが中年期で倍増し、最晩年（年齢的には中年だが一九四七年に死去）は「悩みの種が意外なところへ落ちていて、いつの間にかそこで葉を伸ばしていた」、「数学者のさなぎが羽根を伸ばす」、「微笑というものは人の心を殺す光線だ」といった例が頻出する。

川端では一般に出現率が高く、「息のぬけた空気袋のような

	比喩表現	擬人法	無生物主語	オノマトペ
横光利一				
御身	一七（〇・四七）	二（〇・〇六）	〇	三九（一・〇八）
蠅	六（〇・四六）	二（〇・一五）	一（〇・〇八）	六（〇・四六）
秋	三四（〇・八二）	二（〇・〇五）	七（〇・一七）	二二（〇・五三）
微笑	八六（一・二五）	七（〇・一〇）	一七（〇・二五）	三五（〇・五一）
川端康成				
招魂祭一景	三三（一・一八）	一（〇・〇四）	一（〇・〇四）	四〇（一・四三）
葬式の名人	一五（〇・七九）	七（〇・三七）	〇	四（〇・二一）
再会	六八（一・四五）	三（〇・〇六）	一（〇・〇二）	六（〇・一三）
夢	一九（一・一九）	六（〇・三八）	一（〇・〇六）	五（〇・三一）
井伏鱒二				
借衣	二〇（〇・五二）	〇	三（〇・〇八）	二（〇・〇五）
夜ふけと梅の花	七（〇・二二）	一（〇・〇三）	四（〇・一二）	三（〇・〇九）
橋本屋	五（〇・一六）	一（〇・〇三）	〇	八（〇・二五）
夏まつり	一五（〇・二四）	〇	〇	一〇（〇・一六）

乳房」（招）のような例がたいていの作品で原稿枚数以上に現れる。

井伏ではごく初期の『借衣』だけは「島田の髷は頂辺のところはスリッパを裏返したような形」といった例が見られ、横光の青年期並みの出現率を示すが、他は安定して少ない。

「愛はがっしりと坐っている。帳場の番頭だ」（御）のような**擬人法**は、横光の場合一般に少なく、執筆時期ごとの差は認めがたい。川端では「つんと身を反らせ、足の尖にぴんぴん小唄を唄わせながら」（招）のような例もあって出現率の比較的高い作品も見られるが、やはり執筆時期の違いには対応していない。井伏作品にはごく稀にしかそのような例が見られない。

「ひき緊った喜びは、勿論梶をも揺り動かした」（微）のようないわゆる**無生物主語**の文は、横光の場合、『御身』に例が見られないのは納得がゆくが、『日輪』と同時期に発表された『蠅』よりも中年期で例が多いのは予測に反する。川端にはほとんど例が見られない。井伏では青年期の二編に「火鉢が、着物を裾長くだらしなくきた女中によって出された」（借）のような例が現れ、「女子美術の生徒であるところの或る少女」、「論争しあっている自分達を見出した」（以上、借）といった欧文直訳体の表現が交じって、わざとらしいおどけた語り口を作り出す。しかし、同じくとぼけた筆致の作品ながら、中期の二編ではすっかり姿を消す。明らかに執筆時期にからむ変化であり、横光とは逆方向になる点も注目される。

『御身』に声喩が多いという森下金二郎の報告に注目して、**オノマトペ**の使用例を見ると、「ごぼごぼお臍が鳴る」、「髪をシュウッととき附けたらええのに」など、横光作品の中ではたしかに『御身』における出現率が際立って高く、他の三作品はいずれもその半分以下できわめて安定している。しかし、川端の同じく初期作品『招魂祭一景』は「ばらばらに投げ散らかされた手足が、ふっと一所に吸い寄せられて」など、それ以上に使用度が高い。この作家の場合も他の三作品はその四分の一以下と、いずれも出現率が低く安定している。井伏の場合は全体的にきわめて出現率が低く、一般的な傾向とは逆に特に青年期で著しく低い。

川端康成の表現特性

この表以外の点で相対的に目立つ表現上の特色を列挙し、それぞれの文体的特徴を考えてみたい。本題の横光は最後に回し、川端作品から見ていこう。まず目につくのは、作品の導入部である。「騒音がすべて真直ぐに立ちのぼって行くような秋日和である」という『招魂祭一景』の冒頭の一文は、新鮮な感覚的発見を軸にすっくと立ち上がったあざやかな作品の顔である。ほかにも「宙に浮んだふわりと白いもの、これが姉に関する私の記憶の総て」（葬）、「声が口のなかにたまるのに脣が開かない」（夢）といった感覚表現が目につく。『葬式の名人』の「私には少年の頃から自分の家も家庭もない」、『再会』の「敗戦後の厚木祐三の生活は富士子との再会から始まりそうだ」、『夢』の「七月の二十日過ぎまで雷が鳴らない」というふうに、いずれの書き出しも、今起こりつつあることとして唐突に述べ、読者をじかに場面に誘い込む。「私の境遇と過去とがその言葉に聞き耳を立てた」、「私は自分の記憶と連れ立って墓場へ行き、記憶に対って合掌しながら」(以上、葬)、「祐三は過去に出会ったのだ。過去が富士子という形を取って現れたのだが、祐三にはそれが抽象の過去というものと感じられた」、「(富士子は)生命と時間との流れの継目に浮んだもののよう」、「異性そのもの(富士子)との再会と感じる」(以下、再)というふうに具象を**抽象化**してとらえるイメージの方向性は、『雪国』などにも見られるこの作家独自の表現として注目される。

井伏鱒二の表現特性

井伏作品では、「小指の先の丸ほどの大きさが赤黒くなって、指でさわって十分わかるほど肌の面が没して見えた」(借)、「右の頬に深き骨膜に達するかもしれない程の打撲傷と、唇の横及び鼻の下に三箇所の裂傷」(夜)、「金歯を入れた上歯よりも合金をかぶせた下歯の方が前に出て」(橋)というふうに、どの作品にも詳細な**観察記録**の箇所がある。『夏まつり』の冒頭部などは「経路不明の患者が発生したのが六月十六日で、つづいて十八、十九、二十日と、同町内に五名の罹病者を出した」、「最終死亡者の罹病した日が七月九日で、全市隔離が解除になったのは、規定によって爾後十八日の間をおいた二十八日」と記録報告的な調子で書かれている。『橋本屋』で「すり鉤・ふかんど・ざら湯・出鮎・肉切れ・ごろびき」といった釣りの**専門語**が続出するのもその延長線上にある。「座布団と煙草とお茶とお菓子を、ほとんど十秒の間にすばやく私にすゝめた」(借)、「(阿漕な真似をする男への当てこすりに毎日)汽車の窓から桃を投げる」、「ただそれだけのために、じいさんは汽車の定期券も手に入れ」、「果樹園主に特約を申し込んで、桃を毎日六箇ずつ売ってもらうようにとりきめている」(橋)といった**誇張表現**や、「女のふところ手や立膝は(中略)日常生活では色彩が濃厚すぎる」(借)といった**婉曲表現**が笑いを誘うほか、どの作品も、「恋愛など夢にものぞまないことなのである。第一相手の恋人の前で、胸をときめかしたりなどすると、これは非常に心臓を悪くするそうである」(借)、「東京中で一番酔っているぞ! しかし、酔えば酔うほど、俺はしっかりするんだ!」(夜)、「汽車の窓からいちど投げた桃を翌日また投げるように、じいさんに勧告」(橋)、「(隔離取締りの警戒網をくぐるために)畑を耕しておるような風をして、いつの間にか隣りの畑に移って、次から次に移る」、その折に百姓に化けるために「歩くとき足は、がに胯にした方がよろしゅうおまっしゃろ」(夏)などと研究に余念がなかったりするような**笑い**を誘う表現に事欠かない。青年期に頻出する前述の**直訳体**の表現も、もってまわった感じを演出し、そのおかしみを増幅させる働きをする。また、「奥さんという代名詞を用いる」(借)、「がつがつ食べるという形容が当てはまっていた」(橋)など、言語的な関心を示す表現が散見するのも、この作家の特徴の一つである。

横光文体の対比的特徴

最後に、調査結果に現れた横光のその他の特徴を補足する。**書き出し**では、『御身』だけは「末雄が本を見ていると母が尺《さし》を持って上って来た」と無造作に始まるが、『蠅』は「真夏の宿場は空虚であった」、『秋』は「アルカリ性の強い湯の湧き出ている川岸のところに直立した数百尺の美しい翠巒《すいらん》が一つある」と、いずれも構えた感じの冒頭文であり、『微笑』は「次ぎの日曜には甲斐へ行こう」と唐突に始まる。

井伏作品にしばしば現れる**観察**を基礎とした詳細な描写は、志賀を意識した時期の『御身』に「腹部を漸く包んだ皮膚の端を大きくひねって無造作にまるめ込んだだけのように見えた。そして、彼女が泣く時臍は急に飛び出て腹全體が臍を頭としたヘルメットのような形になってごぼごぼ音を立てた。それはいつ内部の臓が露出せぬとも限らぬ極めて不安心な臍だった」という赤ん坊の臍の描写例を見るのみで、他の三作品には類例を見ない。その代わり、「緑色の森は、漸く溜った馬の額の汗に映って逆さまに揺らめいた」(蠅)、「大きな眼だけが黒い動かぬ皮膚の中で気味悪くぎろりと光った」(秋)、「パッと音立てて朝開く花の割れて咲くような笑顔」(微)といった**感覚的表現**が印象に残る。

比喩表現の中身を見ると、青年期の作品では、「蝸牛のような拳」、「壊れ人形のような姪の姿」、「叩かれた蝉のように不意に泣き出した」（以上、御）、「（蠅が）豆のようにぽたりと落《おっこ》った」、「円い荷物のような猫背」、「綿のように脹らんでいる饅頭」（以上、蠅）というふうに単純な対応関係の例がほとんどであるが、中年期の作品では「（発狂した織江の印象）眼鼻のない白い流れに対ったような気味悪さ」、「苦労と秘密も漸次成長して繋っていくのであったが、刈りとるもののない互の家族の暗部に足を踏み込んで」、「あたり一帯の家々は鏡を照し合せて隅々の汚点に光りをあてるように、正枝を中に縦横に界隈の被いの屋根が剝ぎとられていく」、「取り憑かれた深夜の霊魂のような色青ざめた正枝」（以上、秋）、「負け傾いて来ている大斜面を、再びぐっと刎ね起き返すある一つの見えない力」、「全身に溢れた力が漲りつつ、頂点で廻転している透明なひびき」（以上、微）といった複雑・抽象的・怪奇でイメージの定まらない難解な比喩表現が目立つ。

いろいろな点で『御身』は他と違う印象を受ける。今回の小調査から執筆時期による違いと解釈できることとなれば、初期よりも比喩表現がむしろ増えて、イメージ構造も複雑になる点、無生物主語の構文が増えて抽象化する点ぐらいであろうか。オノマトペが最後まで多用される点を含め、青年期に現れやすい特徴をこの作家は色濃く持ち続けたとも言える。

作品の題材に深く関係するが、『御身』には不安な心理を描き出した箇所が続出する。「彼は姉の下腹を窺った。躑躅をひくときの姉の様子を浮かべると、肱で子供が潰されていそうに思えてならなかった」、「名高い作家の写生的な小説の中で、赤子の死ぬ前にそれと同じ泣き方をする描写があったのを思い出した。彼は不安な気がして姉を呼んだ」、「女流作家の書いた「ほぞのお」と云う作の中で、嬰児の臍から血が出て死んでゆく所のあったのを想い出すと、また不安になって来た」といった箇所など、赤子に関する杞憂に近い不安の描写だけで実に一五箇所に及ぶ。『秋』にも「淋しい郊外を走る電車の中に並んだ相川の裾の拡がりが空しく寒気をひそめて映る」、「も早や憐れを通り抜けて皆には今は滑稽だった」といった例があるが、数は多くない。『蠅』や『微笑』にはほとんど例がないから、心理描写の多いこと自体はこの作家の文体的特徴とは言えない。作品ごとのむらが大きく、執筆時期の差とも考えにくい。

が、心理描写の底に見え隠れするある種の倫理観に注目したい。『御身』は特に顕著である。赤子が激しく泣くので「抱き上げて左右に緩く揺ってやると直ぐ泣きやんだ」。寝かせるとまた泣き出し、抱き上げると泣きやむ。「同じことを辛抱強く四度繰り返」したのち、「枕の下へ手を入れて彼女の頭を浮き上がらせると」、抱き上げなくても「姪はぴたりと泣きやんだ」。「うまい手を覚えたつもりでもう一度それを繰り返そうとし」て、ふと彼は「幸子は生れて今初めて瞞されたのではなかろうか」と考える。「その最初の瞞し手が此の叔父だ」ということに胸を痛め、「謝罪の気持ちで姉が帰って来て乳を飲ませるまで抱き通してや」るのである。

姉から「幸子は種痘から丹毒になりましたが、漸く片腕一本で生命が助かりました」という文面の手紙を受け取り、「片腕を切断された幸子が、壊れた玩具のように畳の上でごろごろ転がっている容子を頭に浮かべる」場面が描かれる。そのとき、「幸子を姉さんのような不注意者に与《あず》けて置いたと云うことが、こんな罪悪を造って了ったのだ」と考え、そして片腕を失ったことが「一生彼女の心を苦しめる不幸を思う」と居ても立ってもいられず、「俺の妻にしてやろう」と心に決めるのだ。「毒が片腕に廻っただけで身体へ来なかったため一命は助かった」というのが真相で、小咄にもなりそうな話の行き違いだが、無論主人公は大真面目で「怒った手紙を姉に書き始め」る。笑いはない。

『秋』にもこんな箇所がある。「タレサマダ」と書いた壁の前に子供を正座させ、目を瞑って好きな人の名前を言うと壁にその人の姿が見えると信じ込ませてからかう遊びがある。目を開けてきょとんとしているその子に「壁の字を逆さに下から読んでいって御覧」といっぱい食わせるのだが、「戯れとはいえあまり残酷な遊びに過ぎた後悔」を感じるのがその一例である。同じ作品に「相手は狂っているとはいえまだ生きているばかりか、自分の他はだれも引き受け手のない女」だからかえって離縁して後妻を迎えることができない、というのも一つの倫理観である。『微笑』にも「栖方の云うままには動けぬ自分の嫉妬が淋しかった。何となく、梶は栖方の努力のすべてを否定している自分の態度が淋しかった」という箇所がある。

時期により作品により表現は一定せず、文章の外面も幾多の変貌を遂げるが、形を変えて終生持ち続けた独特の倫理観、案外このあたりが横光文学の原点として、その文体の髄を通っているのかもしれない。

（「横光利一の文体―同世代作家との対比調査から―」『国文学 解釈と鑑賞』一九〇〇年六月号 至文堂）

横光利一の文章観
――多様な文章の底にあるもの――

書くことの苦しみ

「ああ、悪魔が去っていく」――脱稿直後に髭を剃りながら、横光利一はこう言って、霧が霽れたような顔をしたという（一九五五年五月『文藝』第一二巻第八号所載の座談会「父を語る」中の横光佑典〈利一と千代夫人との間の次男〉の発言を参照）。このエピソードは小説を書くことの苦しみをこの作家らしく〝象徴〟しているように思える。と同時に、あれほど挑戦的に書いたように見えるこの作家にも、何ものかに書かされているという意識が気持ちのどこかにあったことを、そこから読みとることもできるかもしれない。

息子の進学先を籤で決めさせた利一が、菊池寛の長編を読んでいるその息子に向かって、梶井基次郎の『檸檬』を差し出し、「これがほんとの小説なんだぞ」と言った（同じ座談会中の横光象三〈長男〉の発言に依る）事実も興味深い。〝新感覚〟というものの正体を明らかにしえた一編の論文がはたして存在するのかどうか、私は知らない。が、幾編かの実作によって〝新感覚派〟というものの存在はおぼろげに伝わってくる。同様に、誤解が渦巻いてその実像のゆらめくこの派の驍将横光利一の文学を考えるとき、この種の逸話が案外ばかにならないことに気づく。変転きわまりない作品群の多様の奥にやはり何かがあったことを感じさせるからである。そして、気負ったり構えたりした実作よりも、そういうなにげない、いわばしぐさのようなものが、その文学活動の質を思いがけずはっきりと映し出すこともある。

新感覚派の誕生

一九二四年十月、写実中心の在来の文学を脱する思い思いの夢を載せて、同人雑誌『文藝時代』が創刊された。作為のあらわな大胆な技巧は嘲罵に近い非難を浴びたというが（講談社版『日本近代文学大事典』中「新感覚派」の項〈項目執筆小田切進〉など参照）、大物ジャーナリスト千葉亀雄が翌月の『世紀』誌の文芸時評に「新感覚派の誕生」と題するエッセイを稿して、これらの新進作家たちの活動を擁護した。横光文学の名声も不幸もそのときに始まったと言っていい。

千葉は『文藝時代』所載の個々の作品を綿密に検討して同人全般の共通性を〝新感覚〟と帰納したわけではなかったらしい（講談社一九六六年十月刊の日本現代文学全集7『新感覚派文学集』所収の保昌正夫「新感覚派文学入門」など参照）。実際、川端康成・片岡鉄兵・横光利一・中河与一・今東光・佐佐木茂索・佐々木味津三・十一谷義三郎・菅忠雄……とそこに名を連ねた文学者たちを見渡しても、菊池寛ゆかりの〝文藝春秋〟系のにおいが漂ってくるだけである。その後の作品の印象が邪魔をするのだろうか。立ちのぼるそういうにおいを消すだけの表現の等質性をそこに嗅ぎとるのはむずかしい。途中参加の岸田国士・稲垣足穂、さらには、『文藝時代』後半期に作品を寄せた藤沢桓夫・永井龍男・林房雄・小林秀雄らを加えると、むしろ多様性のほうが目を引く。

しかし、横光利一・中河与一・片岡鉄兵・今東光らの当時の作品に、少なくとも特異な表現への志向という共通の性格があった（筑摩書房一九五四年刊の現代日本文学全集36『横光利一集』所収の伊藤整「解説」など参照）ことは事実だろうし、一時期の川端康成にその傾向のあったことも確かだろう。が、何といっても、ジャーナリスト千葉の嗅覚を最も鮮烈にとらえたのは、横光の飛躍的な印象手法であったにちがいない。千葉の評言がほとんど横光の短編一つを論拠として発せられたと言えば多少言い過ぎたことになるかもしれないが、ともかく『文藝時代』創刊号にあの問題作『頭ならびに腹』の一編が含まれていなかったら、はたして千葉の「新感覚派」という文芸史上に残る術語を喚ぶことができたかどうか。それほどに破壊的な表現に満ちた一作であった。それはこう始まる。

真昼である。特別急行列車は満員のまま全速力で馳けていた。沿線の小駅は石のように黙殺された。

——『頭ならびに腹』

今さら引用するのが気がひけるぐらいに有名な書き出しだ。「新感覚派」という名を口にするときに、たいていの人が思い浮かべる一節である。ここにポオル・モオラン『夜ひらく』の堀口大学訳の影響があることはすでに定説となっているようだ。が、その作品が日本に紹介される前にこの作家の書いた文章にも、「彼は小石を拾うと森の中へ投げ込んだ。森は数枚の柏の葉から月光を払い落して呟いた」(『日輪』)とか、「酒は飲めば飲むほど五市と妻とを彼の頭の中から吹き払った」(『敵』)とかといった新奇な表現のあることを例示し、「両者の間に何等の交渉も無くして、巴里と東京とに共通する近代的雰囲気の中に醸成された文芸の新しい機運——『新時代』を形造るべき一つの要素の発現である」と見る立場も同派の側にはあった(『文藝時代』一九二五年六月号所載の中村還一「新感覚派及びモオランの『夜ひらく』に就て」)という。

どの表現に誰の影響があったかという点は別にし、既成作家が確乎たるあぐらをかいている文壇への殴り込みが、認識がらみの表現レベルで企図されていたことはよくわかる。そして、例えばこの冒頭にしても、その技巧が結果としてそれなりの効果をあげている。いかにも人を驚かそうとの気負いと衒いとに目をつぶることができるなら、やはりそこに一種の表現効果の存することを冷静に否定するわけにはいかない。栗坪良樹はこう鑑賞する。

〈真昼〉という明るく開かれた空間が俯瞰的に描写され、それに〈満員のまま〉という混雑緊密化した車内の閉鎖された空間が対照的に描写されている。さらに、都市的な機械文明の象徴である〈特別急行列車〉と、田舎的な〈沿線の小駅〉とが対照され、スピード感と対照の妙が特色をなす。

——角川書店一九八一年刊の鑑賞日本現代文学14『横光利一』所収の栗坪良樹「本文および作品鑑賞」中『頭ならびに腹』の注釈

新感覚派の文章だという先入観を去り、新奇な作品名にもこだわらず、表現の〝形〟を忠実にたどるなら、現在でもそういう効果をはたすだろう。当時の読者にはさらに衝撃的な表現であったにちがいない。千葉論文が「今日まで現われたところの、どんなわが感覚芸術家よりも、ずっと新らしい語彙と詩とリズムの感覚に生きて居るものであることはもう議論がない」と受けとめたことからも、それはうかがわれる。ここには快い驚きが記されている。「新感覚派の誕生」と題するこのエッセイ自体が「文壇が動いて居る。若くは動いて居ない」という刺激的な一行で始まることに注目したい。横光作品の〝新奇〟が〝新鮮〟と映ることに評者自身の好尚が働いたことは疑えないからである。

新感覚派のとまどい

ただ、この好意ある批評が書かれることにもう一つの背景があった点も見のがせない。この『文藝時代』派の新進作家たちが「いかに好んで特殊な視界の絶巓に立って、その視野の中から、いかに隠れた人生の大全面を透射し、展望し、具象的に表現しようとするか、だから人生の全面を正面から真正直に押して行こうとする純現実派から見て、それがケレンであり、あまりに態度の技巧に享楽するという非難をうけることは免がれまい」としながらも、「これはまた立派にこれでよい」と、やや性急に通行手形を渡そうとしたのは、「『柵《しがらみ》草紙』『早稲田文學』『帝國文學』と辿って、それらの性質を見て来ると、いずれもその権威は、まじめで、純芸術的な批判によっていつも築かれて居た」のに、文運隆盛に見える今は逆に「厳粛な評論が重んじられず、単なる私人生活批評の小ぜり合いや、排他精神に、折角の精力を注いで居る」ということへの慨嘆で論を締めくくっているところに明らかなように、既成文壇の安易な活動、沈滞した空気に対する憤りがあったからだろう。

しかし、ともかくこれで、いわゆる〝新感覚派〟は誕生した。一つの権威ある発言に支えられて日向にその位置を占めることになる。「彼等の感覚の新らしさ」とその「生々した飛躍さ」に「当然」「それを観賞する悦びを感」じる「新らしい文化人」はもちろん、彼我の「テンペラメントの相違」を自覚し、あるいは「感覚の陶酔が全体の生命力を離れた一つの遊戯になり了るような危険」な展望をそこに意識する文壇人も、そういう一グループの存在をまったく無視するわけにはいかなくなった。言い換えると、文壇とのいわば境界線上に一つの座を獲得した『文藝時代』派のメンバーは一躍さまざまな視線を浴びることになったのである。

そこに集まった若い作家たち、ことにそのリーダー的存在であった横光利一の苦悩はここから始まる。文学史上に華麗な一ページを彩る流派活動の晴れがましさと、にもかかわらず、名作の歴史に残る一つの佳編をも〝新感覚〟の名にふさわしい筆致では実作しえなかったこの時期の後ろめたさを、この作家は以後ともに引きずってゆく。

『文藝時代』のメンバーに共通する主張が少なくともグループ結成当初に存在しなかった、そのための無理を承知の強引さがたたって苦戦の連続を強いられることになる。『文藝時代』のメンバーが集まった座談会（『文藝』一九三五年七月号所載）はそのへんの事情を知るうえで興味深い。「最初からみんなが熱情を以て一致して主張するだけのハッキリした思想的目標がなかった」（片岡発言）ことは確からしい。それどころか、「同人は友達とか知合いとかゞ集ったのじゃなく、各同人雑誌の中から（の）寄り合いだから、お互に顔も知らない人が随分あった」（川端康成発言）ほどで、「後記」に「回顧談というものは多少ヒロイックになるものです。小生の言、割引して読んで戴きたし」と断った片岡鉄兵にして、「併し新感覚派には理論はなかったね。あれはたゞ勘で行っただけの話ですよ」とはっきり言う。

そして、「吾々自身は新感覚派であろうが何でなかろうが、そんなことはどうでも好いのだが、然し兎も角、あの頃として何らか既成作家との対立をハッキリしなければなら」なかったために、ともかく「千葉さんの命名を甘んじて頂戴した」という片岡の回顧は、「創刊頃にはそんな事（〝新感覚〟の主張）は何も書いてないと思う」という中河与一発言、「文藝時代の創刊の目的にはそういうことはいわなかった」という川端発言によって確認されている。

機運の背景

そういった機運の背景を探るとき、「当時は別に考えてはいなかったが、地震の影響が案外あったと思うね」という横光利一の分析がこれがまた案外ばかにできないような気がする。一九二三年九月一日午前十一時五八分に関東地方を襲ったマグニチュード七・九の大地震は、それに伴う火災の猛威もあって、広域の家屋の倒壊・焼失を招いた。そして、新しいビルの建設が相次ぎ、人びとの生活様式も近代化する。つまり、多くの旧いものを一挙に失い、性急に新しいものを追った一時期であったと言える。

昔ながらの芸術にあきたらなくなり、さまざまな方法実験の試みが盛んになるにつれて、創作の世界でも既成リアリズムに対する破壊の欲求が出てくるのは自然だろう。既成文壇の伝統的な手法をともかくも毀そうとした若いジェネレーションの焦りと飛躍というふうにとらえれば、新感覚派の文学運動の性格がよく理解できるのである。そして、結局、「殺してしまえとかひどいことをいわれ」(川端発言)たりして、世代と方法の交替というところまで行けず、文壇的にも「負けて勝った」というような象徴的なことばで終戦意識を語らねばならなかった。

しかし、「石の如く黙殺され」ずに「盛んに悪口をいわれることは何処かで非常に認められて居るという現象」(岸田国士発言)ではあったわけで、それだけに彼らの「文章の模倣は随分あった」(菅忠雄発言)らしく、一般に与えた影響は少なくなかったと推察される。表現精神がよく理解されずに個々の表現の模倣という形での影響にとどまったのは不運だった。メンバーにとっても不本意だったかもしれない。が、既成作家側からの非難が「沿線の小駅は石の如く黙殺された」といった個々の表現に向けられたのは、ある意味で妥当だったとも言える。新進作家個人の自覚がどうであれ、「表現しようとするものが、伝統的な静的な文章では表現出来なくなった」ときに、「そこに新しい表現方法が追求されるのは当り前であ」(片岡発言)るはずだからだ。

つまり、単に「急行列車は全速力で走った」とか「猛スピードで通り過ぎた」とかといった書き方では済まされない新しい認識が作家の内面に生まれ、「沿線の小駅は石の如く黙殺された」という表現がどうしても必要になったのかどうか、という問題なのである。したがって、表現の評価は、流動する対象をその動いている姿においてとらえるという文学の方法論自体の妥当性によってではなく、その妥当な方法論の適用された個々の表現そのものが、作品という一つの統一体の中で、作者のそういう新しい認識を伝えるだけの効果をあげているか否かという観点でなされなければならない。いわゆる新感覚派の作品は、その意味で、読者に対し〝新感覚〟を納得させるに十分な説得力をもちえなかったのだろう。奇を衒うという印象がやはり拭えなかったようである。

驍将としての決意

「新感覚派」という名を口にするとき、まず浮かんでくるのは横光利一であり、次いで川端康成であろう。二〇名ほどの同人の中で特にこの二人の名があがるのは、やはり書き残した作品の知名度のせいか。しかし、二人といっても、川端康成の場合は『十六歳の日記』『伊豆の踊子』『禽獣』という戦前までの佳編や戦後にまたがる『雪国』で終わることなく、長く生きて、『千羽鶴』『山の音』をむしろ頂点とする円熟期を持つことができ、さらに『みずうみ』『眠れる美女』というやや前衛的な趣さえ感じさせる妖しい老境を迎えた。そして、文学史を離れて読めるいくつかの名品とともに、ノーベル賞作家という栄誉にも恵まれた輝かしい名声が前面に立つ。

それに対し横光利一の場合は、『蠅』『日輪』『機械』『寝園』『上海』『紋章』『旅愁』と著名な作品をたどってみても、時と個を超えて生きる名作をそこから拾いあげることはためらわれる。多くは実験作であり、あるいはその思想性において、あるいはその純文学性において、問題を投じた話題作である。〝小説の神様〟も、野望の果てに、ついに完成された名品を残すことなく、短命に終わったと言えないこともない。まさに「毀誉褒貶の嵐に立ち」（横光に宛てた川端の弔辞）つづけ、「国破れて砕けた」（同前）この作家の孤影は深い。

その悲劇的な作家生涯を決定づけたのは、むろん横光自身の辣腕だが、千葉亀雄のエッセイはその運命的な軌道に誘導する役を果たしたように見える。「ささやかな暗示と象徴によって、内部人生全面の存在と意義をわざと小さな穴からのぞかせるような、微妙な態度の芸術」という評言は、『文藝時代』全体の要約にはなりそうもないが、少なくとも横光作品の性格の一面をとらえている。そして、何よりも、新鋭作家横光利一自身がすっかりその気になったと思われる面も見られるからである。

新感覚派——千葉はそう呼んだ。その〝新感覚〟なるものが具体的にどのような表現に対応するかと問わないかぎり、この語感は悪くない。『文藝時代』の創刊に先立ち、横光はすでに『日輪』を『新小説』誌上に発表していた。フローベールの原作を「直訳体の面白さを生かして」(前掲の伊藤整論文) 訳出した生田長江訳『サラムボオ』から積極的に影響を受けて成ったとされるこの作品の文章の性格を考えるとき、この作家が「新感覚派」という命名をすすんで受け入れ、以後その旗じるしを翻して進むことになるのはある程度自然なことであったように思われる。ただ、まだほかに豊かな鉱脈が走っていたはずの横光文学が以後それを掘り起こすゆとりを持たなかったことは惜しまれる。つまり、時の実力者による「新感覚派」という命名が一人の若い作家の行く道を拓き、同時にその方向を規制した感が強い。自己の文才の一面を正しく自覚しながら、そこにこそ本領があると思い込んだために、かえって全体としての文学の方向を見誤ったようにも思われる。

ともあれ、新感覚派は誕生した。理論上も実践上も〝新感覚〟に徹底してこだわらなければならなかった。「感覚末梢に生命的な燃焼を味う以外、統一された生の緊張を味うことが出来なかった」(『文学』一九四一年八月号所載の片岡良一「新感覚派時代の横光利一」) 当時のこの作家に、「一切のものの生滅する形を通して抽象される万物流動という根本的な理法を、その理法の世界から観れば単なる仮象に過ぎない一つ一つの物にこじつけようとする無理——奇妙な飛躍があった」(同前) のは事実だろう。それを「感覚の論理」といった安易な論理感覚で片づけてしまうところにもその

「無理」と「飛躍」が映っている。

「新感覚論」（白水社一九三一年刊『書方草紙』所収。初出は『文藝時代』一九二五年二月号所載の「感覚活動」）などは、いきなり「芸術的効果の感得と云うものは、われわれがより個性を尊重するとき明瞭に独断的なものである」と書き出し、議論を拒否する姿勢を見せる。論自体も、やさしくわかりやすいことばで表せるほどこなれていない。したがって、その表現は、〝新感覚〟ということの苦渋に満ち、ほとんど暴力的に難解な論調となる。「形式的仮象から受け得た内的直感の感性的認識表徴で、官能的表徴は少くとも純粋客観からのみ触発された経験的外的直感のより端的な認識表徴であらねばならぬ」とか、「官能的表徴は客観によりて主観的制約を受けるが故に清澄性故の直接清澄を持つほど貴重である」とかという言いまわしに接すると、ただ漢語にテニヲハをつけてどなっているような感じさえする。

『文藝時代』廃刊後の一九二八年五月にも、この派の闘将としての責任感からか、それとも、あの「大正七年から昭和元年にいたる十年間の、主として国語との不逞極る血戦時代」（『書方草紙』の序）への突入を余儀なくされ、深追いして文学の新しさをかえって狭くしてしまった〈方法〉の総決算なのか、ともかく横光はこう書いた。

大いなる精神、そんなものは、この地上には有り得ない。ただ有るものは、芸術の象徴性だけに限られる。技巧だ。ここでのみ精神は不可思議な光りを発して来る。

——「天才と象徴」（『書方草紙』所収）

これはとかく、技巧のみという意味に解され、横光文章観に対する絶好の攻撃目標となりやすい。が、ここで注意を要するのは、象徴から技巧への展開上の無理と飛躍であろう。案外これは突飛な文芸論などではないかもしれない。ひょっとすると、むしろ普遍的な芸術論なのかもしれない。「象徴」と「技巧」という二つのキイワードをいずれも十分に広く解釈することによって、すぐれた文学作品のきわめて自然な姿を浮かばせることもできるからだ。とするなら、これは特に「横光」という固有名詞を冠すべき文章論ではないことになる。

が、実は、この文章の表現内容ではなく表現形式のほうがこの作家の文章観を語っているのである。つまり、文中の重要語句の指示する意味領域を故意に伸縮させることによって、普遍妥当性を隠した挑戦的な表現ができあがる。それに成功した文章が読者に恵まれると、その刺激的な外観は時に一種の象徴性を帯びることがある。「書き出しに良い句が来なければ、その作は大抵の場合失敗していると見てもそう大きな間違いではない。何ぜなら最初の一行のとき、もう忽ちその作の形式が決定されるのだからである」（「書き出しについて」一九二八年四月稿『書方草紙』所収）というあたりも、象徴的に読まなければ、ちとばかばかしい。これは一般論の顔をしているが、当時の自らの決意を述べたにすぎないだろう。

流動という文体

横光利一——この作家の文体について語るのはむずかしい。個々の作品を分析し、そこから本格的な横光論を実証的に語るには一冊の本では足りない。例えば——

『御身』に声喩が際立って多いこと（一九七三年刊『宮城学院女子大学研究論文集41』所収の森下金二郎「横光文学の文章特性㈠」）を指摘し、その意味を問うべきだろう。『笑われた子』と志賀直哉『清兵衛と瓢箪』との酷似（前掲の栗坪論文など）にふれ、表現面での異同をつきとめねばならない。『蠅』の馬車という一種の運命共同体を微妙な角度から眺める大きな動の〝眼〟の設定を取りあげることも必要だ。『日輪』の破壊的な直訳体の表現効果を推測し、あるいは、三島由紀夫の『潮騒』との思いがけない類似と対照について語るのもおもしろい。『機械』における長文連続と心理描写とのつながりを推察し、主人・軽部・屋敷という三つの傀儡（『文藝春秋』一九三〇年十一月号所載の小林秀雄「横光利一」）の操作と象徴性を考えることも大切だ。また、「その」「それ」「そう」などの語で直前の思考を承接し、そこに表現の層の落差と曲折を生ずる（一九八三年刊『黙示録6』所載の根岸正純「横光利一『機械』の文体」）さまを観察し、キイワード「困る」（一九八三年刊の後藤明生『小説——いかに読み、いかに書くか』）の背景を考えるのもよい。『時間』における時間の連続性（一九五五年五月『文藝』第一二巻第八号所載の波多野完治「横光利一の文章」）がいかなる言語操作に支えられて成立しているかをたどるのもよい。……

このようにして『旅愁』に至る文体研究がかなり膨大なスペースを要することはすぐわかる。だが、それだけの紙数が仮に確保できたとしても、そこから横光利一の文体像が簡単に輪郭を現すわけではない。これが横光式の文章だと言える一つの固定した書き方を想定するのはきわめて困難だ。構図の象徴性を目ざし、斬新な〝眼〟の設定に成功したことは特筆に価しよう。しかし、そういう作品の流れの中で最も安定して見られる点は何かと問い詰めるなら、それは〝変貌〟であるというような妙な答えになってしまう。中村真一郎が「感想」という文章（同前『文藝』）の冒頭で「氏は数年毎に変貌した」と書いたように、この作家の文章は次々に姿を変えた。どれが横光利一のほんとの文体かと問うのは不毛である。変貌を重ねるその流れにこそ横光がいる。横光文体が流動そのものだとすれば、批評の対象としてふさわしいのは個々の作品であるよりも、作家として生きた行動それ自体なのかもしれない。

しかし、それにしても、一九四五年、終戦の年の日記『夜の靴』に「日本の全部をあげて汗水たらして働いているのも、いつの日か、誰か一人の詩人に、ほんの一行の生きたしるしを書かしめるためかもしれない」ともらしたことは気になる。好きな作品を一つだけというのなら、私はためらわずに『春は馬車に乗って』をあげる。新感覚派時代に書かれたもっとも新感覚派らしくない作品だ。構成の稚拙さが指摘されようと、そこには人間の血が流れている。この二つの事実が私の眼の前で重なると、作家横光の映像はその悲劇的な影を深めた。「僕等がやらなければ誰かやって居ったかも知らぬ」（前記の座談会中の横光発言）と、この作家は新感覚派時代をふりかえる。犠牲者——と呼んでもいいほど、そのとき多くのものを失った。

（「横光利一の文体と文章観」『国文学 解釈と鑑賞』一九八三年十月号 至文堂）

第四章　ことばが氾濫する文体

太宰治の文体

――脈打つリズムと無力感――

警戒心を喚び起こす魅力

太宰文学の魅力はどこにあるのだろうか。

学生に文章や文体に関するレポートを課すことがある。作家を自由に選ばせると、どこの大学でも、どういう学部でも、夏目漱石・芥川龍之介・川端康成といったあたりが安定して上位を占める。一方、専攻が文学に近づくにつれて目立って多くなるのが梶井基次郎であり、そしてこの太宰治である。国文科が日本文学科を名のって国際的視野に立ち始めた今も、そこに学ぶ多数の文学青年の心がこの両者の作品に吸い寄せられるらしい。ほかに文学作品というものを読んだ記憶がないのでやむなく教科書に載っていた作品を取り上げるといったおおらかな学生とは違って、梶井や太宰を扱おうとする者はたいていその熱烈なファンなのだ。中には全集を読破し、湯ケ島なり津軽なりの光と風にもふれた猛者が含まれることもある。

その文学の何が若者をこれほどまでに夢中にさせるのだろうか。梶井の場合はいくらかわかりやすい。レモン一個に憂鬱をふっとばす爆弾を連想し、猫の耳の触感から切符切りでパチンとやりたくなり、満開の桜の木の下に腐爛屍体のイメージを描く、あの奔放な空想力と病的に研ぎすまされた感覚で綴られた散文詩ふうの文章が若い繊細な感受性を引きつけるのだろう。

それでは、太宰の場合は何が若者の心をとらえるのか。あの生き方か。それとも死に方か。人間の弱さへの共感か。敗者の文学が人を誘うのか。あるいは、メロスの足音か。富士に対峙してゆるがぬ月見草のけなげさか。と考えてきて、自分がこれまで太宰のいい読者でなかったことに気がついた。青春の文学にのめりこむことの恥じらいがあって、作品をそっけなく読みすぎていたかもしれない。

朝、食堂でスウプを一さじ、すっと吸ってお母さまが、

「あ。」

と幽かな叫び声をお挙げになった。

「髪の毛?」

スウプに何か、イヤなものでも入っていたのかしら、と思った。

「いいえ。」

お母さまは、何事も無かったように、またひらりと一さじ、スウプをお口に流し込み、すましてお顔を横に向け、お勝手の窓の、満開の山桜に視線を送り、そうしてお顔を横に向けたまま、またひらりと一さじ、スウプを小さなお唇のあいだに滑り込ませた。

——『斜陽』

例えばこういうふうに、「お唇」と「ひらり」となかんずく「あ」という幽かな叫び声を通じて描かれる日本最後の貴婦人にくすぐったい思いをする。が、すぐに、こういう文章に酔ってはならぬと自分を醒まそうとしたように思う。例えば芥川の『羅生門』の末尾にある「外には、唯、黒洞々たる夜があるばかりである」といったとりすました一文に接したときの警戒心に、それは似ていたかもしれない。名品『富嶽百景』や『津軽』でさえ遠くからストイックに読んでいた気味がある。

痛々しい演技過剰

今度、太宰のいくつかの作品を読み返してみて、意外な感じがしている。文学に対する気負いが影をひそめ、文章に関する潔癖さも色あせてきただけにかえって自由に読めるのだろうか。青春時代にはあれほど気どりと衒いに満ちて見えた太宰の文章に今、中年の私はもう少し素直に向かうことができるのである。そこに衒いや気どりがないと言っては、やはり嘘になる。だが、そのような月並ならざる表現に、人前で気弱そうにはにかむ男の必死の演技サービスを感じてしまうのだ。例えば、太宰の文章を論ずるたびにきまって取り上げられ、時には誤って太宰の文体の典型視されるあの有名な『葉』の書き出しにしても例外ではない。

死のうと思っていた。ことしの正月、よそから着物を一反もらった。お年玉としてである。着物の布地は麻であった。鼠色のこまかい縞目が織りこめられていた。これは夏に着る着物であろう。夏まで生きていようと思った。

『葉』というタイトルに続いて「撰ばれてあることの／恍惚と不安と／二つわれにあり」というヴェルレーヌのことばが引かれ、作品はこう始まる。題脇に序詞を配しているとはいえ、開巻第一ページの冒頭文にいきなり「死のうと思っていた」とあることに読者は驚く。幕が開いて舞台に飛び出した役者がだしぬけにものも言わずに観客になぐりかかるようなものだ。「何だ、わけを言え」と観客はどなる。読者としても、事が事だけに腰を浮かせて身を乗り出す。ところが、次の文は「ことしの正月、よそから着物を一反もらった」と続く。何の関係もなさそうな平和な文なので、読者はあっけにとられる。しかし、「死のうと思っていた」などという深刻な一文を説明抜きで突然投げつけ、しかも、わけも言わずそのまま引っ込んでしまうはずはないと考える読者は、その第二文をなんとかして第一文と関係づけようとするが、どうにも結びつきそうもないので、やむなく次の第三文を読む。すると、「お年玉としてである」とある。これは直前の第二文の情報とは容易に結びつくが、依然として冒頭文の説明にはならない。内容がかけ離れすぎている。読者は仕方なく次の文へと進む。

こうして、この文展開は、冒頭文が宙ぶらりんになったまま、実に第七文まで読者を強引に引きずっていくのである。しかも、その冒頭文が「死のうと思っていた」などというショッキングな一行であるだけに、読者は否応なく引きずられてしまう。

そして、やっとたどりついた第七文には、なんと「夏まで生きていようと思った」とある。直前まで宙ぶらりんのままだった冒頭文「死のうと思っていた」の情報がここに至って、第二文以下の全く無縁に見えた情報とようやくにして結びついたわけだ。結びつくにはついたが、これは読者を納得させるどころか、かえって呆れさせる。自殺の決意をするまでにはよくよくの事情、深刻な悩みがあったにちがいない、と読者は考える。ところが、どうだ。その重大決意は、夏物の麻地を一反もらうという些細な出来事によって、いとも簡単に延期されるのである。からかわれたことに気づいた読者は苦笑する。いや、怒り出す人もあるかもしれない。

言ってみれば、そういう文章である。当然、評価は大きく割れる。長谷川泉「太宰治の小説の方法」（『国文学 解釈と鑑賞』二八巻一一号）では、「これを詩と言わずして、何と言おう」という受けとめ方だ。その一つの論拠は、先の引用箇所から「私がわるいことをしないで帰ったら、妻は笑顔をもって迎えた」の一文に至る間に、一行あきで「ノラもまた考えた。廊下へ出てうしろの扉をばたんとしめたときに考えた。帰ろうかしら」というイプセンの『人魚の家』のラスト・シーンのユニークな新解釈を挿入して流れる「手品のような文章構成」（『國文學 解釈と教材の研究』一四巻二号）にある。詩的な展開を支えるもう一つの点は文間の断絶感だ。論理構造を明らかに示すには、第一文から第七文までの文間（つまり、第二文から第七文までの各文頭）にそれぞれ「ところが」「それは」「よく見ると」「そしてそれには」「たぶん」「だから」といった接続詞（先行文と後続文とのつながりを示す広義の接続語）が必要だと言う。逆に言えば、補うことのできるそれらの語句がすべて省かれているわけである。その徹底した省略によって一文一文に「俳諧のつけ味のような趣」が生まれ、文章全体が「散文詩のようなニュアンス」を帯びることになった、と説くのである。

書かれなかったそれらのことばを意識的な省略と考えることには疑問もあるが、その一点を除き、この指摘はかなり正確だろう。が、そのような性質の文章をどう評価するかは、また、別の問題である。例えば、樋谷秀昭は「スタイルを作るための表現選択」だとし、「そういう意味でのスタイル、読者に作者がスタイルをつくりだそうとする手つきを感じさせるようなスタイルを好まない」と斬って棄てる。

自分も好まない。こけ脅しの冒頭文も気に入らない。それを宙づりにしたまま第七文まで引きずる故意のサスペンス作りはなお気に入らない。第一文を保留させて強引にひっぱってきたその第七文の結びつきの安易さにはつい笑ってしまう。初対面のときはそれで終わりだった。が、再会のとき、私は幸いにして少し年を取った。こういうもってまわった気障ったらしい文章の奥に、その稚拙さを顧慮する余裕もなく、それを読者へのサービスと心得違いをし、必死に隠そうとしたその素顔が今は痛々しく透けて見えるのだ。

勇ましく扉を押して出て行ったノラに、一瞬の懐疑とためらいを仮想した才気と、それを主人公の心理の諷喩として取り込んだ凄腕には、素直に脱帽しよう。だが、それをこういう一行あきで示さねばならなかった若い気取りには、円熟した今もなお私は反撥を感じる。ただ、これも、前に引いた『斜陽』の、あの女性読者をも迷わす敬語過剰の語り口とはもちろん、「富士には、月見草がよく似合う」（『富嶽百景』）や、「子供より親が大事、と思いたい」（『桜桃』）といったアフォリズムめいた表現とさえ一脈通じるという意味で、やはり、それが紛れもなく太宰治の演技であったことを認めないわけにはいかないのである。巧みな演技もあり、拙い演技もある。それだけのことなのだ。自棄もナルシシズムも、おかしみも嫌らしさも、自負も絶望も、悲壮な仮面劇であったかもしれない。それなしには人と対することの不安な、道化のしつこい演技だったのだと考えることによって、なんとか許すことのできる衒いと気取りとナルシシズムの文章というものがある。『葉』の書き出しにもそういうやるせなさを感じるのである。

薄氷の奉仕精神

読書にあきると手鏡を取り出し、微笑んだり眉をひそめたり頬杖ついて思案にくれたりして、その表情をあかず眺めた。私は必ずひとを笑わせることの出来る表情を会得した。目を細くして鼻を皺め、口を小さく尖らすと、児熊のようで可愛かったのである。

――『思い出』

このようにして、一つの表情を獲得した少年は、それによって姉を確実に笑いころげさせたように、後年、確実に読者を喜ばす表現を求めて呻吟することになる。努力の果てのむなしい表現にかえって、日ごろ恐れていた表情のない素顔が映ることになろうとは、太宰自身としても計算外だったにちがいない。

私は家庭に在っては、いつも冗談を言っている。それこそ「心に悩みわずらう」事の多いゆえに、「おもてには快楽」をよそわざるを得ない、とでも言おうか。いや、家庭に在る時ばかりでなく、私は人に接する時でも、心がどんなにつらくても、からだがどんなに苦しくても、ほとんど必死で、楽しい雰囲気を創る事に努力する。

――『桜桃』

からかう文章も、もたせる文章も、ふざけた文章も、気取った文章も、気障を通り越した高貴な文章も、そういう奉仕の精神の営みであった。〝人並〟からの疎外感がそのような形での交わりの試みに駆りたてたらしい。どれほどのフィクショナイズが見られても、基本姿勢において文学は生活の延長であったと言える。現実の対人意識がそのまま作品に持ち込まれたことは、それに続く数行を引けば明らかだ。

それは人に接する場合だけではない。小説を書く時も、それと同じである。私は悲しい時に、かえって軽い楽しい物語の創造に努力する。自分では、もっとも、おいしい奉仕のつもりでいるのだが、人はそれに気づかず、太宰という作家も、このごろは軽薄である、面白さだけで読者を釣る、すこぶる安易、と私をさげすむ。

このように楽屋の内をさらけ出すのも、そのサービス精神に急立てられ「薄氷を踏む思いで冗談を言」っている部分なのだろうか。真面目と不真面目、美と醜、虚と実とのせめぎ合う文章が、時に猥雑な読後感の奥でどうしようもなく胸にしみてくるのは、その「薄氷の思い」が伝わるせいである。

前にあげた『葉』の書き出しをそういう眼でもう一度見てみよう。「死のうと思っていた」というどぎつい冒頭から一見なんの脈絡もない「ことしの正月、よそから着物を一反もらった」という一文への移行は、その間に「ところが」といった接続詞さえないため、ほとんど常軌を逸して見える。力ずくで持たされたそのサスペンスに読者は第七文まで無理矢理ひっぱられる。たどりつく先にもその強引なサスペンスに見合うような重い事実など存在しない。夏物の麻地をもらったから夏まで自殺の決行を延期するというような、相手を小馬鹿にした脈絡が待っているだけである。読者をからかい、いいようにあしらう。そんな、人を手玉にとる文展開も、太宰一流の奉仕精神に発するものであったかもしれない。

しかし、この書き出しは、人を楽しませるというよりは人をいらいらさせ忌まいましく思わせる書き方だ。どう見ても大人の文章とは言えない。もくろみが成功しなかったときに、いろいろなことがわかってくる。喩えるには道化がふさわしい。太宰自身もそれなら異存はないだろう。なかなか観客を笑わせえない不器用な道化がいる。愚かさをきわめて稚拙に演ずるとき、そのむなしさが観客を思いもかけぬさびしさに誘うことがある。

人を楽しませようという意図のみあらわな文章に接すると、その中の数々の技巧が白々しく見える。意義や効果を見定める余裕もなく、絶えず演技に走らないではいられない書き手の表情が痛々しく伝わってくることがある。太宰の文章に大人が惹かれるのはそういうときだ。

生と死の間で揺れる心

あの冒頭を読み返したときにハッとした点がある。これまでの叙述と矛盾するのだが、あの箇所が、この作家の生きるための奉仕精神により、相手を楽しませようとの悲壮な決意で書かれたのでなく、もしも自己の気持ちの流れに素直に応じて作者の本音が書かれた部分だったとするならば、これは一体どういうことになるのだろうか、という単純な疑問である。

まず、「死のうと思っていた」ということばがいきなり開かれる。自殺の意志が漠然とそこにある。いつ、どのような事情により、といった明確な規定はない。「思っていた」のだから、何かのきっかけで衝動的に死に駆りたてられたのでもない。いつの頃からか、なんとなくそういう気持ちがしている。そこに夏物の麻地をもらう。これは偶然である。その些細な偶然によって、自殺の決意らしいものが、いともたやすく遠くへ押し遣られる。ただ、新しい夏の着物を着るためにだけ自殺を延ばし、しばらく生きてみようとする。たわいのない遊戯のように生と死との間を揺れる人間の心を、潔癖な読者は信じがたい不真面目と受けとる。そして、それを太宰の不遜な揶揄と解することで論理的に納得し、その表現技術に舌を巻くことで満足する。

ところが、生と死に対する冒瀆とも見える心のゆらめきが、当の太宰自身にさえ拒みえぬ何ものかの蠕動で、もしあったならば、と私は考える。文章はとたんに重苦しさを増すだろう。才気の走る軽快な作品印象は消えて不気味に軋り出すにちがいない。読者を楽しませるための演技と信じた表現に、作者も気づかぬそういう本音がひそんでいることもなかったとは言えまい。私は作品に太宰の実生活を無意識のうちに重ねて読んでいるのだろう。一九二九年十二月のカルモチン自殺未遂、翌一九三〇年十一月には銀座のカフェーの女とともに投身自殺を図り、自分だけ命をとりとめる。そして、一九三五年三月鎌倉八幡宮近くの山中で縊死を図って果たさず、一九三七年三月には水上温泉で婚約者とともにカルモチン自殺の未遂事件を起こすなど、一九四八年六月十三日に愛人山崎富栄とともに玉川上水に入水して命果てるまで、幾度か生と死の間を揺れた。命を玩具にしたというそしりは作品の文学的価値とは別のものである。

脈打つリズム

何ものかから逃れるためか。ほとんど強迫じみた奉仕精神から絶え間なく演技を続けた。薄氷を踏んで量産された文学的な技巧は痛々しい。意識過剰の表現がぎっしり詰まった文章はきわめて雑多な外観を呈している。

二人で一緒に死のう。神さまだって、ゆるしてくれる。私たちは、仲の良い兄妹のように、旅に出た。水上温泉。その夜、二人は山で自殺を行った。Hを死なせては、ならぬと思った。私は、その事に努力した。Hは、生きた。私も見事に失敗した。薬品を用いたのである。

——『東京八景』

痙攣ぎみに途切れるこういう短いセンテンスの連鎖がある。「Hは生きた」と書くには息が続かない。「Hは」と喘ぎ、「生きた」と追う。「死なせては、ならぬと思った」と息は乱れ、句読点は不安定になる。そこに生理的なリズムが露骨に現れる。かと思うと、「今夜、私どもの家に五千円などという大金があったのは」（『ヴィヨンの妻』）に始まり、「まあ、なんという」に至る実に六百数十字にも及ぶ長大なセンテンスが現れたりする。

文末形式に目を注ぐと、「誰も、ご存じ無いのです。あの人ご自身だって、それに気がついていないのだ。いや、あの人は知っているのだ。ちゃんと知っています。」（『駈込み訴え』）というふうなダ体とデス・マス体との混用がある。「見ると、すぐ真下に、火事が、轟々凄惨の音をたてて燃えていた。噴火口を見下す心地である。気のせいか、私の眉にさえ熱さを感じた。私は、たちまちがたがた震える。」（『新樹の言葉』）というふうに現在形と過去形とが交互に現れる。そして、用言や助動詞で結ぶ通常の文末表現に交じって、「見ると、雪。」（『富嶽百景』）、「いまは、弱者。もともと、劣勢の生れでは無かった。」（『善蔵を思う』）、「空は低く、鼠色。」（『佐渡』）といった体言止めが現れる。そして、「涙の谷。／父は黙して、食事をつづけた。」（『桜桃』）といった名詞の呟きに伴う思い入れがある。

「ひたすら古書に親しみ、閑雅の清趣を養っていたが、それでも、さすがに身辺の者から受ける蔑視には堪えかねる事があって」(『竹青』)といった襟を正した漢語調に、「またもや女房をぶん殴って、いまに見ろ、と青雲の志を抱いて家出して試験に応じ、やっぱり見事に落第した。よっぽど出来ない人だったと見える。」といった俗っぽい表現が続く。

「蔦かずら掻きわけて細い山路、這うようにしてよじ登る私の姿は」(『富嶽百景』)のようにひょいひょいと格助詞の抜ける透き間だらけの文があり、「大皿に盛られた桜桃を、極めてまずそうに食べては種を吐き、食べては種を吐き、食べては種を吐き」(『桜桃』)と執拗に繰り返すくどい文がある。

このような太宰の文章に見られる言語的特徴群をとらえることは比較的たやすい。しかし、それらがいかなる個性のもとでどのように統一されて一つの文体としてどう機能するのかをつきとめるのは容易なことではない。

雑然たる文章様式を貫いて歴然と聞こえてくるのは脈打つリズムである。その生理的リズムに揺られながら読んでいるうちに、いつかどうすることもできない無力感に襲われているのに気づく。人間というものの弱さがひとごとでなくなっているのである。「どてら姿に、ふところ手して傲然とかまえている大親分」の富嶽の前で、「帯紐といて」「だらしなくげらげら笑う」ほかなかったこの作家の文章が読む者をとらえるのは、生活と文学が互いに文脈をなす悲壮感である。

太宰治の文体的な魅力とは何か。それは語学的文体論が最も無力と化す研究対象の一つである。

(「太宰治の文体」『国文学　解釈と鑑賞』一九八三年六月号　至文堂)

太宰治の表現
――演技と本音の表現の層――

太宰文体への言及

太宰治の文章について書くのは三度めである。最初は、『名文』(筑摩書房 一九七九年 現行版はちくま学芸文庫)という著書の中で五〇人の作家の文章を論じたその一つとして、『富嶽百景』を取り上げ、その雑多な外観の奥に脈打つ生理的なリズムと、三ッ峠頂上での井伏鱒二放屁事件の設定とその表現効果について述べた。次は、「太宰治の文体」(『国文学 解釈と鑑賞』一九八三年六月号)と題する論文(本書一六二ページ参照)において、極度の気障と自意識の過剰だけが目立つ文章を取り上げ、それを読者へのサービス演技とする解釈と、一転それをぎりぎりの本音と仮定する解釈とを示して、両者を表現の層の問題としてとらえようとした。本稿では、一九三七年までの初期作品を対象に、やがて文体的特徴として統合されていく個々の言語的特徴を広く見わたし、そういう多様な表現事実の群がるかなたにこの作家の文体的性格を遠望してみたい。

語り手の息づかい

純粋に透明な文章などというものはありえない。が、文章を読んでいるときに、その書き手の存在が強く意識される場合と、誰が書いたかというようなことが読み手の頭にほとんど浮かんでこない場合とがあるのは事実である。文学作品においてもその程度の違いは少なくない。太宰治の文章は前者の典型的な一例であろう。執筆時期により、また、作品ごとに、読書中に浮かぶ作者の像におのずからの濃淡はあるにせよ、読み手にとって書き手の存在が気にかかるという文章の性格は、ほぼ全作品に抜きがたくしみついているように思われる。

好むと好まざるとにかかわらず、書き手の息づかいを意識せずにいられない。「木が二本見える。瀧口に、一本。樫に似たのが。丘の上にも、一本。えたいの知れぬふとい木が。そうして、いずれも枯れている。」(『猿ケ島』)と流れる。これを例えば「瀧口に樫に似た木が一本と、丘の上にえたいの知れぬふとい木が一本と、木が二本見える」というふうに書き改めでもすれば、たちどころに消えてしまう生理的なリズムのようなものだ。そして、その先で「霧にぬれた峯は、かがやいた。朝日だ」となるあたりなど、小説というジャンルをほとんど放棄したかに見えるほどである。

柳田知常「太宰治の文章」(『国文学 解釈と鑑賞』一九六〇年三月号)に、「太宰は本当は純粋な詩人であったということを、私たちは何べんも思い返さないといけないのだ。詩人の散文、というよりは、太宰は散文で詩を書こうとしたのであって、そのための苦しげな身悶えが、私たち読者を悩乱させるのだ。」とある。

太宰の書こうとしたものを小説より詩に近づけて解する、このようなとらえ方はそれなりに納得がいく。が、だからこそ、散文中のこういう調子がかえって気になるのである。むろん、この作品だけの韻文性ではない。「人に触れたら、人を斬る。馬に触れたら、馬を斬る。それがよいのだ。」(『ロマネスク』)というところなどは、時代性をさえ感じさせるリズミカルな舌さばきの例だ。

「彼等のこころのなかには、渾沌と、それから、わけのわからぬ反撥とだけがある。或いは、自尊心だけ、と言ってよいかも知れぬ。」(『道化の華』)というような比較的目立たない箇所でも、几帳面な読点に誘われて、読者はやはり書き手の呼吸に乗って読むことになる。

「火事のあかりにてらされながら陣州屋をたしなめていたときの次郎兵衛のまっかな両頬には十片《ひら》あまりの牡丹雪が消えもせずにへばりついていてその有様は神様のように恐ろしかったというのは、その後ながいあいだの火消したちの語り草であった。」（『ロマネスク』）というふうに、逆に読点を極度に節減する例もある。そうすることで、あやうく散文に踏みとどまろうとしたのだろうか。あるいは、反動的な試みだったかもしれない。「私は、それを、試みたが、だめであった」（『めくら草紙』）や、「私と、それからもう一人、道づれの、その、同行の相手は、姿見えぬ人、うなだれつつ、わが背後にしずかにつきしたがえるもの」（『二十世紀旗手』）や、「落第と、はっきり、きまった」（『狂言の神』）のような読点リズムがそのベースとなっているからである。

意味の切れ目を論理的に指示する読点ではない。「女のひとにだまされるということは、よろこばしいものだとつくづく思った」（同前）と、息の切れ目で読点を打つ。この種の呼吸による句読は、文法的な構造からは異様な位置に立つ読点の例をしばしば生み出す。「女の、髪のかたちからして立派になり、思いなしか鼻さえ少したかくなった。」（同前）という例もその一つだ。特に「女の」の次の読点などは、少し後の「はなれた、とたんに大学生の姿も見えずなった」といった例とともに、語り手の息づかいを捨象して読むことを著しく困難にする。

「私、二十二歳、女、十九歳。師走、酷寒の夜半、女はコオトを着たまま、私もマントを脱がずに、入水した。女は、死んだ。告白する。」（『狂言の神』）という箇所を声に出して読んでみよう。一般に言語表現は、そのことばが指示する情報を伝えるだけではない。そのことをそう述べている自分自身をも同時に伝える。この例の句読に、読者は語り手の荒い息づかいを聞く。むしろ意味よりもその息づかいのほうが強く響いてくるきれぎれの文章だ。

反逆的な過剰列挙

句読が短くても、それが文としてぶつぶつ切れるとはかぎらない。大久保忠利は「太宰治への文体論的接近」（『太宰治研究』第二号）の中で、「人間に対して、いつも恐怖に震いおののき、また、人間としての自分の言動に、みじんも自信を持てず、そうして自分ひとり懊悩は胸の中の小箱に秘め」という連用中止の連続する例を引きながら、それを『人間失格』の文体的特徴の一つとして指摘した。短い句読で長い文をつづる一手段としてのこの連用中止法は、晩年の『人間失格』に限らず初期作品にもしばしば見られる。「盗賊は落葉の如くはらはらと退却し、地上に舞いあがり、長蛇のしっぽにからだをいれ、みるみるすがたをかき消した。」（『逆行』）などはそういう一例だ。

一つの事象を多角的に述べる一種の詳悉法的な筆致にもそれと関連した性格を感じる。「「創作」という言葉を、誰が、いつごろ用いたのでしょう、など傍の者の、はらはらするような、それでいて至極もっともの、昨夜、寝てから、暗闇の中、じっと息をころして考えに考え抜いた揚句の果の質問らしく（以下略）」（『喝采』）といった例を読んでいけば、「それでいて」に象徴されるように、「など（という）」「はらはらするような」「もっともの」「揚句の果の」といった多角的な連体修飾が「質問」という一名詞に注ぎ込まれるさまが見てとれよう。

その他、名詞や時には副詞での中止も折り込みながら、まだまだ蜿蜒と伸びていく例もある。「あの言葉、この言葉、三十にちかき雑記帳それぞれにくしゃくしゃ満載」と始まり、「桜の花吹雪より藪蚊を経て、しおから蜻蛉、紅葉も散り」、「あるじあわてふためき、あれを追い、これを追い、一行書いては破り、一語書きかけては破り、しだいに悲しく」と続き、「めそめそ泣いていたという」と結ぶ『二十世紀旗手』の末尾は、実に四〇〇字近い一文だけの段落となっている。

「わが名は安易の敵、有頂天の小姑、あした死ぬる生命、お金ある宵はすなわち富者万燈の祭礼、一朝めざむれば、天井の板、わが家のそれに非ず、あやしげの青い壁紙に大、小、星のかたちの銀紙ちらしたる三円天国、死んで死に切れぬ傷のいたみ、わが友、中村地平、かくのごとき朝、ラジオ体操の号令を聞き、声を放って泣いたそうな。」（『喝采』）という一例でもすぐ気づくように、太宰の長文は緻密な構造を持たない。組み立てという用語とはおそらく無縁であろう。

ある一つの事柄の記述が論理的必然によって伸びていくような長文展開はむしろ例外的だ。たいていは次つぎに観念が押し寄せ、外側からはその関連がとらえにくい数かずの映像が通りすぎる。例えば、「葉蔵は長い睫を伏せた。虚傲。懶惰。阿諛。狡猾。悪徳の巣。疲労。忿怒。殺意。我利我利。脆弱。欺瞞。病毒。ごたごたと彼の胸をゆすぶった。」(『道化の華』)という例を見よう。結果としての長文が、句のレベルでの一種の列挙のような性格を持つとすれば、一見逆の感じがするこのような極度の短文(形態上)の連鎖は、それがたまたま語のレベルでの列挙となった例であり、表現心理のうえからは同じ性質をそこに認めることができるだろう。

観念の羅列でなく、その否定の列挙という形で現れることもある。やはり同質の展開と考えることができよう。「今夜、死ぬのだ。それまでの数時間を、私は幸福に使いたかった。ごっとん、ごっとん、のろすぎる電車にゆられながら、暗鬱でもない、荒涼でもない、孤独の極でもない、智慧の果でもない、狂乱でもない、阿呆感でもない、号泣でもない、悶悶でもない、厳粛でもない、恐怖でもない、刑罰でもない、憤怒でもない、諦観でもない、秋涼でもない、平和でもない、後悔でもない、沈思でもない、打算でもない、愛でもない、救いでもない、言葉でもってそんなに派手に誇示できる感情の看板は、ひとつも持ち合わせていなかった。」(『狂言の神』)という一節などはその代表的な例である。一見平静を失ったかに見えるこの種の激しい畳みかけの展開に、むしろ二字漢語をベースとして几帳面に整えられた表現形態を、奇妙な調和として読みとるべきかもしれない。

渦巻く反復

例えば永井龍男のように、短編に同じことばがくりかえし現れるのは興ざめだと考える作家もいる。少なくともその近くに同じ語を使うのは芸がないという美意識から、類義の別の表現を工夫する傾向が広く見られる。武者小路実篤のように、同じことばが何度出ようがいっこうにおかまいなしという個性まるだしの文章も中にはあるが、太宰の場合はむしろ積極的に同語を繰り返す。例えば、「簡単なのだ、簡単なのだ、と囁いて、あちこちをうろうろしていた自身の姿を想像して私は、湯を掌で掬ってはこぼし掬ってはこぼししながら、さて、さて、と何回も言った。」(『思い出』)という短い引用の中に、いくつかのレベルでの反復現象が数度繰り返されていることを確認しておこう。『逆行』を開いても、「みんなみんなの大学生」とか、「にくしみにくしみ踏みにじった」とか、「すべてうしろへうしろへと尻込みしていた」とかという例をそこここに見ることができる。同じ作品の少しあとに「よき日に来合せたるもの哉。ともに祝わん。ともに祝わん。」ともある。そうすると、ふつうは意識せずに通りすぎる「さもさも不機嫌そうに」といったあたりまえの言いまわしにも、読者はついつい目が止まる。

時には、「求めよ、求めよ、切に求めよ。口に叫んで、求めよ」(『HUMAN LOST』)と求め、どうか〳〵〳〵〳〵〳〵〳〵〳〵〳〵〳〵〳〵〳〵どうか、どうか、御手紙下さい。」(『虚構の春』)と懇願する。

内容によっては、居直りとも自棄とも揶揄ともなる、露骨で反逆的な繰り返しがある。「ああ、あざむけ、あざむけ、ひとたびあざむけば、君、死ぬるとも告白、ざんげしてはいけない」と段落を起こし、「あざむけ、あざむけ、巧みにあざむけ、神より上手にあざむけ、あざむけ。」と閉じる例などは、読者にはまるでそれが癇癪の発作に似た表現として映る。

一つの事がらを一つの表現で一回きっぱりと言ってのけることのできない誠実ないらだちと不安、それがあの独特の表現の過剰をもたらし、渦巻くことばの洪水を引き起こすのだろうか。

無防備のナルシシズム

『思い出』の中に「私は自分をいいおとこだと信じていたので、女中部屋なんかへ行って、兄弟中で誰が一番いいおとこだろう、とそれとなく聞くことがあった」という箇所が出てくる。そして、「長兄が一番で、その次が治ちゃだ」と言われ、「長兄よりもいいおとこだと言って欲しかった」〃私〃は不満だ。

また、「隣りのうちの門口から白い寝巻の女の子が私の方を見ているのを、ちゃんと知っていながら、横顔だけをそっちにむけてじっと火事を眺めた」というところもある。それは「焔の赤い光を浴びた私の横顔は、きっときらきら美しく見えるだろうと思っ」たからだ。

大事なのはこの種の事実のほうではない。行為よりもむしろそういうナルシシズムをことさら露呈するこの作家の表現のほうに、太宰臭をかぐ読者は多い。たしかに、「私は、死ぬるとも、巧言令色であらねばならぬ。鉄の原則。」(『めくら草紙』)と考えた事実より、ことさらそういうふうに書くところにこの作家の本質があると見るべきだろうか。『葉』の末尾に「お茶のあぶくに/きれいな私の顔が/いくつもいくつも/うつっているのさ」と書き、『狂言の神』では、縊死の実行を前にして「楽じゃないなあ、そう呟いてみて、その己れの声が好きで好きで、それから、ふっとたまらなくなって涙を流した」と書いた。『葉』では、十九歳の冬に書いた「哀蚊《あわれが》」という短編を自分で「それは、よい作品であった」とも書いている。ちなみに、この作家は自作の朗読が好きだったという。

いずれも、「うしろで誰か見ているような気がして、私はいつでも何かの態度をつくっていた」(『思い出』)とし、「私にとって、ふと、とか、われしらず、とかいう動作はあり得なかった」(同)と告白することに通じ、やはり「私には十重二十重の仮面がへばりついていた」(同)ことを納得させる。

気にするのは外見や行動だけではない。精神的にも高いものを求め、届かない自身を恥じる。『葉』の冒頭近くに、「天変地異をも平気で受け入れ得た彼自身の自棄《やけ》が淋し」く、「一生涯こんな憂鬱と戦い、そうして死んで行くということになるんだな、と思」って不覚の涙を流す場面がある。そのとき、自分が泣いたことに「狼狽《うろた》えだし」、「安価な殉情的な事柄に涕《なみだ》を流した」ことを恥ずかしがるのは、そういう安っぽい感情への自らの唾棄だろう。『狂言の神』

のあの自殺に際しても、「清潔な憂悶の影」を求める作家なのである。

必死のポーズ

『思い出』一章の初めに、叔母が「てんしさまがお隠れになった」と言った際、その意味がわかっていながら、わざと「どこへお隠れになったのだろう」と「尋ねて叔母を笑わせた」ことが出ている。「数えどしの四つをすこし越え」たばかりの子供が相手の反応を計算して演技したわけだ。少しあとの「学校で作る私の綴方も、ことごとく出鱈目であったと言ってよい。私は私自身を神妙ないい子にして綴るよう努力した。そうすれば、いつも皆にかっさいされるのである」という告白もその延長線上にある。

『二十世紀旗手』の五唱「嘘つきと言われるほどの律儀者」と六唱の「ワンと言えなら、ワンと言います」とは、芭蕉の〝かるみ〟の域にはほど遠いが、一応は連句の附合を思わせる。『HUMAN LOST』の一九三六年十月三十日分には「雨の降る日は、天気が悪い。」の一行。『逆行』には「われはフランス語を知らぬ。どのような問題が出ても、フロオベエルはお坊ちゃんである、と書くつもりでいた」とある。この種の一連のおそらく必死のユーモアは、読者のどのような〝喝采〟を期待したのであろうか。

例えば手紙文を「叙述でもなし、会話でもなし、描写でもなし、どうも不思議な、それでいてちゃんと独立している無気味な文体」（『ダス・ゲマイネ』）ととらえる鋭敏な文体感覚で、この作家は事実、「このお仕合せの結末。私は、すかさず、筆を擱く。読者もまた、はればれと微笑んで、それでも一応は用心して、こっそり小声でつぶやくことには、／――なあんだ。」と読者側の反応を明示して『狂言の神』という一編を結んだ。

しかし、それにしても、情死事件に関し、「その夜の追憶を三枚にまとめて書きしるしたのであるが、しのびがたき困難に逢着し、いまはそっくり削除した。読者、不要の穿鑿をせず、またの日の物語に期待して居られるがよい」

と注釈を加えずにおけない物語作者としての決意は、ふまじめさのポーズと映る。なんと痛ましいことか。

照れ外し

『葉』には『哀蚊』なる旧作が引かれる。劇中劇ならぬ作中作である。『猿面冠者』の中でも作品が執筆される。「そこまで書いて、男は、ひとまずペンを置いた」と書き、「そうだこの調子で書けばいいのだ」と「心のうちで呟く。

これを小説としての一種のレベル外しとすれば、「この憂鬱は何者だ、どこからやって来やがった」(『逆行』)とか、「赤い車海老はパセリの葉の蔭に憩い」(同)とかといった擬人的表現も、「自分のぶざまさが、私を少し立腹させた」(同)とか、「その確信が私の兇暴さを呼びさました」(同)とかという無生物主語の構文も、一種のレベル外しと考えられる。

口語文体の中に「うら悲しき思い」(同前)とか「よき日に来合せたるもの哉」(同)とかといった文語体が交じったり、「かくのごとき」(『喝采』)といった文語調の中に「よっぽど」とか「やたらに」「全くもって」とかといった会話体の俗語調が交じったり、「慮外」とか「思念」とかという格調の高い漢語と「それっきり」とか「しめたまんま」とかといった話しことばとが意図的に交じり合ったりする(『二十世紀旗手』)のも、要するに、統一・斉合の表現に対するある種の照れと抵抗による表現外しを意味するものとして一括できよう。

省略表現の諸相

これでもかという執拗な列挙が至るところに見られる反面、多様なレベルでの省略もやはり至るところに見られる。一つは助詞(主として格助詞)の脱落である。「女の子、愛されているという確信を得たその夜から、めきめき器量をあげてしまった」（『狂言の神』）はふつう「女の子」の次に格助詞「が」か係助詞「は」が続くはずの例であり、「影響うけて」（『二十世紀旗手』）、「実現はかった」（『同』）、「大型の証拠、つきつけられて」（同）などは、いずれも格助詞の「を」の抜けた例である。

「十年ほど経って一夜、おやおや？　と不審、けれどもその時は、もうおそい」（同前）の例は、「不審に思った」の意のいわば体言中止と考えるべきだろう。

「不思議や、若き日のボオドレエルの肖像と瓜二つ。」（『狂言の神』）の例や、「ことし落第ときまった。それでも試験は受けるのである。甲斐ない努力の美しさ。われはその美に心をひかれた。」（『逆行』）の「美しさ」の箇所などはいわゆる名詞止めの例と考えていいが、「蒼白痩削。短軀猪首。台詞がかった鼻音声。」（『彼は昔の彼ならず』）とか、「絶対の孤独と一切の懐疑。」（『逆行』）とかのように、名詞に続く述語相当の部分が省略されたというより、その名詞によってある観念を投げ出しただけに見える例も少なくない。「ああ。おのれの処女作の評判をはじめて聞く、このつきさされるようなおののき。」（『猿面冠者』）の例も、その「おののき」がどうだとか、それをどうするとかという形で置かれているのではない。一種の感動に近い心の動きの対象として置かれたと考えるほうが自然である。

それが極端になると名詞の一語文という形で現れる。「疼痛。からだがしびれるほど重かった。」（『魚服記』）とか、「二十五歳。私はいま生まれた。」（『ダス・ゲマイネ』）とかというのがその例だ。『HUMAN LOST』一九三六年十月二十一日分は単に「罰。」とあるだけである。

「夢をさえ見なかった。疲れ切っていた。何をするにも物憂かった。」（『葉』）あるいは「瀧の音がだんだんと大きく聞えて来た。ずんずん歩いた。てのひらで水洟を何度も拭った。ほとんど足の真下で瀧の音がした。」（『魚服記』）のように、接続詞をそぎ落したような短文の連鎖がある。

『葉』はいきなり「死のうと思っていた。」として作品が始まる。どんな小説でも、それが独立して発表されるかぎり、原則として文脈をもたない。この書き出しは、にもかかわらずいかにも文脈を切り捨てたという唐突感を際だたせようとしただけなのだ。そして、どきっとした読者がかたずを飲むと、次には一見何の関係もなさそうな「ことしの正月、よそから着物を一反もらった。」というような平和な内容の一文が続く。この二つの文の間には、明らかに人工的に作られた空隙がある。

詮じつめれば、『葉』と題する一編全体がこういった隙間だらけの展開なのだ。例えば、「夏まで生きていようと思った。」という一文から「その日その日を引きずられて暮しているだけであった。」という一文に流れるその間に、前後を一行あけにして「ノラもまた考えた。廊下へ出てうしろの扉をばたんとしめたときに考えた。帰ろうかしら。／私がわるいことをしないで帰ったら、妻は笑顔をもって迎えた。」という挿入部を置く手品のような文章展開を見てもいい。「訪ねる人は不在であった。」という一文段落の孤立に目を向けてもいい。「背中の毛にふれるや、ねこは、私の小指の腹を骨までかりりと噛み裂いた。」という一文から一行あけて「役者になりたい。」という一文を挿入し、そして、また一行あけて「むかしの日本橋は、長さが三十七間四尺五寸あったのであるが、いまは廿七間しかない。」と流れるあたりを例にしてもいい。

太宰文体の中では、文も文章もこのように非連続な展開を見せるのである。

アフォリズム志向

前後の文脈を断ち切ることは、それだけ各文の独立性を増すことである。そして、事実、作品のそこここに、それだけで自立できる表現が立ち現れる。

『猿ヶ島』には辛辣な定義が並んでいる。すなわち、人妻は「亭主のおもちゃになるか。亭主の支配者になるか、ふたとおりの生きかたしか知らぬ女」であり、学者は「死んだ天才にめいわくな註釈をつけ、生れる天才をたしなめながらめしを食っているおかしな奴」であり、女優は「舞台にいるときよりも素面でいるときのほうが芝居の上手な姿」であるという。

『葉』には「芸術の美は所詮、市民への奉仕の美である」とある。『ロマネスク』には「嘘は犯罪から発散する音無しの屁だ」とある。『HUMAN LOST』には「不言実行とは、暴力のことだ。手綱のことだ。鞭のことだ。」とあり、「私の辞書に軽視の文字なかった。」ともある。そして、『狂言の神』にも「最も苦悩の大いなる場合、人は、だまって微笑んでいるものである。」といった箴言が出てくる。

『道化の華』を「ここを過ぎて悲しみの市《まち》。」と始めたのも、『葉』に「撰ばれてあることの／恍惚と不安と／二つわれにあり」というヴェルレエヌの詩を、『狂言の神』に「なんじら断食するとき、かの偽善者のごとく悲しき面容《おももち》をすな。」というマタイ六章一六を、それぞれ題脇として引いたのも、そのようなアフォリズム志向とつながるはずである。

気高き感覚的センス

しかし、このような気障とナルシシズムの文章がいつまでも多くの読者をひきつけるのは、その表現が感覚的に、あるいは心情的に、人を納得させる何かを秘めているからであろう。「私が夜に戸外を歩きまわると、からだにわるいのが痛快にからだにこたえて、よくわかるのだ」（『めくら草紙』）というような姿で現れることもある。「このような物静かな生活に接しては、われの暴い息づかいさえはばかられ、一ひらの桜の花びらを、掌に載せているようなこそばゆさ」を感じ、「しだいしだいに息苦しく、そのうちにぽきんと音たててしょげてしまった」（『狂言の神』）というあたりも、「音たててしょげる」という部分的には気取った表現が、文脈上避けられないと思わせるほど、全体としての説得力を持ってしっくりはまっていることに驚く。

『葉』に、「生れてはじめて算数の教科書を手にした」少年が、その「なかの数字の羅列が美しく眼にしみ」たあと、「巻末のペエジにすべての解答が記されているのを発見し」、「眉をひそめて呟」くところが出てくる。「無礼だなあ。」というその一言がなぜか新鮮に響いてくるのだ。

やがて一九三八年、『満願』が書かれる。「ふと顔をあげると、すぐ眼のまえの小道を、簡単服を着た清潔な姿が、さっさっと飛ぶようにして歩いていった。白いパラソルをくるくるっとまわした。」というその小品のラスト・シーンを忘れかねている。そこに通じて流れているのは小児じみた素直さであろうか。

（「太宰治の表現」『国文学　解釈と鑑賞』一九八五年十一月号　至文堂）

森茉莉の文体
——風変わりな饒舌と感覚的独断——

個性的に過ぎる読点

いつだったかワープロで「行の頭」と打ったところでちょっと席を外し、戻って画面を見ると、「行の、頭」となっている。長男の証言によると、ディケンズと名のるわが家のコーギー犬がキーにふれたようだという。文豪と同じ名ながら当時はまだ生後四ヵ月半の小犬だったから、句読点のルールを知らず奇妙な位置に打ってしまったらしい。森茉莉の文章を読んでいて、そんな昔を思い出した。

『父の帽子』にはすぐ「独特で、あった」という例が出てくるし、『幼い日々』にも「ぼんやりと、夏の真昼の静かさの中に、いた」といった例が続出する。『刺』にも「寂しくて、ならない」とあり、『贅沢貧乏』にも「貴族の女の横顔、なぞと呼応して」、「深いのかも、知れない」とあり、『黒猫ジュリエットの話』には「スカアトも、同じで」とある。

意外な読点が頻発するのは作品を書き始めたばかりである初期の随筆だけではない。小説でも『ボッチチェリの扉』の「心に残ったものは、寂しさ、だけで、あった」、『恋人たちの森』の「ふと、思いがけない、待ち伏せていたような、不思議な冷たさと、寂寥とを、感じた」など、ぶつぶつ切れる箇所が少なくない。『記憶の絵』にも「人を殺してはいけない、のは勿論」、「父の危篤、と死との」といった不思議な位置の読点が目立つし、『貧乏サヴァラン』

では「友人だけの中に生きていた人で肉親の」と続けながら、なんとその直後に読点を打って「人々にも」と展開する。森茉莉の作品を読み慣れない読者が面くらうのは、まずはこういう違和感のある読点による独特の単位切りであり、その結果として実現する風変わりなリズムだろう。

悪文の要素と欧風表現

『贅沢貧乏』に「読みもしない本棚」とある。理屈をこねれば読むのは本であって棚ではない。『恋人たちの森』に「後に、振り返った」、「ことばに待つまでもなく」とあるのは、格助詞「に」より「を」が自然で、『記憶の絵』の「微妙な変化を気づいて」の箇所は逆に「を」より「に」のほうが素直だろう。『文壇紳士たちと魔利』の「間違えたらしいと気づいたが、（略）出る筈だったのだが」のように、一つの文の中で接続助詞の「が」を反復して文意をくねらせる展開も散見する。文章の初心者なら指導者に注意を受けるかもしれない。『私のメニュウ』には「ぜいたく貧乏の私だったので、こっけいだった面もあったので、その方面を出したので」というふうに「ので」が三回続く例さえ見られる。

日本語では自分に関係することは自分側からとらえるという視点のルールがあり、「出版社が私に頼んだ」といった直訳的な文型をとらず、「出版社に頼まれた」などとする。その意味で、「厳しい母親はいよいよ私に嫌われていた」という『記憶の絵』の表現は日本語として不自然だし、同じ作品の「瀬戸内晴美は（略）返金して貰えなかった」という箇所も、それは借りた金を返さない自分のせいだから、「私に返金して貰う」と考えるこういう表現発想はやはり日本語の姿として異様な視点構造である。『恋人たちの森』の「パウロがするのが、梨枝に不快を持って来る」、『記憶の絵』の「小さな声で言っている自分に気づいて」といった欧文脈の構文など、こなれた日本語とは言いがたい表現も目につく。

『贅沢貧乏』では「英国産」を「グレエト・ブリテン産」とし、『街の故郷』では「アパート」という語を避けて「アパルトマン」と呼び、『屏風・桜』では「カアに乗って」「ティーを飲んで」と書き、『枯葉の寝床』では「プレサンチマン」という語を用い、「水車小屋」と書いて「ムラン」と振り仮名をつける。『記憶の絵』でも「森」に「ボワ」とルビを付す。『仏蘭西語のハムレット』で「言葉」と書いて「フラアズ」と読ませるのも類例である。このような西欧風の用語の続出も日本語離れした雰囲気を醸し出す。

ことばへのこだわり

こういう風変わりな文章の至る所に、しかし、ことばへの並々ならぬ関心が見てとれる。『記憶の絵』で、「他の国ではゲエムであり、日本では試合いである」と語感の違いを指摘し、「電気湯たんぽ」ということばに「通例アンカと称しているものだが、その語感を私は嫌悪している」と註釈をつけ、「ポオル・アンカというのも下品で不愉快な男である」などと、同音の部分があるということ以外に何の縁もない人名へと飛び火するほどだ。

「訳」ではなくて絶対「翻訳」であるとか、「寝間」であって「寝室」ではないとかと主張するなど、類義語の語感の違いにも敏感である。『ドッキリチャンネル』にも「生んだと言う方がいい。産んだというのは厭である」とあり、『芸妓、舞妓、菓子職人、巴里の老人たち』では「三匹」という語に註を付し、「三尾」という語も知っているが、そう書くと大きく見えて貧乏臭くない、という形で語感の鋭さを披露する箇所がある。『日本語とフランス語』では、「をとめ」と書くときれいな処女《むすめ》が感じられるが、「おとめ」では女中か婆さんみたいだ、と感覚的にきめつけるように、仮名遣いに関する独特の語感を示すのだが、乙女が老婆では新仮名論者から文句が来そうだ。

「黒い」でなく「黝い」とし、「若い」でなく「嫩い」とし、「幼い」でなく「稚い」とするなど、漢字の選択にもこだわった。「真実」で「ほんとう」、「現在」で「いま」、「充分」で「たっぷり」、「部分」で「ところ」、「陶酔」で

「うっとり」、「艶視」で「いろめ」、「輝々」で「きらきら」、「偉きさ」で「おおきさ」と読ませる独自の用字法も目につく。「しまった」を「失敗った」、「もう」を「既う」と書く例などを併せ考えると、逆にルビのほうが本文で、むしろ漢字は意味の補強をする働きにとどまるようだ。「衝撃」で「ショック」、「塩漬肉」で「ハム」、「窓掛」で「カアテン」と読ませるなど、なじみの深い外来語でも、そんな振り漢字に近い表記法である点、これも同様である。

それとは逆に、「ヘキエキ」「メーロー」「カンナンシンク」「シンコク」「ダラク」など、漢語をカタカナ書きすることでその用語の権威を失墜させ、皮肉な響きを持たせる例もある。「蒼朧」「由因」「歔欷」のような難解な漢語や、「早間《はやま》」「気嵩《きがさ》」といっためったに使わない和語を交ぜることと相俟って、文章の字面に雑多な印象をつくりだしている。

点描とことばの洪水

ことばが洪水となって溢れ出る。『幼い日々』は「蟬の声に包まれた千駄木町の家。」、「リボンを結んで呉れた母。上野広小路の家。」、「医務局までの夏木立。」、「悲しいような歌の声。桜田本郷町の雪の夕暮れ。天金の奥座敷。」といった名詞止めの静止画像を並べたてるフラッシュ効果で、情緒いっぱいに展開する。「心持釣り上った眉、二重まぶたの大きな眼、形のいい高い鼻、引締った唇」を列挙して、厳しかった母の美貌を点描する一節もある。『父の死と母、その周囲』でも、「蕗、空豆、梅、豌豆、杏子《あんず》、そうして胡瓜、茄子、水蜜桃、白瓜、死期はだんだんに近寄って来た」と、父の膳に上る季節の野菜や果物の列挙とともに、死へと向かう鷗外を描き出す。

『紅い空の朝から……』でも、論理の構築ではなく、「黒いタイツの足。昂奮を中に包んだ跳梁。骸骨のような額の下の白く光る眼。」と始まり、「無類にいきな表情」、「美への観念」、「彼等の揶揄」、「秘密な微笑い」、「フランスの淫蕩」と流れる名詞句の列挙によって、自分の心をひきつける世界を、そういうイメージのフラッシュ効果で点描する。

『黒猫ジュリエットの話』では、「読者諸氏は幸福にしてご存じがないが」と、作者が顔を出して読者に直接話しかけるし、『室生犀星という男』では、犀星に出した手紙の話をしながら、いつのまにか「意味不明の神経衰弱」やら息子の性格の話やらへと長い横道にそれてしまう。

『川、橋』の中で、「彼は奥さんからも恋人からも」と書いては（あったかどうかは知らないが）とパーレンに包んで註をつけ、『芸妓、舞妓、菓子職人、巴里の老人たち』の中でも、「人間は何もせず、何も感ぜず、何も考えないでいることは不可能」と述べる際に、何も感じないでいるのは「欠伸をする間くらいのもの」とへらず口をたたく。「今月はいい気になって、昔持っていた豪華絢爛な着物の話を、西陣の帯の話に絡めて書いて来たが、調子に乗って、西陣ではないかも知れない帯までが二筋も出て来てしまったので、これで終りにする」と、おのずからなる脱線ぶりを当人が認めて『西陣織』と題する一編を結ぶ。こう開き直った事実からも、生理的な饒舌の文体的確信犯であったことが知れる。

『屛風・桜』に、「幼い時には」で始め、「緋毛氈を敷き」、「花片のほろほろ散る下で」、「振袖の女たちが笑いさざめいている」、「上野の山の桜が、夕方の空に溶け入っている下を」、「京都の友禅の袂の着物に」などと展開し、「贅沢な花見をした」と結ぶ実に三〇〇字近い長さの美しい長文が出てくる。『枯葉の寝床』の一文も、「扉は左右二つに区切られ」と始まり、「男のあとに従った」とようやくセンテンスが結ばれるまで、優に二〇〇字を超える。

文は時折切れても、なかなか段の切れ目が来ない。『ボッチチェリの絵』などは、最初の段落こそ五〇〇字程度で改行されるが、そのあと一二〇〇〜一九〇〇字の長い段落が連続する。母と自分に対する世間の評価の実情を語った『二人の悪妻』中の、「私の「悪妻」は、私の離婚の後に、始まった」と始まる段落などは、何ページも先で「唯訳もなく声を合せることになったのであった」の次に改行されるまで、なんと四〇〇字詰めの原稿用紙で一〇枚分も蜿々と続くのである。

文が切れないのは、「もんどり打って倒れ、海老のように仰け反り、二三度はねかえり」などと連用形で中止する展開が繰り返される結果でもある。段が切れないのは、『日曜日には僕は行かない』中の一節のように、登場人物のようすを一度にまとめて説明した樋口一葉あたりの昔の書き方を髣髴とさせるまでに、顔・眉・眼・鼻・唇・髪・額・もみあげ・耳朶・顎・指・皮膚から着衣に至るまで、一度で総合的な人物描写をほどこすせいもある。

圧倒的な想像力

『紅い空の朝から……』で赤い色を説明するのに、「白地に赤くの赤」、「不如帰《ほととぎす》の赤」、「からくれないに水くくるとはの、赤」、「善の偉きさと悪の重さとを包蔵している欧羅巴《ヨーロッパ》の紅」、「広告の紙の紅」、「飴細工の鶏のとさかの紅」、「紙風船の紅」、「戦場の血や、囲炉裏の火の紅」、「暗い紅さ」というふうに並べ立てないではいられない体質的な詳悉性が著しい長文や甚だしい長段の一因となることもありそうである。

『探偵小説と暖炉』に、シャアロック・ホオムズを読んでいると「昔の倫敦《ロンドン》の、古風な家の中の、厚い石の外壁に囲まれた部屋が目に浮かんで来る」とある。ここまでは常人と同じだが、そこからさらに、「傍の小卓には半分減ったジョニウォーカアのウィスキイの洋杯」といったディテールまでが見えて来るらしい。そんな病的なまでに豊かな想像力が働いて、自分の文章をも想像力でふくらませるのだろう。

文章のこういう圧倒的な感じを増幅するのが、『贅沢貧乏』の「敷布なぞを絞り始めようものなら両隣りの奥さんの背中にまで引っ掛けなくては出来ない」、『記憶の絵』の「錠剤でさえ始終呑み損なっては厭な味にへきえきし、その度に喉頭癌になったのかと思う」とか、「歯医者に行くということは私にとっては死刑場に自らおもむくことである」とかといった誇張癖だ。『貧乏サヴァラン』で作者自身が「マリアの書くことははじめから終りまですべて横道なのである」と告白するのも、まさにその誇張に当たるだろうが、たしかにそんな雰囲気がある。

素人くさい文章ではあるが、素朴な文章ではない。洗練された文章とは言えまいが、右に例をあげた誇張法のほかにも、さまざまな表現の工夫がこらされている。『ドッキリチャンネル』の「女の内臓の臓器で、赤子が宿るのがある」という婉曲表現、『市橋先生』の「大幸福がふりかかった」、『京都の祭典、皇室の人々と私たち』の「柔《やさ》しく清潔な距離」といった川端康成クラスの異例結合、『好きなもの』の「「庶民」なんていう尊称を与えられたら」といった皮肉法、『黒猫ジュリエットの話』の「一寸見では思想のように見える「考え」」という小林秀雄流の類義峻別のほかに、倒置法や現写法なども試みられており、レトリックの観点から見てもかなり多彩である。『室生犀星という男』という随筆などは、「室生犀星は濃い、暗い色をつけた、文学者である」という一文で始まり、それとまったく同じ一文で作品を閉じており、典型的な照応法の文章構成をなしているほどである。

エスプリと感覚的思考

しかし、この作家の文章の魅力はそんな技巧面にはない。時折文面に閃きほとばしる特異な天然のいわば感覚的思考が、読者の感情の肌を刺激することこそ、森茉莉の世界の楽しみと言えるだろう。『黒猫ジュリエットの話』に、「女が長生きするのはお喋りだからだ」という穿った説をすぐに信じるところがある。「食えば食欲が出てくる」というフランスの小粋な格言を引きながら、「文房具屋のベエトオヴェンのような深刻な顔つき」になって書く創作の秘密を語る場面もある。

幼い時から、昨夜見た夢を思いながらうっとりしているうちに、明日の遠足のことも今日の工作の材料のことも忘れてしまう自分。いつも夢の中に生きているようなものだから、自分の人生は夢の一種だという。『夢』と題するそんな小説の書き出しを、「薄ぼんやりで、間抜けと、もの忘ればかりしている、単に、バカげた人生を、ここまで意味ありげにすることが出来るものかと、我輩はことごとく感に堪えた」と横で皮肉るのは、漱石の名無し猫ならぬ黒猫のジュリエットである。

『文壇紳士たちと魔利』に、原稿を書いていたら「明るくなった6時の空がまた暗くなって来た。雷が鳴り出したせいかと思うとそうでなくて、まだきのうの午後6時だったと気づいた」とある。二重におかしい。粗忽者の奮闘ぶりがほほえましいが、それはそれとして、どうして今日でなくまだ昨日だなどと「気がつく」ことができるのかは、依然として神秘のベールに包まれたままだからである。

『記憶の絵』で、自分が「写真の科学現象を疑っている」その根拠として、「十五、六歳では実物と同じ人間だということを誰も信じないほどの美人に写ったのが、現在では妖婆にうつる」という現実をあげるのだが、末尾に、「悪く写るという恐怖が悪く写る原因」だとする、傾聴に値する見解を添えて笑いの深まりを見せる。これは只者ではない。

父鷗外と人力車で団子坂の家に帰るとき、車夫が田舎爺と間違えて博覧会場に連れて行ったところ、田舎者扱いされてすっかり腹を立てた鷗外は、「もういい」と車賃を二倍渡して降りてしまったという話もある。これもただおかしいだけではない。まわりの物見高い視線を浴びて歩かされた当の茉莉は、「父は、どういうわけか怒ると金を倍出した」と一般化するのだが、鷗外の心理はよくわかるような気がする。茉莉自身の書いた『気違いマリア』にも、本郷・浅草・日本橋・神田など「たしかに東京と言える一円以外の土地を東京と認めないので、それ以外の土地にはろくな人間は住んでいないだろう」とか、「浅草族は東京っ子であり、世田谷族は田舎者なのだ」とかという勇み足が見られる。今日ではそれこそ強烈な差別発言と受け取られかねないが、漱石の『坊っちゃん』同様、いたって単純で悪意は感じられない。

真贋洞察と粋なセンス

昔の文部省の会議で鷗外が長々と弁じて、仮名遣いを新しくする案をつぶしたらしい。『記憶の絵』でその事実に対する感動を語った。『日本語とフランス語』では、自分の生まれる前にすでに新仮名になっていたのを旧仮名に戻す案だと仮定しても、自分はやはり昔の仮名遣いを選ぶだろうから、これは習慣のせいではないとし、新仮名に反対するのは「ただ単純に、きれいなものがきれいでなくなるから」だと述べている。戦後の日本人は、昔の子供たちがちゃんと覚えたものを、難しいからという理屈にならないヘリクツをつけ、「自分の国の文字をまるで野蛮な、未開の言葉ででもあるかのように恥じて、変えようとする」。そういう改革論者は、「鈍感で、きれいなものを感じる感度がゼロだ」と一蹴する筆法は鋭く痛快である。

「文明国はみんな、昔の言葉を変えない」とし、巴里の珈琲店の給仕は今でも「バルザックの小説の中にある言葉と全く同じ綴り」を書くという事実をあげて説得力を増したあと、ことばだけでなく給仕の服装も卓子《テーブル》も洋杯《コップ》も鉢植えの蘇鉄も「モオパッサンの小説の挿絵と同じである」と論を発展させる。「感度」の高い読者は思わずにんまりすることだろう。

『空と花と生活』で、「棒杭に布を張った乞食の住居」でさえ後ろに垂らした絨毯などにその男の好みが現れていたり、住人の空洞《うつろ》な表情にも楽人の趣がのぞいていたりする戦後の欧州の「華やかな廃墟」にひきかえ、現代日本人は「他人の頭で考え、他人の心臓で感動し、他人の眼でルオオに見惚れている」と展開するくだりも、そのとおりだから痛快だ。育て方によっては生き生きとした女になりそうな少女も、いつのまにかベストセラアやデザインブックの捕虜《とりこ》になって同じように髪を切り、同じようにはやりの洋服を着、同じような「流行の小説を手に持った現代娘が又もう一人出来上る」。マスコミに操られる一極集中のこの国でこんなふうに画一的な人間が製造される、そういう風土の危うさに警鐘を鳴らしているのだろう。何かに縛られた造りものの人生というこの文明批評も的確である。本物か贋物か、この作家はそこにこだわるのだ。

『ほんものの贅沢』では、やたらに金をかけて部屋をがんがん冷やし、「人間が牛肉やハム並みに冷蔵庫に入っている」現代の贅沢を批判する。着飾った女が、すれ違う女を見下すのも貧乏臭いし、「心の奥底に「贅沢」というものを悪いことだと、思っている精神が内在している」ようでは本物とは言えない。『贅沢貧乏』には、「金を使ってやる贅沢には空想と想像の歓びがない」という格言じみた一句が出る。幸福感は、現実そのものではなく、「空想の混じりあった所に」存在するからである。

「人を訪問する時に、いい店の極上の菓子をあまり多くなく詰めさせて持って行く」、「月給の中で楽々と買った木綿の洋服を着ているお嬢さん」といった具体像からは、「粋」の伝統につながる美意識が感じとれる。

文章の言語的特徴を数えあげれば、むしろ悪文の要素のほうが目立つが、その猥雑で饒舌な作品の随所で、感覚鋭く社会や芸術や人生をえぐり、独特の美意識でさばくあざやかな手筋が躍る。読者は快哉を叫び、時に笑いを誘われ、心ゆくまで文学を楽しむ。性格まる出しのその主観を、生得の断定癖で潔く言ってのける森茉莉流の手法は、しばしば傾聴すべき格言的な批評となり、時にあまりの独断ぶりが読者の笑いをよぶ。今はちくま学芸文庫に入っている『名文』という著書の中で、瀧井孝作や野間宏らの文体的な必然として生ずる悪文を、特殊な名文として位置づけたことがある。これもまた、その一つと見るべきだろう。

父との別離

『父の死と母、その周囲』によると、鷗外は、「泥棒をしても、おまりがすれば上等よ」と幼い茉莉に言ったらしい。その娘のほうもまた『気違いマリア』で、「パッパが痰を吐く音は独逸《ドイツ》語の咽喉《のど》の音《おん》のような声で、吐く時の顔も素敵だった」と手放しで書いてのけた。

『記憶の絵』にこんな話がある。上野の博物館長だった晩年の鷗外が、不忍池で子供が捕まえておもちゃにしていた亀の子を買い取り、池に放さずに外套に隠してひそかに家に持ち帰った話だ。その亀を茉莉に見せるとき、父親はまるで「恋の秘密をうち明ける人のような翳のある顔で微笑った」という。

婚約者ができると父親の態度がどことなく変化し、茉莉にはそれが妙に寂しかったが、欧州の夫のもとに発つ茉莉を見送りに来た萎縮腎の父親は、停車場でみんなわかっているという顔でうなずいたらしい。これが父親という人生最初の恋人との永遠の別離となった。生きて再会できないことを父親はすでに予感していたのではないかと思うと、あの旅立ちが残酷だった気がして、茉莉の心に今でも薔薇の棘のように突き刺さるものがあるとこの作家は書いた。『刺』に「パッパとの想い出を綺麗な筐《はこ》に入れて、鍵をかけて持っているわ」と夫に言ったとある。棘の突き刺さった激しい思いが筐の中で醸成され、折を得て作品となるのだろう。それが森茉莉の文学であり、思いをぶちまける文体を引き出したように思われてならない。

(「森茉莉の文体　風変わりな饒舌と感覚的独断」『ユリイカ』二〇〇七年十二月号　青土社)

井上ひさしの言語世界
――多芸な表現のたくらみ――

際立つレトリック

ことばが氾濫し、読者は溺れかかる。ことばの在り方がそのまま作品内容であるかのように、言語の意味よりも形がのさばっている文章だ。読み手の頭を快くかきまわすこの奇術師の技はどういうメカニズムの上に発揮されるのだろうか。それを明らかにすることは、この作家の文学の方法を探りつつ、言語の担いうる多様な機能に目を開くことにもなるはずである。以下、作中にばらまかれた数かずの仕掛け、その多彩なことば遊びの若干を指摘し、表現の効果という問題を考えてみたい。

いかなる文章にも、それが文章であるかぎりレトリックの力が働いているのである。
――『自家製　文章読本』

井上ひさしという奇才にさんざんじらされ、かつがれ、いいように扱われてきた読者は、また例の誇張か逆説かと一瞬警戒心を強めるが、あの志賀直哉でさえ「レトリックの名人」であったことを『城の崎にて』や『小僧の神様』を例にして実証的に述べたあとだけに、これがこの作家の本音であることを信じないわけにはいかない。そして、志賀が芥川龍之介をも凌ぐ「修辞法の大親玉」であるかどうかといった個別的な論議はともかく、文章表現には必ず方法意識が伴うとする基本的な考え方にはまったく同感だ。それは、「表現における方法性というものが特殊技術としてでなく普遍的に存在する」とし、「真正のレトリックは、いかに表現するかという方法自体である」と主張してきた筆者自身のレトリック観（例えば、明治書院『日本語学』二巻三号所載の論考「国語教育におけるレトリックの問題」など）にとっては、ありがたい実作者側の声でもあった。このように、方法のない表現などというものはありえないが、ただ、それが技巧として目立つ場合と、文章の内容という形で組織に融けこんでしまった印象を与える場合とがあることも確かである。その点、この作家は、表現技巧というものをことさら際立たせようとしてきたように思われる。

パロディー

中でもすぐ目につくのはパロディだろう。『小林一茶』で「上方で名をあげたらしいねえ」というおよねの問いかけに対して作中の一茶が「知名度も中位なりおらが名は」と答えるとき、「めでたさも中位なりおらが春」という本物の一茶の句が下敷きになっていることは明らかだ。そういう重ね合わせが成り立つことが笑いの必要条件となる。『吾輩は漱石である』という作品名の面白さも、そこに『吾輩は猫である』という夏目漱石自身の作品の題名を背景としてはじめて生ずることは言うまでもない。つまり、この表現法は読者や観客に作者との共通理解が成立するだけの教養を期待して用いられるわけである。

『ブンとフン』中の登場人物「クサキサンスケ警察長官」の名に、井伏鱒二の作品に慣れ親しんでいる読者は「朽木三助」のイメージを重ね合わせるかもしれないが、多くの読者は、そこに〝もじり〟をまったく意識せずに通り過ぎてしまうだろう。『国語事件殺人辞典』に出てくるソバ屋の出前持ちの掛け売りの帳面を「更級日記」と呼ぶ表現技法は、菅原孝標女の手に成る同名の作品についての古典的教養と、ソバ屋の店として「更科」の名が著名であることに関する現代社会の常識とを前提として仕掛けられている。戯作者をもって任じ、ひたすら読み捨て時代の作品を製造しているような顔でとぼけているこの作家の作品が、作者のあてがはずれて長く読みつがれるようなことがあると、こういう部分からとてつもない難解な文章になっていくのではなかろうか。

一般の読者が「四谷大山進学教室」（『偽原始人』）という塾の名から「四谷大塚進学教室」という受験専門の企業名を連想し、「吉里吉里語四時間」（『吉里吉里人』）という小冊子から「〇〇語四週間」という語学学習書のシリーズを誰でもすぐ連想できる時代ははたしていつまで続くことだろう。

この作家の頻発する「赤尾の豆単」（『青葉繁れる』）、「スター千一夜」（『吉里吉里人』）、「否否《ノンノ》　諾諾《アンアン》」（『新東海道五十三次』）といった時事用語とも言うべきキワモノ性を笑い惜しむのもそのためだ。廃品回収業のひょうきんな青年が「古新聞に古雑誌、あるいは御用済みの若奥様などございましたら……」とふれてくる（『国語事件殺人辞典』）。これだけで十分におかしいのに、調子に乗って「ビン類はみなチョーダイ」と叫ぶところなど、やがて通じなくなってしまうかと、やはり心配になってくるのだ。「人類はみな兄弟」というコマーシャルを正確に重ねうる読み手は同時代人にもどれだけの広がりをもつか疑問である。

多元的発想

次に目につくのは、多元的発想あるいは多角的思考と呼ぶべき一連の表現だろう。世間一般の人とは別の角度から対象を見るのであり、それはしばしば常識のちょうど逆の姿で現れる。そういう自由奔放な考察を読者の意表を衝かねばならぬという使命感にもえて強引に試みることも多い。前記の作品名『国語事件殺人辞典』は、「事件」と「辞典」という類音語を交替させて、普通でない表現に仕立てたものである。「吉里吉里国立中学校附属大学外国語学部日本語学科教授」（『吉里吉里人』）の面白さも、ものものしい漢字の羅列による権威づけという点より、大学の附属の中学という社会通念を覆し、「中学校附属大学」と逆転させた点にある。そのため、同教授はその肩書を発音する際、「中学校附属」のところだけ小声で早口で駆け抜けねばならない。

また、『ブンとフン』に若い天才的な建築家が三九階半のビルを設計するところがある。彼は、一階、二階と積みあげていく従来の建て方にあきたらず、三九階のほうから順に造る手はないかと頭をひねる。そして、ついにその画期的な方法を思いつく。ここまで読んで、読者は知的な期待に息を詰める。ところが、その一大発見とやらが、なんと、土台のすぐ上の階を三九階と名づけるという人を喰ったやり方なので、読者はまんまとはめられたことに気づき、思わず笑ってしまう。建築法の改革という実質にはまるっきり応えていないが、課題の言語形式にはあざやかに応えている。どんなに下らなくても、ともかくもそれまで誰一人考えつかなかった解法だ。このようなコロンブスの卵が生まれるのは、この作家の発想転換の柔軟さのせいなのである。

ものの見方の開拓

前に筑摩書房の『言語生活』誌に載ったエッセイで、この作家が歌謡曲の裏目読みを試みたのを面白く読んだ。「いたわり合って　別れましょうね／こうなったのも　お互いのせい／あなたと私は　似たもの同士／欠点ばかりが　目立つ二人よ」と歌謡曲『二人でお酒を』の歌詞を日韓両国の関係に見立てることができようなどとは思ってもいなかった。が、言われてみると、何だかそんな気がしてくるから妙なものだ。思いがけない類似の発見で、こういう視角の切換えは、こんなふうに落差の大きいほど効果がある。

作者自身の意図がどこにあったにしろ、この種の表現は結果として、新しいものの見方に読者の目を開かせる。『偽原始人』の池田東大君が「ぼくは秀才だ。頭がいい。そのぼくがわざわざ大学に入ることはないんだ」と呟くとき、時間の効率的な使用という観点からそういう論理関係もありうることを知らされて読者はニヤッとする。こういう読者側の納得は必ずしも論理的な妥当性に発するとはかぎらない。時には非論理的に見えながら感覚的・心情的に納得させられることもある。『聖母の道化師』の中で、大都会の女の子は「花と花との間を舞う蝶のようにあでやかに華やかにスカートをひるがえす」という偏見が披露に華やかにスカートをひるがえし」、田舎の女の子は「埃をあげるためにスカートをひるがえす」という偏見が披露されている。そんなはずは現実的にないのだが、同県人であるせいか、こういう書き方をしたくなる気持ちが実によくわかる。あるいは、学校の先生よりも巧みに標準語を操る疎開児童が眩しい後光のさす存在に見えた、そんな田舎者コンプレックスを共有しているせいかもしれない。

『日本亭主図鑑』では駄洒落愛好者の性格を洞察し、彼らは、別の見方はないか、他の立場に立てばどうか、と考える「思いやりや心のやさしさや咄嗟の機転をあわせ持った人間たち」だとして、駄洒落を軽蔑する主婦という種族に反省を促すくだりは、もっと説得力がある。「彼ら」という語が「我ら」と響くまでに作家井上ひさしの感情移入が伝わってくるからかもしれない。むろんこれも一面的なものの見方にはすぎないが、ちょっと気づきにくいそういう一面に読者の目を向けさせる功績はばかにできない。

この種のユニークな卓見が、時には金言めいたカッコイイ姿で顔を出す。「懸賞句会に出てだめになるような才能は、もともと才能なんてもんじゃない」(『小林一茶』)、「悪人に品切れなし」(『国語事件殺人辞典』)、「余暇の量と物事について考える量との間に比例の関係はまったくない」(『日本亭主図鑑』)などはそういう例と言えよう。新聞に載ったボネガットとの対談で、「日本人には笑いの伝統があった」と述べたあと、「ただし世の中を牛耳っている人は笑わなかった」と一般化して付言する(朝日新聞　一九八四年年五月十五日付夕刊)のも同じ警句精神のしわざと見ていいだろう。

バランス崩し

次に指摘したいのはバランス崩しの技法である。不均衡をつくりだす言語的手つづきはさまざまだ。夏目漱石、セルバンテス、シェークスピアに次いで白土三平が顔を出したり(『ブンとフン』)、ショパン、チャイコフスキーの向こうを張って米山正夫、万城目正の名が飛び出したり(『青葉繁れる』)するのは、それらの人物名に対して世間が抱いているイメージの落差を利用した例だろう。

人名ではないが、九九枚の看板の並び方ひとつにも工夫が見てとれる（『吉里吉里人』）。そこに列挙される企業名が例えばＩＢＭとジェネラル・モータースとの間に牛丼吉野家がはさまっているのは偶然とは思えない。取り合わせの面白さをねらって意図的に配列されたことは、ニューヨーク連邦準備銀行とフォードとの間に三色最中の置かれた箇所を見ても明白である。

仕組まれた違和感

ハーバード、プリンストン、ケンブリッジ、ソルボンヌという有名大学の名がキャバレーやサウナやトルコの店名となって登場する（『偽原始人』）のも取り合わせの面白さを感じる例だが、いずれも権威に対するささやかな抵抗を読みとることができる点で共通する。国際金融論の権威が梅毒病みの元娼婦であったり、キャバレーのホステスが本居宣長について論じだしたので客があわててノートをとったりする（いずれも『吉里吉里人』）のも類例と言えよう。

『自家製　文章読本』に鈴木善幸首相が退陣に際して自民党の四役に提示した「所感」の文章の調子の低さに呆れたことが出ている。その際「彼は便器から腰をあげるような軽い気持ちで、一国の宰相の座を去ることにしたらしい」と、この作家は批評した。私は『比喩表現辞典』を編んだとき、比喩表現というのは作者の心象風景の点描であり、そこに意識下の世界観が映っているというようなことを、いささか気障な格言めいた形で書いたのを恥ずかしく思い出す。比喩表現で喩えに何を持ち出すかは書き手の自由であり、喩えられるものの側から素材上の拘束をほとんど受けないからだが、その意味でも、井上ひさしの連想の広がりと豊かさは読者をいつも楽しませてくれる。この例を取り上げたのは、「便器」という素材のカテゴリーについて論ずるためではない。それが「宰相」といういかめしい語とともに用いられたところに前例と類似した諷刺効果を感じたからである。ことばは約束事にすぎないことを弁ずる際に、「金かくし」という語に「女」という意味を持たせて「ふるいつきたくなるようないい金かくしだ」と言うこともできるというような例にこの作家がこだわるのも、その落差からくる滑稽感をしぼり出すからではないか。

　このような仕組まれた違和感は、結びつくことばどうしのレベルを乱すという形でも現れる。「猥褻ノ文書、図画其他ノ物ヲドンドン頒布若クハジャンジャン販売シ又ハ公然之ヲペロント陳列シタル者」（『自家製文章読本』）とか、「ますますご繁栄の段、うはうはお喜び申しあげます」（同前）とかの作例を提示されて読者が吹き出すことになるのは、オノマトペなるものの位相と文体上の特性を鋭敏に嗅ぎとった者のいたずらだからだろう。

　「ずいぶんいんちき臭いところがあり」、「一字一句あてにならぬことばかりある」はずの『新釈遠野物語』の格調ベースからは、「雄心鬱勃として起り」とか、「澄み切った音が喨々とあたりの山をかけめぐった」とかといった表現は周辺から不自然に切り立って見える。「白い顔にたちまち紅葉を散らした」り、「その音は冬の黄昏の中へ吸い込まれて行った」りするのも、あまりに文学的すぎて内容や文脈との違和感がおかしい。

　「なんとかなるだろう」とか「かまうものか」とかという文末表現を基調とし、それに「のである」や「曰く」まで動員して綴る文章の合間に「うれしいじゃございませんか」「返ってまいりました」といった高い待遇レベルの調子が交じる（『キャスリーおじさんのことなど』）のも、そういうちぐはぐな感じの目立つ例である。あるいは、わざと照れてみせたのかもしれない。

メタ＝テクスト性

　もっとはっきりとレベルを意識的に乱すことにより、一種のメタ＝テクスト性と考えることもできる奇妙な効果を獲得したレトリックが、『私家版　日本語文法』の一連の章題にその例を見ることができる。「振仮名損得勘定《ルビはそんかとくかをかんがえる》」、「素人の　古典まなびの　七五調」、「ふたつの仮名づかい（ひ）」、「『のだ文』なのだ」などには、そのことばの指し示す対象的意味に対し、その主題（七五調リズムなり、新旧仮名遣なり）を取り込んだ、ことばの形態的な存在形式（五七五なり、イ音の両表記なり）自体が、異なったレベルで、なかば感覚的な意義補強をはたす働きを見てとることができよう。

この方面での最も人を喰ったレベル外しの試みは、『ブンとフン』におけるページの欄外のいたずらだろう。作中人物が裸になる場面が出ると、「読者諸君のお母さん方に」ここだけ読まれて「この本全体を誤解される危険がある」から左右ページを至急糊づけするように、という意味のとぼけた注意書きが出てきて、ご丁寧にもその欄外に「のりしろ」が印刷されているのである。

異能音感

小説のほかに戯曲をもよくするこの作家は、当然ながら音声的な効果に神経を遣う。「四《し》、五日前《ごんち》」（『空き缶ユートピア』）や「会話《やりとり》」（『新釈遠野物語』）のように、ルビによる発音指示がほどこされるのは、その一つの現れだろう。それにしても、宇能鴻一郎の『名場面集《ええどこばっか》』（『吉里吉里人』）といった吉里吉里語訳はなんともおかしい。

これらは実際の話しことばの音響的な印象を再現するための肌理細かな気くばりだが、そういうリアリズムの域を超えて、ことばの響きそのものが鑑賞にたえるようにと作者が張り切っているようすは痛いほどよくわかる。『頭痛肩こり樋口一葉』に登場する幽霊の花螢が「恨めしいぞえ夏子殿」と登場し、「ともに地獄へ誘引せん。来たれや樋口、さあ夏子」と気合いを入れる七五調のリズムがある。『偽原始人』には、「勉強ロボットはもういやだっと」で始まり、「あきたっと」、「くそくらえっと」、「おさらばよっと」……と続き、「ロボット軍団、集合だっと」で終わる脚韻をふんだ詩もどきの作品が出てくる。

「そんなことは有り得……たか」（『小林一茶』）、「薄い唇が耳許《もと》まで裂けた、ようにわたしには見えた」（『新釈遠野物語』）のような例、あるいは、『屑拾い』というコントで審判員が「では、位置について。用意。」と言ったあと、絶妙の夕イミングで「ドンなことがあっても」と続けることにより、「ヨーイドン」という音連続を作り出して相手をまごつかせる例（柘植光彦の指摘を参照）などは、〝間〟を重視した書き方と言えるだろう。

いつも人の身になって考える心やさしいこの駄洒落愛好家が、同音語に対し異常なまでの執着を示すのは予想どおりだ。「壱　賭け初め泣き初め江戸の春」とリズミカルに幕を開けた芝居『小林一茶』が「九」で「灸」になるのは偶然とは思えない。俳諧師が徘徊するのも、「捨てるカミあれば助かるかもじ売り」と片仮名書きが出るのも、予定調和みたいなものだ。「神のごとき紙さばき」（『モッキンポット師の後始末』）も、「紙屑やら髪屑やら」（『日本亭主図鑑』）も同類だ。「排他的」を「歯痛的」と聞き（『吉里吉里人』）、「お食事券」が「汚職事件」を髣髴とさせる（『自家製　文章読本』）あたりも、並はずれた音感を示す。

同音語はおろか、類音語をも強引に抱きこむ。唱歌「故郷」の歌い出しが、空腹時には「うなぎおいしかばやき」と聞こえてくるのだ。類音でよければ外国語も取り込める。「花の三月マーチましょ」、「九月とうとうセップンティンバー」という要領で英語の月名を覚えたり（『青葉繁れる』）、フランス語のトレビアンの発音を注意されては「ビエンと発音すれば鼻炎になるわけじゃなし」とぼやいたり（『モッキンポット師の後始末』）、果ては「電気スタンド。アンダスタンド?」と流れ、「メッセージを渡す」から「マッサージが必要」と展開する。もう病気と言っていいぐらいのものだ。文語文法の勉強でラ変動詞の活用を「ら・り・り…」と唱えているうちに「りる」となり、いつのまにか「上海帰りのリル」を歌っていた（『青葉繁れる』）というのはその意味で象徴的である。

慣用句の活性化

音声的にも形態的にも言語に対して過剰なまでの意識を働かす。そのため、慣用句や慣用表現の語源的な意味が活性化する例も多い。

「シャッポを脱ぐ」を単に降参する意でおとなしく使ってはいない。その句の文字どおりの意味がむくむく頭をもたげ、「アインシュタイン博士もシャッポを脱いでその白髪頭をさげる」(『ブンとフン』)ところまで行かないと、この作家は満足できないのだ。『ひょっこりひょうたん島』があたって「これで明日はどうなるかわからぬ根無し草の放送ライター暮しともすこし縁が切れるかもしれぬ」とホッとする際にも、その「明日」の原義が蘇って「明後日までの喰い扶持は稼げそうだ」と続ける(『自筆年譜』)。「富士山のはなしが三島に飛火」すると、さらに「宿場女郎に燃え移」る(『新東海道五十三次』)というぐあいに、消えかかっている火のイメージをかきたてる。「同じ材料《ねた》の二番煎じ」という陳腐な慣用表現も、さらに「二回煎じただしがらをまたも煎じて」と続ける(同前)ことで息をふき返す。「手鍋をさげて」が「買えるだけの手鍋を買って」(『小林一茶』)となり、「同じ年頃の仲間に交《まじ》ると軀中に電気が起」るにとどまらず、「パチパチと電気の火花が散」るところまで流れるのも同じ手口である。

過度の実証性と厳密性

もう一つ、この作家の文章に見られる厳密性、その結果として生ずる詳悉性にふれておこう。ハナモゲラが何で、スワッピングがどうしたとか、江川投手や女優の関根恵子や次郎長親分こと山本長五郎が云々とかといった抱腹絶倒文にイェスペルセン、ヤーコブソン、鈴木朖《あきら》、橋本進吉らの言語学者・国語学者が顔を出し、さらには『音声学大辞典』や『医科学大事典』や倭名類聚抄《わみょうるいじゅしょう》まで飛び出すので、一般読者はあっけにとられる。しかし、学術書が単なる権威づけの補償行動でないことは、刑法や検事の冒頭陳述から『長崎市史風俗編』や『日刊アルバイトニュース』、『とらばーゆ』、そのほかチラシやテレビ番組の企画書に至るまで驚くほど広い雑多な文献から実例が引用されることで、すぐわかる。これはおそらく、事態や観念の概括による抽象的把握を嫌い、証拠となる事実をそろえて具体的にとらえようとする精神に発していたにちがいない。

〈佯狂〉の手段についても「あれこれ」で済まさず、ゴキブリが死んでいたら、墓を造り、新聞に死亡通知を出す、といった具体例を二四も並べたてる（『偽原始人』）。新聞に感動詞がいかに少ないかを述べる際にも、単なる印象で片づけず、語彙調査まで試みてそれを裏づける（『新東海道五十三次』）という徹底ぶりである。

文献にチョムスキーや亀井孝といった言語学者の名が遠慮なく登場する以上、本文に「等位接続詞」「中舌《ちゅうぜつ》母音」「相《アスペクト》」といった言語学用語が登場しても何の不思議もない。「オンザロック」が国際音声字母で表記される（『国語事件殺人辞典』）こともある。こういうあたりは、読んだ単語の意味がまるっきりわからなくても、また、読めない部分はそっくり飛ばしても、そういう場違いな雰囲気だけで十分におかしいのである。

「体毛不変の原則（『ブンとフン』）とか「夢の積分」（『空き缶ユートピア』）とかといった学術用語の転用は、前掲の専門語使用と相俟って、〈糞〉の「可塑性固体」（『吉里吉里人』）に象徴されるような、内容と表現との間の過度の不均衡をひねり出す。数学という教科が多感な井上少年の受験期に最も気にかかる存在であったせいなのか、それにしても数量的なデータや数学的な記述のはびこりぐあいはものすごいものがある。

「コロッケの縦横の割合が五対三のとき、人間は、おいしいな、と感じる」（『偽原始人』）とか、「切開線ABに対して直角になるようにさらに六糎切り開き、その先端をCとした場合、角BCA」が三〇度以上ならば胃潰瘍の手術が成功する（『新釈遠野物語』）とか、「毛だらけの里芋」の謎解きに「成年男子は〇・〇〇〇五秒、少年で〇・〇一秒、成人女子は〇・〇一五秒、そして少女なら一秒ぐらい」かかる（『自家製　文章読本』）とかという例は、表現と内容とのギャップが笑いを誘う必殺打となっていることがわかりやすい。「夥しい鮮血」に「約五百グラム」と注釈をつけずにいられない（『吾輩は漱石である』）この作家の小説に「（A＋B＋C）－（X＋Y）」といった文字式が出てくる（『吉里吉里人』）のは怪しむに足らない。

厳密性を売り物にする文章形態は、以上のような学術論文まがいの表現様式とは別に、くどいと言う気力もなくするほどの反復や列挙として具象化する例も多い。「童謡作家見習候補代理代行代人代用目代名目補佐心得」（『新東海道五十三次』）とか、「時機尚早という気がしないでもないと言えぬこともなかろうと思わざるを得ないのは残念でないこともない……」（『小林一茶』）とかというのは、そういう冗文度の記録に挑む決死の言語遊戯であっただろうか。

極端な詳密記述

一つの対象についてあらゆる角度から少しの省略もなく述べ尽くすという至難の業を、こともあろうにわずか一文でなしとげた驚異の到達点を示して稿を結ぼう。それは『吉里吉里人』の冒頭である。ここに井上ひさしの言語感覚と表現意識が集約されているとまで結論づけるなら、この作家のスタイルを支える過剰なレトリックの術中にはまったことになるかもしれない。そのときは「集約」という語を「象徴」と置き換えて主張を貫こう。

この、奇妙な、しかし考えようによってはこの上もなく真面目な、だが照明の当て具合ひとつでは信じられないほど滑稽な、また見方を変えれば呆気ないぐらい他愛のない、それでいて心ある人びとにはすこぶる含蓄に富んだ、その半面この国の権力を握るお偉方やその取巻き連中には無性に腹立たしい、一方常に材料《ねた》不足を託《かこ》つテレビや新聞や週刊誌にとってははなはだお誂え向きの、したがって高みの見物席の弥次馬諸公にははらはらどきどきわくわくの、にもかかわらず法律学者や言語学者にはいらいらくよくよストレスノイローゼの原因《もと》になったこの事件を語り起すにあたって、いったいどこから書き始めたらよいのかと、記録係《わたし》はだいぶ迷い、かなり頭を痛め、ない智恵をずいぶん絞った。

（「井上ひさしの言語世界」『国文学　解釈と鑑賞』一九八四年八月号　至文堂）

第五章　川端康成　稲妻の文体

川端康成の人物描写
——永井荷風・谷崎潤一郎・徳田秋声・横光利一との対比——

導入

光源氏は強度の近視だった、あるいは、体臭が強った、もし誰かがそう言い出したら、とたんに駁論の雹が乱れ散ることだろう。問題は、その否定の方法なのだ。日本の代表的な美男にそのような欠陥のあるはずがないというのでは論にならない。光源氏と紫の上とは六つ違いであるという新説が出たとしてもいい。今度は少なくとも、はずがないとさえ言えない。「はず」という思い込みは、新しい学としての文学にとって、ほとんど無力である。学問として否定するとすれば、最小限、宇治十帖を含めて源氏五十四巻《まき》のどこにもその表現のないことを確認しなければならない。肯定する場合は、それが源氏物語全巻のどの叙述とも矛盾しないことを確かめる必要がある。

主人公のイメージの多様性が、読者の数だけ許されるとしても、しかしそこには、少なくともそういう消極的な条件を満たすことが求められる。描かれたこととの矛盾を含む読者側のイメージは、もはやその作品とは別のものであると考えるべきだろう。学としての立場から文学を問題とするためには、そこまでの厳格な鑑賞の上に築かれなければならないのである。洞察と実証性のない研究はもはや研究に価しない。

心を空しくして徹底的に読まなければならない。まずは作中に記された事項をその限りで正しく理解すること。文学をめざす文体研究はそこから始まる。それが、あらゆる文芸批評の共通の源でなければならない。

しかしP・ラボックは疑っている。

読み進むすぐ後から、作品は記憶の中でとけてゆき、変容し出す。最後のページをめくる瞬間にはもう、その作品の大部分、とくに微妙な点は、あいまいになり、覚束ないものになっている。さらにもう少し経って、数日、また数カ月後になると、実際そのうちのどれ位が残っているだろうか？　一群の印象、漠とした不確かな印象の中から現われてくる二三の明瞭な個所、一般的にいって、これが作品という名で残りそうなすべてである。それを読んだ経験が、後に何か残している。作品名で我われが想い起すのは、こういった名残にすぎない。こうしたものが、作品に判定を下し評価する材料をしかと与えてくれるなどと、どうして考えられようか。

——佐伯彰一訳『小説の技術』

そうして、「作品をじっくりと精読し比較するために、批評家が自分の記憶の中で整頓したいと思っている何百という作品のうち、果してその幾つを正しい安定状態で記憶にとどめておけるものだろう？」ととまどいをもらすラボックにならって、私も言おう。単なる印象は文学を学たらしめるにはあまりに不確かである、と。

ルイ・ルクレルク・ド・ビユッフォンが何と言おうと、ピエール・ギローが何と言おうと、文体は人間の投影である。この小稿も、その命題に支えられている。たしかに文体は旧修辞学におけるような様式の概念ではなく、個人の思考もしくは感覚の表情である。そうであるなら、ヒロイン駒子や太田夫人の中に、作家川端康成がいるにちがいない。それを正しく理解するために裸のイメージを謙虚に再構成してみることが必要だ。附表はまさに、そういう記憶の不確かさを救う一助にと、作中人物の表現に便宜上の分類を与えて整理したものである。なお、可能な範囲で作者の呼吸を伝えようと努めたが、描写の散在する場合は、やむをえず筆者がまとめることにした。

「二人の男、二人の女さえ描き分ける能力を持っていない」と小林秀雄は『川端康成』と題する批評の中で喝破した。まさにそのとおりに見える。川端文学の作品に登場するヒロインは、同じ顔、同じ姿、同じ性格を有し、同じ動作をする。男性は、ほとんど外側から描写されないが、いわゆる主役を演ずる女性のほとんどは、中高の円顔、黒眼勝ちの大きな眼、小さく形のいい鼻の下には、小さく薄い唇があり、首は細く、肩は円く、肌は色白で、性格は真剣で無邪気であり、きまって頬を赤らめるのである。

女性を描き分けない、と断定するには、それでも多少の注がいる。つまり、それはヒロインに限って言えることであって、川端作品ではその美をひきたてるのに、その裏返しの女性が設定されているからである。だから、二つのタイプの女性しか登場しない、換言すれば、第三の型の女性を描かない、と言い直したほうが正確だ。その二つのタイプとは、なかば象徴的に言って「娘」と「女」である。あるいは、もう一度比喩的に、シテとしての光と、ワキとしての闇とである。あるいはそれが稲妻の文学の結果した必然の単純性であったかもしれない。

小説の中で、どういう問題を扱うかということを考える。その扱わんとする問題が主題である。軍人のことを書こうと思うとき、軍人というのは材料であって、主題ではない。軍人がどういう場合に陥って自殺をしたか、ということを書こうとする。その自殺の原因、当人の気持というものが主題である。だから筋ともちがうのである。

——川端康成『小説の研究』

材料とも筋とも異なり、題材の背後にあって作品そのものを規定する力とも称すべきテーマにとって、女性群の描き分けが直接の目的とはなりえないことの証左を、この川端自らの言に聞きとることができる。この作家が造り出すのは個々の女性というより女性という抽象体であると言えばやや逆説じみるが、作中に描かれる女性は、文学的な意味合いからは必ずしも生身の人間でなくとも差しつかえない。事実、彼女らは人間ではないかのように見えることがある。比喩が象徴にまで昇華された結果としての、幻のような人間たちを題材として、女性であることの哀しい美しさが一筋貫かれる。徹することの運命的に不能な描写よりも、象徴された不確かな何かが、むしろ力強い具体となって読者に生なましく迫まって来る。

調査に採用した作品は別表に記載したとおりである。対比の参考として調査した四作家の選択には、多少の理由がある。すなわち、谷崎潤一郎には、日本文学、特に平安朝の女流文学に造詣が深く、その純日本的伝統を生かしているとされる二人の作家の比較という意味があった。永井荷風は、言語学の小林英夫が美学者リヴィウ・ルスの共感型と悪魔型の分類を紹介したとき、音楽家のモーツァルト、画家のラファエロ、詩人のラマルティーヌの属する共感型の中に荷風の名をあげ、川端も共感型であると後で述べていたことによった。また、徳田秋声の場合は、川端自身がその文章を激賞していることから、影響の有無を探る意味もあった。横光利一はむろん、同じ新感覚派（少なくとも千葉亀雄の命名当時は）と称せられた作家という理由からである。

それでは、以下、表の順を追って、描かれ方の偏向現象を具体例とともに概観しよう。

川端康成

		顔型	髪	額	目	頬	鼻
伊豆の踊子	薫	卵型で小さい	豊かで美しい黒髪		綺麗な二重瞼／美しく光る黒眼がちの大きな眼		
雪国	葉子				無心に刺し透す光に似た燃えるような眼は少しいかつく冷たい	赤い	
	駒子	少し中高の円顔	あざやかな紫光りの黒		下り気味の眉／濃い睫毛／真直に描いたような眼	あざやかな赤い色	細く高い鼻は寂しい
千羽鶴・浜千鳥	太田夫人	円顔			病的な二重瞼		小さく恰好のよい鼻
	文子	やさしい円顔			黒目勝ち	白粉気のない	形のいい小さな鼻

作品	人物						
千羽鶴・浜千鳥	ゆき子		光っている		きれいな二重瞼／睫毛の間に黒子／利口な輝く目		
	ちか子			額に皺	怨みに乾くような小さい目		
山の音	菊子	小さい	揉上げと額との間の生え際が微妙に可憐できれい	白っぽい可愛い傷あと	大きい眼／眉がきれい		
	房子						
	英子		生え際がきれいに生え揃って／波立たせた髪				
みずうみ	湯女	古典的な面長	洗髪のように後ろへ揃えて垂れ	高い	張りの強い目	ういういしいばら色	
	宮子					美しい頬	
	たつ	円くて小さい			短い眉／小さく円い目／薄い茶に透き通る目の色		
	さち子				まん円く見開いているのが愛くるしい		
	町枝		無造作に束ねて垂れた艶のある髪は結びめから先が緩やかな波に美しく揃って		切れ長の大きな清らかな目は黒い湖のよう		

	伊豆の踊子	雪国		千羽鶴・浜千鳥			
	薫	葉子	駒子	太田夫人	文子	ゆき子	ちか子
口	きっと閉じた唇		美しい蛭の輪のように滑らかな唇	小さい受け口	受け口になるほど生真面目に閉じた下唇	美しく清純な歯	
顎							
首			白粉の濃い生温い湿りをもった脂肪の乗った首	色白の長めな首	色白の長めな首		
耳					素直な耳たぶのふくらみ		
顔の印象	幼い凛々しさ／真剣な表情	美しい仮面じみた真剣な顔	清潔で美しい幼じみた面のような真面目な顔			輝く顔	
声		悲しいほど美しい声／幼い早口	早口／真剣な響き	甘く素直な声	消え終わるような声		毒を含んだ耳もとにからみつくようなしわがれ声

みずうみ		
やよい	久子	つれこみの女
ほうっとかすむような目	曇りのない目	一皮目の光が男のように乾いて底鋭く／片方の目がよけい細い
	青白／可愛い笑くぼ	

山の音			みずうみ							
菊子	房子	英子	湯女	宮子	たつ	さち子	町枝	やよい	久子	つれこみの女
紅のない素直な唇／きれいな細かい歯並び		小さい薄い唇								唇の色が悪く黒ずんで／金をかぶせた歯
							清らか			
細く長めな首の線は洗練されて美しい					うなじに肉がついている	火箸の突き刺った小さい傷あと	うなじの美しさ			
白い顔／子供のあどけなさ	醜い／不器量				色白					日やけした赤黒く紫がかった顔の皮はこわばっている／黄色／みにくい
娘らしくきれい	毒を含んだ言い方		天女のようなやさしくしみる甘い声は哀愁がこもっていて、それで明るくきれい		底気味悪い声				小さいが張りのある声	

作品	人物	肩	体	肌
伊豆の踊子	薫		若桐のようによく伸びた足	白い裸身
雪国	葉子			
	駒子		鳩胸で横に狭くて縦に厚い／健康な固太りは蚕のように透明	白い陶器に薄い紅を刷いたような皮膚は清潔で、貝殻じみた艶／白い扇のような背
千羽鶴・浜千鳥	太田夫人	円い肩／肩をふるわせる		
	文子	円い肩	腕は円いがそう太っていない	青みのあるように白い／薄い血の色
	ゆき子			冬の水に荒れて掌がかたく
	ちか子	骨太の両肩が怒って毒を吐くような形	強張って厚い肉	手首から奥は不釣合いに白くて肉づきがよい／乳房に毛の生えた黒紫の醜いあざ
山の音	菊子	美しい肩を動かすともなく動かす	ほっそり	色白できめの細かい肌
	房子		色も白くみごとな乳房で／体はよかった	
	英子	薄い肩がふるえだす	小作りで乳房が貧弱	青白い肌

みずうみ			
湯女	処女らしい背に肩の骨がかすかに動く	胸から乳房へはまだ成熟していない／腕のつけねが円みを帯び若々しい／少女掌でしめっぽく吸いつくような白い指／若く形のよい脚	色白の艶のあるやわらかい肌
宮子		細長い指	
たつ		下にゆくほど太って小柄／狡猾に見える小さい足	
さち子		小柄／指の短い手／小さく可愛い足	
町枝		白い足	白い手は手首から肘へかけてなお白く
やよい		きれいな足	色白だったが、かがやく肌ではなかった
久子			浅黒く光っていたが、色によどみがあった
つれこみの女		胸のふくらみがなく男のような骨格／手はなめらか／足がかたわ	

作品	人物	衣裳	姿の印象
伊豆の踊子	薫		稗史的な娘の絵姿
雪国	葉子	山袴の蒲色と黒とのあらい木綿縞／赤い矢絣の着物	涼しく刺すような娘の美しさ
	駒子	元禄袖の派手なめりんすの袷に黒襟のかかった寝間着	清潔な涼しい姿、妖い野性
千羽鶴・浜千鳥	太田夫人		妖気、魔性、汚濁のない名品、匂いに酔わせる
	文子	白地の木綿の服／白い襟飾り	
	ゆき子	朱に白い小紋／紅の裏の中から白いゆかた／白いエプロン／赤いソックス	一すじの光、白い鶴の千羽まう幻、人形、美しい、清らか、可憐、かがやく炎、気品
	ちか子	白の小千谷縮の長襦袢	奇怪な姿／男性化／不潔
山の音	菊子	濃いグリインのセエタア／派手な赤い帯／白いセエタア	やわらかい匂い／末っ子らしくひよわい／幼げ
	房子		
	英子	白い透き通る雨外套／白いブラウス／白いリボン／紺のスカアト／小豆色の洋服／黒のびろおどの服	迫るように可愛い

みずうみ		
湯女	白いうわっぱり／白い乳かくし	
宮子	白地にあざみ模様の浴衣	若い美しさ
たつ		
さち子		
町枝	白いセエタア／灰色のズボン、赤い格子の折りかえし／白いズックの靴／白いセエタアと臙脂のスカアト／白いワンピイス	天上の匂い
やよい	大きい十字がすりの浴衣／元禄袖の裾の短い浴衣	
久子	紺サアジのワンピイスにレエスの襟飾り	ほのかな匂い
つれこみの女	薄よごれた白いブラウス	

その他の作家

作家	作品	人物	顔型	髪	額	目	頬	鼻	口	顔の印象
谷崎潤一郎	細雪	幸子								陽性で賑かなぱっと派手な顔だちで若々しい明るい顔
		雪子	細面							淋しい顔だちで弱々しい楚々とした美しさを持った厚化粧の似合う顔
		妙子	円顔							目鼻立のはっきりしたぱっと明るい容貌
永井荷風	すみだ川	お糸	円顔			眼尻の上った			口元に愛嬌のある	笑顔が美しい
	腕くらべ	駒代		銀杏返					愛嬌のある糸切歯	花やかな笑顔
横光利一	寝園	奈々江		豊かな髪						
	旅愁	千鶴子				慎しみ深い大きな眼			上唇に小さな黒子／美しい	顔はつやつや
		真紀子			青ざめたこめかみのあたりに静脈					
徳田秋声	あらくれ	お島		たっぷりした髪を島田に			くっきりと白い頬			化粧の野暮くさい／道具の大きいやや強味のある顔
	縮図	銀子		ウェーブをかけた髪		深く澄んで張りがあり美しい		覗き気味で鼻の下が詰っている		化粧の芸者らしくない脂肪質の顔

	谷崎潤一郎			永井荷風		横光利一		
	細雪			すみだ川	腕くらべ	寝園	旅愁	
	幸子	雪子	妙子	お糸	駒代	奈々江	千鶴子	真紀子
声		地声が小さい		華美《はで》な声	甘ったれた声		張りのない小さな声	小声
肩	肉づきがよいので堆く盛り上っている							
体	背が高い	きゃしゃで骨細でなよなよとした痩せ形	堅太りのがっちりした肉づき			肉が落ちて光沢の消えた指先		
肌	張りきって	寒気を催させる肌の色白						白い皮膚
衣裳	派手な衣裳／夏は洋服	派手な衣裳／いつも和服	派手な衣裳／大概洋服	赤いメレンスの帯／緋天鵞絨の煙草入／紫縮面の羽織	黒縮面／白縮面		黒い服から臙脂色のマフラ／白地の縮緬に紫陽花の模様のソアレ	クリームのパラソル黒／の三枚襲ね
姿の印象	丈夫そうに見えるが見かけ倒し／若く見える	若く見える／シンが丈夫					底深い光沢を堪えた瑪瑙のよう	しなやかな美しさ

徳田秋声	
あらくれ	縮図
お島	銀子
晴れやかな笑声、のしかかるような癇癪声	甘味たっぷりの豊かな声
	撫肩が少し厚ぼったい
手の甲に焼いた火箸の痕／肥り切った	でっくりした小がらで健康な肉体

顔

【顔　型】

『伊豆の踊子』薫は「卵型で小さく」、『雪国』の駒子は「中高の円顔」、『千羽鶴』の太田夫人も「円顔」、文子も「やさしい円顔」、『山の音』の菊子の顔も小さい。『みずうみ』の湯女だけが「古典的な面長」だが、いわばワキにあたる存在だ。同じ作品の端役たつさえも「円くて小さい」。一八人の作中女性中ほかに顔の描写はないから、結局「円くて小さい」のが特徴であると見ることができる。しかし、そういう結果よりも、顔型に関してはいわゆる両極の女性さえ描き分けられていない事実が注目される。

【髪】

薫のは「豊かで美しい黒髪」であり、駒子のも「紫光りの黒」であり、『千羽鶴』のゆき子の髪も「光っている」し、『みずうみ』の町枝のも艶のある髪である。また菊子は、「揉上げと額とのあいだの生え際が微妙に可憐できれいに生え揃って」いる。これをまとめると、「豊かな黒髪がきれいな波を光らせており、また生え際が美しい」ということになる。しかしこの場合も、髪の描写がヒロインすなわちいわばプラスの極の女性に限られているという消極的な現象にこそ、より鋭い視線が注がれるべきであろうか。徳田秋声の場合にも、『あらくれ』のお島に「たっぷりした髪」、『縮図』の銀子に「ウェーブをかけた髪」という表現があるが、川端の場合は、そういった波打つ事実よりも、あるかなきかの微妙な揺れを見ているのである。その黒髪の波のゆるやかさは、まったく別次元の連想で、『千羽鶴』の菊治が太田夫人の抱擁にむせんだあの〝女の波〟とさえ遠くつながるかもしれない感覚的把握である。

髪の艶を表現するのに、この作家は背景の若葉を利用することがある。「緑なす黒髪」の〝緑〟は、色であるよりは〝艶〟である。そして〝艶〟は光である。〝緑〟は、しかし強烈な光ではなくて、ほのかな憩いを感じさせるやわらかい光である。光という現象の形姿化とも見える『千羽鶴』の稲村ゆき子は、こう描かれる。

若葉の影のうつった障子がゆき子の振袖の肩や袂そして髪までを明るくする印象

髪ではないが、緑の導入でやわらかい雰囲気に誘いこむ手法は、『たまゆら』の終わりや、『山の音』の「都の苑」にも好例が見られる。

小雨のなかの若葉の色が庭から礼子の顔にうつり治子の写真にもうつるようであった。

——『たまゆら』

喬木に重いほど盛んな緑が、菊子の後姿の細い首に降りかかるようだった。

——『山の音』

〝緑なす黒髪〟という表現が陳腐な形容を超えて生きることもあるように〝降るような緑〟も、ここでは描写機能をきちんと果たす表現となりえている。この文章の奇術師の手にかかると、疲れたことばも息を吹き返す。まさにことばは生きているのであり、生きてくるのである。

こう見て来ると、『みずうみ』の湯女の「夜の明りの薄暗い青葉の窓に、色白の裸の娘が立っているのは、銀平に信じられぬ世界のよう」といった表現や、『再婚者』の時子の「濃い青の竹の葉を背に女は立っていた。私が驚いた個所は窓より低いはずだったが、竹の葉の青を背景とし、白を輪郭として、一層色が鮮かな印象を受け、後々思い浮ぶ時も、この清純な青と白とのなかにさかんな生命がはびこっていると感じられるのだった。」という箇所なども、葉の緑が人物と融け合って、別世界の雰囲気を醸し出す点で、類似の例と解することができそうである。そうして、いずれも、直喩表現の指標か〝ぼかし〟の用法かのさだかでない「よう」という語の玄妙な使い方に端的に表れるように、このあたりはまさに微妙な感覚の微妙な表現であると言っていい。幽玄をさえ感じさせる川端文学の世界を支える一環として文体印象の一翼を担っているのかもしれない。

【額】

『山の音』の菊子の額が白っぽいこと、『みずうみ』の湯女の額が「横に広くはないが高い」ことに言及しているにすぎない。川端康成に限らず、額の描写はどの作品でも概して稀である。

【目】

谷崎・荷風・秋声・横光の四作家に比較して、川端作品には例がかなり豊富である。『伊豆の踊子』の薫の目は「綺麗な二重瞼」に「美しく光る黒眼がちの大きな眼」であり、『雪国』の葉子のは「無心に刺し透す光に似た燃えるような眼」でありながら「少しいかつく冷たい」。駒子の目は「下り気味の眉」の下に「濃い睫毛」、そして「真直に描いたような眼」であるが、この〝濃い睫毛〟が「黒い眼をなかば開いている」ように見えるものとして、この作家愛用の繰り返し手法によって印象づけられる。『千羽鶴』では太田夫人のも「病的な二重瞼」であり、ゆき子のも「きれいな二重瞼」であり、まるで美しい眼は、つねに二重瞼の下にあるかのようである。また文子の目は「黒眼がち」、ゆき子のは「利口なかがやく目」であり、『山の音』の菊子の目も「きれいな眉」の下に「大きい眼」とあり、『みずうみ』の町枝のは「黒いみずうみを思わせる」「切れ長の大きな清らかな目」であり、同じ作品の久子のも「曇りのない目」、同じくやよいの目は「ほうっとかすむような目」である。湯女のは「張りの強い目」で、やや異質ながら、作者のイメージとしては町枝の目と大差があったかどうかはわからない。

一方、現実的であることによって、ヒロインの非現実性を対比的に浮かび上がらせる役を担うマイナスの極の女性たちの目は、完全にその裏返しとして描かれている。具体例とともに言えば『千羽鶴』の栗本ちか子は「怨みに乾く」、「小さい目」であり、『みずうみ』のたつは「短い眉」の下に「円くて小さい」、「薄い茶に透き通る目」をしているし、同じ作品のつれこみの女も、「一皮目の光りが男のように乾いて底鋭」く、しかも「片方の目がよけい細い」。たつの娘であるさち子の目も母に似て、「まん円く見ひらいている」が、しかしこちらは「愛くるしい」とある。つまり、二つの目を、描写によってではなく、狂言廻し役のやや不透明な感覚だけを持つ男性観察者、銀平（『雪国』の島村、『千羽鶴』の菊治よりわずかに性格はあるが）の感情的判断によりかかることによって危うく区別されているのである。

目は心情を映す鏡にも喩えられるが、この作家の描き方はまさにそうである。そして、それは目には限らない。容姿の美しさは性格の清らかさと一体であるとの信念さえあるかのようだ。「二重瞼の大きな眼」は、真剣で無邪気で無抵抗で潔癖で無垢で清浄で素直な性格の表徴であり、「薄い茶色の乾いた小さな目」は、嫉妬深さ、憎悪、無神経、兇悪、ずうずうしさを象徴しているかのようである。

なお、『千羽鶴』の稲村ゆき子の「まつ毛のあいだに黒子」を描いたことは注目に価する。ゆき子は、同じく理想化されている他の女性たちに比べても、特に非現実的に描かれている。菊治の心情を通して語られる以上あの作品のゆき子が、限りなく遠い存在として描かれるのは当然（新潮社版全集〈旧版〉一五巻あとがき参照）であるけれども、〝千羽鶴〟という幻であり、遙かな光でもあったゆき子に、微かな人間臭を添えるのがこの「ほくろ」だと考えられる。そういう目的で、川端はよく、ほくろを利用するようである。

【頬】

前記四作家のうちでは、徳田秋声『あらくれ』のお島に「くっきりと白い頬」の描写例が見えるだけであるのに比べれば、川端作品には頬の描写が少ないとは言えないが、さほど深みのある表現となって描かれているとは思えない。わずかに、『雪国』の二人のヒロインの「赤い頬」が、その〝雪国〟らしさを思わせるものとして印象に残る程度である。

【鼻】

どの作家にも共通して描写例が少ない。秋声の『縮図』の銀子に「覗き気味」で「鼻の下が詰っている」とある箇所が、唯一の表現的な例である。川端にも、駒子の「細く高い鼻は寂しい」という表現がやや性格的であるほかは、太田夫人の「小さく恰好のよい鼻」、文子の「形のいい小さな鼻」といった類似表現が見えるにすぎない。しかしともかく、そういった鼻が〝中高の円顔〟を構成する要素として働いている。

【口】

荷風の場合、『すみだ川』のお糸の「口元に愛嬌のある」にしろ、『腕くらべ』の駒代の「愛嬌のある糸切歯」にしろ、ただ「愛嬌のある」だけでは読者の眼に、具体的なイメージを形成する描写として働かない。横光の『旅愁』の千鶴子の場合も、「上唇に」「黒子」のある事実を述べているにすぎず、その点に対して川端の場合のような重要な意味を課しているようには見えない。

川端作品にもこのような描写性を欠いた単なる説明がないわけではない。しかし、『雪国』の駒子の唇の描写は、この作家の手法の秘密を解く一つの鍵を与えるように思われる。まず、「小さくつぼんだ唇」、ここまでは誰でも書く。特定の女性の特定の唇をイメージさせるには至らない。しかしこの「小さくつぼんだ唇」は「濡れ光って」いるとある。「小さくつぼんだ、濡れ光っている唇」は、「映る光をぬめぬめ動かしているかのよう」であり、「唄につれて大きく開いても、また可憐に直ぐ縮まる」と展開する。こういう唇は一体、何を思わせるだろうか。川端康成の想像力は、そこに〝蛭〟の姿を思い描くのだ。なるほど奇跋な比喩にはちがいない。だが、〝奇跋〟という語の通常の意味では汲み尽くせない何かの残ることも確かである。『新文章読本』の中で川端は言う。

昔からつねに新奇の風を求め、「奇術師」という光栄ある仇名さえ、私はもつ。しかし徒らに新奇をてらうのではなくて、私には、言葉はつねに生きているのだ。

同じ本の中で、自らがさらに言うように、「言葉の抵抗のゆえに、文章の進歩もあるよう」である。「言葉」という語のこの文脈上の意味は国語つまり日本語であるが、それを広く言語と解しても、この表現はまた別の意味で正しい。ことばによらなければ実現できない小説における描写が、そのことばであることから来る制約（絵画や音楽に比べると、間接的にしか感動を期待することができず、より多くを読者の経験に依存する）によって、逆にすばらしい効果をも生みうるという一面を、川端作品における成功した比喩は示すだろう。

駒子の唇は「蛭」であるという。「美しい蛭の輪のように伸び縮みがなめらかで、黙っている時も、動いているかのよう」に見える唇である。「美しい蛭の輪」というこの「美しい」の語はここでは確かな機能を持っている。「美しい花のような顔」の場合なら、「花のような顔」だけですでに美しい。しかし前者の場合、試みに「美しい」を省いた単なる「蛭の輪のような唇」という表現では、駒子の唇はきわめてグロテスクな印象をもたらすだろう。「蛭の輪のような唇」が「美しく」あるためには、やはり「美しい蛭の輪のような唇」という、研ぎ澄まされた感覚者には冗長に過ぎるとも思える表現が時には必要であり、作者の独断に流れることを阻止する確かな働きをする。

この作家が「蛭」という比喩で、何を伝えようとしたか、はっきりしたことはわからない。だから、「蛭」と「唇」

との接点を明確に指摘するわけにはいかない。しかし、この視覚的な比喩を触感にまで敷衍することが許されるならば、まず頭に浮かぶのは蛭の吸盤である。吸着性を川端が意識したかどうかはもとより不明だが、川端独特のさりげない一行が、ここでもエロティシズムの底流を潜ませているとする読者の想像をかきたてる。血を吸って生活している蛭のイメージが、「美しい血の蛭の輪のように滑らかな唇」という表現をも呼び込んだのだとも考えられる。赤を媒介とした、唇の縁語としての血であるよりは、蛭との関連によって直感的にとらえられたキーワードなのだろう。醜悪とさえ感じさせる蛭を美しいものの高い比喩となしえたのは、作者の感覚的発見の成果である。

薫の「きっと閉じた唇」は、文子の「生真面目に閉じた下唇」と同様、その真剣さの表現であるという意味で、口の描写であるよりは、性格表出の例とみなすべきかも知れない。菊子の「紅のない素直な唇」も素直さの表徴として、太田夫人から文子に承け継がれた「受け口」も無抵抗の表徴としてやはり性格描写の一環をなす。「一すじの光」であり、「朝空か夕空に白い鶴の千羽舞う幻」である稲村ゆき子の「美しく清純な歯」が、白く輝く、なかば透き通る歯を意味するとしても、写実的ではない。川端が一人の現実の女性を理想化して描くというよりも、作家の理想そのものが同時に人間を生きているかのような扱いだ。つまり、〝描き上げる〟のでなく〝創り出す〟のである。

ゆき子より非現実化の浅い『山の音』の菊子になると、しかし「きれいな細かい歯ならび」というふうに、わずかながら写実的な確かさを増し、『千羽鶴』のちか子、『山の音』の房子同様、たつと並んで『みずうみ』の世界にかすかな現実性を与える「つれこみの女」では、「唇の色が悪く黒ずんで」だとか、「金をかぶせた歯」だとかと、さらに描写度を高める。しかしここで、〝現実〟という語意を強めるつもりはない。一体、川端康成の作品はつねに独自の世界をもっており、どの作中人物もその次元でしか生きえない。むろんそれは、川端に限らない。F・モーリャックではないが、小説芸術は現実の転位であり、再生ではないことを認めねばなるまい。名作の主人公は、生身のいかなる人間にも劣らぬ実在性を持っていようと、しかし現実の人物ではない。

主人公がいかに生きているように見えても、彼らは常にある意味を持っており、彼らの運命はある教訓を含んでおり、常に矛盾し錯綜している現実の運命の中には決して見出されぬある倫理《モラル》が彼らから引出される。

——F・モーリャック著 川口篤訳『小説と作中人物』

「教訓」という語を十分に広く解すれば、まったくそのとおりだろう。川端美学に照らされたヒロインたちは、特に現実のモラルとの懸隔が甚だしい。さらに重要なことは、この作家にあっては脇役さえ理想化される事実である。「物語の中で人物が重要性を持たなければ、それだけ現実からありのままにとり入れられる機会が多いこと」を、F・モーリャックは掟として立てている。超現実の世界に生きるヒロインを、対比的に光らせるのに、川端は脇役を描かない。なぜなら、彼らは重要性を持つからである。そういう意味でなら、現実の脇役を用いているように見えながら、しかしなお、ちか子やつれこみの女に、読者はまず現実性を見る前に得体の知れない何かを感じ取ってしまうからだ。栗本ちか子のあざは〝毒〟の象徴である。次の一行は一体何だろう。

ちか子の胸にべっとり醜いあざのような邪推だろう。

これはもはや、単なる肉体的な「あざ」を超えてその人物の象徴の域に達している。

『みずうみ』のつれこみの女にしろ、「大きさがびっこの眼」や「かたわか、みにくい足」など、いずれも現実的である前に、まず無気味である。美的超現実の世界から蘇った銀平は現実に戻ることなく、もう一つのいわば醜的超現実の世界へと迷い込んだかに見える。銀平自身の〝みずむし〟の分身ではないかと疑われるほど、その存在は幻のように読者の脳裏を漂う。

【顎】

「涙が顎のあたりに伝わった」といった形で〝顎〟という語の使われることはあるが、それだけでは顎の描写にはならない。結局、川端以外の前記の四作家の計七作品を調査した結果、一〇人の女性の作中人物に（『細雪』は上巻だけというように、全部の調査でない場合があるにしても）、厳密な意味で描写と目される例を見なかった。川端作品にもきわめて稀で、わずかに『みずうみ』に出る「清らかなあご」という表現が、町枝の〝清らかさ〟を述べているにすぎない。これもまた、描写と判断するには、あまりにも主観的であり、特に、顎である必要さえないのである。

【首】

川端作品の一八人の女性中、実に七人にこの説明がなされ、一つの特色をなす。

太田夫人の「色の白い長めな首」は、その娘の文子にそのまま承け継がれるが、特に文子の場合は「色白の長めな首」と単なる「長めな首」とがそれぞれ三回、「長い首」を含めると計七回も類似形容が繰り返され、その印象の浸透が図られている。そしてこの首は、さらに『山の音』の菊子で、感覚者への働きかけをも伴い、より多様な表現を得る。すなわち、「細い首」であり、「細く長めな首」であり、その「娘らしさが匂っている」とある。さらに「あごから首の線」は、「云いようなく洗練された美しさ」であって、「一代でこんな線は出来そうになく、幾代か経た血統の生んだ美しさだろうかと、信吾はかなしくな」るのである。このように『千羽鶴』の太田母子に繰り返された「色白の長めな首」は、『山の音』の菊子でその細さが強調され、洗練された美しさとなる。『みずうみ』の町枝ではさらに単純化され、きわめて漠然と「うなじの美しさ」とだけ書いている。

なお、この町枝の「うなじの美しさ」をひきたてるのが、「束ねて垂れた髪がゆれ」ることであるのに注目したい。

この作家は「木の葉洩れの光り」のように、見え隠れする「ほのかな姿」に視線を吸いとられる。これは、ぽっと燃えては消えるような、はかない美しさへの志向である。そして太田夫人は、その灯のみごとな典型であった。

このほっそりした首は、清純の表徴であるらしく、『みずうみ』のたつのように「うなじに肉がついている」ことは、対比的に「底気味悪い」ものを感じさせるらしい。

しかし駒子はかなり異質である。ただ一人ねっとりとした脂っこさを持つ駒子の首が「生温い湿りけ」を持ち、「脂肪が乗って」きたものとされるのは、あの「下り気味の眉」や「美しい蛭の輪のように滑らかな唇」とともに、駒子の「ぬめぬめした滑らかさ」を表現する緊密な筆である。太田夫人に見られる名品の魔性、稲村令嬢の鶴を思わせる気高い美しさに対して、「清潔」で「涼しい姿」でありながら、同時に「妖しい野性」をも秘めている駒子の具体像は、そういった表現によって形成されるのである。

なお、『みずうみ』のさち子の首の傷あとは、『千羽鶴』のゆき子の、あのまつ毛の間のほくろと同様、現実につなぎとめる働きをするかもしれない。

【耳】

調査に現れたものとしては、『千羽鶴』の文子の「素直な耳たぶのふくらみ」という箇所を見るのみである。例によってこれは文子の素直さの表現にほかならない。

【顔の印象】

谷崎潤一郎の『細雪』では、全体として雪子と妙子が対照的に、姉の幸子はその中間的な存在として、それぞれ描き分けられている。が、顔だけで見れば、幸子と妙子との差が明確でない。具体例で示すと、幸子は「ぱっと派手な顔だち」で「若々しい明るい顔」であり、「陽性で賑か」な印象を与え、妙子は、「目鼻立のはっきりしたぱっと明るい容貌」であると記される。しかし雪子は全く逆で、「淋しい顔だちで弱々しい楚々とした美しさを持った、厚化粧の似合う顔」とある。

『細雪』上巻におけるこの三女性の顔について注意すべきは、雪子が〝細面〟、妙子が〝円顔〟と、それぞれの性格ともつながる顔型の具体的な叙述があるほかは、顔がすべて印象だけで語られていることである。だから、幸子がどんな目をし、雪子の鼻の形がどうで、妙子の口が大きいとか小さいとかということは何ひとつわからない。これは一体どういうことなのだろう。谷崎は部分よりもまず全体を描く。〝描く〟というよりは〝語る〟作家なのだと言ってもいいのだろうか。性格語によって女性を象って行くところは、川端作品の〝素直な耳たぶ〟式の手法と通じる。一方、それが比喩によらず多く形容語句によっている点で、『細雪』の谷崎は川端方式と区別される。川端文学にあっては、目なら目、口なら口が、それ自体で美しいのであり、そのことが愛用の〝別の生きもの〟といった表現をもたらすのであるが、谷崎の場合は、ただ総体の印象だけでその女性の枠を決定するのである。

一方、永井荷風の場合は、『すみだ川』のお糸は「笑顔が美しい」し、『腕くらべ』の駒代も「花やかな笑顔」を見せる。しかしそれも、「愛嬌のある」口元や糸切歯といった線から抜けきれない主観度の高い表現である。また、横光利一の場合は、『旅愁』の千鶴子に、「顔はつやつやとして」の例が見えるだけであるが、徳田秋声の場合は、まず、『あらくれ』のお島に「化粧の野暮くさい」、「道具の大きい較強味《ややきつみ》のある顔」、『縮図』の銀子に「脂肪質の顔」で「化粧が芸者らしくなく」、それなりに「完成美に近い」という説明がほどこされ、「素朴」で「ぶっきら棒」で「意地張」な女主人公の性質がよく出ている。自然主義的作風の必然の結果として、川端・永井両作家のようには、女性を理想化して描いていないことに注目したい。

川端作品の場合はまず、『伊豆の踊子』の薫は、「真剣な表情」に「幼い凛々しさ」を漂わせている。「私」という一人称で書かれたこの作品には当然、薫についての純粋な性格描写は少なく、それは「真裸のまま日の光の中に飛び出し、爪先きで背一ぱいに伸び上る」といった行動と、このような印象表現との形で描き出されている。

『雪国』の葉子は「美しい仮面じみた真剣な顔」であり、同じく駒子は「清潔で美しい幼なじみた面のような真面目な顔」であって、この点で二人は全く描き分けられていない。それは前にもふれたように、顔全体の印象によってではなく、葉子の「澄んだ冷たさ」はあの眼と声によって、駒子の「なめらかさ」はあの唇と首によって、それぞれ象徴されているからである。あるいは、作中にそれらが単独で生きているからである。

白い鶴であり光でもあった『千羽鶴』の稲村令嬢が「かがやく顔」をしているのは、抽象的であるにしても、その存在にふさわしい。

『山の音』の菊子は、「白い顔」に「子供のあどけなさ」を残していると書くことによって、その「末っ子らしさ」を表現しているし、「兇悪」「狂暴」な房子が「醜い」「不器量」な顔をしているのは他の作品と同様だ。

『みずうみ』はいろいろな面で問題になるが、女性描写にもかすかな変貌が認められる。すなわち、湯女の声、町枝の目が、『雪国』の葉子の厳密な意味での分身にすぎないとしても、「色白で円くて小さい」顔のたつが、駒子や太田母娘や菊子とは正反対の性格に描かれ（あるいは逆に、そのようなたつが、ヒロインと同じ顔をしていると解したとしても）、「曇りのない目」をした久子が「異常な性格」を秘めていることなどは、川端美学の構成の面で、一つのしかし確かな逸脱を示すものであろう。

声

視覚的な語彙に比べて聴覚的な語彙がとぼしいせいか、声調に関する描写は一般に例が少ない。もともと視覚面の形容だったと思われる「大きい」とか「高い」とか「細い」とかといったことばを転用した粗い表現を使うほかは、比喩にでもよる以外に表現のしようがない。

『細雪』には雪子の「地声が小さい」しかない。『腕くらべ』の駒代の「甘ったれた声」や、『すみだ川』のお糸の「華美《はで》な声」という例にしても、声の質を規定する力が弱く、イメージが漠然としている。また、横光利一『寝園』の奈々江の「帯の緩んだ女のよう」や「しまりなく笑う」などの例は、イメージとしてむしろ視覚的要素の印象が濃い。『旅愁』の千鶴子の「張りのない小さな声」における〝張りのない〟も、秋声の『あらくれ』のお島の「晴れやかな笑声」や「のしかかるような癇癪声」などと同様、ある特定の精神状態で生ずる反応にすぎない。『縮図』の銀子の「甘味たっぷりの豊かな声」という描写例でさえやや使い古された感がある。

川端の場合、『雪国』の駒子の「真剣な響き」という表現は、視点人物である島村の感受性に響いた駒子の真剣さを伝えているにすぎない。そういった手法で、反対の極の人物も描かれる。すなわち、『千羽鶴』の栗本ちか子は「毒をふくんだ耳もとにからみつくような声」であり、『山の音』の房子も「毒をふくんだ云い方」をするし、『みずうみ』のたつも「底気味悪い声」の持ち主だ。このうち、「しわがれた声」を除けば、具体的な欠陥は何一つ記されていない。川端文学が稲妻の速さと鋭さとで成り立つものとすれば、このように作者の、もしくは作中の視点人物の好悪の情が描写に先行し、ただそういう感覚だけが彼女たちの実在を支えているかに見える。

『千羽鶴』では文子の声について「消え終るような声は母に似た」と表現される。ところが、母親に当たる太田夫人の声はあらかじめ説明されていない。つまり、文子の声が母に似たと書くことではじめてその母の声が語られるわけである。「母に似た」という言い方がいっそうの突如感を与える。「母に似ていた」という例もほかに出るが、この表現はそれよりもはるかに厳しく響く。ともあれこの文子の声は、「受け口」、「色白の長めな首」、「青みのあるやうに白い」肌などとともに、文子の〝無抵抗さ〟の一つの具現と読むこともできる。

同じ『千羽鶴』のもう一人のヒロイン稲村ゆき子には声の描写がない。なぜだろう。光にも似、千羽鶴をも思わせることの最も抽象的に描かれた女性には、色彩や形態より抽象度の高い音声の描写が当然あってもいいように思われる。純粋に閃めきとしてとらえたかったのか。あくまで遠い背景として描くために親近感を消したのか。あるいは、まったくの偶然にすぎないのか。ここで一九五三年正月の詠「初空に鶴千羽舞ふ幻の」に注目したい。一九四八年ごろの一日、まだほの暗い、あるいはすでに薄闇の漂い始めた円覚寺の閑寂な風に、ほっと浮かんだ令嬢のあでやかな姿を契機として、数年後に声となるそのうたが散索中の川端の脳裏で形姿化されたということは考えられないか。令嬢のはなやかな着物に朝空か夕空かのやわらかい反射があって、それがこの作家の幻をよんだとするならば、『千羽鶴』執筆の動機とされるその一瞬のモティーフの完璧な視覚性が稲村ゆき子に投影されたかもしれない。

『みずうみ』の久子の「小さいが張りのある声」は横光の『旅愁』の千鶴子の「張りのない小さな声」をなかば裏返した類似表現であるが、千鶴子のがその場の心理状態の写しであるのに対し、久子の例は使われ方からも声の特色を描いたものと解するほうが自然だろう。

一方、『雪国』の葉子や『みずうみ』の湯女の声は比喩的に表現される。

・悲しいほど美しい声だった
・高い響きのまま夜の雪から木魂して来そうだった
・澄み上って悲しいほど美しい声だった
・どこかから木魂が返って来そう
・悲しいほど美しい声は、どこか雪の山から今にも木魂して来そう
・遠い船の人を呼ぶような、悲しいほど美しい声
・純潔な愛情の木魂
・笑い声も悲しいほど高く澄んでいる

このような多少のバリエーションはあるが、まず、葉子の声の描写は例の〝繰り返し〟による印象づけと見ていい。〝悲しいほど美しい〟という異例の結合をなす形容は、一見逆説的に感じられながら、論理的な摩擦や心理的な抵抗は少ない。「悲しい」は感情であり、「美しい」は感覚的な判断であって、両者は同じ軸で対立しないからだろう。高い声は一般に明朗感を与えるが、それが細く澄みきってしまうと、人はさわやかな悲しみにおそわれる。とすれば、思いも及ばないほど優れているという、語の本来的な意味において〝奇抜〟であり、衒いを超えた高い真実を射当てた表現として人をはっとさせる。

これに比べると、同じく比喩による象徴化を試みたらしい『みずうみ』の湯女の声の描写はやや説明がすぎて、読者に対する強烈な印象づけを妨げた感がある。

それは「天女のような声」であり、「永遠の女性の声か慈悲の母の声」であり、「頭のしんにしみて来るよう」なやさしい声であり、「哀愁がこもっていて、愛情がこもっていて、それで明るくきれい」であると書く。天女にしろ永遠の女性にしろ慈悲の母にしろ、結局は同一の超越体の具現だろう。女性のもたらす〝清らかな涼しさ〟と、母のもたらす〝やわらかい温かさ〟、その間のかすかな空隙が、これらの比喩による印象の統一を妨げているように思われる。このような非現実的比喩表現もこの作家には多いのだが、駒子における〝蛭の輪〟、太田夫人における〝志野〟などの象徴化の深みに比べるとき、そこにわずかに空虚感の残るのを否み得ない。

姿

【肩】

谷崎の『細雪』の幸子に「肉づきがよいので堆く盛り上っている」とあり、秋声の『縮図』の銀子に「撫肩の肩が少し厚ぼったく」とあるが、それ以外、前記七作品一〇人の登場人物の描写にほとんど肩の描写例がない。この二例は、ともに「肉づきのよい」意で、いずれも主としてその形態をとらえたものであるが、川端作品の場合は少しく趣を異にする。川端の眼は、肩の形よりも、その肩の〝かすかな働き〟に向けられる。『千羽鶴』の太田母子がともに円い肩をしていること、特に文子で、その「円みのある肩」が繰り返されて印象づけられていることなどは、主として形、特になめらかな肉づき、おだやかな曲線に関する叙述であるが、太田夫人の「ものにつかれたように肩をふるわせた」という箇所は注目される。これは『山の音』の菊子の「肩を動かすともなく美しく動かす」、「肩をふるわせそう」、「美しい肩を動かし」という例や、英子の「薄い肩のふるえ出す」という例につながり、さらに『みずうみ』の湯女についても、「処女らしい背に肩の骨が爪を切るにつれてかすかに動く」と書く例がある。爪を切るにつれて肩がかすかに動くのは当然だが、当然のことをあえて記すところに、動きに対する作者の関心の深さを見ることができる。これらの例からも感じられるように、作者の視線は、動いている肩よりも、「動くともなく動く」微妙な揺れそのものに吸い込まれる。しかもそれは、菊子にしろ、英子にしろ、湯女にしろ、成熟しきらない娘らしい薄い肩なのだ。太田夫人の場合は未成熟とは言えないにしても、〝病的な二重瞼〟からの連想もあり、「色白の長めな首」につながるものとして「円い肩」とはいえ肉づきよく肥った肩を連想させる要素はない。それは、名品の花瓶の肩のように〝なめらかさ〟と〝もろさ〟を併せもった肩を思わせ、抱きしめないと消えてしまいそうな妖しい感じもある。

これらとは逆の、不気味なものとしての印象化の例が、ここでもやはり『千羽鶴』の栗本ちか子に見られる。「左肩のくっと上がる怒り肩」が強調され、「骨太の両肩が怒って、毒を吐くような形」になることは、〝あざ〟とともに、「毒を吐く」「奇怪な姿」の具象化を助けているのである。

【体】

頭部より下、もしくは体全体の描写に目を移そう。『細雪』の三人は次のように述べられる。雪子は「きゃしゃ」

で、「なよなよとした痩形」であり、妙子は反対に「堅太りのかっちりした肉づき」をしており、幸子はその「両方の長所を取って一つにしたよう」である。背丈は年の順に幸子・雪子・妙子と少しずつ低くなるが、これはその三人だけの比較であり、普通より高いか低いかについての記述はない。あくまで描き分けることに重点を置いている。

荷風作品にはこの部分の描写例が見当たらない。横光作品の場合も『寝園』の奈々江に「肉の落ちて光沢の消えた指さき」という例があるだけである。

秋声の『あらくれ』のお島に「焼火箸を捺しつけられた痕は、今でも丸々とした手の甲のうえに痣のように残っている」という箇所があり、継母に対して「天性《もちまえ》の反抗心」を駆り立てるお島の象徴として注目される。これは川端の『みずうみ』のさち子にも「投げられた火箸が、さち子の首に突き刺って、今でも小さい傷が残って」という例があるが、その差は、父と母、首と手といった表面的なものだけではない。さち子の場合は傷に示されるほど、さち子の性格や感情の烈しさがなく、それは必ずしも傷でなくとも、例えば〝ほくろ〟であってもさしつかえない感じだ。その点、「手の甲の傷」はお島の意地っぱりや反抗心を象徴する感じが強く、両作家の手法上の差異が見てとれる。

次に、川端作品の場合を手から見てみよう。『みずうみ』の湯女は、「しめっぽく吸いつくような白い指」をした「少女掌」である。ほかに例がないから色についてはしばらく措くとして〝しめっぽく吸いつくような〟は、裏返しとして設定されたかに見えるつれこみの女にも「手はなめらか」という類似例を持つ。指の長さについても同様で、宮子が「細長い指」をしているのに対し、さち子は逆に「指の短い手」とある。これは『みずうみ』にきざした理想化の制限あるいは不徹底に関連した現象であるかもしれず、足についても同じことが言えそうである。つまり、同じ〝小さな足〟がたつとさち子に用いられ、わずかに銀平の好悪の感情がそこに但し書きをつけるだけであって、その点、「小さく円い目」とまったく同様の扱いである。

次は胸である。駒子は「こころもち鳩胸」で「横に狭くて縦に厚い」。美しいが野性的な駒子、それ自体が川端文学のヒロインの例外に見える。『山の音』の英子は「乳房が貧弱」であり、『みずうみ』の湯女も「胸から乳房へはまだ十分な成熟に張って来てはいな」い。逆に『山の音』の房子は「色も白くて」「みごとな乳房」をしている。

このことは体つき、肥満の度とも関係してくる。太田夫人は「つやつや太っている」と書かれているが、それは敵役とも言うべき栗本ちか子の会話の中であり、作者ないし菊治の感覚に触れるのは、少なくともその「太っている」点ではなく、「つやつや」したなめらかさである。その娘の文子も「腕は円い」が「そう太っていない」し、『山の音』の菊子も「ほっそり」している。逆にマイナス評価される『みずうみ』のたつは「下にゆくほど太って」おり、『山の音』の房子も「体はよ」く、『千羽鶴』のちか子も「強張って厚い肉」をし、「手首から奥は不釣合に白くて、肉づきがよく、肘の内側には括るような筋」が入っている。

今、文子・菊子・英子・湯女のタイプと、ちか子・房子・たつのタイプとをあげたが、この二つの系列には二つの例外があるように見える。一つは前述の駒子で、「健康な固太り」、「腹の脂肪」も厚く「悲しく盛り上って毛織物じみて見え、動物じみて見え」(いずれも野性と緊密に関連)る。しかし、「首のつけ根」などはまだ肉づいていず、何よりもまず「蚕のように」「透明な体」であることによってマイナス評価の人物像と一線を画する。もう一つの例外は、つれこみの女である。しかしこれも「胸のふくらみ」のない点だけで英子と同一視するのは正しくない。それは、骨格を「男のような」と書くことによって、逆に男性化を強張されたちか子の線に近づいているからである。

【肌】

『細雪』の幸子について「濡れた肌の表面へ秋晴れの明りがさしている色つやは、三十を過ぎたようでもなく張りきって見える」という描写がある。これは『雪国』の駒子の「芸者風な肌理に、月光が貝殻じみたつやを出した」という描写を思わせるが、同時にその間の微妙な差異にこの二人の作家のもののとらえ方、さらには作品の雰囲気といったものの特徴ものぞき見える。

『みずうみ』を除いた川端作品の場合をまず探ってみる。『みずうみ』は枠からはみだす特色を見せているからだ。一口で言えば作中女性の肌はみな白い。しかしその白さは二つに分けられる。一つは「こってりと厚みのある白」であり、いま一つは「透き通る」か「輝く」かする肌である。牛乳と水晶とを思い比べればわかりやすい。「手首から奥は不釣合に白くて、肉づき」のよいちか子の「色も白くみごとな乳房」は前者の例、「青みのあるように白」く「薄い血の色」をした文子や、「ほっそりと色白できめの細かい肌」の菊子、「青白い肌」の英子は後者のうち〝透き通る〟ほうの例、そして「百合か玉葱みたいな球根を剝いた新しさの皮膚」、「白い陶器に薄い紅を刷いたような皮膚」が「貝殻じみたつや」を持ち、「背から肩へ白い扇を拡げたよう」にも見え、「洗い立てのように清潔」な肌をしている駒子は〝光り輝く〟ほうの例である。

では、『みずうみ』はどうか。たつとつれこみの女に例を見ないが、銀平の触指を動かした女たちの肌も「白くつやのある」などという類型に納めるわけにはいかない。そこには大きく見ても三種の肌が出てくる。湯女の「色白」で「つや」のある「やわらかい肌」は、駒子から野性みを除き、太田夫人のやわらかさを加えた印象を与える。町枝の「白い手は手首から肘へかけてなお白く」という所も、表現としては意外にちか子に近いものの、「なお白く」と「不釣合に白く」との差は厳しい。この湯女と町枝を仮に同一視するとしても、それ以外に二つの肌のあることは確かである。やよいはその一つだ。

・　色白だったが、かがやく肌ではなかった

そしてもう一つは、久子の肌である。

・　浅黒く光っていたが、色によどみがあった

「ほうっとかすむような目」をしたやよいが「かがやく肌」ではないこと、「曇りのない目」をし、「可愛い笑くぼ」

のある久子の肌が「浅黒く」、しかもその「色によどみ」があることなど、以前の作品には見られなかった現象である。この作品に至って従来とまったく別種の女性像を刻んだとは言えないまでも、新しい一面の開花をこの『みずうみ』という前衛的な作品に認めることはできる。そしてこの久子は、太田母子・菊子・町枝らと同様、その〝ほのかな匂い〟として、視点人物銀平の細やかな感受性にふれながら、それにもかかわらず「異常な性格を秘めていたかもしれない」と記されるのである。

【衣　裳】

谷崎の『細雪』においては、「派手な色合や模様の衣裳がよく似合う」という三人の姉妹に共通する性質と、雪子は「いつも和服」、妙子は「大概洋服」、幸子は「夏の間は主に洋服、その他は和服」と、それぞれ日本趣味、西洋趣味、その中間という三人三様の好みが語られる。

川端作品では『千羽鶴』以後に〝白〟の多いのが目立つ。文子の「白地の木綿の服」、「白い襟飾り」、ゆき子の「白いエプロン」、ちか子の「白の小千谷縮の長襦袢」、菊子の「白いセエタア」、英子の「白い透き通る雨外套」、「白いブラウス」、「白いリボン」、湯女の「白いうはっぱり」、「白い乳かくし」、町枝の「白いセエタア」、「白いズックの靴」、「白いワンピイス」、つれこみの女の「薄よごれた白いブラウス」などきわめて例が多い。ゆき子の「朱に白い小紋」、「紅の裏のなかから白いゆかた」という例も、横光『旅愁』の千鶴子の「白地の縮緬に紫陽花の模様のソアレ」という例と似ているが、両者は性質が違う。前者は白、後者は紫に、作者の視線が注がれているからである。

この調査に出現した衣裳における色名語は川端作品に二九あるが、そのうち一八が白で、この作家の作品には一般に白が多い。『千羽鶴』(後編『波千鳥』を含む)と『山の音』の色彩語の調査によると、総計三五八のうち白(〝光〟関係の語を省いた純粋な白だけ)が実に一一六を数え、赤系統の語を全部合わせても一〇八で白一色になお及ばない。赤の多いのが通例（小林英夫「光の詩人ハクシュー」など参照）であるが、赤系の総計より、光彩語を省いた白がさらに多いのは川端作品の一つの特色である。黒の多いことと相俟って、墨絵を思わせる〝間《ま》〟の芸術の作風と関連しているのかもしれない。能における幽玄（寂より艶を意味した時期の）としての炎がこの赤で表わされ、川端美学の決定的な成立要因としての澄んだ切れ味が稲妻の走る一瞬のうちに完成すると考えると興味深い現象である。

なお、その白は、千羽鶴の幻影となる一方、『山の音』では白毛（二八例）の意味する老いの寂しさとなり、黒も『千羽鶴』では、ちか子のあざに生えた毛、さらにその連想によって悪魔の黒い手となるが、『山の音』では逆に、白毛に対する黒い毛として、若さの象徴となるのである。

白の語感は清潔だ。清潔な女性は清潔な色彩で描出されなければならない。白い肌が好まれ、白い衣裳の多用された意味はその辺にあったかもしれない。少なくとも結果として清潔感を漂わせることとなったのはまちがいない。反面、この無垢を表象する白は、少し汚れると極端な不潔感を伴う。つれこみの女の「薄よごれた白いブラウス」という但し書き付きの白は、その視点に立って解すべきだろう。

衣裳における色彩上の問題としてもう一つ、ゆき子と町枝に白と赤との対照美の描かれていることにふれておこう。ゆき子の例はすでにあげた。町枝のは「赤い格子の折りかえしと白いズックの靴」、「白いセエタア」に「臙脂のスカアト」などの例である。白は純潔、赤は情熱の表徴とされる。しかし川端文学の赤は、多く、遠い灯のほのかさであり、微温的な炎である。「やわらかく垂れた曇り空に、薄桃色がほのかにひろがったような日曜日」、「桃色の縮緬に白の千羽鶴の風呂敷」、「朝空か夕空かに鶴千羽舞う幻」といった表現の中に、その配色の特性が端的に語られているように思える。清潔に夢みる可憐さ、白と赤との組み合わせの川端的なイメージである。

【姿の印象】

『細雪』の幸子は「どうしても二十七八以上に見えず」、雪子も「せいぜい取っていても二十三四」にしか見えないし、妙子に至っては「女学校を出たばかりの二十歳前の小娘のように見られることは毎度」、どうかすると「十七八の少女に間違えられたり」する。若く見えるという共通の性質のほかは、例えば幸子が「一番丈夫そうに見える」が「見かけ倒し」であるのに対し、雪子は「いかにも胸の病などありそうな格好」でありながら「めったに風邪一つ引か」ず「消極的な抵抗力は最も強」い、というふうに絶えず比較しながら述べていく。

横光『旅愁』の千鶴子は、「稲妻に照し出される度に表情を失い、白い衣の中で竦《すく》んだ雌蕋に見え」たり、「底深い光沢を堪えた瑪瑙のようにきりりと緊って見え」たり、時には「菊の香りに似た風が千鶴子の身体から吹き込んで来るよう」な感じを与えたりするものとして語られる。しかし、川端の比喩が、駒子の蛭のような唇や蚕のような体、あるいは志野と融合した太田夫人、千羽鶴のはなやかさを思わせる稲村ゆき子、黒いみずうみを偲ばせる町枝の瞳など、その象徴の深みを有するのに対し、横光のこれらの比喩は相互連絡を持たず、一つ一つの比喩がその場のその人の表現にすぎない。これは一つには、『旅愁』という長編にもかかわらず同じ喩詞の繰り返しのないことの結果であり、また一つには、比喩表現というものにかけた両作家の比重の違いにもよるように思われる。

ここで、その比喩に関する若干の資料を提供しておきたい。それは直喩の使用度に関する調査である。六作家中、横光が最大の頻度を示し、四〇〇字詰の原稿用紙に換算してほぼ二枚半に一例の割合であった。芥川・川端両作家もそれにははるかに及ばない。一方、志賀や武者小路はきわめて少なく、大体十数枚から二〇枚に一例を見るにすぎなかった。ほぼ一定して多い川端を例外とすれば、概して初期の作品にこの直喩表現が多く、その後次第に減少する。極端な例としては、谷崎の『痴人の愛』で六枚に一例ほどもあった直喩表現が、『細雪』にはほとんど例が見られなくなるケースが挙げられる。

この姿の印象も、その印象的であることにおいて川端作品は独自である。『伊豆の踊子』は作品自体がすでに一幅の絵に似ているが、ヒロイン薫の姿も「髪を豊かに誇張して描いた、稗史《はいし》的な娘の絵姿のような感じ」なのだ。視点人物が未成熟の美に惹かれるのは『山の音』の菊子の場合にも通じ、英子の〝貧弱な乳房〟にもつながる。『千羽鶴』の太田夫人にさえ〝あどけなさ〟が感じられ、この作家の理想化した女性は象徴的に〝女〟でなく〝娘〟でなければならないかのようだ。事実、『みずうみ』の宮子は、「素直な娘が意地悪な女になった」と記されるのである。自身の吐露するとおり、未成熟にこそ「生れ出ようとする若々しい可能」（川端康成『新文章読本』）を感じるのだろう。

『雪国』の葉子の「涼しく刺すような娘の美しさ」という例は、〝刺すように美しい目〟と〝悲しいほど高く澄んだ声〟の感覚的統一とも解せるが、駒子にも類似表現が見られる。

「妖しい野性」を感じさせる駒子は、「夜行動物が朝を恐れて、いらいら歩き廻るような落ちつきのなさ」という描写など、ここでも比喩によってそのことが語られる。この〝妖しい野性〟を持ちながら、そのくせ「足の指の裏の窪みまできれいであろう」と思わせ、「不思議なくらい清潔」である。こういった表現は、「なにかすっと抜けたように涼しい姿」でありながら同時に「温かいもの」としても感じさせることと同じく、その一見矛盾した感覚が、矛盾を含んだままより高い何かで統一されているのである。次はそういう好例と言えるだろう。

冷たくて温いように艶な志野の肌

『千羽鶴』に出現する刺激的な一節だ。「冷」と「温」との対立が「艶」へと止揚される陶器の奥深い美を語る。太田夫人が「名品」とよばれるのも、このような背景があってのことで、特にこの作品以降で注目に価するのは、「匂い」という語の使用法である。

匂いを「姿の印象」の項で論ずるのは奇妙に感じられるかもしれないが、川端文学の場合はまさに〝姿〟として扱われるのである。そう言って悪ければ、全身で感じとる人の雰囲気、幻影とでも言おうか。「太田夫人の匂い」、「匂いに酔うような夫人の触感」といった表現は、単なる強烈な体臭という枠からは何かが余るし、少なくとも菊治にとっては太田夫人そのものなのだ。そして、その娘の文子も「温かい匂いのように近づ」くのである。

それだけではない。稲村ゆき子も菊治によってその「残り香」が慕われ、『山の音』の菊子も、あの「美しい肩を動か」すときに「やわらかい匂い」を漂わせ、『みずうみ』の銀平も、町枝に「天上の匂い」を感じ、久子にも「ほのかな匂い」を感じるのである。しかも、この「匂い」はほとんど嗅覚的でさえないほど昇華され、むしろ〝じ〟といった意味合いで解釈することも可能だ。だが、そう言い換えたのでは、作品そのものが著しい変貌を来たす。そういった表現のきわどい局面に、川端文学の高度な非現実性をもたらす何かが秘められているかもしれない。

この太田夫人の〝匂い〟は〝妖気〟と不離で、その〝魔性〟は〝志野〟の名器のそれに通う。と言うのはむしろ逆で、「冷たくて温いように艶な志野の肌」こそ「太田夫人を菊治に思わせる」のであり、『千羽鶴』のヒロインは〝志野〟であるとの穿った見解が成り立つとも言える。しかしまた、そう言い切ってしまえば嘘になるだろう。太田夫人であり同時に志野である何か。この作品におけるヒロインは、意外にも、魔性と名づけられたそういう抽象的な感覚であったかもしれないとさえ思わせる。太田夫人が「女の最高の名品」であり得たのも、一種の半透明な雰囲気に包まれてのことであった。

稲村令嬢の象徴化には、それに比べると、迫るほどの深さがない。

朝空か夕空に白い鶴の千羽舞う幻を描くことがあった。それはゆき子だった。

遠い背景としてのゆき子が遠い憧憬として語られるのは自然である。しかし同時に、ゆき子は〝光〟でもあるのだ。「闇の生きもの（菊治）が、日の光り（ゆき子）を見たよう」の例は、「一すじの光のようにきらめいた」という表現とともに、『雪国』における葉子の〝刺すような美しさ〟とつながる。

しかし、稲妻の厳しさを持つが、「目のなかに小さく電燈がうつり、上気した頬唇にも光りがうつる」、「令嬢の明りがほうっとさしているよう」、「若葉の影が令嬢のうしろの障子にうつって、花やかな振袖の肩や袂に、やわらかい反射があるように思える」という例などは、強烈さではなく、ほのかな明かりである。「髪も光って」おり、「利口な目をかがやかせ」、「かがやく顔」をし、「かがやくばかり明るく見える」ゆき子は、光そのもののように描かれる。しかしそこに、太田夫人と志野とに見た完全な融合を感じ得ないのは、今述べたように、喩詞である〝光〟の不統一に起因するだろう。問題は、〝千羽鶴〟と〝稲妻〟との微かな間隙である。すなわち、第一次的に、ゆき子はまず千羽鶴である。しかし遠い憧憬としての千羽鶴は、はるかな明かりを思わせる。光へと移行した意味はその辺にあるだろう。ところが、ほのかな灯を意味したはずの光がいつか〝刺すやうな燦めき〟をも含むこととなり、千羽鶴の幻を浮き上がらせてしまったのではあるまいか。太田夫人と比べた稲村ゆき子が、どこか軽さと空々しさを感じさせることの理由として、もう一つ、〝志野〟と〝光〟との抽象度の差をあげることができるかもしれない。

ゆき子の「目や頬」が、「光りのように抽象的な記憶」しか与えないのに対し、マイナスの極に理想化された栗本ちか子の「乳房から水落へかけてのあざは蝦蟇のように具体的な記憶」として菊治の脳に絡みつく。蝦蟇のイメージはすぐ消えるが、毒の具象化としての〝あざ〟は、逃避しようとする菊治の神経を執拗に追いかける。

『千羽鶴』というこの作品は、〝志野〟と〝あざ〟といういわば二つのヒロインの戦いの歴史であり、作品に漂う魔性の雰囲気は、その血なまぐさい戦場の風であったかもしれない。そう考えてしまうほど、作中の表現が読者の前で意味ありげなふるまいを見せるのである。

（「川端康成における人物描写――文章心理学的研究――」日本読書学会『読書科学』一一号　一九五九年）

〔注〕　当時は非会員であったため、会員である恩師の波多野完治先生の恩情により二人の共著論文という形で発表しているが、内容面・表現面ともすべての責任は執筆した中村明にある。

川端文学の方法

――人物表現に映る文体的特質――

導入

前稿（本書二一〇ページ参照）では、作中人物の主として外貌描写を分析し、顔型・髪・額・目・頬・鼻・口・顎・首・耳、そして顔の印象や声・肩・体・肌・衣裳、それに姿の印象の各項について、他作家のそれと対比しながら、川端康成の人物描写の一面をとらえようとした。本稿では行動描写と性格表現とに照明をあて、さらに前稿と総合考察することにより、人間の描き方をとおして見たこの作家の文体の特質を考えてみたい。

比較するために参考として調査した作家と作品は、前稿と同じく次のとおりである。

谷崎潤一郎『細雪』

永井荷風『すみだ川』『腕くらべ』

横光利一『寝園』『旅愁』

徳田秋声『あらくれ』『縮図』

そして、川端康成の場合も同様に調査作品は次の六編である。

『伊豆の踊子』『雪国』『千羽鶴』『波千鳥』『山の音』『みずうみ』

ただし、『波千鳥』は「『千羽鶴』後編」と銘うって発表され、新たに主要な役を演ずる女性が登場しないため、両編をまとめて整理する。

結局、調査の対象とした作中人物は表に記載した計二七人の女性である。

なお、表の作成にあたっては、作者の呼吸を伝えるため可能な範囲で原文どおりに記すように努めたが、描写・表現の散在する場合は、本稿でもやむをえず筆者がまとめることにした。

他作家における行動の描写と性格の表現

前稿に述べたような〈顔〉なり〈姿〉なり〈声〉なりを具えたヒロインおよびそれに準ずる女性たちはいったいどういう行動をとるのだろうか。そしてそれは、その人物のどういう性格の表れと解すべきなのだろうか。表の順序にしたがって、まずそういった問題を考えてみよう。

谷崎潤一郎の場合

『細雪』で扱った三人のうちでは、最年長で「ぱっと派手な顔だち」の幸子は、まず「花では何が一番好きかを問われゝば躊躇なく桜と答える」女である。ある人物に特有なある行動は、一般にその人の性格の表れだとされる。そして、ある性格にふさわしくない行動に見える場合にしても、そう見えるのはその性格の認識が十分でなかったからにすぎず、実はそういった行動をもおおう性格のとらえ方をすべきなのだろう。このように、性格と行動とを関係させてとらえるならば、どの行動も性格と切り離すことはできない。つまり、作中のあらゆる行動がその人物の性格の表れだということになる。あるいは、むしろ、表情や発言を含め、実現された全行動の抽象化されたものが性格であり、その人物の思想や行動をおいて性格などは存在しないと考えることも可能かもしれない。

しかしここでは、小説における行動描写と性格表現とをいちおう区別して考えることにする。行動を行動として読

作家名	作品名	作中人物	動作	性格
谷崎潤一郎	細雪	幸子	花では何が一番好きかと問われれば躊躇なく桜と答える	万事上方式に気が長く行動が遅い／精神的にも体質的にも怯え性がない／だだっ児じみて陽気で近代的
		雪子	献身的に介抱／はにかんでうつむく／はっきりともせずぐずぐずして／音楽は西洋物により理解	引っ込み思案の日本趣味の勝った女／内気で陰性／無頓着／消極的な抵抗力が強い
		妙子	恋に落ちて家出／人形を作るのが上手／掃除もよく行き届いていてきちんと整理	仕事は気分本位／趣味が広い／早熟／陽気／警句や冗談をとばす／歌や俳句は不得手
永井荷風	すみだ川	お糸	平気で長ちゃんはあたいの旦那だよと怒鳴った／振返りもせずにすたすた帰った／白粉をつけ直したりびんのほつれを撫で上げたりする	臆病でなくびくともしない
	腕くらべ	駒代	化粧鏡を取出し鬢を撫でて白粉紙で顔を拭く／正体もなく眠る／見合につれて行った生娘のように顔を上げる事ができない	黙々児のよう／陰気でおとなしい／寂しい気質
横光利一	寝園	奈々江	一瞬ぎょっとしたが「ふふ」と顔に一寸手をあてがって笑い出す	心は浮き浮きと娘のよう
	旅　愁	千鶴子	黙って伏眼になった／唇にかすかな皮肉な影／くすりと首を縮めて笑う	カソリック／無邪気／健康／議論嫌い
		真紀子	うつ向いたまま暫く顔を上げない	大胆
徳田秋声	あらくれ	お島	ぱっぱっとしたやり口／毒々しい言葉を浴せる／長襦袢の裾をひらひらさせながら足早／平手でぴしゃりとその顔を打った	男嫌い／負けていない／手さきが不器用／ふざけたりはしゃいだりすることが好き／意地張／もちまえの反抗心／剛情
	縮図	銀子	男の子のような悪さ遊びに耽る／ざっくばらんに挨拶	素朴で単純でナイーブでぶっきら棒だが険しいものが潜んでいる／化粧嫌い／男性への嫌悪や反抗心が強い／男の子のよう

作家名	作品名	作中人物	動作	性格
川端康成	伊豆の踊子	薫	一心にみつめ瞬きひとつしない／ひどいはにかみ／真裸のまま日の光の中にとびだし爪先きで背一ぱい伸び上るほど子供／単純で明けっ放しな物言い	
	雪国	葉子	温いしぐさ／子供みたいに肩を摑む／真剣すぎる素振り／こともなげに言う	真剣さ／人形じみた無抵抗さ
		駒子	首まで赤くなる／瞼を落して黙る／襟を子供みたいに摑む／幼なげに歌う／いたいたしいほどはしゃぐ／柔かく清潔に坐る／含み笑い	真面目／素直／無知で無警戒
	千羽鶴・波千鳥	太田夫人	頬を染める／ひどくなつかしげで立場を忘れる	みじんの敵意も悪意もない／やさしい純情
		文子	首まで染まる／早業／しなやかにかわす／やわらかに触れる／温い匂いのように近づく／いやな顔もしない／こだわりを見せない	少しの悪意もない／無邪気／無抵抗一筋／無垢
		ゆき子	娘らしい清潔な所作／清潔で素直で気品のある点前／起ち居が生き生き／やわらかく顔を寄せる／素直に瞼を伏せる	気にもかけない
		ちか子	胸をはだけてあざの毛を切る／しゃきしゃきふるまう／反応をうかがう／働きすぎる／怒り肩になる癖	根深い嫉妬／憎悪／侮辱／敵意／邪推／無神経
	山の音	菊子	素直に耳まで赤くなる／はしゃぐ／あまえる／息をつめて目を注ぐ／くもった顔もしない	真剣／無警戒／生真面目／潔癖
		房子	顔色をうかがう／歌を知らない／詮索が度をすぎる／皮肉に言う	兇悪／狂暴
		英子	うつ向いて忍び笑い／上気して調子っぱずれ／泣きそうに息をつめる／反抗	薄っぺらな軽そうな女らしさ／生真面目
	みずうみ	湯女	爪の切り方はやさしくていねい	
		宮子	しらっぱくれた	金には恬淡／素直な娘が意地悪な女になった
		たつ	いやに慇懃だったりいけぞんざいだったり／怪しむように見る／盗ませようとたくらむ／水商売の女のように声まで変える	入れ智恵／蟻のような根性
		さち子	頬を染める／宮子の美しさに憧憬	
		町枝	早い小股歩きがきれい	清浄／無心
		やよい		
		久子	明るく頬を染める／笑くぼを浮べてきらきらにらむように見る	異常な性格
		つれこみの女	肩をつかんでも避けない／しなだれるやうに崩れていた	ずうずうしさ

者に伝える場合と、純粋な性格描写が動作の形でなされる場合とがあるからだ。過去あるいは現在の一点における行動と、そういった〈時〉を超えた行動とがあると考えられる。誤解がなければ、動的と静的という二つのタイプと称してもいい。『細雪』における谷崎潤一郎は、典型的な後者なのである。

描写型と説明型という分類が可能なら、明らかに説明型に属する。「花では何が一番好きかと問われゝば躊躇なく桜と答える」というのは、「花では何が一番好きかと問われて躊躇なく桜と答えた」というのとはまったく異質である。前者は、実際にそうするかしないかは問題でない。ともかく、そういう幸子なのだ。幸子の、率直で近代的な性格の〈説明〉なのである。性格行動の〈描写〉というよりは、それが特定の時間と空間を捨象した表現である点で性格行動の〈説明〉に近い。

こういう見方をすれば、雪子が「献身的に介抱」するのも、「はっきりともせずぐずぐずして」いるのも、雪子が今現にそうしているのではなく、そのような雪子であることを伝える。「頬づえをついてじっと考え込んだ」とか「しくしく泣いていた」という動作の描写という形式をふまず、それらを一つにとかした「頬づえをついてじっと考え込んでいることもあり、しくしく泣いていることもある」という説明によって、読者にその性格が〈見せられる〉ことなく〈語られる〉のである。

「含羞んで俯向いて」という表現は、その「日本趣味の勝った女」にふさわしいものとして、川端作品と共通するが、「仏蘭西語の稽古をしているし、音楽などは日本物より西洋物の方により理解がある」として、雪子に見かけによらない一面のあることを説明するあたりは、川端にはきわめて稀だ。川端文学に登場する人物は原則として「見かけによる」のである。両作家の作品における作中人物を比較すると、谷崎の現実性、川端の純粋性が、〈大河〉と〈谷川〉といった対比で浮かび出てくる。すべてを溶かしこむ豊かさと、不純なものは容赦なくはねつけてしまう厳しさとの違いである。

谷崎潤一郎はそういう表現法をとる傾向が強い。『細雪』で妹の妙子が「人形を作るのが上手」であっても、語られる現在に「人形を作」っているわけではないし、「掃除もよく行き届いていて、きちんと整理」してあったとしても、今、あるいは特定の過去にそれを見たとして描くわけではない。「恋に落ちて家出」したことでさえ、そういった事実を描くというよりは、そのような人物としての妙子を説明するのであり、実際その「家出」事件の模様などほとんど活写されない。

川端が閃いては記し、打たれては書きつける作家だとすれば、谷崎はなかば比喩的に、すべてを知りつくした作者が頭の中で吟味しつつ、たぐるように語っていく作家だと言うことができるだろう。

非行動派の雪子、行動派の妙子、その中間的性格の幸子が、このように絶えず対比されながら語られるところに、『細雪』における谷崎潤一郎の人物表現の方法を見てとることができる。

永井荷風の場合

次に、永井荷風の場合をのぞいてみよう。まず目につくのは、芸者の、もしくは芸者らしさの表現である。

・帯の間の化粧鏡を取り出し髪を撫で丶白粉紙で顔を拭きながら ――『腕くらべ』の駒代

・用もないのに幾度となく帯の間から鏡入れや紙入れを抜き出して、白粉をつけ直したり鬢のほつれを撫で上げたりする ――『すみだ川』のお糸

これらはその場限りでの人物描写であり、特定個人の描出とはなりえていない。

・後からぴったり寄添うように羽織を着せ掛ける。 ――『腕くらべ』の駒代

・媚びるように寄添い ――『すみだ川』のお糸

これらにしても、相似た性格を有しながら二つの一見異なった面を出しているこの二人の女性の性格を描き分ける

描写としてはあまりに類型的で、個性の表現には達していない。
一方、谷崎についてあげたやや説明的な描写としては、荷風にも次のような例を見る。

・待ち合わそうと申し出たのもお糸
・宮戸座の立見へ行こうと云ったのもお糸が先
・帰りの晩くなる事をもお糸の方が却て心配しなかった。
・平気な顔で長ちゃんはあたいの旦那だよと怒鳴った。（場面ではない）

しかしまた、前述の描写型と説明型という二タイプのうち前者に属する例も少なくない。

・正体もなく眠る。
・見合につれられて行った生娘のように顔を上げる事が出来ない。
・嬉しいのやら悲しいのやら一時に胸が一ぱいになって来て暫し両袖に顔を掩いかくした。

——以上、『腕くらべ』の駒代

・返事をきくと、お糸は其れですっかり安心したもの丶如く（中略）振返りもせず行ってしまった。
・すたすたと帰った。
・高く笑った。

——以上、『すみだ川』のお糸

これらはいずれも行動を行動として描くことによってよくその性格をうちだした例と言えるだろう。

こうして勝気なお糸とはにかみやの駒代とが描き出されるわけだが、なぜかそれが一つの人間像であるようにも思えるのである。「見合につれられて行った生娘のよう」であり、「何か其場の思案に余るような事があると先ず何より先に人のいない処へ、それも出来ないばあいには押入へ首を突込んで無理にも一泣き泣いてしまう」駒代と、「平気な顔で長ちゃんはあたいの旦那だよと怒鳴る」お糸とが、同じ人物と映るのはなぜだろう。

永井荷風はいったい個人を描こうとしたのだろうか。個性というよりは、なかば普遍的な〈ひと〉を描こうとしたのではなかろうか。しかもそれは、古風な絵の中の模様のようにさえ見える。たしかに駒代もお糸も、その無垢な素材にいちまつの寂寥感をにじませてはいる。にもかかわらず、その影でさえ、この作家の、漂う情感というよりは、流れやんだ情緒の中に模様化された感が去らないのである。

横光利一の場合

行動によって性格を表現するという点では、横光利一の『寝園』の奈々江も、「一瞬、ぎょっとしたが、〝ふふ〟と顔に一寸手をあてがって笑い出す」。「心は浮き浮きと娘のように浮き立って来」たり、「ひとり帯の緩んだ女のようにしまりなく笑ってい」たりする奈々江は、川端康成はもちろん谷崎潤一郎や永井荷風などに比べても、はるかに現実の女性として描出されている。川端のようには、あるいは荷風のようには、作中人物のイメージが純化されていないと言い換えてもいい。むろんそれは、作品における人物の役割の違いである。

横光の作品の中の人物は、主としてこのように行動によって性格づけられていく。『旅愁』の千鶴子にも同じことが言える。「感嘆の声を放った」かと思うと、「額に手を翳し」、「吐息をふっと洩らし」、「黙って伏眼にな」る。「云い難そうに一寸考える風であったが、唇にかすかな皮肉な影を浮べると」といった一節などは、近代的な女性の表情としてかなり現実性が濃い。「急に顔を赤らめて俯向」いたり、「オールが水を跳ねても水面に尾を曳く波紋から眼を放そうとしなかっ」たり、「皮肉そうに久慈を睨んだり」、チロルの唄に、「まるで神さまを見ているようだわ」と「小声で云」って、「またぼんやり放心して下を見降ろし」たりすることをとおして、『旅愁』の千鶴子は描かれていく。

なお、「心の底に低迷している愛情のほッと洩れこぼれたようなその千鶴子の微笑を、久慈はなかなか美しい表情だと思った」という箇所などは、川端ならさしずめ「美しかった」と結ぶところではあるまいか。むろんともに三人称の形式で書かれた作品においての話である。このような勝手な想像を働かせる非礼が許され、そしてもし幸いにしてそれが過ちを犯していなければ、そこに作者と作中人物との距離といった問題を考えてみることもできるだろう。二つは明らかに異質の文体なのだ。この点を執拗に追うことが、両作家の文体の質的な相違を解明する一つの契機になると考えられる。

徳田秋声の場合

徳田秋声も、『あらくれ』と『縮図』との範囲で言えば谷崎に近く、それよりは動的である。すなわち、『あらくれ』のお島の「口のてきぱきした」、「きびきびした調子」、「晴やな笑声」などは、声の描写であるよりも性格の表現であろうし、「母に媚びるためにお守札や災難除のお札などを、こてこて受けることを怠らなかった」とか、「日がくれても家へ帰らうともしず、上野の山などに独りでぼんやり時間を消すようなことが多かった」とか、「ぱっぱっとするお島の遣口」とか、「手頭などの器用に産れついていない彼女は、じっと部屋のなかに坐っているようなことは余り好まなかったので稚いおりから善く外へ出て田畑の土を弄ったり、若い男達と一緒に、田植に出たり、稲刈に働いたりした」とか、「誰よりも働いた」とかという表現も、描写というよりは一種の性格の説明と考えていいだろう。しかし同じ性格表現とはいっても次のような例になると、かなり行動的な色彩が濃く感じられる。

・　荒れ馬のように暴れて、小ッぴどく男の手顔を引っかくか、さもなければ人前でそれを素破ぬいて辱をかゝせるかして、自ら悦ばなければ止まなかった。（頬や手にふれようとする男に対してこういう態度をとらずにいられない女としてお島を語るのであり、行動描写というより性格の説明という働きが強い。）

・　平手でぴしゃりとその顔を打った。

・　長襦袢の裾をひらひらさせながら足早に
・　母親が、角張って度強い顔に青筋を立てて、わなわな顫えるまでに、毒々しい言葉を浴せた。
同じ活動的な性格の『細雪』の妙子の描き方などと比べると、少なくとも谷崎との対比において、秋声の人物描写の特性が浮かびあがってくるようである。

事情は、『縮図』においても変わらない。『縮図』の銀子は、『あらくれ』のお島にまったくよく似ている。荷風などと比べてさえ、この作家は女性を個性的に描き分けているとは思えない。銀子もお島も、いずれも素朴で単純で、しかも共通して「上州ものの血」が感じとれる。

『縮図』からも少し例をあげておこう。
・　ざっくばらんに挨拶した。
・　無器用に抱きかゝえ（赤ん坊を）
・　踊りの稽古に通っていたが、遊芸が好きとは行かず男の子のような悪さ遊びに耽りがちであった。
以上、いずれも、ある特定の時点におけるある人間の動作を描きつらねることによって間接的・消極的にその人物の性格を感じさせるというよりは、性格描写の意図がかなりあらわな例と解するほうが適切である。

川端康成における人物表現の特質

他作家を見ながら、断片的に川端康成にもふれてきたが、ここからは焦点を川端にしぼり、女性描写から見た文体の特質を考える。

『伊豆の踊子』を中心に

まず、『伊豆の踊子』の薫であるが、この女性には純粋の性格描写と思われるものが見当たらない。それなら、すべてを行動の形で具象的に描いていく作家なのかと言うと、けっしてそうではなく、むしろ、〈無垢〉だとか〈異常な性格〉だとか〈兇悪〉だとか〈潔癖〉だとか〈無神経〉だとか〈純情〉だとか、小説としてはややこなれない生の語できめつけてしまう作家なのだ。それだけに、この作品にそういう記述が見えないという事実は注目に価する。『雪国』『千羽鶴』『山の音』『みずうみ』と違い、この『伊豆の踊子』だけが一人称形式で書かれているということがあるいは関係しているかもしれない。この作家の場合は、三人称形式で書かれた作品にあっても、作者がいつか作中人物の中にとけこみ、両者がまったく判然としないのがむしろふつうで、読者にとっては、いわば作者の視点と作中人物の視点との二重写しを見るような感じになる。しかも『伊豆の踊子』は、ともかく一人称の形式で語られる。少なくとも原則的に、あの万能の神としての作者が顔を見せることは許されない。すなわち、主人公である〈私〉の知りうる範囲でしか、作者は語れないはずである。そして、この作品の〈私〉にとって、薫がしょせんは〈行きずりの人〉でしかなく、その性格のすみずみまでは知りえなかったはずであるといった事情が、この作品のヒロインが性格を示す単語の形できめつけられることなく、〈私〉に感知できる踊子の〈動作〉をとおしてその性格が描かれたことの一因となっているとは思われる。

はにかみ

それでは、薫はどういう動作を通じてどういう性格が語られているのであろうか。その一つは〈ひどいはにかみ〉である。

・　赤くなって（中略）軽くうなずいた。

・　真紅になりながら手をぶるぶる顫わせる

・　真赤になりながら両の掌ではたと顔を抑え

・　ぱっと紅くなって

いや、それは薫だけではない。川端康成の作品に登場するヒロインのほとんどがこの〈ひどいはにかみ〉を見せるのである。

きまじめ

踊子薫の性格のもう一つは〈真剣さ〉である。『雪国』の葉子と駒子、『千羽鶴』の文子、『山の音』の菊子と英子などは、〈真剣さ〉〈真面目〉〈一筋〉〈潔癖〉といった語で直接に〈説明〉されるのであるが、この薫は、前に述べたように、主として動作によって〈描写〉される。

・　一心に私の額をみつめ、瞬き一つしなかった。

・　じっと見下したまま一言も云わなかった。

・　こくりこくりうなずいてみせるだけ

・　肩に触る程に顔を寄せ（本を読んで聞かせている場面）

なお、『みずうみ』にだけはこの真剣な性格の叙述が見当たらないが、それは、この作品が、一般に心情よりも感覚の世界を中心に描かれる川端康成の作品群の中でも、きわだってその方面に純化された作品であることとかかわるかもしれない。

幼さ

さらにもう一つ、薫には、女になる前の娘の美しさ、幼さをあげることができる。

私達を見つけた喜びで真裸のまゝ日の光の中に飛び出し、爪先で背一ぱいに伸び上る程に子供なんだ。

これなどはその好個の例と言えようが、「よそよそしい風」なども、この作家の場合は、生まじめな幼さの表現と解することができそうである。

以上の三つ、つまり、〈はにかみ〉と〈真剣さ〉と〈純真〉とは、総じて、〈幼い美しさ〉〈未成熟の美〉〈若々しい可能〉、そういった面へのこの作家なりの憧憬を反映していると考えられる。

なお、性格に直接の連関はないが、「美しい手真似」「綺麗なお辞儀」といった表現例はいかにも主観的だ。清潔なさわやかさであろうか。この作家独自の異例の結合を見せる表現である。

『雪国』を中心に

『伊豆の踊子』の薫に見た性格は、『雪国』の葉子にもほとんどそのまま承け継がれている。「恐ろしいものを逃れた子供が息切れしながら、母親に縋りつくみたいに、駒子の肩を摑んで」という例も、「畳に落ちていた小さい蛾を摑んで泣きじゃくり」という例も一種の〈子供らしさ〉であり、「真剣過ぎる素振り」の例は、そのまま〈真剣さ〉の表現である。また、「こともなげにしかし真剣な声で云う」という流れも、「真剣な声」で葉子の〈真剣さ〉を、「こともなげに…云う」でその〈無心さ〉を読者に伝える。

素直

この〈無心〉や〈素直さ〉へのあこがれは、早く『油』にも見ることができる。「悲しむべきを素直に悲しみ、寂しむべきを素直に寂しみ、その素直さを通して、その悲しみや寂しみを癒す」ことができると信じたかに見えるこの作家は、『篝火』のみち子にも「いたいたしいほど」の〈無心〉を感じる。〈無心〉と言い、〈素直さ〉と言っても、結局は、〈幼さ〉から引き出される性質である。

自分の文章より人の文章を、男性の文章より女性の文章を、大人の文章より子供の文章を、つとめて多く読み、より多く愛して来たのであろう。新しいもの…生れ出ようとする若々しい可能…それにふれることが私のよろこびなのか。しかし私を驚かせる何かが、新しい人々の文章の中に存在することは、否定できない。

『新文章読本』中に記した川端康成自身のことばである。男より女を、大人より子供を、と書いたこの作家は、子供のような女性を、あるいは動物じみた女性を描いてきたように思える。無垢・無知・無反省・無邪気・無心といった意味であり、むろん狂暴さなどは含まれていない。

『千羽鶴』の太田夫人の美しささえ、その無知・無反省にある。絶えず反省の悪魔にとりつかれる菊治にとって太田夫人が美しいのは、その無抵抗と無反省のゆえである。太田夫人が「女の最高の名品」でありえたのも、一種の半透明な雰囲気に包まれてのことであった。その〈半透明な雰囲気〉は、道徳の影のささない別世界である。そして、「お見合いでしたの？　ちっとも気がつきませんでしたわ」「悪いわ。悪いわ。どうしておっしゃって下さらなかったの？」と後悔して「泣いている夫人のからだ」は、菊治にとってむしろ「醜悪なように感じられる」だけなのだ。

やわらかさ

そういった〈幼い美しさ〉が太田夫人の〈やわらかさ〉を引き出したのだとすれば、『雪国』の葉子が「悲しいほど高く澄んだ」声と「刺すように燃える目」を持ち、「仮面じみた例の真剣な顔」をしているにもかかわらず、一方で「温かいしぐさ」をするのも類例と見ることができよう。また、「寝る前に湯槽のなかで歌を歌う癖」なども、幼さと同時に、なにか夢のようなやわらかさを感じさせ、フィナーレの「昇天しそうにうつろな顔」とつながるように思われてならない。

刺すような目と悲しいほど美しい声とに象徴された葉子に対し、同じ『雪国』の中で、〈蛭〉のような唇と〈蚕〉のような体とに象徴された駒子は、はるかに視覚的である。すなわち、そういう実在物を喩詞とした比喩の性質が、それによって象徴された駒子自身をも、葉子よりは抽象度の低いものとしている。しかし、「涼しく刺すような娘の美しさ」を有する葉子と、「妖しい野性」を持ちながら、かつ「不思議なくらい清潔」であり、「なにかすっと抜けたように涼しい姿」でありながら、同時に「温かいもの」を感じさせる駒子というこの二人の女性も、その動作と性格とは意外なほどよく似ている。

まず、『伊豆の踊子』の薫に色濃く現れた〈はにかみ〉が、ここにもしきりに繰り返される。

・首まで赤くなって
・頬を染めて
・女の顔はほんの少し左右に揺れて、また薄赤らんだ。
・瞼から鼻の両側へかけて赤らんでいるのが、濃い白粉を透して見えた。
・むっとしてうなだれると、襟をすかしているから、背なかの赤くなっているのまで見えた
・また赤くなると
・もう咽まで染めてしまった。
・呟くうちになぜか頬が染って
・ふと耳の根まで赤らめると
・少し顔を赤らめてうつ向いた。

これだけの例でもわかるように、ほとんど同じ事柄に対応すると思われる表現の多様性は驚くほどだ。一種の繰り返しにはちがいないが、葉子の声と同様、ここにもまったく同一の表現例は見当たらない。それほどバリエーションが豊かなのである。「頬を染めて」という表現にしても、自らの意志で染めるわけではないから「頬が染って」と結局は同一の事実と対応するだろう。その赤くなる範囲も、「首まで」であり、「瞼から鼻の両側へかけて」であり、「咽まで」であり、「耳のつけ根まで」であり、時には「背なか」でもあるのだが、それが視点人物島村の視線の移動を厳密に描き分けたものなのかという点になると疑問をさしはさむ余地はある。いわゆる表現上のあやにすぎない場

合もあるだろう。しかし、表現を作品と受容者という二項間で考えるかぎり、そのような作者の意図という問題は出てこない。つまり、川端康成という作家がその種の描き分けを意図したかどうかは別にして、観察する男性の眼の動きを感じさせる効果を読者に対してあげることにはなる。

次に、〈子供らしさ〉の表現としては、「両の握り拳で島村の襟を子供みたいに摑んだ」、「幼なげに歌って」、「小さい時のように、かぶりを振った」などの直接それをさし示す例が見られる。これらはいずれも意外なほど葉子につながるし、やや間接的な「いたいたしいほどはしゃぎ出して」という一節などは『山の音』の菊子を思わせる。

また、〈やわらかさ〉の表現としては、「柔かく坐った」といった適例があるが、「清潔に坐っていて」という独特の形容もある。これについては、以前に、『伊豆の踊子』の薫の「綺麗なお辞儀」、以後に『千羽鶴』の稲村令嬢ゆき子の「清潔に茶を立てる」という類似例を見る。

「体のどこかを崩して迎えるしなを作るでもない」とか、「瞼を落して黙った」とかといった箇所は、『伊豆の踊子』の薫にも類例があり、同じ『雪国』の葉子にも見えた〈真剣さ〉〈生真面目〉の表現である。潔癖と同時に無抵抗さにも惹かれるこの作家の感覚は、「むきになって、しかし一歩譲って」という一見奇妙な表現法をとらせることにもなる。ただ、『千羽鶴』の「冷たくて温いように艶な志野の肌」に代表されるこの種の手法は、いたずらに奇をてらったかに見えながら、むしろ厳密な意味で確かな指示体を持っていることを見のがしてはならない。つまり、一見矛盾したその感覚は、矛盾を含んだままより高い何かで統一されているのである。

なお、駒子の「彼を責めるどころか、体いっぱいになつかしさを感じている」の箇所は、のちの『千羽鶴』の太田夫人と見まがうほどによく似ている。

・ひどく素直でなつかしげな声だった。

・いかにもなつかしげである。菊治との思いがけない出会いが、はっとうれしかったらしい。

『千羽鶴』冒頭の章「千羽鶴」の、鎌倉円覚寺の茶会での一場面だ。この世の人とは思えないほどの太田夫人の純真が菊治の心を打ったように、『雪国』で同じくやや非個性的な島村の心に、駒子のそういう態度がやはりいたいたしくしみるのである。

変わりやすさ

もう一つ、そしておそらくはもっとも重要な特徴なのだろうが、態度の急激な変化をあげることができる。駒子の、そして、理想化されたヒロインたちに通有するこの性質、急激な変化への志向こそ、この作家の文学の方法を決した力だったかもしれない。それはこの作家が基底的に有する〈驚異への憧憬〉そのものであり、ひいては、題材の通俗性を救うことにもなる。川端康成の名を文学史に長くとどめるものとなれば、狭義の文体をおいて考えられない。例を引こう。

・ ちらっと下唇を噛んだが、三味線を膝に構えると、それでもう別の人になるのか
・ ぽうっと島村を見つめていたかと思うと、突然激しい口調で
・ 含み笑いをしたが、ふっと横を向いた
・ 肩は激しい怒りに顫えて来て、すうっと青ざめると、涙をぽろぽろ落した。
・ 顔を両手で抑えて、髪の毀れるのもかまわずに倒れていたが、やがて坐り直してクリームで白粉を落すと余りに真赤な顔が剝き出しになったので、駒子も自分ながら楽しげに笑い続けた。

このように明確な例だけではない。
「やがて」とはあるものの、読者の印象に残るのは、そういった時間の経過ではなくて、ヒロインの変わりやすさではなかろうか。

『千羽鶴』『波千鳥』を中心に

ふと

急激な変化を記すことは、その急激さを感じさせることにおいて必然的に〈ふと〉や〈驚き〉と関連を持ってくる。こういった表現例がいかに多いか、全作品にわたって調査すれば、おそらくは想像を超える数字が得られるだろう。二、三の作品にあたっただけでもかなりの使用例が見られる。つまり、『千羽鶴』だけで一一例の〈ふと〉を数え、その後編として発表された『波千鳥』を加えると二〇例にもなるし、『山の音』には実に二七回も〈ふと〉が出現する。

また、〈驚き〉を示す箇所も非常に多く、かなり明確なものだけで、『千羽鶴』三四、『波千鳥』八、『山の音』三八となる。もちろん、他作家と対比しないと積極的には何も言えないが、この〈ふと〉も〈驚き〉の表現も、単に使用度数の問題であるにとどまらず、この作家にあって重要な意味を帯びていると考えられる。

・なにか言おうとしたらしいが声に出さなかった。姿全体にふと本能的な羞恥が現われた。

　菊治は思いがけなかった。令嬢の体温のように感じた。

・止まることなく、目から頬に流れるので、涙とわかった。ふと雨かと思ったほど、はじめ菊治は迂闊だったわけだが、

　「ああ、どうなさった。」

　と、叫ぶように近づいた。

・目のなかに残る夕焼空を、稲村令嬢の風呂敷の白い千羽鶴が飛んでいるかのように、その時ふと思ったものだ。

・花の匂いが菊治の罪の恐れを、ふとやわらげたことを思い出した。

・湯呑に手ごろの筒茶碗だが、ふと菊治にいやな想像が浮んだ。

——以上『千羽鶴』

・私は自分が一人子であることに、ふと思いあたりました。

・滝廉太郎のような天才の子を……。ふとそう思った自分におどろきました。

——以上『波千鳥』

・花は人間の頭の鉢廻りより大きい。それの秩序整然とした量感に、信吾は人間の脳を、とっさに連想したのだろう。

また、さかんな自然力の量感に、信吾はふと巨大な男性のしるしを思った。この芯の円盤で、雄しべと雌しべとが、どうなっているのか知らないが、信吾は男を感じた。

・英子は二十二なのに、ちょうど掌いっぱいくらいの乳房らしい。信吾はふと春信の春画を思い出したりした。

・「わたしのお葬いは、この子守歌のレコオドをかけてもらおうか。それだけで、念仏も弔辞もいらないよ。」と信吾は菊子に言ったこともあった。本気で言ったのでもないが、ふと涙が出そうになったものだ。

・信吾は深い呼吸をしながら、ふと血を吐きそうな不安を覚えた。

・電車の窓にふと赤い花がうつって、曼珠沙華だった。線路の土手に咲いていて、電車が通ると花も揺れそうな近くだった。

——以上『山の音』

このように、〈ふと〉という一語を契機として、重要な一行の投ぜられることが多い。『山の音』の次の例は、信吾が死期を告げられたような恐怖におそわれる、その不気味なプレリュードの役を、適切な〈ふと〉の挿入がみごとに演じている。

月の夜が深いように思われる。深さが横向けに遠くへ感じられるのだ。
八月の十日前だが、虫が鳴いている。
木の葉から木の葉へ夜露の落ちるらしい音も聞える。
そうして、ふと信吾に山の音が聞えた。

閃き

そうして、『山の音』冒頭近くのその場面で、鬼気をはらんだ一行一行が〈稲妻〉のように閃くのである。このあたりの改行による断絶感を抜きにして、この作家の文体を語ることはできないだろう。次のセンテンスがふと閃くがゆえに行が改まるのだ。そのとき、読者は突き放されたかのように息をのむのである。

自然を、自然に近い女性を、肯定的に見るこの作家の文学は、その成立から、快い驚きに支えられているのではあるまいか。川端康成の作品はふとできたものだ、という意味のことを私は言おうとしているのである。そこで、この作家の創作態度の問題にふれることとなる。

『十六歳の日記』の「あとがき」に、「私の作中では傑れたものである」と書き、しかも「私の文才は決して早熟ではなかった」と付言したことは、いったい何を意味するのか。「答の方ではない、質問の方が明らかになるにつれて、彼は自分の個性と信ずるものに出会う様になった」と小林秀雄はその作家論『川端康成』の中で言う。ここでの「傑れた」という評価は、必ずしも作品の豊かさを問題にしているわけではない。人生に対しても、文学に対しても、当時のこの作家は格別言うものを持たなかっただろう。のちの作品の、生理によってだけ生きる作中人物の社会性のなさを見れば明らかだし、そもそもこの作家は、錯綜した世界における問題意識とか大河的な思想とかにはまったく無縁なのだ。このことは、川端が〈小説〉と呼んでいる言語作品の〈質〉を考える上で重要なことである。いわゆる〝小説家〟としては資質に恵まれなかったこの作家は、あえて構造豊かな大建築を目ざすには真摯すぎた。無色という色の窓にふと射しこんだ一条の直観の光線という比喩をもって実人生に対するしかなかったのではあるまいか。とすれば、経験の積み重ねや知識の累積などはすべて無意味である。この作家にとって、ものを知るということなど問題ではない。十六歳の少年の澄んだ瞳に、人生という形式の奥にある真の姿が、善悪・美醜という価値を超えて、はっきりと映ってしまったのではないか。あらゆる評価を排斥したところに残る純粋感覚、それは一瞬に見徹す針に似た目と言おうか。刺すような感覚と言おうか。誇張を承知で言うなら、そういった感性を除いて、この作家は表現すべき何ものをも持たない。

瞬間の閃きによって、すべてを、というよりは、ただ一つの何かをとらえては突き放す川端康成の芸術の真価を、私が〈稲妻の文体〉と呼ぶものの中に見ようとする意味は、まさにそこにあるのだと言っていい。

幻

人生の奥にある真の姿、私はそう言ってみた。むろん比喩である。そういう比喩に対応する実体があるかどうかさえ疑わしい。「ない」ことを知りながら、「ある」ことへの郷愁を断ち切れない〈真実〉という姿、それはある意味で、「ある」と同時にすでに「ない」ものなのかもしれない。幻想のうちに混在することがあるとしても、夢からさめ、幻からわかれる瞬間に消え失せてしまう。川端文学の世界が非現実の場に展開するのも、作者がとらえようとする対象自体の存在形式によるのだろう。この作家の作品に見るはかなさが、掬おうとする指の間からこぼれ落ちる水に似るのも当然なのかもしれない。

旅というもののもつ意義にしても、このような作家にとっては、新しい世界を知るというようなところにはない。何かに感じ驚くきっかけとなるのがせいぜいである。この作家はすべてを受け入れるためのがらんどうな心を持っていると言われる。そして、事実そのように見える。だが、一〇〇編近い作品が、十六歳の少年の日記に、その人生のスケッチにおいても、筆致の正確さ、強さにおいても及ばなかったという事実は重要である。

いわゆる新感覚派時代からこのかた、この作家の心はむしろ幻でいっぱいなのだと言いたい誘惑を覚える。もし誤っていなければ、その見る自然はすでに純粋な自然ではないことになる。なんらかの幻のまつわりついた自然なのだ。あるいは、自然が見えるのではなく、自然をとおして自己の幻想を見るのだと言ってもいい。古谷綱武『川端康成』〈三笠書房〉によれば、風景から短編小説のヒントを得ることが多いと自ら言い、例として次のような場面をあげる。岡の上の馬場にろばがいる。そのろばにかわいい女を乗せてみたくなる。そして以前から持っていた主題のうち、その女にあてはまりそうなのはないかと探し、事件をこしらえる、そうしてできたのが『ろ馬に乗る妻』だという。

とすれば、『千羽鶴』の創作動機もそのようなものではなかったろうか。

『千羽鶴』は円覚寺の境内で茶会にゆく二人の令嬢を見て、ただそれだけのことで、不用意に書き出したのである。令嬢の一人が千羽鶴の風呂敷を持っていたかどうかも疑わしい。

新潮社版全集〈旧版〉第一五巻の「あとがき」の一節である。これは、この作品には特定のモデルのなかったことを述べているのだが、これまでこの作家の創作の方法として述べてきたことを裏書きするものと解することもできる。茶会に向かう令嬢の一人が〈千羽鶴〉の風呂敷をもっていたかどうかはどうであれ、ともかく作者の脳裏に浮かんだ。その時、その場の心理的環境には、〈千羽鶴〉の風呂敷が存在したのではないか。そして、のちの詠「初空に鶴千羽舞う幻の」という風景に似たイメージがこの作家の目に映じたことは想像にかたくない。

創作態度と作品の成立をこのように考えてくると、川端文学における非現実性はもはや避けられないものであることを知る。古谷綱武は同じ『川端康成』の中で、この作家の作品におけるリアリティーを問題にして次のように述べている。

唯わけもなくわれわれの心に泌みる。そしてその作品の中にいつもわれわれがはっきりと観るものは影像であって、事実は影像のための影にすぎない。

ここに引用した範囲でなら、その印象は正しい。川端文学におけるリアリティーの乏しさを指摘するのは容易だ。古谷は不満な表情を見せる。だが、それは無理な注文というものだろう。この作家の実現する美は、いわゆるリアリティーと称する土壌には初めから適さないのだ。不適というよりも、根本的に異質なのである。

そもそも、文芸における事実とは何か。実際に起こったことだけを写すのなら、記録と選ぶところがない。否、記録でさえ、厳密には、事実の全貌を純客観的に伝達することなどは思いもよらない。初めなく終わりない一連の事実の中から特にそれだけを抜き出すことは、連続する現象を切り取ることであり、そこにもすでに作者の主観がのぞいている。まして〈あったこと〉だけでなく、〈ありうべきこと〉や〈ありたいこと〉をも描くところに、芸術としての文学が成り立つのだとすれば、事実といい、影像といっても、もはや対立概念ではありえない。川端康成がリアリスティックな作家だと考えられる時代がやがて来る、私はそんなことを言っているのではない。その世界は人間の脳のどこかにすでに存在するのだし、川端文学の美はその次元でのみ光を放つのだ。

「冷たくて温いように艶な志野の肌はそのまま太田夫人を菊治に思わせる」のであり、山本健吉のことばを借りれば、「人間愛欲の世界と名器の世界とが完全に重なり合っている」（新潮社版『千羽鶴』解説）のである。匂うような触感を除いて太田夫人の存在はない。しかしまた逆に、名器の位と力とはあるにしろ、〈志野〉も太田夫人の触感をとせずには菊治にとって実在とはならないのだ。現実が非現実の相でとらえられているとか、事実と幻覚とが未分化の状態で語られるとかという解釈はすべて誤っている。両者は、分化へと向かう未分化にあるのではなく、完璧な触合を見せている。厳格には、「両者」という呼称さえ不当だろう。

しかしなお、それは幻であって真実ではないと、人は言うだろう。川端文学におけるヒロインは、たしかに現実的でない。「蛭の輪」を思わせる唇と「蚕」のように透明な肢体とに象徴された『雪国』の駒子、「悲しいほど美しい声」に象徴された葉子、名品〈志野〉に溶けた『千羽鶴』の太田夫人、〈光〉にも似、〈千羽鶴〉の気品をも漂わせる稲村ゆき子。そして「黒い湖」をしのばせる瞳の『みずうみ』の町枝……。『千羽鶴』のヒロイン太田文子に限らず、彼女らはすべて「温かい匂い」に包まれている。別の世界に棲息する女性たちにはちがいない。しかし、純粋に抽象的なものなら、人間の感覚を波立たすことはできないだろう。この作家の作品が「わけもなくわれわれの心に泌みる」のはなぜか。それは感受性そのものとさえ見える『雪国』の島村の、『千羽鶴』の菊治の、『山の音』の信吾の、『みずうみ』の銀平の感覚の具象の上に立っているからである。

無知・無反省・無抵抗

川端文学の展開の場が超現実の次元に限られるということについてはすでに述べた。そして、その世界は、あらゆる俗界の価値意識を超えた純粋感覚、あるいは純粋嗜好の世界である。したがってそのヒロインも、無知、無反省の美を具有するときにのみ、島村なり、菊治なりの透明な感覚をゆるがすのだ。そういった美の典型的な発現は太田夫人だろう。「菊治との思いがけない出会いが、はっとうれしかった」夫人は、「満座のなかで自分がどんな立場かも「忘れたとしか見えない」。そして、なにかにつけて「胸がいっぱいになって来る」ほどの純真さである。

その理性の乏しさを責めるのは、菊治とともに狂言まわしにすぎぬと作者自身の「あとがき」のことばに見える栗本ちか子だけなのだ。そのちか子も、そういう作者の言にもかかわらず、狂言まわしにふさわしい没個性という感じはない。私たちはまず現実性を見る前にその人物に得体の知れない何かを感じとってしまうからだ。「ちか子の胸にべっとり醜いあざのような邪推だろう」という一文に象徴されるように、マイナスの極にむしろ理想化された女であり、超現実の世界に生きるヒロインを対比的に光らせる重責を担った女なのである。とすれば、作者の声がこのちか子と反対側から聞こえるとしても不思議はない。ともあれ、太田夫人のこの純真にはおよそ限度というものがなく、「父と菊治のけじめがつかないかのよう」になり、「ひどくなつかしげで父に話しているつもりで菊治に話している」

こともある。

純粋感覚——孤児の感情

純粋感覚の世界に生きるあこがれは、けっして『千羽鶴』に始まったわけではない。それは早く『孤児の感情』にも色濃く出ている。兄と妹とが床を並べて平気で眠れるのは妹という概念に安心しているからにすぎないとし、「世の中の人間が悉く記憶力と名づけられた頭の働きを失ったとしたら」、「人間は悉くみなし児となり」、「そして、私は妹と結婚するだろう」とまで極言する。まさしく〈孤児の感情〉である。孤児の感情にすぎないのかもしれない。しかしそれが、この作家の方法を規定したことは疑えない。むろんそれは、文学の場での信仰の演技であり、作者は誰よりもそのことを信じていないだろう。

太田夫人が父の女であるという記憶を持つときに、菊治にとって初めて〈罪〉の意識が生ずる。太田夫人にとっても同様だ。「死んだ夫、菊治の父、菊治というような区別」の要らない世界、感覚のみの次元への憧憬を、私は今、孤児の感情と理解しようとした。だが、それによって、ひとり川端康成にのみ固有な感情を表現しようと試みたわけではない。

『抒情歌』に言う。

霊の国からあなたの愛のあかしを聞きましたり、冥土や来世であなたの恋人となりますより、あなたも私もが紅梅か夾竹桃の花となりまして、花粉をはこぶ胡蝶に結婚させてもらうことが遙かに美しいと思われます。

つまり、それは、「月見草に生れ変るというのではなくて、月見草と人間が一つのもの」となる次元であり、『孤児の感情』のことばを借りれば、「生と死を一つに感じ、生と死に通じて流れているものを感じ」うるときに、すでに浸っている世界なのだろう。

太田夫人にとって、菊治と父浩造との区別の要らない、その別の次元において、現実的な意味では背徳の行為が、より高い超俗の秩序に支えられることもあろうかという微かな期待を、この作品『千羽鶴』は指さしたまま切れたかに見える。

不可能の決定的な認識のうえに立ったむなしい信仰であろうか。信じやすい心を持っていたとは言うまい。信じることに対するあこがれがあったと言おう。早く『篝火』の「私」は、「今日の結婚は明日の喜びか悲しみか分らぬのを、ただ喜びであれと祈り、喜びであろうと夢みる」、「それは希望に用《つか》っては真であるが、約束に用っては嘘である」と述べ、そういった理屈よりも、まず、「この娘が単純に、幸福ですと云う心根を感じ」、「その夢を護って」やろうとする。そして、『孤児の感情』の〈私〉は、はっきりと、「意志することは意志を遂げることだ」と言うのである。「意志する」結果として「意志を遂げる」というような教訓的で力みかえった皮相な意味ではむろんなかっただろう。「意志すること」はまさに「意志を遂げること」なのだと、この作家は考えたにすぎまい。

太田夫人と菊治との愛の場面にこうある。

> おそらく夫人は誘惑するつもりはなかったろうし、菊治も誘惑されたおぼえはなかった。また菊治は気持の上でも、なにも抵抗しなかったし、夫人もなにも抵抗しなかった。道徳の影などはささなかったと云えるだろう。

禽獣

その時、その場の心情への全き献身という姿にのみ、純粋の美は生きる。道徳の影がさすのは反省によってであり、反省はすでに不純の表れだ。健康で無傷な〈禽獣〉たちへの宿命的とも思える愛が、生命そのものの象徴として禽獣的に純化された女性を喚び起こすということは、いかにもありそうなことだ。太田夫人にそういった禽獣的な美の一つの典型を見る。そして、その純粋美に感動するのは逆に不純な男性でなければならず、純粋にあこがれつつも自らは純粋になりえない菊治が登場するゆえんである。『雪国』の島村もその意味でそれなりの存在意義があった。道徳と称する常識を超えて、自らの内面道徳に忠実に生き、しかもそれを意識することのない女性に対する崇拝は、たしかにそういった反省の悪魔にとりつかれた意識過剰の男性にこそふさわしいのである。

魔性

太田夫人であり、同時に名品〈志野〉である何か、この作品におけるヒロインは意外に、魔性と名づけられた抽象的感覚であったかもしれないと、もう一度書く。太田夫人の魔性は主として嗅覚と触覚に訴えるのだが、そういう感覚を除いては、姿そのものの存在さえ危うい。「人間ではない女」、「人間以前の女」、「人間の最後の女」として、その超現実性が強調される太田夫人は、「ものにつかれたように肩をふるわせた」り、「今日は雷が鳴らないかしらって、空を見て」たりする。そんな姿にも何か妖気が漂っている。

その娘の文子は、太田夫人における〈志野〉に相当する不離の象徴物をこそ持たないが、しかしやはり、その〈早業〉が神秘性として菊治を驚かす。まず「絵志野」に、「花を出して、水を捨てて、拭いて、箱に入れて、包んだ、その文子の早業に、菊治はひどく驚いた」という箇所が見える。「二重星」の次のシーンも印象的だ。

「いやですわ。お返しになって。」

と、文子はいざり寄って、菊治の手から手紙を取ろうとした。

「お返しになって。」

菊治はとっさに手をうしろへかくした。

はずみで文子は菊治の膝に左手を突いた。右手で手紙を奪おうとした。左手と右手とは反対の動きをして体の均衡が崩れた。菊治に倒れかかってゆきそうなのを、左手が後へ支えて突っ張ったのに、右手は菊治の背後にあるものをつかもうとして、前へ伸び切った。文子は右によじれて、横顔を菊治の腹へ落すように、のめりそうなのである。それを文子はしなやかにかわした。菊治の膝に突いた左手さえ、やわらかに触れただけであった。右によじれ前にのめる上半身を、こんなやわらかい手ざわりで、どうして支えられたのだろう。

> 文子がぐらっとのしかかって来るけはいで、きゅっと体を固くした菊治は、文子の意外なしなやかさに、あっと声を立てそうだった。烈しく女を感じた。文子の母の太田夫人を感じた。
> どの瞬間に文子は身をかわしたのだろうか。どこかで力を抜いたのだろうか。それはあり得べからざるしなやかさであった。女の本能の秘術のようであった。菊治は文子の重みが強くかかるものと思っていたところへ、文子は温い匂いのように近づいただけであった。

前半は「倒れかかってゆきそう」と外の視点からとらえ、後半は「のしかかって来る」と菊治側の視点からとらえ直し、文子の神秘的なしなやかさをくりかえし述べることで、その感動を伝える。「こんなやわらかい手ざわり」という当人の感覚が臨場感をかきたてる。

〈やわらかさ〉であり、〈早業〉であり、それは結局〈匂い〉なのだが、その母である太田夫人の魔性が、ここにも感じられるような気がする。人物描写を対比しても、顔にしろ、姿にしろ、声にしろ、文子は太田夫人のうつしに近い。母よりはわずかに理性の勝った女性に描かれながら、菊治に迫るのはやはりその徹底した無抵抗さなのだ。「母の性格を受けついで、自分にも他人にも抵抗することのない、ふしぎな無垢に似た娘」と、菊治に感じられる文子である。

太田夫人の死は、菊治の心を痛めつけたが、しかし死後もその触感は〈志野〉の肌に、抱擁の匂いはこの文子にあざやかに継承されている。菊治における太田夫人の匂いの記憶だけが、文子の実在を規定しているかに見えるほどだ。菊治が文子に「烈しく女を感じ」るとき、同時に「太田夫人」を感じており、「文子の匂いを感じて、やはり太田夫人の匂いを感じ」るのである。

菊治は太田夫人によって文子を求めた。文子によって太田夫人を求めたと言ってもいい。しかし、文子は太田夫人ではないし、菊治もそれを知っている。そのことが大事なのだ。文子は、人間でありながら人間でないという存在形式に似ている。人形を抱く子供はその人形に激しく人間を感じながら、しかしそれがけっして人間ではないことを知っている。本物か贋物かという問題ではない。激しい希求によって成立し、覚悟とともに崩壊する想像上の真実である。太田夫人と〈志野〉、あるいは太田夫人と文子との間にもそれに似た関係を想定してみたいのである。

光

新潮社版全集〈旧版〉第一五巻の「あとがき」で、川端康成は次のように述べている。

『千羽鶴』では太田夫人とその娘文子を主にして書いた。千羽鶴の風呂敷の稲村ゆき子は書きにくくて、書かなかった。遠景にした。後編ではゆき子を主にして書き、文子を遠景にするつもりである。

遠景にして描かれた稲村令嬢は、菊治にとって、「目や頬は光りのように抽象的な記憶」しか与えない。つまり、「髪も光って」おり、「利口な目をかがやかせ」、「かがやく顔」をし、「かがやくばかり明るく見える」ゆき子は、たしかに「闇の生きもの」としての菊治には「日の光り」そのものである。読者にこのような印象を与える理由として、そういった一連の描写の繰り返しのほかに、性格に関する記述がほとんどなく、動作も著しく具象性に欠けていることも考えられる。視覚的でありながら映像喚起力に乏しく、読者にゆき子の鮮明な像が結ばない。まぶしいだけなのだ。

・菊治を先きに通そうと、行儀よく立っていた。
・清潔にお茶を立てる。
・癖がなく素直な点前である。
・素直に瞼を伏せ
・素直で気品のある点前

ほとんどがこの調子だ。「書きにくかった」のだろうか。はたして遠景のためだったろうか。

しかし、稲村ゆき子を主にして書くはずだった後編、その後編と銘打って発表し、宿で創作メモを盗まれたこともあって結局は未完に終わった『波千鳥』においても、この点に関する変貌を見いだすのは困難だ。

・思いがけないおじぎで、菊治はあっと声を上げそうに、ゆき子が可憐だった。

・娘らしい所作の清潔さ

・やわらかく顔を寄せ

・起ち居の生き生きした女

〈千羽鶴〉の風呂敷に象徴化してしまったゆえの書きにくさもあったかもしれないが、しかし、それがそもそもこの作家の手法ではなかったのか。

毒

菊治に、「乳房から水落へかけてのあざは蝦蟇のように具体的な記憶」を与えている栗本ちか子は、この稲村ゆき子と反対の極に理想化された。〈蝦蟇〉の映像はすぐに後退するが、毒の具象化としての〈あざ〉は、逃避しようとする菊治の神経を執拗に追いかける。たしかに、この〈あざ〉は単なる現実の人物描写にとどまっていない。「自分の胸のあざを絶えず意識していて、なお意地悪く出て」という箇所などは、その性格への影響となっているし、あの「ちか子の胸にべっとり醜いあざのような邪推だろう」という表現に至っては、もはや性格の徴表と化してしまったようだ。そこに表徴されるのは「根深い嫉妬や憎悪」、「敵意」、「侮辱」、「無神経」、「奇怪な妄想」、「復讐」などから形成される人物像である。これらの性格はすべて菊治の主観として述べられるが、『波千鳥』では、「水落から乳房にかかったあざが悪魔の手の跡のように、菊治に浮んで来」、時にはその「黒い手が見えそう」になるのである。

〈あざ〉とともに、この〈毒〉を感じさせるものとして、もう一つ〈怒り肩〉がある。

・手をついて首を下げると、骨太の両肩が怒って、毒を吐くような形

・話に身が入ると、なお怒り肩になる癖
・左肩をあげて、反身になって
・左肩をくっと上げ
ここもやはり、例の執拗な繰り返しである。

このように、「ちか子の嫉妬が毒を吐いたのだろう」と菊治に思わせるものが、その〈あざ〉と〈怒り肩〉であることを考えると、狂言まわしの一人であるはずのこの女も、現実的であるよりはむしろマイナスの極に理想化されているものと解さずにはいられない。視点人物である島村や菊治に見た透明な無性格性など、この女には考えようがないのである。
・いやがらせを云いながら、菊治に取り入ろうとし、またさぐりを入れようとしている。
・顔色をうかがっている。
・反応をうかがっている。
・いきなり指を頭の髪にごしごし突っこんで、そのあぶら手で茶碗をこすり廻す。
ただ、〈志野〉を離れた太田夫人と、〈あざ〉を離れた栗本ちか子とを比べてみると、後者のほうが、象徴化の深浅とは別に、ともかくわずかに地についていると言うことは可能である。しかしそれでもなお、同じ動作の活発を叙する際に、文子のが神秘的な〈早業〉であり、ゆき子のが「起ち居の生き生きした女」であるのに比べて、ちか子のが、「しゃきしゃきふるまって」であり、「小まめに働くのが、ちか子の習い性」となるあたりを見ると、ヒロインと方向は逆ながら、やはり菊治の感受性だけが危うくその実在を支えている感じは拭えない。

『山の音』を中心に

ちか子の肩が毒を吐くのに反し、『山の音』の菊子が「肩を動かすともなく美しく動かす」のも、この作家らしい主観的な対比だ。菊子が信吾の主観によりかかって描かれるのは例のとおりである。「薄い歌いよう」とか、「さわやかに云って」などの描写例は、いずれも『伊豆の踊子』の薫の「美しい手真似」や「綺麗なお辞儀」、『千羽鶴』の令嬢ゆき子の「清潔にお茶を立てる」などに共通するこの作家独自の表現である。

潔　癖

なお、菊子が、「耳まで赤くな」るのはあの〈はにかみ〉であり、「嵐に乗りうつられたようにはしゃい」だり、「子守歌を聞きながら、娘の追憶にふけっ」たりするのはあの〈幼い美しさ〉であり、「修一が泥酔して帰った夜、菊子は常よりもやさしく修一をゆるした」のはあの〈無抵抗〉であり、「息をつめて、保子の手つきに目を注いでい」るのはあの〈真剣さ〉なのであって、薫からゆき子へ至る血統の美しさはこの菊子にも承け継がれた。そして、印象の浸透をはかる繰り返しの手法は、この菊子では〈潔癖〉という語に見られるようである。

無神経

『山の音』の菊子が、『千羽鶴』の太田夫人はもちろん、稲村ゆき子ほどの象徴性をも感じさせないように、この菊子を対比的に美化する役を担うはずのいわゆる出戻りの房子の象徴化も、『千羽鶴』の栗本ちか子にははるかに及ばない。しかし、これも比較の問題であり、この作家は、房子の豊かな乳房を、やはり、その顔の醜さと結びつけ、それをさらにその性格にまでからませずにはおかない。

・　乳をふくんで乳房が大きく張っていた。
・　みごとな乳房の出た胸
・　乳房は色も白くてみごと

ここでは「みごと」という語に皮肉を読みとることもできる。同じ『山の音』の英子や『みずうみ』の湯女などの胸が〈娘〉を思わせるのに対し、房子のこの「みごとな乳房」そのものが成熟したいかにも〈女〉を感じさせ、それが、「未成熟の美」を求め、「若々しい可能」を探るこの作家には、むしろ忌まわしくさえ映るのだ。

「云い方は毒をふくんでいて」、「皮肉に云った」、「顔色をうかがった」、「房子の詮索が度を過ぎた」など、いずれも『千羽鶴』のちか子を思わせるが、「寝間着のまま、下の子の国子に乳をふくませて、茶の間へ出て来た」という表現も、ちか子の「菊治のいる前でも、ちか子は母に太田夫人のことを罵った」、「取りつぎもなしに上って来る」、「いきなり指を頭の髪にごしごし突っこんで、そのあぶら手で茶碗をこすり廻す」という表現と同様、その人物のあつかましさ、不作法を印象づける筆である。

英子は、「泣きそうに息をつめた」というふうに行動として真剣さを描き出す箇所もあるが、「生真面目」という語によるきめつけもある。そして、「自分の決心（「決心」という語をさす）に感動」するような「薄っぺらな女らしさ」も、信吾にはむしろかわいく思えるのだ。

・上気しているらしく、調子っぱずれなのが、信吾にはあぶないものだと見られて、可憐になった。

島村なり、菊治なり、信吾なり、銀平なりの好悪の情が、このように作中人物の表現を規定する。

『みずうみ』を中心に

ここまで、私は二つのタイプの女性群像について述べてきた。プラスの極に理想化された〈娘〉とマイナスの極に理想化された〈女〉とである。しかし、それは『みずうみ』においてわずかながら変貌を見せたように思われる。わずかではあるが、現象面では確かな逸脱を示すのである。

逸　脱

湯女には、あの「天女のような声」を別にすれば、「爪の切り方はやさしくていねい」という箇所のほか、特徴のある動作や性格の叙述が見当たらないが、「美しい頬」をし、「若い美しさ」をもった宮子が、「わざと声を生き生きさせ」たり、「しらっぱくれ」たり、「怠けぐせ」がついたりするのは、かつては見られなかったことである。ただ、「年より若いと云っても、すっかり女のからだになってしまっている」というくだりに注意する必要はあろう。

・素直な娘が意地悪な女になったと、宮子はからだの変りようにつれて思った。

・夢幻の少女をもとめるためにこの現実の女と飲んでいる。

これらの例に明らかなように、〈素直な娘〉と〈意地悪な女〉、あるいは、〈夢幻の少女〉と〈現実の女〉といった対比に見られる作者自身の嗜好を語るものでしかないが、逸脱も確かなのだ。

すなわち、宮子は「いやに慇懃だったり、いけぞんざいだったり、ねばねばしかったり、そのときどきでいろいろに変」わり、「有田老人が来ると声まで変ってしまうのは、水商売の女のよう」であるし、「さち子に老人を宮子から盗ませようとたくらんで」いたり、「宿賃もごまかせと」「入れ智恵」したりする。「塵をつんでゆく蟻のような根性」の女として登場するたつは、意外にも薫から駒子や太田母子さらには菊子へと承け継がれてきた「色白の円くて小さい顔」をしているのである。

そして、太田夫人の美しさがそのまま娘の文子に流れていったのとは違って、このたつの娘であるさち子はそういった母の血を承けていながら、それが作者の愛情に包まれて描かれたのは、やはり娘らしさのゆえであったろうか。前に述べたように、同じ「まん円い目」も、たつのは「不気味なように警戒心をおこさせ」、さち子のは「いかにも愛くるし」いのであり、同じ「小さな足」も、たつのは「狡猾なものに見え」、さち子のは「おどろくべき」「愛らしさ」なのである。動作や性格の面でもそうだ。「たつの根性を受けたか、さち子は少し手癖が悪い」と書かれるときにも、「宮子のものは屑籠に捨てた口紅の使い古るしとか、歯のかけた櫛とか、落ちた毛ピンのようなものしか取らなかった」という弁護の声がささやかれるのである。

『みずうみ』におけるこの種の問題としては、まだほかにも例を拾うことができる。「ほうっとかすむような目」をしたやよいが「色白だったが」、しかし「かがやく肌ではなかった」と記されるのもそうだ。また、「可愛いえくぼ」と「曇りのない目」をもつ久子が「肌は浅黒く光っていたが、色によどみがあった」と記されるのもそうである。特に久子は、太田母子・菊子・町枝らと同様に、その「ほのかな匂い」が銀平の感受性をゆすりながら、それにもかかわらず、「異常な性格を秘めていたかもしれない」と記されるのである。

ただし、この久子の中にも、「久子の女は一瞬に感電して戦慄するように目ざめた」というあの注目すべき〈女〉がいる。宮子の場合と考え合わせるならば、これはこの作品に見られる理想化の不徹底という疑問を、それこそ「一瞬に」氷解させる重要な一行なのかもしれない。

『みずうみ』における女性表現上の逸脱について述べたが、湯女と町枝とはほぼ完全に美の極に理想化されているから、この逸脱は登場する女性群を多彩ならしめる効果をあげてはいる。

醜

なお、『千羽鶴』における栗本ちか子、『山の音』における房子の線、つまり、いわゆるヒロインの対極に醜として理想化された〈女〉として、この『みずうみ』では、たつのほかに、もう一人、最後の場面に登場するつれこみの女をあげることができるだろう。「一皮目の光りが男のように乾いて底鋭い。人をねらっているようだ」という一節は、たつの目を、また、「男のような骨格の女」という表現は、ちか子の肩を連想させる。前述のように、「夢幻の少女をもとめるためにこの現実の女と飲んでいる」と書かれたこの女は、しかし、読者の目に「現実の女」などと映じはしない。「大きさがびっこの目」にしろ、「かたわか、みにくい足」にしろ、現実的である前に、まず無気味である。まるで、銀平の「みずむし」のコンプレックスそのものであるかのようだ。この女は、語の正確な意味でむしろ完璧に理想化されているのである。

稲妻の文体の成立

以上、川端文学の主要な作品系列をたどり、その中に登場する女性たちの描かれ方を見てきた。容姿や声などの外面的描写を扱い、次いで動作や性格を扱い、そして両者の連関についてふれた。そこで、このような人物描写の特質からこの作家の表現の方法を考え、川端文学の本質に関するいささかの私見をまとめて結びとしたい。

娘と女

今ふりかえってみても、『伊豆の踊子』から少なくとも『山の音』までは、この作家は二つのタイプの女性を描いてきたようだ。それは、なかば比喩的に〈娘〉と〈女〉とである。前者は、『伊豆の踊子』の薫から、『雪国』の葉子・駒子、そして、『千羽鶴』の太田母子や稲村ゆき子、さらには、『山の音』の菊子や英子に至る、世に言うヒロインたちであり、後者は、『千羽鶴』の栗本ちか子や『山の音』の房子といったいわゆる脇役の線である。

見かけによらない女性を描き始めたかに見える『みずうみ』においても、それはあくまで萌芽にすぎず、読む者に強く迫るのは、やはり湯女や町枝の美しさであり、たつやつれこみの女の醜さである。そこには、容姿の端麗は純真無垢な性格と緊密であるという、やや少年じみた信仰さえ感じられるほどだ。ともかく、この『みずうみ』にきざした第三の女性の芽が開花するかどうかは、『東京の人』、『ある人の生のなかに』、『眠れる美女』、『古都』、『女であること』、『美しさと哀しみと』といった以後の作品の分析考察にまつほかはない。

詳細な調査ではないが、一読したところ際立った変化は見られないようだ。例えば『ある人の生のなかに』の三枝子は、光で稲村ゆき子に通じ、肩で菊子に通うところがあるし、同じく千代子は、首と因縁とで太田文子を継いだと見られないこともない。そして、男ではあるが、「左肩をあげたそのびっこのような姿」の啓一は、栗本ちか子とつれこみの女を思わせるのである。

非現実性

ここに重要なことは、脇役の理想化という問題である。『小説と作中人物』でＦ・モーリャックの立てた「物語の中で人物が重要性を持たなければ、それだけ現実からありのままにとり入れられる機会が多い」という掟に従うならば、この作家は脇役など一人も描いていないことになってしまう。超現実の世界に生きるヒロインを対比的に光らせる至上命令を受けた女なら、現実性の一かけらさえ感じさせなくとも驚くにあたらない。

凝視

読者が川端文学から反射的に感じとるのは、現実性をそぎ落とした非現実性であり、作品に脈打っているのは、散文の知的伝達力を拭い去った詩である。しかし、その抒情の触感はけっして甘美な微温ではなく、むしろ澄みきった冷たさである。

孤独のうちに死に向かって確実な歩を踏みつづける祖父の老醜を見つめながら、「苦しい息も絶えそうな声と共に、しびんの底に」「チンチンと清らかな」「谷川の清水の音」を聴く『十六歳の日記』の少年に、すでにそういうこの作家の凝縮された本質を考えるべきではなかろうか。

裏面

女の姿態が無為の男性の虚無的な精神にぶつかって思いもかけぬ反射光を放つのが、川端文学の表面であるとすれば、はなやかな美にあこがれながら、ちか子に、そして房子に、抑えきれぬ絶望的な親近感を抱く裏面を考えることもできるだろう。母親が生まれつき恵まれぬ子を本能的に溺愛するように、作家が自ら創作した最も好ましからぬ人物を愛することもあるかもしれない。

・房子が生まれた時にも保子の姉に似て美人になってくれないかと、信吾はひそかに期待をかけた。妻には言えなかった。しかし、房子は母親よりも醜い娘になった。

・信吾流に言うと、姉の血は妹を通じて生きては来なかった。信吾は妻に秘密の失望を持った。

〈血〉のつながらない菊子にふうっと惹かれながら、それはやはり遠い存在として、異郷の灯として、諦念の彼方にあるのだという思いをどうすることもできない。実子の房子を、醜い、醜いと叫びつつも、しかしなおそこに、根強い糸の一筋を断ち切れなかったかに見える。あるいはそれが〈孤児の感情〉をなかば裏返したものであったかもしれない。

稲妻

川端文学の本質を〈稲妻〉としてとらえようとする意図についてはすでに述べた。そして、改行による断絶感についてもすでにふれた。実はこれは同じことなのだ。絶えざる改行が〈稲妻〉の一行をたたきつけた結果であるとともに、逆に、その改行が〈閃き〉の印象を強める効果をおさめることにもつながる。〈稲妻〉と〈改行〉とは、作者にあっては前者が原因、後者が結果であり、読者にとっては後者が原因、前者が結果なのである。

断章について言っているのではない。作品の成立そのものがすでに〈稲妻〉だと言おうとしているのである。そして、その必然の帰結として、この作家には短編が多い。と言うよりも、堂々たる骨格を持った長編らしい長編など一つもないのである。中編ほどの量を持つ『千羽鶴』や『山の音』にしても、各章は独立した短編にもひとしい。作品

『千羽鶴』は章「千羽鶴」を初めとする短編の連作にすぎず、作品『山の音』も章「山の音」以下の短編小説群の総称にすぎない。章分けされていない『雪国』にしても、「前後の呼び交わしが乏し」い点で事情は少しも変わらない。全集の「あとがき」で川端康成は自らこう述べている。

『千羽鶴』も『山の音』もこのように長く書きつぐつもりはなかった。一回の短編で終るはずであった。余情が残ったのを汲み続けたというだけだ。したがってほんとうは二作とも、最初の一章、『千羽鶴』と『山の音』とで、もはや終っていると見るのが、きびしい真実だらう。後はあまえているだけだろう。『雪国』も同然である。このようなひきのばしではなく、初めから長編の骨格と主題とを備えた小説を、私はやがて書けるとなぐさめている。『千羽鶴』も『山の音』もあまえていて、私はにがい思いだ。（中略）『千羽鶴』も『山の音』も雑誌に一回の短篇ですませるはずであったから、今あるような構想はあらかじめ立ててはいなかった。これは必ずしも偶然ではあるまい。長く書けば、その隙から真情が逃げてしまうのだ。

それはまた、作品の詩的な発想法そのもののせいである。

断続して発表する時、その断片の一つ一つがなるべく独立した短編として読めるように心がけるので、それらを一つにまとめた時、私の微弱な構成はなお波立ちと組み立てと前後の呼び交わしが乏しくなる。

その「呼び交わしの乏しさ」が、皮肉な言い方をすれば、作者の意図を超えた作品価値を薫り立たせることにもなるだろう。なかば象徴的な意味で、これもまた、〈改行〉による断絶感である。

そして、『伊勢物語』を例にとるまでもなく、日本の小説の伝統となった連作短編に近いそういう〈櫛歯式〉の構成を持つ作品を世に出すにあたっては、作者自身にもある覚悟があったようだ。全集〈旧版〉一五巻の「あとがき」でこんな潔さを示した。

どこで終っていることにして読まれようと、作者は観念の眼を閉じる。私は自作について、そういうあきらめと投げ出しとがいつもある。

『文学的自叙伝』に次のような遺言に近いことばを残している。

私は東方の古典、とりわけ仏典を、世界最大の文学と信じている。私は経典を宗教的教訓としてでなく、文学的幻想としても尊んでいる。「東方の歌」と題する作品の構想を、私は十五年も前から心に抱いていて、これを白鳥の歌としたいと思っている。東方の古典の幻を私流に歌うのである。書けずに死にゆくかもしれないが、書きたがっていたことだけは知ってもらいたいと思う。

末期の眼

人生の破片に人生そのものを見、そこから生活を捨象した人生を再構成するこの作家の感性は、極端に純化されて〈すみ絵〉となり〈わび茶〉となり〈石庭〉となったものと、共通の何かを持つはずだ。その「何か」をきわめえたときに、こういう「東方の経典」へのこの作家なりの憧憬を正しく理解することができるだろう。

しかし、それにもかかわらず、読者がそこにはっきりと見るものは、むしろ光琳風のはなやかさである。そのぽっと咲いたはかない美しさがつねに遠いものでしかありえないときに、その、おそらくは永久にとらえられない美に向かって、絶望的に放たれた視線のぎりぎりの冷えきった強さ、「何か」とはそういうものではないかと私はひそかに考えることがある。

もしかしたらそれが、「末期の眼」という喩詞に託された本義であったかもしれない。研ぎ澄まされた感覚にふとふれた〈驚き〉が、〈稲妻〉の速さと鋭さとで非現実の空間に放たれるのである。

驚きへのあこがれ

川端康成の芸術の母胎は、しかし、発見の喜びより、はるかに多く驚異へのあこがれにある。作品の成立そのものが、すでにそのはっとするような〈驚き〉によりかかっているのだが、次に、特にそれの明確な箇所を拾い、そのことの重大さの証ともしたい。

・菊治は実に意外だった。夫人の態度には、みじんの敵意も悪意も見えない。いかにもなつかしげである。菊治との思いがけない出会いが、はっとうれしかったらしい。

・菊治ははじめて女を知ったように思い、また男を知ったように思った。自分の男の目覚めに驚いた。女がこんなにしなやかな受身であって、ついて来ながら誘ってゆく受身であって、温い匂いにむせぶような受身であるとは、菊治はこれまで知らなかった。

・医者が来ていないのかと菊治は驚いたが、はっと気がついた。

夫人は自殺なのだ。

・花を出して、水を捨てて、拭いて、箱に入れて、包んだ、その文子の早業に、菊治はひどく驚いた。

・文子がぐらっとのしかかって来るけはいで、きゅっと体を固くした菊治は、文子の意外なしなやかさに、あっと声を立てそうだった。烈しく女を感じた。文子の母の太田夫人を感じた。

・文子はこわ張った手首を見つめて、じっとうなだれた。

「お母さまが、立てさせませんわ。」

「ええ?」

菊治はつっと立つと、呪縛で動けない人を助け起すように、文子の肩をつかんだ。

文子の抵抗はなかった。

・しかし、拾った破片は、星を見て、また捨てた。
そして目を上げると、

「あっ。」

と、菊治は言った。

星はなかった。菊治が捨てた破片を見ていた、そのつかの間に、明けの明星は雲にかくれた。

――以上『千羽鶴』

・「こんな話はしたくありませんが、宿の玄関で、栗本と言われて、僕ははっとしたんですよ。あの女には、僕の罪業も悔恨もまつわっているから……。」

・実に思いがけないおじぎで、菊治はあっと声を上げそうに、ゆき子が可憐だった。

・菊治は貫くようなかなしさにおそわれて、切れ切れに言った。
「僕はね、不具じゃない。しかしね、僕の汚辱と背徳の記憶、そいつが、まだ、僕をゆるさない。」

ゆき子は気を失うように、菊治の胸へ重くなった。

・「しばらく来ないでほしいって、私がこの前、手紙を出しておいたんです。」
菊治はあやしんで、どうしてと危く聞き返そうとしたが、はっと気がついた。夫婦になりきらないので、ゆき子は父に来られることを恐れたのだ。

――以上『波千鳥』

・信吾は眼鏡をかけて、紙の紐をひろげてみようとしたが、しかし目の前のものがはっきりしたとたんに、慈童の毛描きや唇が美しく見えて、あっと言いそうだった。

・真上から目に近づけて行くと、少女のようになめらかな肌が、信吾の老眼にほうっとやわらぐにつれて、人肌の温みを持ち、面は生きてほほえんだ。

「ああっ。」と信吾は息を呑んだ。三四寸の近くに顔を寄せて、生きた女がほほえんでいる。美しく清らかなほほえみだ。

「あっ。」と信吾は声を立てるほど、自分自身におどろいた。娘の房子がもどっているのを、うっかり忘れていた。

夕刊の記事と今朝の手紙と、信吾はその符合を思った。堕胎の夢まで見ている。

信吾は昨夜の夢を菊子に話したい誘惑を感じた。

しかし、言い出せないで菊子を見ていると、なにか自分のうちに若さがゆらめいたが、ふと、菊子も妊娠していて、中絶しようとしているのではないかと、連想がひらめいて、信吾はおどろいた。

信吾は自分がいやになりながら、しかし、菊子が流産した子供、この失われた孫こそは、保子の姉の生れがわりではなかったろうか、そしてこの世には生を与えられぬ美女ではなかったろうか、というような妄想にとらえられて、なお自分におどろいた。

乳房は未産婦だが、未通と信吾は思っていなかった。純潔のあとを指に見て、信吾ははっとした。

「あっ。」と信吾は稲妻に打たれた。

夢の娘は菊子の化身ではなかったのか。夢にもさすがに道徳が働いて、菊子の代りに修一の友だちの妹の姿を借りたのではないか。しかも、その不倫をかくすために、身代りの妹を、その娘以下の味気ない女に変えたのではないか。

「もし別れましたら、お父さまにどんなお世話でもさせていただけると思いますの。」

「それは菊子の不幸だ。」

「いいえ。よろこんですることに、不幸はありませんわ。」

初めて菊子の情熱の表現であるかのようで、信吾ははっとした。危険を感じた。

（以上『山の音』）

・「妙なことを言うようだが、ほんとうだよ。君はおぼえがないかね。行きずりの人に別れてしまって、ああ惜しいという……。僕にはよくある。なんて好もしい人だろう、なんてきれいな女だろう、こんなに心ひかれる人はこの世に二人といないだろう、そういう人に道ですれちがったり、劇場で近くの席に坐り合わせたり、音楽会の会場を出る階段をならんでおりたり、そのまま別れるともう一生に二度と見かけることも出来ないんだ。かと言って、知らない人を呼びとめることも話しかけることも出来ない。人生ってこんなものか。そういう時、僕は死ぬほどかなしくなって、ぼうっと気が遠くなってしまうんだ。この世の果てまで後をつけてゆきたいが、そうも出来ない。この世の果てまで後をつけるというと、その人を殺してしまうしかないんだからね。」

銀平はつい言い過ぎて、はっと息をのんだ。

・すれちがって男が立ちどまって振りかえったとたん、宮子の髪の光り、耳やうなじの肌の色に、刺すようなかなしみを誘われて、

「ああっ。」と叫ぶと目がくらんで倒れそうになったのが、宮子には見ないでも見えた。

・「先生、首をしめてもいいわ。うちに帰りたくない。」と久子が熱っぽくささやいた。銀平は片手の指で久子の首をつかんでいる自分におどろいた。

・銀平はこのごろでもときどき、母の村のみずうみに夜の稲妻のひらめく幻を見る。ほとんど湖面すべてを照らし出して消える稲妻である。その稲妻の消えたあとに岸べに蛍がいる。岸べの蛍も幻のつづきと見られないことはないが、蛍はつけ足りで少し怪しい。稲妻の立つのはだいたい蛍のいる夏が多いから、こういう蛍のつけたり

があるのかもしれぬ。いかに銀平だって蛍の幻をみずうみで死んだ父の人魂などと思いはしないが、夜のみずうみに稲妻の消えた瞬間は気味のいいものではなかった。その幻の稲妻を見るたびに、陸の上の広く深い水が動かずにあって、夜空の光りを受けてさっと現われるごとに、銀平は自然の妖霊か時間の悲鳴を感じるようにどきっとする。

――以上『みずうみ』

極論すれば引用の一例ずつがいずれも〈稲妻〉の短編である。それぞれにあとは余情を汲むだけだ。

酔いきれぬいらだち

この〈驚き〉に、しかし、陶酔することには、半面、ある怖れを抱いているように思える。いかなる美をも、この作家はとらえておくことはしない。近づきながら、時には一瞬ふれながらも、絶望的に突き放してきたかに見えるのである。

『文学的自叙伝』で「手も握らぬのは、女に止らないのではあるまいか。人生も私にとって、そうなのではあるまいか」と言うこの作家は、「哀傷的な漂白の思いがやま」ず、「いつも夢みて、いかなる夢にも溺れられず、夢みながら覚めている」いらだたしい淋しさを「裏町好みにごまかし」た。こうした生き方が文学そのものの方法としての文体の質をきめたことは想像にかたくない。

(「川端文学の方法　人物表現の特質と稲妻の文体の成立(一)(二)」日本読書学会『読書科学』四七〜五〇号　一九七〇年〜一九七一年)

川端文学における文の長さの変遷

―― 作品別・章別・節別の調査から ――

はじめに

私たちがある作家の文章の特徴を述べる際に、文（「文」は多義語であるが、ここではセンテンス、句点・感嘆符・疑問符などの現れるまでの文字連続という意味に用いる。ただし、会話文および会話を含む文は、今回は、調査の性質上、対象からはずした。）の長さを問題にすることがよくある。しかし、その文長に関する論述に意味を持たせるためには、多くの場合、一行で片づけるのは無謀である。例えば、「谷崎潤一郎の文は長い」などと断ずるときには、作家活動のあらゆる時期にわたって長いのか、あらゆる作品において長いのか、あらゆる章を通じて長いのか、どの節でも長いのか、全部の文段で長いのか、センテンスの一つ一つがすべて長いのか、といった点の論及がなければ、その判断はきわめて漠とした印象の域を出られないし、また、説得力も著しく低下する。

今、仮に、ある作品の平均文長が七〇字であり、同一作家のもう一つの作品のそれが一〇字と出たとしよう。このときに、両者を平均し、この作家の文長は平均四〇字で小説として普通であるという結論を導いたとすれば、真の様相を捨てたことになり、もはや何の意味も持ちえない。また、ある文段（「文段」という語は、いくつかの段落のまとまりを指す場合もあるが、ここではいわゆる「段落」の同義語として、前文が句点・感嘆符・疑問符などで終わっており、かつ改行のおこなわれている場合に始まり、次の改行の直前まで続く文字連続という意味に用いる。ただし、会話文を導くための改行、および会話文をうけるための改行については、別に考えた。）について語る場合も、ほとんどが短文なのに、極端に長い文が混在するために、平均としてはかなり長いという結果の出ることもある。算出法それ自体に含まれる不合理、各個の数字の伝達しうる意味の限界を、私たちはつねに念頭にとどめておかなくてはならない。

そこで、仮にある特徴を一行で述べるとしても、節・章・作品・作家といったそれぞれの単位について文長・句長〔「句」という用語を、ここでは句読点ではさまれた文字連続、つまり、文または文の一部を形式的にとらえたものに対する便宜的命名として用いる。〕・句数・文数などの調査結果を算出しておき、その奥には少なくともこれだけの種々相があるのだと説明できるデータを用意する必要がある。

以上のような観点から、サンプリングにともなう変異の問題にふれながら、川端康成という作家の文章の文長構造を考えてみたい。

作品別調査

方法

1 テキストは、新潮社版全集〈旧版〉を中心に、改造社版選集、さらに、それ以後に発表された作品については単行本・文庫本で補った。

2 扱った作品は第1表のとおりで、計一〇七編である。表には、執筆開始の時期を基準として早いものから順に配列した。

3 各作品の調査量は、短編小説八三編については各五〇文、中編小説一六編については各一〇〇文、長編小説七編については各五〇〇文とした。ただし、量的にどちらとも決めかねる場合は、重要と思われる作品は長いほうに、さほど重要でないと判断した作品は短いほうに入れた。〔芸術家の評価は、学力の判定などとは異なり、平均によってではなく最高の作品によってなされるべきものである以上、すべての作品を一様に扱うことは一種の悪平等だからである。ただし、このように作品の重要性を加味する場合は、その代わり客観性をそぐことにはなる。〕具体的にどの作品をどう扱ったかについては第1表の調査文数の欄にそれぞれ明記してある。

4　文の抽出法は次のとおりである。

各作品の最初のページから始め、各のページから、そのページで始まる最初の文を採る。ただし、サンプル数をこえるページ数の作品においては、求める数のサンプルの得られたページで打ち切る。〔作品の長さを考慮してサンプル数をきめたので、前半のページですでに予定数の標本文が得られたために打ち切る、というような極端な場合は実際には起こらなかった。〕逆に、サンプル数に満たないページ数の作品においては、ページの尽きたところで最初のページに戻り、今度は各ページの第二文を順に採り、それでも足りないときは、また最初のページに戻って、今度は各ページの第三文を採る、という方式により予定数の標本文の得られたところで打ち切る。なお、会話文が多いために、求める文の得られないページについては、得られるだけを取り、あとは省くことにした。

5　形式上、会話文の形式になっているもの、および会話を含む文は、すべて除外した。また、会話でなくとも、「　」や（　）や——などのある文は、すべて省いた。

6　選ばれた各文について、句読点を含む字数を数えた。

7　作品ごとに、文の長さを一文あたりの平均字数〔文長を字数ではかることには問題があろう。いわゆる「文節」こそ日本語の基本的な単位であるとする考えもある。しかし、文節のとらえ方には立場の違いや個人差が伴うし、また、文節の決定にはかなりの時間と労力とを要するので、文長測定の場合のように時に膨大な量と取り組まなくてはならないものでは作業を著しく困難にする。その点、字数によるなら、誰がやっても同じ結果が得られるし、時間や労力もはるかに少なくて済む。factor でなく instrument である以上は、客観的で能率的なほうを選ぶのが得策である。したがって、問題は、字数の多い文は要するに文節数の多い文であり、長い文は字数・文節数のいずれによっても〈長い〉という結果の出ること、「夏の湖は快い」（六字）と「なつのみずうみはこころよい」（一三字）とに見られるような不合理が、母集団が十分に大きいときには、取るに足りないものであることが証明できるかどうかである。私は以前、志賀直哉の小説『或る朝』『剃刀』『老人』『正義派』『清兵衛と瓢簞』『城の崎にて』『和解』『小僧の神様』『焚火』『蛙』の一〇編を取り上げ、各作品の冒頭から地の文を一〇文ずつ抜き出して、字数と文節数との相関係数を算出した結果、〇・九八という数値を得た。調査量を十分に大きくしたときに、この数値が多少動くことはあろうが、一に非常に近いという範囲を出るとは考えにくい。とすれば、両者は、正の直線の関係、つまり正比例の関係にあると考えてもほとんど間違いはないだろう。〕で示した。

8　7の結果から次を導いた。

(1)　総合平均文長〔計算のしかたについては結果2の〈算出法〉の項を参照。〕

(2)　短編・中編・長編に分けた場合のそれぞれの平均文長

(3)　執筆時期別の平均文長〔七期に区切った。詳細は結果4を参照。〕

9　参考のため、『千羽鶴』を一例として次のそれぞれを算出した〔それぞれの意味と算出法については〔結果〕の項に略述してある。〕。

(1)　文長平均字数

(2)　文長中数

(3)　文長最頻値

(4)　文長平均偏差〔この種のものに関しては標準偏差のほうが適当であろうが、ここでは簡単な平均偏差をもって代用させた。〕

(5)　文長変化係数

(6)　文長指数

結　果

1　作品ごとの文長平均字数を調査した結果は第1表に示したとおりである。なお、大要を視覚的にとらえやすくするためにグラフを添えておいた。

2　総合平均文長は三二・七字である。

〈算出法〉文長を、短編小説A_n、中編小説B_n、長編小説C_nとすれば、

$\{50(A_1+A_2+\cdots+A_{83})+100(B_1+B_2+\cdots+B_{16})+500(C_1+C_2+\cdots+C_7)\}\div(50^{\text{文}}\times 83^{\text{編}}+100^{\text{文}}\times 16^{\text{編}}+500^{\text{文}}\times 7^{\text{編}})\fallingdotseq 32.7$

〈解説〉

川端康成は平均してだいたい三三字程度の長さの文を書いてきた、といちおう言うことはできる。しかし、もちろん、作品によってかなり差があり、極端な例としては『死者の書』の二一・八字に対し『二十歳』の五一・四字というのがある。平均の数字のこういった背後関係にもひととおり目を配っておく必要はあろう。

3　短編小説・中編小説・長編小説に分けて、その平均文長を調べると、次のようになる。

短編小説……三二・七字
中編小説……三三・八字
長編小説……三二・三字

〈算出法〉

短編　$(A_1+A_2+\cdots+A_{83})\div 83\fallingdotseq 32.7$
中編　$(B_1+B_2+\cdots+B_{16})\div 16\fallingdotseq 33.8$
長編　$(C_1+C_2+\cdots+C_7)\div 7\fallingdotseq 32.3$

〈解説〉

作品の長さが平均文長に影響することは、川端康成においてはほとんどないと考えられる。個々のセンテンスが、

長編小説か短編小説かによって揺れることは、この作家の場合少なくとも平均的には考えにくいということである。

4　執筆時期ごとに平均文長を算出すると、次のようになる〔この時期区分は便宜上、実質四〜五年の執筆期間ごとに区切り、作品数の多い戦後は三年ぐらいずつに刻んだものである。〕。

第一期（大正期）	一九一四〜二六年	三一・八字
第二期（昭和初期）	一九二七〜三〇年	二九・七字
第三期（『雪国』起筆まで）	一九三一〜三五年	三七・一字
第四期（太平洋戦争まで）	一九三六〜四一年	三四・三字
第五期（終戦直後）	一九四五〜四七年	三二・七字
第六期（『千羽鶴』『山の音』のころ）	一九四九〜五一年	二八・五字
第七期（『東京の人』まで）	一九五二〜五五年	三一・六字

〈算出法〉

①　各時期に属する作品の平均文長の相加平均である〔平均の平均というのは数学的にあまり意味がなく、本来、調査した全字数を文の総数で割るべきなのであるが、この場合は、短編五〇文、長編五〇〇文とした関係上、作品数の少ない時期では一つの長編に結果が大きく左右されることになるので、このような便宜的手段によった。〕。

②　二つ以上の時期にまたがって執筆された作品はすべて除外してある。

③　短編・長編の別をまったく考慮に入れなかった〔作品の長短を無視して集計するのはたしかに悪平等のきらいはあるが、仮に労をいとわず各作品の長さに厳密に従った比例配分によったとしても、今度は読者の印象と乖離する。つまりは、作家の創作活動における平均文長とは何かを問うことに帰するだろう。今は、平均文長という語の意味にふくらみをもたせることによって、そういう本質論にはふれないでおく。〕。

〈解説〉

①　第一期は、没価値的に、この作家の自然な文体と考えていいかもしれない。

②　第二期は、いわゆる新感覚派時代であり、そのために特異な表現技法、例えば〈名詞どめ〉などの影響で、文長が平均的に短くなったものと考えられる。

③　第三期は、おそらくは意識的に、この作家としては息の長い文を多く書いた時期らしく見える。とすれば、ほかにもいろいろな技巧を弄したと考えられる。

④　第四期から第五期にかけては、平均文長の点で変化が認められない。他の文体因子においても同様なことがもし言えるとすれば、これは時期区分の問題に帰り着く。

⑤　第六期は、この作家の文体の一つの完成期と見られるかもしれない。第三期から第四期、そして第五期と、漸次その文長が短くなってきており、この第六期でさらに短くなり、ここを底として次の第七期ではまた長くなるという事実は、文体の形成過程と無関係ではないように思われる。その意味で、主題も題材も登場人物も同じである『千羽鶴』とその後編と銘打つ『波千鳥』とがそれぞれの執筆時期の平均文長に近い数値を示した（『千羽鶴』の二八・三は第六期の平均二八・五にきわめて近く、『波千鳥』の三一・七は第七期の平均三一・六にきわめて近い）点は注目される。

⑥　川端康成の文章は概して文が短い。このことは、『コトバの美学』（本書四七四ページを参照）に示した二五作家各二作品、計八五二九文を調査した際の結果である平均文長四〇・四字と比べて、川端康成のどの時期の平均文長をとってもそれよりはるかに短いという点から、かなりの確実性をもって言える。

⑦　時期による差の比較的大きいのは第三期だけであり、その他の時期の平均文長はきわめて狭い範囲におさまる。つまり、第三期を除くと、かなり一定した文体で書いてきたことを予想させる。

〈応用〉

対比研究すべき作品の選び方にも、この作品別文長調査の結果は一つの示唆を与える。

① 例えば『美しき墓』とか『再婚者』とかのように、ある時期のうち一つだけひどく差のある作品は、多分に技巧的な文章であると予想される。

② 例えば一九四〇年などのような多作の時期の作品群は、概してその作家のその時期における自然な文体に近いと考えられるため、その時期の文長には一つの意味があると思われる。

③ 平均文長二一・八字の『死者の書』と五一・四字の『二十歳』などのように極端に差のある作品は、文長以外の面でも技法上の多様な相違があると想像されるので、両者を比較考察してみる価値がありそうである。

④ 『禽獣』から『夕映少女』に至る時期、すなわち一九三三年から一九三六年にかけての、平均文長四一・八字強という、この作家としては相当に長い文を書いた時期と、『かけす』から『あやめの歌』までの時期、すなわち一九四九年から一九五一年にかけての、平均文長二八・五字という、きわめて短い文を書いた時期とを対照しながら、それぞれの作品群の文章を分析してみるのも有効だろう。

〈参考〉

以上のほかに、次のような組み合わせも、比較検討する価値があろう。

① 『十六歳の日記』の原文と公表にあたって加筆した部分

② 『雪国』の戦前に成った部分と戦後に書き加えた部分

③ 『千羽鶴』とその後編と銘打って発表した『波千鳥』

5 『千羽鶴』における諸結果は次のようになった。むろん、このような項目についてはすべての作品にわたって算出することが望ましいわけであるが、時間と労力の関係で今は一例として『千羽鶴』を取り上げるにとどめる。特にこの作品に限って考察の要ありとした項目を扱ったわけではない。

(1) 文長平均字数　二八・三字

〈解説〉

算出法や、このことの意味などについては前述したとおりである。

(2) 文長中数　二五字

〈算出法〉

各文を長さの順に並べて、標本の真ん中に来る文の字数である。この場合は五〇〇文の調査であるから、二五〇番目の文と二五一番目の文との平均として求められる。

〈解説〉

この作家がこの作品において書いた最も短い文と最も長い文との両方から等しい間隔に位置する文の長さが二五字だということであり、二五字の長さの文を最もよく用いるという意味ではない。当該作品の中でその作家の書いた文としてはそう長くも短くもない文の長さを示すにとどまる。

(3) 文長最頻値　一八〜二〇字

〈算出法〉

各文をそこに用いられた字数の多少によって分け、それぞれの頻度を調べる。つまり、何字の長さの文が最もしばしば使われているかを調べるのである。

〈解説〉

『千羽鶴』に最も頻繁に出現するのは一八字・一九字・二〇字程度の長さの文だということがわかる。

(4) 文長平均偏差　一二・三字

〈算出法〉

標準、すなわち、この場合は文長平均字数二八・三からの隔りの平均で、次の式によって求めた。

$$\mathrm{M.D.}=\frac{1}{n}\sum_{i=1}^{n}\left|x_i-\bar{x}\right| \qquad \text{ただし} \qquad \bar{x}=\frac{1}{n}\sum_{i=1}^{n}x_i$$

〈解説〉

『千羽鶴』の場合、平均文長が二八・三字で、平均偏差が一二・三字であるから、この作品のセンテンスは、二八字ぐらいから、平均として一二字ほどの揺れが見られることを意味する。二八・三プラス・マイナス一二・三だから、短いほうでは一六字、長いほうでは四〇字あたりが、この作品において平均的な揺れ幅を示した文長であると考えられる。

(5)　変化係数　四三・四六

〈算出法〉

文長平均偏差を平均文長で割り一〇〇を掛ける。

〈解説〉

この数値の大きい作品ほど、長文と短文との差がはなはだしい文章だということができる。つまり、文の長さの揺れが大きいわけで、技巧的な文章、あるいは少なくとも意識的な文章であるとは考えられよう。

(6)　文長指数　七〇・〇五

〈算出法〉

当該作品の平均文長をその作品の属するジャンルの標準文長で割り一〇〇を掛ける。

〈解説〉

標準を便宜上一〇〇とし、その作品の文長が、標準のそれよりどの程度長いか、または短いかということを知るめやすとなる。なお、この場合の数値は、標準文長を前述した自身の調査結果である四〇・四字として得たものであるが、仮に、波多野完治の示した三四・五字〔波多野完治著『現代文章心理学』（新潮社　一九五〇年刊）一五七ページ参照。なお、大日本図書から一九六六年に出た同名の書では六七ページに初出。〕を基準にとったとしても八二・三にしかならない。したがって、『千羽鶴』の文章は現代小説として、文の平均的な長さが非常に短いと考えて間違いない。

章別調査

方法

1　『千羽鶴』と『波千鳥』の二作品を扱った。この選択は、前にもふれたように『波千鳥』が『千羽鶴』の後編として発表されたという事情に基づく。

2　テキストとしては新潮社版選集を用いた。

3　文の抽出はランダム・サンプリングにより、この場合は各ページ最初の文を採ることにした。ただし、形式上、会話で始まるページについては二番目の文を、ともに会話文または会話を含む文の場合はさらにその次の文を採った。換言すれば、各ページに初めて出てくる地の文を対象にしたわけである。なお、前ページから続いている文は除き、そのページで始まる文を最初の文と考えた。

4　各作品を章別にその文長を調べ、平均字数で表示した。

5　4の結果から次を算出した。

（1）作品ごとの文長平均字数

（2）作品ごとの文長平均偏差

6　両作品の総合として次を算出した。

（1）文長平均字数

（2）　文長平均偏差

結　果

1　作品別に示すと、各章の文長平均字数は、次のとおりである。

『千羽鶴』	「千 羽 鶴」	三一・四字
	「森の夕日」	二五・三字
	「絵 志 野」	二七・四字
	「母の口紅」	二四・六字
	「二 重 星」	二四・四字
『波千鳥』	「波 千 鳥」	三〇・三字
	「旅の別離」	三五・四字
	「新 家 庭」	三四・三字

〈解説〉

①　概して、『波千鳥』のほうがセンテンスが平均して長い。これは、作品別調査の**結果4**の〈解説〉⑤に述べたことの一つの裏づけともなろう。

②　『千羽鶴』では、冒頭の章「千羽鶴」だけが、川端康成の平均文長に近いが、他の章はいずれもその文長がこの作家としてもきわめて短いということを示す結果である。

③　一つの作品の中でも、章による文長の差がいくらか認められる。

2　**結果1**を作品ごとにまとめてみると、次のようになる。ただし、『波千鳥』のうち、「旅の別離」と題する章はほとんどが書簡形式なので同じ次元で扱うべきでないと判断し、ここでは除外した。

(1) 平均文長　『千羽鶴』　二六・七字
　　　　　　　『波千鳥』　三二・一字
(2) 文長平均偏差　『千羽鶴』　一二・二字
　　　　　　　　　『波千鳥』　一五・一字

〈解説〉

① **結果1**の〈解説〉①と同様のことが考えられる。

② 『波千鳥』のほうが文長の揺れが少し激しい。

③ 作品別調査の結果と比較し、次のことがわかる。

A．平均文長について言えば、『千羽鶴』の場合は今回の調査結果のほうが少し短く、『波千鳥』の場合は逆にわずかながら長い、という差が出た。すなわち、並記すると次のようになる。

	『千羽鶴』	『波千鳥』
作品別調査	二八・三字	三一・七字
章別調査	二六・七字	三二・一字

B．文長の平均偏差については対比考察すべき資料が『千羽鶴』しかないが、その限りではほとんど変わらない。すなわち、並記すると次のようになる。

	『千羽鶴』
作品別調査	一二・三字
章別調査	一二・二字

ともかく、調査をした量がこの程度の場合には、標本抽出の仕方によってこのぐらいの差は出てくることがある、という注意をうながす程度である。その辺はサンプリングの問題に帰着するだろう。

3　2を後編『波千鳥』を組み入れた『千羽鶴』全編としてまとめると、次のようになる。

(1)　文長平均字数　　二八・一
(2)　文長平均偏差　　一二・九

節別調査

方　法

1　扱った作品は『千羽鶴』と『山の音』とである。

2　テキストとして、『千羽鶴』は新潮社版選集を、『山の音』は筑摩書房版の単行本を用いた。

3　取り上げた章は、『千羽鶴』冒頭の一章「千羽鶴」と、『山の音』冒頭の一章「山の音」とである。

4　調査対象として選んだ文は、両作品の当該章の全文章から、会話文および会話を含む文を除いた、残り全部である。

5　それぞれの文について、次の諸項目を調べた。

(1)　文長平均字数
(2)　句長平均字数
(3)　一文平均句数
(4)　一段平均文数

6　5の結果を節ごとにまとめた。

7　6の結果を章としてまとめた。
8　前述、『コトバの美学』に掲げた、二五作家各二作品の冒頭四〇〇句の調査の際の数値と対比させた。

結　果

1　節ごとに各調査結果を示すと、第2表のようになる。

〈解説〉

①　文長は、「千羽鶴」では次第に短くなっており、「山の音」でも三節を除き同じことが言える。
②　句長は、「千羽鶴」では四節を除き次第に短くなっており、「山の音」では一節の短いのが目につく。
③　文構成句数は、「千羽鶴」では次第に少なくなっており、「山の音」でもだいたい同じような傾向が見える。
④　文段構成文数では、「山の音」の五節の極端に少ないのが目立ち、ほとんど一文ごとに改行していることがわかる。信吾が山の音を聞く場面を思い起こしてもらいたい。特に「音はやんだ」という一センテンス・パラグラフの配り方などは絶妙である。改行によって断絶感が生じ、それが次のセンテンスの突如感を高め、そこには息詰まるような不気味さが、鬼気が漂うのである。ここで詳述は控えるが、この作家の文体効果を語る際に、この改行という問題を見逃すことはできないだろう。
⑤　一般に、章の構成状態も、章の平均的数値とはかなり異なる。例えば、「千羽鶴」の章としての平均文長は三一・四字であったが、この表に明らかなように、二節から五節まではいずれもそれより短く、一節の長いのに引きずられて長いほうへ伸びたのだと考えられる。
⑥　節ごとの構成は、一部を除き大きな差は認められない。つまり、ある狭い範囲におさまると見ていい。
⑦　「千羽鶴」の各節が動いていく方向の極限として、「山の音」の五節を考えることができる。このあたりの文章

に川端康成の文体の一典型を見る思いがする。あるいは、この作家の小説文章の極致であったかもしれない。

2　1を章として総括し、前掲『コトバの美学』中の数字を利用して、作品『千羽鶴』と章「千羽鶴」、作品『山の音』と章「山の音」とを対比させると、第3表のようになる。

〈解説〉

①「千羽鶴」の文長は、章別調査の際の結果三一・四字とほとんど差がないから、この場合、サンプリングに伴う誤差はきわめて小さいことがわかる。言い換えると、全数調査の必要はないわけである。

②全編にわたる調査も、冒頭の章だけの調査も、平均としては非常に近似した数値をうちだしたということは、この場合は全編調査の必要もないことを暗示している。具体的に言うと、作品『千羽鶴』よりも作品『山の音』のほうが文も短く、句も短く、句数も少ないという傾向が、そっくりそのまま章「千羽鶴」と章「山の音」との間にもあてはまる。そして、一章だけの調査でもその関係が動かないというにとどまらず、数値そのものもきわめて近似した値を示すのである。

〔第１表〕

調査文数	執筆年代（19－）	作品名	立長平均
50	14～25	十六歳の日記	21.8
100	16～52	少　年	33.8
50	21	招魂祭一景	40.5
50	21	油	44.3
100	22～26	伊豆の踊子	27.7
50	23	葬式の名人	28.9
50	23～24	空に動く灯	33.3
50	23～27	南方の火	28.4
50	24	篝　火	34.8
50	24	非　常	25.5
50	24	孤児の感情	28.4
50	25	蛙　往　生	27.4
50	25	白い満月	27.0
50	25	驢馬に乗る妻	25.5
50	25	明日の約束	38.9
50	26	温泉場のこと	34.0
50	26	犠牲の花嫁	25.0
50	26	文科大学挿話	35.0
50	26	春を見る近眼鏡	31.7
50	26	伊豆の帰り	33.8
50	26～30	春　景　色	23.7
50	27	霰	26.1
50	28	保護色の希望	29.6
50	28	死者の書	22.1
50	28	女を殺す女	29.9
50	28	詩と散文	28.7
50	29	美しき墓	40.6
50	29	或る詩風と画風	33.5
50	29～30	温　泉　宿	32.3
50	29～30	死体紹介人	31.9
100	29～30	浅草紅団	29.3
50	30	針と硝子の霧	23.7
50	30	祖　母	35.5
50	30	霧の造花	27.6
50	30	鬼熊の死と踊子	25.4
50	30～31	浅草日記	41.3
100	31	水晶幻想	28.7
50	31	結婚の技巧	37.1
50	31	水　仙	35.2
50	31	女を売る女	30.5
50	31	落　葉	29.7
50	31	真夏の盛装	23.8
100	32	化粧と口笛	45.8
50	32	それを見た人達	44.1
50	32	結婚の眼	40.4
50	32	浅草の九官鳥	30.1
50	32	浅草の姉妹	30.5
50	32～34	隠れた女	23.5
100	33	禽　獣	39.3
50	33	二　十　歳	51.4
50	33～34	散りぬるを	47.0
50	34	広告写真	39.6
50	34～35	浅　草　祭	48.8
100	34～36	虹	45.1
50	35	田舎芝居	41.6
50	35	童　謡	38.6
500	35～47	雪　国	40.7
50	36	イタリアの歌	40.5
50	36	夕映少女	36.4
100	36～37	花のワルツ	28.2

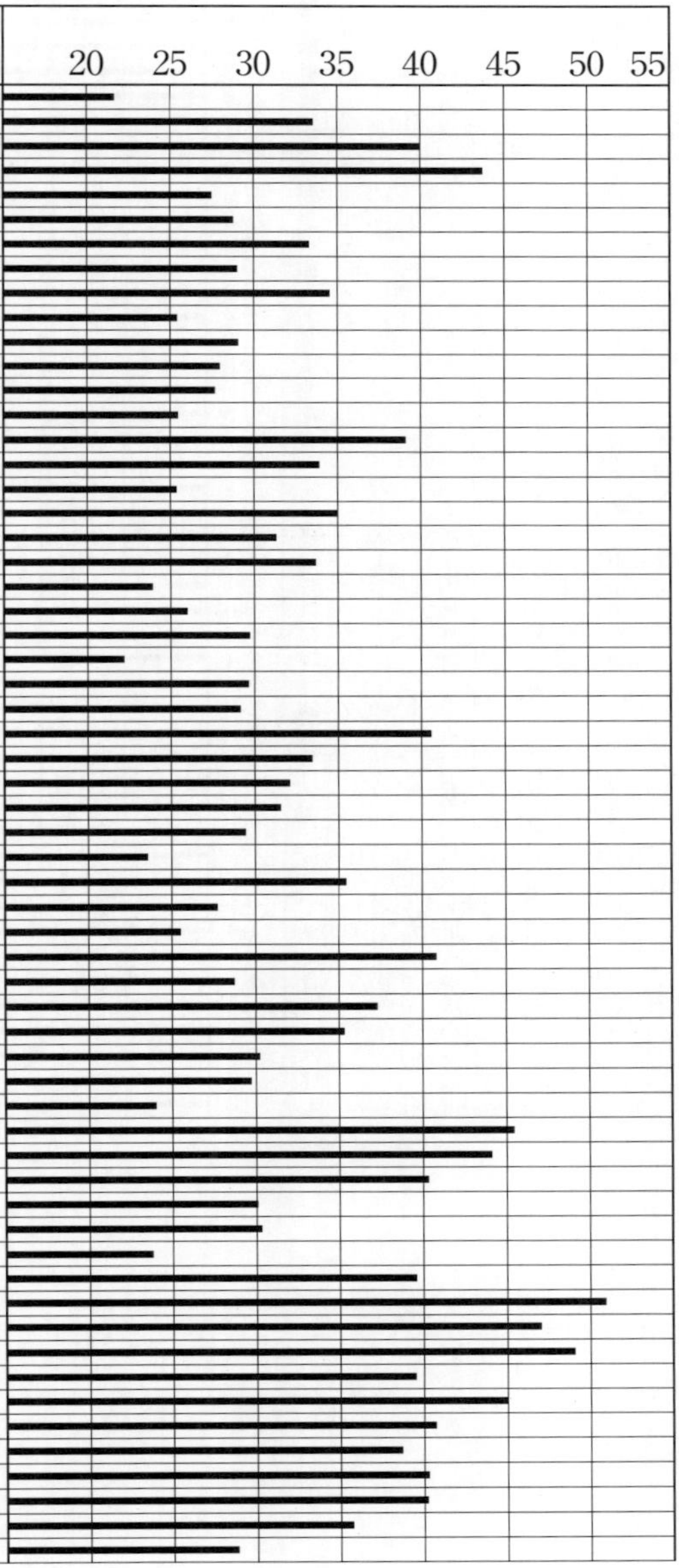

500	36～37	女性開眼	29.1
50	37	むすめごころ	35.6
50	37	初雪	25.8
100	37～38	牧歌	37.9
100	37～39	高原	38.0
50	38	生花	38.0
50	38	百日堂先生	36.0
500	38～52	名人	35.9
50	40	母の初恋	37.0
50	40	女の夢	41.6
50	40	夜のさいころ	29.9
50	40	燕の童女	35.5
50	40	夫唱婦和	33.0
50	40	子供一人	34.2
50	40	ゆくひと	28.4
50	40	年の暮	26.8
50	41	寒風	39.8
50	45	冬の曲	33.8
50	46	さざん花	31.5
50	46	再会	32.7
50	47	夢	32.6
50	49	かけす	27.8
50	49	夏と冬	29.5
50	49	雨の日	30.8
500	49～51	千羽鶴	28.3
500	49～54	山の音	27.1
50	50	地獄	24.0
100	50	虹いくたび	28.2
100	50～51	舞姫	30.1
50	51	たまゆら	28.4
50	51	あやめの歌	29.8
100	52	再婚者	39.8
50	52	白雪	32.0
50	52	お正月	30.0
50	52	首輪	28.9
50	52	明月	33.7
100	52	日も月も	28.2
50	53	水月	34.2
50	53	あちらこちらで	31.0
100	53	川のある下町の話	30.4
100	53～54	波千鳥	31.7
50	54	離合	28.6
50	54	横町	33.5
50	54	小春日	29.9
500	54	みずうみ	31.9
50	55	故郷	31.0
500	55	東京の人	33.0

〔第2表〕

『千羽鶴』冒頭の章「千羽鶴」

節	文長平均字数	句長平均字数	一文平均句数	一段平均文数
一	三六・四八	一四・九二	二・二九	一・六〇
二	三〇・三九	一三・九七	二・〇六	一・五〇
三	二九・九一	一三・五四	二・〇六	一・六一
四	二九・四一	一四・〇八	一・九五	一・八五
五	二七・七六	一三・三五	一・九三	一・五九

『山の音』冒頭の章「山の音」

節	文長平均字数	句長平均字数	一文平均句数	一段平均文数
一	二六・八六	一一・六七	二・一二	一・七〇
二	二六・三九	一二・七一	一・九三	一・七八
三	二八・一一	一三・四四	一・九五	一・五四
四	二五・八七	一二・九八	一・八五	一・九一
五	二五・五七	一三・三二	一・七九	一・一七

〔第3表〕

	文長平均字数	句長平均字数	一文平均句数	一段平均字数
作品『千羽鶴』	三一・八	一三・九	二・一	
章「千羽鶴」	三〇・六六	一三・九二	二・〇五	一・六二
作品『山の音』	二六・九	一三・〇	一・九	
章「山の音」	二六・五〇	一二・八六	一・九一	一・七一

おわりに

以上の調査結果から、文長について一般的に次の傾向を引き出すことができそうである。

1．短編三一・七字、中編三三・八字、長編三一・三字という平均文長から見て、作品の長さが文長に及ぼす影響は、あるとしても微々たるものである。

2．一作家の文長が時期によって大幅に動くことがあるとしても、それはまったくまちまちではなく、ある特定の時期に限られる。つまり、その時期を除けば、ほぼ安定した数値を示す。この場合は第三期が川端としては比較的長いだけで、他の時期は二八・五〜三四・三字の間におさまっている。

3．作品間で平均文長にかなりの差が見られる場合もあり（この場合は『死者の書』の二一・八字と『二十歳』の五一・四字が最大の差）、題材その他の影響も考えられるが、執筆時期との関連も無視できない（『千羽鶴』と後編『波千鳥』との関係など）。

4．同一作品中、章による差異があるとしても、それはある特定の章における現象であり、他の章においてはほぼ

安定した数値を示す。(『千羽鶴』では冒頭の章のみ平均三一・四字、他の章は二四・四～二七・四字)

5．同一の章のうち、節による変異があるとしても、多く一部の節だけの現象であり、他の節ではほぼ安定した数値を示す。(『千羽鶴』の冒頭の章「千羽鶴」では、平均文長が第一節のみ三六・四八とやや長めだが、第二～五節は二七・七六～三〇・三九字の範囲におさまる)。

これらの諸則が、「一作家」が川端康成であり、「同一作品」が『千羽鶴』や『山の音』であるときにだけ成り立つのか、あるいはもっと一般化できる傾向なのかというあたりは、今後に残された課題である。

(「平均文長の諸相―川端康成における一つの試み―」日本文体論学会『文体論研究』一四号 一九六九年)

第六章　井伏鱒二　飄逸の文体

井伏鱒二の文体

――晩年の作に地蔵の心をたどる――

本稿の目的

井伏鱒二の文章については、『名文』（ちくま学芸文庫）、『文章をみがく』（NHKブックス）、といった著書の中でその表現の特質に言及しているし、『日本語の文体』（岩波セミナーブックス）や『笑いのセンス』（岩波書店）では、少しまとまった形でこの作家の文体を論じた。また、古く『作家の文体』（ちくま学芸文庫）でも、インタビューの解説としてその言語意識を取り上げたことがあり、また、作者自身の意向を受けて中公文庫版『珍品堂主人』の作品解説を担当した関係で、そこでも当然この作品の解説をおこなった。そして、近代文学館主催の講演会で、はからずも井伏逝去のわずか半月後に、この作家の人とことばについて話すこととなった。ここでは、すでに指摘した文体的特徴が晩年の作にも見られることを確認したい。

著作のなかでくりかえし述べてきたように、あることをどう書くかという部分だけが文体なのではない。何を書くかというところに、すでに人柄が映っているからだ。文体はその人間のものの見方、世界へのかかわり方が言語面に反映したものである。そういう文体観に立ってつづるこの表現散策が、井伏鱒二という作家がものをどうとらえているかについて語り、そのふしぎな文体の根っこをいくぶんか掘り起こすことができればと思う。

執念の具象細叙

まず気がつくのは、この作家の異常なまでの関心の持ち方、そこからくる観察癖のようなものだろう。『荻窪風土記』には、近所の建築現場に椅子を持ち出して職人たちの仕事を見物していて、現場監督とまちがわれた話が出てくる。同じ作品の関東大震災のくだりでは、「お濠の水がすっかり乾上がって、人のむくろがそこかしこに散らばっていた」とむごい現実を直視し、しかも「目に見える限り、女はすべて仰向けになっている。男はすべて俯伏せになっている」という奇妙な事実まで見届ける。司馬遼太郎の随筆『井伏さんのこと』に、「茶壺にころんでトッピンシャン」というわらべ唄の茶壺は古備前か何かであるかという一点を問い合わせる井伏鱒二の電話の話があるが、なにか執念のようなものを感じる。

『兼行寺の池』に至っては、観察の結果ではなく、その行為自体を作品に取り込んでいる。離れの民宿の泊まり客が「障子のところに茶卓を片寄せて、法事の始終を書留める帳面と、旅行のときいつも携帯する小型双眼鏡を茶卓の上に用意し」「企劃に従って母屋の法事のなりゆきを逐一ノートに取る」。「小型双眼鏡でお斎の席を仔細に見て、料理の品目をいちいち帳面に書きとめた」というのだ。そのあとの宴会を「昼食をしたためながら見ることにして、食パンやチーズをボストンバッグから取出した。ウヰスキーの瓶も出した」というあたり、まるで芝居見物のつもりでいるらしい。蒙古の追分節に「拍手が起って、アンコールの催促」があると、「乾杯のつもりではないが、コップの水割にウヰスキーを注ぎ足した。牛肉の罐も明けた」というのだから、自分も参加している気分なのだ。

そういう観察や調査の裏づけがあるため、概念的な述べ方で進行せず、叙述が具象化される。『荻窪風土記』に即していえば、「新開地での暮しは気楽」というレベルで済まさずに、「昼間にドテラを着て歩いていても、近所の者が後指を指すようなことはない」と一例をあげ、「夜明け頃に物すごい雨が降りだした」と書いたあと、「雨脚の太さはステッキほどの太さ」と、その実感を書き添える。

観察が細かいから、表現も時に詳細をきわめる。『兼行寺の池』でも、農協で買った品物を「食料品や文房具」として一括せず、「パン、罐詰、牛乳二本、罐切、瓶詰、杉箸、卓上塩、バタ、鶏卵、手帳、シャープペンシル」というふうに並べたて、のぞき見た料理の品目も「いかの塩干」以下、十数品を列挙する。「ここ十何年の間に檀家二百戸のうち百二十戸が消えて無くなった」とか、「和尚はお経がすんだ後、「式次書」の通り十五分あまり「法話」をした」とかと数字を示すこともある。

「わんわんと響く洞窟声」(『岳麓点描』)、「めりめりと響くあの(丸太の割れ目に楔を打込んで、丸太が裂ける)音」、「(鴨が水を打つ)「ぎっし、ぎっし、ぎっし……」という重々しい羽音」(以上『兼行寺の池』)というふうに実感的な擬音語を駆使し、「燕のように六十歳になってからも季節がくると生家を訪ね」(『正宗さんのリュックサック』)、「玄関に立って、暑中見舞のようなことを云うだけで帰って行った」(『兼行寺の池』)、「四面道は青梅街道のへそのようなもので」(『荻窪風土記』)のように的確に見立てる比喩を使用するところにも、見たまま、聞いたまま、感じたままを生きた姿で伝えようとする意気込みのようなものが感じられる。

嘘っぽさと事実めかし

感覚や心情が先行すると、「池のほとりの餌箱が空になって居りますと、鴨は梵妻《だいこく》の起きるのを待って、家鴨の子を玄関先へ引率して参ります」(『兼行寺の池』)のような擬人的表現も現れる。強調しようとすると、「和尚さんが本当に腹を立てると、実際、頭から微かに湯気が立つそうだ」(同)というような事実誇張の表現も交じる。「地震があると夜でも外に飛び出」すという隣人の「悪い癖」を「一家の不幸」ときめつけ、その矢口さんの新築、取り壊し、そして次の家の建築現場を目撃したことをもって「町内の変遷を見た」と大きく出るのは、ことばによる誇張だ。「相対性原理の石原純博士と二日二晩つづけさまに勝負して、卒倒した拍子にピアノのキイで頭に大怪我をし」て「四針か五針か縫ったという」阿佐ケ谷の安成次郎を「見舞に訪ねて行くと」、当人がこりずに将棋盤を抱えて玄関に出て来たという『小沼君の将棋』の例などは、事実に誇張はないと作者は言い張るかもしれないが、読者がほんとかいなと眉に唾をつけるような話をことさら選んで書く筆法が、誇張表現と同じ笑いをよぶ効果をあげていることはまちがいない。

そういう嘘っぽさを消すふりをして、いかにもほんとのことめかす一見写実風の細かい藝も、かえって笑いを誘う。初期作品『鯉』で「青木の霊魂が私を誤解してはいけないので、ここに手紙の全文を複写する」などとわざわざことわるのは、その典型的な例だろう。『兼行寺の池』で、「和尚が早口になったので、ところどころ筆記が追いつけない箇所があった」とか、「この歌詞を筆記するには、すぐ軒先で鳴く油蟬の声が邪魔になった。私は第三節目も書取ろうとしたが、書取れなくなった」とかと時折はさむのが、まさにそれに当たる。泊まり客が別棟から双眼鏡でのぞいて法事の一部始終を記録するなどという、物好きにもほどがある設定なので、事実めかすこういう注記が、読者にはおとぼけと映るのだろう。

地蔵の抵抗

山口瞳は『井伏先生の諧謔』と題する文章の中で、こんな逸話を伝える。「あの寿司屋はいい粉山葵《わさび》を使っている」とほめて、ユーモアを解さぬ高級寿司屋の職人を怒らせたというのだ。皮肉というより、本わさびが何だ、偉そうな顔をするなという語調にもとれる。本わさびという権威にこだわらず、ほんものを賞味する生き方が象徴されているような含蓄の多いことばである。

「荻窪風土記」の周辺」という安岡章太郎との対談の中で、脱走兵の話になって、井伏は「それはえらい、えらいことをしたな。みんな脱走すればいいいんだ。脱走をやった人を尊敬するんだ、僕は」と感動をこめて言う。『岳麓点描』には「雨が降りつづくと、水位が上る一方だから湖畔の田畑が水びたしになってしまう。そのつど、湖畔の百姓は天を怨み地を怨み、逃散百姓にもさせてくれないお上を怨む」とある。『兼行寺の池』の和尚は法話の中で「八紘一宇という国是のもとに散華《さんげ》された英霊である。お上の召集で、はっきり云えば殺されたのである」と興奮し、「靖国思想を崇めている人が発起に立って」戦没者の鎮魂祭を催した際に「軍歌や軍艦マーチを演奏した」のを知って、寺の会館に「進軍ラッパ精神を持込まれたことで火の出るほど腹を立て」る。このように、『黒い雨』の作者は終生、権威に抗し、暴力を心から憎むのだ。

徹底して庶民の側に立つこのヒューマニズムは、竹の皮から水たまりにこぼれ落ちたつくだ煮の小魚が生き返らないことを悲しむ初期の詩に象徴されるように、小さな命をいとおしむ心とそのまま通じ合う。生家近くの石地蔵の顔をつくづく見ていると、「先方は笑うでもなく笑わぬでもなく細目で私の顔を打ち眺め、貴公も大いに自重したまえと教訓をさずけて下さるかのように思われ」、井伏少年は「そのま、お地蔵さまの門弟になって、生涯その傍らに立っていたい」(『お地蔵さま』)という気持ちになったという。仏の慈悲といえばおおげさに聞こえるが、人間くささの底に地蔵の心をさりげなくひそませた作家だと言えるかもしれない。写真で井伏鱒二の顔をつくづく眺めると、なんだかお地蔵さまの雰囲気が感じられるのは気のせいだろうか。

屈折した感情表現

井伏の初期の作品名をそのまま見出しにした『屋根の上のサワン』という石原八束の随筆の中に、こういうエピソードが紹介されている。井伏が甲府の定宿としている梅が枝の座敷に、阿佐ケ谷会の文士がそろって甲府に旅行した折の「墨痕鮮やかな自筆署名が、額にしてかかげられている」。その二〇人ほどの名の最後に「三好達治」とあるのを見て当の三好達治が怪訝な顔をしたら、井伏鱒二が「三好もいないと淋しいから、おれが書いたんだ」とにやりとしたらしい。ちょうど飯田蛇笏の葬式の帰りで、「井伏はあのようにユーモアをまじえてみんなの気を引きたててくれ」たのだと、車中で三好は涙ぐんだという。この作家の文学を見る思いがする。

人に対するいたわりをあらわに示すことに照れるこの作家は、こんなふうに感情をひとひねりして表出する。随筆『たらちね』の中で、中島健蔵の母親が亡くなるとき、健蔵が舌の先を出して「いっ」と言うと、母も同じしぐさを返すという「臨終際の戯れ」を紹介する。こういう愛情の表現の仕方に、この作家が詩を感ずるということは、いかにもありそうなことだ。

『処女作まで』では、長兄を横暴な人物として描いている。塚から掘り出した土器を洗っていると、「今から骨董物なんぞ弄ったりして、どうするつもりか。そんなことでは、お前は小説家になれんぞ」とどなる。小説家になりたいなどと一度も思ったことのない「私」は、「小説家になりたくても家を継がなくてはならない兄貴は、私を身替りにさせる気で、一人ぎめにして勝手なことを云う」と不満げだ。通俗文学に感動していると「そんな下らん小説を読んで、涙をこぼすとは何ごとじゃ」と火の出るほど叱られたことを書き、「もともとこの小説本は、兄貴が買って来て読んでいたものである。下らん小説なら御自分でも読まなければいい」と文句を言う。だからといって、兄を怨んでいるとはかぎらない。絵かきを志して橋本関雪の門をたたくが、酷評されてしょげかえる弟に、兄は友人と相談のうえ早稲田の文学部を受験させるあたりを読むと、兄貴に対するこういう描き方は案外、この作家一流の屈折した愛情表現だったかもしれないと思う。ひとすじ縄ではいかないやっかいな書き手なのだ。

いとしき人間くささ

つじつまの合わない行為、理屈で説明しにくい事柄を好んで書く。「文学青年窶れ」と題する尾崎一雄との対談で、「僕の女房が僕と学生時代に恋愛した女だと（浅見淵が）僕にいう。僕が違うというと、そうじゃないといって、当人の僕に説明することがまた大間違いだ」と井伏は笑う。この作家は好んでこういう話をする。「文学七十年」と題する河盛好蔵との対談には、小林秀雄がマルクスの『資本論』を読むというので自分も読みはじめてはみたもののこれもおかしい。「文学のことが一つも書いてないのでやめた」という若いころの話が出てくるが、井伏鱒二の面目が表れていて、「地理・歴史・文学」と題する河上徹太郎との対談で、阿佐ケ谷会の会員が一五人も亡くなっていることに話がおよび、河上が「もうだめだね、おれ達は」とつぶやき、「もう死のう、井伏」と相手の顔を見ると、「うん、死ぬか」とあいづちを打った井伏鱒二は「しかし、もうちょっと待て」と言う。安岡章太郎はこの一言に「滑稽な諧調の中に万感の想いがある」と評している。

『たらちね』はその名のとおり母親にまつわる話だが、その中に岩国の河上徹太郎の生家で夕食をごちそうになる場面が出てくる。河上君がひとこと「お酒」というと、お母さんがお燗をする。それを何度か繰り返したあと、今度はお母さんが「徹ちゃん、飲む?」と訊く。河上君が「うん」と頷いて、お母さんが酒をつける。それをまた何遍も繰り返した。駅まで見送りに来た河上君の姿が見えなくなるのを待ち兼ねたように、三好達治が「見ちゃあ、いられないなあ。徹ちゃん、飲む?「うん」……徹ちゃん、飲む?「うん」……ずいぶん、妬かしやがるなあ」と大声を出した。井伏が「福山を素通りして東京に帰ると云うと、自分も大阪には寄らないでまっすぐ東京に帰ると云って、窓にもたれて眠ってしまった」らしい。ところが大阪駅に着くと、三好はさっと網棚の鞄を取って「僕、失敬するよ」と降りてしまったという。むろんその町に、母親がまだ健在であったころのことである。井伏鱒二という作家はこういう話をさりげなく書く。偉大な詩人の言行不一致を示すエピソードだが、矛盾を抱えこんだ人間の、その人間くささを地蔵のように温かく見つめているのである。

『兼行寺の池』の和尚も悟りきってはいない。「生前にどんな業突張の悪たれ女でも、善説を取るのが仏教であるから一言半句でも悪口は云えぬ。自然、綴るところの文章は美文調になりまして、それを自分で読誦しながら、自分の文章にほろりとしたり絶句したりすることがあります。詩人的要素のある坊主ならば気をつけねばなりませぬ」と自省する、その俗物らしさを笑いながら、読者はいつかそこに惹かれていく。

老齢になると一般に、いつ、誰が、何をしたという記録報告的な文章に近づくと言われる。『海揚り』『岳麓点描』『鞆ノ津茶会記』などを読むと、井伏鱒二にもたしかにそういう傾向があるようだ。「俗に遊ぶ鷗外」と称せられるこの作家の文章は晩年に近づくにつれて、その意味で鷗外晩年の史伝物に似てきたと言えないこともない。しかし、作者八十歳のこの作品『兼行寺の池』で、和尚は酒で肝臓をやられて禁酒して以来、般若心経を唱える際に「肝臓がなんだ、肝臓がなんだ」と調子をつけて太鼓をたたく。「私」は「お経は翻訳しないところに面目があり、わからんところを有難いと思わせることにしてあるようだ。お経は、宗教から俗物を追いはらう役目を果している。施主は足の痺れる苦痛を我慢するのだから、葬式などのときには、当面の哀愁を暫くでも忘れさせてくれる」と達観し、「漆塗りの盃で飲む熱燗の酒」は重厚な風味をもち、「人間を顎から酔わ」すことを発見する。そんなあたりにもやはり鷗外との質的な違いを感じないわけにはいかない。

井伏という詩

関東大震災で東京の大半が焼けた折、菊池寛は愛弟子の横光利一の安否を気づかって探し歩いた。それを伝える小島徳弥の手紙の内容を要約紹介して『荻窪風土記』はこう書く。文壇の元締が「横光利一、無事なら出て来い」と書いた幟を立てて焼け残りの街を歩く。その光景を「満目荒涼の焦土に対し、一片清涼の気が湧く」と他人の言として評するとき、作者自身も清涼の気を感じ、詩を見ていることは疑えない。

『太宰治と岩田九一』という随筆の中で、岩田作品の筋が紹介される。家の手伝いに精を出し、日ごろ欲しかった結城の着物をやっとのことで母親に買ってもらう。「嬉しくて仕様がないので、それを着て東京へやって来たが新宿で夕立にあって、びしょ濡れの着物は結城の単衣だからスルメイカを焼いたように縮みあがってしまう。泣く泣く小手指村に帰って行くと、東京の方角にあたって空に美しい虹が立っている」。随筆では、この短編が雑誌に載ったときの太宰の嬉しがりようを必要以上に筆を尽くして描く。いかにも太宰好みの作品という調子で取り上げているのだが、井伏自身も魅かれていることはいうまでもない。

ただ、こういう詩情を自分のものとして素直に発揮することに、この作家は極度に照れるのだ。親友や愛弟子を追慕する作品、例えば初期の短編『鯉』でも、随筆『点滴』でもそうだった。人への至情がディテールにこだわる形で、どんなにわかりにくく表現されていたことか。岩田の絶筆『私のクロ』を少し書きなおして『岩田君のクロ』としてようやく雑誌に掲載できたとき、原作者はもうこの世にいなかったという。はでな身振りでことさら人懐っこく笑ってみせる太宰と、反っ歯を意識して前歯をのぞかせるだけの岩田と、今は亡き二人の愛弟子を、こういう瑣事を少しおおげさに描くことで、はげしく思い出しているのだろう。

散文の眼で現実の悲しみをしっかりと見すえるこの作家は、しかし、本質的に詩人だったのではあるまいか。それでは、井伏における詩とは何か。庄野潤三全集の月報に井伏鱒二は『庄野君と古備前』という短い文章を寄せている。古い窯跡から拾って来た備前焼の擂鉢の破片を庄野に進呈したら、奥さんから手紙で庄野の様子を知らせて来た。毎日それを机の上に置いて原稿を書き、夕食のときには洗って、レタスにぬたを盛ったのをそれに載せて酒を飲んでいるという。井伏は「身辺にあるものは些細なものまで生かして行く生きかたをしている人だ」と評したあと、「大昔の焼物の破片まで生かしている。生かしているとは、詩にしているという意味である」と付け加えている。

（「井伏鱒二の文体―晩年の作に地蔵の心をたどる―」『国文学 解釈と鑑賞』一九九四年六月号 至文堂）

井伏文体の胎動
――『幽閉』から『山椒魚』へ――

はじめに

筆者はこれまでに、主として文章・文体・表現の方面から、たびたび井伏鱒二の人と文学にふれてきた。一九七七年の七月に小説『珍品堂主人』が中公文庫に入る際、作者の指示でその作品解説を担当したのが最初であろうか。筑摩書房の雑誌に連載した作家訪問の仕事で、七五年の暮れに東京杉並区清水町の井伏邸を訪ねており、それがきっかけになったにちがいない。その折のインタビューが『言語生活』誌に載ったのは七六年の二月である。七七年の末には、一五人分のインタビューをまとめた単行本『作家の文体』(現行版は、ちくま学芸文庫)が刊行され、そのインタビュー解説「現代作家の文体と言語意識」の中で当然、井伏文体にも言及した。

以後、七九年刊行の『名文』(現行版は、ちくま学芸文庫)、九一年刊行の『文章をみがく』(NHKブックス)や『日本語レトリックの体系』(岩波書店)といった著書のほか、八六年の「〈名文の散歩道〉井伏鱒二『鯉』」(NHK学園『ザ・文章設計』一号)や九五年の「井伏鱒二と私」(山梨県立文学館『井伏鱒二 風貌・姿勢 別冊』)、九七年の「ユーモアの文体論」(明治書院『日本語学』一六巻一号)や同年秋の「文体と表現をめぐる断想」(國語學會 講演要旨)、それに九八年の随筆「テープ供養」(筑摩書房版『井伏鱒二全集』第二一巻月報)などでも、断片的ながら井伏鱒二のスタイルにふれた。

その文体的特色を少しまとまった形で述べた最初は、九三年に刊行した著書『日本語の文体』(岩波セミナーブックス)

中の「含羞のフィクション」という一章である。そこでは、ふしぎな人柄、観察癖、悪戯、はぐらかし、虚と実のあわい、屈折した詩情、ヒューマニズムという見出しのもとに、井伏文体の全体像をスケッチした。

九四年のすばり「井伏鱒二の文体」と題した論文（国文学 解釈と鑑賞」五七巻一一号）では、「晩年の作に地蔵の心をたどる」という副題を付したように、最晩年の作品にも、この作家らしいヒューマーと、とぼけた心情表現のはにかみが色濃く残っていることを跡づけた（本書三一六ページ参照）。

九八年の「早稲田大学日本語研究教育センター紀要」一一号に発表した論考は、所長として創設十周年記念号に掲載する照れから、表題を「井伏小沼八百番手合」とし、漢字の正字体と歴史的仮名遣いを採用した随筆風のスタイルをとるなど、あえて学術論文に見えない体裁にしたが、中身は詳細にわたる言語調査の報告とその分析とから成る（本書三七四ページ参照）。具体的には、師弟関係にある井伏鱒二と小沼丹とがたがいに相手の将棋について書いた同種の随筆を対象に、その文章を綿密に対比することをとおして、量的構成、文の構造、使用語彙の性格、接続の性格、文章展開などの面における両作家の表現上の異同を探った文体研究である。

そのほか、編纂した各種の表現辞典類に井伏作品から多数の文例を収録している。また、九三年の夏に読売ホールで開催された近代文学館主催の講座でも、『本日休診』『珍品堂主人』に現れた井伏鱒二の文章の特徴的な表現を指摘しながら、作品の不思議な味わいとこの作家のスタイルの魅力について語る講演を行った。

本稿では、井伏鱒二揺籃期の作品にこの作家の文体の胎動を聴く試みの跡を記したい。

初期の名作として知られる『山椒魚』は、一九二九年五月に「文芸都市」誌の第二巻第五号（五月号）に『山椒魚―童話―』という題で発表され、これが初出となっている。次いで翌年の四月に新潮社から「新興芸術派叢書」の一冊として刊行された作品集『夜ふけと梅の花』に収録された。そこで「童話」という文字が消えて、単に『山椒魚』という題の小説が誕生した。筑摩書房の新しい三〇巻ものの全集には、それを底本とした旨が明記してある。

一方、この作家には、『山椒魚―童話―』の発表される数年前、大正年間のいわば習作期に書かれた『幽閉』と題する短編がある。それは一九二三年の七月に「世紀」誌の創刊号（七月号）に発表された。『山椒魚』がこの『幽閉』をもとに改作し、完成させた作品であることはよく知られている。それだけに当然、大筋は似ているが、両作品の文章にはそれぞれの執筆時期の違いが反映しており、描写や説明における表現の在り方に顕著な差異が認められる。表現面の細部が異なるだけでなく、作品構成そのものにもはっきりとした違いが見られる。

さいわい今度の全集には、習作とも言うべき『幽閉』も収録されている。この全集版で調べると、『幽閉』は一〇一行で、ちょうど一〇〇個の文から成る。一方、『山椒魚』は一三七行で、ほかに一行あきが六箇所あり、一四三個の文から成っている。作品のスケールとして、後者のほうが四割ほど長いが、内容・形式とも比較を妨げるほどの条件の違いは認められない。

両作品の表現上の差異をつぶさに検討することをとおして、『幽閉』から『山椒魚』に至るこの数年間に、井伏鱒二の言語意識がどう変化したかを探り、初期の文体が形成される過程を追うことにしたい。

話の流れ

谷川の途中の岩で囲まれた場所に入り込んだ山椒魚が、そこで成長したために、岩の隙間から出られなくなり、その岩屋に幽閉される。物語のこの設定は両作品ともまったく同じである。その状況下での山椒魚の悲しみを描いている点にも差はない。初めのうちこそ強がりを言ってもみるが、やがて、ちょっとうっかりしていたことの罰としては不当に重過ぎると神に抗議するのも同様である。流れや淀みの藻の様子や、蛙や水すましの行動を描写し、蝦《えび》に話しかけるところも共通している。目高や小魚の行動を見て嘲笑し、優越感を抱く点も変わらない。

しかし、話の流れや叙述内容には違う点も認められる。岩屋内の苔や黴の描写自体は両作品に見られるが、そこをみじめな闇の中と感じ、それらの存在の意味づけを考えるのは『幽閉』だけである。外界の蛍や星の描写も『幽閉』にしか見られない。岩屋の外に出たくてたまらなくなって声に出して嘆き、あるいは、紛れ込んで横腹にとまった蝦の動きを体感的にとらえ、その蝦にはっきりと自らの孤独感を訴えるのも、『幽閉』にしか見られない特徴である。

一方、岩屋内を泳いで水垢にまみれる場面は、『山椒魚』のほうだけに見られる。特に注目されるのは、この作品における山椒魚の気持ちの変化である。まず、脱出できなくなっていることに気づき、不注意にそのような場所に入り込んでしまった自分の失敗を後悔するが、初めのうちは、「いよいよ出られないというならば、俺にも相当な考えがあるんだ」と強がりを言ってみる。

しかし、「うまい考えがある道理」などなく、目高の行動を見てあざ笑ったり、蝦を見下したりして自分を慰めるほかはない。その間に何度も気を取り直して脱出を試みるものの、ことごとく失敗し、気も狂わんばかりにその不条理を神に訴える。

やがて現実から目をそむけるという対処の仕方を思いつく。が、目を閉じると、かえって「巨大な暗やみ」や際限もない深淵が広がることを知り、深い孤独感にすすり泣く。

そういう状態が続いていくうちに、次第に「よくない性質を帯び」て、たまたま紛れ込んできた蛙を「一生涯ここに閉じ込めてやるんだ」と、自分と同じ運命に引き込むことに快感を覚えるようになる。

そうして、長い間、蛙と口論を続けたあとに、相手がふと溜め息をもらしたのを聞きつけ、友情を感じて和解する。

『幽閉』のほうは、山椒魚が自らの運命に対する抵抗を次第にあきらめ、弱者に親近感を覚えながら、じっとその淋しさに耐えるという、いわば直線的な流れであった。

それに比べて『山椒魚』は、右に述べたように、運命に対する抵抗を繰り返し行動で示した末に、その絶望から一度「悪党」に変身するが、蛙ともども、やがてある種の「悟り」の境地に一歩近づく、という屈折に富んだ展開となっている。つまり、改作は文面の推敲にとどまらず、物語の構成の面にも及んでいることがわかる。

場面と説明

事柄や様子を、現実の場面として、時には会話を折り込みながら描写するか、その事態や状況をことばで説明する形の叙述をとるか、その点で、小説の文章の地の文は大きく二つに分けられる。文章心理学などで「シーン」と「サマリー」という用語で取り上げる観点である。この面から両作品を比較してみよう。

『幽閉』ではまず、「とうとう出られなくなってしまった」以下、「前から心配していた」とか、「冷い冬を過して、春を迎えてみればこの態だ」とかと、山椒魚自身のことばで、岩屋に閉じ込められるに至った経緯を読者に語る。そのあとにも、「あゝ悲しいことだ」、「何うにかならないものだろうか?」、「僕程不幸な者は三千世界にまたとあろうか」といった山椒魚の嘆きの声や、「何うしたものだらう? 大地震が起こって天地がひっくり反れば、僕もあの河の流れに投げ出されるだろうに」というかすかな期待の表明、「いよいよ出られないというならば、俺にも相当な考えがあるんだ」という強がりのことば、「神様、あゝ貴方はなさけないことをなさいます」という悲痛な訴え、「露の玉や、苔の実や黴は、今僕にとって何んな関係があるか」といった自問、「寝ているのではないな。物おもいに耽っているのだな」といった観察などが出てくる。が、それらの発話は引用符つきながら、ほとんどが声にならない無言の呟きにすぎない。

終わり近くの「兄弟静かじゃないか?」という問いかけだけは、直後に「えびは返事をしなかった」という地の文が続くので、実際に声を発したものとして書いている。しかし、そのほかに山椒魚の肉声は聞こえない。「兄弟、明日の朝までそこにじっとして居てくれ給え。何だか寒いほど淋しいじゃないか」という作品の結びの一言さえ、眠っているはずの蝦を相手にしみじみと発した、山椒魚の魂の声、すなわち思考内容と解すべきであろう。

蝦の紛れ込むクライマックスでは、さすがに現実の場面をスケッチするようなタッチになるが、その最終シーンまでの運びは、閉じ込められてから二年半の間の食生活や、山椒魚一般の習性、岩屋の内外の様子や、山椒魚のそこでの感覚や心理や想像や思考内容など、描写より説明が基本ベースとなっている。現状や場面のように見える箇所でも、今そこにある動きではなく、「時々ではあるが……かとおもうと、……潜り込んでしまうのである」とか、「彼等は…逃げまどうものである」とかというように、過去の事実や一般的な傾向を説明する筆致が目立つ。

それにひきかえ、『山椒魚』では、現実の場面の描写として処理した情報が圧倒的に多く、説明部分は大幅に減っている。はっきり説明と言えるのは、冒頭の山椒魚の心理に関する解説、「蝦という動物ほど濁った水のなかでよく笑う生物はいないのである」という感想がらみの説明、「山椒魚はよくない性質を帯びて来たらしかった」という性質の変化についての観察的立場からの簡潔な説明ぐらいのものであろう。

「人々は思いぞ屈した場合、部屋の中を屢々こんな具合に歩きまわるものである」とか、「悪党の呪い言葉は或る期間だけでも効験がある」とかといった一般論や、「瘋癲病者」や「囚人」の喩えなどは、説明としてもイメージが豊かである。

「誰しも自分自身をあまり愚かな言葉で譬えてみることは好まないであろう」以下、自分を「ブリキの切屑」と考える、「ふところ手をして物思いに耽」る、手の汗を「チョッキの胴で拭」うといった人間的なイメージなども、写実的とは言えないにしろ、それらはいずれも、山椒魚の状態や行動を描写するための比喩的な役割を果たしている。

山椒魚の姿、あるいは蛙や蝦をも含めて、この物語はそういう動物の姿を借りて人間社会を描き出そうとしたものだとするなら、このような人間イメージは作品の比喩構造を相対化する働きをしていると考えられる。

「諸君は、発狂した山椒魚を見たことはないであろうが……諸君は、この山椒魚を嘲笑してはいけない……了解してやらなければならない」とか、「どうか諸君に再びお願いがある……言わないでいたゞきたい」とかと、作品世界に作者がじかに顔を出し、語り手が読者に直接話しかける手法を採用したのも、この作品になって、そういう物語の構造に対する作者の自覚が明確になったことの表れであろう。

いずれにしろ、以上のような箇所を除いて大部分が描写になり、『幽閉』とは叙述の基本ベースに変化が生じたと見ることができる。『幽閉』で「時々ではあるが…かとおもうと、……潜り込んでしまうのである」という調子で述べていた箇所が、「水すましが遊んでいた……背中に乗っかり……驚かされて……逃げまわった」となった。「彼等は……逃げまどうものである」となっていた箇所も、「蛙は……突進したが……鼻先を空中に現わすと……再び突進したのである」となっている。このように説明調が現実場面に変わったあたりに、描写中心に純化していった跡をたどることができるように思う。

削除情報

改作とは、以前に書いたある作品に手を入れて、全体として別個の作品に仕立てることを意味する。その際、すべての箇所を他の表現に改めるケースはごく稀であろう。たいてい、ある箇所はそのまま残され、ある箇所は他の位置に移され、ある箇所は他の表現に改められる。

変更といっても、位置や表現が変わるだけではない。そっくり削られる箇所もあり、新たに加えられる情報もある。今回は『幽閉』と『山椒魚』とを対比しながら、そういうすべての場合を調査した。そして、それぞれの変更点の意味づけを考察した。

『幽閉』から『山椒魚』に改作した際に削除した部分は、細かい点を除いて二七箇所に及ぶ。ここでは、そのうち主要な情報のみ、問題の性格を整理しつつほぼ出現順に取り上げる。

筑摩版の新しい全集では、『幽閉』は第一巻の五ページから始まる。まず、その冒頭の二行目の「斯うなりはしまいかと思って、私は前から心配していたのだが」の部分が、『山椒魚』では削除されている。これは、「前から心配していた」という情報が、次の六ページの初めに出てくる「うっかりしている間に」や、それに続く発話中の「つい失念していた」といった情報とやや矛盾する面があるため、そのような微妙な関連情報を消し去ったのであろう。

続く冒頭三行目の「何時かは、出られる時が来るかもしれないだろう」の部分も削除されている。確率は低くても、脱出の可能性を肯定することばであり、このような淡い期待を抱く記述を意図的に排除したものと考えられる。前節で引用した七ページの三行目の「大地震が起こって天地がひっくり反れば、僕もあの河の流れに投げ出されるだろうに」の箇所が削除されたのも、やはり可能性への言及を慎重に省いたのであろう。

冒頭九行目の「あゝ悲しいことだ」、六ページの五行目の「せめて斯うでも言っているのが今は慰めである」や、一〇行目の「斯ういうことについて考えてみると、全くなさけなくなってしまう」以下、一六行目の「何うにもならないことだ。僕程不幸な者は三千世界にまたとあろうか。悲しいことだ」という発話や、その直後の「これを嘆かないでいられようか」、次の七ページの冒頭の「それはあきらめまぎれの、というよりあきらめかねた気持をたぐって行っての言葉で、彼にとってこの観念が慰めになる道理はなかった」なども削除された。これらはいずれも、弱音を吐く生の台詞を極力表に出さず、くよくよする山椒魚の心理の説明も可能なかぎり減らす、という方向での処理になっている。

作品冒頭一五行目の「彼はこの二年半の月日の間に、雨蛙を二疋と五尾の目高とを食ったゞけであった。彼等は一年に一疋の蛙でも食っていれば十分なのだ」の部分は、山椒魚といえども、そんな場所で長期間生きていられるはずがあるまい、という疑問を先取りして、逃げを打った箇所とも受け取れる。

次ページの七行目の「河の流れの入り込む岩屋の入口に目をつけていれば、たまには小さな魚や蝦や蛙が、まぐれ込むのを見逃さないですむ。だから何うにか斯うにか、生きてだけは居られる」というところも同様で、その種のつじつま合わせの事情説明の部分も削減されている。

なお、前例の「十分なのだ」に続けて「食えば食わないのに越したことはないけれど」と補足した箇所も当然消えているが、この文は「食えば食う（食った／それ）に越したことはない」の乱れと推測されるため、そこではまた、別の要因も働いたかもしれない。

八ページの一五行目以降の展開、すなわち、「それ等を流転して行くもの、光景と思いつめて」といった輪廻思想を思わせる「流転」という見方や、「露の玉や、苔の実や黴は、今僕にとって何んな関係があるか、またそれ等は僕に何を暗示しようとしているのであるか?」と自問する生硬な哲学的問いは、いずれも削除されている。

九ページの一一行目に、車えびが何かに驚き「宙返りをして山椒魚の横腹にとんで来て泊」る場面が出てくる。『幽閉』では、その直後に「えびの足の間繁く水をかくのと、触角の動くのとが山椒魚の腹に感じられた」とある。『山椒魚』にもその場面はほぼそのまま残されているが、そこでは山椒魚の側からのその触覚的な記述が削除され、山椒魚が振り向きたいのを我慢する記述へと飛ぶ。このあたりは、山椒魚をも対象化し、客観視点に近づける方向での操作と見ることができよう。

九ページの一八行目に「静けさの溶液が彼等をすっかりとり囲んでいる」という奇抜な表現が出てくるが、『山椒魚』ではこういう発想自体が取り除かれている。「静かさの溶液」といったとらえ方の奇をてらう感じにためらいを覚えたのであろうか。それとも、一見感覚的に見えて、その実観念的な比喩である点を嫌ったためであろうか。

九ページの五行目に、「外界の川の上には蛍が…幾匹ともなく飛んで行っていたが、蛍達が光って火の線を引くと、それが水に映って彼の岩屋の中まで、極く薄らいでゞはあるが光って来る」とある。「その灯りでみると水際の蝦は車えびらしく」と、ほのかな明るさで蝦の種類を見分ける背景づくりをしているが、この情報も『山椒魚』には現れない。一〇ページの二行目にも「岩屋の口から外界の空に瞳を凝らせば、蛍の火が流れている」とあるが、この部分も削除されている。

「向うの遠いところには、星が輝いている」と、この蛍に続いて星が姿を現し、その大小や色・輝きについての言及のあと、「目ばたきしている小さな汚点」と比喩的にとらえているが、『山椒魚』ではこの星も姿を現さない。

このような蛍と星そのものの削除は、いったいどう考えるべきであろうか。外界の上方への視野をふさぐことで、山椒魚の置かれた限界状況を際立たせたとも考えられる。あるいはまた、蛍や星という存在につきまとうイメージの抒情性や感傷性を消すことで、作品の諷刺的な性格を強めたとも考えられよう。少なくとも結果として、その両方の効果を奏する働きをしている。

追加情報

『幽閉』になく『山椒魚』に新たに登場する情報も多く、細かい点を除いて三七箇所に及ぶ。これも主要な点にしぼって、問題の性格別に原則として出現順に取り上げる。

『山椒魚』は同じく全集の第一巻の三七五ページから始まる。三七八ページの冒頭に「彼はどうしても岩屋の外に出なくてはならないと決心した」という脱出の決意が明記されている。そして、三行目には「全身の力を込めて岩屋の出口に突進した。けれど彼の頭は出口の穴につかえて、そこに厳しくコロップの栓をつめる結果に終ってしまった」と、決心を実行に移して失敗に終わったことが述べられる。さらに、同じページの一行あきの直後には「山椒魚は再びこゝろみた。それは再び徒労に終った」と、再度の脱出決行も失敗に終わったことが記されている。

『幽閉』では、絶望に至る過程を「何うしても駄目だ」「何うにもならないことだ」といったことばで概念的に説明する傾向があった。それに対し『山椒魚』では、このように、何度も脱出を試みては失敗する、その行動の描写をくりかえし挿入している。

山椒魚のこの脱出決行の事実が追加されたのに伴い、その騒ぎで小蝦が狼狽する場面も書き加えられた。同じページの七行目以降に、蝦は山椒魚を岩の一部だと思ってしがみついていたところ、「岩石であろうと信じていた棍棒の一端がいきなりコロップの栓となったり抜けたりした光景に、ひどく失笑してしまった」と書いたのが、その追加情報である。

そして、「蝦という小動物ほど濁った水のなかでよく笑う生物はいない」と加筆する。ここでの蝦の笑いの創出は、童話風から諷刺風の作品に転換する象徴的な一事であると見るべきであろう。

脱出の試みがふたたび徒労に終わったとき、「彼の目からは涙がながれた」と書いている。三七九ページの五行目には、蛙の「活発な動作と光景とを感動の瞳で眺めていたが」、そういう感動させる対象から「目を反けた方がいゝということに気がつい」て「目を閉じ」るところが出てくる。

そして、同じページの一二行目には、「山椒魚は閉じた目蓋を開こうとしなかった」と書いてあって、その直後に「目蓋を開いたり閉じたりする自由とその可能とが与えられていたゞけであったから」と、その理由が述べられている。それは目を開ける意志を持たないことを意味するであろう。しかし、外を見ないでいれば心の安寧が得られるというものではない。目を閉じることで、目の前には「巨大な暗やみ」が現れ、それは「際限もなく拡がった深淵」となるという記述が続く。

また、三七九ページの終わりに「牢獄の見張人といえども…終身懲役の囚人が徒に嘆息をもらしたからといって叱りつけはしない」という譬え話を記したあと、次ページの冒頭で「注意深い心の持主であるならば、山椒魚のすゝり泣きの声が岩屋の外にもれているのを聞きのがしはしなかったであろう」と、山椒魚のすゝり泣きを、別の角度から間接的に述べている。

これらの一連の追加情報は、山椒魚の心理をことばで説明する方法を捨て、涙やすすり泣きや瞑目、あるいは嘆息といった、具体的な事実の記述をとおして語る方法を選び取ったことを示すであろう。

三七八ページの一行あきから五行目で、「諸君は、発狂した山椒魚を見たことはないであろうが」と直接に読者に語りかける。そして、七行目では、「いかなる瘋癲病者も、自分の幽閉されている部屋から解放してほしいと絶えず願っているではないか。最も人間嫌いな囚人でさえも、これと同じことを欲しているではないか」と、病人や囚人の例を持ち出して、山椒魚の心理や行動について理解を求めている。

三七九ページの七行目で、山椒魚が自分を「ブリキの切屑」のようなものと思ったことを述べたあと、「不幸にその心をかきむしられる者のみが、自分自身はブリキの切屑だなぞと考えてみる」のだと解説し、「彼等は深くふところ手をして物思いに耽ったり、手ににじんだ汗を屢々チョッキの胴で拭ったり」して、「好みのまゝの恰好をしがちだと、人間に置き換えた一般論を持ち込んで、イメージ豊かに述べる。

同じページの一七行目では、「どうか諸君に再びお願いがある」と、また直接読者に語りかけ、山椒魚を「ルンペンだと言わないでいたゞきたい」と懇願し、前にも引用した「牢獄の見張人といえども…終身懲役の囚人が徒に嘆息をもらしたからといって叱りつけはしない」へと展開する。ここでは、囚人と見張り人との関係に置き換えて根拠づけを試みていることになる。

三八〇ページの一行あきの直後では、「悲嘆にくれているものを、いつまでもその状態に置いとくのは、よしわるしである」という、人間にも通じる一般論を示して、性悪になった山椒魚の弁護を買って出る。さらに、同じ一行あきから九行目でも、「悪党の呪い言葉は或る期間だけでも効験がある」という一般論を展開する。

このあたりの一連の追加情報は、視点が山椒魚につき過ぎないよう、ある程度の距離を置き、視野を広げて外から描く方向に向かっている点で、すべて共通する。

三八〇ページの一行あきを挟んで、「よくない性質を帯び」た山椒魚が「岩屋の窓からまぎれこんだ一ぴきの蛙を外に出ることができないようにした」たことが描かれる。山椒魚の頭で岩屋の窓がふさがれたため、蛙は「狼狽のあまり岩壁によじのぼり、天井にとびついて銭苔の鱗にすがりついた」。

そこから「誤って滑り落ちれば、そこには山椒魚の悪党が待っている」。相手を自分と同じ不幸な境地に陥れて、山椒魚は痛快そうに「一生涯こゝに閉じ込めてやるんだ！」と叫ぶ。そして、そこから蛙との口論が始まる。最初のうちはたがいに「お前は莫迦だ」と激しくののしり合うが、一年後には「お前から出て行ってみろ」、「お前こそ、そこから降りて来い」という駆け引きに変わる。そして、さらに一年経ったころには両者から悪意が消え、蛙の溜め息を聞きつけた山椒魚が、「もう、そこから降りて来てもよろしい」と相手を許す。蛙も恨みを忘れて「今でもべつにお前のことをおこってはいないんだ」と応じる。

こうして和解が成立したところで作品は結ばれる。こういう一連の追加情報は、山椒魚の性格にさまざまな変化を与えることで、比較的単調だった作品の展開に波を設ける、という方向で効果を奏したと見ることができよう。

表現の変更

文の情報が対応しながら表現の違いが見られるものに注目し、その部分での表現差を対比する。

① 出られなくなってしまった→出ようとしたが頭が出口につかえて　② ほんとに出られないとすれば→いよいよというならば　③ 僕→俺　④ 考えがある→相当な考えがあるんだ　⑤ 終身懲役→一生涯この 窖《あなぐら》に閉じこめ　⑥ ほんの少しの年月→二年間ほど　⑦ 岩屋の口から→岩屋の出入口に顔をくっつけて　⑧ 細い細い→細い　⑨ 悠っくりと延びて→朗かな発育を遂げて　⑩ 一本だけ

ではない。幾本も幾本も↓一叢の藻　⑪　何十とも数しれぬ目高↓多くの目高達　⑫　ほの黒く泳いでいる↓群をつくって　⑬　おし敗かされまい…離れまい↓自由に遁走して行くことは甚だ困難　⑭　何の理由で間違った奴を手本にする↓不自由千万な奴等　⑮　一歩悟入しているつもりで↓嘲笑　⑯　時々ではあるが↓突進した　⑰　驚き↓驚かされて　⑱　水すましが二、三匹↓大小二ひきの水すまし

⑲　目茶苦茶に↓出鱈目に　⑳　逃げまどうものである↓逃げまわった　㉑　水さびが岸壁に発生しているのか自分の体に発生したのか解らない↓岸壁の水あかを体に苔が生えたと錯覚　㉒　扁平に岩の面を匐って↓地所とりの形式で繁殖　㉓　針のような小さい茎↓最も細く紅色の花柄　㉔　花粉を散らす↓隠花植物の種子散布の法則通り花粉を散らす　㉕　岩と岩との間や湿った岩壁にくっついた↓水面に散った　㉖　彼の住んでいる流通の悪い水の面↓住家の水　㉗　毎日↓常に　㉘　えび↓小蝦

㉙　物思いに耽っているような様子↓物思いに耽っているのであろう　㉚　雀の稗草ほどの大きさをした卵の黒点の群体↓雀の稗草の種子に似た卵　㉛　水際をはなれて宙返りをして山椒魚の横腹にとんで来て泊った↓岩壁から飛びのき、二、三回ほど巧みな宙返りをこころみて、今度は山椒魚の横っ腹にすがりついた

㉜　ふり向いてそれを見れば自然体を動かさなければならない↓ふりむいて見てやりたい衝動を覚えたが、彼は我慢した　㉝　物思いに耽るような風をして、しらばっくれて↓「くったくしたり物思いに耽ったりするやつは莫迦だよ。」　㉞　寒いほど淋しい↓寒いほど独りぼっちだ

それぞれの改稿箇所に最小限の注記をほどこすなら、①⑦㉘㉛は描写の具体化、②⑮⑳は場面化、③は悪党あつかいに見合う一人称への変更、④は現実みの増幅、⑤⑫はわかりやすい平明な説明への変更、⑥は詳細を数字で明記した具体化、⑧は繰り返しによる強調を廃し淡々とした語り口に転ずる変更、⑨はやや異例の修飾によるかすかな擬人

化、⑩㉖㉚は表現の簡潔化、⑪⑭㉑㉕は叙述の短縮、⑬は表現の緊縮化、⑯は説明から場面への転換、⑰は欧文脈ふうのおどけた表現への変更、⑱は形容情報を追加し数を確定することによる具体化、⑲は俗っぽい口頭語を一般語のレベルに引き上げた変更、㉒は比喩によるイメージ化、㉓は色彩を追加した現実感の補強、㉔は視点を外在させてスケールを拡大することによる諷刺作品化、㉗は説明のきめ細かさで精度を増す変更、㉙は山椒魚の心の中に視点を移した変更、㉜は内部視点から外部視点に転ずることによる諷刺作品化、㉝は地の文から会話文に移すことによる場面化、㉞は作品テーマに近づけた改稿ということになろうか。

文の情報はほぼ対応していても、「倦怠の限りの毎日」のような概念的な説明、「いい考えがあるかのように」といった文の後半でわかる不要な情報、「紙凧の糸のよう」「雨上りの地面の砂鉄の流れの跡のよう」「バネ仕掛のよう」「もやの様な」という比喩表現、「朝夕に露を宿らせた」といった抒情的な表現、「食ってしまうのも残酷らしく思われてじっと眺めた」のような内部視点からの叙述など、削除された箇所もある。

これらの改稿は、つぎの三点に集約される一定の方向性をもっておこなわれている。

〈1〉説明部分を簡潔にし、説明を描写に改め、描写をより具体的な描写に導く。

〈2〉比喩を一部削減し、強調や繰り返しを省いて、抒情性を消す。

〈3〉外部視点を導入して世界を広げ、諷刺作品らしい客観性を増す。

実際の表現のくふうは、このように言語作品全体の効果を高める目的で組織的におこなわれる。やがてレトリック体系として整理される個々の表現技法は、そういう生きた表現活動の中で生まれ、その中の独立して応用の利く技術だけが永く語り継がれてゆく。

対比的特徴

以上の考察に、〈翻訳調〉〈擬人的表現〉〈比喩表現〉〈笑いを誘う表現〉などの《表現面の対比》で得られた分析結果を加味して、両作品の文体を総合的に考察した結論を、主要なもののみ以下に箇条書きで示す。

〔一〕『幽閉』は説明部分が多く、『山椒魚』は一般に記述が簡潔で、また、現実場面の描写が中心になっている。

〔二〕『幽閉』に散見した強調表現や反復表現など、抒情的あるいは感傷的になりやすい表現を、『山椒魚』では大幅に削除している。

〔三〕『幽閉』では山椒魚の嘆きが直接に会話の形で語られるが、『山椒魚』では会話自体が減少している。

〔四〕『幽閉』で蝦に向かって吐露される山椒魚の淋しさが、『山椒魚』では独り言やすすり泣きを通じて伝えられる。

〔五〕『幽閉』で「僕」となっていた山椒魚の一人称が、『山椒魚』では「悪党」に似合う「俺」に変更された。

〔六〕『幽閉』には見られなかった物語への作者の介入、すなわち、読者への直接の語りかけが、『山椒魚』で三回行われている。これは、山椒魚寄りであった作品の視点が、山椒魚を外から見る客観視点に近づいたことと呼応する。

〔七〕『幽閉』では山椒魚自身の心理を直接述べ、その外見などには言及しなかったのが、『山椒魚』ではそのような視点の変質に伴い、山椒魚の性質の変化などにも言及できる表現構造になった。

〔八〕『幽閉』では山椒魚が体が成長したために小さな出口を通過できないという意味の記述にとどまっているのに対し、『山椒魚』では何度も脱出を試みたが、そのつど栓のように頭がはまって出口がふさがる、というように比喩表現を駆使した具体的な描写が多用されている。

〔九〕『幽閉』で述べられている山椒魚一般の習性に関する記述を、『山椒魚』では削除している。

〔一〇〕『幽閉』で展開された哲学的な自問その他のいわば青くさい叙述を、『山椒魚』では削除している。

〔一一〕『幽閉』には、蝦の足と触角の動きを山椒魚が腹で感じる触覚的な描写があったが、山椒魚自身から視点を離すためか、『山椒魚』では山椒魚に密着した視点の描写が削除されている。同様の理由で、水さびの手ごたえに関する記述も現れない。

〔一二〕『幽閉』にあった「静けさの溶液が彼等をすっかりとり囲んでいる」といった新感覚派を連想させるような理屈っぽい比喩表現は削除され、『山椒魚』では諷刺的な比喩に置き換わっている。

〔一三〕『幽閉』にあった蛍や星といった外界の上方に位置する存在の描写が『山椒魚』では削除されている。閉鎖的な限界状況を設定し、作品から抒情的・感傷的な雰囲気を除去して、諷刺的な作品世界に近づける意図を思わせる方向の改変である。

〔一四〕『幽閉』では、周囲から隔離されて孤独になった山椒魚が、偶然紛れ込んできた蝦に兄弟のような親しみを感じて、淋しさを訴えるところで作品が終わる。一方、『山椒魚』では、絶望から性格の悪化した山椒魚が蛙をいじめたり、両者で激しい口論を繰り返したりするが、やがて悟りの境地に入りかけ、和解するところで作品が結ばれる。

〔一五〕『幽閉』にはあまり目立たなかったいくつかの表現特徴が、『山椒魚』で目立つようになる。「何たる失策であることか！」といった翻訳調、「黴は何と愚かな習性を持っていたことであろう。常に消えたり生えたりして、絶対に繁殖して行こうとする意志はないかのようであった」といった擬人的な表現、「一生懸命に物思いに耽っていた」といった笑いを誘う表現などがその例である。

以上の点を総合して、結論を一言でまとめるとすれば、『幽閉』から『山椒魚』への移行は、童話じみた習作から成熟した諷刺作品へと向かう線に沿った改稿であった、と見ることができるであろう。

（「井伏文体の胎動――『幽閉』から『山椒魚』へ――」『日本文芸の表現史』所収　おうふう　二〇〇一年）

井伏鱒二における虚実皮膜の笑い
──「うやむや表現」の諸相──

本稿のねらい

井伏鱒二の笑いの一つの特色をなしているいわゆる「うやむや表現」に光をあて、いわば〈虚実皮膜の笑い〉を生み出すその種の表現が、ほとんど揺籃期から抜きがたくしみついたこの作家の生理とも言うべき笑いの手法であるという仮説を検証するため、ごく初期の作品における表現の実態をたどる。そのことをとおして、ひいてはそれが井伏文学の独特の世界解釈にもつながってゆく可能性を追ってみたい。

〈虚実皮膜の笑い〉を生む井伏流「うやむや表現」

虚実ないまぜの萌芽

当時大阪毎日新聞に連載中であった『伊沢蘭軒』中の記述に史実上の疑いがあるとして、中学時代の井伏少年が「朽木三助」というペンネームを用い、巷説をもとに作者の森鷗外に反駁する手紙を出した話はよく知られている。岩波書店版『鷗外全集』の第一七巻に収められた当の作品の「その三百三」に、「わたくしは朽木三助と云う人の書紙を出したという事実そのものは否定することができない。

鷗外没後の一九三一年七月、井伏は東京朝日新聞に「森鷗外氏に詫びる件」と題する一文を発表し、中学時代に級友に唆されて実行したというその一件を告白した。のちに『悪戯』と題する随筆として筑摩書房版の全集に収められた文章である。それによると、鷗外から朽木三助宛てに返信が届き、自分の主張が論破されたことを知る。もはや反論すべき材料を持たないため、今度は本名を用いて「朽木三助氏は博士の返事が着くと間もなく逝去された」という虚報を認《したた》め、その友人になりすまして投函したところ、真に受けた鷗外からまたしても、「朽木三助氏の死をいたみ、郷土の篤学者を失ったことを歎く」旨の丁重な手紙が届いたという。鷗外の作中に「朽木氏の訃音が至った。朽木氏は生前にわたくしの答書を読んだ。そして遺言して友人をしてわたくしに書を寄せしめた」とあり、それに先立って、「朽木氏は今は亡き人であるから、わたくしは其遺文を下に全録する」と書いたこととききちんと符合する。

鷗外の一文中に朽木氏の手紙を「文章に真率なる処がある」と評したことにふれて井伏は、自分の文章が文壇の人間に評価された最初だが、作中に引用された手紙は当人の文章ではないと述べる。当時の中学生にあの立派な候文体の手紙が書けるはずはなく、「鷗外は自分で全面的に書きなおした候文を、自分で真率なところがあると批評しているわけであって、私の候文を批評したことにはならないのである」と鷗外を茶化した感じでその一文を結んでいる。

こんなふうにユーモラスに綴るのは、文豪森鷗外が自分の文章を認めたなどという事実を自慢げに書くことを回避した、井伏特有の照れだったかもしれない。ペンネームを用い、しかもその虚構の人物の訃報を伝えるなど、初めから井伏の手紙は事実とフィクションとをないまぜて書いている。そこへさらに鷗外の引用自体が多分に粉飾されていることを暗示し、虚と実との境界線がますますぼやけてくる。結果として事実関係をうやむやにするこういう表現は、時にある種のおかしみを醸し出すことがある。

虚実の隣接と連続

小説の中でも、虚構を真実めかし、事実を嘘っぽく見せる表現がさまざまな形で姿を現す。『本日休診』の松木ポリスは、暴漢に襲われた娘を伴って三雲医院を訪ね、事件の経過を説明する場面で、肝腎の箇所で井伏は「彼女に対して全く画期的な行為を敢てした」と表現を抽象化して核心をぼかす。『珍品堂主人』では、料亭の支配人が女中を口説く場面に、「あんぐり口をあけました。次に珍品堂がそろそろ伸ばしたお手てを」と、今度は逆に「あんぐり」「お手て」という幼児語を用いて水をさし、濡れ場の雰囲気をうやむやにしてしまう。表現を難しい方向にずらすか易しい方向にずらすかの違いこそあれ、照れ隠しのために読者をはぐらかすという点では共通し、情報よりもこのような書き方が笑いを誘う。

『無心状』には、臨時の送金を求める家兄宛ての手紙を課題のレポートと間違えて提出してしまい、慌てて教員宅に取り返しに行く場面が出てくる。そのときの会話の運び方もその一例だ。「レポートを他の原稿と間違って提出しました」と話を切り出したものの、「他の原稿」という箇所が嘘に近くて気が咎め、「兄に出す原稿みたいなもの」と言い直してみるが、それでも「原稿みたいなもの」というあたりがまだ事実から遠いことが気になり、最後に「原稿というよりも手紙です」と事実を打ち明ける。情報伝達の点では不要な「原稿というよりも」ということばに、発言主体のプライドによる体裁づくりの響きが感じられ、そこからおかしみが生まれる。いわば嘘の混合比が六割から三割、そして一割へと減じてゆくさまが、会話中の微妙な言いまわしによって巧みに演じられ、読者にはほとんど連続的な変化と映る。発言訂正のこの流れは、まさに虚と実とのあわいを縫う表現の好例と言えるだろう。

晩年の長編エッセイ『荻窪風土記』にその無心状の具体例が出てくる。「当今、最新の文壇的傾向として、東京の文学青年の間では、不況と左翼運動とで犇めき合う混乱の世界に敢て突入するものと、美しい星空の下、空気の美味い東京郊外に家を建て静かに思索に耽るものと、二者一を選ぶ決心をつけることが流行っている。人間は食べることも大事だが、安心して眠る場を持つことも必要だ。自分は郊外に家を建て、詩作に耽りたい」というのがそれだ。文章に重みをつけるために、「明窓浄机の境地を念じたい」などと書き添えて、自分でも「高踏的でもあり衒学的でもある」と思う文面に仕立てて書き送った。もし送金を断れば詩作を断念して左翼運動に飛び込むとは書いていない。が、何となくそんなふうにも読める隠微な迫力で肉親に迫っている。どこにもはっきりとした嘘はなく、すべてが事実そのままとも言いがたい、そんな虚実皮膜の表現が読者の笑いを誘い出す。

初期作品における笑いの分布

調査の対象と方法

井伏鱒二独特の虚実皮膜の笑いを実現するこのような「うやむや表現」が、ごく初期の段階から見られるこの作家固有の方法であったか否かを確認するため、一九九六年刊行の筑摩書房版全集の第一巻を対象として小調査を実施した。笑いをよぶ表現がどの程度の割合で出現し、虚実皮膜のうやむや表現がどのような形で現れるかを探る試みである。

むろん初期の段階から、井伏文学にはさまざまな笑いが混在する。『山椒魚』の原型となった習作『幽閉』には、えびについて「この小さな肉片が何の物思いに耽っているのだろう」と考える擬人法による笑いがある。『借衣』には「座布団と煙草とお茶とお菓子とを、ほとんど十秒の間にすばやく私にすゝめた」といった誇張表現による笑いがある。また、『埋憂記』には「その時の私の目つきは正午時刻の泥棒みたいであったかもしれない」といった比喩表現による笑いがある。『朽助のいる谷間』には「オータム吉日」といった異例の語結合による笑いがある。『青木南八』には、怠ける意の「アイドゥル」に「ずるい」意味を響かせる「アイズル会」という洒落が現れ、『シグレ島叙景』には「彼等にとっては、言葉というものは口論するためにだけ存在した」といった極言のおかしみもある。『或る統計』で「七人の青年が三時間二十分ほど対座していたが、その間にマルクスといふ言葉が六百二十回くり返された」というふうに数字で煙に巻く例もおかしい。

まず、滑稽感を誘い出す表現の分布を数量的に概観しておこう。今回の調査に用いたのは前述の全集の第一巻に収められている作品の大部分、すなわち、戯曲形式の『不機嫌な夕方』と序文やアンケートなどのごく短い文章を除き、一九二三年七月発表の『幽閉』から一九三〇年二月発表の『終電車』に至る八三編の小説・随筆等の作品である。

テキストは各ページ二〇行、一行が四八字に組んであるから、最大で計九六〇字分、すなわち、四〇〇字詰め原稿用紙に換算して二・四枚分を収載できる。この調査では、題名等を除く本文を対象とし、例えば二ページと一四行であれば二・七ページというふうに、実質的な量で作品の長さを測定した。

調査結果の概観

筆者自身が被験者となり、おかしみを感じた表現に印を付けたものを基礎データとして集計を行った。多分に主観的であるが、一読者の笑い表現受容の実態として報告する。紙幅の関係で、各作品の刊行年月やそれぞれの出現例数を含む調査結果の全貌は割愛することとし、出現率のみを掲げると表一のようになる。作品名の次の数字は笑いを誘う箇所、(　)内がそのうちの虚実皮膜の表現の数で、いずれもページあたりの割合で示してある。

〔表一〕

幽閉	○・五九（○）	借衣	○・八五（○・二六）
うちあわせ	○・五七（○・二九）	夜ふけと梅の花	一・三一（○・六二）
寒山拾得	○・六三（○・四八）	たま虫を見る	○・三六（○・三六）
岬の風景	一・○三（○・三二）	言葉	一・四八（○）
鯉	○・九一（○・九一）	貧困其他	二・○○（○）
夜更けの心	一・三三（○・三三）	編集のこと等	○（○）
歪なる図案	○・六一（○・三○）	競馬その他	一・三六（○・九一）
文章其他	二・七三（○・四五）	能勢と早川	○・九七（○・三二）
田園・電車等	二・○○（○・八○）	埋憂記	○・五五（○・一六）
桃の実	○・三八（○）	岡穂の実を送る	○・四○（○）
幻のさ、やき	○・一七（○）	或る統計	○・八九（○・五四）
酒	一・五四（○・三八）	青木南八	一・五三（○・四五）
倉田潮に関する誤り	三・三三（○・八三）	公有劇場の設立	○・四三（○・四三）
遅い訪問	○・六四（○・五五）	鞆の津とその附近	○・二四（○）
彼等の戯れ	一・二三（○・六六）	談判	一・八四（○・五七）
七月一日拝見	一・○五（一・○五）	旅行案内	一・一三（○・一六）
薬局室挿話	一・四二（○・七五）	鱒二への手紙	一・四六（○・九八）
落合の河童	一・一八（一・一八）	永遠の乙女	○（○）

隠岐の島	〇・九一（〇・九一）	心座を見る	〇・六三（〇）
或いは失言	一・六七（〇）	谷間	〇・五六（〇・二八）
失礼な挿話	〇・五七（〇・五七）	朽助のいる谷間	〇・九八（〇・六五）
雑誌の表紙	三・三三（二・六七）	散文芸術と誤れる近代性	〇・二一（〇・二一）
デスクリプションパアソナル	〇・八〇（〇）	場面の効果	一・三七（〇・九八）
初恋	二・二二（一・一一）	山椒魚	〇・八五（〇）
坪田譲治	〇（〇）	睡蓮	〇（〇）
理論	〇・三八（〇）	初夏巡遊案内	〇（〇）
最近の佐藤春夫氏	〇（〇）	ＧＯＳＳＩＰ	〇・六七（〇・六七）
先輩訪問記	二・〇〇（一・四三）	南八病床の歌	〇（〇）
一ぴきの蜜蜂	〇・六五（〇・二八）	なつかしき現実	〇（〇）
炭鉱地帯病院	一・三三（一・〇八）	海岸と女	一・二一（〇）
贋ゴシップ	〇・七四（〇・三七）	初秋一挿話	〇・六三（〇・三一）
アンコンシアスネスの魅力	一・二二（〇）	私の保証人	一・二五（〇・二五）
散歩どきの会話	〇・四五（〇・四五）	作品手引艸	〇・三三（〇）
シグレ島叙景	〇・四〇（〇・一七）	川口尚輝に関する記事ならびに誤りの訂正	〇・七七（〇）
屋根の上のサワン	〇・三九（〇）	すべてを芸術に求める人	〇（〇）
一九二九年の小説	〇・二二（〇）	細カナリヤ	〇・五九（〇）
ならずものと光り	〇・三八（〇・一九）	中島直人	〇・四〇（〇・四〇）

ジョセフと女子大学生	〇・四一（〇・一七）	生きたいという	〇（〇）
朝の散歩と平野屋	〇・四三（〇）	金解禁と財布	〇・八三（〇・八三）
うぐいす	〇・三二（〇）	まかぜ・こいかぜ	〇（〇）
休憩時間	一・三九（〇・六三）	丸山警視総監と久米正雄を訪ねる	一・一三（〇・七二）
終電車	〇・二六（〇）		

基礎データによると、全八三作品のうち、おかしみを感じさせる表現の度数が最も多かったのは『朽助のいる谷間』の二七回、次いで『谷間』の二五回で、ほとんど同じ時期に執筆されている点が注目される。以下、『夜ふけと梅の花』と『青木南八』の一七回、『岬の風景』と『談判』の一六回、『薬局室挿話』の一五回と続く。

そのうち、前述の虚実皮膜の笑いを引き起こす、うやむや表現の出現度数が最も多かった作品は、やはり『朽助のいる谷間』と『谷間』で、前者が一八回、後者が一二回を記録した。次いで、『炭鉱地帯病院』の九回、『夜ふけと梅の花』と『薬局室挿話』の八回、『彼等の戯れ』と『休憩時間』の七回と続く。

表一から読み取れる情報は以下のように整理できる。笑いを誘う表現を一ページあたりの割合で見ると、最大の数値を得たのは『倉田潮に関する誤り』および『雑誌の表紙』で、ページあたりの平均が三・三三に達した。次いで『文章其他』『初恋』『貧困其他』『田園、電車等』『先輩訪問記』で、いずれも平均二・〇以上を記録した。逆に一度もおかしみを感じることなく読み終えた作品は一一編、いずれも短い作品だ。ごく初期からほとんどの作品のどこかに被験者が滑稽な感じを受けた結果になる。

今度は虚実皮膜のうやむや表現に焦点を絞り、やはり一ページあたりの割合で見ると、最大の数値を得たのは『雑誌の表紙』で平均二・六七、次いで『先輩訪問記』の一・四三、以下『落合の河童』の一・一八、『初恋』の一・一一、

『炭鉱地帯病院』の一・〇八、『七月一日拝見』の一・〇五と続く。一方、この種の笑いを感じなかった作品は計三二編で、八三編のうち六割以上の作品において被験者としての筆者は、虚実の境界をぼかすその種のうやむや表現を認めたことになる。

このデータを執筆時期によって集計した結果を簡潔に整理したのが表二である。時期による多少の出入りはあるものの、ごく初期の段階からどの時期の作品にも、ある程度以上の滑稽表現が含まれ、そのうちのある部分が虚実皮膜のうやむや表現によって引き起こされる笑いである、という点で共通する。

〔表二〕

【発表時期】	【作品数】	【笑いの出現率／頁】	【虚実皮膜表現出現率／頁】
一九二三年	（二編）	〇・七八	〇・二〇
一九二五年	（二編）	一・〇五	〇・五〇
一九二六年前半	（四編）	〇・九三	〇・三〇
一九二六年後半	（四編）	一・一七	〇・三九
一九二七年前半	（四編）	一・一三	〇・四三
一九二七年後半	（四編）	〇・六六	〇・一九
一九二八年前半	（六編）	一・〇六	〇・三九
一九二八年後半	（一二編）	一・〇四	〇・五七
一九二九年前半	（一六編）	〇・七〇	〇・三八
一九二九年後半	（一九編）	〇・六六	〇・三一
一九三〇年一～二月	（一〇編）	〇・六四	〇・三三

以上の数量的な概観を背景に、この作家の文体を特徴づける体質的なうやむや表現の初期作品における実態をたどり、具体例とともにその系譜を跡づけてみたい。

初期作品に見る「うやむや表現」の諸相

虚構を事実めかす

山口瞳は随筆『井伏先生の諧謔』の中で、井伏が「あの寿司屋はいい粉山葵を使っている」とほめて、その高級店の職人を怒らせた逸話を紹介している。本山葵という権威にこだわらず物自体の価値を味わうこの作家の生き方を示すものだ。そこでは本物と偽物との境界は意味を失う。嘘をほんとめかし、ほんとのことを嘘っぽく書くのもうなずける。

『鯉』に親友の青木南八が病没して間もなく、必要があってその「愛人」に手紙を出す箇所がある。小説の中で「青木の霊魂が私を誤解してはいけないので、こゝに手紙の全文を復写《（ママ）》する」などとわざわざ断り、相手から来た返事の手紙についても同じ扱いを繰り返すのは、ことさら事実めかして見せる例のおとぼけだろう。『彼等の戯れ』で「彼女の来歴を示すためには、キネマ会社に送ってある彼女の履歴書を復写《（ママ）》するのが適当」として、以下にその履歴書らしき文面を掲げるのも同工異曲の手法だ。『談判』では「彼女に仔細にわたって白状させた」と記した直後、「これは公表を禁ず」として伏せてしまう。このおとぼけも表現機構はそれと共通する。

『谷間』で「耕した田畑というものは（略）以上」と記し、「雄弁に早口に饒舌ったので、筆記する者は追いついて行けなかった」のだと注釈をつけるのも、虚構をいかにも事実らしく見せるとぼけたテクニックだ。晩年の『しぐれ池の鴨』その他に用いられる手法が、このようなごく初期の作品にもすでに見えていることはもっと注目されていい。

矛盾を抱え、嘘っぽく装飾

逆に、言動に矛盾を含ませて事柄そのものが嘘っぽく映る箇所もある。「俺が東京中で一番酔っているぞ！　しかし、酔えば酔うほど、俺はしっかりするんだ！」とどなってよろめく酔っぱらいが登場し、交番の巡査に「こちらは強いぞ。それに酔っぱらっているんだからな」とつっかかる『夜ふけと梅の花』の一節などは、さしずめその好例だろう。酔ったほうがしっかりしたり強くなったりするというのは明らかに常識違反だが、読者はそんな馬鹿なと思いながら、酔ってしまえば恐いものなしで、日頃できないことを酔った勢いでやってしまうこともたしかにあり、自信を持って否定することもできない。

表現の内部に矛盾を抱え込むことで相対化し、事実や認識を曖昧にしてしまう例も目につく。『朽助のいる谷間』に「若し私が好色家であるならば、彼女のまくれた上衣のところに興味を持ったであろうが、私は元来そういうものではなかったので」と展開する箇所がある。この流れは、女性の着衣の状態などに無関心であることを予想させる。だが、井伏の原文はそこから「杏を食べることに熱中している様子を装った」と続く。「装った」とすることで、好色家でなかったと主張する先行部分とさりげなく論理的な矛盾を起こす。いわば、すぐばれる嘘で、とぼけたおかしみをつくりだす。

『雑誌の表紙』で、プロレタリア文学以外は一切認めない女性が「阿部知二さんという人はプロレタリア作家ではないでしょう。そういう人の書いたものは幾らよくっても、ほめたりしたら古いわよ」と言う。文学の「よさ」と「古さ」と「ほめる」行為の関係を微妙にする発言で、論理の矛盾がある。その女にある雑誌の「表紙をちらと」見せてから、ある作品を読んで聞かせ、「どうだ、いゝと思うかね？」と尋ねると、「彼女は二度ばかり雑誌の表紙をのぞいてみてから「すてきだわ」と答えた」。「表紙の絵がプロレタリア文学雑誌に見うけられるように、赤や青の色で雲形と楔形の模様が描いてあった」という。文学的価値も人間の判断も、こうしてわけがわからなくなる。「後略とする」ととぼけて本文を結んだあと、（と井伏鱒二氏は言う―記者）と他人事めかした註を添えて作品を閉じるのだ。

『散歩どきの会話』は、大酒飲みの大工が、自分の動作のまねをして幼児が事故死したことで悔悟し、「係官の面前で、今後六十年間の禁酒を誓った」として終わる。当人の年齢が（四〇歳）とあるから、百歳まで長生きしないと酒に再会できない計算になる。その頃はたして存分に飲酒できる体で生存していられるかどうかはなはだあやしいから、ほとんど矛盾に近く、現実には一生禁酒したのも同然だ。が、その解禁の日を楽しみに禁酒生活に耐えようとする人間のさもしい根性が哀れでおかしい。同時に、禁酒にそういう条件を付けることで、決心そのものがどこまで本気なのかわからなくなってしまう。

問題の方向をそらす

『借衣』の最後で、恋に失敗した男が「恋愛など夢にものぞまない」と述べるとき、失恋がよほどこたえて勇気を失ったものと読者は予想する。が、「胸をときめかしたりなどすると、これは非常に心臓を悪くする」からだという意表をつく説明が続いて小説は終わる。これでは問題がそれてしまう。心臓が丈夫だったらどうなのかという新たな疑問が残り、恋愛に懲りたという事実関係がうやむやになってしまうからだ。

『青木南八』にも「垣根越しに彼女の姿を眺めて胸をときめかすことは健康に害であることを私は知ったのである。これは非常に心臓を悪くする」という類例が現れる。気をもんだりどきどきしたりするのはたしかに心臓に負担をかけそうだから、これはわけのわからない理屈ではないが、恋の話が意外な方向にそれて、読者は煙に巻かれるのだ。

『酒』では、「酒乱の人を遇する方法」として「其の場へ相手を置去りにして、走って逃げること」を推奨している。これもたしかに遇し方の一つにはちがいないが、読者が通常考える「扱い方」というものから少しずれる。まして、もう一つの「自分の方から先に酔ってしまう」方法となると、明らかに「遇し方」などというものではない。

『遅い訪問』の「粗悪な米をうまく炊くには、最初からお粥を炊こうとして取りかゝるに限る」というのも、「うまく炊く」ということばからは当然「ご飯」が連想されるから、これは読者の予測をはずしている。が、失敗しない炊き方という点ではあてはまる面もあり、まるっきり嘘だとは言いきれない。

『鱒二への手紙』では、多くの者が「プロレタリア文学運動に加盟した」なかで自分だけが参加していないことを「加盟するのを失念していた」と書いている。もし失念しなかったら加盟したのかどうかという点がぼやけて、その意志自体がうやむやになる。『一ぴきの蜜蜂』の「デモに行くには電車賃がいる」という書き方も、電車賃があればデモに参加したのかどうかという自分の意志について何も語っていない点、類例と言えよう。

一般化・形式化してはぐらかす

『埋憂記』で「水稲荷へ願懸けしてゞも立派な作品をつくること」を誓ったことを述べた直後に、「夜更けというものは、私達に誓ったり約束させたりしがちなものである」という一般化が出る。この記述に水をさされ、その誓いが当人の意志なのか時間のせいなのかがあやしくなる。そこへ「気圧の関係による」という奇妙な根拠が示され、自発的な誓いか否かがますます曖昧になる。誓いと気圧の関係の部分は後出の〈奇妙な論理を呈示〉に属する例だが、気圧と夜更けと誓いとがどう絡むのか見当がつかず、滑稽感が生ずる。

『休憩時間』で井伏はまず、早稲田で英文学を講じていた高山樗牛が学生時代の正宗白鳥の質問攻めにあって泣き出したという噂について、「と言い伝えられている」という形で紹介し、自分たち学生はこの類の挿話を事実であると信じたことを述べる。が、すぐに「信じてもさしつかえなかったほど、この教室は古びて埃っぽくて、神秘めいてほの暗かった」と、その噂の信憑性の根拠をぼかし、さらに、「窓の外には三本の桜の老木が生えていたが、こんな大木というものは、その附近いったいに起こった伝説や挿話を真実らしく人々に思いこませがちなのである」と一般の心理に置換し、伝説を信じやすくする環境が整っていたことを強調して、伝説の中身が事実であったかどうかをうやむやにする。

そういう由緒ある教室を学生監に蹂躙されたある学生は、「こんな不愉快な争いを僕達の教室でくり返すのは、僕は嫌だ。この傾向はよくないと思う。僕は末梢神経はきらいです。僕は一刻たりともこの教室にいたくない」、「諸君よ、さらば！」と颯爽と教室を後にする。ところがこの作家は、その学生に「時々おたより下さい」という形式的な慣用表現を付け加えさせ、せっかく盛り上がった雰囲気に水をさす。持って生まれた悪戯精神と含羞に由来する例のはぐらかしだ。その結果、学生が本気で怒って出て行ったのか、理屈をつけて教室を抜け出したのかさえはっきりしなくなるのだ。

関連不明の情報を挿入

『岬の風景』に、「私の腕の環の中で、みち子が最も感傷的であった時、不意に賄の娘が部屋に入って来」る場面がある。そのとき、「みち子さんの耳には、垢がたまっているんだよ」と「賄の娘」に言うのは、抱き合った姿を見られた照れ隠しに、見た相手をごまかす単なる嘘ともとれる。そして、「きみの耳にも垢がたまっているだろう。ここへ来てごらん、見てあげるから」と言って、その言いわけと辻褄を合わせる。抱擁とは無関係だが、この発言内容そのものは全面的に嘘だとは言えない。が、男はさらに「耳の中は衛生上清潔にすべき」だと補強したあと、つい「他人のことを人に言いふらすのはよくない」と付言してしまう。耳掃除に関係のないこの一言で、せっかくの弁明をぶちこわし、何の話だかわからなくなってしまう。白状したような、しないような、うやむやな結末がおかしい。

『田園、電車等』の「電車の中では、主に私は窓の外の青葉を眺めたり若い女を見たりする」という文は、表向き「青葉」と「女」とを同等の重さで扱っているのだが、次の文からは風景の話は消え、もっぱら女性の話題で展開する。こうなると、何のために「青葉」が取り上げられたのかわからず、その一文に意図した伝達内容がうやむやになる。

『青木南八』に「枕元へ原稿用紙の書きかけを置い」て寝るところがある。友人が起こしに来たとき、夜遅くまで小説を書いていたものと先方が勝手に思い込み、朝寝に対して寛大な態度をとることを期待してのことだ。嘘をつかずに、嘘をついたのと同じ効果を狙っている点で、巧みに誘導して相手の心理を操る、あの無心状の心憎い文面を思わせる。

『丸山警視総監と久米正雄氏を訪ねる』で、「統計家の説によると」と前置きし、「最も早起きをするものと最も朝寝をするものとは、いずれも性善良であって、後者は前者よりも更らに性善良である」という奇怪な学説を紹介する。「性善良なることは、人間として恥辱ではない」という理屈をつけて、早い話が「椅子にもたれて」「居眠りをする」という欲求を正当化するのだ。世間で評判の悪い「朝寝」を評判のよい「早起き」と一緒にし、あまり関連なさそうな人の性格と結びつけた展開だ。このようによけいな情報を持ち出すことで肝腎の部分がぼやける。統計学までくりだす大げさな手つきがおかしい。

奇妙な論理を呈示

関連の薄い情報、関連があるかどうかさえ不明な情報を挿入することで情報全体があやふやになるが、そこをもう一歩進めると、読者には関連がたどれず、不思議な論理に呆れるほかはない。ごく早い時期の『借衣』にすでに、虚実を見きわめがたい奇妙な表現を認めることができる。「あなたは、わたしより年が下だから黙ってらっしゃい、な」

と言われた学生が「なに黙るもんですか。あなたは私より背が低いじゃないですか」と反論するのはその一例だ。年長者が意見をするのは当然の権利だという主張に対して、身長の高低というほとんど無関係な別の基準を持ち出す、その奇妙な論理がおかしい。奇妙ではあるが、大人は一般に子供より背が高いから、まったく無関係とも言えない。「激しく正義を愛して、遠い島に行って鶏を飼った」という『能勢と早川』の例も、前半と後半との関係に飛躍があり、わかったようなわからないような理屈がおかしい。『文章其他』は「自分が破産したと自覚した日の夜から、急に青春時代のように性慾が盛んになってしまった」という「五十歳の婦人」の話で始まる。両者の間に一体どういう関係があるのか、まるで見当もつかないが、さりとて否定する根拠もない。人知の及ばぬ不思議に出合って人間の哀しみを思いながら、読者はやはりこの奇妙な理屈に笑うだろう。

『青木南八』に「人生に絶望して、巻莨《まきたばこ》をすわなくなり、教室へ煙管を持って来た」という箇所がある。これも人生に対する絶望が「巻莨」とどう関連し、煙管を使う「刻み煙草」とどう違うのか、読者はよく飲み込めないままに笑いだす。

『七月一日拝見』で運勢の鑑定の文面に、「恋慕止みがたきものある」ため「心身困憊し」、「ヴィタミンABに不足の人なり」とある。「ヴィタミン云々」は鑑定らしくないし、その三者の関係もはっきりせず、鑑定自体の虚実をうやむやにする例である。『隠岐の島』では、宿屋のおかみさんについて、「肥ってもいないし痩せてもいないが、何故だか肥っていると人々は言う」と説明したあと、「つまり未だお婆さんではないのである」と続ける。なぜ「つまり」なのかがすんなりと伝わってこない微妙な理屈がおかしい。

気持ちと言動の乖離

『夜ふけと梅の花』の末尾に、「意気揚々と、しかし前後左右によろめきながら、或いは倒れそうになりながら」という記述がある。酒に酔って気持ちどおりに体がいうことをきかないさまを描いたものだ。ところが酒に酔わなくても、考えているとおりに行動できず、むしろ逆の行動に出てしまう場合もしばしばだという。『たま虫を見る』に「人を押しのけはしないのだと心のなかで思いながら、実は少しばかり押しのけながら割り込む」とあるのは、そういう例だろう。

『夜更けの心』に「彼女に向かって、立派な人にならなければならないということをくり返して言うつもり」なのに、実際には「おしるこをのんで行かないか」などと言ってしまう箇所がある。『彼等の戯れ』でも、「急いでふところ手を止して書物を読んでいたような風を装っ」て、訪ねて来た女に「忙しくて弱っていたところだ」と言うのだが、実は「この上もなく嬉しい」のに、結果として「迷惑そうな顔つきをしたり、非常に忙しいという様な風を見せたり」してしまうのである。これはいずれも、ことばや行動が、思っていることと反対になってしまう一例だ。

事実この作家は『声・言葉・文章』という短い随筆の中で、こんなことを書いている。声帯がよく訓練されていないせいか、「小さい声でしゃべろうとするときにはがらがら声になり、大きい声でしゃべるときにはきいきい声にな」ってうまく調節が利かない。しかもそれは、話し声だけのことではなく、文章を書くときにも思うように行かず、話すときと同じような不便を感じるという。「自分の思っていることをそのまま人に伝えることが難しいばかりでなく、それと正反対のことを言っているらしい文章になりやすい」というのだ。その実例と思われる箇所もたしかにいくつかある。

「人々が一度にとびかゝって来ないように牽制するために」、「やい、みんな束になってかゝって来い」と「心にもないことを叫」ぶ『谷間』の例はその一つだ。「若しいるならば一歩前に出ろ!」と言われて、「いるが何とした!」と「一歩後ろへ退いて答え」るのもそれに近い例だろう。『ジョセフと女子大学生』で、「ふところ手をして、それから相手をせゝら笑ってやろうと試み」ながら、「お前が羨ましいんだ」と、自分にも「意外と思われる言葉を呟いてしま」うのもその好例だ。それに似たことは誰にもありそうで、妙におかしい。

対象の多面性を強調

『薬局室挿話』に、下宿屋から立ち退きをくらって居場所のない男が、知り合いの医院に置いてもらう話が出てくる。医者は「おもてむき扁桃腺炎の患者として」「医院に収容」した。そのため、「外来患者のある度毎に」「診察室へ呼び出され」て治療を受けねばならない。看護婦に対して「体面を保つ」とともに、「病室の設備もあるという広告」にもなるからだ。このように辻褄を合わせるのもまた虚と実の間を縫う例だろう。一つの行為の多面性を示すことで事実をうやむやにしているとも言える。

多面性を指摘することで焦点をぼかしてしまう例も少なくない。『鱒二への手紙』の終わりに「怠屈《（ママ）》ではないが、小説が書けないので怠屈だといってもい、だろう」とある。気持ちに両面あって「怠屈」という判断が揺れ、「怠屈」であるともないとも言えるのだ。こうなると事実はうやむやになってしまう。『谷間』にある「所詮は、屁は風じゃろが！」の例も、「屁」というものがたしかに一種の「風」であるという一面をも持っていることを明るみに出し、屁の固定観念を揺さぶる。『シグレ島叙景』にある「必要があって二人が会話をしなければならない場合には、彼等はこれを口論の形式でなしとげた」の例は、「口論」も「会話」の一種にほかならないことを読者に気づかせる。『ならずものと光り』では、「あ、寒い」と叫んだ相手に「おそらく彼は淋しいという言葉を知らなかったのだろう」と言う。「淋しい」という感情が実は「寒い」という感覚とどこか通い合うことを読者に覚らせ、認識の輪郭をぼかす。

虚と実の交錯

『うちあわせ』に、舞台に登場した南画風の人物が「詩集らしいものを片手に持って微吟」する場面で、「見物人に判っきり聴えないのですから、ホイットマンを読んだってい丶わけです」と説明するところがある。俳優が役を演ずるように、現実のホイットマン詩集が、舞台では東洋風の詩集の役をこなすのだ。最後に、そういう二面性が融合する象徴的な例を鑑賞しながら、虚実のあわいを縫うようにこの稿を結ぼう。

『場面の効果』には、映画撮影にエキストラとして酒場の客の役で登場する男が出てくる。「映画芸術を尊重」するその男は、「劣等の客はビールをがぶがぶと飲むものである」という思い込みから、いかにもそういう客らしくふるまおうと「しきりにがぶがぶと飲んだ」。映画の世界と実生活とはまさに虚と実の関係に相当する。場面としては女給からビールを注いでもらう客だが、現実としては女優からビールを注いでもらう見物客という関係になる。つまり、芸熱心という演技者の側面と、気分よく女優に酌をさせる好奇心旺盛な見物客の心理とが交錯し、その虚実の間で本物のビールをがぶがぶ飲んでしまう。

「飲めば幾らでも注いでくれる」し、「これまでに酒場に於てこんなに親切に扱われたことがない」男としては実に愉快な気分だ。そのため、「こ丶で酒を飲むことは架空の生活であったけれど」、「事実に於て酔って来た」。架空の世界の本物のビールで酔ったその男は、架空と現実とのはざまで、「すっかり女給に見える女優に」話しかけ、「君の名前は何というんだ？　ところで僕の名刺をあげよう」と名刺交換をする。現実の酒場でも相手の名前を尋ねたり名刺をやりとりしたりすることはよくある。だから、映画の酒場の場面としても何ら不自然な光景ではない。むしろ本物の酒場に見える迫真の演技とも言える。こうなると当人も、女給と客との演技なのか、女優と物見高い見物客との雑談なのかという区別があやしくなる。そういう虚実皮膜の一景をカメラは非情に撮ってゆく。

（「虚実皮膜の笑いの系譜―井伏鱒二初期作品の「うやむや表現」の諸相―」近代語学会編『近代語研究』一一集所収　二〇〇二年）

井伏文学初期作品の笑い

―― 井伏流笑いの体系 ――

本稿の目的

岩波セミナーブックス『日本語の文体』では、「不思議な人柄」「観察癖」「悪戯」「はぐらかし」「虚と実のあわい」「屈折した詩情」という見出しのもとに、井伏鱒二の文体を総合的に論じた。

井伏文学の特におかしみに関しては、まず論文「井伏鱒二の文体」に「晩年の作に地蔵の心をたどる」という副題を付して、最晩年の作品にもこの作家らしいヒューマーとほけた心情表現のはにかみが色濃く残っていることを実証的に跡づけた（本書三二六ページ参照）。

また、『文章読本 笑いのセンス』（岩波書店）の「ユーモアの文体論」で井伏鱒二の笑いの性格を説く一節を設け、この作家の作品、特に『山椒魚』『借衣』『夜ふけと梅の花』『炭坑地帯病院』『鯉』『本日休診』『珍品堂主人』『兼行寺の池』といった小説や、長編エッセイ『荻窪風土記』をはじめとする『青木南八』『点滴』『たらちね』その他の随筆、あるいは『蛙』『つくだ煮の小魚』といった詩を対象にして、擬人的表現、意表をつく表現、一見矛盾する表現、異常なまでの観察癖、読者を操るはぐらかし、逆説的な虚構、屈折した感情表現、構造のフィクション、権威への反逆などに言及した。

さらに、本稿と対をなす論文「井伏鱒二における虚実皮膜の笑い」（本書三四二ページ参照）では、虚実ないまぜの萌芽、虚と実の隣接と連続を説き、初期作品における笑いの分布を概観したあと、虚と実との境界をぼかす、いわゆる〝うやむや表現〟に焦点を当ててその諸相を指摘し、それぞれの相につき具体例をもって論じた。本稿は同様に初期作品における笑いを誘う表現の言語調査の結果をもとに、この作家の揺籃期からすでに見られる多様な笑いの広がりを実証的に概観しようとするものである。

なかでも特に、インタビューの際にこの作家が荻窪の自宅で語り、そのまま中村明『作家の文体』に収録された井伏自身の意識のうち、さまざまな意図的な表現姿勢、すなわち、「センタメンタルを消すためのユーモア」、普通にしていると退屈するためにあえて挿入するという「読者の意表をつく表現」、「文章を飾ろうという気持ち」に発する化粧としての語尾へのこだわり、「自然主義に対する文章による反発」としての翻訳調の表現などに注目したい。

調査の対象と方法

今回の調査は、一九九六年刊行の筑摩書房版『井伏鱒二全集』第一巻（四八字二〇行詰めで五八一ページ分）に収載されているもののうち、戯曲形式になっている『不機嫌な夕方』と序文やアンケートなどのごく短い文章を除く全作品を対象とした。具体的には、一九二三年七月発表の『幽閉』から一九三〇年二月発表の『終電車』に至る小説・随筆等八三編が含まれている。

調査手順としてはまず、それらの初期作品を精読しながら、被験者としての筆者がおかしみを意識した箇所に印をつける。次いで、その表現資料を基礎データとして、それぞれの箇所で笑いを誘う契機となった発想や表現を考察し、個々の用例ごとにその特徴を注記する。次に、おかしみの生成過程で働くそれらの要因を分類し、各グループごとに集計して、この時期における井伏鱒二の笑いを誘う表現の全体像を記述し、その構造を考察する。

初期作品の笑いの体系

今回の調査結果によれば、井伏文学の初期作品に現れた、笑いを喚起する発想・表現は、以下の一〇種類に大別される。各類の後の数字は、その類に属する用例の数を示す。それに続く（　）内の数字は、他の類として処理したが、その類の性格特徴をも併せ持つ用例の数である。

Ⅰ【うやむや】一四一（＋五四）　Ⅱ【とぼけ】二三（＋六）
Ⅲ【めかし】二三（＋一八）　Ⅳ【擬人化】二六（＋三）
Ⅴ【比喩】三〇（＋一）　Ⅵ【誇張】四三（＋二一）
Ⅶ【矛盾】一七（＋七）　Ⅷ【違和感】二一（＋六）
Ⅸ【異例結合】一八（＋五）　Ⅹ【奇想】五四（＋一八）

Ⅰ～Ⅲ類は〔間接化〕の原理、Ⅳ～Ⅴ類は〔イメージ化〕の原理、Ⅶ～Ⅹ類は〔摩擦〕の原理が働いている点で共通する。以上の一〇類はそれぞれのグループにおける系統の違いとして下位分類される関係にある。以下に具体例を添えて解説する。

間接化による笑い

最初に〔間接化〕の原理に立つ三類を扱う。

第Ⅰ類【うやむや】表現として一括した笑いの手法が際立って例が多く、井伏文学の大きな特徴をなしている。この表現に焦点をしぼって論じたのが前稿「井伏鱒二における虚実皮膜の笑い」である。そこに詳細に記したように、これにもさまざまな表現手段が見られる。ここにはそのうちのごく一部を紹介する。例えば、『鱒二への手紙』に、周囲の文学青年たちの多くがプロレタリア文学運動に加盟するなか、自分が参加していない事実を「加盟するのを失念していた」と表現する箇所がある。失念しなかったら加盟したのか、それでも参加しなかったのかという肝腎の点がぼやけ、当人の意志がうやむやのまま終わる。《問題の方向をそらす》方策である。

また、『休憩時間』に学生が怒って教室から飛び出す場面が出てくる。その直前に「こんな不愉快な争いを僕達の教室でくり返すのは、僕は嫌だ。この傾向はよくないと思う。僕は末梢神経はきらいです。僕は一刻たりともこの教室にいたくない」、「諸君よ、さらば！」と颯爽と教室を後にするはずのところ、この作家は「時々おたより下さい」という場には不適切な慣用表現を付加し、せっかく盛り上がった雰囲気に水をさす。読者はこの一言ではぐらかされ、学生が本気で憤慨したのかどうかさえあやしくなる。これは《一般化・形式化してはぐらかす》方策による。

そのほか、《虚構を事実めかす》、《矛盾を抱え、嘘っぽく装飾する》、《関連不明の情報を挿入する》、《奇妙な論理を呈示する》、《気持ちと言動とを乖離させる》、《対象の多面性を強調する》、《虚と実を交錯させる》といった多様な方策をとって、虚と実との境界をぼやけさせる。前稿では、事実を曖昧にするこのような表現が笑いとつながることを実例とともに確認した。

第Ⅱ類【とぼけ】表現として一括したものにも、具体的にはいくつかの違った方策が観察される。『朽助のいる谷間』にアメリカ人の父と日本人の母との間に生まれたハワイ生まれの少女タエトという人物が登場する。その娘が縄をなっている「甚だしく催春的な姿体」に、「人々は誰しも、かゝる姿体に対して会話を申し込みたがるものなのである」と一般的な傾向を述べてあらかじめ正当化したうえで、「そんなに仕事をつゞけて、掌が痛くならない？」と話しかける。相手が差し出して見せた掌を「二本の指でつまん」だときに、突然戸が開いて祖父の朽助が入って来たので驚いて「掌を離した」。その夜、タエトが英語で「寝る前のお祈りをはじめた」。「私は寝たふりを装いながら、彼女の言葉を逐一訳して行って、私自身に了解した」とあり、次に「恵み深きイエス・キリストさま」で始まる祈りの日本語訳を記す。

「さっき東京の客人は、祖父の姿を見ると急に私の掌から手を離しました。多分私の掌が痛いかどうかを見るためではなかったのでございましょう。あの嫌悪すべき目や笑いかたは、私の心を常に悲痛にさせようといたします。全智全能の主におたずねいたします。東京の客人は不良青年ではないのでございましょうか云々」と続く。そのあと「私は私のとんでもない了見を彼女に見抜かれてしまったものというべきである」と書く前に、「この訳述に誤訳の箇所がないとすれば」とよけいな条件を加えるのは、《とぼけ》の一例と言えよう。

『雑誌の表紙』の末尾で「敢て後略とする」と結んだあとに、（と井伏鱒二氏は言う―記者）と添える《他人事めかし》、『先輩訪問記』の「私は表札には注意をむけないで、観念論的になってしまっていた」といった《間接表現》、『或る統計』に出てくる「エロチシズム四〇％　悪魔主義五％　憂鬱五％　悪趣味二〇％　道徳趣味五％　ヒロイズム一五％　異国情緒一〇％」といった作品定量分析表などの《抽象体の計量化》、『岬の風景』にある「どのくらいぐらい少し大変です?」のような《重複修飾》、『談判』に出る「誰だって結婚式をあげない結婚の夜は、どちらかゞ暴行的でありましょう。そしてお花は反って（中略）でありました。あなたは（中略）であったことを何と思いますか」といった《思わせぶりな省略》、『青木南八』に「誰も彼も若くて健康であった。第一、絶望した者や病人などは教室へ出て来なかったのである」として現れ、のちに若干変形して『休憩時間』にも用いられた《言うまでもない事柄への言及》その他、読者を煙にまく一連の方策がここに該当する。

第Ⅲ類【めかし】表現の中心は、『谷間』に「丹下氏は傍らに筆記している者がいるために、雄弁に早口に饒舌ったので、筆記する者は追いついて行けなかった」のような形で出る《事実めかし》の方策にある。『しぐれ池の鴨』などの晩年の作品にも時折現れるこの種の表現が、こういう初期作品にもすでに見られる特徴であったことが注目される。

また、『GOSSIP』の末尾に、中学時代に佐藤春夫の『病める薔薇』を読んでいるのを体育教師に見つかって叱られる話が出てくる。「お前はまだ中学生だから読んではいけない。大きくなってお前もこんなものが書けるようになってからなら、これを読んでもいゝ」という教師のことばについて、「この訓諭には論理の間違いが二箇所もある」とするような《学術的記述》や、『青木南八』に「本郷三丁目で彼女を待伏せることをまる三年と二箇月間」続け、「後の四年と十箇月間は、強いて待伏せしないことにし」、「その後の二年と二箇月間（現在まで）は、私に彼女を待ち伏せたいという心の要求がなくなった」などと記す《厳密記述》の方策も、記述内容をほんとめかす効果がある。

そういう態度の表現がふさわしくないときには、その不当な厳格さが読者の笑いを誘う。『鱒二への手紙』にある「あなたのお書きになる小説は三年古い」という例や、『川口尚輝に関する記事ならびに誤りの訂正』にある「私達の青春は過ぎ去ろうとしている。今日ではあますところ、もう二三日しかないほどに切迫している」という一節などはそういう典型であろう。

イメージ化による笑い

次に〔イメージ化〕の原理に立つ二つの類を扱う。

第Ⅳ類【擬人化】の表現も最初期から例が多い。習作『幽閉』にすでに、「山椒魚は恰かも目高達よりは一歩悟入しているつもりで苦々しく呟いた」とか、車えびについて「小さいこの肉片が何の物思いに耽っているのだろう」とかといった例が出る。その改作である『山椒魚』にも小蝦が「ひどく失笑してしまった」ことを描き、「全く蝦という小動物ほど濁った水のなかでよく笑う生物はいない」と解説を加えている。

『アンコンシアスネスの魅力』に出てくる「現実というものはあくまでも愚かさを装っているものであるが、その粗末な上着の下には絹製のシャツを着ていたり、それを腕口に少しのぞかせてみたりする。そうして彼は変態的に博学で、容赦なく人間をたゝきつけることのできる才智がある」という一節は、「現実」という抽象的な概念を人間めかして扱ったものであり、感覚的にとらえようのない認識上の存在をイメージ化した極端な例である。

第Ⅴ類【比喩】表現もごく初期の作品から例が多い。『借衣』には「その女学生に対して、犬の遠吠えをしているようだ」とか、「島田の髷は頂辺のところはスリッパを裏返したような形になっていて」とかといった直喩の例が出るし、『うちあわせ』にも「星の色は月を文鎮で細かく砕いたような色」という例、さらに『寒山拾得』にも「患者が吸入を要求するような急がしさ」という例が出てくる。

『岬の風景』の「月は矢張り島の上にぬらぬらと浮びあがる一箇のただれた片目であった」という隠喩の例や、『埋憂記』の「私の目つきは正午時刻の泥棒みたいであった」という直喩の例などは、その突飛な比喩的発想が笑いを誘う。

『青木南八』の「恋愛というものは、誤って胸の中に生えた一種の鼻茸である」という隠喩も同様である。この発想は『初恋』の冒頭にも繰り返され、「いつのまにか消えてなくなったり、いつまでもなくならなかったりして、われわれを苦しめる」とその類似点を解説する。「恋愛する当人の胸の中」だけでなく「相手の胸の中にも、しばしばこの鼻茸が繁殖」するとし、「恋人同志が胸をときめかすのは、この故であろう」と説くくだりは特におかしい。

誇張による笑い

〈誇張〉の原理に立つ第Ⅵ類【誇張】を代表する《誇張》表現も、ごく初期の作品から例が多い。『借衣』で「女のお尻は坐っていれば丸くふくらんで形よく座布団におさまっている」と形容したあと、「空気銃でゞもうってやればい丶ほど張りきっている。しかし空気銃のバラ弾ならはじき返すかもしれない」と書いたのは明らかな誇張の例であろう。『文章其他』に出てくる「春さきになると女は互いに十歳ばかり若返って、各々美しくなって来る」という箇所も、『岡穂の実を送る』の「私が経済をうまくたもてないといって、おそらく五千度くらい意見されました」という一節も誇張と見て間違いない。『旅行案内』の案内書きの例として出てくる「三日三晩歩き通せば、よほど健脚の人であるならば目的地に着くことができる」という乱暴な表現もその類例となろう。

『朽助のいる谷間』でハッパの音について「谷間の空気を二三寸も動かしたであろうか。私は頬を空気でた丶かれたと思った」と書いた箇所も、『ならずものと光り』で「あ丶寒い」と書いたあと、「彼はおそらく淋しいという言葉を知らなかったのであろう」と続けた例も、角度をずらした誇張と見ることもできよう。

『うちあわせ』に、二人の意見が一致しただけで「老人と貴公子との輿論であった」と断定する例がある。この「輿論」という語の用法は誇張というよりも《大仰》な表現と言うべきであろうが、《誇張》と同じ方向にある。『岬の風景』で「深い吐息と共に合点《うなず》いて、その吐息の語尾を震えさせた」彼女の行為を「ポーズやメソッド」と表現するのも類例である。『倉田潮に関する誤り』で「酒を飲まないことにしている。それは酒のうえの間違いを心配するためからではなく」と書いたあと、「すこぶる近代的色調を帯びた理由から」と大きく出て、「飲みたくても飲めないのである」と経済的な問題をほのめかす落差のくだりも似ている。

『休憩時間』で、教室に下駄履きで来ていた廉で学生監に連行される学生について、他の学生が「彼は従容として引致されて行ったのであります」と弁ずる演説調のことばも大げさな表現で笑いを誘う。『丸山警視総監と久米正雄氏を訪ねる』で、「女給達は私に勘定を払わなくてもい丶といって遠慮したが、私は正確に支払をした」と記したあと、「わが国の刑事行政問題の面目のため、私はチップまで奮発した」と展開する大仰な表現もおかしい。

『シグレ島叙景』に出る「彼等にとっては、言葉というものは口論するためにだけ存在した』という《極言》も同様である。

『谷間』に「鼻が低く口にしまりがなくて、目や眉は忍苦に充ちた感情を現わしてい」る石地蔵が出てくるが、「この表情や風貌は、容易に生活苦にうちのめされてしかめっ面をした者のそれに違いない」と断定し、「この石像を刻んだ石工は、おそらく彼自身の祖父の顔をモデルにしたものであろう」と勝手にきめつける《独断》も、何の論拠もない点が滑稽な感じを引き起こす。

摩擦による笑い

最後にもう一つ、〔摩擦〕の原理に立つ四つの類を扱う。

この原理に立つ表現群は四つの系統に分かれる。一つは第Ⅶ類【矛盾】表現である。『夜ふけと梅の花』に出てくる「俺が東京中で一番酔っているぞ！　しかし、酔えば酔うほど、俺はしっかりするんだ！」という酔っ払いのことばはその典型的な一例である。そして、この男は「意気揚々と、しかし前後左右によろめきながら、或いは倒れそうになりながら、そして屡々嘔吐を催したりしながら家の方に向って帰って来」るのである。

『夜更けの心』には「此の悲しさが何れだけ私を落ちつかせたことであろう！」という表現が現れ、作品の末尾に「この日、一日中私は落ちついた気持でいることが出来た。何となれば、この日、一日中私は悲しく且淋しかったからである」という形で繰り返される。これも、悲しみや淋しさと心の落ち着きとの関係について、世間の常識と矛盾する論理で述べた例と言えよう。

『谷間』に「人々が一度にとびかゝって来ないように牽制するために」、「やい、みんな束になってかゝって来い！」と、「心にもないことを叫ん」でしまう場面がある。『ジョセフと女子大学生』にも、「相手をせゝら笑ってやろうと試みた」が、「うまく笑うことができなくて、笑うためにゆがめていた私の唇は」、「お前が羨ましいんだ」という「私にも意外と思われる言葉を呟いてしま」う箇所がある。こういう《心と言動との不一致》もこの作家に特徴的な表現であり、自分の言動が自分の自由にならないその矛盾感が笑いにつながる。

次は第Ⅷ類【違和感】として一括した系統の摩擦表現である。『言葉』に「中学校の主席教諭も、大阪言葉で数学や方程式を教えた」というところがあり、『休憩時間』には二五歳以上の学生に「老いたる……」という形容を冠したニックネームをつけるという箇所がある。これらは取り立てて矛盾というほどではないが、いずれも軽い違和感が伴う。『終電車』で「御安宿」の「売れ残りの一つの部屋に案内された」客が「洋服の上にドテラを着ると」、「僕は勤め人だ。日本橋へ勤めている」と言って「たちまち鼾をかきはじめた」というくだりも、異様な姿や粗野な行為と洗練されているはずの職種とのちぐはぐな感じが同様のおかしみを誘う。

『薬局室挿話』で無免許医者が今度は新規に「おでん桃源」を始めようとしたり、『ジョセフと女子大学生』で「それはモナ・リザではなくてひどく古びた西郷隆盛の肖像画である」と展開する《落差》も笑いを喚ぶ。『先輩訪問記』で作家を訪問して文学に関する質問をしながら「どこか私にできるような勤め口はありませんか」という質問を交ぜる《立場忘れ》も同系統にある。

三番目として、ことばの意外な組み合わせによって表現上の違和感を生み出す第Ⅸ類【異例結合】の系統を取り上げる。『借衣』に「女のふところ手や立て膝」について「色彩が濃厚すぎる」と形容するのは、その一例である。『青木南八』にある「絶望なぞをすっかり止して」、『談判』中の「格闘は秩序正しく終りをつげた」、『朽助のいる谷間』に出てくる「オータム吉日」や「止むを得ないピューリタン」、『先輩訪問記』の「あらんかぎりの料理を完膚なきまでにつゝきあらして」、『海岸と女』の「寝姿が成熟し且洗練されている」、それに『作品手引艸』の「ミゼラブルという点でのみ殆んど英雄的な人物」など、この種の例は多い。

『山椒魚』の「彼を狼狽させ且つ悲しますには十分であった」とか「何たる失策であることか!」とかといった《欧文脈》や、『夜ふけと梅の花』の「血祭にコーヒーとしる粉とをのむ」、あるいは『貧困其他』の「うっとりとしたような思想」のような例に見る《不適用語》の方策もこの延長線上にある。

もう一つの系統として、最後に第Ⅹ類【奇想】表現と名づけた一連の方策を取り上げる。『岬の風景』に「英語の出来ない少女は全く好ましく且つ可憐に見えることとを発見した」とあるような《奇妙な理屈》はその一例である。『文章其他』の冒頭近くにある「自分が破産したと自覚した日の夜から、急に青春時代のように性欲が盛んになってしまった」という五十歳の婦人の悲痛な話など、まさに人知の及ばぬ不思議である。同じ作品で「女の容貌とか肉体に対しては相当に鑑賞眼のある人でも、文章に対しては全然鑑識の低劣な人がある」ことを不満げに述べ、「統計的に云ってみれば、そういう人は概して酒を飲まないようである」と眉唾の理論を展開するのも笑いを招く。

『埋憂記』には「夜更けというものは、私達に誓ったり約束させたりしがちなものである」という説が紹介され、「これは気圧の関係による」という補足説明が続いて、読者はますます訳がわからなくなる。『青木南八』に出てくる「人生に絶望して、巻莨をすわなくなり、教室へ煙管を持って来た」という一文も、絶望が「巻莨」と刻みたばことの違いにどう結びつくのかわからない点が笑いを誘う。

『競馬その他』に「精神」を「多分霊とは異った筋肉繊維か何かであろう」と推測する《変わった思考》も同じ方向にある。また、『デスクリプシオンパアソネエル』で、最近活躍している作家を「身長順」に並べるのも、その類例と言えよう。

『岬の風景』で「この世の中に代数と鼠さえなければ、どれだけ幸福かわかりませんわ」という娘の「思想」が紹介される。このうち「思想」の部分は大げさな用語という摩擦であるが、「代数と鼠」という括り方は《ふしぎな組合せ》とも言うべき方策に当たる。『言葉』の「牛や馬はその草原の上に点々と遊び又は交尾して」における「遊び又は交尾」の部分も同様である。『文章其他』で「短篇小説を呉れてやろうか、それとも半襟の方がいゝか」と義妹に尋ねる箇所も、相手の反応によって、自分の小説を「安物の半襟より拙い」と判断するように、両者を同列に扱っていることになる。

『或いは失言』にある「声帯及び情欲、恋のてくだ、ネクタイの結びかた、処世術」という列挙もどこでどうつながるのか不明で、同じ性格の滑稽感である。

『夜ふけと梅の花』に、質草にけちをつける質屋の番頭に客が「入れてしまうまでは僕のものだから、マントの悪口を言うのは止したまえ」と文句を言う場面がある。言われてみればたしかに筋が通る。この種の《一理ある》表現も同じ系統に属し、やはり笑いを喚ぶ方策となる。

『私の保証人』に「一般の規約からいえば、学生の保証人というものは、その学生が学校を止すと同時に、保証人たるの権能を断念しなければならない」として、いつまでも干渉したがる保証人に抗議するのも理に適う。『休憩時間』では、「下駄をはいて来ようが靴をはいて来ようが、人生の未来の光明にどれだけの関係があるか」という内容の学生の即興の抗議短歌が喝采を受ける。

『朽助のいる谷間』に「お互に裸体であるということは、その裸体の持主達をしていちはやく親しい友人にさしてしまう」というくだりがある。日ごろ思ってもみなかった事実を言い当てたかのような《意外な発見》も笑いを誘う方策となる。

『私の保証人』にある「高価な葉巻莨を罵倒されながら喫うことは、あまりに寂しさに値することである」という例も、「こんな美しい庭にいると、尚お更らならずものに見えるようだ」という『ならずものと光り』の末尾の呟きも、多くの読者はこれまで考えたこともなかろうが、あらためて想像してみるとどこか真実みがある。

白眉は『酒』の掉尾を飾る卓見であろう。「枯淡であってまたユーモラスである」飲み方もあれば、「叙情的であって余韻をふくんでいる」飲み方もあり、それぞれ違った風格がある。そうして、「酒は量の多きを以て誇りとすべきではない」とし、「いかに美しく酔えるかゞ要点である」という。

この結論に読者は《意外な発見》を意識して、にこりとする。すると、この作家の太いペリカン製の万年筆は、そのあとに「芸術だって同じである」という一文をさりげなく書き添える。また新たな発見をした思いだ。が、ふと、それが「酒」と題するエッセイであったことを思い出し、読者はそういう虚実皮膜のとぼけた文学の方法に思わずにやりとすることであろう。

結び

岩波書店から上梓した著書『日本語レトリックの体系』において、修辞的言語操作を、〔展開〕にかかわる〔配列〕〔反復〕〔付加〕〔省略〕、ならびに、〔伝達〕にかかわる〔間接〕〔置換〕〔多重〕〔摩擦〕という計八原理のもとに体系化し、二〇〇を超える表現技法を分類・整理した（その後、東京堂出版の『日本語の文体・レトリック辞典』に体系一覧を再録）。井伏鱒二の初期作品では、Ⅰ【うやむや】とⅡ【とぼけ】とⅢ【めかし】は〔間接〕の原理、Ⅳ【擬人化】とⅤ【比喩】は〔置換〕の原理、Ⅵ【誇張】は〔摩擦〕の原理の誇張系、Ⅶ【矛盾】とⅧ【違和感】とⅨ【異例結合】とⅩ【奇想】は同じ〔摩擦〕の原理の矛盾系が、それぞれ働いて、独特の笑いが生成されていることがわかる。

しかし、笑いは表現効果であり、基本的に読者側のものである。研究は純粋な読書体験に始まる。調査も分析も考察もその文学的感動に届かねばならない。文体論はそういう人間の行為をたどる円環であるように思われる。

（「井伏鱒二初期作品の笑い」日本文体論学会『文体論研究』四九号　二〇〇三年）

井伏鱒二・小沼丹の文体差
——相手の将棋を語った随筆を読み比べる——

動機および着眼点

井伏鱒二と小沼丹——今は亡きこの二人の作家の間に全部で何回ぐらい将棋の手合わせがあったか、対戦成績がどんな結果に終わったか、事実はまったく知らない。いつか酒の席で小沼丹から聞いたところでは、自分のほうが戦前は棋力が断然上まわっていたし最近も優勢だという話だった。戦後すぐからその「最近」までのところについてこの作家はなぜか多くを語ろうとしない。作家訪問の折に井伏鱒二にも聞いておくべきだった。もっとも井伏のほうは、戦後の結果しかしゃべらなかったかもしれない。

はっきりしているのは、小沼が明治学院高等学部英文科に在学中の昭和一四年に、小説『千曲川二里』掲載の学校の機関誌『白金文学』を寄贈し、読後感を記した葉書を受け取ったのを機に、その年の秋深く井伏宅を訪問したこと、相手が将棋好きとわかってからはしばしば対戦し一日に何局も立て続けに指したらしいことぐらいである。井伏が晩年に近づくにつれて対局の機会が減ったという話も聞いたかもしれない。ざっと数えて何百番かになることは確実だろう。「嘘八百」に因んで仮に「八百番」としておく。

「牀前月光ヲ看ル　疑フラクハコレ地上ノ霜カト」という厳かな調子を嫌い、李白の漢詩『静夜思』を井伏は「ネマノウチカラフト気ガツケバ　霜カトオモフイイ月アカリ」(『厄除け詩集』)という土俗的な民謡調に訳すほどの庶民派だ。武家階級の嗜みとされてきた和歌や囲碁には、上品だからという理由で手を出さない。「阿佐谷会で将棋をさしてた人が碁が好きになったら、みんな癌で死んじゃったよ」(中村明『作家の文体』中の発言)というような、後で尾崎一雄がさも呆れ果てたような表情で笑ったほどの眉唾な話も聞いた。そんなことが口をついて出るのだから並大抵の庶民派ではない。

小沼は後に囲碁も好んで打つようになったが、そのような病気に罹ることもなく、文壇指導碁の折に当時の坂田本因坊と対戦、「どうせ負けるのだから、九子で負けるより八子で負けた方が恰好が宜しかろう」と八子で打ち、「余りみっともない負け方をせずにすんだ」(『横好きの弁』)という輝かしい碁歴を持つ。が、縁台将棋と言われるように、将棋のほうが大衆の娯楽だから、師弟間の勝負となればきまって将棋だったことも事実である。

井伏鱒二には『小沼君の将棋』(一九七一年六月に脱稿。初出『青娥月報1「汽船」』)という題の随筆があり、小沼丹にも『井伏さんと将棋』(一九六七年三月に脱稿。初出未詳)と題する随筆がある。どちらも相手の将棋のことを書いたものだから内容はそれぞれ違うが、話題は似ている。井伏七三歳、小沼五〇歳の時の作で執筆時の年齢の違いもいくらか反映しているかもしれない。が、両作品を対比すれば、テーマや題材の違いをある程度捨象して、両作家の物のとらえ方、文体の特質、表現の性格を考えることができるだろう。

井伏鱒二『小沼君の将棋』は『たらちね』(筑摩書房　一九九二年)、小沼丹『井伏さんと将棋』は『小さな手袋』(小澤書店一九七六年)所収の一編をテキストとした。

作品の大きさ

『小沼君の将棋』は約一八二〇字分、『井伏さんと将棋』は約一五一二字分のスペースだから、題名や筆者名、行アキなどを含め、四〇〇字詰の原稿用紙に換算して前者は五枚、後者は四枚の作品であったと思われ、井伏作品の方が二割がた長いという計算になる。

点間字数

独立して置かれた会話、会話を含む文、引用符がなくても明らかに会話と判断される部分を含む文は、地の文と性格が違うので対象から外し、純粋の地の文だけを調査した。句読点で区切られる長さは井伏作品で平均一七・五字、小沼作品で一五・一字となり、前者が若干長い。具体例で感じを示すと、井伏の「二十年前頃までの旧式な中飛車戦法で」と小沼の「何故そんな奇妙な結果になるのか」との違いに代表される程度の差である。

ただし、この差は、七字より短い句読が井伏作品で三例、小沼作品で八例を数えるという事実の反映であり、小沼作品のほうが概して短い句読で進行するといった一般論は成り立たない。数値の平均の若干の差は、井伏作品で接続詞の後に読点を打たずに「だから敵を」「しかし僕は」と書き、条件節が挿入されても「僕も友達が来るとよく将棋盤を出した」と、読点抜きで、すぐ次の文節に続ける、といった表記上の習慣の影響であり、文構造の違いに直結する現象ではない。

文の区切りの数

一つの文を句読点で幾つに区切るかを調べると、平均で井伏作品一・六五、小沼作品二・三三となり、両者の間にはっきりと差がある。井伏作品は句読点を多用せずに「三十年このかた対局のつど僕の方が敗けて来た」と大きく括り、小沼作品は「何だか危い予感がして、頻りに辞退した気もするが、……」という調子の波で流れるといった違いが見られる。

文の長さ

過去のデータとの比較の便を考慮し、句読点を含む一文あたりの字数で示すと、調査結果は、全文で井伏作品三二・八字、小沼作品三五・八字となり、会話部分を除外すれば井伏作品が三一・三字、小沼作品が三四・四字となる。先行文献における諸種のデータのうち調査量最大の中村明の論文「コトバの美と力」（本書四七四ページ参照。初出は講座コトバの科学５『コトバの美学』所収）における小説の平均文長四〇・四字と比較し、どちらの随筆もそれよりかなり短い。井伏作品の方が小沼作品よりさらに平均三字ほど短いことになるが、実際に読み比べてその差を感覚でとらえるのは難しい。

段落の大きさ

一つの段落が平均何個の文から構成されているかを調べるという観点もあり得るが、小沼作品には会話を記載するための形式的な改行がいくつかあって段落の認定が主観的になりやすい。そのため、ここでは、改行するまでに何字記しているかを基準として調査した。その結果は、井伏作品が平均二八九・三字、小沼作品が一二五・四字となり、二倍以上という大差が見られる。井伏作品の方が改行が少ないことを示し、読点の使用も少ないことと相俟って、小沼作品に比べ少し版面が詰まった重い印象を与えやすい。

文の構造

主語明示率

文に主語が現れないという現象も、その背景は様々である。「六時に帰宅した」の場合は「私は」といった帰宅した人間である主体が文脈からわかるので記さなかった結果だ。「八月二十日のことである」というような場合も、「事件が起ったのは」とか、漠然とそういう意味を暗示して形式的に先行させる「それは」とかといった翻訳的な主語が省略されていると解釈することもできないわけではない。しかし、日本語には、「待ちに待った春だ」のようにそれだけで独立できる文も現に存在する。その場合も「今は」が省略されているのだと強硬に主張する人もありそうだが、それは特に限定が必要な場合に説明として補強する連用修飾語にすぎず、主語というものをもともと必要としない文なのだと考えたい。今仮にそういう背景を無視し、形式的にいわゆる主語を具えているか否かを調査してみると、主語明示率は井伏作品が六五・四％、小沼作品は六八・八％となり、後者の方がわずかに高い。

主語の種類

文の主語の意味内容に注目すると、「小沼君と僕は」、「奥さんが」といった人間を指すことばが井伏作品で六四・七％、小沼作品で七七・三％と、両作品ともかなりの割合を占め、特に後者で著しい。主語の明示されていない文で主語を想定して同じことを調べてみると、人間を指す主語を明示しなかったものが井伏作品では八三・三％を占め、小沼作品に至っては一〇〇個の文すべてに人間の主語が想定できる。両方のデータを総合し、主語の有無に関係なく、ともかく人間を主語として構想された文の割合を算出すると、井伏作品で七一・二%、小沼作品で八四・四%となり、全体として後者の方が人間を主語とする文の発想の割合が高いことが明らかになる。

具体例とともに言えば、井伏作品では「早稲田に入ってからの小沼君は……」「昨日も敵は……」のような人間を主語とする文の中に、時折、人間以外を主語とする「敵の得意な戦法は……」「この会は……」のような文を交えているのに対し、小沼作品では「戦前の対戦成績は……」といった文が少なく、大部分の文を「見ると井伏さんは……」「そのころになると僕は……」という調子で運んでいることになる。

連体修飾の複雑さ

「こんな筈ではなかった」の「筈」などの形式名詞は除外し、一般の名詞や代名詞がどのぐらいの修飾を受けているかを調査した結果は次のとおりである。

「膝を揃えて」の「膝」などのように連体修飾を受けないで出てくる名詞の割合は、井伏作品で七九・〇%、小沼作品で七七・〇%となり、きわめて近い数値を示している。「或る日」の「日」などのように一個の連体修飾を受ける名詞は、井伏作品で一八・一%、小沼作品で二一・二%となり、後者の方がやや多い。「敵の得意な戦法」の「戦法」などのように二個の連体修飾を受ける名詞は、井伏作品で二・九%、小沼作品で〇・九%となり、ともに少ないが、これは前者が上まわる。両作品とも三個以上並列して名詞に係る連体修飾の例は見られず、全体の割合を算出すると、一つの名詞あたりの連体修飾の件数は平均で井伏作品が〇・二三、小沼作品が〇・二四となり、ほとんど差がない。どちらの文章でも名詞・代名詞四個に一つぐらいの割合で修飾語を伴っているという計算になる。

連体修飾の長さ

「戦前の古い解説書」の場合は「戦前の解説書」「古い解説書」という意味で二個の連体修飾が係っているが、「初めて対局する相手」の場合は「初めて対局する」という一続きのことばが全体として「相手」に係っており、連体修飾の関係は一回しか成立していない。しかし、「次の勝負」などの単純な修飾に比べ、「相手」という名詞が長い修飾を受けてそれだけ重くなっている。その点を探るため、前述の修飾回数の調査とは別に、一つの名詞・代名詞あたりの修飾部分の文節数を調べてみると、平均で井伏作品が〇・三〇、小沼作品が〇・五一となり、後者の方がかなり多い。

その違いを具体例で示すと、井伏作品の場合は「慎重な態度」といった簡潔な連体修飾が多く、四文節を受ける「番数さえたくさん指せばいい性分」の「性分」のような例はごく稀で、二文節を受ける「駒を動かす手つき」の「手つき」のような例も比較的少ない。

それに対し小沼作品の場合は、「王手飛車をして待ってやろうかと云うときの」を受ける「気分」や、それをさらに取り込んで「自分は弱い者と将棋を指すのが好きだ、(中略)気分はまた格別である、と云う意味」と続ける「意味」のように、長い連体修飾が一つの名詞に注ぎ込む流れが時折交じる。修飾の意味関係を検討すると、「気分」や「意味」に係る連体修飾が、その名詞の指し示す対象の状態を限定する「晴れた空」「そよぐ風」のような修飾ではなく、いずれも「気分」なり「意味」なりの名詞の具体的な内容に対応していて、実質的に「AというB」といった関係の修飾に近いことに気づく。『井伏さんと将棋』全体が複雑な構文を特徴としているわけではないが、このような広い意味での〈引用〉を内包する文が時折現れ、それが数値に反映しているものと考えられる。

連用修飾

一つの動詞にどれだけのことばが係るかを見るのが目的なので、ここではいわゆる主語も一種の連用修飾として扱う。例えば「僕も友達が来るとよく将棋盤を出した」の場合は、「友達が」が「来る」に係り、「僕も」「よく」「将棋盤を」の三つが「出す」に係るという数え方で調査すると、結果は次のようになる。

井伏作品の場合は、「言う　方はいい気分……」の「言う」などのように連用修飾を伴わない動詞が五・六%、「辞書を　見ると……」の「見る」のように一個の連用修飾を受ける動詞が六五・七%、「後に　趣旨を　変えて」の「変える」のように二個の連用修飾を受ける動詞が一九・四%、「番数を重ねて　体力と根気で　敵を　疲れさせようとする」の「疲れさせる」のように三個の連用修飾を受ける動詞が五・六%、「あのころ　荻窪や阿佐ケ谷方面では　友人間に　将棋が　流行っていた」の「流行っている」のように四個の連用修飾を受ける重い動詞が三・七%となる。

一方、小沼作品の場合は、「見ると、井伏さんは……」の「見る」などのように連用修飾を伴わない動詞が一〇・〇%、「その一例を　挙げてみよう」の「挙げる」のように一個の連用修飾を受ける動詞が四八・八%、「井伏さんは不意に　立ち上がって」の「立ち上がる」のように二個の連用修飾を受ける動詞が三〇・〇%、「井伏さんは　手早く駒を　並べて」の「並べる」のように三個の連用修飾を受ける動詞が一〇・〇%、「僕は　これ迄に　何遍か　井伏さんと将棋について　書いている」の「書く」のように四個の連用修飾を受ける重い動詞が一・三%となる。

両者を比較すると、一個の連用修飾を受ける形で用いられる動詞が最も多い点では共通する。が、井伏作品のほうでは全体の三分の二もの動詞がそこに集まっているのに対し、小沼作品では多いといっても全体の半分に満たないというふうに、その集中度に差がある。角度を変えて言えば、前者が連用修飾一個の動詞を多用するのに対し、後者は連用修飾〇〜三個の動詞を比較的幅広く使用し、それだけ変化に富んでいることを意味する。

文末の時制

「現在形」「過去形」という名称は、その語形の指示する現実の時と必ずしも対応しない。いちいち「いわゆる」を冠する煩わしさを避けるため、便宜上、前者を「ル形」、後者を「タ形」と呼ぶことにする。会話部分を除く調査結果は次のとおりである。

井伏作品では、ル形が四一・五％、タ形が五六・六％で、ほかに、「である」を省略した「昭和十四年か十五年の十一月頃であったとのこと。」という名詞止めが一例ある。一方、小沼作品には名詞止めやいわゆる副文止めなどの特殊な文末形式は現れず、すべて述語で文を結んでいて、ル形が七七・一％、タ形が二二・九％という割合である。

井伏作品の場合は、タ形が少し優勢ながら、両者がかなり拮抗しているのに対し、小沼作品では逆に、タ形が二割強と少く、ル形が八割近くを占める。この違いは作品内容や執筆態度とどう結びつくのだろうか。

『小沼君の将棋』と題する随筆が小沼丹の将棋の特徴、その棋風なり戦績なりが中心になるのは当然だが、井伏はその話題を直線的に追うのではなく、時代や社会を背景として述べる。そのため、小沼の初めての井伏家訪問、文壇の将棋仲間の阿佐ケ谷会、そのメンバーである太宰治や豊田三郎のことなどを回想する場面が多くなる。このあたりにあるいは執筆時の年齢も影響しているか。また、執筆時の基準視点を前日の小沼との対局を振り返る時点に置き、そこを軸に回想場面を展開させる運び方をしている点も、そういう数字の背後で働いていると思われる。

一方、小沼作品では、執筆動機を述べた冒頭の数行や、結びの挨拶めいた記述を除き、朝から晩まで井伏と将棋を指し続けた或る一日のことに焦点を絞り、修辞的に過去のその時点を執筆時に重ねて臨場感を醸し出そうとする書き方を採用した事実と、その数字は密接に関連しているにちがいない。

文末語の性格

文末語はともに「言った」「勝った」などの動詞のタ形が多いが、井伏作品では「仲である」など、小沼作品にはめったに現れない「名詞＋デアル」の語形も目立つ。これも、井伏の前述の書き方のため、時に説明の必要が生じることと関係がありそうである。

その点、小沼の方は、その一日の経過を語る部分で「……勝った。……云っておられる。……仰言る。」のように、今日の前で起こっている感じで描くため、デアル形の名詞述語文がほとんど現れず、「閉口する」「思う」「仰言る」のような動詞の終止形や、「書いている」「書かれる」「判らない」のように、動作や行為を断定的に述べる語形で文を結ぶ例が目立つことになる。

もう一つ、井伏作品に「いい気分であったろう」「指方であるそうだ」「角帯をしめるか袴をはくかしていたようだ」「自慢の種にしているらしい」「明治学院の学生であったという」のように文末で断定を避ける表現が目につく。これも過去の記憶や人づてに聞いた話などを織り混ぜながら、背景の中で小沼将棋を語るこの作品のタッチとおそらく無縁ではあるまい。しかも井伏鱒二は、ものごとの細部まで正確に描こうと執念を燃やす作家なのだ。因みに、主として一日の出来事を追うこの小沼作品には、断定を回避する文末は「或は僕の方が負越しているかもしれない。」という一例しか見られない。

使用語彙の性格

呼称のバラエティ

紙幅の関係でここでは使用語彙の一部を扱う。どちらも相手の将棋に関する随筆なので、両作品に共通している語彙として、まず、自分と相手の呼称を比べてみよう。

どちらの作品でも、自分のことは「僕」という代名詞で指す例が圧倒的に多い。その点は同じだが、小沼作品が一三例すべてその「僕」で通しているのに対し、井伏作品では同じく「僕」をベースにしながらも、三分の一ほどの割合で「こちらはどうも不調をつづけている」というふうに自分を「こちら」と呼ぶ言い方を交ぜている。

相手を指すことばの場合も、小沼作品がこれも一三例すべて「井伏さん」で通しているのに対し、井伏作品では三分の二ほどを「小沼君」で運び、残り三分の一ほどは「昨日も敵が言った」というように「敵」を用いている。変化をつけるのに、自分を「こちら」と呼ぶのに合せて相手を「あちら」と呼んで対応させる手もあるが、相手を「敵」と呼ぶ言い方はやや古い慣用であるとはいえ、戦争めいて感じられるほどふざけて大げさに表現したような滑稽感が漂う。小沼の随筆中のいかにも負けず嫌いな井伏像とぴたりと重なり、二重に可笑しい。

『井伏さんと将棋』というこの随筆の場合は「僕」「井伏さん」で通したが、この作家は常にそうだというわけではない。小沼丹の別の随筆では、自分を「当方」と呼ぶ例が少なくないし、この井伏作品と同様「こっち」と呼ぶ場合もある。また、「当方」に対応させて相手のことを「先方」と呼んだ例もある。井伏鱒二のことを書く場合も、たしかに「井伏さん」が断然多いが、例えば創元社の随筆全集や角川文庫の『駅前旅館』などの井伏作品の解説などでは「井伏鱒二氏」と「井伏さん」との併用だし、随筆『むべ』でも同様だ、随筆『断片』その他では、井伏鱒二が昭和二年以来住んでいる場所の現在の町名を付して「清水町先生」と呼び、それが師井伏鱒二に関する文章を集めた一冊の本の書名ともなった。

井伏作品では変化に富み小沼作品では単調だというこの呼称の違いは、前者は作者老年の作品、後者は中年の作者の筆に成ったという執筆時の年齢も関係していそうである。

人名と地名

「こと」「わけ」「はず」といった形式名詞など、主語になれない特殊な名詞を除く実質的な意味を担う一般の名詞に限り、その広がりを概観してみたい。

井伏作品には対比的に様々な特徴が出ている。一つは人名の種類が多いことだ。延べ語数では井伏作品一一・四％、小沼作品一二・一％と、ほとんど差がない。が、それは小沼作品で「井伏さん」という語を一三回もくりかえし使用しているからだ。小沼作品の場合はそれ以外に「加藤一二三八段」というのが一回出てくるにすぎないのに対し、井伏作品では「小沼君」が一一回くりかえし使用されるほかに、「安成次郎」「石原純」「上林暁」「浜野修」「太宰治」「中村地平」「豊田三郎」「滝井（孝作）」といった多くの人名が登場する。しかも、同じ人物を「豊田三郎君」「豊田君」「豊田三郎」というふうに形を変えて呼ぶため、異なり語数ではさらに大きな差になる。

井伏作品の場合、人名以外にも、「荻窪」「阿佐ケ谷」といった地名、「早稲田大学」「明治学院」といった学校名、「文春」という社名の略称、「オール読物」という雑誌名も現れ、事実を固有名詞で記述していることがわかる。「阿佐ケ谷会」「荻窪竹帛会」「文壇将棋会」といった会の名称を明記するのも同じ方向の書き方と言ってよい。

人間語彙

人名に「僕」「こちら」「誰」「相手」「敵」「将棋仲間」「友人」「友達」「学生」などの語を加え、〈人間〉を指すことばとして一括すると、すべての実質的な名詞のうち井伏作品で三一・一％、小沼作品で三三・〇％となってほとんど差がなく、ともにかなり大きな割合を占めている。井伏作品では固有の人名を明示してシャープに記すのに対し、小沼作品の場合は井伏と共通の「僕」のほか、「君」「御自身」「御自分」「奥さん」のように固有名詞を出さない形でのソフトフォーカスの述べ方が多い点に、両者の対比的な特色がある。

専門語の使用

両作品ともテーマが〝相手の将棋〟であるため、〝相手〟という人間に関する名詞のほか、当然〝将棋〟に関する語彙も豊富である。井伏作品の場合、「将棋」「将棋盤」「将棋敵」「将棋仲間」「将棋会」「将棋解説書」「駒」「指方」のような将棋専門の語から、文脈の助けを借りて将棋のそれを指すことの明らかな「対局」「待った」「戦法」「百番勝負」「勝敗」「点取表」あたりまで広げると、名詞全体の一九・二％にも達する。小沼作品の場合も「将棋」や「将棋盤」のほか「駒」「王手飛車」や「三番勝負」「四段」など、その方面の語彙が決して少なくはないが、それでも名詞の八・七％に過ぎず、井伏作品における集中的使用を数字の上でも印象づける。

しかも、井伏作品では、小沼と共通する「王手飛車」のほか、「中飛車」「角一枚」「二歩」「落手」「緩手」「専門棋士」など、かなり専門的な用語をためらうことなく使っていることが注目される。これは『遙拝隊長』で軍隊用語、『本日休診』で医学用語、『珍品堂主人』で焼き物などの骨董用語をそれぞれ多用し、小説においてさえ専門語を駆使して正確に記述しようとする執筆姿勢に通ずるものがあろう。ひとつの作風と言ってもよい。

時間語彙

名詞全体に対する時間語彙の割合は井伏作品一一・九％、小沼作品一五・七％となり、後者の方が若干上まわる。その中身に目を移すと、「いつだったか」とぼんやりと語り起こす随筆の多い小沼丹は、この随筆でもやはり、「今日」や「朝の九時か十時ごろ」が比較的絞り込んである程度で、あとは漠然と「戦前」「戦後」「或る日」「夕暮」「夜」というふうに絞りのあまいやわらかなタッチで記す。それに対し井伏作品では、「昨日」「先月」「今年」「二十年前後」「三十年このかた」と具体化し、「早稲田大学に入る前の年か前の前の年」、「昭和十四年か十五年の十一月頃」というふうに可能なかぎり正確を期する。

空間語彙

〝場所〟を表す名詞は井伏作品五・〇%、小沼作品三・五%で、ともに多くない。しかし、後者が「学校」「庭先」「机の前」という調子なのに対し、前者は「荻窪」「阿佐ケ谷」と固有名詞で具体化する点、ここでも一連の特徴と一致する。

数字語彙

井伏作品に数字の多用が目立つのも、そういう実証的な書き方と密接に関係しているだろう。小沼作品でも「一例」「三本勝負」「四段」「九時か十時」など数字を用いた語が七・〇%と必ずしも少ないわけではないが、井伏作品では「二人」「三本」「五番」「二日二晩」「四針か五針」「四度や五度」など全部で一二・三%にも達する。小沼が「五分五分」という漠然とした記述にとどめるのに対し、井伏は「五十勝五十敗」と実数で示し、小沼が「負越して」で済ませるところを井伏は「三対二で負け」と数を明記し、さらに「そのうち一番は僕が「待った」をして勝ったので、正式には四対一」というふうに付説を加えて実態に迫ろうとする。

このように、井伏はいわば客観小説的なハードなタッチで、個別化して正確に記録する書き方であり、小沼はいわば私小説的な視点からぼんやりと緩やかに描き、「いつか」「どこか」での「誰か」の出来事として一般化するソフトな書き方なのだろう。

文間接続の種類

ある文が次の文とどうつながるか、逆に見れば、その文が前の文をどう承けて展開させるか、という文と文との接続の仕方を比べてみよう。井伏作品では、「……指方であるそうだ。だから敵を負かそうとすれば……」というふうに接続詞でつなぐ場合が七・七%と少ない。接続詞を用いず「将棋はそのころから僕より強かった。」というふうに「その」といった指示詞で先行文を承けるつなぎ方が一七・三%、接続詞も指示詞も用いずに「小沼君と僕は将棋敵の仲である。将棋敵とは……」の「将棋敵」のように先行文と同じ語を繰り返すことで関連づける例が一一・五%となる。「僕も友達が来るとよく将棋盤を出した。」というふうに係助詞「も」を用いて、前の記述にある将棋好きの安成次郎たちの逸話に関連させるようなつながり方が六例も見られ、「ことに」を含めると一三・五%を占める。そのほか、前後の文を関係づけるそういう特定の語を用いずに、「……頭に大怪我をした。四針か五針か縫ったという。」というふうに場面や内容の関連などで文間の意味のつながりをつける形の接続例が一一・五%見られる。「……「僕は豊田三郎に勝ちましたからね」と言った」で改行し、「こちらは戦争中に疎開して、戦後二年目に荻窪に帰って来た。」と展開するように、先行文と直接は結びつかないような流れも多く、関連の薄いつながりというところまで基準を緩めると全体の三八・五%にも達する。文意が密着しながら展開するのではなく、ひらひら舞いながら話が進む印象を覚えるのは、こういふ連接のゆとりのせいもあろう。

小沼作品の方は「……二番とも僕が勝った。ところが井伏さんは手早く駒を並べて……」というふうに接続詞でつなぐ場合が全体の一七・六%で、そう多いほどではないが井伏作品よりは多い。接続詞を用いず、「……について書いている。そのなかで何遍か……」というふうに「その」のような指示詞でつなげる箇所が二〇・九%で、これも井伏作品より若干多い。接続詞も指示詞も用いずに、「……お茶ぐらい飲んで行き給え、と仰言る。お茶を飲んで……」というふうに、先行文にある「お茶を飲む」という同じ意味のことばを反復使用する形でつながりをつけるタイプの接続箇所がこれも同じく二〇・九％を占める。まったく同じ語ではないが、「……三番勝負さ……。覚悟を決めて后二番指したら……」というふうに関連することばを入れることで意味のつながるタイプの接続が、井伏作品には見当らなかったが、小沼作品には八・八％含まれる。「結局」という副詞でそれまでの流れをまとめる接続が一例で二・九％となり、特定のことばより場面や内容のつながりに委ねる「……次の勝負を催促なさるのである。責任を痛感するけれども……」のようなタイプが二〇・九％と多い。その代わり、「戦後はこう云うことは無い。現在井伏さんは四段で……」のように一見無関係な文が並ぶ箇所は八・八％と井伏よりはるかに少ない。なお、外形上のこの連接傾向は、次に述べる語彙・文脈がらみのそれと逆の傾向を示す。

文間密着度

以上は並列的な分類ではなく、接続詞があるか否か、それがない場合に指示詞があるかどうかを調べ、それもない場合に同一語や関連語があるかどうか、それさえ見当たらない場合に場面や内容の関連性が濃いか薄いかを調べるというふうに接続のレベルを観察したものである。もちろん実際には、接続詞も指示詞も両方使う例があり、さらに同一語や関連語をいくつも具えているケースもある。文間のつながりにおけるそういう密着度を探るために、先行文との接続にかかわることばや、そのあたりの話題や文章のテーマなどに関する語彙がどのぐらい含まれているか、という観点からの調査結果を次に記す。

例えば、井伏作品の「……制服にLの字の襟章をつけた明治学院の学生であったという。しかし僕は学生服姿の小沼君には記憶がない」という流れでは、接続詞の「しかし」と、先行文の「学生」との関連語「学生服姿」と、そこで話題になっている主体を指す「小沼君」の三個、「結局、夜になってお暇するときには僕の方が負越していて、僕はふらふらであった。」という小沼作品の例で言えば、それまでの内容をまとめる「結局」、先行文の「夕暮近く」からの時間の経過を示す「夜」、「ずるずる負始めていた」という先行文の末尾と関連する「負越して」、「頭がぼんやりして」から推測される後の状態「ふらふら」の四個が、それぞれの接続に関連してその文のつながりをつける働きをしていることばだと考えられる。つなぎ一箇所あたりのこのような接続関連語句の平均は、井伏作品で二・八五、小沼作品で二・三九となる。相対的に、井伏のほうが各文の内容が緊密につながっており、小沼のほうがつながりが緩く、文脈に依存する度合が高いことを推測させる数字である。

文章の展開

井伏の流れ

最後に一編の随筆全体の流れ、作品構成を追ってみよう。井伏作品では、第一文で小沼と自分が将棋敵の仲であることを述べ、第二文でその「将棋敵」の辞書の定義とは違って自分のほうが負け続きであるという矛盾を指摘し、以下、第三文に先月の、第四文に昨日のそれぞれ実例を並べて実証的に話を進める。特に昨日の対戦結果については、単なる勝ち負けだけで済まさずに「三対二」という数字を明記し、しかも、勝ったことになっている二番のうちの一局は自分が「待った」をしたので本来は負け将棋であり、実質的には「四対一」で負けたことになると注釈まで加えている。これは井伏という人間の潔さや筋を通す生き方を示すとともに、事柄の伝達に正確を期するこの記述態度は、三越のストライキの際に使われた赤旗の生地は何かにこだわり（安岡章太郎『井伏文学の洗脳力』）、「茶壺にころんでトッピンシャン」としてわらべ唄に出てくる茶壺は古備前か何かかと問い合わせ（司馬遼太郎『井伏さんのこと』）、小説

『兼行寺の池』で観察した法事の一部始終を記録する時に料理の品目を「いかの塩辛」以下十数品目も列挙するなど、井伏文学を支えている、事実への執念につながる。次の第五文では相手を「敵」と呼び、その戦法が時代遅れであることを暴いてケチをつけ、第六文でそのために対策がかえって厄介だという皮肉な現実を訴える。ここにも負けず嫌いの性格がのぞき見えて読者の笑いを喚ぶ。ここまでの第一段が全体の総論部分を成している。

第七文で小沼が初めて井伏家を訪問した年月の実際に迫ろうとし、第八〜九文でその際の衣服について小沼自身の話と井伏の記憶とが一致しない点を実証的に述べる。第一〇文で当時の小沼の和服姿の記憶をたどり、第一一文で当時すでに小沼の棋力のほうが上であったことを記し、第一二文でそれに対抗するために井伏が体力と根気で相手の疲れを待つ戦法をとったことを暴露して笑いを喚ぶ。まんまとその消耗作戦にはまった小沼の感想を伝える第一三文までの第二段は、すべて昨日の対局中の談話をもとにした井伏小沼初期の対戦の回顧を内容としてまとまっている。

第三段はその当時の世相を振り返り、広角レンズでいくつかの現象をカメラにおさめたものだ。戦争が激しくなる一方であったそのころ、荻窪・阿佐ケ谷方面の作家仲間の間で将棋が盛んであったことを述べた第一四〜一五文がこの段の中での総論部分に相当し、将棋を指し過ぎて大怪我をしても懲りない安成次郎の逸話を伝える第一六〜一八文がその実例一、上林暁と浜野修との百番勝負を伝える第一九〜二〇文が実例二、阿佐ケ谷会の発足を伝える第二一〜二二文が実例三という関係になるだろう。

長い第四段はその続きだが、ここはズームレンズを利かせて次第に焦点を絞り込んでゆく。まず第二三〜二五文で自分の周辺へと話題を狭め、第二六文でその勝敗を記す中に小沼の名も含め、それとなくテーマをつないでおく。最弱の中村地平の扱いを述べる第二七〜二八文は前段から続く実例四に当たり、形勢如何でがらりと変わる太宰治の対局態度を伝える第二九〜三一文は実例五として位置づけられる。そして、「その点小沼将棋の特徴は」という調子で本題に入る。第三二文でその技術面での特色を簡潔に述べ、第三三文で不思議な傾向を紹介する。第三四〜三七文で小沼がはるか格上の豊田三郎に勝った一番を紹介するくだりは実例六に当たる。その第三七文で小沼の勝利が番狂わせであったことを強調してケチをつけるあたりに、井伏自身のライバル意識が剝き出しになっていておかしい。第三八文でそのまぐれの勝利を自慢する小沼の性格を暴露し、第三九文で昨日の「敵」の発言を紹介してその証拠を添える。

小沼との対戦を回顧する続編に当たる第五段で、敵の言動を憎々しげに紹介する。その負けん気が読み手の笑いを誘う。第四〇～四三文の事情説明を経て、第四四～四七文で小沼の対局中の態度、ひいては性格を暗示する実例を二つあげて具体化する。第四八文はその時の相手の気持ちを推測した箇所で、井伏自身の口惜しさが滲み出ている。

最後の第六段は小沼将棋の近況を記す結びである。まず第四九～五一文で自分の不調を語り、第五二～五三文に「それにひきかえ」という調子で小沼の華々しい好調ぶりを、小沼優勝と優勝者の弁という事実をもって伝え、井伏鱒二は一編の随筆を結ぶのである。

小沼の流れ

一方の小沼作品は、やや長い冒頭段落と短い最終段落とを他とは別次元の挨拶相当の部分と考えるなら、その間の中心部分はほぼ時系列に沿って直線的に流れ下る構成になっている。以前に書いた類似の文章との関連にふれた第一～二文から第六文まではこの随筆の執筆動機の説明と解釈できる。第七文で強いのに勝てない奇妙な現象を指摘し、第八文で以下その事情を説明するために一例をあげるとして本題に入る。ここまでの第一段はこの随筆の序文のような位置づけになる。

第二段はその日の対戦前の経過を記した部分である。段落冒頭の第九文で戦前の学生時代の或る日、ぶらりと井伏家を訪ねたことを述べて、まず大枠を示し、以下でそれを具体化する。第一〇文で訪問時刻、第一一文でその折の井伏の様子を書き、第一二～一四文ではどんなに忙しくても将棋を指さずにいられない井伏の言動を活写する。そして、いつ果てるともなく将棋の対局が続く。第三段はその午前の部である。第一五～一七文で一番だけという約束で指しても自分が負けると今度は三番勝負を要求する井伏の負けず嫌いぶりを披露し、第一八～二〇文でそういうことの連続する雰囲気上いやでも途中で止められなくなってそのまま何番も指し続ける様子を強調する。

第四段はその後の経過を心理を交え順に書き継いだ部分で、第二一～二三文が午後、第二四～二六文が夕方、第二七～二八文が夜の部に相当する。井伏夫人に昼食を出されて時間の経過に驚くあたり、巻き込まれたはずの小沼自身もいつかすっかり夢中になっていたことが判明し、師匠が師匠なら弟子も弟子だと読者は微笑む。いくらか戯画化されていようが、ついには「原稿なんて、どうだっていいんだ」と「乱暴なことを云い出し」、相手の小沼が「盤の上に顔を出して考えてい」ると、「君、暗いよ、だから僕が負けるんだ」と文句をつけ、相手がくたくたになってから星を稼いでとうとう勝ち越し、「今日は愉快だったね」と会心の笑みをもらす井伏鱒二という大作家の人物像、その子供じみた姿は、読後のほのぼのとした笑いをかきたてる。段落末尾の「とても勝越せたものではないとお判り頂けると思う」という第二九文は、以上がその不思議な現象の真相なのだと、それまでの叙述を序文で予告したその一例として関連づけた実質的な一編の結びである。

最後の第五段は「跋文」とも言うべき挨拶の部分だ。第三〇文でこの話は戦前のことであって戦後は違うと断り、第三一文で今の井伏の棋力については加藤一二三八段が筋がいいと折紙を付けていることを述べ、第三二文で、だから勝ち越すのはますます難しいと讃辞を呈して随筆を結んでいる。

余聞

たがいの将棋について語ったこの二編の随筆を読み比べていて、自然に浮かぶ疑問が二つある。一つは、この八百番手合は一体どちらが勝ち越したのかという素朴な疑問だ。どちらの随筆にも、自分のほうが負けたように書いてある。しかし、将棋で両方負けるはずはないから、情報を素朴に読み取るとその間には明らかに矛盾がある。ほんとは勝ったのに自分が負けたことにして書くということも考えられなくはないが、それは事実を偽ることであり、両作家ともそういう阿諛追従の類をひどく嫌う。そうではなくて、それぞれが自分の負けた一局、あるいは成績不振だった一時期をことさら選んで筆に載せたと仮定すれば、その矛盾は論理的に解消する。

もう一つは、王手飛車をかけて、何なら待ってやらないものでもないと鼻の穴をふくらまして相手を憫笑したのは一体どちらだったのかという疑問である。それぞれの随筆に、どちらも相手の憎らしい行為として紹介してあるからだ。こういうことを互にやり合うこともあり得るから、勝ち負けとは違って、まったく矛盾している訳ではない。「待ってやろうか」が井伏のことばで、「待ちましょうか」が小沼の台詞だとすれば、どちらも大いにありそうな感じである。ただ、もしそうであれば、いずれも自分のことは棚にあげてそういう逸話を紹介していることになり、そのいかにも人間味溢れた二人の行動が読者にはやはりおかしい。

そんな穿鑿は野暮の骨頂だろう。小沼丹『将棋の話』(『早稲田文学』一九八四年)はこんな話で終わる。大山名人が筋向いに引っ越して来たら、奇妙なことに井伏さんの将棋がとたんに強くなったらしい。ある晴れた日、井伏小沼両作家の対局中に、庭下駄を突っ掛けてその大山康晴本人がふらりと姿を現し、盤面を覗いた、脇で名人に見ていられると、素人は普段と違って余計なことを考えてしまうから、小沼はそれだけですっかりくたびれ果て、憮然として終局を迎えた。すると、井伏は涼しい顔をして名人のほうを向いて言ったという。「まあ、ざっとこんなところです。」

(「井伏小沼八百番手合——文体対比のための覚書——」早稲田大学『日本語研究教育センター紀要』一一号 一九九八年)

第七章　小沼丹　ヒューマーの文体

小沼文学における文体の変遷

――近作を透して揺籃期を視る――

作家の文体とは何か

鷗外の文体、漱石の文体などと言う。そういう個人単位の文体というものがあることを、私たちは自明のこととして疑わない。しかし『舞姫』と『阿部一族』、『坊っちゃん』と『明暗』がそれぞれまったく同じ文体で書かれたと信じているわけではない。それでは、作品の文体と作家の文体とはどういう関係になるのだろうか。作家の文体は個々の作品の文体の集合として存在するのか。それらの最小公倍数的な存在なのか。あるいは逆に、各作品に共通する最大公約数的な存在ととらえるべきなのか。それとも、文体の確立した時期を定め、それ以降の文体をその作家の文体と規定するのか。そのうち最高到達点と目される少数の作品の文体をもって当てるのか。あるいはまた、対比的に最も個性的なものをそれと定めるのか。……

時期やジャンルや題材によって、作品の文章の性格はそれぞれ違う。終始一貫変わらない表現特性をつきとめることも、次第に揺れが狭まり、ある範囲に収斂してゆく姿をとらえることも大事だが、そういう純粋な要素だけが作品を支えているわけではない。読者を打つのは文章の全体像だというあたりまえの事実を一度しっかりとおさえておこう。

作家の文体はあらゆる作品の雑多な性格を抱えこんで流れてゆく。題材やジャンルに応じてさまざまな外貌を呈しながら、執筆時期に沿ってその内実も自然に変貌をとげる。ある一つの確定した姿としてではなく、作家の文体はそういう揺れ動き、うねりつつ変容してゆく生命の流れとして、その全体像がとらえられねばならない。

各種の条件に応じて多様な文章を綴って生きた、その作家のすべての作品が対象となる。と同時に、条件が違えばまた別種の文章を書いたかもしれないその可能性をも考慮に入れるべきではあるまいか。愛について一言も語らなかった作家がいたとする。一言も語らなかったという事実がその作家の文体を語る大事な要素になることは言うまでもない。と同時に、もし愛を語らなければならない時が来れば、彼はほんとうのことを嘘のように語っただろうと私たちに思わせる事実のほうも、その作家の文体の力に起因しているはずだからだ。人は誰でも、あることを為した人間として、また、あることを為しそうな人間として、一つの存在感を示し、そういう全体像として周囲に対する影響力を有しているのである。

研究の目的と方法

作品の文体を言語面で支えている表現特性は、むろん一つではない。数多くある。いくつかは、その作家の生涯を通じて見られるだろう。あるものは初期作品だけに、あるものは中期以降に、あるものは晩年になって明確になる特徴である。また、あるものは随筆風の作品に、あるものはミステリー・タッチの作品に、あるものは自伝風の作品に特徴的に顕現する言語的性格だろう。その作品にだけ忽然と出現する表現特徴もあれば、時期やジャンルに関係なく時折現れては消える表現特徴もあり、逆に、なぜか一部の作品にだけは姿を現さない表現特徴もあるかもしれない。

さらに、ある言語的性格というものが、存在するかしないかに二分できる性質のものでなく、多くは強弱・濃淡という程度の差として存在している、という事実も、文体的特徴の在り方を複雑にしている。

右のような文体観に立って小沼丹の文体的特質を明らかにする研究の構想を実現する第一歩として、本稿では、この作家の揺籃期の創作『寓居あちこち』の文章を間に挟み、そこにほぼ同時期の作品『千曲川二里』および晩年の作である『水』を上下に重ねて、いわば透かし読みする方法を試みたい。

小沼丹の自筆年譜によると、一九四〇年に早稲田大学文学部英文科に入学。創作合評会に出した短編『寓居あちこち』が教授の谷崎精二に認められて、翌一九四一年の『早稲田文学』二月号（新人創作特集）に掲載された。これがこの作家の世に出た第一作ということになるが、それより前、明治学院高等学部在学中に学校の雑誌『白金文学』に『機関士』および『千曲川二里』と題する短編を発表している。後者は後に『早稲田文学』の一九四二年一月号に再掲載された。最初の掲載誌『白金文学』を贈って井伏鱒二から読後感を記したはがきをもらったのを機にその門を敲いたのが一九三九年だから、当然この作品『千曲川二里』はその年には脱稿していた。が、『寓居あちこち』のほうも早大入学前に書かれたらしい形跡があり、両作とも一九三九年の秋頃までにほぼ完結していたと見られる。

『寓居あちこち』の文体を探るにあたり、ほぼ同時期に書かれたと思われる作品としてこの『千曲川二里』を取り上げ、一方、晩年の文章ということで「海燕」一九九〇年六月号に載った短編『水』（その後の作品に『軽鴨』がある）を取り上げて、その対比資料とした。

『寓居あちこち』は、都心から一時間もかかる片田舎（現在の井の頭線三鷹台駅の南、久我山街道のあたりという）の古い百姓家を借りて住む主人公の生活と感懐を綴った飄逸の一編、『千曲川二里』は、一学生が十年ぶりに信州の伯母の家と叔父の家を訪ねる抒情的な一編、『水』は、千川上水に水が来なくなり、何年ぶりかでまた水が戻った話を軸に、人や動物の思い出を語った随筆風の一編である。

擬人的発想など

『寓居あちこち』を読みながら、気づいた順に表現上の特色を取り上げ、『千曲川二里』にも見られるかどうか、晩年の作『水』ではどうかを調べることにしよう。作品名を以下〈寓〉〈千〉〈水〉と略記する。

1　「深見権左衛門の家は、話によると二百年もこの所に鎮座している」というように、「家」に対して「鎮座する」という動詞を用いた擬人化の表現がある。その深見家の藁葺きの屋根に生えた痩せ麦について「自分でも知らぬまに、放浪の旅に出たのかもしれない」と思いを馳せ、その藁屋根のペンペン草についても、「もはやこのような藁屋根の家は、朽ちる外はない、と云ってソヨソヨ揺れているかのようである」と、その心を思い遣るのだ。〈千〉の「ぼんやり立っている私の肩に、帽子に、赤蜻蛉は無礼にも腰を降した」という箇所や「彼らはひとに捕えられた経験がないのかもしれない。あるいは私を枯木と間違えたのかもしれない」の部分も類例と見てよい。〈水〉はこの二編より短いにもかかわらず、この種の表現例がその四倍にも達する。「緑のトンネルとか、お羽黒蜻蛉とか、想い出すと懐しいが、これも友人と同様、呆気無く消えてしまった」という箇所や、「これらの樹はいまでも健在で、初夏の頃になると忘れずに花を附けている」の部分のほか、「ねずみもちの親類」、「本家の玉川上水」、「小川とは長い附合」という例も、「小川も日が経つにつれて悉皆《すっかり》表情が落ち着いて、遠い昔から一日も休むこと無く働いていると云う顔で」とか、山羊を「長い山羊髯を垂し、如何にも分別臭い顔をしている」としたり、「いい年をした爺さんと云う所だろう」と人に見立てたりする例、スティヴンスンの『旅は驢馬を連れて』を訳したので「驢馬を見ると知らん顔が出来ない」とか、最後の「山羊は知らん顔をしていた」、「先方の驢馬はどう思ったか知らないが、当方は大いに満足した」とかというあたりにも、擬人的な文脈が濃く感じられる。この表現特徴はこの作家が初めから具えており、次第にその色を濃くしていった本質的な文体的特徴の一つだと考えられよう。

2　〈寓〉では「藁葺きの屋根の下に、重たそうに広い部屋が見られる」といった特異な感覚的表現が目につく。「こっちは八畳の畳が、うすぼけており」の箇所もそれに準ずる。〈千〉の末尾近くにある「ときおりカフェの辺りから、女の嬌声がさむざむときこえて来た」の例にも感覚系統の交錯が見られる。筆の気負いが伝わってくるこういう感覚的に特異な表現は、晩年の作〈水〉では気にならない。

3 〈寓〉には「ペンペン草」という俗っぽい存在に対して「生い茂る」という高級な動詞を結びつけるアンバランスなおかしさがある。「寡婦」といういかめしい漢語名詞について「タンマリ金が入った」と俗事用の副詞を用いるのも、同質の効果と結びつく。〈千〉にある「チョコチョコ門の外に消えた」という取り合わせも、〈水〉で「赤いゴムの風船玉が一つちょんと乗って」の後に「塵芥を浮べて流れて来る」と続くのも同類であり、この表現特徴はこの作家が目立たない程度に保持していく。

4 〈寓〉では「痩せ麦が、ヒョロヒョロと風に吹かれていた」とか、「そのギターは私が二三日前に、質屋から持帰ったものである」とか、それを「新聞紙で包み、その上を赤いテープで巻いた」とかというようらぶれたイメージが目立つ。〈千〉や〈水〉では特に目につかないので、それほど普遍的な表現特徴というわけではなさそうだ。

5 視点の性格についてふれる。〈寓〉では「この二百年を経たと云う家の一部屋に、何のはずみか、私が居付いている」というふうに、自分を外から眺め、他人事めかして表現する例が目につく。「子供らが私を眺めた」とか「友人は私にギターを売りつけた」とかの例も、自分に関する事柄は自分側からとらえて述べるという日本語の視点の性格を無視し、「子供ら」や「友人」が焦点となっていないにもかかわらず自己を対象化した表現と言えよう。〈千〉には類例が見られず、〈水〉に「名前を知りたい気を起したのだから、我乍ら感心する」といった共通点のある例を見る。執筆時期に関係なく時折顔を出す特徴のようだ。

郷愁の筆など

6 〈寓〉に際立って多く見られるのは、「煤けた天井から吊下っているランプに灯を点じ、じっと眺めていたりした」に象徴される懐旧の情の表現だ。そして、「ランプに灯を点ずる時、いつのまにか心の中で、故郷の香を予期するようになった」という。東京の下谷に生まれたこの作家にとって、その「故郷」とは、生まれ育った郷里という特定の場所ではないように思う。魂の休まるところ、いわば心のふるさとを指していたのではなかろうか。何か懐かしい感じで心を惹かれる所なら、明治の東京でも英国の田舎でもよかったはずだ。事実、作中に、「古びたものの中に座っていると、私は絵で見た或る場面を想い出す。それは煙出しのついた、カラタチの垣に囲まれた外国の農家とか」という箇所もある。また、ギターの低音部を指先でひっかき、「遠い潮鳴りに似」たその音を「遠い日の音」として懐かしむこともある。遠く思いを馳せるのに、ラムプの「仄暗さは、決して悪くないのである」。〈千〉では、まず、「私の方を振り向いた（従妹の）顔に私は不図昔の香を嗅いだ気がした」と出る。末尾に「私は暗い座席の上で、林檎に手あてその冷たい感触をなつかしみながら、千曲川の白い流れを思い出していた」とあるのも、それだろう。作中で、「私は理由なく郷愁という言葉を考えた。ずい分と、私は郷愁という言葉に憧れたことがある」と書き、「郷愁への夢を追って、あてどなく漂泊するかもしれない」と続けた作者自身のことばがその解説になっている。〈水〉にはこういうあからさまな形での懐旧の表現は出てこないが、失われたもの、逝ってしまった人を選んで描き、「あれは一体、いつ頃のことだったかしらん？」と振り返る筆致は少しも変わっていない。

7

〈寓〉に二種類の会話表現が出てくる。一つは普通の引用符に包んで「ラムプがお好きのようだから、持って来ましたに」のように示すもの、もう一つは「彼の女房は石油なら油屋さんにあるから買って来ましょう、と気をきかせた」というふうに地の文の中に直接埋め込む形の引用だ。〈千〉にも、「ずい分綺麗になったのよ、あのひと」とカギ括弧に包むもののほか、「老人は、その子供は汽車のなかで泣いて手を焼いたと話した」というように、会話部分を独立させない形で伝える場合がある。〈水〉では、この作家の大部分の作品がそうであるように、会話部分がカギ括弧で取り立てられずに「——十年ぐらい来なかったじゃないでしょうか……。」とダッシュで導く引用になっている。そういう形式の変化はあるが、「芸術写真を撮るから、大いに期待していて呉れよ、なんて云っていたが」と地の文の中で、それから間もなく戦死した友人のことばをさりげなく書き残す例も見られる。引用形式の違いにより作中の会話に濃淡をつける手法は、この作家の文体を貫いているように思われる。

8 〈寓〉では「わざわざ置きラムプなるものを持参に及んだ」、「大いに感謝の意を表わした」、「所有権侵害の問題」、「焦慮にみちた」といった、内容に不相応な大仰な表現を混在せしめることを指摘したい。「そうである旨を伝え」とか、「いささか辟易した」とか、「私ではなかったであろう、と附加した」とか、「炬燵の一隅」とか、「評論の如きもの」とか、〈千〉でもこの傾向はまったく同じだ。〈水〉にも、「無智蒙昧の輩」とか、「甚だ心外」とか、「剰え」とか、「何事ならん」とかといった形でその種の表現が現れる。

9 〈寓〉の「遠路を遠しとせず」や「口々に、田舎は良いなあ、と云いつつ私の所に寝て行く」、〈水〉の「清水町先生と雖も御存知あるまい」や「剰え、将棋には大敗を喫して」のような古風な言いまわしも、それに似た効果をあげていると考えられる。

10 注意すべきなのは、それと対照的な俗語風の口頭語が同じ地の文に混在し、ちぐはぐな滑稽感を醸し出している点だ。〈寓〉の「丸い硝子の笠がのっかっている」、「黒塗りは、半ば剝げチョロで」、「チョンと立ちもじもじした」など、〈千〉の「小っぽけな汽車」や「都会にはウジャウジャしている」などがそれに当たる。「ちっぽけな白い花」、「幻の花を取ろうとして小川に落っこった友人」、「赤いゴムの風船玉が一つちょんと乗って」、「昔水車が廻っていたなんて話しても」など、〈水〉にも多くの例が見られる。

空想癖など

11 〈寓〉で「このトンビは何処からやって来たのだろう。若しかすると、それは深見権左衛門の遠い祖先達と同じ頃から、此処に住みついているのかもしれない」という形で現れる一種の空想癖の筆致をあげておきたい。前にふれた、痩せ麦の放浪の旅も、ギターの潮鳴りの音も、絵で見た場面を連想する習癖も、現実の光景にイメージの世界を重ね、透かし視るこの作家の文学の方法につながるものとして、この空想癖から生ずる劇中劇と共通の文体的特徴を分担していると考えることができよう。〈千〉で、秋風が「山頂を吹き抜け、柵に沿って植えてある桜の葉を、紛紛と舞（撒？）き散らす」光景を、柵にもたれて眺めている「私の脳裏には、新芽、若葉、青葉、紅葉、そして朽葉、そんな想いの影がくるくると廻」ると書き、「朽葉はこんなことを云いながら散るのではなかろうか」と前置きして次のような朽葉自身のことばを想像する場面は、その性癖が最も露骨な形で姿を見せた箇所と言えるだろう。

俺は暴風雨にも出合ったし、また夏の日のギラギラした陽射しも浴びた。あるいは柔かい雨が、俺の身体を濡らしもしたし、そんな後でよく綺麗な虹を見たこともある。俺はいま散って行く、が決して不幸ではない。俺はいろいろのことを眺めまた身に体験したから。俺の一生はいま考えればなかなか多彩なものであった。

〈水〉で「驢馬は顔を挙げて山羊の傍へ擦り寄って行くが、山羊は低い変な声を出して離れる」という場面を目撃し、「驢馬が、ねえ、小父さん、だか、ねえ、君、だか知らないが、親愛の情を示そうとするのに、山羊の方は、／——止せよ、うるさいな／と取合わない風情に見えて面白い」と記す筆致がそれに通う。抒情性を底に沈め、ヒューマーの域に近づいた成熟ぶりを読み取ることもできるだろう。

12　〈寓〉に散見する翻訳調を取り上げる。「何故私が都心から小一時間もかゝる、こんな田舎に居るか、と云うことは、私の知人達に首をひねらせるのである」のように、「こと」という抽象名詞が主語になって、それが「知人達」という人間に働きかけ、「首をひねる」という動作を起こさせる、という発想にもとづく表現をとるのがその典型的な例だ。その述語部分が明確な使役の形で実現しなくても、「大きな地震が或る晩私を驚かせた」といった他動詞の用法はそれに準ずると考えられる。〈千〉にも「甘い冷たい感触が私にこの土地をはっきり意識させた」のような類例を見るが、後年の作品〈水〉にはそのような露骨な形で欧文脈が姿を現す例は見当たらない。

矛盾感など

13　懐旧の表現とともに〈寓〉に頻出するのは、なんらかの意味で矛盾感を抱えた表現だ。「口口に、田舎は良いなあ、と云い」、「彼らも住みかねないような口吻である。が、彼らは決して住もうとはしない」というのはその一例だ。貸し間探しに同行して力になるはずの友人が、アパートの住民の穿鑿など「つまらぬ談話を試み、本来の条件をなおざりにし」て、「うっかりすると」「早速降りたばかりの駅前の撞球場に飛び込む始末」というのも、目的との矛盾を話題にしておかしみを醸し出す例である。「庭の真中でリヤカーに大きな籠をのせようとしていた中年男は、百姓と私に気付くと、いきなり小学生のように走り出した」というくだりも、中年男の小学生的な側面を取り上げた比喩表現だ。もしかしたら借りるかもしれないという消極的な返事をしたのに、相手はその家を借りてくれるものと勝手に決めて「権左衛門と女房が戸板を水で洗ったり、障子を張ったりするのに余念がなかった」として、その手廻しの良さにいささか茫然とするのも類例である。その家主の女房がギターを見て「之は面白い三味線ですに」というのも、友人がそのギターを私に売りつけ、私が代金を払って取りに行く前に、それを質に入れてしまい、いよいよ流れるという時期に「君はギターが惜しくないか」と始まり、「多少の金は払っても出した方が得策と思う」と結ぶハガキを寄こすというあっぱれな友情、それほどの思いをしてやっとこさ手に入れたギターだが、「私はギターは全然弾けない」と展開するあたりなど、矛盾感の累積が読者のほほえみを誘う圧巻とも言えよう。〈千〉の「私はむしろ自分に哀しい気持を抱いたのである。滑稽がすぎて、却って哀しかったのである」というくだりや、「私は叔父の書斎へ入っていた。和綴の古本や尨大な全集なぞが、ぎっしり並んでいた。私はその本の並びと、いますぐものを忘れるような状態である叔父とを聯想した」という着眼点も、そういう矛盾感が読む者に訴えるという意味で共通する。しかし、〈寓〉のそれが、人生批評ともいうべき深い諧謔をにじませているのに対し、〈千〉のこれらの箇所は、滑稽感というよりはむしろ物悲しさに通じるという点で質感の違いも認められる。同じ反俗の精神が前者では「恐らくこの著者は、このような名文を書き出しに並べる誘惑に打ち勝てなかったのだろう」という形で、後者では「社会的地位の高いひとびとを、親戚として持っていることを誇りとしているのであろう。その栄達を心から喜んでいるのであろう。が、それは私にとってむしろ淋しいことである」という形で表現される、その違いに注目したい。同一の発想原理に立ちながら表現効果の分かれるこの関係は、それぞれが作品の性格を反映し、この作家の作風の二つの側面として今後長く引き継がれてゆく。〈寓〉では「竹藪の中の徑を抜け、鎮守の森へ行く高台への登り道を、或る友人は、まるで北欧の田園のようだ、と評した」ことを記し、すぐ「勿論、彼は北欧の田園を知らない」と続く。〈水〉で、「巨きな樹立が街道の上に枝を伸してい」た往時の五日市街道の初夏の風景について、「昔、遊びにきた友人と一緒にこの緑のトンネルの下を歩いたら、友人は」と書き、「まるでドイツのどこかみたいだね……」というせりふを記して、すぐ「この友人はドイツどころか日本内地も碌に知らない男だったが」と続けるのは、それに対応する。どちらの例も一見その友人の無知を揶揄しているような書き方だが、〈寓〉では「恐らく彼は、私の居る辺りを何とかして讃めようと考えたにちがいない」と弁護し、〈水〉でも「たいへんなドイツ贔屓だったから、ついそんな言葉が出て来たものらしい。或は最上級の讃辞の心算だったのかもしれない」と好意的な解説を加える。つまり、ともに些事をとおして人を懐かしむ手法がこの作家の執筆期間を貫く本質的な文体的特質の一つであったことを思わせるのである。前述の擬人化の表現や、対象に不釣合いな大仰な言いまわし、さらには、それと俗語的な表現を共起させる手法も、この矛盾感を取り立てる数々の表現例と一脈通じ合うように思われる。

技の円熟と沈潜

14 〈寓〉には「シックリしない気持」、「ガラン洞の筒抜け」、「ハッキリしない気持」、「部屋でボンヤリしていた私の耳に」、「ヒンヤリとした空気」、「梨をパクついていた」といった異例の片仮名表記が頻出する。〈千〉にも「ウロウロしている」、「ザックバランに話をした」、「朽葉が一杯にチリかかる」、「あてもなくブラッと外へ出た」、「四阿がポツネンと立っていた」、「私はむしろアクセクしている」といった類例が続出する。晩年の〈水〉で片仮名表記されているのはさすがに「トンネル」とか「リヤカア」とか「ベンチ」とかといった外来語だけであり、〈寓〉で「チョンと立ち」と片仮名で記された擬態語も、「風船玉が一つちょんと乗って」と普通どおり平仮名表記されている。後年の作になるほど生の直訳体が影をひそめ、欧文のかおりが沈潜した事実とも呼応する現象だろう。

15 文末表現にふれる。「標札もなにもない」、「いきなり小学生のように走り出した」、「彼は私を、この人が借りたいと云う人だ、と彼女に説明した」として文を結ぶはずの箇所で、初期の〈寓〉の作者はいちいち「のである」を付加して結ぶ。同時期の〈千〉でもやはり、「私はしかし、人間違いであっては困る、という気持から徐ろに反応を待っていたのである」、「が、行くことにしたのである」、「縁近く立つと、部屋のなかには叔父が炬燵にあたりながら、ニコニコ笑っていたのである」など、特に文法的必然性を感じない「のである」付加の文例が時折出現する。その点、晩年の〈水〉では、「小川の両岸のめぼしい樹立は、戦争中に大半伐られてしまったのである」として理由を説明する典型的な例を除き、強調的で理屈っぽい「のである」型の文末がすっかり影をひそめ、淡々とした叙述に時折「と思う」、「かもしれない」、「らしい」、「のだろう」といった書き手の呼吸が聞こえるだけである。

16 婉曲表現を取り上げよう。〈寓〉にこういうところがある。「寓居」に額入りの絵を持ち込んで一緒に眺めていた絵心のある女友達がいた。が、「私」が一度、当人の描いた水彩画を貶してから彼女は「寓居」に寄りつかなくなり、道で会うと横を向いてスケッチブックを後ろに隠すようになった。「私」は「そうまでしなくても良いだろう」

と思い、「しかし、私は妙な気持がした」と続く。「しかし」という接続詞の働きで、この「妙な気持」はその相手に対する説明しがたい淡い思いを指すように読める。〈千〉で「社会的な名誉、地位、そんなものへの野心は已に失った私が、ひとつ仄かに燃やしている情熱」と話を切り出しながら、「何の情熱かといえば、いえ云わない」と読者をじらし、「情熱なんて大袈裟すぎる言葉かもしれない」とすうっと筆を引っこめてしまうのも、それと共通する執筆姿勢だ。〈水〉で、植物について「無智蒙昧の輩」と自分を憫笑する清水町先生こと井伏鱒二師の鼻を明かそうと、マイナーな存在と覚しき「いぼた」というのを植物辞典で調べあげて颯爽と敵地に乗り込むが、先方からその植物につく虫の分泌物の効能まで講義されるはめとなる。その時の心境を「何だか余り口を利きたくない気分であった」とさらりと流す。随筆『珈琲の木』にも類似の表現があり、初期作品におけるそれらの手法と通じるが、青年期に比べ肩から力の抜けた成熟の跡を見ることができる。

17 季節を感じ自然との一体感を思う表現にふれる。〈寓〉で「木槿が芽を吹く、すると私は春が近いのだと思う。蕾の見える頃は、もはや春である。木槿の花が開き、その甘い香が流れる時、私は晩春だな、と感ずる」と述べているのはその好例だ。〈千〉で多くの人事が「紅葉や黄葉が一杯に散りしいている道」とか、「赤い柿の葉がしきりにカサコソと音を立てて散った」とかといった風物とともに語られるのも同質の例だろう。〈水〉で「緑のトンネル」や「お羽黒蜻蛉」や「連翹や雪柳」とともに故人を偲ぶのもそれである。

18 初期作品に見られるアフォリズムに言及する。〈寓〉で「芸術も又真と偽の黄昏ではありませんか」というダヴィンチに関する本の一節に関心を示したり、〈千〉で「気取りのないところに、はじめて真実がある」という形で伯母と十年ぶりに再会した感動をつぶやいたりするのは、ある種の警句精神と考えられよう。晩年の〈水〉にはそのような気負いがもちろん見られない。作家小沼丹が後に脱ぎ捨てた舞台衣装なのだろう。そういう研ぎ澄まされたことばの権威に代わって、〝感じのある〟ささやかな言動を求めるようになった。

19 〈寓〉に「私を権左衛門の家へ連れて来た百姓は、真中で大声を出していた」という一文で改行し、「また、秋が来た」と新しい段落を起こす箇所がある。抒情的な断絶感をしぼり出すこういう息をのむ美麗な流れを次第に抑えてゆく文体の変遷にもいつかふれたい。

20 作品の書き出しと結びの性格を取り上げる。〈寓〉では深見家の屋根のペンペン草から飄々と書き出すが、すぐ郷愁をそそるラムプの話に移る。そして、「ラムプはジージーと燃える。いつかは、この香が私にも故郷のそれと感じられるようになるだろう。私はそれを待っているのである。そして、その明るさは、私にとって決して暗すぎない」としっとりと結ぶ。〈千〉は汽車が信州の小さな駅に停まるところから始まり、「一面の闇のなかを、轟々と突進」する汽車の座席で「林檎に手をあてその冷たい感触をなつかしみながら、千曲川の白い流れを思い出」す場面で終わる。冒頭と結尾が呼応して短編としての統一感を高めつつ、絶対的な時間をつくりだして吸い込まれるように完結するこういう〈照応法〉の作品構成も、初期の文体的特徴の一つだ。その点、晩年の作〈水〉は小川に水の来なくなった話から入り、驢馬の鼻面を撫でてやり、「先方の驢馬はどう思ったか知らないが、当方は大いに満足した」と結ぶ。雰囲気づくりの人工的なにおいがかき消されていることに気づくだろう。

小沼文体の流れ

以上『寓居あちこち』に見られる二〇種の文体的特徴を取り上げ、同時期の作品『千曲川二里』と対比しつつ小沼文体の萌芽を見る一方、晩年の作品『水』との異同を探ることをとおして、各特徴が全体像としての作家の文体にどこまで深くかかわるかを考えてきた。

門を閉して賊の侵入を防いだ僧は、門が打破られると胸一杯一斉射撃の弾丸を浴び、真先に天国に旅立った。これを見た他の僧侶達は何れも身を隠すことに専念し、この世の悪魔共に立向おうなんて愚かな真似をする者は一人も無かった。悪魔共は角燈を振翳し喚声をあげて雪崩れ込み、地獄の使者らしく、純金と云われた聖マリヤ像を袋に詰め込むと、それを手始めに恣に掠奪を行った。ところが茲に奇特な心掛の悪党がいて、ドン・ペドロの書庫を見ると神の返答を代行する心算であったのか、即座に火を放った。

一九四九年に書かれた『バルセロナの書盗』は、このような調子で展開する。この作品が「一八四〇年の夏の夜のことである」と始まるのに対し、その五年後に発表された『村のエトランジェ』は「河の土堤に上って、僕等は吃驚した」という一文で唐突に始まる。そして、「僕は思はず、息を呑んだ」という短い一文をほうり投げて行を改め、「姉の白い手が伸びた。何をするのだろう、と思ったとき、その白い手は男の肩を突いたのである。」と続ける。あるいは、「何故か、僕等はそのことを話題にしなかった。何故？　僕は知らない。そのくせ、僕は自問自答していた。──あれは本当だったろうか？　センベイも見ただろうか？　あれは本当だ。そして、センベイも見たに違いない、と。」といった筆致で展開する。

大寺さんの細君はその日、珍しく美容院に行った。次の日、細君の母親と一緒に久し振りに街に買物に出掛けるためである。それから、入浴して床に就いた。それが不可ないと云えば云えるかもしれぬ。しかし、細君はかかりつけの医者から、もう殆んどよいと云われて喜んでいた。だから、それが死出の化粧となろうとは夢にも思わなかったろう。むろん、大寺さん自身も、自分の細君が挨拶もなしに死ぬとは毛頭考えなかったのである。

さらに十年後の一九六四年、『黒と白の猫』はこういう飄逸のタッチで淡々と描かれる。

何の病気か、それも忘れてしまったが、何でも、一日か二日臥て、ころりと死んだのだそうである。内心、荒田老人の、ひゃあ、を聞こうと思っていた僕には、何とも意外と云う他なかった。

──なかなか、面白い人物でした。

石川さんはそう云ってから、

——いや、いい人だったと云った方がいいかな……。

と云い直した。

僕は荒田さんとは一度しか会ったことがない。しかし、たいへん愉快な印象を受けていたから、その人物が過去形で語られるのを聞くと、何とも妙な気がして淋しかった。

これがその四年後の『懐中時計』であり、

細君が急に死んだから、大寺さんは家のなかのことがさっぱり判らない。事務引継も何もないから、大いに閉口した。ちょうど庭の紫木蓮の花が咲いているころで、訪ねて来た客が話の合間に庭に目をやって、

——木蓮が咲きましたね……。

と云うのに、

——ええ、弱りました……。

と、頓珍漢な返事をしたりした。

これがさらにその三年後に書かれた『銀色の鈴』の文章だ。

何だか妙な音楽が聞えて、裏庭の黄色の土の上を小人の行列が通る。先頭に立っているのはキイツで傘を差している。そう云えば、好い天気なのに雨が降っている。気が附いたら、先頭の小人はキイツではなくて、小さな狐が蕗の葉を翳して行くのである。倫敦は天気雨が多いので、狐の嫁入がよく見られます、と誰かが云った。誰かしらん？

——どうも……。

秋山君と娘が来たから、誰が云ったのか判らなくなった。

——眠ってらしたの？

と娘が訊いた。

——莫迦云え。考えごとしてたんだ……。

これが『椋鳥日記』の一節で、こういう小説風のタッチにも同質の味わいが感じ取れる。そして、

近頃、眼の具合がとんと芳しくないので、以前のように物がちゃんと見えないのには閉口する。衰えた視力に想像力を補って見ると、その得体の知れないものが軽鴨で、風が強くて寒いので、その凹みに身体をくっつけ合って、押しくらまんじゅうで暖を取っている、と云う結論に達したが、果してどんなものかしらん？

これが、一九九二年「海燕」新年号に載った『軽鴨』の表現ということになる。無論ひとつのヒューマーが貫いてはいるが、晩年の作には時として、「高い建物があって、その上の方に扉がある。何気無くその扉を開くと、その先には何も無い」といった想像に「足が竦むような気がする」（『柚子の花』）といった箇所が出てきて、読んでいて思わずどきりとすることがある。

今後は、今回扱った揺籃期から、『バルセロナの書盗』に代表される第二期、『村のエトランジェ』に始まる第三期、話を「作らないことに興味を持つようになった」第四期、すなわち『黒と白の猫』に始まり、『懐中時計』『銀色の鈴』や長編エッセイ『椋鳥日記』など、この作家の代表作が書かれた円熟の黄金時代、そして、笑いが沈潜し、郷愁の歌がつぶやきに変わる仙人じみた第五期まで、各作品の文体的特徴がどのように変化するか、その表現的性格の消長を言語面に密着して肌面細かくたどっていきたい。本稿はその序説である。

（「個人文体史の構想——近作を透して小沼丹揺籃期を視る——」今井文男記念論集刊行委員会『表現学論考 第三』一九九三年）

小沼丹の自伝小説における視点の微差
――吉野君から大寺さんへ――

研究の動機

小沼丹は妻そして母と相次いで死別した一九六三、四年ごろから、自筆年譜によれば、〃つくりもの〃としての小説に対する興味が次第に薄れ、身辺に材をとった作品に気持ちが動くようになったという。身辺に材をとるとなれば、家族の死などの重苦しい事実をも避けては通れない。しかも、のちの随筆『十年前』や朝日新聞掲載の「自作再見」に自ら記したように、「感情が沈澱した後の上澄みのようなところが書きた」かったらしい。身辺の題材でも他人が中心になる物語は「僕」という一人称でも書けるが、身のまわりのことを主として書く小説では、「僕」とするとべたべたしやすく、「彼」でもぴったり来ない。そこで、それとなく妻の死を扱った『黒と白の猫』では、「大寺さん」という微妙な視点を発見し、ようやくしっくり書くことができたという。

事実、同じ時期に、『懐中時計』のような他人物語は「僕」で書き、『黒と白の猫』以下の自分物語は「大寺さん」を視点人物として書き分けている。この両作品における視点の性格の違いについては、二〇〇〇年の論文「小沼丹〃大寺さんもの〃の文体序説」（本書四二四ページ参照）で調査・分析の結果を報告した。大寺さんものは一九六四年の『黒と白の猫』から一九八一年の『ゴムの木』に至る一二編の小説である。その間に書かれた小説のうち、自伝的な作品でありながら主人公がなぜか「大寺さん」でなく「吉野君」となっているものがある。七二年に刊行した長編

『更紗の繪』がそれだ。大寺さんもので新しい境地を拓いたこの時期に、どうしてこの作品だけ「大寺さん」を名乗らなかったのだろうか。

娯楽性の勝った青春ユーモア小説『風光る丘』を別にすれば、『更紗の絵』がこの作家の唯一の長編だが、だからといって主人公が改名しなければならない積極的な理由は考えにくい。この作品は、一九四五年十月に疎開先の信州から東京に戻って、妻の父が学園長を務める盈進学園に復帰し、賠償工場に指定された旧中島飛行機工場の渉外顧問を兼務した戦後すぐの数年を題材としている。そういう古い話だから、若かった自分を「吉野君」と呼んでみたとも考えられそうだが、大寺さんものの中編『古い編上靴』はもっと古い疎開前後の話であり、同じく『藁屋根』は結婚直後のさらに早い時期の生活を内容としていて、単に主人公が若いからその作品でだけ「君」呼ばわりしたと考えるのは理屈が通らない。

しかし、大寺さんものの多くが作者の今とつながる現実を描いている感があるのに対して、吉野君を描く『更紗の絵』は今となっては夢のような昔をどこかなつかしむ雰囲気を漂わせている。講談社文芸文庫の小沼丹『懐中時計』の「作家案内」では、その点について「執筆する姿勢にいくらか違いがあるのだろうか」と臆測を述べた。本稿はこの疑問を解決すべく小調査を実施した結果の報告である。

調査対象

原則論でいえば、「私」や「僕」のような一人称を用いて書く小説では、その主人公が感じたことや考えたことが述べられ、そこから見た対象が描かれる。そのため、主人公自身を外からとらえる記述が起こりにくい。「吉野君」や「大寺さん」も三人称ながら作品の視点人物である関係で実質上は一人称に近く、それ自身が観察されることは実際ごく稀だ。しかし、作品の視点構造上はそれが可能であるため、通常の一人称と比べれば、そこに微妙な性格の違いが生ずる。同じ三人称である「吉野君」と「大寺さん」との間には、そのような視点の性格から生ずる違いがまったくないのだろうか。そういう微妙な差を探ってみたい。

前に述べたように、「吉野君」を用いているのは『更紗の絵』だけだから、当然その作品を調査の対象とする。対比する「大寺さん」のほうは、いわゆる大寺さんもののうち、比較的近い時期に執筆し、題材の上でも比較的近い時期の生活を描いた作品として『藁屋根』を取り上げる。『更紗の絵』は一九六七年七月から「解脱」誌に連載し、翌年十二月に一八回で完結した。その後「一部を削除し多少手を加え」て、一九七二年六月に同題の単行本としてあすなろ社から刊行された。『藁屋根』は一九七二年一月に「文藝」誌に発表し、同年十月に河出書房新社から刊行された作品集『藁屋根』に収められた。調査には、ともに定本となった単行本をテキストとして用いる。

長編と短編という違いがあるため、調査範囲は次のようにした。『藁屋根』は全編三二頁分を対象とする。『更紗の繪』はそれとだいたい分量をそろえるため、冒頭から三二頁までの三〇頁分とする。これは全部で一八章あるうちの最初の二つの章に相当する。この中には、のちに『藁屋根』で取り上げる新婚当時の生活を長々と振り返る箇所もある。共通する表現対象が含まれていて、その意味でも視点を比較するのに都合がよい。

主人公に対する叙述の集中度

最初に、主人公を中心とする叙述が全体のどのぐらいの割合を占めているかを調べてみよう。私小説らしさの尺度として、主人公に関する叙述に集中する度合を探るためである。

作中の会話は、「君は百姓だから、何でも畑にするが、学校の庭は畑ではない。判るかね?」という程度でも長い部類であり、どちらの作品にも、長い会話文はほとんど出現しない。そこで、仮に一つの発話を一文という扱いで計算する。

入口を入って、只今、と声を掛けて戸締りをしていると、森閑とした家の遠くの方で、

——お帰りなさい。

と云う家主の細君の声が聞えた。

というふうに中に会話を含む文は、全体で一文という扱いにする。そうすると、調査対象となる範囲は、『更紗の絵』で三八八文、『藁屋根』で三七七文となり、構成している文の数はかなり近い数字になる。そのうち、

吉野君は一向に面白くない。

という文のように、吉野君という主体が主語として明示されているか、あるいは、その次の

しかし、知らん顔も出来ないから相槌を打つと、

という箇所のように、主体が文脈によって明らかになっているか否かを問わず、ともかく吉野君や吉野君夫婦あるいは吉野君一家を主体として述べている文は、全部で一一三文あり、全体の二九・一％にあたる。一方、

そこを大寺さん夫婦は、開かずの間、と呼んでいた。引越したばかりのころ、大寺さんは細君と一緒にその板戸を開けて覗いて見たことがある。

というふうに、大寺さんや大寺さん夫婦を主体として述べている文は、全部で二〇一文あり、全体の五四・〇％にあたる。

① 主人公を主体として述べる文の割合は『藁屋根』のほうが多く、『更紗の絵』の倍近くに達する。

その内訳を見ると、「吉野君は（が・も・には）」というふうに吉野君が単独で主語として明示されているのが七三文で一八・八％、文脈に依存してそう判断できるのが三〇文で七・七％で、そのほか、

吉野君一家が、その学校の建物の中に住むようになったのは、戦争の終った翌年の春である。

という文のように、「吉野君夫婦」「吉野君一家」「親子三人」など、吉野君を含む複数の人間が主語となっている文が若干（計一〇文で二・六%）交じる。一方、

昔の銀行がどんなものだったか、大寺さんは知らない。

という文のように、大寺さんが単独で主語として明示されているのが一一七文で三一・五%にあたり、

秋になって美しい紅葉が眼に附くから、あんなところに楓があったのかと思う。

という文のように、文脈に依存してそう判断できるのが七一文で一九・一%にあたる。この場合もそのほか、

雨戸が閉っていて暗いからよく判らないが、無暗に広い板の間に何だか得体の知れぬものが積んであって、二人共吃驚した。

という文のように、「大寺さん夫婦」「大寺さんと細君」「大寺さんも細君も」など、大寺さんを含む複数の人間が主語となっていたり（計七文で一・九%）、

便所も造って呉れたが、これも階下にあったから、そのたびに大きな階段を上下しなければならない。

のように、主語として明示されていなくても実質的に二人が主体となっていたり（計六文で一・六%）している文が若干交じる。

② 主人公を主語とする文が、それを明示する場合も文脈に依存する場合もともに『藁屋根』の方が断然多い。

③ 主人公を主体として述べる文のうち、主語を明示する割合は、『更紗の絵』で七〇・九%、『藁屋根』で六二・二%で、両作品に大きな差は見られない。

次に、

どう云うものか、細君の父親は娘に甘い。

とか、

そのなかに牛が何頭か入っていた。

とかというように、主人公以外を主体とする地の文を調べると、『更紗の絵』は一三二文で三四・〇％、『藁屋根』は一三〇文で三四・九％となり、ほとんど差がない。

④　主人公以外を主体とする地の文の混入する割合は両作品ともほぼ等しい。

残りは、

——X大学の方はどうするのかね。

——ああ、あれは最初は時間講師だから、何でもありません。

のような独立した会話文である。計算すると、『更紗の絵』が一四三文で三六・九％、『藁屋根』が四〇文で一一・〇％となり、大きな違いが出る。この差は結局、主人公を主体とする地の文の差にほぼ対応している。

⑤　『更紗の繪』の方が独立した会話文がかなり多い。

この会話文を、主人公の発話とそれ以外の人間の発話とに分けると、『更紗の絵』では前者が五四例で一三・九％、後者が八九例で二二・九％となる。一方、『藁屋根』では前者が一四例で三・八％、後者が二六例で七・〇％となる。ともに『更紗の絵』の方がはるかに多い。しかし、前者と後者との比率を計算すると、主人公の発話の割合が『更紗の絵』で三七・八％、『藁屋根』で三五・〇％となり、両作品にほとんど差がない。

⑥　独立した会話文のうちの主人公の発話の割合は、両作品ともほぼ等しい。

主人公を主体とする地の文と主人公の発話とをまとめて、それが占める割合を出すと、『更紗の絵』で四三・〇％、『藁屋根』で五七・八％となる。

⑦　叙述が主人公に集中する度合は、『藁屋根』の方がやや大きい。

主人公を主体とした述語の分布

主人公の吉野君や大寺さんをその作品の作者がどういう視点でとらえているかを探るために、それを主語なり主体なりで扱っている文に注目し、それに対応する述語の広がりを調査した。その際、文末の述語に限らず、文中のそれぞれの述語を抜き出した。具体的には、例えば、

何やら昂奮して、それからぼんやりして過した。

大寺さんが食卓の前に坐って目出度い顔で酒を飲んでいると、

とあると、「昂奮する」「過す」、「坐る」「飲む」を拾い出す。そういう方針に従うと、調査結果は次のようになる。

項目ごとの比較では、調査結果から次のような事実が読みとれる。

①【思考】関係の語句は『藁屋根』のほうがやや多い。

②【驚き】関係の語句は『更紗の絵』のほうがやや多い。

③【怒り】関係の語句は『更紗の絵』のほうがやや多い。

④その他の【マイナス感情】関係の語句は『更紗の絵』のほうが多い。

⑤【プラス感情】関係の語句は『更紗の絵』のほうがやや多い。

⑥【視覚】関係の語句は『藁屋根』のほうがやや多い。

⑦【コミュニケーション】関係語句はともに豊富で、その割合もほぼ等しい。
⑧【住まい】関係の語句は『更紗の絵』のほうが多い。
⑨【就職・結婚】関係の語句は『更紗の絵』のほうが多い。
⑩【往来】関係の語句は『藁屋根』のほうがはるかに多い。
⑪【身体動作】関係の語句は『藁屋根』のほうが多い。

	「更紗の繪」 計 134	「藁屋根」 計 265
【思考】	32（23.9%）	86（32.5%）
【驚き】	10（ 7.5%）	9（ 3.4%）
【怒り】	6（ 4.5%）	7（ 2.6%）
【マイナス感情】	14（10.4%）	12（ 4.5%）
【プラス感情】	7（ 5.2%）	6（ 2.3%）
【視覚】	5（ 3.7%）	18（ 6.8%）
【コミュニケーション】	15（11.2%）	35（13.2%）
【住まい】	17（12.7%）	10（ 3.8%）
【就職・結婚】	8（ 6.0%）	4（ 1.5%）
【往来】	8（ 6.0%）	48（18.1%）
【身体動作】	3（ 2.2%）	25（ 9.4%）
【抽象行為】	5（ 3.7%）	3（ 1.1%）
【状態】	4（ 3.0%）	2（ 0.8%）

⑫【抽象行為】【状態】関係の語句はともに少ない。

表全体から次のような傾向のあることが推測できる。

① 両作品とも【思考】関係の語句が最も多く、全体の二〜三割を占める。

② 【感情】関係の語句をまとめると、『更紗の絵』では二七・六％に達し、『藁屋根』の一二・八％を大きく上まわる。

③ 【往来】【身体動作】関係の語句を【具体的行動】としてまとめると、『更紗の絵』の八・二％に対して、『藁屋根』では二七・五％となり、この点では逆に『藁屋根』のほうが大きく上まわる。

それでは、それぞれの主人公に対して具体的にどのような述語が使われているのか、項目ごとの主要な語句を拾い出してみよう。単発の例は除く。

【思考】関係の語句としては、『更紗の絵』では「判らない」「思う」各七、「想い出す」五、「気になる」二など、『藁屋根』では「思う」二〇、「気がする」九、「判らない」八、「想い出す」七、「考える」「知らない」「気が附く」各五、「憶えていない」「知っている」各三、「忘れる」「判る」「気が附かない」「関心を持つ」各二などが目につく。

【驚き】関係の語句としては、『更紗の絵』では「吃驚する」四、「驚く」「面喰う」各二など、『藁屋根』では「吃驚する」四、「面喰う」「信じられない」各二などが目につく。

【怒り】関係の語句としては、『更紗の絵』では「腹を立てる」「立腹する」「面白くない」各二、『藁屋根』では「面白くない」三が目立つ。

その他の【マイナス感情】関係の語句としては、『更紗の絵』では「困る」四、「情けない」二、『藁屋根』では「苦笑する」三、「淋しい気がする」二が目につく。

【プラス感情】関係の語句としては、『藁屋根』に「気に入る」が二回出るが、それ以外にくりかえし現れたものはない。

【コミュニケーション】関係の語句としては、『更紗の絵』では「云う」「訊ねる」各二、「藁屋根」では「云う」七、「聞く」五、「声を掛ける」「呼ぶ」「訊く」「聞える」各二が目につく。

【視覚】関係の語句としては、『藁屋根』に「見る」が一二回出るが、それ以外にくりかえし現れたものはない。

【住まい】関係の語句としては、『更紗の絵』では「住む」六、「引越す」四、「(東京に)戻って来る」二、『藁屋根』では「住む」五が目立つ。

【就職・結婚】関係の語句としては、『更紗の絵』では「結婚する」「家庭を持つ」「勤める」各二、『藁屋根』では「結婚する」二が目につく。

【往来】関係の語句としては、『更紗の絵』では「行く」系統二、『藁屋根』では「歩く」系統一一、「出る」系統八、「入る」系統五、「行く」系統四、「通る」系統三、「往復する」「辿る」各二が目立つ。

【身体動作】関係の語句としては、『藁屋根』の「開ける」五、「坐る」四、「拾う」三が目立つ。

共通性の中の微妙な違い

小沼丹の文章にはいくつかの特徴がある。第一に、引用符に包む代わりにダッシュで導く独特の形の会話と、地の文の中に埋め込む会話という引用形式の違いによって、作中の会話にレベルを設け、凹凸をつけて作品に奥行を与える。第二に、いかめしい漢語と俗っぽいことばとを混用して、ちぐはぐなおかしみを出す。第三に、内容に不相応な大仰な表現を用いて滑稽感をかきたてる。第四に、季節を感じ、自然との一体感を思う表現を挿入する。以上の四つの表現上の特色はいずれも、多少の変形や深化はあっても、揺籃期から晩年まで失うことのなかった文体的特徴である。

それ以外で、他作家と違う紛れもない小沼文学の文体的特色となれば、次の五点をその本質と考える。それは表現の間接性、並はずれた空想癖、奔放な擬人的表現、そして、矛盾を繰り返す人間の愚かさへの共感から醸し出されるヒューマーと、作品の底を流れる郷愁である。ここで取り上げた両作品にも、それは共通して認められる。例えば、『更紗の絵』にこんな一節がある。

吉野君は妙な気持であった。しかし、父親を脅迫してウイスキーを手に入れたと云うのでは、山内一豊の妻にはとても及ばぬ、と大人気ない批評を述べたりしたのである。そのくせ、満更悪い気がしなかったから不思議である。

嬉しい気持ちをこんなふうに書くのは、表現の間接性に当たる。

『藁屋根』で、もとは銀行までやっていた金持ちが今は「つい鼻の先の陋屋に逼塞して、大きな咳をしたり口をもぐもぐやっていると知って」、大寺さんは「どう云うものか徑に繋がれた牛を考えてしまう」。また、散歩の途中で本物の牛を見かけては「トタン屋根の家の爺さんを聯想して、牛は咳をしないものだろうか？　と考えたり」する。これは並はずれた空想癖の例と言えよう。

『更紗の絵』で、小使の森山が号令室の廃物利用で作ってくれた風呂桶について、「内側は白木のままだが、外側は緑色に塗ってあって前歴がさっぱり判らない」と、「前歴」とするのは奔放な擬人的表現の一例だ。『藁屋根』で「鼠の心理を考える余裕もなかった」と敢えて「心理」という語を使うのも類例と言える。

『藁屋根』の零落した爺さんが陋屋から、かつて自分の住んでいた大きな屋敷を眺めるときの気持ちはどんなものかと思いやる場面で、そのころはもう「耄碌していたらしいから、案外何でもないのかもしれない」と考え直そうとするが、そう思うとかえって淋しい気持ちになることが描かれる。論理的には、当人が感じなければ気にする必要がないはずだが、そう考えることでむしろ淋しくなる矛盾した人間の感情にふれるのだ。いわば心理が論理を言いくるめる人間の機微であり、哀しみを湛えた笑い、すなわちヒューマーとして読者の心にしみわたる。

汽車が上野に近づくにつれて、吉野君は東京がすっかり焼野原になっているのに吃驚した。その焼野原に点点と灯が疎らに散らばっているのを見ると涙が出そうになった。理由はよく判らない。

長編『更紗の絵』はこう書き出される。つまり、作品が曰く云いがたい郷愁から始まるのである。『藁屋根』で「雨の日なぞ遠くの黒い森が灰色に烟るのを見て」細君が「墨絵みたいね……。」と云うのを、「大寺さんは意外なことを聞く気がする」と記すのも、かつてこの世に存在した妻を控えめになつかしんでいるのだ。

今回の調査はあくまで、このように多くの共通点のある文体の中に、両作品の視点のわずかな違いを感じ取ろうとする試みなのである。

主人公に対する叙述の集中度という点からは、長編『更紗の絵』が頭に浮かぶ順に場面化した感じなのに対し、短編『藁屋根』は一度主人公の頭で整理してからつむぎだすような作品であることがわかる。また、主人公に対応する述語の点からは、『更紗の絵』が遠い日をなつかしむ内面を中心に描いているのに対し、「藁屋根」は外からの眼を導入してある程度対象を突き放し、主人公の外面の描写をも交えて現実感を添えているという微妙な差が感じ取れるように思われる。

（「吉野君と大寺さん――小沼丹自伝小説における視点の微差――」早稲田大学『日本語研究教育センター紀要』一五号 二〇〇二年）

小沼丹〝大寺さんもの〟の文体序説

――『黒と白の猫』と『懐中時計』の主述関係――

本論の目的とその位置づけ

筆者はこれまでに小沼丹の文学やその文章にたびたび言及してきた。一九七九年に筑摩書房から上梓した著書『名文』（現行版はちくま学芸文庫）中に小沼丹『懐中時計』の一節を取り上げ、上質のユーモアを醸し出す言語表現の機微にふれたのが最初であったろう。のちに当時は一面識もなかったこの作家の知遇を得、八二年の『早稲田文学』五月号で〈手紙の博物誌〉として小沼丹から頂戴したはがきを引用し、文面に躍るふしぎな人柄を『一手有情』と題する随筆にしたためた。

正面から取り上げた最初の論文は、八六年刊行の『表現学論考 第二』に発表した『文体論のための表現分析ノート』で、この作家の初期の随筆『外来者』全文の表現を可能なかぎり詳細に分析した。次いで八九年に『表現研究』五〇号の巻頭に『文体のスケッチ――小沼丹「珈琲の木」の表現風景――』という招待論文を発表、この随筆の表現を多角的に分析し、小沼流ヒューマーの文体的基盤を総合的に論じた（九一年刊のNHKブックス『文章をみがく』に要旨を紹介、九三年刊の岩波セミナーブックス『日本語の文体』に改稿を収録）。

九一年には講談社文芸文庫の小沼丹『懐中時計』の「作家案内」を担当し、主要な作品系列をたどりながら作風の変遷、文体的な特質を描き出して、はじめて総合的な小沼丹論を発表した。九三年には『表現学論考 第三』所収の論文『個人文体史の構想――近作を透して小沼丹揺籃期を視る――』において、この作家のデビュー作『寓居あちこち』『千曲川二里』を晩年の作『水』と対比して小沼文体の萌芽と展開を探る試みを示した（本書三九六ページ参照）。翌九四年には講談社文芸文庫の小沼丹『小さな手袋』の「人と作品」を担当、文体面を切り口としてその世界を浮き彫りにする小沼文学論をくりひろげた。また、自筆年譜をもとに情報収集を重ねて小沼丹年譜を試作し、作家自身の校閲を仰いで同書に収録した。

一九九六年十一月八日、小沼丹病没。翌九七年、『群像』一月号に『なつかしき夢――小沼文学の風景――』と題する一文を執筆し、庄野潤三と三浦哲郎の追悼文とともに掲載された。夢の中の小沼丹と小沼文学の中の夢をたどったエッセイである。同年『日本語学』の同じく一月号に掲載された論文『ユーモアの文体論』では夏目漱石・内田百閒・木山捷平・福原麟太郎らの笑いと対照しつつ小沼丹のヒューマーの特質に言及した。同じ年の三月の『早稲田文学』の小沼丹追悼号には『小沼文学の笑いと郷愁』と題する批評論文を発表し、小沼文学の本質に結びつく文体的特徴として、表現の間接性、並はずれた空想癖、奔放な擬人的表現、矛盾を繰り返す人間の愚かさへの共感から醸し出される笑いとしてのヒューマー、そして、作品の底を流れる郷愁、の五点を指摘した。

九八年には、早稲田大学日本語研究教育センターの創設十周年記念号にあたる『紀要』一一号に論文『井伏小沼八百番手合――文体対比のための覚書――』を発表、たがいに相手の棋風を語った井伏鱒二『小沼君の将棋』と小沼丹『井伏さんの将棋』という話題の酷似している随筆を取り上げ、両者の文章を比較してその異同を克明に記述することをとおして、師弟間の文体の質を対比的にとらえようと試みた（本書三七四ページ参照）。九九年には講談社文芸文庫の小沼丹『埴輪の馬』の刊行を機に年譜を大幅に増補して同書に収録した。

『日本語レトリックの体系』（岩波書店）その他の著書でも部分的ながら小沼丹の表現技術にふれ、『比喩表現辞典』（角川書店）、『感情表現辞典』（東京堂出版）、『人物表現辞典』（筑摩書房）などの表現辞典類にも小沼作品の一節をたびたび引用している。ほかにもどこかでこの作家の作風や文体に言及しているかもしれない。本稿では、対象を特定の作品に限定して具体的な言語調査をほどこし、その結果をもとに作品による文体の違いをとらえ、対比的特徴として記述したい。

〝大寺さん〟ものの成立

年譜に記載したように、この作家は一九六三年四月に妻和子、翌年一月に母涙子と相次いで死別する。作者四十代なかばのことである。そのころから「つくりものとしての小説に対する興味が次第に薄れ、身辺に材をとった作品に気持ちが動く」ようになった。身辺に材をとれば、家族の死をはじめとする重いどろどろした事実も作中に取り込まれることになり、作品化にあたって対象から距離をおいて描きとる必要が生じる。当時の手帖に「いろんな感情が底に沈澱した後の上澄みのようなところが書きたい。或いは、肉の失せた白骨の上を風がさらさら吹過ぎるようなものを書きたい」と書いてあると、作者はのちに随筆『十年前』や朝日新聞の「自作再見」に記している。「最初は一人称で書く心算だったが、どうもうまく行かない。他人の死の場合だと一人称で書いても支障は無いが、女房となると話が違って来て不可ない。乾いた風の替りに湿った風が吹いて来たり、べたべたくっつくものが顔を出したりする。それが何とか片附いたのは、大寺さん、なる人物が見附かったから」だという。「僕」や「彼」に代わる「大寺さん」という微妙な視点を発見して、ようやく自分の気持ちとしっくり合うようになったという事実が、これで明確になった。

ここで直接ふれているのは、六四年に『世界』五月号に発表した『黒と白の猫』の成立事情であるが、「この大寺さんにはこの后も何度か登場願うことになった」と自身が明記しているように、作者は以後「大寺さん」を視点人物にした作品を断続的に発表した。

『黒と白の猫』（一九六四年五月『世界』）『揺り椅子』（一九六五年七月『日本』）『タロオ』（一九六六年五月『風景』）『蟬の脱殼』（一九六六年十一月『文學界』）『古い編上靴』（一九六七年九月『群像』）『眼鏡』（一九七〇年九月『文藝』）『銀色の鈴』（一九七一年二月『群像』）『藁屋根』（一九七二年一月『文藝』）『沈丁花』（一九七五年三月『文藝』）『入院』（一九七五年十一月『風景』）『鳥打帽』（一九七七年八月『海』）『ゴムの木』（一九八一年三月『新潮』）

以上一二の作品群を〝大寺さんもの〟と総称する。第五作あたりまでは比較的コンスタントに発表しているが、こう並べてみるとわかるように、そこから第六作までに三年間、第八作から次作までに三年二ヵ月、第十一作から最終作までには三年半以上のブランクがある。むろん、この時期に〝大寺さんもの〟以外の作品も数多く発表しており、一九六七〜八年の『更紗の絵』、一九六八年の『懐中時計』、一九七二年の『竹の会』、一九七四年の『椋鳥日記』、一九七六年の『埴輪の馬』『木菟燈籠』、一九八〇年の『山鳩』などの重要な作品もこの間に生まれた。若い時期を描いた『更紗の絵』で「吉野君」を用いているのを例外とし、それらの多くは「僕」という一人称で書かれている。それも次第に、「当方」「此方」という語が稀に出るだけで、語る主体を埋没させた筆致へと深化していく。

身近な者の死をべたつかずに描ける「大寺さん」という視点の微妙な表現距離をまず明らかにしたい。〝大寺さんもの〟の第一作『黒と白の猫』と、他人の死を「僕」という一人称で書いた小説『懐中時計』を取り上げ、語りの在りようや対象の扱い方を対比する形で、それぞれの視点の性格を探ってみよう。

『黒と白の猫』では、奇妙に人間くさい猫をユーモラスに造形し、その話題でつながっていた同僚の奥さんの死を悼む。妻を喪ったその男を慰めるために将棋を指して酒を酌み交わす約束をした二日後に、「当の大寺さんの細君が急死」する。「人間一寸先は闇、いつ何が起こるかわからない現実を、しかしこの作家は分別くさい人生観で概括することはしない。「死ぬにしてもちゃんと順序を踏んで死んで呉れりゃいいんだけれど、突然で、事務引継も何もありゃしない」とまるで文句をつけるような形で、そのはげしい悲しみをワンクッションおいて描くのだ。「悲しい」

と書く代わりに「困った」と書き、あるいは「淋しい」と書く代わりに「妙なこと」と書く。気持ちの角度を変えて表面上はのんびりと叙述するのである。慟哭する心を呆れるほどのユーモアの底に沈め、猫のイメージに転化して悲しみを間接化した勁くしなやかな作品であると言うことができるだろう。

一方、『懐中時計』はこんな話である。酒に酔って腕時計を紛失した「僕」に、その碁敵である同僚の数学教師が父の由緒ある懐中時計を譲ってやろうかと話を持ちかけるが、双方の主張する値段がまるで折り合わない。おたがい売り買いする気がほんとにあるのかどうかさえはっきりしないまま、酒場で酒のさかな代わりにこの値段の交渉が続けられる。やがて同僚が健康を害して次第に酒場での商談の機会も間遠になり、うやむやのままその男は世を去る。君のは体力の碁だ、そっちこそもっと風格のある碁を期待する、二人のそんな応酬に笑いながら読み終わると、人間のはかなさのようなものが身にしみて、読者はなんとなく物悲しくなる。

おおげさなものではないが、笑いとともに人の世の無常が感じられ、しみじみとした読後感をもたらす点で共通する。が、語りの角度にどこか微妙に違う感じもある。調査・分析によってその点をまず表現事実としておさえ、いずれ本格的に〝大寺さんもの〟の視点構造を考える際の言語的な基盤としたい。それが「序説」と銘打つ所以である。

調査の方法とその結果

作品の量的構成

テキストとしては講談社文芸文庫版の小沼丹『懐中時計』(一九九一年刊)を用いる。そのうち、『黒と白の猫』は七〜三六ページ、『懐中時計』は二二一〜二四六ページに掲載されている。一行四〇字で各ページ一七行という組体裁になっているが、前者には八箇所、後者には七箇所の一行あきがあり、最初と最後のページの空きスペースを計算に入れると、実質で『黒と白の猫』が四七六行分、『懐中時計』が四二五行分となる。四〇〇字詰め原稿用紙に換算して前者が五〇枚程度、後者が四五枚程度であったと推察される。

（二）『黒と白の猫』に比べて『懐中時計』のほうが一割ほど短いが、両作品の長さに大きな差はない。

次に、作中における会話の割合を調べてみる。この作家の場合はごく初期の作品を除いて、会話を通常のかぎ括弧ではなく、次のようにダッシュで導く形をとる。

――ほんと、図図しい、図図しいわね。

この際、図図しい、は穏当を欠くと大寺さんは思った。

――『黒と白の猫』

このように会話として独立している例のほか、地の文にくみこまれる会話もある。

上田友男はパイプを口から離すと、

――時計はあったかい？

と訊いた。

――『懐中時計』

前者を「独立会話」、後者を「融合会話」と呼ぶ。視点の性格を探る本稿では、主語と述語の関係を調べる必要がある。独立会話は作品の語りの主体とは異質なので地の文と区別すべきであるが、融合会話を含む文全体の構造は地の文と共通の性質を持つためそれを地の文に含めると、両作品の量的な構成は次のようになる。

	純粋の地の文	融合会話を含む文	計	独立会話
『黒と白の猫』	三二五	一三	三三八文	一四〇
『懐中時計』	二七三	一九	二九二文	八六

この表から、次の事実が読みとれる。

（二）　会話全体の割合は『黒と白の猫』のほうが若干多い。

（三）　『黒と白の猫』では独立会話が圧倒的に多いのに対し、『懐中時計』では融合会話の割合が『黒と白の猫』の場合より多い。

文の主語の分布

『黒と白の猫』では主人公あるいは視点人物が「大寺さん」という名で登場し、『懐中時計』では「僕」という形で記述される。それが文の主語として現れる例はともに多い。

大寺さんは何となく、猫の心理が判るような気がした。　　　――『黒と白の猫』

多分その頃だったと思うが、或る日、僕は知合の歯医者に行った。　　　――『懐中時計』

主語がことばではっきり明示されない場合もある。

同時に、奥さんに猫の話をして聞かせている米村さんの姿を思い浮べた。　　　――『黒と白の猫』

直前に「大寺さんは苦笑した」という文があり、その主語がこの文をも支配しているため繰り返す必要がなかっただけで、主語が「大寺さん」であることは明らかである。

仕方が無いから、一緒に飲んだ友人の上田友男に電話を掛けた。　　　――『懐中時計』

この例ではこれの前の文にも主語が明記されていないが、「電話を掛けた」主体が「僕」であることが前後の文脈から容易に推測できる。

前二例のように主語として明記されている場合を「明示」とし、明記されていなくても文脈その他から明らかな後二例のような場合を「隠在」として区別する。両作品における文の主語の分布は、主要な部分を多出する順に並べると、次のようになる。

	明示	隠在	計
『黒と白の猫』　全三三八文のうち	明示	隠在	計
大寺さん	九一	三〇	一二九
猫（「彼女」一例を含む）	三六	一三	四九
米村さん	二八	四	三二
細君	一四	九	二三
吉田さん	一一	三	一四
大寺さんと米村さん	五	四	九
二人の娘	六	二	八
女性客	五	一	六
上の娘／春子	三	一	四
下の娘	二	〇	二
大寺さんと娘	一	一	二
米村さんの奥さん／米村夫人	二	〇	二
細君の兄	一	〇	一
『懐中時計』　全二九二文のうち	明示	隠在	計
僕	四三	五〇	九三
上田友男（「彼」一四「善良な親爺」一を含む）	五一	一八	六九
僕と上田友男（「われわれ」五　「二人」二　「僕等」二　「両方」一　を含む）	一三	五	一八
荒田老人	六	七	一三
石川さん	八	一	九
懐中時計／ロンジン	四	四	八

上田友男の二人の子供（「子供」四「女の子」三）	四	三	七
彼（上田）の奥さん（「奥さん」二「婦人」一「それ」一を含む）	五	○	五
交渉	二	二	四
叔母	二	二	四
叔父	三	○	三

この調査結果から読みとれる情報を、関連事項の解説を交えながら列挙する。

（四）「大寺さん」のほうが「僕」より、文の主語となる割合が高い。それは「大寺さん」を主語としてその行為を描く文が多いことであり、身のまわりのことを一人称で書くとべたべたするために避けたという作者自身の述懐と呼応する。逆に言えば、「僕」の行為は「大寺さん」ほど、少なくとも文として取り立てられておらず、それ自体が描写の対象となることが相対的に少ないことを思わせる。

（五）「大寺さん」のほうが「僕」より、その主語を言語的に明示する割合がはるかに高い。「腕時計と共に記憶もどこかに落してしまったらしく、事の次第が一向に想い出せない」（『懐中時計』）というふうに、文中に主語や主体が明示されていなければ、読者は自然にそれを「僕」のこととして理解しやすい。私的な文章は自分を中心に展開するのが自然であり、一人称の主語はそれだけ省略される傾向が強い。この調査結果もそういった一般的傾向とよく呼応している。この書き方は本格的に小説世界を構築するというより、その意味ではむしろ随筆ふうのタッチに近いと言える。随筆は基本的に私的な世界だから自分自身に視点があり、特にことわらないかぎり、原則として一人称の行動や思考が記される基盤の上に立っているからである。

（六）『懐中時計』で文の主語が省略されるのは「僕」だけではない。「上田友男」や「荒田老人」を主語とする文でも、その主語を明示せず文脈に頼る割合が、『黒と白の猫』の脇役の場合より高い。それだけ文脈依存の度合いが強く各文の独立性が弱いわけであり、『懐中時計』はその点で内輪の話といった性格を帯びる。その意味で、いちいち「大寺さんは」と主語を外面化する『黒と白の猫』のほうが叙述の客観性が高く、小説化が進んでいると見ることもできよう。

(七)『黒と白の猫』のほうが『懐中時計』より、語り手が主人公の家族にしばしば言及する。主人公以外で主語になる登場人物を対比すると、『黒と白の猫』では「細君」や「二人の娘」がどちらも何度か登場し、医者である「細君の兄」も一度主語として登場するのに対し、『懐中時計』では、上田友男の家を訪ねる場面の導入として、その家のある「市川」に以前一度行ったことがあると述べる際、そこに「叔父」「叔母」が住んでいたことにふれるほか、身内の話はまったく出ないことを指摘しておきたい。この事実は、『黒と白の猫』で「大寺さん」自身の家庭が話題として作中のかなり重要な位置を占めるのと対照的に、「僕」という一人称で語られる『懐中時計』では自分の家庭はほとんど描かれず、基本的に主人公とのかかわりをとおして見た他人の物語であることを照らし出す。

(八)両作品でそれぞれ小道具の役をはたす『黒と白の猫』の「猫」と『懐中時計』の「懐中時計」とを比べると、「猫」を主語とする文の出現率が「懐中時計」のそれよりはるかに高い。単に「猫」が主語となる文が多いだけではなく、作中の場面に現実のその猫が何度も登場する。一方の「懐中時計」は「上田友男」の話の中に出てくるだけで、それが実在することさえ保証されておらず、不安になった「僕」がその存在を疑う発言をする記述もある。これほど影の薄い「懐中時計」が一編の題名となっているところに、それとともに思い出される「上田友男」という人間を追悼する作品意図がのぞいている。

一方、この作品が表向き「懐中時計」の売買をめぐる交渉の物語であるという点で、その小道具は「僕」と「上田友男」とを直接結びつける存在であるのに対し、同じ小道具として利かされている「猫」のほうは、その話題で間接的に「米村夫人」とつながるだけで、「大寺さん」と「米村さん」とを結ぶはっきりとした絆ではない。その「猫」

がこのようにたびたび文の主語となって登場し、一見「猫」を中心とした話のように思えるまでに「猫」が前面に浮き出て見えるため、同情の対象であった「米村さん」のほうがむしろ地模様の中に霞んで目立たない。無常観をひそめた作品テーマがそれだけ奥に息づくことになるように思われる。「猫」を目立たせていわば〝敵は本能寺〟式の構造に仕立てた点、それだけ小説化が進んでいると考えることもできるかもしれない。

（九） 主人公以外の主要な登場人物の描かれ方を対比すると、『懐中時計』で「上田友男」を主語とする文が頻出し、相対的な出現率が『黒と白の猫』に出る「米村さん」を主語とする文の約二倍に達する。すなわち、「米村さん」より「上田友男」のほうに描写対象が集中する傾向が見てとれる。

（一〇） それは単に作品の中で取り上げられる回数だけのことではない。『懐中時計』の「上田友男」は「彼」としてもたびたび登場するが、『黒と白の猫』の「米村さん」はそのような代名詞で呼ばれることが一度もないことからうかがわれるように、「米村さん」が終始「さん」づけを崩さない一定の距離感覚で扱われているのに対し、「上田友男」はそう呼び捨てにされることに象徴されるような親しい存在として描かれている。

（一一） その両者がそれぞれ主人公とともに文の主語になる場合の扱いに注目すると、「大寺さん」と「米村さん」とはそのまま「大寺さんと米村さん」とするか、せいぜい「二人」として括る程度であるのに対し、「僕」と「上田友男」との組み合わせでは「二人」や「両方」として括る場合のほか、「われわれ」あるいは「僕等」というふうに主人公の側にひきつけて一括する例がしばしば出てくる。これは、『黒と白の猫』では視点人物「大寺さん」と描写対象「米村さん」との距離がほぼ一定に保たれているのにひきかえ、『懐中時計』では「僕」と「上田友男」との距離が伸縮することを意味する。換言すれば、一人称の枠組みを利用して一体感をにじませる形での親愛の情の表現であり、控えめながら感情のたかぶりが見てとれる。

（一二） 「大寺さん」が「米村さん」の家族と直接の接触を持たないのに対し、「上田友男」はその家族も現実場面の中で描かれる。「大寺さん」は「米村夫人が心臓が悪くて、大分昔から殆ど臥たきりの生活をしている」ことや「子供が無い」ことなどを米村さんから聞いて知っているのみで、「奥さんを見たことは無い」とあるが、『懐中時計』の「僕」は市川に住む「上田友男」の家を訪れ、「上が小学生の男の子で、下は幼稚園に行っている女の子」と二人の子持ちであることを実際に見て知っており、その女の子が歌を歌った場面、奥さんが「ビイルをきゅっと飲んだ」ところを目撃した場面も作中に出てきて、描写対象との接近が裏づけられる。「上田友男」はこういった家族とともに「嬉しそうな顔をしていて、善良な親爺そのものに見えた」姿を描き出されるのだが、それだけではない。

（一三）『懐中時計』の「上田友男」は、小道具の「懐中時計」やそれの「骨董的価値」、「時計の話」、それの譲渡をめぐる値段の「交渉」のほか、当人の上着の「ポケット」や、「パイプ」・「パイプの七つ道具」・「烟草入れ」、あるいはその「死因」など、その人物と関連するさまざまな事物・事象がそれぞれ文の主語として取り立てられ、念入りに描かれている。これは、基本的に身辺物語である『黒と白の猫』における「米村さん」には見られない周到さである。

（一四）『懐中時計』の冒頭の電話の場面で「上田友男」の「鼻を鳴らす」癖が描き出され、作中のそこここに繰返されながら、その「くすん」という音が聞こえたような気がする場面で一編が結ばれる。これも描写のきめこまかさの一例であるが、同時に、反復によってライト・モチーフに似た性格として機能する。また、それを書き出しと結びに配することで作品の始まりと終わりを関連づけ、レトリックで言うその〈照応法〉の働きが一編をくっきりと縁どる。どちらかと言えば随筆ふうのタッチで叙述されるこの作品に、それが短編としての統一感を与え、小説らしいミクロ・コスモスをつくりだす効果をあげている。つまり、こうして、「僕」は亡友「上田友男」をはげしく思い出しているのである。

（一五）「不思議な鳥が啼いた」ような奇声を発するなど、やや戯画化されて描かれる碁の相手が「僕」の知らないうちに亡くなるという「荒田老人の死」という設定は、やがて語られる「上田友男の死」というクライマックスを喚び出すプレリュードの役を果たす。この濃淡ある展開によって、万物流転というメインテーマが影を深めるように思われる。

（一六）『黒と白の猫』の場合でも、「大寺さん」は「米村夫人の死」に直接立ち合わず、のちに知人の話で知り、早速、「近い裡に（中略）お酒持って米村さんの家を訪ねますよ。そして、将棋を指そう」と米村さんを慰める提案をする。

しかし、大寺さんは米村さんを訪ねることが出来なかった。従って、将棋も指さなかった。と云うのは、それから二日后、当の大寺さんの細君が急死したからである。

これはプレリュードとクライマックスといった書き方ではない。二つの死は時間的には『懐中時計』の荒田および上田と同様の関係になるが、クライマックスであるはずの「細君の死」はこのように突然語られるのだ。しかも、その重大事は、将棋の対局が予定どおり実現しなかったことの理由として、ついでのように事情説明がなされるのである。その「細君の死」に際しても、「挨拶無しに死ぬから困ります」などと、「死んだ細君に腹を立てているみたいな口を利」くだけで、どっと来る悲しみはどこにも記されない。そういう応答は実は、気を遣ってくれる米村さんへの配慮でもあるのだが、重大事をさりげなく書きたかったにちがいない。「しかし、それから二日后……」と妻急死の事実を独立した文に取り立てる展開をこの作家は照れているのだ。「猫」を表に出す構想の段階で、それと呼応するこういうとぼけた書き方が選びとられたのだろう。

【主語の流れ】

ある人物は、全編を通じて登場し、ある人物は後半姿を消し、ある人物はある箇所に集中的に登場するというふうに、作中人物の出現の仕方はそれぞれ違う。両作品の流れを追って、小道具の「猫」や「懐中時計」を含めた作中の主要な存在の現れ方を、文を単位として調査した。独立会話を除く各文の主語として出現する回数を、最初から二〇文ごとに分けて集計した結果を表一に示す。

この表およびその基礎データから引き出せそうな情報を、以下に簡潔に記述する。

（一七）「大寺さん」と「僕」はどちらも全編を通じて頻出し、名実ともにそれぞれの作品の主人公と認定できる。

（一八）当人もしくはその妻の死が語られる『黒と白の猫』の「米村さん」と『懐中時計』の「上田友男」との比較では、前者が七五〜一一一文、一八五〜二〇五文、二三〇〜二四一文、二六六〜二七六文の範囲というふうに集中箇所が散在し、冒頭や末尾の近くには現れないのに対し、後者はほぼ全編にわたって現れ、末尾近くにも文の主語以外の形で頻出する点、「上田友男」は中心的な描写対象という性格が確認できる。「米村さん」も作品の筋の展開にとって重要な存在ではありながら、あたかも点景人物のようなさりげなさで作品とかかわっている。このあたりに、前に述べた両作品のタッチの差が読みとれて興味深い。

（一九）『黒と白の猫』では、「細君」は冒頭部分とその死の場面に登場するのみであり、「娘」たちは冒頭近くに一度登場したあとしばらく姿を見せず、細君の死後になって急に頻出し、末尾まで続く。「吉田さん」は大寺さん宅を訪問してロシアみやげに「死なない花」をくれた場面以外はほとんど登場しない。

（二〇）『懐中時計』では、「荒田老人」は碁を打つ場面に集中的に現れるが、すぐに世を去り作品から消える。「石川さん」は荒田老人の話の縁で登場する程度である。

（二一）　小道具として利いている「猫」は前半頻出し、後半はあまり姿を見せないが、最終場面に再登場して一編の統一性を確保する。同じく小道具である「懐中時計」は二六〜三一文と八七〜九四文という前半の二箇所に集中的に現れるだけで、全編をおおうことはなく、最後に登場することもない。しかし、前述のようにそれを題名に用いたこ

[表二]

	『黒と白の猫』						『懐中時計』				
文番号	大寺	猫	米村	吉田	細君	娘	僕	上田	荒田	石川	懐中時計
一〜	一一	五	〇	〇	三	〇	七	九	〇	〇	〇
二一〜	五	五	〇	〇	三	〇	四	九	〇	〇	四
四一〜	五	一一	〇	〇	二	一	五	四	七	二	〇
六一〜	一〇	四	五	〇	二	〇	八	八	五	一	〇
八一〜	一〇	〇	七	〇	〇	〇	六	七	〇	〇	五
一〇一〜	四	六	七	〇	〇	〇	九	八	〇	一	一
一二一〜	六	七	〇	〇	〇	〇	一二	一	一	五	〇
一四一〜	三	二	〇	九	〇	〇	七	三	〇	〇	〇
一六一〜	九	二	〇	四	〇	〇	七	八	〇	〇	〇
一八一〜	一一	〇	七	一	〇	〇	五	六	〇	〇	〇
二〇一〜	一二	〇	五	〇	五	〇	七	五	〇	〇	〇
二二一〜	八	〇	四	〇	五	〇	五	一一	〇	〇	〇
二四一〜	一〇	二	〇	〇	一	二	一〇	五	〇	〇	〇
二六一〜	六	一	五	〇	〇	六	一〇	一	〇	〇	〇
二八一〜	一一	〇	〇	〇	〇	二	四	〇	〇	〇	〇
三〇一〜	八	〇	〇	〇	〇	四					
三二一〜	一〇	三	〇	〇	〇	二					

と自体が、その縁でつながる「上田友男」に対するレクイエムであったことを思わせ、同じく懐中時計を持っていた「荒田老人」のさりげない鎮魂のうたともなっている。

【述語の分布】

主人公「大寺さん」と「僕」とについて、それが主語となった場合の述語の分布を調べ、両者を対照させてみたい。主語が明示か隠在かは問わない。また、文末の述語だけではなく従属節の内部をも含め、「大寺さん」や「僕」と主述関係にあるすべての述語を対象として調査した。その結果をまとめると、次のようになる。

	『黒と白の猫』	『懐中時計』
〈思考・感情〉		
思う／思える	九	一四
考える	四	一
気がする	四	二
…感想を覚える／…気になる／…気持ちがある／…心算だ	五	〇
気に留める／気になる	〇	二
想い出す／想い浮べる	三	九
判る	一二	七
気附く／気が附く	三	六
思い附く／見附ける／発見する	三	一
知る／理解する	三	二
解釈する／推測する／認める／大目に見る／仕方がない	三	二
信じる／納得が行く／賛成する	二	一

印象を受ける／印象に残る／憶えている	○	六
実感が無い／記憶が無い／忘れる	○	七
希望する	○	一
感心する	二	一
熱中する／熱が無くなる／戦意を喪失する／乗り気だ／関心が無い	○	五
固執する	一	○
吃驚する／驚く／面喰う	八	六
呆れる／茫然とする／ぼんやりする	四	一
やれやれと思う／吻とする	二	○
妙な気がする／しんみりする／淋しい／残念だ	三	二
意外だ／不思議だ	三	二
心外だ／面白くない／忌忌しい／気に喰わない／不服だ／耳障りだ／怒る／腹を立てる	八	四
物足りない	○	一
悪くない／懐しい／愉快な気分だ／気に入る／可笑しい／馴染だ	○	六
計	八二	八九
〈表情〉		
妙な顔をする／中途半端な顔をする	二	○
苦苦し気な顔をする／苦笑する／睨み附ける	四	○
にやにやする／笑う	一	一
知らん顔をする	一	○
計	八	一

〈発言〉		
云う／話す／話をする／立話（を）する／話し合う／論じ合う／述べる／口を利く／弁ずる／話を持出す／話を切り出す／呟く／文句を交す	一九	一六
訊ねる／訊く／訊き返す／答える／返答をする	三	八
説明する／提案する／注意する／窘める／注文を附ける／注文する／交渉をする／讃める	六	一
電話を掛ける／電話を切る	〇	二
値を附ける	〇	二
呼ぶ	三	〇
誘う／頼む／強要する／先手を打つ	〇	五
否定する	〇	一
黙る	〇	一
計	三一	三六
〈身体動作〉		
見る／眼を向ける／眼をやる／眺める／覗く／読む／探す	一四	八
聞く	一	六
書く／書留める／造る／（指で）圧す／（片手を）挙げる／示す／（傘を）上げる／（鼻に）持って行く／元に戻す／追っ払う	七	四
将棋を指す	三	〇
碁を打つ／黒を持つ	〇	七
酒を飲む／飲み始める／乾杯する／酔う／烟草を喫む	二	四

頭を下げる／身を屈める／立上がる／立停まる／歩く／行く／行ける／出る／出掛ける／訪ねる
／寄る／着く／戻る／帰途に着く／通り掛かる／渡る　一〇　一二
会う／会わず仕舞だ／顔を合せる／顔を出す／招ばれる／別れる　三　二〇
計　四二　六一

〈その他〉
（家に）いる／寝込む／午睡する／勤める／転属になる／弟子入りする／這入って来る／入れる／
開く／相手をする／危害を加える／交換する／貰う／（買い）求める／間違える／へまをやる　九　八
病気だ／下手だ／…腕前だ　〇　三

この調査結果およびその基礎データから観察できる傾向を以下に簡潔に記す。

（二二）〈思考活動〉を表す述語では、「大寺さん」のほうが「思う」「考える」「気がする」など変化に富むのに対し、「僕」の場合は「思う」に集中している。

（二三）「僕」には「想い出す」「憶えている」「忘れる」「印象を受ける」など、自然さや受け身の思考を感じさせる動詞が多出する。

（二四）「大寺さん」には「判る」「理解」「解釈」「納得」「推測」「発見」など、意図的で分析的な思考活動の語が多く、「僕」のほうは「気附く」「気が附く」程度でまかなう傾向がある。

（二五）「僕」は「熱中」「乗気」「関心」など心を奪われる意を含む語が目立つ。

以上の四項目はいずれも、一人称で他者を観察する視点構造と関係する。

（二六）〈感情表現〉では、「大寺さん」には「呆れる」「心外」「面白くない」「気に喰わない」「怒る」「腹を立てる」などマイナス気分の述語が頻出するのに対し、「僕」のほうは逆に、「悪くない」「愉快な気分」「気に入る」「懐しい」

などプラスの感情を表す述語が目立つ。前者は小説世界で活動する渦中の人物として外の目からも描き、後者は一人称の視点から往時を回顧し亡友をなつかしむ随筆調の淡々とした作品に仕上げた、という両作品のタッチの差が感じられる。

（二七）〈表情〉への言及は「大寺さん」のほうが圧倒的に多く、「僕」にはほとんど見られない。この調査結果は、前者は視点人物という「見る」主体であると同時に、三人称という形をとることで「見られる」客体としての性格を多少とも併せ持つ主人公でありえたのに対し、後者は一人称の語り手として「見る」主体に徹したという、両作品の視点構造の違いと密接に関連する。

（二八）〈発言〉関係の述語の割合それ自体にはきわだった違いがないが、いくらかは行動する主人公としての性格を残している関係上、「大寺さん」のその発言の種類が「説明」「提案」「注意」などの面を含めたかなり広い範囲にわたるのに対し、語り手としての性格の強い「僕」の発言は「訊く」「答える」程度の狭い範囲にとどまる。この調査結果は（二四）の結果とも呼応する。

（二九）発言以外の「僕」の動作や行動については、「行く」「出掛ける」「顔を合わせる」「会う」「別れる」など〝出会い〟と〝別れ〟に関する述語の多いのが目立つ。ともに万物へのレクイエムでありながら、『黒と白の猫』では悲しみを笑いにすりかえる大仰な手つきが作品の表面をおおっている。そのため読者は、猫の擬人化による作品の戯画化という小説手法を透かして、作品の底にひそむ作者の悲しみをそれとなく感じとる。『懐中時計』も、小道具の「懐中時計」をあしらって思いを間接化し、それをめぐる交渉の対話など、笑いを表面に浮き立たせている点では共通する。が、後者は一人称で語る随筆調の他人物語として、主人公の身近で起こるその出会いと別れが生のまま描かれている。両作品のそういうタッチの違いが表現面に反映したものとして注目される調査結果である。

その他の表現特徴とまとめ

（三〇）『黒と白の猫』には擬人化された表現が多い。これは小道具として人間じみた猫をからませて悲しみを相対化する手法を採用した必然の結果である。『懐中時計』では「そのロンジンは恐らく彼の家の抽斗のなかかどこかに、いつ迄も眠っているであろう」という慣用化した擬人表現が一例見られるだけであるのに対し、この作品では明確な擬人化の表現だけで実に三七例にのぼる。単に数が多いだけではなく、擬人化の程度も進んでいる。「その旨を猫に伝えた訳でも無いのに、猫の方は何やら心得顔に大寺さんの家に出入した」とか、「素知らぬ顔でお化粧に余念が無い」とか、「猫自身は勘当されたとは思っていない」とかと、まさに人間並みに扱われ、「彼女は――因みにこの猫は女性であるが――人間にするとさしずめ巴里の御婦人ぐらいに見えぬことも無い」というふうに「彼女」「女性」「御婦人」という待遇まで受けるのだ。「大寺さん」がその猫の話を伝えると「米村さん」が「それ、ほんとに猫なのかい？」と疑うほどである。

（三一）『黒と白の猫』には擬人化以外にも比喩的な表現が散見する。『懐中時計』では、荒田老人の「突拍子も無い奇声」を「不思議な鳥が啼いたと思うかもしれない」ととらえる比喩的な思考を別にすれば、「この交渉も一種の遊戯と化した感があって」、「（交渉の）文句を、今日は好い天気だね、と云う替りに交していた」という比喩性のきわめて薄い例を見るのみであるが、この作品には、「風のように這入って来て」とか、「両肩の上に堪え難い疲労が重くのし掛って来る気がした」とかといった表現が五例を数える。

（三二）『黒と白の猫』には、若い女性客が自分の膝を叩いて「茲へいらっしゃい」と呼びかける場面で「無論、猫に云ったので大寺さんに云ったのではない」とわかりきった一文を挟んだり、「まあ、可愛いこと。名前、なあに？」と猫に話しかけたときに「自分が訊かれたのではないから、大寺さんは知らん顔して烟草を喫んでいた」と続けたりする箇所は滑稽感が横溢している。「上田友男」が譲る品物を「僕」に見せようとしないのは「うっかり僕に時計を見せて、僕が感心して好い時計だと讃めたりすると、彼は何かの弾みで僕に時計を「進呈する」と云い出さぬとも限らない。それが心配だ」からだとか、「毎年花は同じだが、一年一年とお前さんの頭は淋しくなる」とか、『懐中時計』にも笑える箇所は多い。前掲の「荒田老人」の奇声の形容もその一つだ。そういう笑いを誘う表現例を個人的な感覚で判断して抽出し、その数を比較すると、『黒と白の猫』で三一例、『懐中時計』で三八例となった。ともに多いが、作品の長さを勘案すると明らかに後者のほうがさらに頻出するという計算になる。進行を追って出現箇所を調べると、笑いを誘う表現が頻発するという傾向は共通するが、『懐中時計』では後半になって笑いが激減する。あくまで小説レベルのとぼけた調子で展開する『黒と白の猫』に対し、亡友との日々を随筆的な素直さで追想するこの作品では、相手がいつか体をこわして自然いっしょに酒を飲む機会が次第に間遠になり、それにつれて笑いも消えてゆく。共通のテーマを抱えながら、視点構造の違う筆致で綴る両作品のそういう微妙な肌ざわりの差がこういうところにも映っていて興味深い。

(三三) 読者の物思いを誘う一節、いわゆる〝感じのある表現〟は『黒と白の猫』のほうに比較的あらわで、『懐中時計』のほうは思いを沈め、淡々と書かれている。読者の涙を誘う書き方をこの作家は好まないが、笑いの隙に深淵がのぞくことがある。おかしみの底にものさびしさを沈め、なにとはなしに読者をしんみりとさせる。そういう雰囲気が表現面に姿を映す一節を、これも個人的な感覚で拾いあげてみよう。「病身で臥たきりの奥さん」に「猫の話をして聞かせている米村さんの姿を想い浮べた」、そして、その米村さんが料理の腕を自慢するのを、「実際は得意だったのではあるまい。家庭で料理を作らねばならぬ自分を逆に表現してみせたのだろう。大寺さんがそれに気附いたのは、大分后になってからである」というあたりは、そういう例と見たい。『黒と白の猫』にはこのような一節が少なくとも一一箇所指摘できるが、『懐中時計』には局部的に情感を誘う箇所がほとんど見当たらないのだ。急死した

「荒田老人」の話をしながら「石川さん」が「なかなか、面白い人物でした」、「いや、いい人だったと云った方がいいかな」というのを聞いた「僕」が、「たいへん愉快な印象を受けていたから、その人物が過去形で語られるのを聞くと、何とも妙な気がして淋しかった」と感じるあたりが、あるいはそういう一節かもしれないが、それもこのように極度に間接化してむしろ笑いを誘う表現となっている点に差が見られる。

まとめと展望

以上三三項目にわたる考察はあくまで両作品の対比的特徴を記述したものにすぎない。『黒と白の猫』を含む〝大寺さんもの〟の文体を抽出するためには、ここから作品の個別的な特質を捨象する必要がある。本格的には、他の一一作品を対象とした今後の調査・分析の結果を待たねばならないが、以上から推察できる範囲で序説の一応のまとめとしたい。

ここに列挙した両作品の文体的特徴の違いのうち、『黒と白の猫』のほうが、（三）の独立会話が多い点、（四）の主人公を主語とする文が多い点、（五）の主語の明示率が高い点、（七）の主人公の家族への言及が多い点、（八）の小道具を目立たせる点、（一一）の感情移入による描写対象への一体化が少ない点、（一六）の重大事ほどさりげなく描かれる点、（二三）の受け身の思考が少ない点、（二四）の分析的思考の多い点、（二五）の主人公自身の表情に対する言及の多い点、（二八）の主人公の発言に種類が豊富な点、（三〇）の笑いによるカモフラージュが全編をおおっている点、（三三）の物思いに誘う表現が散在する点などは、一人称の随筆タッチで淡々と叙述する他人物語に対し、素知らぬ顔で身辺をいかにも他人事めかして語る〝大寺さんもの〟の文体、その視点構造と小説化の手つきを浮き彫りにする表現特徴と直接結びつくと考えられる。

以上、調査結果からの展望を記して、ささやかな序説とする。

（「小沼丹〝大寺さんもの〟の文体序説――『黒と白の猫』と『懐中時計』における主従関係の調査から――」早稲田大学大学院『文学研究科紀要』四五輯　二〇〇〇年）

小沼丹随筆作品の笑い

―― 比喩的・擬人的表現を中心に ――

小沼文学と笑いに関する研究における本稿の位置づけ

筆者はこれまでに小沼丹の文学やその文体、特に文章や表現に関してたびたび言及してきた。著書や論文だけではなく、未知谷から刊行され二〇〇五年に完結した『小沼丹全集』（大冊全四巻＋補巻　計三七〇〇ページ）の編集委員として未発表作品の掘り起こしや編集作業、それに詳細年譜の作成に取り組んだ。

一方、笑いやユーモアにも早くから関心を持ち、『笑いについて』（『表現研究』五二号　一九九〇年）、『ユーモアの文体論』（『日本語学』一月号　一九九七年）などの論文を発表したほか、『名文』（筑摩書房　一九七九年）、『日本語レトリックの体系』（岩波書店　一九九一年）、『文章をみがく』（NHKブックス　一九九一年）、『手で書き写したい名文』（角川書店　二〇〇二年）や『現代名文案内』（ちくま学芸文庫　二〇〇〇年）などの著書でも、さまざまな形でその点に多くのページを割いている。そして、二〇〇二年に岩波書店から『文章読本　笑いのセンス』、二〇〇八年の暮れには筑摩書房から『笑いの日本語事典』と題するその分野の専門書を刊行した。

個別の作家や作品における文体としての笑いについては、著書『日本語の文体』（岩波セミナーブックス　二〇〇三年）や『文章読本　笑いのセンス』で、夏目漱石・寺田寅彦・内田百閒・井伏鱒二・尾崎一雄・木山捷平・永井龍男・高田保・福原麟太郎・小沼丹・庄野潤三・井上ひさしらを扱った。『レトリックの現在』（『日本語学』一一月号　一九九五年）と題する論文では、漱石の『坊っちゃん』一作に限定し、そこに見られるレトリックとの関連で主にその笑いの質に言及した。

特に井伏鱒二の笑いに関しては、九四年の『井伏鱒二の文体』(『国文学 解釈と鑑賞』六月号)(本書三一六ページ参照)、九七年の『文体と表現をめぐる断想』(國語學会講演要旨)、二〇〇一年の『井伏文体の胎動』(おうふう『日本文芸の表現史』所収)(本書三二五ページ参照)、その続稿である『虚実皮膜の笑い』(近代語学会編『近代語研究』第一一集)(本書三四二ページ参照)、二〇〇三年の日本文体論学会の招待論文『井伏鱒二初期作品の笑い』(『文体論研究』第四九号)(本書三六一ページ参照)などの学術論文において、表現調査にもとづく分析結果を詳述し、この作家の文体からにじみでる笑いの質と、それを可能にする表現の在り方の類別を試みた。

本稿は、その弟子筋にあたる小沼丹を対象に同様の調査研究を実施した結果をもとに、まずはその随筆に見られる笑いの広がりを概観し、さらにそれを実現するこの作家の表現の方法を探る試みである。小沼丹の文体に関する研究と笑いの表現に関する研究とのいわば交点に位置づけることができるであろう。

調査の対象と方法

小沼丹の随筆における笑いの問題を考えるにあたり、その実態をできるだけ広くおさえるため、今回の調査には第一随筆集『小さな手袋』(小澤書店 一九七六年)および第二随筆集『珈琲挽き』(みすず書房 一九九四年)に収録されている全作品を調査対象とした。作者の没後に刊行された『福壽草』(みすず書房 一九九八年)に晩年の小説とともに収められた随筆を除けば、これは単行本収録の随筆すべてに相当する。具体的には一九五六年二月の『猿』から一九九三年四月の『かたかごの花』に至る計一五六編の作品であり、全随筆の大半を調査したことになる。

調査手順としては、井伏鱒二の笑いを扱った前掲二論文の場合の方法を継承した。すなわち、まず被験者としての筆者がそれらの作品を精読しながら自身おかしみを意識した箇所に印をつける。多分に主観的ではあるが、一読者の笑い表現受容の実態として報告する。次いで、その表現資料を基礎データとして、それぞれの箇所で笑いを誘う契機となった発想や表現を考察し、個々の用例ごとにその特徴を注記する。次に、おかしみの生成過程で働くそれらの要因を分類し、各グループごとに集計する。その結果を分析して、随筆の種別との関連、執筆時期による傾向などを考察し、小沼丹の随筆における笑いの性格を概観する。最後に、笑いの契機となった表現上の特徴ごとに、おかしみ生成の過程をたどり、その構造を実例とともに記述することにしたい。

調査結果の概観

小沼丹の随筆一五六編を対象とした今回の調査結果を一覧表にまとめると、表一のようになる。

まず、表の見方を解説しておこう。随筆集の各作品の末尾に記載された年月をもとに、執筆時期の早い作品から順に配列してある。

〔年月〕欄の数字は、漢数字が西暦年の下二桁（すべて一九〇〇年代なので「一九」の部分は省略）、算用数字が発表月である。したがって、例えば「七五8」は「一九七五年八月」、「八六11」は「一九八六年十一月」を意味する。

〔題名〕欄には、発表された随筆のタイトルを省略なしで示した。

〔枚数〕欄の数字は、四〇〇字詰め原稿用紙に換算した場合の各原稿の推定枚数である。井伏鱒二の初期作品の調査においては、小説が多数含まれるため、井伏鱒二全集のページ数で示したが、随筆の場合はごく短い作品が多いため、原本の一行あたりの字数と各作品の行数をもとに、このように原稿枚数で示すことにした。例えば、「三・五」は約「三枚半」、「五・九」は原稿用紙で六枚近い作品であることを示している。『床屋の話』や『ロンドンの記憶』のような原稿用紙十数枚に及ぶ長い随筆から、『名前について』のような原稿用紙にしてわずか一枚半というきわめて短い随筆まで含まれている。全体としては原稿用紙三枚から八枚ぐらいまでの作品が随筆の大半を占めていることがわかる。

〔笑〕欄の漢数字は、筆者がその作品を読みながらおかしみを感じた箇所の数を実数で示したものである。例えば、七枚の『長距離電話』で「七」となっているのは、筆者がその随筆を読みながら平均して原稿用紙一枚あたり一回の割合で何らかのおかしみを感じたことを表す。『文鳥』などでは原稿用紙一枚あたり平均二回以上の笑いを意識したことになり、一方、『夏の記憶』では原稿用紙約八枚分のこの作品中、一度しかおかしみを感じなかったことを示している。なお、この欄にゼロ「〇」とある場合は、今回その随筆を読みながら筆者が特におかしみを感じた箇所がなかったことを意味する。

以下、〔擬人〕欄から〔婉曲〕欄までは、笑いを誘う契機となったと推定される発想や表現の在り方を分類したもののうち、比較的幅広くくりかえし用いられるものを取り上げて、それぞれの出現の分布を見ようとしたものである。この部分については、次節で実例を引きながら解説する。

最下欄に〔種〕とあるのは、各作品の随筆としての種別である。第一随筆集『小さな手袋』の編集において、収載作品が四つのグループに分けられている。分類基準に関するこの作家自身の説明はないが、Ⅰに収められた作品は生活を題材にした一般的な随筆、Ⅱは個人に焦点をあててその人についての追憶を語った随筆、Ⅲは文学や美術などにちなむ芸術的な話題などを取り上げた随筆、Ⅳは旅先での感想あるいはそれにまつわる思い出を綴った随筆、というふうに分類されているように見受けられる。第二随筆集『珈琲挽き』でも、記号こそ違えやはり四分類されている。その第二ブロックに人間に関する随筆よりも身近な動植物の話題を取り上げた作品が増え、第三ブロックに仕事や趣味や学問や芸術がらみで言及された個人の思い出が入りこむなど、多少の出入りはあるものの、第一ブロック、第四ブロックの性格はそのまま継承されているように思われる。そのため、巨視的に見て類似の分類と判断し、各作品にこの四分類に従った種別をⅠ、Ⅱ、Ⅲ、Ⅳという記号で示した。

例えば、『外来者』は日常生活のひとこまを描きとった典型的な随筆、『大先輩』は青野季吉という個人にまつわる思い出を綴った随筆、『チェホフの葬式』は文学がらみの話題を取り上げた随筆、『倫敦の屑屋』は作者が在外研究員として半年間イギリスに滞在したころの旅の思い出を語った随筆である、といった種別がこの欄からわかる。

〔表一〕小沼丹随筆一覧（年代順）

年月	題名	枚数	笑	擬人	連想	想像	心理	誤解	失態	矛盾	理屈	偶然	誇張	余談	婉曲	種
五六2	猿	三・五	六	4	2											Ⅰ
五七5	喧嘩	四・一	六	4												Ⅰ
	型録漫録	五・五	六		3					3						Ⅰ
11	特急	三・八	二				1	1								Ⅳ
五八5	長距離電話	七・〇	七		4	1	1		1							Ⅱ
五九3	小さな手袋	九・八	三			1		1								Ⅰ
10	老夫婦	五・二	二		2											Ⅰ
五九10	母なるロシア	九・二	三													Ⅲ
六〇3	テレビについて	五・九	二		1											Ⅰ
六一6	地蔵さん	二・八	八		2	3										Ⅰ
7	名前について	一・五	一										1			Ⅰ
10	古い地図	六・〇	四	3												Ⅳ
六二2	ステッキ	六・二	四	1										1		Ⅱ

年月	題名	枚数	笑	擬人	連想	想像	心理	誤解	失態	矛盾	理屈	偶然	誇張	余談	婉曲	種
六三7	外来者	四・二	一〇		2					1		1				Ⅰ
7	のんびりした話	六・三	二					2								Ⅱ
六四11	白樺	五・四	三					1								Ⅱ
12	トト	四・三	一〇	2		3		1								Ⅰ
	寒竹	四・六	三		1		1			1						Ⅱ
	片片草	六・五	九		4					1		1	1			Ⅲ
	神戸にて	六・〇	二				1						1			Ⅳ
六五4	つくしんぼ	四・五	四	4												Ⅰ
7	断片	七・一	二		1											Ⅱ
六六6	想い出すこと	五・七	八		7					1						Ⅲ
六七3	井伏さんと将棋	三・七	七				4			1	1				1	Ⅱ
4	チェホフの葬式	五・六	一							1						Ⅲ
11	むべ	三・〇	二	1								1				Ⅰ
	マロニエの葉	七・五	五			1		3								Ⅱ
六七11	大先輩	五・三	四				1			2						Ⅱ
六八11	木山さんのこと	五・〇	一												1	Ⅱ
12	古い本	三・二	一													Ⅲ
六九4	梅檀	五・二	二		1											Ⅰ
7	チェホフの本	五・〇	〇													Ⅲ
七〇2	国語の先生	三・一	三		1					2						Ⅲ

年月	題名	枚数	笑	擬人	連想	想像	心理	誤解	失態	矛盾	理屈	偶然	誇張	余談	婉曲	種
4	登高	四・三	二							1						Ⅰ
5	夾竹桃	四・一	三	2	1											Ⅱ
七一 1	西條さんの講義	四・五	五	1	1		2									Ⅱ
3	鶯	四・二	一	1												Ⅰ
6	歌の本	三・一	〇													Ⅲ
10	頬白	二・一	二	2												Ⅰ
	駅二、三	三・五	一	1												Ⅳ
11	障子に映る影	四・六	五		2					1						Ⅰ
	複製の画	四・九	一	1												Ⅲ
七二 1	お墓の字	三・九	二							1			1			Ⅱ
2	辛夷	四・四	三		1			1								Ⅲ
3	爐を塞ぐ	四・〇	四			1										Ⅰ
4	犬の話	四・三	九	7	1		1									Ⅰ
11	倫敦の屑屋	四・六	六	2	1	1					1					Ⅳ
七二 12	龍膽	二・三	三			1										Ⅰ
七三 1	倫敦のバス	四・八	三				2									Ⅳ
3	草木瓜	四・一	三		1			1		1						Ⅲ
	梨の花	三・三	五	2	2											Ⅱ
	床屋の話	一七・〇	八				3			1		1			1	Ⅳ
6	珍本	三・七	四					2			1					Ⅲ

年月	題名	枚数	笑	擬人	連想	想像	心理	誤解	失態	矛盾	理屈	偶然	誇張	余談	婉曲	種
9	山鳩	三・七	五	5												Ⅰ
	好きな画	五・八	二		1	1										Ⅲ
	ウオルトンの町	二・九	三			1	2									Ⅳ
10	庭先	二・九	五	4												Ⅰ
	お祖父さんの時計	三・八	四	1		3										Ⅰ
七四 1	百人一首	二・八	四					1				1				Ⅰ
3	庄野のこと	五・九	五		3		1			1						Ⅱ
	夜汽車	四・二	一					1								Ⅳ
4	野茨	三・三	〇													Ⅰ
7	月桂樹	四・〇	二	1	1											Ⅰ
10	コタロオとコジロオ	九・三	五		1		1	1								Ⅰ
12	或る友人	九・四	六		1						1					Ⅱ
七五 5	十年前	四・八	九		5		1		1	1				1		Ⅱ
	或る日のこと	三・五	三				2									Ⅰ
七五 6	濡縁の小石	四・〇	六	4		1										Ⅰ
	ウキスキイ工場	三・一	三						1							Ⅳ
7	町の踊り場	一〇・七	三							1						Ⅲ
8	小鳥の話	五・二	一〇	9	1											Ⅰ
	雨の夜	三・七	二			1	1									Ⅰ
9	枇杷	六・一	六	3	2						1					Ⅰ

年月	題名	枚数	笑	擬人	連想	想像	心理	誤解	失態	矛盾	理屈	偶然	誇張	余談	婉曲	種
	リトル・リイグ	三・六	○													I
	白鳥の原稿	三・一	一						1							III
10	植木屋の帰り	三・八	五	1			2									I
11	後家横丁	三・六	二													I
	アダムの日本語	七・四	四				1	1								IV
	蒸気機関車	四・九	三	1			1						1			IV
七六 3	倫敦のパブ	六・三	一								1					IV
6	マリア像	四・四	三	1				1								IV
	仙人	七・七	三		1								1			IV
7	文鳥	四・二	九	9												II
8	花の香	六・二	三			2								1		I
	鰻の化物	五・六	七	2		2					2		1			IV
10	自転車	七・六	三					1		1						I
12	パア爺さん	四・七	三				1									IV
七七 2	泥鰌	三・三	六	5	1											II
	古い町	四・一	二	1	1											IV
3	狆の二日酔い	六・三	一二	7			2			1				1		I
6	二階席	五・八	三	1				1						1		I
	記憶の断片	二・○	二		1	1										IV
12	蝙蝠傘	八・○	一○	1		1	1	1	2					1	1	I

年月	題名	枚数	笑	擬人	連想	想像	心理	誤解	失態	矛盾	理屈	偶然	誇張	余談	婉曲	種
七八 3	落し物	五・三	二						1			1				Ⅰ
4	お玉杓子	五・三	一二	10	1	1										Ⅱ
	アテネの時計	七・二	一		1											Ⅳ
6	古い唄	三・七	一				1									Ⅰ
9	運転手の話	五・一	二						1							Ⅲ
	巣箱	七・五	一八	16	1		1									Ⅱ
10	道標	七・五	六	2		3	1									Ⅰ
11	鯉	四・三	二							1						Ⅰ
12	籤	六・五	二				2									Ⅰ
	珈琲挽き	四・七	三		2								1			Ⅲ
七九 3	古本市の本	七・七	五				1				1					Ⅲ
5	四月馬鹿	三・〇	四			1	1									Ⅲ
	盆栽	五・五	一								1					Ⅲ
6	帽子の話	五・八	三						1							Ⅰ
七九 6	コップ敷	五・六	五			1			1		1			1		Ⅰ
	夏蜜柑の花	九・六	一一	8			3									Ⅱ
7	葡萄棚	五・五	四		1		3									Ⅱ
8	鰻屋	五・四	六	1	2	1			1							Ⅰ
	夏の記憶	七・九	一											1		Ⅲ
	ロンドンの記憶	一五・六	五		1	2									1	Ⅳ

年月	題名	枚数	笑	擬人	連想	想像	心理	誤解	失態	矛盾	理屈	偶然	誇張	余談	婉曲	種
9	地蔵	五・九	一三	3		1	1	1					1		3	Ⅱ
10	ぴぴ二世	五・五	一一	9		1	1									Ⅱ
12	標識燈	三・一	一				1									Ⅲ
八〇 1	老后の愉しみ	六・八	一												1	Ⅲ
2	遠い昔	七・九	一							1						Ⅲ
3	ポポ	四・〇	〇													Ⅱ
	「塵紙」	二・八	〇													Ⅲ
7	冷房装置	三・五	四	1	2		1									Ⅰ
	幽霊の話	七・四	二	1						1						Ⅳ
8	遠い人	二・九	一			1										Ⅳ
9	秋風	四・四	四	1								1		1		Ⅰ
	追憶	三・二	一	1												Ⅲ
10	黒鳥	四・二	三	2			1									Ⅳ
八一 3	梅と蝦蟇	六・七	一五	11	2	1										Ⅱ
八一 5	レモンの木	六・六	〇													Ⅰ
9	蟲の声	五・六	五	2	2					1						Ⅰ
	国語の教科書	六・九	一				1									Ⅲ
11	紫式部	三・二	二	1	1											Ⅱ
	幻の球場	三・三	〇													Ⅲ
八三 4	楽屋裏	五・三	四			1							1	1		Ⅲ

年月	題名	枚数	笑	擬人	連想	想像	心理	誤解	失態	矛盾	理屈	偶然	誇張	余談	婉曲	種
	酒のこと	五・三	五	1			1		1				1		1	Ⅲ
9	人違い	四・一	七				1	2	1	1						Ⅲ
八四 8	鴨の花見	五・八	一〇	6		2	2							1		Ⅱ
八五 12	出羽嶽	七・四	三	1			1			1						Ⅲ
八六 2	小山さんの端書	七・六	一					1								Ⅲ
11	焚火の中の顔	六・七	五	3						1						Ⅰ
	長澤先生	七・四	三			1							1			Ⅲ
八七 3	松本先生	六・八	一			1										Ⅲ
6	日夏先生	一〇・八	七				1						3	1	1	Ⅲ
7	昔の西口	五・六	一				1									Ⅲ
8	想い出すまま	六・一	四		1					1				1		Ⅲ
八八 1	侘助の花	五・九	七	3		3								1		Ⅱ
2	蕗の台	四・六	二	1	1											Ⅰ
3	古いランプ	七・八	二				2									Ⅲ
八八 5	窓	四・〇	一			1										Ⅰ
8	辛夷	三・六	三		1	1	1									Ⅰ
9	赤蜻蛉	三・二	六			1						1			3	Ⅰ
10	丘の墓地	三・四	三			3										Ⅳ
八九 10	庭先	七・三	一八	16	2											Ⅱ
11	夢の話	六・三	五		2	1					1					Ⅳ

年月	題名	枚数	笑	擬人	連想	想像	心理	誤解	失態	矛盾	理屈	偶然	誇張	余談	婉曲	種
九〇6	郭公とアンテナ	五・六	九	6			3									Ⅱ
九一12	筆まめな男	五・四	八	3	1					1				3		Ⅲ
九三4	かたかごの花	四・三	二	2												Ⅲ
計	一五六編	八二七枚	六三六	362	84	53	65	25	13	32	12	8	15	17	14	

おかしみの生成にかかわる発想と表現の手段

表に〔擬人〕とあるのは、人間以外のものを人間めかして表現する擬人法をその典型とし、その種の擬人的表現を代表とするカテゴリー転換の効果として笑いを誘う契機となっていると考えられるケースを示す。『小鳥の話』の中で、山雀について「早く南京豆を寄越せ、と催促する」とか、「これから逃げますが宜しいですか？ と伺いを立てた」とかと表現したり、頬白について「ぼんやり何か考え事をしている」とか「迷惑そうな顔をしていた」とかと表現したりするのがそういう例である。

次に〔連想〕とあるのは、ある対象を描きながら、それとは無縁な他のものを連想する書き方を指す。比喩表現もその代表的な発想の一つである。例えば、『十年前』で、小説で身近な者の死を扱う場合、一人称で書くと「鳥黐のようにあちこちべたべたくっつく」と表現したり、「いろんな感情が底に沈澱した後の上澄みのような所が書きたい」とか、「肉の失せた白骨の上を乾いた風がさらさら吹き過ぎるようなものを書きたい」とかとイメージゆたかに表現するのはその好例である。

〔想像〕とあるのは、現実の描写や事実の説明とは別に、一つの仮定のもとにあれこれ想像をたくましくする記述を指す。『お祖父さんの時計』に、ロンドンの骨董屋で古い箱型の大時計を見てほしくなったが、結局買うのを控えたという話が出てくる。買って東京の自宅に運んだ場合のことを具体的なイメージとともに想像で描き出す。「洋間に置くとすると、先ず客間を拡げなければならない」というところから始まって、「椅子や卓子が大時計とちぐはぐではみっともない。壁はどんな奴にしたらいいか、天井はどうしようか、絨毯は外国製の方が似合うかしらん？」というぐあいに次から次へと想像が広がる。このあたりはさしずめ典型的な例と言えるだろう。今でも「頭のなかで大時計のある部屋を設計していることがある」という流れは笑いを誘う。

〔心理〕とあるのは、心理的に納得できておかしくなる記述を指す。例えば、『夏蜜柑の花』では、何年経っても花をつけない石榴の木を「今年こそは伐ってやろうと思う」が、「苗木を呉れた美人の顔を想い出すと、もう一年待ってやろうかと考え直す」箇所などはその一例である。そして、「一遍も花を附けない」ことを当人に告げて、その美人が「あら、申訳ございません」とにっこりしたときの気持ちを、「これには何と挨拶していいか判らない」と述べるところでも、読者は思わず口もとをほころばせるだろう。

〔誤解〕とあるのは、思い違いによって話や事柄に行き違いが生ずる箇所を指す。例えば、『マロニエの葉』にこんなところがある。友人から巴里みやげとしてもらったマロニエの葉を額に入れて応接間に飾っておいたら、次第に色褪せて枯れ葉になった。その茶褐色の葉を見た客が「マロニエの葉って茶色なんですか」と「訊いて僕を憂鬱にした」という箇所はその一例である。同じ作品に、「黒い毛糸の正ちゃん帽みたいな帽子を被」り、「黒い汚れたジャンパアのポケットに両手を突込み、足袋に下駄穿き」という扮装の爺さんがスタンドで「周囲の興奮に超然として」観戦している場面が出てくる。「隠れたる街の野球通」と思い込んでいたら、「どっちが勝ってるか」という質問をされて唖然とする。これも同様の例と言える。

〔失態〕とあるのは、失敗談が笑いを誘う箇所を指す。例えば、『蝙蝠傘』の「傘をステッキみたいに振りながら歩いていたら、不意に傘の重量が無くなって、胴体が前方に転がった」という話などはそういう例である。

〔矛盾〕とあるのは、事柄の矛盾感がおかしみをかきたてる記述を指す。例えば、『型録漫録』に、校正ミスで「楽しき」とあるべき注釈が逆に「悲しき」となって刷り上がった体験談を述べたところがある。この部分だけなら失敗談で済むが、カタログを見るとその教科書について「簡にして要を得た註」という宣伝文句が出ているという記述が続くので、事実との矛盾感がおかしみを増幅していると考えるべきであろう。

〔理屈〕とあるのは、理屈、時には屁理屈を述べて笑いを誘う箇所を指す。例えば、利根川の鰻を五米《メートル》と誇張し、「利根川で五米だから、ネス湖では二十米の化物がいても不思議ではない」と鰻の怪物説を披露する『鰻の化物』の例はこれにあたる。

〔偶然〕とあるのは、まったく偶然の出来事が笑いにつながるケースを指す。『むべ』の、「お宅のむべは実を附けて、とても珍しい、この近所ではみな感心している。お大事に」と言われて、「お大事に、は少し変ではないかしらん、と思っていたら、それから二、三日して門に近い方の実が二つとも無くなっている」というふうに妙に符合してしまう箇所がそれにあたる。

〔誇張〕とあるのは、ものごとが極端であったり、事実を誇張したり、表現が大仰すぎたりすることが笑いと結びつく箇所を指す。例えば、『神戸にて』に「厚さ五糎《センチ》以上もある大きな肉の塊」に出会って、「いま迄食って来たビフテキは、あれは何だったのだろう」と思うのは、それに類する例だろう。

〔余談〕とあるのは、話の展開上はまったく必要がない箇所で、無駄話を挿入する書き方を指す。短い例をあげると、『侘助の花』に「庭に粟を撒いてやる」と「山鳩と雀が歓んで啄む。河原鶸もよく一緒になって啄んでいる」という箇所があり、その河原鶸について、「訊いた訳では無いが向日葵の種の方が好物らしい」と続く。この「訊いた訳では無いが」の部分がその例である。

〔婉曲〕とあるのは、遠まわしな表現がおかしみとつながる箇所である。例えば、『赤蜻蛉』に、「河面を見ていたら、水玉模様のパラソルを翳した和服姿の若い美人が何処からともなく現れて、ベンチの前を往ったり来たりして」と書いたあと、「二人を甚だ落着かない気分にした」と書く。同じような気持ちを「変梃な気分」と表現するのも同様である。そういう極度に間接的な書き方が笑いを誘うのである。

随筆の種別による傾向

最初に、作者自身がⅠ～Ⅳに四分類した随筆の間に、そういう種別ごとの傾向の違いのようなものが見られるかどうかを概観してみよう。その四つの種別に分けて集計すると、表二のようになる。

〔作品数〕とあるのは、それぞれに分類された枠におさまる随筆の作品数で、これだけは実数で示してある。作品に長短があって実数では傾向がつかみにくいため、他はすべて原稿用紙一〇〇枚あたりの出現数に換算し、それぞれの割合で示した。いずれも小数第一位を四捨五入して整数位まで表示してある。

〔笑〕とあるのは、表一のところで説明したとおり、筆者がその随筆を読みながらおかしみを感じた箇所であるが、ここでは表一の場合のような実数ではなく、それを原稿用紙一〇〇枚あたりの出現数に換算した割合で示してある。以下の〔擬人〕〔連想〕〔想像〕〔心理〕〔誤解〕〔矛盾〕は、表一のところで説明したとおり、その種の発想や表現が笑いを誘う契機となったケースの割合である。なお、ここでは今回の調査でそういう例の出現度数が合計で二五以上に達した項目を示してある。この表二では、いずれも実数ではなく、〔笑〕の場合と同様に、原稿用紙一〇〇枚あたりの出現数に換算した割合で示してある。

〔表二〕　随筆種類別出現率

種類	作品数	笑	擬人	連想	想像	心理	誤解	矛盾
Ⅰ	五七	八七	二七	一一	九	六	三	四
Ⅱ	三三	一二二	六七	一六	六	一四	四	四
Ⅲ	四一	四八	四	八	二	五	三	五
Ⅳ	二六	五四	九	五	八	九	三	一

この表の結果から推定できる、随筆の種別に関連した傾

向を以下に列挙しよう。

① どの種別に属する随筆にも、笑いを誘う発想や表現が広く出現する傾向がある。

② 特定の個人に焦点をあてた随筆、あるいは身近な動物や植物にまつわる随筆が主に含まれる第Ⅱ類の作品の場合に、おかしみを感じさせる記述が最も頻出する。

③ 生活を題材にした一般的な随筆が中心の第Ⅰ類の作品の場合に、おかしみを感じさせる記述がそれに次いで多く出現する。

④ 学問や芸術にちなんだ内容の随筆を中心とした第Ⅲ類の作品では、おかしみを感じさせる記述がこの作家の随筆としては最も少ない。

⑤ 旅の思い出や旅先での感想を綴った随筆を中心とする第Ⅳ類でも、おかしみを感じさせる記述が比較的少ない。

⑥ 第Ⅱ類には〔擬人〕の例が圧倒的に多い。

⑦ 第Ⅰ類にも〔擬人〕の例がかなり多く出現する。

⑧ 第Ⅲ類や第Ⅳ類には〔擬人〕の例が少ない。

⑨ 割合はぐっと落ちるが、〔連想〕の場合にも〔擬人〕の場合と似た傾向が見られる。

⑩ 〔想像〕は第Ⅲ類に少なく、他はあまり差がない。

⑪ 〔心理〕はその性質上、第Ⅱ類に出現しやすく、他はあまり差がない。

⑫ 〔誤解〕は随筆のどの種類にも特に集中する傾向がうかがえない。

⑬ 〔矛盾〕はその性質上、旅の思い出を話題にする第Ⅳ類にはほとんど出現せず、どの類にも特に集中する傾向は見られない。

執筆時期による傾向

次に、作者の年齢にも関係するが、それぞれの作品を執筆した時期に分けてそれぞれの傾向を調べてみよう。執筆時期別に見た〔笑〕や各発想・表現の出現状況を一覧できるように、それぞれの分布を表にまとめたのが表三である。〔執筆時期〕は、発表した随筆の数が少ない一九五〇年代と一九九〇年代とをそれぞれ独立させ、他の各一〇年代を五年ずつに二分して、全部で八つの時期に区分けした。例えば、「六十年代前半」とあるのは一九六〇年から一九六四年まで、「八十年代後半」とあるのは一九八五年から一九八九年までを意味する。

〔作品数〕はそれぞれの時代区分に属する随筆の数を実数で示したものである。例えば、七十年代後半には五一編の随筆を発表しており、九十年代の随筆は三編しか調査対象となっていないことがわかる。

以下、〔笑〕や〔擬人〕～〔矛盾〕は【表二】の場合と同じ基準で判断した。ただし、集計結果の数字は、実数を漢数字で示し、原稿用紙一〇〇枚あたりの出現数に換算した割合をそれぞれのわきに算用数字で添えた。

この表の結果から推定できる、執筆時期に関連した傾向を以下に列挙しよう。

① この五年ずつの刻みで見ると、一九一八年生まれのこの作者の場合、二十代や三十代のころはほとんど随筆を発表しておらず、四十代になって書き出すが、最初の一〇年ほどは月に一編程度であまり多くない。五十代になって増え始め、五十代後半から六十歳前後にあたる一九七〇年代後半にピークを迎える。早稲田大学教授でもあったこの作家が在外研究員としてイギリスに滞在した約半年を含むこの時期には、月平均四編を超え、ほとんど毎週随筆を発表している計算になる。その後また次第に減って、月に一、二編程度のペースに戻る。

② 笑いを誘う発想や表現は、随筆の書き始めの時期から終始一貫してかなり多い。おかしみを感じる箇所の最も少ない一九六〇年代後半でも、平均して原稿用紙二枚に一度はそういう笑いを誘う記述が出現する。その他の時期は原稿用紙一〇〇枚あたり六六～九七という割合になっているから、原稿用紙一〇枚程度の随筆を読む間に、平均し

て八回ほど読者はおかしみを感じる発想や表現に出会う計算になる。なお、九十年代はその箇所が極端に多いが、この時期に属する作品がわずか三編と少ないため、一般化して考えるのは危険である。だが、高齢になると文章に笑いが少なくなるという一般的な傾向から見て、こういう晩年の作品になってもユーモラスな筆致が健在であることは注目に値する結果である。

〔表三〕 執筆時期別出現分布

執筆時期	作品数	笑	擬人	連想	想像	心理	誤解	矛盾
五十年代後半	八	三五 73	八 17	一一 23	二 4	二 4	二 4	三 6
六十年代前半	一二	五八 97	六 10	一〇 17	六 10	二 3	四 7	三 5
六十年代後半	一二	三七 50	五 8	九 12	一 1	五 7	三 4	五 7
七十年代前半	三三	一一五 75	三〇 20	一八 12	八 5	一二 8	七 5	八 5
七十年代後半	五一	二四三 88	九四 39	二一 8	一九 7	二八 10	六 2	五 2
八十年代前半	二〇	六六 66	二七 27	七 7	五 5	七 7	二 2	四 4
八十年代後半	一七	七二 69	二四 23	七 7	一二 11	六 6	一 1	三 3
九十年代前半	三	一九 124	一一 72	一 7	〇 0	三 20	〇 0	一 7

③ 一九九〇年代の作品に〔擬人〕の割合がきわめて高いのは、作品数が少ないため参考資料にすぎないとしても、動植物を人間めかしてとらえる発想や擬人的表現が初期から晩年まですべての時期にわたってかなりの割合で見られ、後半になってますます増加している事実も注目される。

④ 〔連想〕は初期作品に多く、次第に割合が減少している。

⑤ 〔想像〕～〔矛盾〕については、どれもほとんどすべての時期にわたって例が見られるが、それほどの割合にはならないため、執筆時期による偏りもはっきりしない。

笑いの多い随筆

表一から、笑いを誘う箇所の出現率を求めてみよう。各作品のおかしみを感じさせる発想や表現の出現数をその作品の推定原稿枚数で割り、いわば〝笑率〟を算出して率の高い順に並べると、次のような結果になる。

平均で原稿用紙一枚あたり平均一箇所を超える作品が四六編、そのうち平均二箇所にも及ぶ随筆が実に一一編に達する。小説の場合と同様、この作家の随筆も笑いと切っても切れない関係にあることが数量的にも裏づけられる。上位二〇位までのこの表を見ると、お玉杓子、蝦蟇、文鳥、犬、小鳥、狆、赤蜻蛉、泥鰌、鶫、猿というふうに、動物を題材にした随筆が多いことに気づく。問題の二編の『庭先』はいずれも蝦蟇や蟬や蜻蛉や山鳩などを話題にした作品であり、『巣箱』も四十雀の話だ。そのほか、「トト」も犬の名、「ぴぴ」も文鳥の名である。このような動物を人間同様に扱う擬人的表現が笑いを誘う例がこのような話題の随筆に頻出するのである。

〔表四〕　笑率順位表

順位	随筆名	笑率
一	地蔵さん	二・八六
二	庭先（一九八九年）	二・四七
三	巣箱	二・四〇
四	外来者	二・三八
五	トト	二・三三
六	お玉杓子	二・二六
七	梅と蝦蟇	二・二四
八	地蔵	二・二〇
九	文鳥	二・一四
一〇	犬の話	二・〇九
一一	ぴぴ二世	二・〇〇
一二	小鳥の話	一・九二
一三	狆の二日酔い	一・九〇
一四	井伏さんと将棋	一・八九
一五	十年前	一・八八
	赤蜻蛉	一・八八
一七	泥鰌	一・八二
一八	庭先（一九七三年）	一・七二
	鶫の花見	一・七二
二〇	猿	一・七一
	人違い	一・七一

個々の作品の特徴

表一の分布を見ると、次のような作品ごとの特徴に気づく。

①『地蔵さん』『トト』『お祖父さんの時計』『道標』『侘助の花』『丘の墓地』では、あれこれ想像してみることから来るおかしみが目立つ。

②『井伏さんと将棋』『床屋の話』『夏蜜柑の花』『葡萄棚』『郭公とアンテナ』では、人の気持ちを掘り下げることから来るおかしみが目立つ。

③『のんびりした話』『マロニエの葉』『珍本』『人違い』では、思い違いから来るおかしみが目立つ。

④『型録漫録』『大先輩』『国語の先生』では、矛盾から来るおかしみが目立つ。

⑤『日夏先生』では、誇張から来るおかしみが目立つ。

⑥『筆まめな男』では、余談をもてあそぶことから来るおかしみが目立つ。

⑦『地蔵』『赤蜻蛉』では、とぼけた婉曲表現から来るおかしみが目立つ。

比喩的・擬人的表現の実態

しかし、何といっても、この作家の随筆の笑いでもっとも特徴的なのは、人間以外、特に身近な動物を自分の仲間としてとらえ、人間じみた存在として描き出す擬人的表現である。『巣箱』と晩年の『庭先』にはそういう例が特に頻出する。『梅と蝦蟇』『お玉杓子』『小鳥の話』『文鳥』『ぴぴ二世』『夏蜜柑の花』『犬の話』『狆の二日酔い』『鴨の花見』『郭公とアンテナ』『山鳩』『泥鰌』など、笑率の高い作品のほとんどで多くの例が見られる。最後に、比喩的な連想を含むそういう表現のほのぼのとしたおかしみを実例で示しながら、随筆の文体の一端にふれようとした小論を結ぶことにしたい。

今回の調査対象になった随筆のうち最も早い時期に書かれた作品『猿』では、猿がまず「役者」として登場し、「妙な横眼で僕の方を見ていた」が、「僕も見ていたら、猿はちょいと視線を外」す。「この野郎とでも云うように相手を振向いた」り、「知らん顔をし」たり、「憂鬱そうに空を仰いだり」する。

『犬の話』には、犬に向かって、「夜更けだから御近所の手前少し静かにしたらどうだと、注意したい気がする」という箇所が出てくる。「夜中に犬と長いこと話をしていたそうですね」と言われたり、「お向いの奥さんが顔を出して、チエスがいつもお世話になります」と言ったりして、返すことばを失う場面もある。

『トト』には、五匹の猫に「何れも酒場の女性の名前」をつけ、酒を飲むときに「傍に侍らして好い気持になっている」という友人が登場し、「此奴も新宿かい？」と尋ねると、「いや、前に新宿にいたけど、いま銀座らしいよ。此奴は頭が悪くてね」と応じる。頭の悪いのが猫だけなのか人間のほうもそうなのか一瞬わからなくなるほどだ。

『小鳥の話』には、「早く南京豆を寄越せ、と催促」したり、「好い気になって見物していた」りする山雀や、「ぼんやり何か考え事をしているように見え」たり、「迷惑そうな顔をして」いたりする頬白が登場する。

『巣箱』でも、四十雀について「二羽で来るから夫婦と思っているが、どっちが亭主でどっちが細君か知らない」と書き、「どうだい、この家？」「満更悪くないわね」と相談しているものと解釈する。「猫に狙われるような場所に家庭を持つなんて、真平御免と思うに相違無い」から、巣箱に「貸家の札を貼っても、借手はないだろう」とし、「空家の儘で塞ったことが無い」と述べる。鵯についても「試食してやろう、と思ったかどうか知らないが」と人間扱いする。『鵯の花見』の末尾にある「きっと親子で花見に来たんですよ」という見立てもそうだ。その前に、河原鶸の様子を「井戸端会議を開いているようにも見える」とした表現もある。

晩年の『郭公とアンテナ』では、「近ごろの郭公のやることだから気にすることは無いよ」と、まるで「近ごろの若者」と言うような調子で話し、「一体、どう云う料簡でひょっこりアンテナに止まったのか、郭公に訊いてみたい」

と人間並みに待遇して随筆を結ぶ。同じころの作品『庭先』でも、「山鳩の夫婦や鴨も庭の常連だ」とし、「近頃は庭に梅が咲いても訪ねて来なくなった」鶯に向かって、「先方にどんな都合があるのか知らないが、そこを何とかして貰いたい」と語りかける。

同じ作品で、蜻蛉について「以前ちょいちょい遊びに来た」と説明し、「つくつく法師や蜩」に対し「この連中とも疾うに縁が切れてしまった」と述べるのも一連の発想だ。

『梅と蝦蟇』に出てくる蝦蟇は「じっと坐って、哲学者みたいな顔をしていた」として登場し、「深刻に考え込んでいる風情」を見せたかと思うと、「かくて世は事も無し、とでも云うらしく歩いて行く」。

『泥鰌』には、「泥鰌に向って、お前達のなかに鍋に入るより池に入りたい奴はいるか？　と訊くのが順序かもしれないが」、泥鰌が「みんな池の方を志願したら、鍋は出来ない」という記述が見える。

擬人化されるのは動物だけではない。『ステッキ』では、寒竹について「家のなかまで侵入して来るよ」という井伏鱒二のことばを紹介している。『つくしんぼ』には、「土筆と杉菜は兄弟分」だとか、土筆の「袴をとる」、「スカアトを脱がせる」という表現が出てくる。「土筆は枯れてその傍から杉菜が出た」のを見て、「先方の都合もあろうが、こう簡単に杉菜が顔を出しては面白くない」と感想をもらす。『むべ』でも、むべが実をつけたのを見た近所の人が「どうぞ、お大事に」と言う。『枇杷』には、「狭い庭には矢鱈に木が植えてあって、乗物で云うと定員超過と云う所である」と比喩的に表現したあと、「頼みもしない奴が飛入りで勝手に顔を出」すのは迷惑だとし、「順にお詰め願います」と言いたい気持ちが述べてある。『夏蜜柑の花』には、「夏蜜柑の木は素直に云うことを肯いたが」、柘榴の木は「花の頃になっても何の挨拶も無」く、「強情で云うことを肯かない」という記述が出てくる。

ここまでは植物が擬人化されて描かれる例だが、この作家の場合、擬人化されるものはそういう生物の枠を越える。『古い地図』には、「汽車も嘸《さぞ》、あんなものを引張って骨が折れるだろう」とか「汽車が暑がっている」とかという表現が出てくる。『お祖父さんの時計』には、「柱時計がぼんぼんと鳴って、原稿を書きなさい、と催促する」というくだりがある。『蝙蝠傘』には「このぼろ傘奴、と内心腹を立てた」という表現も出る。『古い町』では、「鐘撞小僧の人形」に対し、「この小僧も長いお勤めに草臥れた」と書く。『冷房装置』には、「扇風機が左右に頭を振る」のがうるさくて、「好い加減にしろ、とぱちんと止める」場面が出る。『追憶』には、「一冊一冊上林さんが大事にしているという感じで、本がそんな顔をして並んでいた」というところがある。

このように、八百万の神ではないが、ほとんどあらゆる対象が人間じみて扱われ、この作家の交際範囲に入る。「片栗」をあえて古称で呼ぶ『かたかごの花』という随筆がある。その花を「何株か届けて呉れた」知人が地方に引っ越して間もなく主人を亡くしたあと、未亡人からの年賀状にきまって「かたかごは、いかがですか」と書いてある。この作家もきまって「かたかごは健在です」と書き添えた賀状を送る。これはレトリックとしての〝擬人法〟というようなものではない。万物を相手として生きる発想がごく自然にこういう言動を実現するのだろう。

外国で日本語を教えている友人からこんな便りが届く。野良犬がすっかりなつき、「宿舎の戸口の所で待って」いて、「学校に行くときに随いて来る」という。現実の生活の中にそういうことはありそうだ。時には「教室迄のこのこ随いて来」ることもないとは言えない。だが、それを「教室の隅っこに坐って聴講するようになった」とか、「犬の聴講生を持った」とかと解釈するその友人の擬人的発想をこの作家は読者にまるでわがことのように得々と語る。ここで大事なのは、そう考えることで人生に潤いが生まれ、作者ともども読者も味わいながら生きる人生の充実感を増すという事実である。

この作家の徹底した擬人的表現は、万物と語らう自身の生き方の反映である。行き逢う人の、犬の、鳥の、花の、あるいは、共に暮らしてきた街並や、時代というものの表現を懐かしみながら、過ぎゆく人生をいとおしむ作品群だ。文体が表現をとおしてその人間の感じ方、考え方、対象への接し方につながり、ひいてはこのような生き方にたどりつくときに、文体論は深い達成感を得るのだろう。

伯母が死んで人手に渡った家を頭の中で再訪する小説『小徑』のラストシーンを思い出そう。赤土の崖に沿ったひんやりした小徑」を上って門を入り、「威勢良く銅鑼を鳴らすが、音ばかり矢鱈に大きく跳ね返って来て、玄関には誰も出て来ない。どこに行ったのかしらん？　しいんと静まり返った家のなかに人の気配は無く、裏山の辛夷が白い花を散らしているばかりである」。作品はそこで終わる。これは事実の描写ではない。過去の記憶の再構成でもない。頭の中で空想をめぐらしたイメージである。実際に出会う対象だけではなく、人はこうして考えることをとおして人生をゆたかにすることができる。作品に散在する比喩的・擬人的表現も、万物と語らうこの作家のそういう生き方につながる。笑いがほのぼのとしたおかしみとして立ちのぼるのは、小沼丹という人間のスタイルに裏打ちされているからであろう。

（「小沼丹随筆の笑い――比喩的・擬人的表現の連想を中心に――」早稲田大学『文学研究科紀要』四九輯　二〇〇四年）

第八章　言語調査に映る文体の姿

散文リズムを探る
――近代作家二五人の句読――

はじめに

それに、上本町の本家と、蘆屋の分家と、夙川のアパートとで、そう一々、妙子が何時には此方へ着く筈だと云う風に連絡を取っていなかったことなどを考えると、幸子は少し自分がぼんやり過ぎたか知らんと云う気がして、或る日妙子の留守を窺ってアパートへ行き、友達の女主人に会っていろいろそれとなく聞いてみたりしたが、女主人の云うのには、こいさんも近頃は偉くなって、製作法を習いに来る弟子が二三人も出来たけれども、それは奥様やお嬢様たちで、男の人と云っては、箱の職人が時々注文を取りに来たり品物を納めに来たりするくらいに過ぎない、仕事は、やり始めたら凝る方で、午前三時四時になることも珍しくないが、そんな時には、泊る設備もないことだから一服しながら夜の明けるのを待って、一番電車で蘆屋へ帰って行くと云う話で、時間の点なども辻褄が合っていた。

谷崎潤一郎『細雪』中の一文である。句読点で挟まれる文字連続すなわち点間字数を仮に「句」という単位と考えると、これは二二句、実に三七一字から成る一文であるが、この文章はけっして不自然ではない。すらすら読めて、文意を解するに苦労を要しない。それは一つには連想が自然であり、時間の順序にも従って述べてあるからだろう。もし文頭の副詞が文末の動詞にかかるような文だったら、とても一息に読める長さではない。しかしこれは、日本語の特徴を熟知し、しかも昔から使い慣れた古語でわかりやすい語を選ぶことを推奨し（谷崎『文章読本』参照）、自らも心がけている大文章家が日本文の長所を十分に生かした一種の名文である。気障な技巧でないから目立たないが、四〇〇字近い文をきわめて自然に読ませるのは、並たいていの技術ではない。

こういう文章は誰にでも書けるわけではない。書き慣れない者がだらだらと三〇〇字を超える一文を書いたのでは読むほうでついていけない。切れると見えて続くのが源氏以来の日本文の特徴であるとはいえ、普通の文章としての標準が欲しい。極度の長文短文の効果もけっして否定するわけではないが、何字ぐらいの長さの文が最も自然かという問題は無視できない。この課題は、波多野完治の『現代文章心理学』で問題とされ、ある程度の解決を見た。それを発展させて点間字数について考察しようとするのが、この論考の課題である。散文リズム研究への一つの基礎工事となる期待もある。

一文について述べた事情は〝句〟すなわち点間字数についても同様で、二字、三字と切れ切れに読点を打つ作家がいるかと思うと、横光利一の『機械』には次のような九一字に及ぶ句がある。

その彼の魅力は絶えず私はあまりに急がしくて朝早くから瓦斯で熱した真鍮へ漆を塗りつけては乾かしたり重クロム酸アンモニアで塗りつめた金属板を日光に曝して感光させたりアニリンをかけてみたり

ここで初めて読点が来て一瞬切れる。この作品では五〇字を超える句は珍しくもない。

資料

筑摩書房の『現代日本文学全集』を主とし、角川書店の『昭和文学全集』や改造社の『現代日本文学全集』で補った。基本的調査に採用した作品は、のちに示す二五人の作家各二編ずつ計五〇編で、明治末期五編、大正期二〇編、昭和期二五編の割合となっており、女流作家五人一〇編を含む。

方　法

(a) 地の文を対象とする

前述の点間字数を「句」と呼び、各作品の書き出しから四〇〇句を含むまでの完全な地の文を取り出す。ここで完全な地の文と判断したのは、会話や引用などを含まない文である。ただし、地の文の中に会話を含む場合でも、「　」のないものは採った。そうすることで動きを抑えた雰囲気を出そうとした作家もあると思われるからである。例えば谷崎潤一郎には次のようにそういう意図の感じられる例が見られる。

佐助痛くはなかったかと春琴が云ったい、え痛いことはござりませなんだ　――『春琴抄』

今後結婚することがあっても支度金を貰おうとは思わない、と云う風に話し込んだらどうであろうか　――『細雪』

書き出しから続けてサンプルを採る方法にはいくつかの弊害もある。個々の場面によって文章の特徴も異なる。心理描写の場合は、断層を感じさせないためにできるだけ文を切らないようにし、行動の描写の場合は生き生きと躍動を伝えるためにだらだらと続く文は避ける。したがって前者は文が長くなりやすく、後者は短くなりやすい。サンプルを続けて採った場合は、そういった場面の状況に動かされやすい。その点まったくランダムに採った文のほうが好ましいサンプルだという意味でランダムサンプリングの方法はたしかに重要で便利な方法であるが、ここで対象とした作品には短編もあり、ページごとに採ったのでは四〇〇句を抽出することが困難であるため、ここでは前述の方法によった。

(b) 点間字数・字数・句数を数える

その抽出された文章の各文について、ここでいう「句」の長さ、すなわち点間字数、一文を構成している字数（句読点を含む）および一文中の句数（句読点の数に等しい）を数える。

能率の上からも、客観性を期する上からも（活字を数える場合は調査者の主観が入りにくい）、語数や拍数（モーラ）より字数を単位にするのが有効である。たしかに、同じことばを仮名で書く作家と漢字で書く作家とがおり、例えば「みずうみ」が四字で「湖」が一字、「こころよい」が五字で「快い」が二字というのは不合理だが、そのような極端な例はこのような大量調査で大勢を左右するほど頻発するわけではない。

なお、波多野完治の文章心理学の実践と同様、文の長さの調査の場合にのみ句読点を含んで計算したのは、音楽の休符のように、音を伝えない句読点もその休止時間によって文章のリズムに関係するからである。

文の長さ

この調査によってどういうことが明らかになるであろうか。これらの結果は何を意味するであろうか。表一のうち「文当たり平均字数」の項を見てみよう。文当り平均字数とは、一つの文を構成している字数の平均値という意味である。

〔表一〕

作者	成立	作品	文当たり平均字数	平均からの隔たり	句当たり平均字数	平均からの隔たり	文当たり平均句数	平均からの隔たり	文当たり句数度数分布 一	二	三	四	五	六以上
泉　鏡花	一八九八	絵日傘	七五・七	⊕三五・七	一一・二	⊖　五・〇	六・二	⊕　三・八	三	七	九	七	六	**一八**
	一九二二	竜胆と撫子	四二・〇	⊕　一・六	一〇・七	⊖　五・五	三・六	⊕　一・二	九	七	七	一〇	五	**一三**
夏目　漱石	一九〇六	草枕	三〇・九	⊖　九・五	一三・八	⊖　二・四	二・一	⊖　〇・三	**二四**	一六	六	二	一	一
	一九一六	明暗	二九・五	⊖一〇・九	二〇・〇	⊕　三・八	一・四	⊖　一・〇	**三一**	一六	二	一	〇	〇

島崎　藤村	一九〇六	破戒	三六・三 ⊖四・一	一三・九 ⊖二・三	二・四 ○	一四	**一六**	五	八	五	二
	一九二九	夜明け前	三八・二 ⊖二・二	一五・五 ⊖○・七	二・三 ⊖○・一	一六	**一七**	一一	三	一	二
永井　荷風	一九〇九	すみだ川	四八・五 ⊕八・一	二四・四 ⊕八・二	一・九 ⊖○・五	**二四**	一三	五	五	一	二
	一九一六	腕くらべ	五四・八 ⊕一四・四	二六・八 ⊕一○・六	二・○ ⊖○・四	**三七**	九	二	○	二	○
森　鷗外	一九一一	雁	四六・一 ⊕五・七	一五・七 ⊖○・五	二・八 ⊕○・四	**一八**	一七	一○	三	二	○
	一九一六	渋江抽斎	三五・○ ⊖五・四	一五・五 ⊖○・七	二・一 ⊖○・三	**二一**	一四	八	四	二	一
徳田　秋声	一九一三	爛	三四・二 ⊖六・二	一三・三 ⊖二・九	二・四 ○	一二	**二三**	一一	三	○	一
	一九四一	縮図	七七・五 ⊕三七・一	一六・二 ○	四・五 ⊕二・一	五	一二	四	七	五	**一七**
広津　和郎	一九一七	神経病時代	三○・六 ⊖九・八	一六・一 ⊖○・一	一・八 ⊖○・六	**二四**	一四	七	三	○	二
	一九一九	やもり	四五・五 ⊕五・一	一三・二 ⊖三・○	三・二 ⊕○・八	一一	**一二**	九	八	六	四
芥川龍之介	一九一七	偸盗	四一・六 ⊕一・二	八・一 ⊖八・一	四・六 ⊕二・二	○	九	九	**一三**	七	一二
	一九二六	歯車	三○・六 ⊖九・八	一九・二 ⊕三・○	一・五 ⊖○・九	**二九**	一六	四	一	○	○
久保田万太郎	一九一七	末枯	二九・三 ⊖一一・一	一三・○ ⊖三・二	二・一 ⊖○・三	**二○**	七	九	六	六	二
	一九二九	春泥	三三・九 ⊖六・五	一五・六 ⊖○・六	二・○ ⊖○・四	**三六**	三	三	四	一	三
志賀　直哉	一九一七	和解	二七・一 ⊖一三・三	一九・九 ⊕三・七	一・三 ⊖一・一	**三五**	一一	三	一	○	○
	一九三七	暗夜行路	二七・五 ⊖一二・九	一四・九 ⊖一・三	一・七 ⊖○・七	**二九**	一二	八	○	一	○
佐藤　春夫	一九一八	田園の憂鬱	四四・五 ⊕四・一	一四・八 ⊖一・四	二・八 ⊕○・四	一一	**一八**	六	六	三	六
	一九一九	お絹とその兄弟	三○・三 ⊖一○・一	一四・三 ⊖一・九	二・○ ⊖○・四	一四	**一九**	八	五	二	一
菊池　寛	一九一八	忠直卿行状記	五○・五 ⊕一○・一	一六・○ ⊖○・二	三・四 ⊕一・○	二	**一五**	一三	七	三	一○
	一九二一	蘭学事始	三七・二 ⊖三・二	八・九 ⊖七・三	三・八 ⊕一・四	二	九	**二一**	七	一	一○
室生　犀星	一九一九	性に眼覚める頃	四三・五 ⊕三・一	一七・一 ⊕○・九	二・四 ○	五	**一六**	**一六**	七	四	二
	一九三四	あにいもうと	六七・九 ⊕二七・五	二一・六 ⊕五・四	三・○ ⊕○・六	五	一五	**一七**	七	二	四

武者小路実篤	一九二〇	友情	二六・八 ⊖一三・六	一六・四 ⊕〇・二	一・五 ⊖〇・九	**三二**	一六	二	〇	〇	〇
	一九五〇	真理先生	二四・九 ⊖一五・五	一五・一 ⊖一・一	一・六 ⊖〇・八	**三〇**	一四	二	三	一	〇
宇野　浩二	一九二三	子を貸し屋	五八・〇 ⊕一七・六	一一・七 ⊖四・五	四・六 ⊕二・二	六	五	一〇	**一二**	八	九
	一九三八	器用貧乏	五八・三 ⊕一七・九	一一・一 ⊖五・一	四・八 ⊕二・四	二	三	一三	八	七	**一七**
宮本百合子	一九二四	伸子	三四・二 ⊖六・六	一六・〇 ⊖〇・二	二・三 ⊖〇・一	一一	一四	**一五**	七	三	〇
	一九四六	播州平野	四〇・八 ⊕〇・四	一三・七 ⊖二・九	二・八 ⊕〇・四	六	一九	**二〇**	二	二	一
谷崎潤一郎	一九二四	蓼喰う虫	六三・九 ⊕二三・五	二〇・九 ⊕四・七	二・九 ⊕〇・五	一一	**一五**	一〇	八	一	五
	一九四八	細雪	一二〇・五 ⊕八〇・一	一五・七 ⊖〇・五	六・三 ⊕三・九	〇	五	四	一一	六	**二四**
山本　有三	一九二八	波	三〇・六 ⊖九・八	一三・七 ⊖二・五	二・一 ⊖〇・三	**一九**	一七	一一	一	一	一
	一九三七	路傍の石	三六・九 ⊖三・五	一〇・二 ⊖六・〇	三・三 ⊕〇・九	三	**一三**	一二	一二	六	四
横光　利一	一九二九	日輪	三〇・七 ⊖九・七	一四・二 ⊖二・〇	二・〇 ⊖〇・四	一三	**二二**	一一	三	一	〇
	一九三六	機械	九二・二 ⊖五一・八	四二・一 ⊕二五・九	二・一 ⊖〇・三	一三	**二二**	九	三	〇	三
佐多　稲子	一九三六	くれない	三六・〇 ⊖四・四	一五・一 ⊖一・一	二・二 ⊖〇・二	**一九**	一五	八	六	二	〇
	一九四七	私の東京地図	四四・七 ⊕四・三	一五・四 ⊖〇・八	二・七 ⊕〇・三	一六	**二一**	一三	四	〇	一
網野　菊	一九三八	妻たち	五三・〇 ⊕一二・六	一四・九 ⊖一・三	三・三 ⊕〇・九	八	**一五**	**一五**	七	二	三
	一九四七	金の棺	五七・三 ⊕一六・九	一八・五 ⊕二・三	二・九 ⊕〇・五	一一	**一九**	一〇	四	一	五
壺井　栄	一九三八	大根の葉	三五・七 ⊖四・七	一七・八 ⊕一・六	一・九 ⊖〇・五	**一八**	一七	八	五	二	〇
	一九五三	岸うつ波	四一・二 ⊕〇・八	一六・九 ⊕〇・七	二・三 ⊖〇・一	**一四**	一三	**一四**	六	〇	三
平林たい子	一九四六	こういう女	五六・九 ⊕一六・五	二一・九 ⊕五・七	二・五 ⊕〇・一	七	**二四**	九	七	二	一
	一九五〇	黒の時代	五二・二 ⊕一一・八	二四・一 ⊕七・九	二・一 ⊖〇・三	一三	**二五**	一一	一	〇	〇
三島由紀夫	一九四九	仮面の告白	三四・八 ⊖五・六	一三・二 ⊖三・〇	二・一 ⊖〇・三	一三	**一六**	八	五	三	〇
	一九五二	真夏の死	二七・〇 ⊖一三・四	一三・三 ⊖二・九	一・九 ⊖〇・五	一二	**二〇**	一一	四	二	一

川端　康成	一九五四	千羽鶴	三一・八 ㊀ 九・六	一三・九 ㊀ 二・三	二・一 ㊀ 〇・三	一六	一九	六	五	一	三
	一九五五	山の音	二六・九 ㊀ 一三・五	一三・〇 ㊀ 三・二	一・九 ㊀ 〇・五	二一	一五	一〇	四	〇	〇
総合平均			四〇・四	一六・二	二・四	七五一	七二七	四五五	二五六	一一七	一九四
			（二〇〇〇〇句の調査）			（二五〇〇句の調査）					

(a) 文長の総合平均

一文あたりの長さを「文長」とすると、本調査における文長の総合平均は四〇・四字となる。波多野完治の『現代文章心理学』によると、小説の文章の平均文長は三四・五字となっていて、六字近い差がある。三四・五という数字は『文壇出世作全集』から五〇〇個の文を採った平均であり、今回の数字は八五二九個の文の平均であるから、四〇・四の数字のほうが信頼度が高いと判断できるかどうかを確認したい。そこで調査量を仮に半減させた場合の異同を調べるべく、二五作家各一編にした四一八四個の文による結果を算出すると、その数字は四〇・五となった。すなわち、調査量四〇〇〇あまりの変化にわずか〇・一しか動かなかったわけで、誤差は四万分の一にすぎない。ちなみに、句数には差がなく、句長の誤差も五万分の一にすぎなかった。この事実は、文長の場合、四〇〇〇文のサンプルを採ればまず間違いはない、ということを示し、四〇・四という数字は大きく動くことはなさそうである。

ただ次のような問題はある。この調査は句長を中心に実施し、各作品四〇〇句を数えるまでの文章を対象としたため、一文当たりの句数の多い作家の文章が比較的少ない文数で調査され、例えば泉鏡花よりも志賀直哉の文章の比重が大きい。しかし句数の少ない作家は概して文も短いので、このような偏重は文長の平均字数を長くするほうには影響していない。波多野の調査でも事情はほぼ似ており、この程度の偏りは、八〇〇〇を超える文数、三〇万に余る字数の調査では、その巨大な数字の影に隠れるだろう。

次の問題は、短いほうだけを限られた文長などの場合、平均は長い文にひきずられやすく、最も頻度の高い長さの文の字数より長くなる傾向があるという事情である。この調査において特に長い文を多く含む作品『細雪』と『機械』とを仮に除いて計算してみると、三八・六字となり、二字近く短くなる。さらに『縮図』や『絵日傘』も省くほうがいいかなどと考えだすと結果をいたずらに複雑にし、人為的にするだけである。結局〝平均〟というもののそういう性格を理解した上で、四〇・四という数字をそのまま受け取るほうが客観性が高い。ともあれ、文体論という芸術的評価のからむ作業においては、母集団の問題が意外に大切なことを、この新しい研究は示すのである。

(b) 長文作家と短文作家

次に各作家の文長の平均からの隔たりをみよう。前述の四作品のほかにも『あにいもうと』『蓼喰う虫』などは平均文長がきわだって長く、『和解』『暗夜行路』『友情』『真理先生』『真夏の死』『山の音』などは逆にそれが短い。しかし一人の作家として文長が長いか短いかという決定は、それほど容易ではない。泉鏡花、徳田秋声、谷崎潤一郎、室生犀星、横光利一などはここで調査対象とした二作間に平均で二〇字以上の開きがある。このうち泉鏡花、室生犀星、特に谷崎潤一郎は、二作とも平均より長いという範囲での変動であるから、長文型と判定してさしつかえない。長文型には、ほかに永井荷風、宇野浩二、網野菊、平林たい子があり、逆に夏目漱石、久保田万太郎、志賀直哉、武者小路実篤、山本有三、三島由紀夫、川端康成は短文型と見なされる。一方、平均からの隔たりの少ない島崎藤村、佐多稲子、壺井栄などは、まず普通の長さの文を書く作家と推測される。

調査対象として各作家二編を採ったが、その成立年代に五年以上の隔たりのある二編で比較してみると、夏目漱石、久保田万太郎、網野菊、島崎藤村、武者小路実篤、宇野浩二、山本有三、志賀直哉はあまり変化がなく、徳田秋声、室生犀星、谷崎潤一郎は増加、永井荷風、佐多稲子、壺井栄も比較的増加したほうであり、はっきり減少を見せているのは芥川龍之介だけである。一般に、晩年に近づくにつれて長い文を書くようになるという傾向がうかがえる。長い文を書く作家は呼吸が長いと言われ、それを心理的な安定度と解するならば、その唯一の例外作家である芥川龍之介が若くして自殺したことは注目される。

句の数

前述のとおり、文が句読点によって区切られた文字連続をここで波多野完治に従い便宜上「句」と称したので、文法的な単位では接続詞・感動詞などの「語」や「句」や「節」や「文」が含まれる。同じ表から今度は文あたり平均句数の項を見ることにしよう。一つの文がその意味での「句」いくつから成り立っているかという平均的な数値である。まず総合平均では二・四句となる。これは多句型、少句型を推定する目安となるが、数字そのものはさほど意味がない。河出書房版『文章講座』の「文章の要素と種類」の中で波多野は「一文の句数は平均二・五となり大体二〜三の間がてごろらしい」と述べた。この調査でも平均は二・四でほとんど差がないが、必ずしも二句文と三句文とが最も多いとはかぎらない。事実、句数の度数分布を示した表を見ると、一句が七五一、二句が七二七で合わせて一四七八、二五〇〇句中の六割を占める。つまり、最もしばしば現れるのは二句文と三句文ではなくて一句文と二句文なのだ。これは重要な事実である。三句文も多いには多く、結局八割以上が三句までの文と言っていい。

では作品別に見よう。まずきわだって多いのは『絵日傘』『縮図』『偸盗』『子を貸し屋』『器用貧乏』『細雪』などであり、『明暗』『歯車』『和解』『友情』『暗夜行路』『真理先生』などはきわめて少ない。文長の場合と重なる作品の多いのは当然である。作家として見ると、泉鏡花、宇野浩二、谷崎潤一郎、菊池寛などは多句型であり、網野菊も少し多い。一方、久保田万太郎、夏目漱石、永井荷風、志賀直哉、武者小路実篤は少句型であり、三島由紀夫、川端康成、壺井栄なども少ないほうである。そして島崎藤村、佐藤春夫、山本有三、横光利一、佐多稲子、平林たい子などは標準型と言える。平均の数字からはこの程度の結果しか引き出せない。例えば『末枯』二一・一、『春泥』二・〇であるから久保田万太郎は二句型であるなどと考えるのは誤解で、度数分布表に明らかなように、一句文が五〇文中の半数を超えており、久保田万太郎はむしろ一句型の作家である。データの性質上一句より少なくなれない関係から、散在する多句文に引きずられて、平均値がそこまで伸びたのである。

今度は度数分布表をたよりに何句型かの推定を試みよう。久保田万太郎のほかにも夏目漱石、永井荷風、志賀直哉、武者小路実篤などは一句型と見ていい。森鷗外も一句文が多いが、二句文の交ざる割合もかなり多く、壺井栄などはほとんど同じ比で両文を使っている。これを便宜上、一句二句型とすれば、佐多稲子、川端康成、それに二句文のほうがいくらか多い島崎藤村もそれに属する。なお、一句型というのは、途中に読点を打たず一文全体が緊密につながっている文を多く書くタイプという意味であり、叙述型の作家に多い。一つのことを角度を変えて述べる説明型の作家は、どうしても一つの文の中に数個の句を含むようになる傾向がある。完全な二句型としては佐藤春夫、横光利一、平林たい子、三島由紀夫があげられ、二句三句型を設定すれば、菊池寛や、三句のほうが多い室生犀星、網野菊、宮本百合子がこれに入る。三句以上のある一つだけを多用する作家は見当たらない。

以上あげたいずれの型にも属さない作家について、一人ずつ説明してみよう。まず泉鏡花は、二編とも六句以上の文が最も多いが、一句文から五句文までほぼ平均した頻度となっている。これはいろいろな長さの句を使いこなした結果であり、それはまた自然な自分の呼吸のリズムで書いていないことを思わせ、技巧派の一側面を示している。

次に徳田秋声は、初期の『爛』では二句型を示しているが、後期の『縮図』ではきわめて複雑な様相を呈し、本来は二句型なのが次第にいくつかの句を連ねる文を綴るようになったと考えられる。

ここでも注目されるのは芥川龍之介で、『偸盗』の書き出し五〇個の文の中に一句文が一つも含まれていない。四句文が最高で、二句文以上は平均して使われている。本来技巧的な作家なのが人生的行きづまりに突き当たった『歯車』のころには文の均整を考える文章家としての余裕を失ったと考えると興味深い。『歯車』では一句文が六割、二句文と合わせると実に九割に達する。後に述べるが、一句の長さは伸びている。これは、むろん一句で一文を構成していることの影響であり、一気に書いて乱れる呼吸を整え、また次の一撃を叩きつけたと解することもできる。三島由紀夫の言うように、川端康成が「何度かの躊躇や中断を抒情の間にはさみながら、稲妻のような不吉な一行を、さっさっさっと閃めかせて」(河出書房『文章講座』「横光利一と川端康成」)書くのだとすれば、芥川龍之介の最後の抵抗は息苦しいほどの文間の沈黙のうちに感じられるような気がする。

広津和郎については、ほとんど同時期に成った二編のうち『神経病時代』では明らかに一句文が多いが、『やもり』ではいろいろの句数の文が用いられたということがわかる。

宇野浩二は『子を貸し屋』で四句文、一五年後の『器用貧乏』では六句以上の文が最も多い。概して三句文、四句文がいくらか多いが、さしたる偏りはない。

谷崎潤一郎は後期のほうが多句文が多く、六句以上の文が『細雪』では『蓼喰う虫』の五倍となっている。元来が一つの事物を角度を変えて描いていく型なのであるが、その傾向がいっそう著しくなった現象を映し出している。

最後は山本有三である。二編を比較すると『路傍の石』のほうが一句文がきわめて少なく、全体として多句文が増えている。これは『路傍の石』で叙述を平易にしようとした結果であると思われ、本来は『波』の場合に近い一句二句型の作家と考えるべきかもしれない。

以上七作家の推定は仮説の域を出ないが、いずれも時期、題材その他によって激しい変化のあることは認められる。

句の長さ

二句以上で成る文の場合、下に続く句の比較的な長短によって二つのタイプに分けられるという意味のことを波多野は『現代文章心理学』で述べている。安定の法則からも、最後の句の長いのが普通で、そこが逆に短いのは技巧派の文章であると考えられようが、今は便宜上、最後の句も同様に扱った。

長く続ける作家も短く切る作家もいるし、同じ作家、同じ作品の中にもいろいろな長さの句が出てくる。散文の性質上これは当然のことである。理論的には一〇〇〇字の句はおろか一万字の句も可能だが、現実にそのような句は見当たらない。文の長さのほうでは波多野の研究によって六一字と九字という一応の柵が発見された。句が文の中に含まれるものである以上、句の長さには常識的にさらに狭い柵が設けられていると考えられる。

(a) 句長の総合平均

句長の総合平均は一六・二字である。三〇字ほどの長さの文を書く場合、普通、読点によって二つに区切ることを予想させるが、この数字はあくまで平均であって、一六字程度の長さの句が最もしばしば使われるということを意味しない。短いほうだけに限界を有するこの種の平均は一般に長い句の影響をこうむりやすく、最頻句は一六字より短いと思われる。

図1を見てみよう。調査した総計二万の句の長さを頻度によって分類し、グラフに示したものである。一三字の句と一二字の句との間はわずかに逆転するが、小説の文章では一一字程度の句が最も多く使われており、そのピークから離れるにつれて使用度が減る傾向が見てとれる。この最頻句は平均の句の長さより五字も少ない。

ただし、一一字を頂とした山は左右対称ではなく、短いほうの勾配は急で、長いほうはなだらかである。三一字以上の句もそれぞれをグラフに示せば、さらに裾野は広がるだろう。普通の句はこの山の頂からどの程度の範囲に入るのだろうか。グラフに明らかなように、七字と八字の間と一七字と一八字の間の差が大きいので、八字から一七字ま

20000句のうち

1	2	3	4	5	6	7	8	9	10	11	12	13	14	15	
161	350	622	572	585	700	725	800	812	903	1012	957	991	922	877	
16	17	18	19	20	21	22	23	24	25	26	27	28	29	30	31以上
853	832	712	701	656	553	525	460	412	361	313	311	259	205	190	1663

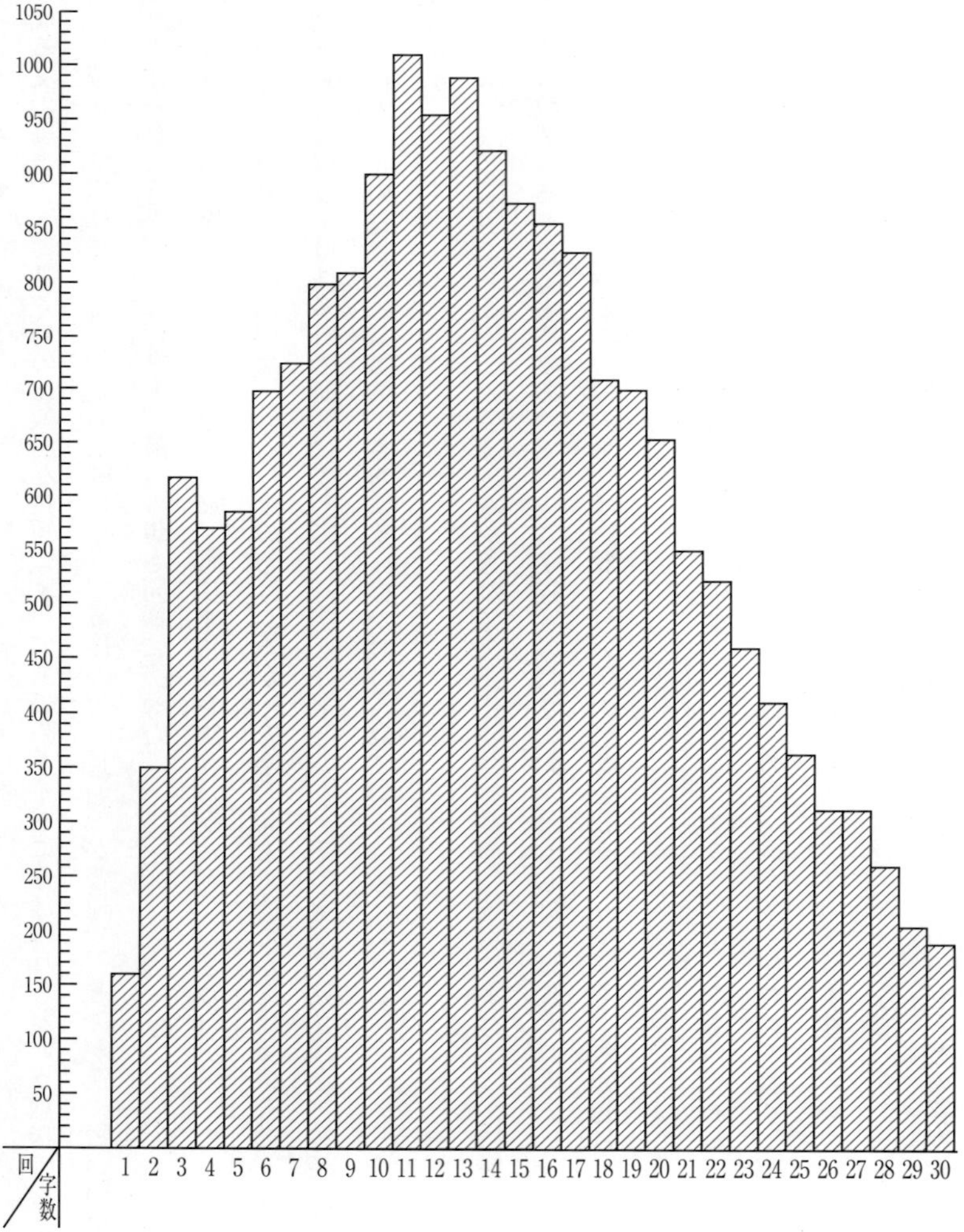

〔図１〕

でを統計してみると、八九六四句で二万句の四五％に当たる。もう少し幅を広げ六字から二〇字までにすると、一二四五八句となり、二万句の六〇％をかなり超える。つまり、一〇句中六句以上がこの範囲に入ることになる。

このグラフで次に気づくのは三字句の多いことだろう。これには「しかし」や「そして」などの接続詞のほか、「名詞＋は（係助詞を伴って主格となる場合）」の形の多いことが重要な役割を演じている。漢字二つを組み合わせた名詞が多いため、「は」を加えて三字となるのである。その二字は人名であることが多い。三字句の多少は「しかし」や「〇〇は」でその作家が読点を打って切るかどうかにかかっている。また、一字句は「すると」を「と」、「それで」を「で」、「だが」を「が」と略形を採用する特殊な語り口を持った作家に限られる。

結局、八字から一七字までが句の通常の長さであり、六字と二〇字を普通の句の一応の限界を示すものと見てさしつかえなかろう。五字以下、二一字以上の句は、文章道の上からは破格に近く、特殊な効果をねらう意図が感じられる。一方、リズムの点からも、短すぎては一句でリズムを構成することが難しく、逆に長すぎても一句中にいくつかのリズムが反復もしくは混合することになり、ともに効果が期待できない。

散文は朗読されることを前提として書かれる場合は少ない。しかし少なくとも、それは読まれるものである。ことばを有した人間はもはやそれなしには思想も感覚も明確にとらえきれない。そのことばを表示する記号としての文字はすでに音を予想している。黙読の場合でさえ、完全に音を離れて純粋に意味だけを読み取っているわけではない。作者は多くの場合、すでに書いた箇所を何回か読んでみるだろう。声には出さずとも耳に快い文とそうでないものとの区別はできる。響きの悪い言いまわしは意識的にもしくは無意識のうちに避けているにちがいない。とすれば、書かれた文の中にその作家のリズムが残っていると考えるのが自然だ。韻文のように顕現することはなくとも、散文には散文としてのリズムが潜在しているだろう。故意にごつごつした印象をねらってそれを破壊した場合でさえ、もはや存在しないものとしてのリズムがつねに問題となるのである。散文リズムの研究はけっして不可能ではない。

その意味から修辞上の一応の標準となる一一字の句とはどんなものであるか、数例を掲げて参考に供しよう。位置を示すために全文を掲げ、一一字句には傍線を施しておく。

遠い風の音に似ているが、地鳴りとでもいう深い底力があった。　――『山の音』

急に校長は椅子を離れて、用事ありげに立上った。　――『破戒』

名も知らぬが、強いて知ろうともしない。　――『雁』

返辞のしようもないので、銀子は黙ってパンを食べていた。　――『縮図』

併し彼は今その夫であり、彼女はその妻ではないか。　――『波』

唯、物は見様でどうでもなる。　――『草枕』

身体は大きくない、体力は強いとは言えない。　――『真理先生』

僕は隅のテエブルに坐り、ココアを一杯註文した。　――『歯車』

その家が、今、彼の目の前へ現れて来た。　――『田園の憂鬱』

それが堪らなく煩かった。　――『やもり』

今、ここに一〇例あげてみたが、下の句のほうが長いか、ほとんど同じかで、安定の法則を大きく破っているのは皆無である。これは二〇例とってても同様であった。これを音に切り換えて拍数で測ると、一一字は一一拍から一五拍までにおさまるが、一一拍も少なく、結局一一字句は大体一二～一五拍の長さの句となる。

(b) 作家別に見た句の長さ

図2を見てみよう。調査した二編中早い時期の作品を表した実線と、遅い時期の作品を表した点線とが類似か相似のグラフを描いている作家は、少なくとも句長という点では安定した使い方をしていると考えられる。永井荷風、徳田秋声、直哉、佐藤春夫、武者小路実篤、宇野浩二、谷崎潤一郎、山本有三、佐多稲子、平林たい子、三島由紀夫、

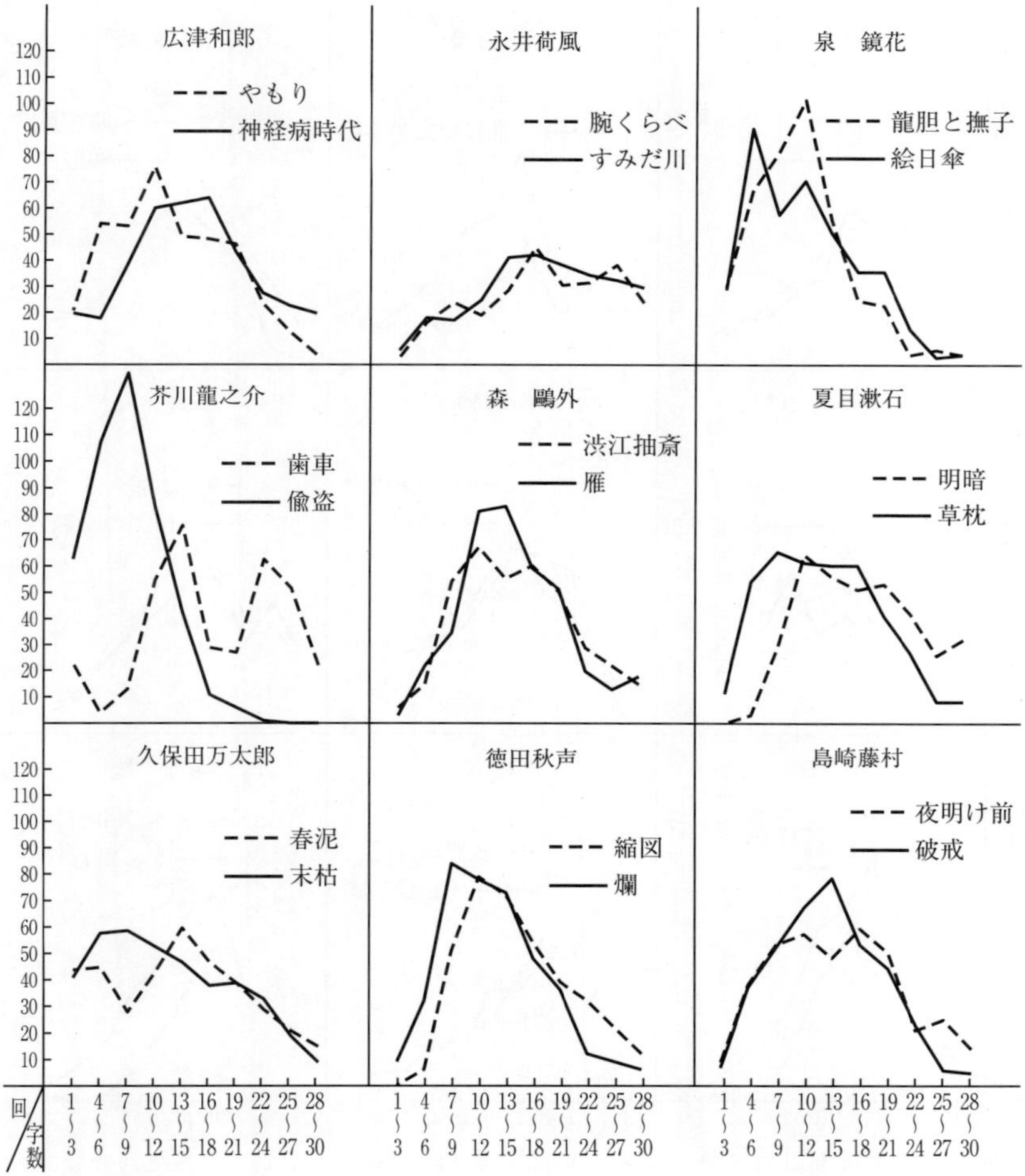
広津和郎
やもり
神経病時代
永井荷風
腕くらべ
すみだ川
泉　鏡花
龍胆と撫子
絵日傘
芥川龍之介
歯車
偸盗
森　鷗外
渋江抽斎
雁
夏目漱石
明暗
草枕
久保田万太郎
春泥
末枯
徳田秋声
縮図
爛
島崎藤村
夜明け前
破戒
120
110
100
90
80
70
60
50
40
30
20
10
回
字数
1〜3
4〜6
7〜9
10〜12
13〜15
16〜18
19〜21
22〜24
25〜27
28〜30

〔図２〕

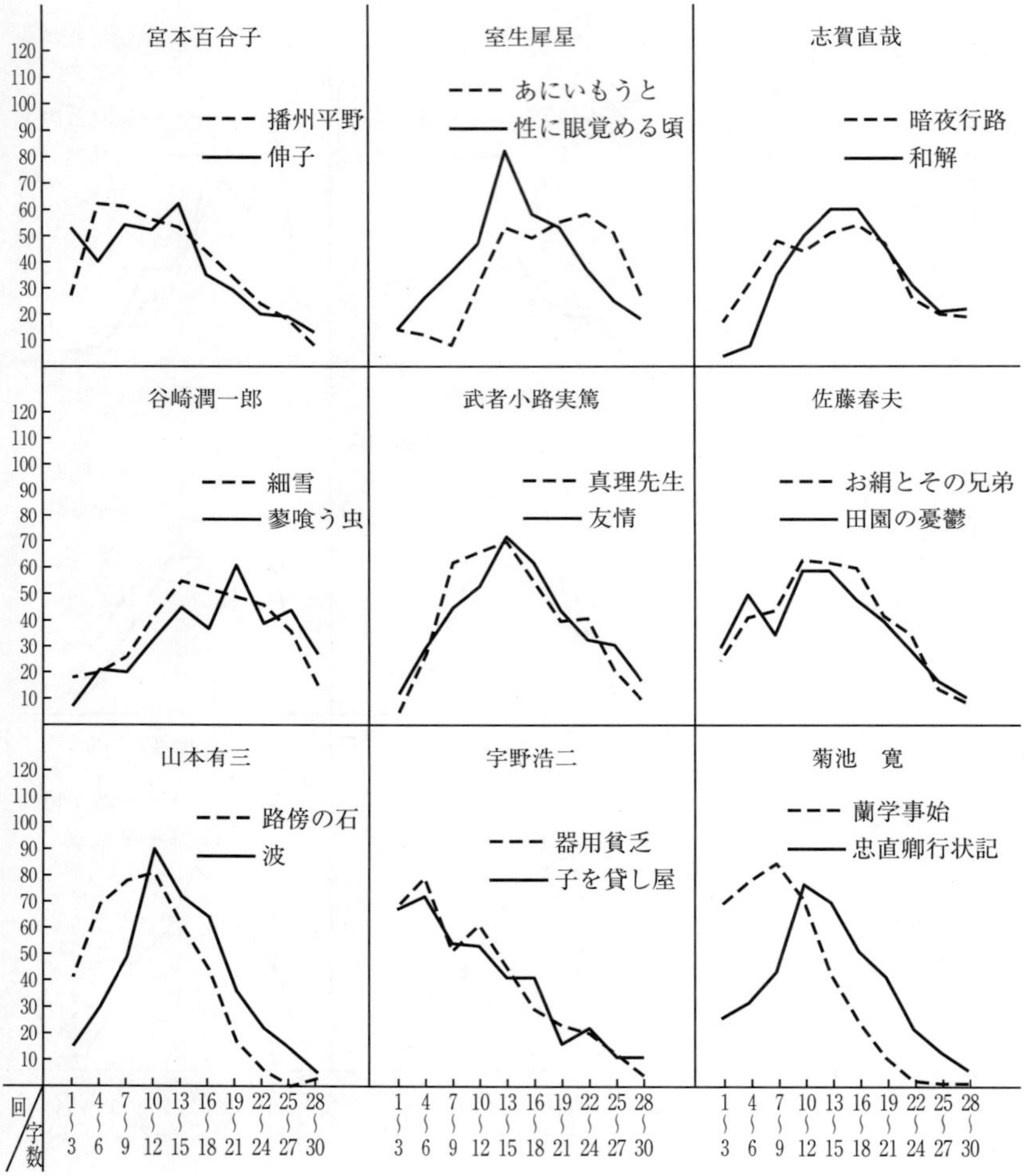
宮本百合子
播州平野
伸子
室生犀星
あにいもうと
性に眼覚める頃
志賀直哉
暗夜行路
和解
谷崎潤一郎
細雪
蓼喰う虫
武者小路実篤
真理先生
友情
佐藤春夫
お絹とその兄弟
田園の憂鬱
山本有三
路傍の石
波
宇野浩二
器用貧乏
子を貸し屋
菊池 寛
蘭学事始
忠直卿行状記
120 110 100 90 80 70 60 50 40 30 20 10
回
字数
1～3 4～6 7～9 10～12 13～15 16～18 19～21 22～24 25～27 28～30

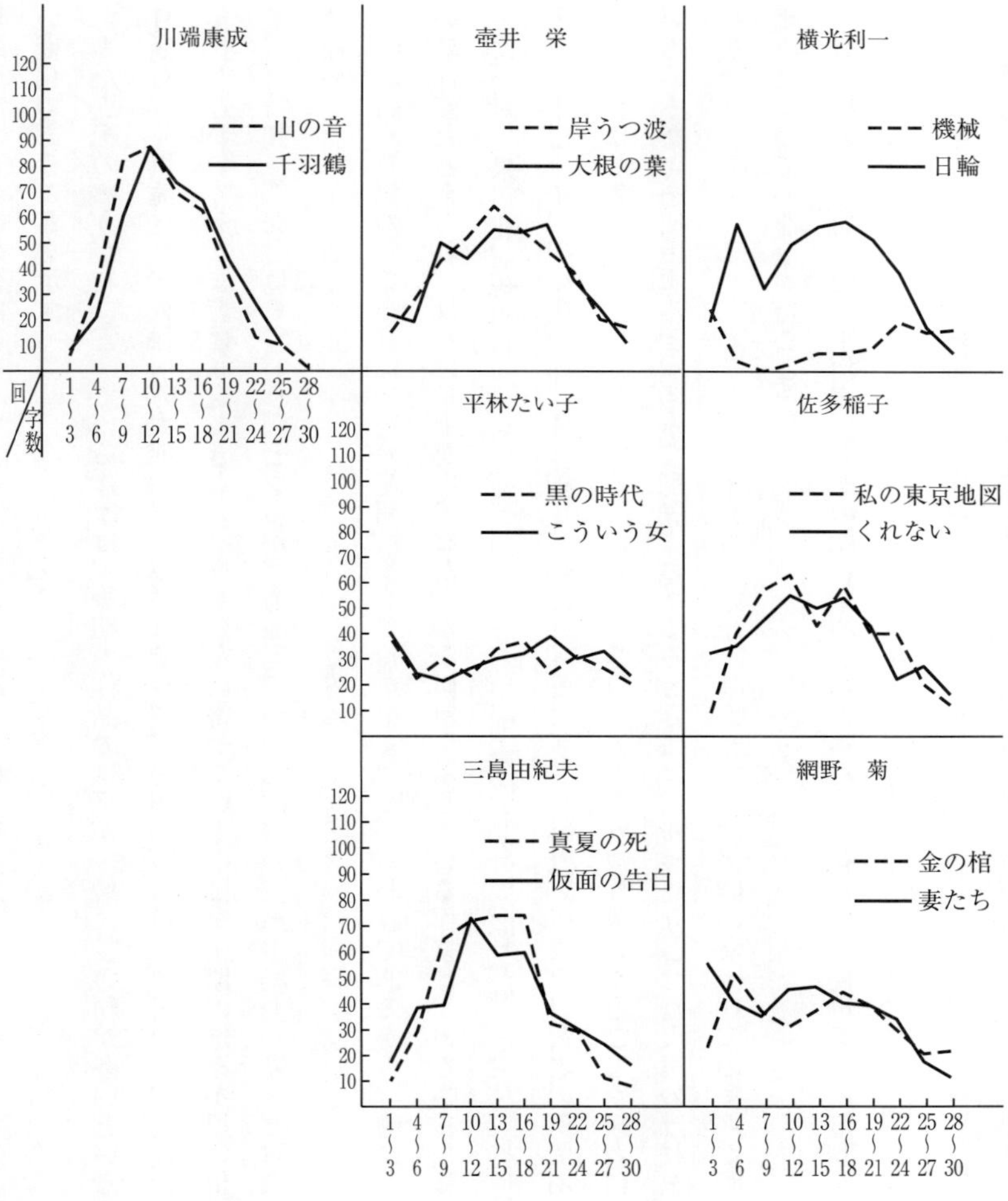
川端康成
山の音
千羽鶴
壺井　栄
岸うつ波
大根の葉
横光利一
機械
日輪
平林たい子
黒の時代
こういう女
佐多稲子
私の東京地図
くれない
三島由紀夫
真夏の死
仮面の告白
網野　菊
金の棺
妻たち
回
字数
10 20 30 40 50 60 70 80 90 100 110 120
1〜3 4〜6 7〜9 10〜12 13〜15 16〜18 19〜21 22〜24 25〜27 28〜30

川端康成など半数の作家はそうである。これと対照的なのは芥川龍之介と横光利一で、題材または時期によって激しい変化のあることを示す。

また点線のほうが右に寄っている作家は、後期の作品のほうが一般に長い句が多いということになる。泉鏡花、夏目漱石、芥川龍之介、久保田万太郎、室生犀星はそうで、徳田秋声もそれに近いが、三島由紀夫の場合は二編の成立年代が近いのでそこまでは断定できない。反対に左に寄っているのは、後期のほうが短い句が多いわけで、宮本百合子、谷崎潤一郎などはそういう例となるが、菊池寛については右の三島由紀夫の場合と同様の理由でそこまで踏み込めない。

山が高く勾配の急な作家は一定の範囲に多くの句が集まっているわけであるから、句について愛用の長さをもっている作家と考えられ、反対に頂上が広くなだらかな傾斜を示している作家は、いろいろな長さの句を併用していることになる。泉鏡花、徳田秋声、菊池寛、山本有三、川端康成などは前者の例であり、夏目漱石、永井荷風、佐藤春夫、宮本百合子、谷崎潤一郎、佐多稲子、網野菊、壺井栄、平林たい子などは後者の例である。島崎藤村、森鷗外、室生犀星は前者から後者に転じている。注意すべきは、五人の女流作家がことごとく後者に属していることである。いろいろな句を使用すると、巧みな配置におさまるときには、ゆったりとした大川の流れを感じさせるが、その配列に失敗すると、どこかそわそわした借りものの感を与えやすい。当時の女流作家の多くが明確な自己のリズムを確立するに至っていなかったことを思わせる。

今度は表一の句当たり平均字数とその総合平均からの隔たりをもとに、長句型・短句型の推定を試みよう。作品のほうからみると『すみだ川』『腕くらべ』『あにいもうと』『蓼喰う虫』『機械』『こういう女』『黒の時代』などは長句型の作品であり、特に『機械』は平均で四二・一字、総合平均より実に二六字も長い。横光利一のもう一つの作品『日輪』が総合平均より短いことを考えるとき、『機械』の文章がいかに意識的なものであったかをうかがわせる。

短いほうで目だつのは『偸盗』『蘭学事始』『絵日傘』『竜胆と撫子』『器用貧乏』『路傍の石』などで、中でも平均で八の『偸盗』、九の『蘭学事始』は異様に短いと言える。そして、『縮図』『渋江抽斎』『神経病時代』『春泥』『忠直卿行状記』『性に眼覚める頃』『友情』『伸子』『細雪』『私の東京地図』『岸うつ波』などは、少なくとも平均としては標準型である。

(c) 作家の愛用句

次に、作家として見た場合、永井荷風と平林たい子は一句の長さが問題なく長い。志賀直哉、室生犀星、谷崎潤一郎も長いほうである。しかし両作品に二八字という大きな開きを持つ横光利一の場合は、『機械』の句がいかに長くとも軽率に長句型とすることはできない。一方、泉鏡花、宇野浩二、山本有三、三島由紀夫、川端康成は短く、久保田万太郎、菊池寛も短いほうである。しかし、芥川龍之介の場合は『偸盗』の数字だけから短いと判断するのは無謀である。たしかに『歯車』の時期は特殊であり、『歯車』も特殊な作品であるが、その特殊な時期の一連の特殊な作品がなかったら、今日の芥川観がどうなっていたか疑わしいし、いずれか一方だけを取り上げてその作家を語るのは学問的でない。これだけの材料からは、横光利一や芥川龍之介にはそのような大きな変化が、時期、少なくとも作品によっては存在するということがわかるだけである。この種の作家において二編の平均など何の意味も持たず、これを今、不定型と名づければ、漱石もこれに入れてよい。

森鷗外、徳田秋声、武者小路実篤、佐多稲子、壺井栄、網野菊、宮本百合子などは中句型と言える。ここで中句型と呼ぶのは普通の長さの句が多いという意味ではなく、ただ平均としては長くも短くもないというだけの意味である。平林たい子を除く四人の女流作家がここに属しているが、図2からのいろいろな長さの句を併用しているとした推定が正しければ、その平均が普通の長さになるのはむしろ当然の結果である。

個々の作家が何字程度の長さの愛用句を持つかの推定には、表二が手がかりになる。

〔表二〕

作者	泉　鏡花		夏目漱石		島崎藤村		永井荷風		森　鷗外		徳田秋声		広津和郎		芥川龍之介		久保田万太郎		志賀直哉		佐藤春夫		菊池　寛	
成立	一八九八	一九二二	一九〇六	一九一六	一九〇六	一九二九	一九〇九	一九一六	一九一一	一九一六	一九一三	一九四一	一九一七	一九一九	一九一七	一九二六	一九一七	一九二九	一九一七	一九三七	一九一八	一九一九	一九一八	一九二一
作品	絵日傘	竜胆と撫子	草枕	明暗	破戒	夜明け前	すみだ川	腕くらべ	雁	渋江抽斎	爛	縮図	神経病時代	やもり	偸盗	歯車	末枯	春泥	和解	暗夜行路	田園の憂鬱	お絹とその兄弟	忠直卿行状記	蘭学事始
1	0	3	1	0	0	0	2	0	0	0	0	0	11	4	11	20	3	6	1	3	2	0	12	18
2	19	12	6	0	7	8	1	2	2	1	0	0	3	7	5	1	21	15	1	5	19	13	7	28
3	10	15	4	0	2	3	2	0	1	5	10	1	6	10	47	2	17	23	2	9	9	12	8	25
4	32	18	12	0	10	12	3	2	3	3	3	1	6	15	18	1	28	16	1	6	19	11	13	18
5	23	23	21	1	14	13	6	8	4	5	12	0	5	18	48	2	9	12	4	13	12	13	8	32
6	36	26	20	2	15	15	9	6	15	7	18	6	7	22	42	1	21	17	3	13	19	16	12	30
7	20	23	15	8	19	11	6	3	11	16	28	17	10	23	29	1	15	8	11	9	10	10	17	27
8	24	29	30	10	12	24	4	10	11	24	29	16	15	11	25	3	19	9	16	16	10	12	20	28
9	14	30	19	10	23	20	7	11	13	15	28	19	14	20	81	9	25	11	8	23	15	22	8	32
10	24	44	15	16	23	17	11	3	18	19	31	25	18	25	39	16	19	10	14	18	24	14	19	21
11	18	34	23	18	25	20	7	6	40	23	25	29	20	27	31	17	16	16	17	13	18	22	30	28
12	29	24	22	29	21	22	7	10	24	26	23	26	23	25	13	22	18	17	19	13	17	27	30	24
13	18	20	25	15	25	23	9	7	36	16	32	27	24	19	20	30	18	20	15	19	19	23	25	18
14	21	14	18	17	24	16	15	15	24	14	29	23	18	13	15	28	15	19	23	17	20	22	22	16
15	12	22	16	23	31	11	18	7	24	26	13	23	21	18	8	18	14	21	22	15	20	17	25	10
16	16	13	17	19	24	19	9	14	12	25	23	22	26	16	3	20	16	13	22	25	10	29	16	13
17	10	9	25	15	15	23	23	16	24	21	16	19	20	20	5	7	12	20	17	17	18	13	19	9
18	10	3	17	16	16	19	11	16	24	15	10	14	19	13	3	2	10	14	21	12	20	18	18	4
19	13	15	13	20	12	19	12	9	16	11	16	12	16	17	1	5	13	15	17	20	20	13	21	4
20	15	5	14	17	15	18	11	15	22	21	16	13	15	9	4	13	16	14	17	17	10	19	15	5
21	8	3	13	15	19	15	16	7	14	19	5	15	13	21	1	9	10	10	12	10	10	10	7	3
22	4	2	9	11	9	7	12	9	9	17	5	13	11	8	0	20	14	11	12	10	11	14	9	2
23	3	2	10	14	5	9	13	12	5	5	4	11	7	11	0	22	11	9	10	12	10	13	5	0
24	7	0	7	16	11	7	10	11	6	7	4	9	10	5	1	21	8	9	9	4	8	8	9	1
25	1	4	3	8	0	10	15	11	7	13	4	7	7	6	0	21	7	10	6	4	5	4	4	0
26	2	1	4	10	3	7	4	15	4	4	5	7	7	3	0	15	8	6	13	9	5	5	6	1
27	0	1	1	7	5	10	14	13	2	5	1	9	9	4	0	16	4	5	2	7	7	5	4	1
28	3	2	6	13	2	4	15	13	8	5	2	7	7	0	0	9	4	1	7	10	6	5	3	1
29	1	0	2	11	3	5	6	4	4	7	3	2	8	4	0	8	2	6	8	6	3	4	3	1
30	0	2	0	7	2	7	9	7	6	3	2	4	5	0	0	5	3	8	7	3	2	0	1	0
31以上	7	1	12	52	8	16	113	138	11	22	3	23	19	6	0	36	4	29	63	42	22	6	4	0

作者	川端康成		三島由紀夫		平林たい子		壺井　栄		網野　菊		佐多稲子		横光利一		山本有三		谷崎潤一郎		宮本百合子		宇野浩二		武者小路実篤		室生犀星	
成立	一九五五	一九五四	一九五二	一九四九	一九五〇	一九四六	一九五三	一九三八	一九四七	一九三八	一九四七	一九三六	一九三六	一九二九	一九三七	一九二八	一九四八	一九二四	一九四六	一九二四	一九三八	一九二三	一九五〇	一九二〇	一九三四	一九一九
作品	山の音	千羽鶴	真夏の死	仮面の告白	黒の時代	こういう女	岸うつ波	大根の葉	金の棺	妻たち	私の東京地図	くれない	機械	日輪	路傍の石	波	細雪	蓼喰う虫	播州平野	伸子	器用貧乏	子を貸し屋	真理先生	友情	あにいもうと	性に眼覚める頃
1	0	0	2	4	8	2	0	2	5	7	0	3	3	1	5	4	2	4	1	1	5	5	0	0	0	0
2	0	1	4	7	9	21	3	10	8	15	2	4	7	10	13	6	6	0	6	14	6	18	1	5	6	6
3	6	7	3	5	22	18	10	10	10	33	5	25	15	9	23	5	10	3	20	38	57	44	3	6	6	6
4	8	6	7	6	9	10	7	3	25	12	9	12	2	39	30	6	3	7	21	13	38	31	4	2	5	6
5	12	5	11	15	5	8	12	9	7	13	16	6	2	10	17	12	8	10	16	16	15	21	10	15	3	5
6	13	10	10	16	8	6	8	7	19	15	15	17	1	9	22	12	9	4	25	11	26	20	12	12	2	13
7	24	21	21	9	15	3	11	15	9	15	23	17	0	7	25	12	13	12	19	15	17	24	11	7	0	8
8	28	18	26	15	8	7	16	12	9	10	13	11	1	15	29	21	6	8	22	21	16	19	28	20	3	11
9	30	21	16	14	7	11	15	22	19	10	21	17	0	11	24	16	7	0	20	18	18	11	22	17	3	15
10	28	26	20	25	6	5	14	13	12	21	16	23	1	15	32	24	11	6	16	16	14	16	16	18	10	16
11	30	35	26	24	5	14	23	20	13	10	25	12	1	17	26	34	14	10	19	18	25	21	23	19	10	15
12	29	26	24	22	12	7	14	10	6	14	22	20	2	18	23	32	17	17	21	18	22	16	26	15	9	14
13	30	20	25	20	14	16	22	16	10	13	17	12	2	27	23	25	21	23	16	19	14	12	24	30	14	23
14	17	35	26	19	12	10	20	25	9	12	14	20	3	14	18	26	14	14	20	19	15	19	20	22	20	25
15	22	18	21	18	8	4	21	13	18	21	12	18	3	16	20	21	20	8	17	24	16	10	25	19	17	32
16	24	29	28	20	9	12	17	17	13	13	22	23	3	15	19	19	17	11	13	7	10	15	22	22	18	18
17	20	26	22	21	12	15	17	15	21	12	15	13	3	26	11	28	15	14	18	11	9	15	23	21	17	19
18	18	11	22	17	16	5	20	21	10	15	22	18	2	18	14	17	20	12	13	17	10	11	9	18	12	19
19	21	19	16	15	10	17	13	18	19	16	18	13	2	19	4	14	19	23	12	11	9	6	13	13	14	17
20	7	12	9	15	9	13	12	18	12	17	12	15	4	18	6	13	16	19	12	9	9	3	13	13	20	19
21	8	12	6	5	5	9	21	20	8	6	10	15	4	15	7	9	14	19	10	9	5	7	13	17	19	15
22	3	11	18	13	8	6	20	11	10	11	19	6	6	14	4	12	14	11	10	8	12	8	15	13	21	12
23	2	8	5	8	8	10	13	13	12	14	9	9	9	18	0	6	16	16	9	9	2	5	12	10	20	14
24	8	7	5	8	15	14	5	11	8	9	12	7	5	7	2	4	16	12	5	3	6	9	13	9	15	9
25	2	3	5	6	7	9	7	8	8	9	7	12	7	7	0	3	12	18	8	7	5	5	7	15	19	8
26	5	2	0	7	8	9	8	7	9	4	5	7	6	6	0	7	16	12	5	4	2	3	8	9	11	9
27	3	5	5	10	11	15	5	9	4	5	8	8	3	5	0	4	8	14	5	8	5	3	5	6	19	6
28	0	3	6	5	9	10	6	3	7	2	5	7	4	3	3	2	6	9	3	1	2	6	4	5	9	6
29	1	1	1	4	6	6	4	1	9	4	5	3	8	4	0	1	6	8	2	7	1	1	2	5	9	5
30	0	0	0	6	5	7	7	7	6	6	2	6	5	1	0	2	3	10	3	5	1	4	3	6	7	5
31以上	1	2	10	21	114	101	29	34	65	36	19	21	286	6	0	3	41	71	13	23	8	12	13	11	62	24

①**泉鏡花**　『絵日傘』では四～六字の句、『竜胆と撫子』では八～一一字の句が多く、最大頻度はそれぞれ六字句と一〇字句である。後者は前者のほぼ二倍に当たるから、結局六字あたりを泉鏡花の文の基調と見ることができる。例えば、

此時、婆さんの前を、人が込むので押され押され、擦々に通った婦人《おんな》が三人。　　――『絵日傘』

において「婆さんの前を」の八拍程度を基調とすれば、続く二句が「人が込むので　押され押され、擦々に通った婦人が三人」と、リズム単位を二個重ねて一句としたものと考えられるのである。なお、この項で述べるリズム単位は、検討を重ねればさらに二つに分かれる可能性もある。

②**夏目漱石**　『草枕』で八字句、『明暗』で一二字の句が最も多く、一六字句付近もかなり多い。単独で用いられることの少ない四字あたりをリズム単位とし、それが『草枕』では二～四個、『明暗』では三、四個重ねて一句としているのだと考えられる。例えば、次の一二字句では、区分けしたような五拍ほどのリズム単位が想定される。

兎角に　人の世は　住みにくい　　――『草枕』

③**島崎藤村**　『破戒』では一五字句、『夜明け前』では八字句が最高である。一五は八のほぼ倍数であるから、八字を基調と考えてもいい。しかし『夜明け前』でも一五の付近である一三字句と一七字句が八字句とほぼ同数となっているから、この作家は八字の句を単独で用いるよりもそれを二個重ねて一句とするのが普通なのだろう。

瀬川丑松が急に　転宿《やどがえ》を思い立って、借りることにした　部屋というのは、其蔵裏つゞきにある　二階の角のところ……　　――『破戒』

④**永井荷風**　『すみだ川』では一七字句が圧倒的に多く、『腕くらべ』でも一七字の句が一八字句と同数で最高であるから、一七字あたりを愛用の長さと見ることができよう。四〇〇句中、三一字以上の句が三割を数えることからも、この作家は長句型の典型と言えるだろう。

江田はわざと飛上るように坐り直した。　——『腕くらべ』

右は一七字の一句文の一例である。

⑤森鷗外　『雁』では一一字句が断然多く、『渋江抽斎』では一二字句と一五字句が多い。共通して多い一一、一二あたりが基調かと思われる。

血色が好くて、体格ががっしりしていた。　——『雁』

ただ、概して『渋江抽斎』のほうが多用句の幅が広い。歴史小説ということもあり、どっかり腰のすわった文章は、この多種類の句の適当な配置に関連するかもしれない。

⑥徳田秋声　『爛』で一三字句、『縮図』で一一字句が最高であるが、その近辺が平均して多く、一〇～一三字の標準型（図1参照）の作家である。

晩飯時間の銀座の資生堂は、いつに変らず上も下も一杯であった。　——『縮図』

⑦広津和郎　『神経病時代』の最高は一六字句であるが、一二～一三字句も大差なく、『やもり』で一〇～一二字句の多いことと考え合わせると、結局一一、一二字の句が最も頻発する。

それを思うと、私は喜びを感ずるよりも、暗いとらわれの憂鬱の中に、投げ込まれて行く自分を　感じないではいられなかった。　——『やもり』

ただ、概して『やもり』のほうが長い。

⑧芥川龍之介　『偸盗』では三、五、六、一〇字、『歯車』では一三、一四字の句が多い。結局、二、三字、三～五拍程度のリズム単位が四個ほど重ねられて一句を成し、その一五拍ほどが基調となっていると見るのが自然だろう。

（本書一一九ページ以降を参照）

僕の　部屋には　鞄は　勿論、帽子や　外套も　持って来て　あった。　——『歯車』

一字句を例外とすれば、『歯車』の句のほうがはるかに長い。これは文長のところで述べたことと密接な関連を持つ。特に二二～二五字の句が四〇〇句中の二割を超える作家は他に例がない。『偸盗』で四句文が多かった作家が『歯車』では一〇中六まで一句文で書いているのである。これらは要するに読点を打たなくなったことの結果である。

⑨久保田万太郎　三、四字の短句型と考えられる。『末枯』で九字、『春泥』で一三～一五字の句例がかなり多いのは、その中に数個のリズム単位（三、四字、四、五拍）を含んだものと解することができる。

さすがの　扇朝も　おどろいた。　　——『末枯』

⑩志賀直哉　きわだって多いのは『和解』で一四～一六字、『暗夜行路』で一六字と九字で、かなり複雑である。多くの作家はリズムによって句読点を打つという仮定の下に論を進めているが、この場合は、単独ではあまり用いられない四、五字、五～七拍程度のリズム単位を考えるのが妥当だろう。

上野から　麻布の家へ　電話をかけた。　　——『和解』

彼は返事を　しなかった。　　——『暗夜行路』

⑪佐藤春夫　一〇～一二字が共通して多いが、注意すべきは一八字や一九字の句の多いことである。さらに六字の句も多いことから、六字八拍程度のリズム単位が二個三個と重ねられていると推測される。

その顔の形が　栗に似て居た。　　——『お絹とその兄弟』

或る時には、水はゆったりと　流れ淀んだ。　　——『田園の憂鬱』

考えるばかりではない、現に、自分にむかって　そう言った　ことさえある。　　——同

また、二～二〇字の句がそれぞれ多く、実に広い範囲の多様な句を使用していることがわかる。

⑫菊池寛　一一、一二字の標準型であるが、『蘭学事始』で五字と九字の句の最高なのを見ると、リズム単位としては五、六字、七拍程度のものを考えるべきかもしれない。

自分には伯父に当る義直卿も頼宣卿も、何の功名をも　挙げて居ない。　――『忠直卿行状記』

袋の口には、金具が付いて居た。　――『蘭学事始』

概して『蘭学事始』のほうが短句が多く、九字以下の句は『忠直卿行状記』の場合の二倍を超えている。題材によるらしく、時期としての特色とは言えないようである。

⑬**室生犀星**　『性に眼覚める頃』では一五字の句が断然多いが、『あにいもうと』では二〇～二三字の句が平均して多く、概して長い。三、四字を数個重ねた長句型かと思われる。

庭から　瀬へ　出られる　石段が　あって、そこから　川へ　出られた。　――『性に眼覚める頃』

春に　なると、からだに　朱の　線を　ひいた　石斑魚《うぐい》を　ひと網　打って、それを　蛇籠の　残り竹の　串に　刺して　じいじい　炙った。　――『あにいもうと』

⑭**武者小路実篤**　一一～一三字句の標準型であるが、リズム単位としては三、四字の四～五拍程度のものを考えたい。

先生は　楽しそうに　そう言った。　――『真理先生』

二人は　黙って　丁寧に　お辞儀した。　――『友情』

話すように書いたはずの武者小路実篤も、書くように書いたはずの川端康成も、この点ではともに標準型である。

⑮**宇野浩二**　三字か四字の句の多い典型的な短句型であるが、そのリズム単位が重なって長くなる例もある。

そうして、それが　目的でも　あったのだ。　――『子を貸し屋』

が、これは、幸か　不幸か、足に　故障のある　お仙が　ちょっとした　物に　躓いて　転んだ　途端に　解消した。　――『器用貧乏』

⑯**宮本百合子**　『伸子』の三字句、『播州平野』の六字句が最大頻度を示しているが、両者は倍数関係にあるので、三

字を単位とする短句型と見ておこう。

仲子は、父の　胸を　引いた。　　　　　　――『仲子』

そして、それも　終った。　　　　　　――『播州平野』

⑰**谷崎潤一郎**　一三字句が共通して最も多いが、一八字句、一九字句もあまり差がないから、簡単に標準型とするわけにはいかない。単独で用いられることの少ない六字ほどのリズム単位を想定し、それが二個重ねられた標準的長さの句と、三個重ねられた長い句とが、ほぼ同様の割合で用いられているようである。この複雑さは谷崎のたゆとうような文章の流れと関係しているかもしれない。

現に家に居る　小間使にしても　下女にしても、夢にも疑っては　いないであろう。　　　　　　――『蓼喰う虫』

姉の襟頸から　両肩へかけて、妙子は鮮かな　刷毛目をつけて　お白粉を引いていた。　　　　　　――『細雪』

⑱**山本有三**　一〇～一二字の句が多く、標準型と見てさしつかえない。

彼は大儀そうに立上って、簞笥の前に行った　　　　　　――『波』

なお『路傍の石』のほうがかなり短く、七字以下の句は『波』の五七に対し一二五、二三字以上の句は逆に『波』の二九に対し五を数えるのみである。これは漢字の割合が『波』の半分にすぎないこと（表三参照）と考え合わせても、作者の意識した読者の問題と関連させて解すべきだろう。

⑲**横光利一**　『機械』の文長は『日輪』の三倍、句数は同じであるから句長も三倍、きわめて幅の広い文章を書いた作家である。三一字以上の句が七割を超えるため、三割に満たない三〇字以下の句によって横光利一の特徴を語るのは適切でない。『日輪』の最大頻度が四字句なのを見ても、いかに無理をして長い句を書いたかがわかる。『機械』は実験的な作品であり、この作家の実験は文章の特殊な試みとして実現する。必ずしも横光文体を語りえぬはずの『機械』の文章が、逆に最も多く、技巧的なこの作家を語ることになるかもしれない。長い連続した文を意図した利一

が、短く切った唯一の頻発句は三字である。その三字は多く「しかし」であり、まれに「すると」である。接続詞は何らかの意味でつながりを企てるものであり、長く続いてようやく切れた文さえ、心理を描くこの作品の横光は接続詞によってさらにつなごうとしたように見える。『日輪』では四字句が多く、そのほとんどが「そうして」であり「そのとき」である。これらを、「そして」「その時」と書けば、『機械』の場合と変わらない。接続詞および接続詞相当語句を多用する作家であり、リズムとしては、最初だけ三、四拍で次から七〜一〇拍程度の単位を数個並べるものが『日輪』に多い。

大兄は　遺戸の外へ　出て行った。 ——『日輪』

月は　青い光りを　二人の上へ　投げながら、彼方の森から　だんだん高く　昇っていった。 ——同

⑳佐多稲子　きわめて複雑でとらえどころがないようであるが、リズム単位としては五〜七字程度のものが考えられるかもしれない。

星が無数に　高い空に　きらめいている。 ——『くれない』

釣竿を上げると　その半ば上は、板塀の上に　見えるのであった。 ——『私の東京地図』

㉑網野菊　三、四字句の短句型であるが、そのほとんどは接続詞と「名詞＋は」で、必ずしもリズムには関係していないようである。

それで、或る日、放課後の二階のガランとした一教室で二人は対面した。 ——『妻たち』

㉒壺井栄　『大根の葉』で一四字句、『岸うつ波』で一一字句がそれぞれ最高であるが、その付近を比較してみると焦点は一四字句と見られる。そして、それは長短または短長の二拍子で構成されている。

お母さんは、きまじめな顔をしている　健を見、そして笑い出した ——『大根の葉』

その安心で　ほっとしているまに、母はもう　本当にねむってしまう。 ——『岸うつ波』

㉓平林たい子

網野菊の場合と似ているが、さらに短く、二字句、三字句である。

私は、ふと、きょうのような私を当の夫自身はどんな風に感じているのだろうかということを考えた。

――『こういう女』

㉔**三島由紀夫**　幅の広いのが特色で、一〇～一七字句はほとんど同数であるが、焦点はまず一一字句あたりで、標準型に近く、リズム単位は四、五拍だろうか。

それ以来、私は　その絵本を　見捨てた。

――『仮面の告白』

陸《おか》を見ると、克雄が　一人で　立っている。

――『真夏の死』

㉕**川端康成**　幅が広いこと、一一字句が中心となる標準型に属することは三島と同じであるが、七～一七字句が平均して多く、三島よりも短いほうに広い。リズム単位は長く、ほぼ均等な二拍子で一句を成しているように見られる。

茶会にかこつけて　令嬢を見せたいと、ちか子が言って　来た時も、あのあざが　菊治の目に浮んで、そのちか子の　紹介だから、毛ほどのしみもない　玉の肌の令嬢だろうかと、ふと菊治は　思ったりした。

――『千羽鶴』

まだとまらない時は、咽をつかまえてゆすぶる。

――『山の音』

右の例ではそれぞれ、一句全体が一つのリズム単位を成しているとも考えられる。

以上で作家別の簡単な考察を終える。リズムに関する箇所は臆説の域を出ず、今後の研究を待つほかはない。

この項の最後にあたって、なお一言付け加えておきたい。それは壺井栄を除く四人の女流作家にそろって二、三、四字の短句が多いことである。久保田万太郎、宇野浩二と並ぶ短句型の作家に女性が多いということは、「だが」「といって」「漸次《だんだん》」「それは」「そこの」「そばから」「そうした」「折も折」「じき」「きっと」「それきり」「それでいて」

「しまいには」などに感じられるように、話す調子で書く文体の特徴を示しているように思われ、同じく短いとはいっても六字以上の句の多い作家とは根本的な相違を感じさせるのである。

漢字の比率と拍数

表三を見よう。散文リズムを字数から探ろうとする本研究の不備を補うため、拍数との関係に影響する漢字使用の作家別傾向を概観しようとした小調査の結果である。左の列は、一〇〇字当たりの拍（モーラ）数を記し、二編の平均、その総合平均からの隔たりを付加したものである。五〇〇〇字の調査による平均は一〇〇字あたり一二六拍である。この割でいけば、標準的な一一字句はほぼ一四拍で読まれることになる。これは俳句より短く、短歌の下の句と同じである。この数字をもとに作家の傾向を見ると、森鷗外、菊池寛、宮本百合子、志賀直哉は字数の割に拍数の多い作家であり、壺井栄、山本有三、宇野浩二、久保田万太郎、川端康成、平林たい子は少ない作家である。横光利一は『日輪』では多く『機械』では少ない。山本有三も差が大きいが、これは漢字の割合とも関連し、結局は作品の対象となった読者層の問題に帰着する。一方、泉鏡花、永井荷風、森鷗外、久保田万太郎、佐多稲子、平林たい子は安定している。

その下の数字は一〇〇字中の漢字の割合を示す。総合平均は三六字である。小説の文章は、少なくともこの点では、一般に読みやすいと言える。しかし作家別にみると、島崎藤村、志賀直哉、夏目漱石、森鷗外、菊池寛は漢字が多い。宮本百合子、泉鏡花も多いほうである。壺井栄、山本有三、久保田万太郎はきわめて少なく、宇野浩二、川端康成、武者小路実篤、平林たい子も少ない。志賀直哉に漢字の多いのは、その象徴的な作風から当然であり、大和ことばを慕って平安女流文学の伝統に立とうとした川端康成に漢字が少ないのも肯ける。

この二つの調査から、参考のために、漢字一〇〇個に含まれる拍数を計算し、下の段に示した。その方法を略述し

〔表三〕

作者	成立	作品	一〇〇字当たりの拍数	平均	総合平均との差	一〇〇字中の漢字数	平均	総合平均との差	漢字一〇〇の拍数	総合平均との差
泉　鏡花	一八九八 一九二二	絵日傘 竜胆と撫子	一三〇 一三〇	一三〇	⊕四	四三 四三	四三	⊕七	一六九	⊖二
夏目　漱石	一九〇六 一九一六	草枕 明暗	一一八 一二六	一二二	⊖四	三八 五三	四六	⊕一〇	一四八	⊖二三
島崎　藤村	一九〇六 一九二九	破戒 夜明け前	一三五 一一九	一二七	⊕一	四一 六〇	五一	⊕一五	一五三	⊖一八
永井　荷風	一九〇九 一九一六	すみだ川 腕くらべ	一三〇 一三〇	一三〇	⊕四	三八 三八	三八	⊕二	一七九	⊕八
森　鷗外	一九一一 一九一六	雁 渋江抽斎	一三七 一三九	一三八	⊕一二	四一 四八	四五	⊕九	一八四	⊕一三
徳田　秋声	一九一三 一九四一	爛 縮図	一二九 一二六	一二八	⊕二	四一 三三	三七	⊕一	一七八	⊕七
広津　和郎	一九一七 一九一九	神経病時代 やもり	一二五 一三〇	一二八	⊕二	三六 三三	三五	⊖一	一八〇	⊕九
芥川龍之介	一九一七 一九二六	偸盗 歯車	一三〇 一二七	一二九	⊕三	三七 四二	四〇	⊕四	一七三	⊕二
久保田万太郎	一九一七 一九二九	末枯 春泥	一一九 一一七	一一八	⊖八	二四 二二	二三	⊖一三	一七八	⊕七
志賀　直哉	一九一七 一九三七	和解 暗夜行路	一二七 一三五	一三一	⊕五	四七 四五	四六	⊕一〇	一六七	⊖四
佐藤　春夫	一九一八 一九一九	田園の憂鬱 お絹とその兄弟	一三八 一二一	一三〇	⊕四	四三 三九	四一	⊕五	一七三	⊕二
菊池　寛	一九一八 一九二一	忠直卿行状記 蘭学事始	一三五 一三四	一三五	⊕九	四六 四三	四五	⊕九	一七九	⊕八

室生　犀星	一九一九 一九三四	性に眼覚める頃 あにいもうと	一二六 一二一	一二四	⊖二	三四 四〇	三七	⊕一	一六五	⊖六
武者小路実篤	一九二〇 一九五〇	友情 真理先生	一一六 一二四	一二〇	⊖六	二〇 三六	二八	⊖八	一七二	⊕一
宇野　浩二	一九二三 一九三八	子を貸し屋 器用貧乏	一二一 一一三	一一七	⊖九	三〇 二一	二六	⊖一〇	一六五	⊖六
宮本百合子	一九二四 一九四六	伸子 播州平野	一三〇 一三七	一三四	⊕八	四一 四六	四四	⊕八	一七七	⊕六
谷崎潤一郎	一九二四 一九四八	蓼喰う虫 細雪	一二三 一三一	一二七	⊕一	三六 四二	三九	⊕三	一六九	⊖二
山本　有三	一九二八 一九三七	波 路傍の石	一二二 一〇九	一一六	⊖一〇	三一 一五	二三	⊖一三	一六九	⊖二
横光　利一	一九二九 一九三六	日輪 機械	一三二 一〇七	一二〇	⊖六	四二 二四	三三	⊖三	一六〇	⊖一一
佐多　稲子	一九三六 一九四七	くれない 私の東京地図	一二七 一二七	一二七	⊕一	三七 三八	三八	⊕二	一七一	〇
網野　菊	一九三八 一九四七	妻たち 金の棺	一二四 一三五	一三〇	⊕四	三六 四〇	三八	⊕二	一七九	⊕八
壺井　栄	一九三八 一九五三	大根の葉 岸うつ波	一一六 一一三	一一五	⊖一一	二六 一三	二〇	⊖一六	一七五	⊕四
平林たい子	一九四六 一九五〇	こういう女 黒の時代	一二一 一二一	一二一	⊖五	二六 三〇	二八	⊖八	一七五	⊕四
三島由紀夫	一九四九 一九五二	仮面の告白 真夏の死	一三二 一二六	一二九	⊕三	四二 三四	三八	⊕二	一七六	⊕五
川端　康成	一九五四 一九五五	千羽鶴 山の音	一一五 一二七	一二一	⊖五	二三 三二	二八	⊖八	一七二	⊕一
		総合平均		一二六			三六		一七一	

よう。秋声を例にとると、一〇〇字当たりの拍数は一二八である。今仮に「しょ」「きゃ」など二字で一拍になる例外を無視すれば、仮名一〇〇字はほぼ一〇〇拍である。そこで、二八拍の増加を三七個の漢字によっていると考え、$1\frac{28}{37}\times 100=178$ としたのである。それによると総合平均は一七一となる。すなわち、平均して仮名の場合の約一・七倍の拍数となると考えられる。

　これを基準にして作家別に考察すると、森鷗外を筆頭に広津和郎、網野菊、菊池寛、永井荷風、徳田秋声、久保田万太郎、宮本百合子らは多く、夏目漱石を最低に島崎藤村、横光利一、宇野浩二、室生犀星らは少ない。漢字の拍数にこれほどの差（鷗外と漱石との差は一〇〇字当たり三一拍）があるのは何によるかを考えてみよう。

　両極端の森鷗外と夏目漱石とをとって考察した結果、次のように推定できる。一つは主として訓読みの関係である。音読みはその字に具わった拍数（一拍か二拍）で読むので使用者による個人差が少ないが、訓読みの場合は幅が広くある程度の自由が許される。例えば「間」を「あいだ」と読むか「あい」と読むか「ま」と読むかは多くの場合書き手の選択による。次は送り仮名の問題である。例えば「組合せ」と書くか「組み合わせ」と書くかでそこに二拍の差が生ずる。「必《カナラ》ず」「間違《マチガイ》」等に見られるように鷗外の送り仮名は少ないという傾向がある。

　さらに宛て字の問題もある。訓で読ませる漢字はすべて広義の宛て字であるが、「膃肭臍《おっとせい》」「饂飩《うどん》」「先刻《さっき》」「逆《さ》かさ」「洋卓《テーブル》」など、漱石には宛て字が多い。これは漱石に漢字の多い説明にもなる。また、相対的に拍数の少ないことの一因は、「周章《あわ》てる」「点頭《うなず》く」「仕舞《しま》う」のように動詞にあてられた漢字の影響もある。動詞の多くは二拍か三拍で読み、しかも通常送り仮名を伴わなければ読めないため、そこに使われた漢字は多くは普通二拍以下に読まれることも関係する。例えば「話」は名詞としては三拍で読むが、動詞として用いる場合は「話す」となり二拍にしか読めない。「語」も「物語」では三拍であるが、「語る」では二拍、「終」も名詞では三拍に読みうるが、動詞では二拍までしか読めない。他にも類例が多い。

おわりに

一般に長い文を書く作家は息の長い作家であると言われる。しかし、同じ長い文でも、泉鏡花の『絵日傘』と横光利一の『機械』とは性質が違う。後者は句そのものが長く、それ一つでもすでに長いが、前者は句のいくつか集まった結果が長いだけであって、一つ一つの句はむしろ短い。したがって、前者は一気に長く読めるが、後者は切れては続き、また切れては続くのである。長文型のうち、鏡花は短句を重ねて長文としたほうの典型であり、宇野浩二もその型に属する。また、『縮図』における徳田秋声の場合は短句というほどではないが、句数の多い結果として長文になっている。一方、永井荷風、室生犀星、網野菊、平林たい子は反対に句自体の長いことに起因する長文型であり、句数はむしろ少ないほうである。谷崎潤一郎の長文は、かなり長い句をかなり多くつないだものであり、ゆったりとした大川の流れを思わせる文章の印象に関係することは疑えない。いずれにせよ、そこには文構成面での技術が働いており、単にだらだらと書き続けるだけで豊かな文章となりうるはずはない。

短文型の作家の文章はどうであろうか。夏目漱石は二編間の差が大きく一概に言えない。つまり、『草枕』の短文は短句によっており、『明暗』の短文は少ない句数によっている。『草枕』の軽快で歯切れのいい文章、『明暗』の鈍痛を感じさせる文章とそれぞれ呼応した結果になっている。この変化が芥川龍之介の場合と似ているのは興味をそそる現象である。久保田万太郎の短文は短い句と少ない句数の両方によっており、会話の割合の多いこととつながる。志賀直哉の短文はたしかに句数の少ない結果であり、一句の長さが特に短いとは言えない。思想を断念し、宿命的な神経にふれる対象の論理を記すだけといったその作風は、いたずらな説明句を許容しなかったのではあるまいか。武者小路実篤もそれに似ている。山本有三、三島由紀夫、川端康成は句数も少なく、句そのものも長くない。漢字の比率などと考え合わせても、山本有三や川端康成、そして壺井栄の文章などは構文・リズム・表記の面で読みやすいと思われる結果となっている。

以上、今回の言語調査からわかったこと、考えられそうなことを列挙してみた。さらなる調査や考察を重ねて深い知見をみがきだしたい。そう抱負を述べて、文体論へと向かう基礎作業の報告を結ぼう。

（「コトバの美と力——句読点の心理学——」講座「コトバの科学」5『コトバの美学』所収　中山書店　一九五八年）

近代作家の漢字使用
――一七〇作品の調査から――

使用文字の種類と漢字の問題

日本語の特色の一つとして、使用する文字の種類が多いという点が指摘される。「職」や「御飯」のような漢字表記があり、「しごと」や「めし」のような平仮名表記があり、「バイト」や「ライス」のような片仮名表記がある。日本の正式の文字は、漢字と平仮名と片仮名というこの三種類とされている。

だが、現実の社会生活では、しばしばそれ以外の文字や記号も使われる。この文章の書き出しである「日本語の特色のひとつ」の hitotsu ということばは和語だから、こんなふうに平仮名で書いてもよい。しかし、はっきりと数を問題にする用法では、「一つ」と漢字仮名交じりで書くほうがふつうだ。横書きの場合でも違和感があってなじまないが、縦書きでさえ「1つ」というふうに算用数字を用いて書く例も目につく。1、2、3、……というこの文字は、インド起源でアラビアを経てヨーロッパに広まった関係でアラビア数字とも呼ばれる。日本語を書き表す基本の文字ではないから、「二宮一郎」をまさか「2宮1郎」などと書くわけにはいかないが、算用数字も日本語の文章の中で現実に広く使われている。

古代ローマに起こったⅠ、Ⅱ、Ⅲ、……といった数字もときおり見かける。時計の文字盤によく使われるため、時計数字と言うこともある。ⅣとⅥを勘違いしやすく、Xがアルファベットのと紛らわしいこともあるが、このローマ数字を算用数字よりも大きな区切りとして利用するケースも少なくない。その小文字のⅰ、ⅱ、ⅲ、……もまれに使われる。

数字だけではない。A、B、C、……というローマ字は、小文字のa、b、c、……を含め、日本語の文章の中で広く用いられている。「Aランク」「B4判」「C型肝炎」「Eメール」「Lサイズ」「Vサイン」など、アルファベット部分を片仮名で書くと意味がわかりにくくなるほど、この文字のまま日本語として完全に定着した。また、アルファベットだけからなる「ATM」「BGM」「CD」「DNA」「SOS」などのいわゆるABC略語も増加の一途をたどっている。数字と英字で「2HD」とか「3LDK」とかと書く例もある。

そのほか、句点（。）や読点（、）はもちろん、カギ括弧（「　」）や二重カギ括弧（『　』）、疑問符（?）や感嘆符（!）をはじめとし、パーセント（%）やキログラム（kg）やセンチメートル（cm）や平方メートル（㎡）やページ（P.）などを含む多種多様な記号類が盛んに用いられ、近年ますます字面をにぎやかにする傾向が目立ってきた。

表記に関しては実にさまざまな問題がある。ここではそのうち漢字にかかわる部分を概観し、文学作品の場合の傾向を考えてみよう。

問題の第一は、漢字と平仮名や片仮名との書き分けである。まず、漢語は漢字で書くという大原則に従って、「比較」「系統」「活用」「状態」「推定」「時代」「内部」「差異」「流入」「起因」などと漢字で表記する。この点は、文学作品の場合も、それ以外の一般の文章の場合と本質的に変わりはない。

違いがあるとすれば、ジャンル特性に関係する部分だろう。詩歌や小説では抽象名詞が少ない。また、漢語の使用それ自体も、評論や学術論文の場合より概して大幅に少ない。その点は結果として、漢字使用率が低くなる方向に働いていると予想される。

一方、和語のほうはもともとの日本語なのだから、耳で聴いただけで理解できるはずである。とすれば、理屈のうえでは、仮名で書けば済むことになる。しかし、文字に書く場合は、イントネーションやアクセントやプロミネンスやポーズといった要素が捨象され、音声言語の姿をそのまま再現することはできない。

例えば、共通語では、頭高のアクセントで発音すれば、食べ物を挟む二本の細長い棒を意味し、尾高のアクセントで発音すれば、川などの上に架けて通行できるようにする構造物を意味し、平板のアクセントで発音すれば、細長い物の先の部分や物体の周辺部を意味する約束になっている三語をそれぞれ仮名書きすれば、どれもみな「はし」となって、意味の区別ができない。そのため、文脈上紛らわしい場合、書きことばにおいては、それぞれの語を「箸」「橋」「端」と漢字で書き分けて意味の区別をすることが多い。

また、一般に拍数の少ない短い単語は、それを仮名書きにすると、意味が正確に伝わるかどうか不安になる。「めがでている」「はがない」と書いたのでは誤解される恐れがあると思い、「目」か「芽」か、「葉」か「歯」か「刃」かの区別を、漢字を用いることで明確にするケースが多い。

文脈上紛らわしくなくても、分かち書きを採用しない通常の文章では、漢字表記のほうが理解が早い。文学作品の場合に、和語の仮名書きが文学以外の一般の文章より多いか少ないかという点は、一概に判断できない。童話か小説かによって大幅に違うし、同じ小説でも執筆年代によって違い、作品の時代設定によっても違ってくるし、また、作家ごとの差も大きいからである。

和語だから紛らわしくないかぎりは平仮名書きでよいというような語種の意識は一般に薄く、文学では世間の慣用に従う傾向が強いだけ、公用文などに比べて概して漢字が多くなりやすいと思われる。が、一方、あえて平仮名書きにしてやわらかい雰囲気を演出したり、片仮名書きを活用して特殊なニュアンスをねらったり、といった仕掛けもある。結局、作家それぞれの文体によりかかる面が大きいと見るべきだろう。

語の実質的な意味が薄くなり、形式名詞とか補助動詞とかと呼ばれる一群のことばは、一般に仮名書きされやすい傾向がある。「時が経過する」と「やるときはやる」、「事を起こす」と「やめることにする」、「訳を話す」と「そういうわけだ」、「映画を見る」と「やってみる」、「人が来る」と「暗くなってくる」というふうに、用法に合わせて漢字と仮名で書き分ける例も一般社会には少なくない。が、文学作品の場合は、このような用法による書き分けは概して多くないようである。

平仮名と違って、片仮名と漢字との接点はあまり多くない。片仮名が用いられるのはふつうは外来語であり、次に例が多いのが、オノマトペのうちの現実の音を言語音で模写する擬声語の部分だろう。

外国語を起源とすることばであっても、日本で用いられた歴史が長く、外来語という意識が薄れてしまうと、平仮名表記も用いられ、時には漢字表記もおこなわれる。古くポルトガル語から入ったとされる「テンプラ」はその一例で、現代では「てんぷら」と平仮名で書くほうがむしろ多いように見受けられる。以前はしばしば漢字音を借用して、それに「天麩羅」などという字を宛てた。

同じくポルトガル語から入った「タバコ」も同様で、これも片仮名表記以外に平仮名で「たばこ」と記す例が広く見られる。ただし、漢字を当てる場合は音を利用する借字ではなく、意味を借りて「煙草」とか「烟草」とかと記すのが一般的である。「艸」に「良」と書くのを日本風に解釈して、本来は牛馬の飼料や薬草を意味する「莨」という漢字を、タバコの意味に代用することもあった。カンボジアから伝わった「キセル」を「煙管」と記すのも漢字の意味を生かした用法で、以前はかなり広く使われたようである。

これらの漢字表記は現代では一般的でないが、文学の世界ではまだ文体として生きているように思われる。「パリ」を「巴里」、「イギリス」を「英吉利」、「コーヒー」を「珈琲」と漢字表記するように、外国語という意識の強いはっきりした外来語の場合は、漢字の音を利用するいわゆる借字の例がほとんどである。「オックスフォード」を「オックス」と「フォード」とに分けて、それぞれの意味にあたる漢字を並べた「牛津」という例や、「沙翁」と書いて「シェークスピア」と読ませるように、音の一部を漢字音で表し、それにヒントになる程度の意味を漢字で添えた例も見られたが、いずれも現代ではほとんど見かけなくなった。

擬声語の場合、「ガチャン」とか「ドカン」とか「バキューン」とか「ピューピュー」とか「ニャーオ」とかといった音の模写に漢字を当てることはないから、外来語の場合以上に漢字との縁は薄い。鳥の鳴き声を「啞啞」と表記したような例外を除けば、さらさらと水の流れるさまを「淙淙」、金属的な冴えた音を「錚錚」と形容するような語源的な擬音語が見られる程度である。漢字で表記されることによって、現代人には擬音的な感じが意識されにくくなっているという事情もある。

問題の第二はいわゆる「交ぜ書き」の問題である。「纖細」だとか「恥辱」だとか「土壌」だとか「頻度」だとかということばは、一部難しい漢字が含まれてはいるが、どれも常用漢字表で認められている字体・字音の字種だけなので、すべて漢字で書いても何の問題も起こらない。

一方、「憧憬」（両字とも二〇一〇年の新常用漢字の最終案で追加候補になっている。）とか「荏苒」とかということばは、構成要素がすべて常用漢字表外の漢字である。しかし、表外字の部分を平仮名書きにして「どう（しょう）けいの的」「じんぜんと日を送る」などと書いたのでは意味がとりにくい。そのため、そのことばを使うかぎりは、表外字でもかまわずに「憧憬の的」「荏苒と日を送る」というふうに漢字で書くのが妥当だ。後者の場合は常用漢字の範囲で「便便と」という別語に置き換えることも可能だが、語が難しいうえに漢字から語意を推測しにくく、あまり理解の助けになりそうもない。そこで場合によっては、そういう威厳に満ちた語の使用をあきらめて、「あこがれの的」なり、「いたずらに日を送る」なりと、平易な言い方にやむなく換言することになる。

問題はその中間のケース、すなわち語の構成要素の一部が表外字である場合である。例えば、「華燭の典」と書こうとすると、「華」と「典」は問題ないが、「燭」という漢字が表外字に当たる。そこで、「燭」の部分を仮名書きして「華しょくの典」などと書き表す例を見かけることがある。はなやかな灯火を意味する「華燭」という語が「華しょく」となってしまうと、明かりが消えたように意味がわかりにくくなる。が、かといって、すべて仮名書きにすると、今度は「過食の宴」と誤解されかねない。結局、その表現を捨てて「婚礼」とか「結婚式」とかという平凡なことばに置き換えるほうが無難になり、単なる用字の問題ではおさまらなくなる。

しかし、文学作品の場合は、用字のつごうで用語を改めないのが原則だから、このような場合、「華燭の典」で押し通す傾向があるように思われる。「御えん」「き裂」「語い」「ち密」「ちょう笑」「濃えん」「範ちゅう」「比ゆ」のような交ぜ書きは、どれも作家には特に嫌われやすい。美を求める文学作品では、それぞれ「御苑」「龜裂」「語彙」「緻密」「嘲笑」「濃艶」「範疇」「比喩」という表記法は譲れないものであろう。（前述の「憧憬」と同様、今度の新常用漢字の追加案に「亀」「彙」「緻」「嘲」「艶」「喩」が取り上げられている。）

問題の第三は代用漢字の問題である。常用漢字表にない漢字にどう対処するかは一様ではない。表外字であっても意に介さずに用いる場合もあり、その部分だけを平仮名で書く、いわゆる交ぜ書きの場合もあり、交ぜ書きで落ち着かないときにその語全体を仮名書きにする場合もあるだろう。その語の使用をあきらめて、他のことばに換言するなど、別の表現に改める場合もあることは、「華燭の典」の例で見たとおりである。

もう一つの対処の仕方が、この代用漢字だ。それは、使いたい語の一部に表外字が含まれている場合、その語で本来用いるべき漢字の代わりに、その漢字と意味か形の似た別の漢字をあてはめる便宜的な手段である。「集落」「知恵」「反乱」「膨大」「舗装」などはそのようにしてできた表記だという。それぞれ「聚落」「智慧」「叛乱」「厖大」「鋪装」の代用漢字であると指摘されなければ、一般の人間はふだん気づかずにいる。これらは、それほどにもうすっかり慣れてしまい、多くの人がほとんど違和感を覚えなくなった例だろう。しかし、一部の作家はこういうあたりにも神経をとがらすことがあるかもしれない。

そういう反応が作家特有であったり作家の中でも揺れたりするのは、代用漢字の程度の問題だ。谷崎潤一郎の『陰翳礼讃』が「陰影礼賛」と書かれると、とたんにイメージが合わないと感じる人は多いだろう。自分の分野に縁の深い語であるかどうかによっても、許せる代用漢字の幅は違ってくる。谷崎潤一郎自身はもちろん、『陰翳礼讃』というあいう内容の作品の愛読者は、一般の人間以上に「陰影礼賛」という表記に対する拒絶反応が大きいはずである。

また、「編輯者」が「編集者」になったときに職業が変わったような衝撃を受けたと、当時の自身の名刺をふりかえる、のちの作家吉行淳之介の例もあるが、これについては後述する。「短篇」「長篇」が「短編」「長編」となると、気分の乗らない作家もまだまだいるにちがいない。そのあたりは文学畑の人間の感覚は一般と少し差があるようだ。「湮滅」から「隠滅」へ、「掩護」から「援護」へ、「挌闘」から「格闘」へ、「日蝕」から「日食」へ、「掠奪」から「略奪」へ、「両棲類」から「両生類」へという置き換えを眺めると、抵抗感の強弱は個々の例ごとに差がある。印象という主観性がからむこの代用漢字の問題は結局、それをどこまで違和感なく許せるか、どこが我慢の限界か、という個人の主義や趣味に関係してくる。

一般社会でも、年齢や嗜好や分野や、その他さまざまな条件がかかわって、かなりの個人差がありそうだ。文学の世界では、個人的な文体の問題としてさらに複雑な現象を呈するだろう。が、一般の文章の場合より、文学作品においてはこの点でも保守的な傾向が強いように思われる。

近現代文学の漢字使用率の概観

遠いはるかな昔、早稲田大学第一文学部在学中に、散文リズムという角度から近代小説の文体を統計的に概観するため文章の計量的な調査を実施した。具体的には、小説の文章を対象に、句読点ではさまれるひとつづきのことばを

「句」と仮称し、その点間字数を計測することをとおしてリズム単位を推測し、作家や作品ごとの違いを明らかにすることを目的とした調査であった。その結果の一部については、一九五八年に中山書店から刊行された講座「コトバの科学」の第五巻『コトバの美学』の巻頭「コトバの美と力―句読点の心理学―」と題する論文の中で報告した。（本書四七四ページ参照）

そこで対象にしたのは、一八九八年発表の泉鏡花『絵日傘』から一九五五年発表の川端康成『山の音』まで、二五作家の各二作品、計五〇編の小説で、作品の書き出しから四〇〇個の「句」を数えるまでを調査した。この調査は、句あたりの字数や拍数、文を構成する句数や文あたりの拍数などの情報を得るのが主なねらいだから、直接には漢字との関連は薄いが、漢字の比率と拍数との関係を調べる過程で、各作品の冒頭部の一〇〇字分について、漢字の割合に関するデータを出している。

その後、文章心理学などの統計的文体論が盛んになり、同じ一九六五年に、樺島忠夫・寿岳章子『文体の科学』が綜芸舎から、安本美典『文章心理学入門』が誠信書房からと、ともに注目すべき文体の計量的な研究が相次いで刊行された。そのうち後者には、直喩、会話文、人格語、現在止め、動詞の長さなど一五項目の調査の中に漢字の割合も含まれている。そこでの調査対象は、一九〇〇年発表の泉鏡花『高野聖』から一九五四年発表の三島由紀夫『潮騒』に至る一〇〇作品である。この場合の漢字調査は、各作品の無作為抽出による一〇〇〇字分の調査範囲の中に漢字が何字含まれているかという規模で実施された。

論文や著書の刊行時期の関係で、両調査とも最近の作品のデータが含まれていない。そこで、データを補充して近現代の文学作品における漢字使用の実態を通観できるようにするために、今回、新たに漢字使用率の追加調査を実施した。この場合の調査の対象としては、一九四八年発表の檀一雄『終りの火』から二〇〇〇年発表の川上弘美『センセイの鞄』に至る三四編の作品を、新しい作品に重点をおいて選定した。具体的な調査の方法としては、各作品とも単行本や文庫本や全集本から一定の間隔で一ページ分ずつ五箇所を選び、その五ページ分における漢字と仮名の数を調べて割合を算出した。

細かく比較すれば、以上の三種類の調査はいくらか条件が違う。調査の対象とした分量に差があるほか、安本調査では文字全体の中での漢字の含有率となっているのに対して、中村調査ではアルファベットなどは除外し、純粋に仮名との選択を問題にした漢字使用率を表示しているなど、それぞれの研究目的に応じて若干の異同はある。が、調査結果の大勢にはほとんど影響がないと思われるので、その三種の調査で算出された漢字使用率を（安本美典自身から直接許可を得て）一つにまとめ、近現代の文学作品における流れを概観するための資料を作成した。それが表一の「漢字使用率　発表時期順　一覧表」である。

この表では、全一七〇編の作品を発表年代の古い順に並べた。

「漢字使用率」の欄は、安本調査と合わせるために中村調査の結果を千分率に換算して表示した。

次の「順位」の欄は、全一七〇編の作品のうち漢字使用率の高いほうからの順位を示した。同率の作品が複数に及ぶ場合もある。

〔表一〕　漢字使用率　発表時期順　一覧表

	作家名	作品名	発表年	千分率	順位	調査
一	泉　鏡花	絵日傘	一八九八	四三〇	八	美力
二	泉　鏡花	高野聖	一九〇〇	三六〇	四七	安本
三	国木田独歩	牛肉と馬鈴薯	一九〇一	四二六	一三	安本
四	伊藤左千夫	野菊の墓	一九〇六	三二一	八三	安本
五	島崎　藤村	破戒	一九〇六	四一五	一九	安美
六	鈴木三重吉	千鳥	一九〇六	二八一	一二七	安本

	作家名	作品名	発表年	千分率	順位	調査
七	夏目　漱石	吾輩は猫である	一九〇六	三九七	二六	安本
八	夏目　漱石	草枕	一九〇六	三八〇	三三	美力
九	二葉亭四迷	平凡	一九〇七	三九六	二七	安本
一〇	正宗　白鳥	何処へ	一九〇八	三五四	五五	安本
一一	森田　草平	煤煙	一九〇九	三八〇	三三	安本
一二	田山　花袋	田舎教師	一九〇九	四一〇	二一	安本
一三	永井　荷風	すみだ川	一九〇九	三八〇	三三	美力
一四	長塚　節	土	一九一〇	三九〇	二九	安本
一五	徳田　秋声	黴	一九一一	三五八	五一	安本
一六	小川　未明	魯鈍な猫	一九一二	三四五	六二	安本
一七	小山内　薫	大川端	一九一二	三〇五	一〇一	安本
一八	森　鷗外	雁	一九一三	三七四	四二	安美
一九	田村　俊子	木乃伊の口紅	一九一三	三二四	八〇	安本
二〇	徳田　秋声	爛	一九一三	四一〇	二一	美力
二一	岩野　泡鳴	毒薬を飲む女	一九一四	二七六	一三〇	安本
二二	藤森　成吉	若き日の悩み	一九一四	三一一	九七	安本
二三	高浜　虚子	柿二つ	一九一五	三九五	二八	安本
二四	中　勘助	銀の匙	一九一五	二二七	一六一	安本
二五	森　鷗外	渋江抽斎	一九一六	四八〇	三	美力
二六	夏目　漱石	明暗	一九一六	五三〇	二	美力
二七	永井　荷風	腕くらべ	一九一六	三八〇	三三	美力

	作家名	作品名	発表年	千分率	順位	調査
二八	志賀　直哉	和解	一九一七	四七〇	四	美力
二九	芥川龍之介	偸盗	一九一七	三七〇	四三	美力
三〇	久保田万太郎	末枯	一九一七	二六四	一三八	安美
三一	葛西　善蔵	子をつれて	一九一七	三四六	六一	安本
三二	広津　和郎	神経病時代	一九一七	三五四	五五	安美
三三	久米　正雄	受験生の手記	一九一八	三四〇	六四	安本
三四	芥川龍之介	地獄変	一九一八	三一八	九〇	安本
三五	佐藤　春夫	田園の憂鬱	一九一八	三七八	三九	安美
三六	菊池　寛	忠直卿行状記	一九一八	四五四	六	安美
三七	加納作次郎	世の中へ	一九一八	三七八	三九	安本
三八	室生　犀星	性に眼覚める頃	一九一九	三四〇	六四	美力
三九	宇野　浩二	蔵の中	一九一九	二九一	一一六	安本
四〇	有島　武郎	或る女	一九一九	三一九	八九	安本
四一	武者小路実篤	幸福者	一九一九	二八六	一二二	安本
四二	佐藤　春夫	お絹とその兄弟	一九一九	三九〇	二九	美力
四三	広津　和郎	やもり	一九一九	三三〇	七一	美力
四四	武林無想庵	ピルロニストのように	一九二〇	二九七	一〇七	安本
四五	武者小路実篤	友情	一九二〇	二〇〇	一六七	美力
四六	菊池　寛	蘭学事始	一九二一	四三〇	八	美力
四七	泉　鏡花	竜胆と撫子	一九二二	四三〇	八	美力
四八	近松　秋江	黒髪	一九二二	二九七	一〇七	安本

	作家名	作品名	発表年	千分率	順位	調査
四九	野上弥生子	海神丸	一九二二	三八〇	三三	安本
五〇	前田河広一郎	三等船客	一九二二	三六四	四六	安本
五一	豊島与志雄	野ざらし	一九二三	三二〇	八五	安本
五二	横光　利一	日輪	一九二三	四五四	六	安本
五三	里見　弴	多情仏心	一九二三	二八一	一二七	安本
五四	宇野　浩二	子を貸し屋	一九二三	三〇〇	一〇四	美力
五五	谷崎潤一郎	蓼喰う虫	一九二四	三六〇	四七	美力
五六	瀧井　孝作	無限抱擁	一九二四	四三〇	八	安本
五七	長与　善郎	竹沢先生と云う人	一九二五	三三七	六八	安本
五八	芥川龍之介	歯車	一九二六	四二〇	一六	美力
五九	水上瀧太郎	大阪の宿	一九二六	二七三	一三二	安本
六〇	宮本百合子	伸子	一九二六	三七六	四一	安美
六一	葉山　嘉樹	海に生くる人々	一九二六	三四〇	六四	安本
六二	平林たい子	施療室にて	一九二七	三五四	五五	安本
六三	山本　有三	波	一九二八	二四〇	一五四	安美
六四	十一谷義三郎	唐人お吉	一九二八	三四四	六三	安本
六五	島崎　藤村	夜明け前	一九二九	六〇〇	一	美力
六六	久保田万太郎	春泥	一九二九	二二〇	一六五	美力
六七	小林多喜二	蟹工船	一九二九	三二七	七八	安本
六八	徳永　直	太陽のない街	一九二九	四〇二	二三	安本
六九	林　芙美子	放浪記	一九三〇	三〇三	一〇二	安本

	作家名	作品名	発表年	千分率	順位	調査
七〇	梶井基次郎	のんきな患者	一九三二	二九一	一一六	安本
七一	嘉村　礒多	途上	一九三二	四二三	一五	安本
七二	尾崎　一雄	暢気眼鏡	一九三三	三三六	六九	安本
七三	尾崎　士郎	人生劇場	一九三三	二八二	一二六	安本
七四	村山　知義	白夜	一九三四	二五九	一四八	安本
七五	室生　犀星	あにいもうと	一九三四	三三〇	七一	安美
七六	石坂洋次郎	若い人	一九三四	三一五	九四	安本
七七	武田麟太郎	銀座八丁	一九三四	二七〇	一三四	安本
七八	牧野　信一	鬼涙村	一九三四	三三五	七〇	安本
七九	宇野　千代	色ざんげ	一九三五	二三九	一五六	安本
八〇	石川　達三	蒼氓	一九三五	三六六	四五	安本
八一	横光　利一	機械	一九三六	二四〇	一五四	美力
八二	北条　民雄	いのちの初夜	一九三六	三〇八	九九	安本
八三	石川　淳	普賢	一九三六	三一二	九六	安本
八四	高見　順	故旧忘れ得べき	一九三六	三〇六	一〇〇	安本
八五	阿部　知二	冬の宿	一九三六	二七五	一三一	安本
八六	佐多　稲子	くれない	一九三六	三七〇	四三	美力
八七	岡本かの子	母子慕情	一九三七	三一三	九五	安本
八八	志賀　直哉	暗夜行路	一九三七	四一九	一八	安美
八九	山本　有三	路傍の石	一九三七	一五〇	一七〇	美力
九〇	岸田　国士	落葉日記	一九三七	二五八	一四九	安本

	作家名	作品名	発表年	千分率	順位	調査
九一	永井　荷風	濹東綺譚	一九三七	三三二	八二	安本
九二	島木　健作	生活の探求	一九三七	二六四	一三八	安本
九三	宇野　浩二	器用貧之	一九三八	二一〇	一六六	美力
九四	中山　義秀	厚物咲	一九三八	三七九	三八	安本
九五	火野　葦平	麦と兵隊	一九三八	四一四	二〇	安本
九六	網野　菊	妻たち	一九三八	三六〇	四七	美力
九七	壺井　栄	大根の葉	一九三八	二六〇	一四三	美力
九八	中野　重治	歌のわかれ	一九三九	二六〇	一四三	安本
九九	井伏　鱒二	多甚古村	一九三九	二九七	一〇七	安本
一〇〇	井上友一郎	残夢	一九三九	二九二	一一五	安本
一〇一	織田作之助	夫婦善哉	一九四〇	三五三	五八	安本
一〇二	徳田　秋声	縮図	一九四一	三三〇	七一	美力
一〇三	堀　辰雄	菜穂子	一九四一	三二九	七六	安本
一〇四	田畑修一郎	医師高間房一氏	一九四一	三一八	九〇	安本
一〇五	中島　敦	李陵	一九四三	四二四	一四	安本
一〇六	上林　暁	聖ヨハネ病院にて	一九四六	三三一	八三	安本
一〇七	坂口　安吾	白痴	一九四六	三三〇	七一	安本
一〇八	宮本百合子	播州平野	一九四六	四六〇	五	美力
一〇九	梅崎　春生	桜島	一九四六	三五〇	六〇	安本
一一〇	平林たい子	こういう女	一九四六	二六〇	一四三	美力
一一一	椎名　麟三	深夜の酒宴	一九四七	二七九	一二九	安本

	作家名	作品名	発表年	千分率	順位	調査
一一二	網野　菊	金の棺	一九四七	四〇〇	二五	美力
一一三	丹羽　文雄	厭がらせの年齢	一九四七	二七二	一三三	安本
一一四	舟橋　聖一	鵞毛	一九四七	三一七	九三	安本
一一五	川端　康成	雪国	一九四七	二六一	一四一	安本
一一六	武田　泰淳	蝮のすえ	一九四七	二九四	一一三	安本
一一七	佐多　稲子	私の東京地図	一九四七	三二九	七六	安美
一一八	太宰　治	人間失格	一九四八	二六一	一四一	安本
一一九	谷崎潤一郎	細雪	一九四八	三八一	三二	安美
一二〇	大仏　次郎	帰郷	一九四八	三〇二	一〇三	安本
一二一	檀　一雄	終りの火	一九四八	二六五	一三七	新規
一二二	大岡　昇平	俘虜記	一九四八	三三〇	八五	安本
一二三	外村　繁	夢幻泡影	一九四九	三三六	七九	安本
一二四	永井　龍男	朝霧	一九四九	三三四	八〇	安本
一二五	田宮　虎彦	足摺岬	一九四九	二八八	一二〇	安本
一二六	井上　靖	闘牛	一九四九	三五八	五一	安本
一二七	三島由紀夫	仮面の告白	一九四九	四二〇	一六	美力
一二八	武者小路実篤	真理先生	一九五〇	三六〇	四七	美力
一二九	伊藤　整	鳴海仙吉	一九五〇	二九五	一一一	安本
一三〇	内田　百閒	贋作吾輩は猫である	一九五〇	三一八	九〇	安本
一三一	平林たい子	黒の時代	一九五〇	三〇〇	一〇四	美力
一三二	安部　公房	詩人の生涯	一九五一	二八三	一二四	新規

	作家名	作品名	発表年	千分率	順位	調査
一三三	野間　宏	真空地帯	一九五二	二八七	一二一	安本
一三四	三島由紀夫	真夏の死	一九五二	三四〇	六四	美力
一三五	小島　信夫	小銃	一九五二	二五六	一五〇	新規
一三六	壺井　栄	岸うつ波	一九五三	一五五	一六九	安美
一三七	川端　康成	千羽鶴	一九五四	二三〇	一五九	美力
一三八	三島由紀夫	潮騒	一九五四	三五七	五三	安本
一三九	吉行淳之介	驟雨	一九五四	三三〇	七一	新規
一四〇	川端　康成	山の音	一九五五	三二〇	八五	美力
一四一	幸田　文	流れる	一九五五	二三五	一五八	新規
一四二	島尾　敏雄	われ深きふちより	一九五五	二九五	一一一	新規
一四三	福永　武彦	死神の馭者	一九五六	二九八	一〇六	新規
一四四	安部　公房	驢馬の声	一九五六	二六八	一三六	新規
一四五	円地　文子	妖	一九五六	三五二	五九	新規
一四六	遠藤　周作	ジュルダン病院	一九五六	二九六	一一〇	新規
一四七	永井　龍男	石版東京図絵	一九六七	四三〇	八	新規
一四八	小沼　丹	懐中時計	一九六八	三五五	五四	新規
一四九	清岡　卓行	アカシヤの大連	一九七〇	二五二	一五一	新規
一五〇	古井　由吉	杳子	一九七〇	二六二	一四〇	新規
一五一	森　敦	月山	一九七三	二六〇	一四三	新規
一五二	池波正太郎	剣客商売	一九七三	二六〇	一四三	新規
一五三	富岡多恵子	立切れ	一九七七	二四一	一五三	新規

作家名	作品名	発表年	千分率	順位	調査
一五四　村上　春樹	風の歌を聴け	一九七九	二七〇	一三四	新規
一五五　藤沢　周平	贈り物	一九八〇	二三七	一五七	新規
一五六　向田　邦子	かわうそ	一九八〇	二八六	一二二	新規
一五七　後藤　明生	吉野大夫	一九八一	二二五	一六四	新規
一五八　井上ひさし	吉里吉里人	一九八一	三八三	三一	新規
一五九　黒井　千次	オモチャの部屋	一九八一	二九四	一一三	新規
一六〇　井伏　鱒二	荻窪風土記	一九八二	四〇一	二四	新規
一六一　竹西　寛子	兵隊宿	一九八二	二九〇	一一八	新規
一六二　大江健三郎	「雨の木」を聴く女たち	一九八二	二四九	一五二	新規
一六三　吉本ばなな	キッチン	一九八七	二二七	一六一	新規
一六四　山田　詠美	風葬の教室	一九八八	二八三	一二四	新規
一六五　池澤　夏樹	マリコ／マリキータ	一九八九	二三〇	一五九	新規
一六六　小川　洋子	妊娠カレンダー	一九九〇	二八九	一一九	新規
一六七　三浦　哲郎	ふなうた	一九九二	三二〇	八五	新規
一六八　柳　美里	フルハウス	一九九五	三〇九	九八	新規
一六九　町田　康	くっすん大黒	一九九六	二二六	一六三	新規
一七〇　川上　弘美	センセイの鞄	二〇〇〇	一九八	一六八	新規

末尾の「調査」欄で、その作品が安本調査の結果である場合は「安本」、中村調査のうち、論文「コトバの美と力」に掲載した調査結果である場合は「美力」と注記した。両調査でたまたま同じ作品を対象とした場合は、その両者の略号を組み合わせて「安美」と注記し、それぞれの結果の平均の数値を記入した。そして、このたび新たに補充調査

をおこなった作品である場合は、「新規」と表示してある。

この表から得られる情報、あるいは、このデータを加工して得られる情報を、以下にさまざまな角度から整理して示そう。文学作品中の仮名に対する漢字使用の割合が時代の変化とどうかかわっているか、その大きな流れをつかむために、最初に比較的大きな時代区分として全体を次の九期に分け、各時期の漢字使用率の平均を出すと、表二のような結果になる。

漢字使用率というものが作家の文体の一要素であることを考えると、各時期の作品としてどの作家の文章を選ぶかという調査対象の選定次第で、ある程度の差が出ることは十分に予想される。そのせいもあってか、必ずしも時代の推移とともに漢字使用率が減少しつづけるというきれいな結果にはなっていない。また、補充調査において新しい作品に重点をおいた関係で昭和三〇年代が薄くなるなど、調査密度が均質とは言いがたい面もある。しかし、大きな流

〔表二〕 漢字使用率の変遷（中区分）

第Ⅰ区分	明治期	（一八九八～一九一一年）	三四九・八
第Ⅱ区分	大正前期	（一九一二～一九一八年）	三六五・〇
第Ⅲ区分	大正後期	（一九一九～一九二六年）	三四二・八
第Ⅳ区分	昭和初期	（一九二七～一九三五年）	三二八・二
第Ⅴ区分	昭和戦時	（一九三六～一九四三年）	三一〇・五
第Ⅵ区分	昭和戦後	（一九四六～一九五〇年）	三二二・七
第Ⅶ区分	昭和中期	（一九五一～一九五六年）	二八六・八
第Ⅷ区分	昭和後期	（一九六七～一九八八年）	二八九・二
第Ⅸ区分	平成期	（一九八九～二〇〇〇年）	二六二・〇

〔表三〕 漢字使用率の変遷（大区分）

明治・大正期	三五二・五
昭和前期	三一九・九
昭和中期以降	二八二・四

れとしては漢字の割合が次第に減少しつつあることは認められるだろう。

その点をもっと明確にするために小異を捨てて大きくとらえてみよう。仮に三期ずつをまとめ、全体を三分して平均をとれば、表三のように、大幅に、しかもほぼ同程度の差で減少する姿がはっきりと見てとれる。

明治書院の漢字講座九『近代文学と漢字』所収の半沢幹一の論文「二葉亭四迷の漢字」によれば、二葉亭四迷の『浮雲』の漢字表記率がわずか二年の間にも目に見えて次第に下がっているという。前のデータと合わせるために千分率に直して紹介すると、地の文と会話文との平均で第一編が四二三、第二編が三八四、第三編が三七四となる。特に会話文の変化が激しく、話しことばを忠実に仮名で写生するようになったことが影響しているとのことである。

表三の結果は、会話文に限らず、漢字漸減のこのような変化が、多少のばらつきこそあれ、大きな流れとして現代まで続いてきたことを思わせる。

今度はもう少し細かく時代を区切って観察してみよう。平成を除く各時期をさらに半分に区切り、全体を一七に区分けして整理してみると、表四のようになる。

時代を細かく区切れば区切るほど、調査結果のばらつきが目立ち、漢字使用率の減少が見えにくくなる。区分ごとの作品数が少なくなって偶然性が左右するほか、作品の個性が影響する余地も大きくなるからである。

例えば、第二～四区分に比べて第一区分の漢字使用率が比較的低い結果になったことには、漢字使用率が四〇〇を超える泉鏡花『絵日傘』、国木田独歩『牛肉と馬鈴薯』、島崎藤村『破戒』や、それに迫る夏目漱石『吾輩は猫である』、二葉亭四迷『平凡』などの集まった中に、漢字使用率のかなり低い鈴木三重吉『千鳥』や伊藤左千夫『野菊の墓』が混在したことが少なからず影響しているものと見られる。調査対象の作品数が十分に多くなれば、このような偶然性は小さくなるはずだから、このあたりまでは三六〇～三七〇程度の漢字使用率が小説の文章のベースになっていると考えてよさそうである。

〔表四〕漢字使用率の変遷（小区分）

第　一区分	明治中期	（一八九八～一九〇七年）	三三〇・六
第　二区分	明治後期	（一九〇八～一九一一年）	三七八・七
第　三区分	大正　一期	（一九一二～一九一六年）	三六三・一
第　四区分	大正　二期	（一九一七～一九一八年）	三六七・二
第　五区分	大正　三期	（一九一九～一九二二年）	三三四・九
第　六区分	大正　四期	（一九二三～一九二六年）	三五二・二
第　七区分	昭和　一期	（一九二七～一九三〇年）	三四八・八
第　八区分	昭和　二期	（一九三一～一九三五年）	三一三・三
第　九区分	昭和　三期	（一九三六～一九三七年）	二九四・八
第一〇区分	昭和　四期	（一九三八～一九四三年）	三二五・一
第一一区分	昭和　五期	（一九四六～一九四七年）	三二二・八
第一二区分	昭和　六期	（一九四八～一九五〇年）	三二二・七
第一三区分	昭和　七期	（一九五一～一九五五年）	二八〇・七
第一四区分	昭和　八期	（一九五六～一九七〇年）	三一四・一
第一五区分	昭和　九期	（一九七三～一九八〇年）	二五九・〇
第一六区分	昭和一〇期	（一九八一～一九八八年）	二九四・〇
第一七区分	平成前期	（一九八九～二〇〇〇年）	二六二・〇

第五区分で下がって第六区分、第七区分でまた上がる。これは、第五区分に千分率でわずか二〇〇の『友情』と二八六の『幸福者』という武者小路実篤の二作品が含まれているのに対し、第六区分には横光利一『日輪』、瀧井孝作『無限抱擁』、芥川龍之介『歯車』と、四〇〇を超える作品が三編を数え、第七区分には漢字使用率六割という島崎藤村『夜明け前』や四〇〇を超える徳永直『太陽のない街』が含まれていて、平均の数値を押し上げている。調査の対象となる作品が十分に多ければ、この第五～七区分あたりは平均三四〇前後がベースとなりそうである。

第八区分から第一二区分までは、第九区分が少し低い程度で、あとはかなり安定している。その第九区分も、カナ文字論者であった山本有三の作品、一五〇という最低の漢字使用率を記録した『路傍の石』がたまたま含まれていたせいであり、その一編を除外すれば平均が三〇七・九に達する。したがって、このあたりの時期は平均三一〇～三二〇というベースになるものと考えられる。

それ以降の時期では、第一四区分だけが三〇〇を少し超える。それは、この時期にたまたま、四三〇の永井龍男

『石版東京図絵』が含まれているからであり、仮にその作品を除外すればそれだけで三〇〇を切る。少なくとも第一六区分までは二八〇程度がベースと考えられるようである。

最新の第一七区分に属する作品は、最高でも三浦哲郎『ふなうた』の三二〇で、一般に二〇〇台の前半が多く、川上弘美の『センセイの鞄』のように二〇〇を割り込む作品もある。となると、それまでよりもさらに漢字の少ない作品が多くなった時期として独立させるべきだろう。ほぼ二五〇〜二六〇がベースになる。

〔表五〕漢字使用率の変遷（推定ベース）

第一〜四区分	（一八九八〜一九一八）	三六〇〜三七〇
第五〜七区分	（一九一九〜一九三〇）	三四〇前後
第八〜一二区分	（一九三一〜一九五〇）	三一〇〜三二〇
第一三〜一六区分	（一九五一〜一九八八）	二八〇程度
第一七区分	（一九八九〜二〇〇〇）	二五〇〜二六〇

以上の観察をまとめると、表五のようになる。こんなふうにまとめてみると、大きな流れとしては漢字使用率が時代を追うごとに次第に減少してきていることが概念的ながらわかりやすくなる。そういう流れに沿いながら、どの時期にも作家個人の主義や嗜好を反映した文体がからみあって、その流れを複雑にしているのが実情だろう。

以上の調査結果から得られる漢字使用率の全体の平均は、一八九八年から二〇〇〇年に至る全一七〇編の総合平均を算出して三二五・一となる。近代現代の小説の文章においては、概略、一〇〇〇字中に三二〇〜三三〇程度の漢字を使用する作品が平均的で、四〇〇を超えるようだと相当に漢字の多い文章であり、逆に二五〇を切る場合には漢字のかなり少ない文章だと言えるだろう。この点については、次節で具体的に述べる。

作家を性別に分けて集計すると、男性作家の平均が三二六・九、女流作家の平均が三〇三・六となり、女性のほうが漢字使用率が低いという結果になる。女流作家の数が少なく、また、時代が下るにつれて女性作品が増えるという時代性の関係もあって一概には言えないが、宮本百合子・網野菊らごく一部を除いて女流作家の漢字使用率が低いのは事実である。

漢字使用率の個人的傾向

前節では近代現代の文学作品における漢字使用率の時代的な変遷を概観した。今度は作家の個性という観点から表一を眺めてみよう。総平均が三二五・一となるから、それに近い数値の作品を求めると、田村俊子『木乃伊の口紅』と永井龍男『朝霧』とが三二四、外村繁『夢幻泡影』が三二六となっており、それに最も近い。小林多喜二『蟹工船』の三二七、永井荷風『濹東綺譚』の三二二などがそれに次ぐ。

どのような感じの字面になるか、実際の文章を例示しておく。

X氏の黒い折り鞄は、仔豚ほど、いつもふくれ上っている。いったい何が入っているかという事も、あとで話題になると思うが、当時私が簡単に想像したように、教科書その他の参考書や、試験の答案なぞがぎっしり詰っているのだろう、ということに今はしておきたい。

——永井龍男『朝霧』

一方、順位の点で見ると、全部で一七〇作品だから中央の順位は八五位と八六位になる。それに該当する作品を求めると、漢字使用率が平均値よりやや低い。古いほうから豊島与志雄『野ざらし』、大岡昇平『俘虜記』、川端康成『山の音』、三浦哲郎『ふなうた』が、いずれも漢字使用率三二〇で、八五位に並ぶ。

市兵衛は、いつものつもりで、単で祝宴へ出るつもりでいたが、その年は、昼を過ぎてからしとしと雨になった。煙草のけむりを追い出すために、洋風の窓を左右に押し開けると、ひんやりとした大気に乗って細かな雨粒が会場へ舞い込んできた。

——三浦哲郎『ふなうた』

漢字使用率が、順位を基準とした場合に標準的と認定できる作品群を表にまとめると、表六のようになる。

次に、漢字使用率の両極端に位置する作品をのぞいてみよう。まずは漢字の割合がきわめて大きい作品である。表一の資料において漢字使用率の高いほうから三〇位までを、漢字の多い順に列挙すると、表七のようになる。

〔表六〕 漢字使用率の平均的な作品

作家名	作品名	発表年	漢字率	順位
有島 武郎	或る女	一九一九	三一九	八九
豊島与志雄	野ざらし	一九二三	三二〇	八五
大岡 昇平	俘虜記	一九四八	三二〇	八五
川端 康成	山の音	一九五五	三二〇	八五
三浦 哲郎	ふなうた	一九九二	三二〇	八五
伊藤左千夫	野菊の墓	一九〇六	三二一	八三
上林 暁	聖ヨハネ病院にて	一九四六	三二一	八三
永井 荷風	濹東綺譚	一九三七	三二二	八二
田村 俊子	木乃伊の口紅	一九一三	三二四	八〇
永井 龍男	朝霧	一九四九	三二四	八〇

〔表七〕 漢字使用率の高い作品

順位	作家名	作品名	発表年	漢字率
一	島崎 藤村	夜明け前	一九二九	六〇〇
二	夏目 漱石	明暗	一九一六	五三〇
三	森 鷗外	渋江抽斎	一九一六	四八〇
四	志賀 直哉	和解	一九一七	四七〇
五	宮本百合子	播州平野	一九四六	四六〇
六	菊池 寛	忠直卿行状記	一九一八	四五四

調査した一七〇編の小説のうち最も漢字の多かった作品は島崎藤村の『夜明け前』で漢字が実に六割を占める結果となった。次いで多かったのが夏目漱石の『明暗』で五割三分、調査範囲で仮名よりも漢字のほうが多かった（これらも調査範囲を広げれば、いずれもこのように極端な数値にはならず、もう少し低い数値で安定するものと推測される）のはこの二編のみで、ほかには例がない。

漢字使用率の高いほうから三〇位までの間に、泉鏡花『絵日傘』、国木田独歩『牛肉と馬鈴薯』、島崎藤村『破戒』、夏目漱石『吾輩は猫である』、二葉亭四迷『平凡』、田山花袋『田舎教師』、長塚節『土』など、早い時期の作品が多く含まれているのは予想どおりである。それらの作品の漢字使用率が高いのは事実であるとしても、このあたりは時代的な傾向もあるから、この事実だけで、これらの作家たちがすべて、一般に漢字を多用する文体的特色を具えていたと同列に論ずることはできず、やはり作家を個別に検討する必要がある。

まず泉鏡花は、『絵日傘』と『竜胆と撫子』とがとも

六	横光 利一	日輪	一九二三	四五四
八	泉 鏡花	絵日傘	一八九八	四三〇
八	菊池 寛	蘭学事始	一九二一	四三〇
八	泉 鏡花	竜胆と撫子	一九二二	四三〇
八	瀧井 孝作	無限抱擁	一九二四	四三〇
八	永井 龍男	石版東京図絵	一九六七	四三〇
一三	国木田独歩	牛肉と馬鈴薯	一九〇一	四二六
一四	中島 敦	李陵	一九四三	四二四
一五	嘉村 礒多	途上	一九三二	四二三
一六	芥川龍之介	歯車	一九二六	四二〇
一六	三島由紀夫	仮面の告白	一九四九	四二〇
一八	志賀 直哉	暗夜行路	一九三七	四一九
一九	島崎 藤村	破戒	一九〇六	四一五
二〇	火野 葦平	麦と兵隊	一九三八	四一四
二一	田山 花袋	田舎教師	一九〇九	四一〇
二一	徳田 秋声	爛	一九一三	四一〇
二三	徳永 直	太陽のない街	一九二九	四〇二
二四	井伏 鱒二	荻窪風土記	一九八二	四〇一
二五	網野 菊	金の棺	一九四七	四〇〇
二六	夏目 漱石	吾輩は猫である	一九〇六	三九七
二七	二葉亭四迷	平凡	一九〇七	三九六
二八	高浜 虚子	柿二つ	一九一五	三九五

にが四三〇で全体の八位、『高野聖』はその二編より低いがそれでも三六〇で、平均すると四〇七となって四〇〇を超えるから、作家として相当に漢字を多用する部類に属すると言える。

島崎藤村は『破戒』が四一五で一九位、その二三年後に発表された『夜明け前』は前述のように六〇〇で最高位を占め、平均で五〇〇を超えるから、これも安定してきわめて漢字を多用する作家であったと考えられる。

二葉亭四迷については『平凡』が三九六で全体の二七位にあたるという調査結果のみで、他の作品に関するデータが得られていないが、『浮雲』の第一編で四二三、第二編で三八四、第三編で三七四という前掲の半沢論文の調査結果と合わせて考えると、これもかなり漢字を多用するほうの作家であったと思われる。

夏目漱石は『吾輩は猫である』が三九七で二六位、『草枕』が三八〇で三三位、その一〇年後の未完に終わった最後の作品『明暗』が五三〇で二位を占める。平均で四三六にも達することから、漱石もきわめて漢字を多用した作家であると考えてまちがいない。

二九	長塚　節	土	一九一〇	三九〇
二九	佐藤　春夫	お絹とその兄弟	一九一九	三九〇

森鷗外は『雁』が三七四で四二位、『渋江抽斎』が四八〇で三位を占め、平均で四二七となる。これも漱石並みに漢字を多用しているものと推測できる。

志賀直哉は『和解』が四七〇で四位、『暗夜行路』が四一九で一八位となり、平均で四四五となるから、やはり漢字をきわめて多く用いる作家だということになる。

菊池寛は『忠直卿行状記』が四五四の六位、『蘭学事始』が四三〇の八位で、平均すると四四二になる。成立年代の近い両作品の結果ではあるが、志賀と同程度にきわめて漢字を多用している作家であることを思わせる。

徳田秋声は『爛』が四一〇で二一位と、漢字使用率がかなり高いが、それから二八年後に発表された『縮図』では三三〇の七一位と、ほとんど平均的な漢字使用率を示している。時代の推移を反映した変化とも考えられ、少なくとも全期を通じて漢字を多用した作家と認定することはできない。

永井荷風も前期の『すみだ川』と『腕くらべ』とがともに三八〇の三三位であるのに対し、後期の『濹東綺譚』では三二二の八二位と、ほぼ平均的な数値に変化しており、秋声より減少幅は少し小さいが、よく似た結果を示している。

宮本百合子は『伸子』が三七六で四一位、『播州平野』が四六〇で五位となっている。平均で四一六だから漢字使用率の高い作家であることは確かだが、作品による差がかなり大きいことも事実である。

芥川龍之介は比較的初期の『偸盗』が三七〇の四三位と漢字使用率がやや高く、翌年の『地獄変』は三一八の九〇位とむしろ平均以下であるというふうに、漢字使用率が必ずしも高いとは言えない範囲で作品による揺れがある。しかし、晩年の『歯車』は四二〇の一六位と、時代の趨勢とは逆に漢字使用率が相当に高くなっており、執筆時期による変化も大きいことがわかる。

横光利一は『日輪』が四五四で六位を占めるが、一三年後の『機械』ではわずか二四〇で、一七〇編の中で逆に漢字の少ないほうから数えて一六番目に当たる。文章実験で知られるこの作家は、この漢字使用率においても、執筆の時期により、少なくとも作品によって、大きく揺れる作家であることを裏づける結果である。

井伏鱒二は比較的早い時期の『多甚古村』が二九七の一〇七位と、漢字率が少し低めなのに対し、晩年の『荻窪風土記』では四〇一の二四位とかなり高くなっている。時代の流れとは逆の現象だけに、作品による差が大きいという文体の問題があるように思われる。

永井龍男も初期作品『朝霧』が三二四で八〇位と、ごく平均的な漢字率であったのに対し、それから一八年後の『石版東京図絵』では四三〇で八位を占めており、時期や作品によって変化の大きい作家であるという文体の特徴をうかがわせる結果になっている。

三島由紀夫は『仮面の告白』が四二〇の一六位、『真夏の死』が三四〇の六四位、『潮騒』が三五七の五三位で、平均が三七二となる。作品によって差はあるが、すべて平均より高く、執筆した時代を考え合わせると、かなり漢字を多用する傾向のある作家だと見ることができよう。

漢字のきわめて多い文章についても、どのような感じの字面になるか、実際の例を掲げておこう。

村方一切の諸帳簿の取調べが始まる。福島の役所からは公役、普請役が上って来る。尾張藩の寺社奉行、又は材木方の通行も続く。

——島崎藤村『夜明け前』

吾輩は人間と同居して彼等を観察すればする程、彼等は我儘なものだと断言せざるを得ない様になった。殊に吾輩が時々同衾する小供の如きに至っては言語道断である。

——夏目漱石『吾輩は猫である』

今度は逆に漢字使用率の低い作品に目を転じてみよう。漢字の少ないほうからやはり三〇位までを表にまとめて示すと表八のような結果になる。

これら漢字使用率の低い作品についても、それが作家としての特色と言えるかどうかは個々のケースで違う。まず、山本有三は『波』が二四〇で漢字使用率の低いほうから一六番目、『路傍の石』は一五〇で、一七〇作品中もっとも漢字が少ないという結果になっている。カナ文字論者であるところから当然予想されることではあるが、極端に漢字の少ない作家であることが確認できる。二位以下についても、複数の作品が調査対象になった作家について、順にその点を検討してみよう。

〔表八〕漢字率の低い作品

順位	作家名	作品名	発表年	漢字率
一	山本　有三	路傍の石	一九三七	一五〇
二	壺井　栄	岸うつ波	一九五三	一五五
三	川上　弘美	センセイの鞄	二〇〇〇	一九八
四	武者小路実篤	友情	一九二〇	二〇〇
五	宇野　浩二	器用貧乏	一九三八	二一〇
六	久保田万太郎	春泥	一九二九	二二〇
七	後藤　明生	吉野大夫	一九八一	二二五
八	町田　康	くっすん大黒	一九九六	二二六
九	中　勘助	銀の匙	一九一五	二二七
九	吉本ばなな	キッチン	一九八七	二二七
一一	川端　康成	千羽鶴	一九五四	二三〇
一一	池澤　夏樹	マリコ／マリキータ	一九八九	二三〇
一三	幸田　文	流れる	一九五五	二三五
一四	藤沢　周平	贈り物	一九八〇	二三七

『岸うつ波』が一五五で、漢字使用率の低いほうから二番目である壺井栄は、『大根の葉』も二六〇で二四位だから、一般に漢字の少ない作家であると考えて問題はない。

『友情』が二〇〇で、漢字使用率の低いほうから四位に当たる武者小路実篤も、もう一つの『幸福者』も二八六で四八位に入るから、これも漢字の少ない作家であることはほぼ確実だ。

『器用貧乏』が二一〇で、漢字使用率の低いほうから五位に入る宇野浩二は、『蔵の中』が二九一で五四位、『子を貸し屋』が三〇〇で六六位だから、漢字がきわめて少ないとは言えないが、それでも全体として漢字を多用しない作家であることは確かである。

一五	宇野　千代	色ざんげ	一九三五	二三九
一六	横光　利一	機械	一九三六	二四〇
一六	山本　有三	波	一九二八	二四〇
一八	富岡多恵子	立切れ	一九七七	二四一
一九	大江健三郎	「雨の木」を聴く女たち	一九八二	二四九
二〇	清岡　卓行	アカシヤの大連	一九七〇	二五二
二一	小島　信夫	小銃	一九五二	二五六
二二	岸田　国士	落葉日記	一九三七	二五八
二三	村山　知義	白夜	一九三四	二五九
二四	壺井　栄	大根の葉	一九三八	二六〇
二四	中野　重治	歌のわかれ	一九三九	二六〇
二四	平林たい子	こういう女	一九四六	二六〇
二四	森　敦	月山	一九七三	二六〇
二四	池波正太郎	剣客商売	一九七三	二六〇
二九	川端　康成	雪国	一九四七	二六一
二九	太宰　治	人間失格	一九四八	二六一

久保田万太郎は『末枯』が二六四で漢字使用率の低いほうから三二位、それから一二年後の『春泥』が二二〇でやはり低いほうから六位にあるから、作品や時期によって多少の差はあっても、全体として漢字がかなり少ないほうの作家だと言えよう。

川端康成は『雪国』が二六一で少ないほうから二九番目、戦後の作品『千羽鶴』はさらに減って二三〇の一一位と、ともに漢字使用率がかなり少ないほうだが、『千羽鶴』とほぼ同時期に執筆された『山の音』は三二〇でちょうど平均的な数値となっている。このように作品による差は少しあるが、全体として漢字の少ないほうの作家と見てよい。

平林たい子は初期作品の『施療室にて』が三五四で漢字率の高いほうから五五番目となり、むしろ漢字のやや多い作品であったが、戦後すぐの作品『こういう女』では二六〇に減り、逆に漢字使用率の低いほうから二四位に位置する。ところが、数年後の作品『黒の時代』では今度は三〇〇に増え、漢字使用率の低いほうから六六番目に後退して、それほど漢字の少ない作品でもなくなっている。ある程度は時代の推移も影響していようが、漢字の使用については作品による揺れのかなり大きな作家だと考えるべきだろう。

漢字使用率の低い文章についても、実例を提示してその字面の感じを確かめておきたい。

ぺしゃんこになっている袋が、指のさきにさわったとき、吾一は言いようのない寂しさにおそわれた。彼は泣き出したいような気もちになった。

——山本有三『路傍の石』

泣こうと笑おうと、だまってそれを受け入れてくれるひろい愛情は、今のところ、おしめの世話をしてくれた人のほかにはあるまい。

——壺井栄『岸うつ波』

ちなみに、この引用箇所で計測すると、漢字使用率が両者とも千分率で一六四の同率になる。

なお、一作家について複数の作品を調査していないが、漢字使用率の低い作品をまとめたこの表八に、川上弘美『センセイの鞄』、町田康『くっすん大黒』、吉本ばなな『キッチン』、池澤夏樹『マリコ／マリキータ』など、最近の作品が多く見られる点も注目される。山田詠美『風葬』が二八三、小川洋子『妊娠カレンダー』が二八九、柳美里『フルハウス』三〇九で、いずれもこの表に顔を出すほど漢字が少ないわけではないが、若い世代の作家たちには少なくとも漢字使用率の高い作品の例はほとんど見られない。

あの、お手伝いしますから。こころみておきましょう、近いうちに。そう言いたかったが、センセイの厳粛さに気圧されて、言えなかった。センセイそんなこと気にすることないです、とも言えなかった。

——川上弘美『センセイの鞄』

漢字に関する文体的な試み

その川上弘美のふしぎな恋愛長編『センセイの鞄』は、「月と電池」という奇妙な題の一章から始まり、こんなふうに書き出される。

正式には松本春綱先生であるが、センセイ、とわたしは呼ぶ。

「先生」でもなく、「せんせい」でもなく、カタカナで「センセイ」だ。

ここには日本人の文字の選択の際に働く微妙な感覚が映っている。漢字は一字一字が意味を持つから、漢字で表記するとそのことばの意味がじかに意識にのぼる。平仮名の場合はそれほど直接的に意味と結びつくわけではないが、通常、ことばを書き写す基本になっているため、ともかくそれが意味のある日本語を指示しているという感じは強い。それが片仮名になると、現代ではまだ耳になじみの薄い外国語や、論理的な意味をもたないオノマトペなどによく使われる関係で、ことばというよりも、音を記録する記号という面が目立つ。

この場合も、相手が「先生」だと自分は「生徒」となり、教師と教え子という関係になるのだが、実際には、「高校で国語を教わった」ものの、「担任ではなかったし、国語の授業を特に熱心に聞いたこともなかったから、センセイのことはさほど印象に残っていなかった」ので、「数年前に駅前の一杯飲み屋で隣あわせた」折に話しかけられたときも、「高校時代の先生だったことは思い出したが、名前が出てこなかった」。それで、「キミは顔が変わりませんね」と言われ、「名前がわからないのをごまかすために」、とっさに「センセイこそお変わりもなく」と応じ、「以来センセイはセンセイになった」のだという。つまり、片仮名の「センセイ」は、この場合、教員という職業や自分の恩師といった関係の人間を指す一般的な概念というよりも、その相手に対する一種の記号なのである。

そして、同じ作者の『溺レる』では、「カタくカタくイダキアったりアイヨクにオボれたりしてもいいんじゃないの」と片仮名で書くことによって、ことばの感情的な面、感覚的な面がいちじるしく後退する。もしここを「固く抱き合う」「愛欲に溺れる」というふうに漢字を使用して通常の表記に戻してみると、ことばの意味が読者に直接に働きかけ、生ぐさい表現に一変する。この事実は、漢字使用に伴う表現性を示すと同時に、漢字を避けることで無機的にするテクニックの表現効果を立証しているとも言えるだろう。

「卒業論文」というと字面から見ても本格的で内容も難しそうだが、略して「卒論」とすると、とたんに軽い感じになる。しかし、それでも一応は論を展開する雰囲気が感じられる。それを「ソツロン」と書いてしまうと、極端に言えば、もう論理的に書き記されているかどうかも確信がもてないような印象を与えるかもしれない。これもまた、漢字というのものが概念と格式をそなえた存在として社会的な役割を担っていることを裏づける例である。

漢字の持つそういう性格を利用し、伊藤整はその漢字を避けてあえて片仮名に切り換えることで、茶化したような感じを出し、皮肉な表現を成立させている。『芸術は何のためにあるか』の中で「ワイセツ文書ハンプ罪」とか「文化クンショー」とか「警視ソーカン」とかといった表記を用いているあたりは、さしずめその好例である。そうすることで、「猥褻」も「頒布」も明確な意味を失い、「勲章」も「総監」も権威を失う。漢字表示に具わっている重々しさが取り払われると同時に、そのことばの指示対象そのものの威厳も損なわれるのだ。

安岡章太郎の初期作品にも、漢字を避けることで対象のいかめしさを減ずる用法が目立つ。一例として『幕が下りてから』を取り上げると、「アテにならないのはアタリマエでしょうよ」といった調子で、「ズウズウしい」「メヤス」「ナマナマしさ」「ホンモノ」「ウシロメタサ」のように明らかに漢字を回避した独特の表記が頻出する。外部を戯画化する伊藤整の場合とは違って、適度に嘘っぽさを加味して自らを揶揄し、その徒労感や敗北感を醸し出す表現効果をあげているように思われる。

ふつう漢字で書く語であれば、それを片仮名でなく平仮名書きしても、漢字を離れることで威厳を削ぎ落とす効果は発揮できる。小島信夫の初期の諷刺的な作品『汽車の中』は、「峻険」「山巓」などという難しい漢語を用いるなど、けっして漢字使用を全般的に控えた作品ではない。そういう中で「関係」「最近」などの語を平仮名で記し、「人間」を「人げん」、「不本意」を「不ほんい」と漢字と仮名の異例交ぜ書きを用いることもある。これについては、のちに『作家の文体』（筑摩書房一九七七年　現版はちくま学芸文庫）という著者におさめたが、そのときのインタビューの機会を利用して、作者に直接その意図を尋ねることができた。

「感激」「讃歎」「証拠」といった漢語をあえて平仮名書きにする意図については、「漢語に対する不信もあるし、諷刺的な操作もある」し、「権威に対する抵抗の姿勢みたいなものもあった」と自作を振り返る。また、「人げん」「不ほんい」といった交ぜ書きのねらいはチグハグなおかしさにあるかという問いに対しては、「違和感、ちょっと変だなという感じを持たせることを意図して」いたと東京お茶の水の山の上ホテルの一室でこの作家は明確に答えている。

同じく漢字を減らす方向の試みであっても、以上の例とは明らかに修辞意図の違う場合もある。次に掲げる谷崎潤一郎の『盲目物語』はその一例だ。

　根がおうつくしいおかたのうえに、ついぞいままでは苦労という苦労もなされず、あらいかぜにもおあたりなされたことがないのでござりますから、もったいないことながら、そのにくづきのふっくらとしてやわらかなことと申したら、りんずのおめしものをへだてて揉んでおりましても、手ざわりのぐあいがほかのお女中とはまるきりちがっておりました。

むろん、この部分だけではない。この作品全体が、「えいろく二ねんしょうがつ」、「ほんとうにわたくしふぜいのいやしいものが」、「ながねんのあいだもみりょうじを渡世にいたし」という調子で書かれているのである。目の見えない人が口ごもりながら訥々と語っている様子を、このような極端に平仮名の多い字面をとおして、読者に感覚的に伝えることに成功した例だと言ってよい。ふつうは漢字を用いて書き、漢字を見て理解していることばであっても、たしかに文字の形を見ることのできない者にとっては、ふだん仮名で書くことばと同様、音の響きとして耳から入り、口から出てゆくはずだ。

「お美しいお方の上に……勿体無いことながら……綸子のお召し物を隔てて……手触りの具合が他の……違っておりました」というふうに、もしも引用箇所を作者が通常の表記で書いていれば、そのような感じは薄れてしまうだろう。これもまた、漢字を控えることによって生じる表現効果の一例である。

逆に、漢字を多用することで、漢字という文字体系の有する論理的な明断性を表面に押し出す文体もある。大岡昇平の『俘虜記』などはその好例だろう。

しかしこの無意識に私のうちに進行した論理は「殺さない」という道徳を積極的に説明しない。「死ぬから殺さない」という判断は「殺されるよりは殺す」という命題に支えられて、意味を持つにすぎず、それ自身少しも必然性がない。

小説とは思えないような論理的な記述、それを支える抽象名詞の多用。それが結果として、ぎっしりと漢字の詰まった文章を生み出す。これも引用箇所だけの特殊な現象ではない。場面の描写を別にすれば、その説明の基本的な論調が「人類愛のごとき観念的愛情を仮定する必要を感じない」とか、「戦争とは集団をもってする暴力行為であり、各人の行為は集団の意識によって鼓舞される」とか、「恐怖とは私のふつうに理解するところによれば、私に害を与えると私の知っている対象にたいする嫌悪と危惧のまじった不快感である」とかといった、まるで学術論文を思わせるような筆致で記されるのである。

これも『作家の文体』に収録したように、訪問時における作者自身の内省によれば、「戦後、書き始めのときの漢語調というものは、復員したての精神のたかぶりの姿勢から出てきたもの」だという。だから、「あとで題材が変わると、例えば『花影』というのは和文体にちかづいていてい」る。その後、『レイテ戦記』『ミンドロ島ふたたび』のような軍事行動の記録という色彩の強い作品であるという関係もあるが、「またこのごろ、少し漢語調が出て来」たと、執筆時期による変遷を作家自らが語ってみせた。ちなみに、「このごろ」とは一九七一年一一月四日に成城の自宅でインタビューのおこなわれた時期をさす。

文章を書くときに、多く形を意識し目に頼る作家と、音に注意し耳に頼る作家という二つの傾向があるという。帝国ホテルに吉行淳之介を訪ねた折、「魚谷あけみ」という『原色の街』の登場人物に関する挿話を話題にするにあたって、「うおたに」か「うおや」かそれとも……と、その姓の読み方を確認しようとしたら、作者自身しばらく考え込んでから、「どうも僕は目に頼る人間でね。今言われて、どっちのつもりで書いたのかわかんないんだね。どっちがいいだろうねってぐらいになっちゃうわけだ。ウオタニぐらいでしょうね」と言った。

この事実に象徴されるように、朗読されることをまったく考えないで書いているらしい。そして、「国境の長いトンネル」で始まる川端康成の『雪国』の冒頭にしても、「コッキョウ」か「くにざかい」かなどとはたして「川端さん意識して書いたかどうか」と、この作家は疑っている。川端も目の作家だったのだ。

「編輯者」の「輯」が「集」に変わったとき、自分の職業が変わったような違和感を覚え、「おれは車偏でないと働く気分が出ない」とぼやいた。そう述懐する当時の編輯者、吉行淳之介は、小説の中で「からだ」を意味するのに、「体」ではなく、「躰」でもなく、「軀」という漢字を使う。作者自身の言語感覚によれば、「女のからだはあの形が一番よく合ってる」し、男も自分の「作品に出てくる男はみんな病弱なもので、やっぱりあれで間に合う」のだという。このように目の感覚に応じて類義の漢字を微妙に書き分けるのも文体のうちである。

蒲生芳郎の論文「鷗外と漢字」によれば、森鷗外はその漢学的な素養を生かし、初対面の意の「生面」、講義の席を意味する「講筵」など、漢籍を典拠とした由緒正しい漢語を用いたという。「抵抗」を「抗抵」、「忍耐」を「耐忍」と記すのも同様だ。その語形が当時すでに姿を消していたにもかかわらず、あえてそういう用語や表記に徹するのも、やはり表記に関する作家の文体的特色と言えるだろう。

やはり『作家の文体』に収録したインタビューによれば、里見弴は原稿を書きながら時折「口の中で言ってみるくらいのことはしょっちゅうやっていた」という。おそらく耳に頼るタイプの作家だったのだろう。それだけに、朗読に適する文章の調子が生まれる。地の文も実際に話すような響きを重んじる結果、漢字の特殊な用法が工夫されている。「従来」に「これまで」、「行為」に「しうち」、「歳尾」に「くれ」、「稚拙」に「へま」という仮名を振るなど、意味は漢語で与え、読みは話しことばで貫くのがそれだ。

瀧井孝作も「成年」に「わかもの」というルビをつけるなど、現象としては似ている。が、こちらは文章の調子をなめらかにするというよりも、自分の実感に忠実にという創作態度から来るようだ。「音沙汰」に「あたり」という釣りの用語を、「怠情」に飛騨方言で「ナマカワ」とルビに振るなど、生活に密着し自分で納得できることばを用いながら、それを読者にもわかるようにするという配慮であったと思われるからである。したがって、類似の現象が別々の文体から生じたものと解すべきだろう。

夏目漱石も耳にこだわる作家であったことは有名だ。『吾輩は猫である』にも漢字の意味を無視しその音だけを利用する宛て字の例が多い。「兎角」や「矢張り」や「出鱈目」や「屹度」のような世間の慣用的な例を除いても、「さんま」を「秋刀魚」とせずに「三馬」とし、「むずかしい」を「六づ箇敷い」とする。外国語の漢字表記も多い。『こころ』には「硝子」や「護謨」や「歌留多」や「切支丹」などの世間に流布している表記をはじめ、「卓布」を「テーブルクローズ」、「酒場」を「バー」、「停車場」を「ステーション」と読ませる例などが頻出するようである。このような一連の表記にも、漱石の文体のそういう一端が見えているだろう。

小沼丹の作品には、外国の地名の漢字表記もよく出てくる。『椋鳥日記』の中だけでも外国語の漢字表記の例は枚挙にいとまがない。「英吉利」「仏蘭西」「独逸」「伊太利」「印度」「希臘」のような国名や、「倫敦」や「巴里」のような都市名といった、漢字表記の広く知られた地名だけではない。「英蘭」「愛蘭」「蘇格蘭」「土耳古」「西班牙」「波蘭」「瑞西」「丁抹」「加奈陀」「猶太」、あるいは「伯林」「莫斯科」など、それほど一般的とはいえない例も続出する。順にイングランド、アイルランド、スコットランド、トルコ、スペイン、ポーランド、スウェーデン、デンマーク、カナダ、ユダヤ、あるいはベルリン、モスクワと読ませるのだが、こんなふうに片仮名でふつうに書いたら、作品世界の印象がすっかり変わってしまう。

むろん、これは地名の場合だけの現象ではない。「メートル」が「米」、「ダース」が「打」、「ガス」が「瓦斯」、「ランプ」は「洋燈」と書いてあるのはもちろん、今ではほとんど見ることのない「加特力」という「カトリック」の漢字表記も出るし、「ハンカチ」に「半巾」、「マロニエ」に「馬栗」と宛て、「襯衣」と書いて「シャツ」と読ませるようなかなり特殊な例も出る。「プラム」が「西洋李」と漢字表記されることは言うまでもない。

秋山安兵衛と名乗る男に案内されて街やその周辺を見物しながら、「馬の牽く荷車」の手綱をにぎる「禿頭の親爺が大きな声で怒鳴る」リッタアと聞こえる音を「屑屋お払い」と解釈したり、「倫敦で初めて月を見た」ときに阿倍仲麻呂を「想い出し」たり、酒場の横文字の看板を「白馬亭」と読んだり、レストランで「都の西北」を歌う老紳士に出会ったり、映画館で「烟草を吹かして小波のようにお喋りする」「婆さん連中」を眺めたりする。そして、ある肌寒い雨の日、乗り換え駅のプラットフォームにふと軽食堂があるのを見つけ、何となく「蕎麦を食おう」と思い、これは日本に帰る潮時だと感じる小説風の長編エッセイだ。

講談社文芸文庫版『椋鳥日記』の解説で清水良典は、「当時のロンドンは、世界中から、ケバケバしい極彩色のファッションに身を包んだ若者が集まってきて闊歩する街だったはず」なのに、ここに「写し取られたロンドンには、若者の姿がほとんどない」と書いている。ロンドン名物の地下鉄も登場しない。この作品に描かれているのは「小沼独自の日本語の文章に創造しなおされた〝わが倫敦〟」なのだという。清水の言う「小沼独自の日本語」とは、「作者が自らの文体（表記）にあらかじめ組み入れていた言葉の体系」をさす。

つまり、小沼丹の世界を構築するうえで、このような漢字使用の表現効果は欠かすことのできない文体的特徴のひとつなのだ。漱石の時代とはわけが違う。それより何十年もあと、戦後もだいぶ経ってから書かれた作品であるだけに、ここまで徹底して振り返った、漢語以外に対する大量の漢字使用の実態は、この作家の文体的な特色として大きな意味を持つと言えるのである。

最後に、内田百閒『山高帽子』の意表をつく漢字使用の試みを紹介して、この稿を結ぼう。これも宛て字の一種だが、その漢字の持つ意味や音よりも、それを使うことによって字面全体に広がる模様をねらった、いわばゲシュタルト用法である。

「長長御無沙汰致しましたと申し度いところ長ら、今日ひるお目にかかった許りでは、いくら光陰が矢の如く長れてもへんですね。長長しい前置きは止めて、用件に移りたいのですけれど、生憎なんにも用事が無いのです。止むなく窓の外を長めていると、まっくら長ラス戸の外に、へん長らの著物を著た若いおん長たっているらしいのです。びっくりして起ち上がろうとすると、女は私の方に長し目をして、それきり消えました。私はふしぎ長っかりした気持がしました。同時に二階の庇でいや長りがりと云う音が聞こえました。おん長のぞいたのは、家の猫のいたずらだったのでしょう。秋の夜長のつれづれに、何のつ長りもない事を申し上げました。末筆長ら奥様によろしく」

同僚から「貴方の顔は広い」、「一月ぐらい前から見ると、倍ですよ」、「それは太ったと云う顔ではありません。ふくれ上がっているのです。はれてるんです。むくんでるんです」、「もう一息で、のっぺらぼうになる顔です」とからかわれた百閒が、あまりの悔しさに「丸半日を潰し」て書いた、顔の長いその相手への反撃の手紙であるという。仕返しをする以外に何も用件がないから、無理にでも「ナガ」という音のつながりを作り出し、意味とは関係なくそこにことごとく「長」という漢字をあてはめている。「ナガ」でなく「ガナ」となった箇所には「長」という漢字を上下ひっくり返してまで強引にはめる。その結果、まるで地模様のように「長」という漢字のちりばめられた字面ができあがる。相手は手紙を読むまでもなく、手に取ってその字面を眺めるだけで、「長」の字のネットワークにからめとられる感じがすることだろう。

音と意味との統合した記号としての漢字の機能は、ここではさほど重要ではない。この場合はむしろ、そこにばらまかれた一八個の「長」によって書面上に形成される全体の模様が効果的に働いている。「長」という漢字の意味がまったく消え去るわけではないが、それは線条的に流れる言語表現本来の伝達効果とは明らかに異質だ。絵画的な映像効果に近い性質を帯びている不思議な例である。

（朝倉漢字講座3『現代の漢字』「文学と漢字」所収　朝倉書店　二〇〇三年）

近代作家の文体とメタファー
――トピックとイメージの分布――

はじめに

本稿のテーマを構成するキーワード「文体」と「メタファー」の概念規定から始める。「文体」という語はきわめて多義的な概念とされ、事実、何を文体と考えるかは研究者によってさまざまである。だが、それらの多様な文体観も、レベルの違いこそあれ、文章の表現上の性格を他との対比においてとらえた特殊性を問題にしているという一点では共通する。

諸説を二分するのは、文体を類型と考えるか個性と考えるかという軸の違いであるとされる。しかし、類型面でとらえるか個性面でとらえるかというこの問題は、それほど単純ではない。時枝誠記は「文章」という単位を対象とする国語学的な研究に道を開いた『文章研究序説』という著書の中で、「文体の概念は、文章に対する類型認識の所産である」ときっぱりと断言した。人間が表現し理解する過程を言語ととらえるいわゆる言語過程説そのものが文体論に相当すると主張するところからしても、そこでの「類型」は人間の行為をとおして実現するいわば動態をさすものと考えられる。その意味で、日本文体論学会編『文体論の世界』に筆者が寄せた論文「文体における個別性と普遍性」で、「個性的にとらえられた文体も、大きな展望においては、普遍への思い思いのアプローチである」と展開した見解へとつながる。

国語学会編『国語学大辞典』の「文体」の項目を執筆した市川孝は、表現主体が素材をどう認識し、どんな態度で表現し、場面をどう意識して表現をどんなふうに調節するかによっていくつかの類型が生ずるとする上述の時枝類型説を紹介したあと、表現学会の雑誌『表現研究』に発表した筆者の定義に言及する。「文体とは、表現主体によって開かれた文章が、受容主体の参加によって展開する過程で、異質性としての印象・効果をはたすときに、その動力となった作品形成上の言語的な性格の統合である」という文体規定がそれである。

筆者はその後この定義を著書『日本語の文体』（岩波セミナーブックス）に再掲し、考え方の背景について説明を加えている。文章というものを単なる文字連続という記号の集合ではなく、表現行動の軌跡ととらえ、表現主体の個性と理解主体の個性とのぶつかり合う動的な現象の中に文体を見ようとする点をこの定義の特色とした。したがって、作品の言語的特徴のすべてが文体的特徴となるわけではなく、作品という場でたしかに魂の響き合うものだけが「動力」となって文体の形成に働く。とすれば、真正な意味での文体は、読者のスタイルがつかみとった言語面での作者のスタイルであり、その背後に感じとった人間の生き方だということになる。

しかし、この語は以下のような意味合いでも用いられる。文字表記の面から漢字仮名交じり体など、使用語彙の面から候文体・擬古文など、語法の面から口語体・欧文直訳体など、文末表現の面から「である」体・「です・ます」体など、文章の種類の面から日記体・書簡体など、文章の用途の面から報告文・意見文など、文章のジャンルの面から小説文・論説文など、文章の調子の面から韻文・散文、修辞の面から対偶文・四六騈儷体など、文章の性格の面から華麗体・蔓衍体など、時代の面から王朝体・元禄体など、使用言語の面から英文体・日本文体など、表現主体の属性の面から男性の文体と女性の文体、青年の文体と老年の文体、軍人の文体、教員の文体など、文学史の面から白樺派の文体と新感覚派の文体など、作家ごとの違いという面から志賀直哉の文体、谷崎潤一郎の文体など、執筆時期による違いという面から初期の文体、晩年の文体など、作品ごとの違いという面から「坊っちゃん」の文体、「草枕」

の文体など、「文体」という語には現実にさまざまな用法が存在する。

本稿ではそれらのうち、作家や作品の個性面を問題にする言語的特色という範囲に限定して、この語を用いることにしたい。

一方、「メタファー」という語は「隠喩」を意味し、そのような多義性に起因する問題は生じない。が、厳密に隠喩だけに限定して用いるほか、代表的な比喩というニュアンスから、もう少し範囲を広げて典型的な比喩表現を漠然と指す場合も一般には多い。本書でもこの「文体とメタファー」と並んで別に「文体とシミリー」といった章立てを設けることなく、本稿では直喩を含む典型的な比喩表現に対象を広げ、そこに投影された個性的文体の問題を考察する。

比喩表現の出現状況に関する調査の概要

筆者は一九七七年二月に国立国語研究所の報告書として『比喩表現の理論と分類』を公刊し、同年一二月には『比喩表現辞典』（角川書店）を出版した。前者は比喩表現の成立する形式面を追求した学術的な試みであり、後者は何を何に喩えるかという内容面の対応を探る目的で近代文学の作品から大量の用例を採集し、分類に工夫をこらして初めて辞典化したものである。一九九五年には後著にさらに約二〇〇〇の用例を追加して充実を図った新版を刊行した。

このたび、比喩表現の使用の実態と文体との関係を探るために、その増補版を対象に、特に用例が多く比喩表現に力を注いだと思われる一〇名の作家を取り上げ、トピックとイメージの両面から分野別の出現状況を調査した。ここで「トピック」および「イメージ」と呼ぶ概念は、分類整理にあたっての次のような作業仮説にもとづく名称である。

「リンゴのような頬」という比喩表現の場合は、喩えられるものがある人物の「頬」、喩えるものが「リンゴ」一般というふうに、ともに言語表現の面で明確に指示できる。だが、このようなすっきりとした例だけではなく、現実には「喩えられるもの」と「喩えるもの」という単純な対応を言語面に特定しにくい例も少なくない。「リンゴ」の部分を「ブルドッグ」にしただけで、その対応は崩れる。「ブルドッグのような頬」という比喩表現において類似性が認識されている対象は、「ブルドッグ」そのものと「頬」ではなく、「ブルドッグの頬」と「誰かの頬」なのである。

文学作品の場合は特に複雑な用例が多くなる。吉行淳之介『娼婦の部屋』に出る「老婆のような隈がその顔に貼り付いていた」という例の場合も、直接「老婆」と「隈」とが似ているわけではない。「その作中人物の顔の隈」が「一般によく見られる老婆の顔の隈」を思わせるのである。また、野上弥生子『哀しき少年』に出る「燕尾服を着たペンギン鳥が園遊会のように群れていたりする」という例でも、単純に「ペンギン鳥」と「園遊会」とが対応しているのではなく、「ペンギン鳥の姿」が「燕尾服を着た人間の姿」を連想させることをとおして、「ペンギン鳥の群れるその場面」が一見「園遊会の会場」と似た雰囲気を醸し出しているのだと解釈できる。さらに、川端康成『雪国』の「涼しく刺すような娘の美しさ」という例では、すでに比喩性を帯びている「涼しく刺す」という表現と「娘の美しさ」とが直接の類似関係にあるというよりも、「その娘の美しさの質感」が、いわば「涼しく刺す」とでも形容したいような性質を感じさせるのであろう。

このように、「喩えられるもの」と「喩えるもの」という対応が単純には抽出できないが、しかし、「隈」「ペンギン鳥」「娘」といった話題について、読者が一瞬「老婆」「燕尾服」「園遊会」あるいは「涼しく刺す」という映像を思い浮かべることは確かである。そこで、「喩えられるもの」と「喩えるもの」との関係にきちんと対応しない場合をも含めて、話題に関する前者のグループを《トピック》、後者のグループを《イメージ》と呼んで、比喩表現におけるそれぞれの対応を考えることにする。

各作家ごとの比喩表現出現数

一〇名の作家の調査結果は次のとおりである。『比喩表現辞典』〈増補版〉中に収録された比喩表現の用例の総数を示し、その出典となった作品名を五十音順に列挙する。

〔表一〕　比喩表現出現数

夏目漱石　一七一例（『草枕』『こゝろ』『三四郎』『それから』『坊っちゃん』『道草』『明暗』『吾輩は猫である』の八編）

室生犀星　一二二例（『愛猫抄』『あにいもうと』『杏っ子』『舌を嚙切った女』『性に眼覚める頃』『幼年時代』の六編）

岡本かの子　二一六例（『家霊』『河明り』『金魚撩乱』『食魔』『鮨』『蔦の門』『鶴は病みき』『東海道五十三次』『花は勁し』『春』『母子叙情』『やがて五月に』『落城後の女』『老妓抄』の一四編）

芥川龍之介　七九例（『秋』『或阿呆の一生』『或旧友に送る手記』『或日の大石内蔵助』『一塊の土』『芋粥』『お富の貞操』『河童』『枯野抄』『蜘蛛の糸』『戯作三昧』『地獄変』『大導寺信輔の半生』『偸盗』『杜子春』『南京の基督』『歯車』『鼻』『舞踏会』『蜜柑』『羅生門』の二一編）

横光利一　一〇一例（『青い石を拾ってから』『頭ならびに腹』『王宮』『落され恩人』『悲しみの代価』『機械』『時間』『スフィンクス』『天使』『ナポレオンと田虫』『日輪』『蠅』『花園の思想』『春は馬車に乗って』『微笑』『無礼な街』『由良之助』の一七編）

川端康成　一四四例（『伊豆の踊子』『美しさと哀しみと』『十六歳の日記』『純粋の声』『抒情歌』『千羽鶴』『童謡』『眠れる美女』『二十歳』『春景色』『末期の眼』『みずうみ』『山の音』『雪国』の一四編）

梶井基次郎　五九例（『愛撫』『ある崖上の感情』『ある心の風景』『筧の話』『器楽的幻覚』『Kの昇天』『交尾』『桜の樹の下には』『城のある町にて』『蒼穹』『泥濘』『のんきな患者』『冬の蠅』『冬の日』『闇の絵巻』『檸檬』の一六編）

小林多喜二　九三例（『蟹工船』の一編）

林芙美子　五〇五例（『上田秋成』『魚の序文』『浮草』『うず潮』『馬の文章』『牡蛎』『河沙魚』『牛肉』『軍歌』『山中歌合』『下町』『女性神髄』『市立女学校』『人生賦』『清貧の書』『茶色の目』『泣虫小僧』『濡れた葦』『羽柴秀吉』『晩菊』『風琴と魚の町』『放浪記』『骨』『ボルネオダイヤ』『松葉牡丹』『耳輪のついた馬』『めかくし鳳凰』『めし』『夜猿』の二九編）

三島由紀夫　二一二例（『仮面の告白』『金閣寺』『午後の曳航』『美徳のよろめき』の四編）

この辞典に掲載した用例は、調査した各作品に出現する比喩表現のすべてではない。何を何に喩えているかという点でほとんど差のない類似例は、重複して掲げる意味が薄いので割愛し、できるだけバラエティーに富んだ多様な表現例を集めるようにした。また、調査対象とした作品数は作家ごとに違い、作品の長短も一定していない。したがって、この辞典を調査して得られた結果は、厳密に各作家および各作品に比喩表現の出現する実態を反映するとは言いがたい。しかし、出現状況について大体の傾向を推測するひとつの資料とはなるはずである。

いずれも比喩表現が多く、作中で重要な役割を担っていると思われる作家であるが、この調査結果によれば、なかでも小林多喜二と三島由紀夫は比喩表現の出現頻度がきわめて高く、夏目漱石・室生犀星・林芙美子・岡本かの子はどの作品でも安定して例が多い。川端康成はそれよりやや落ちるが、それでも出現頻度は相当に高い。横光利一は作品によりむらがある。芥川龍之介と梶井基次郎は短編小説が多いため作品一編あたりの用例数は当然少なくなるが、出現頻度という点では必ずしも低くはないし、比喩表現に対する力点は他作家に比して決して軽くはない。

トピック別に見た分布状況

『比喩表現辞典』においては八二〇一の用例がトピック別に分類整理され、それぞれの項目に配列されている。そのうち一二の大分類と二五二の中分類の枠組みが「分類体系一覧」として表にまとめられている。各作家の比喩表現例のトピック別の分布状況を、大分類と中分類とに集計した結果を以下に示す。

〔表二〕 トピック別分布

	夏目漱石	室生犀星	岡本かの子	芥川龍之介	横光利一	川端康成	梶井基次郎	小林多喜二	林芙美子	三島由紀夫
A〔自然〕	一五	一四	三〇	八	一〇	二二	一三	一七	五七	三一
色〜味	二	二	三	一	一	〇	二	〇	六	四
天象〜天災	一	〇	一	一	一	〇	〇	〇	二	三
鉱物	〇	二	〇	一	一	〇	一	〇	一	一
空気	〇	一	二	〇	〇	〇	〇	〇	一	〇
水	〇	一	三	一	一	〇	〇	三	三	一
風	〇	〇	一	〇	〇	〇	〇	〇	五	一
雲	二	〇	四	〇	〇	〇	〇	一	二	三
雨・雪	一	二	一	〇	〇	六	〇	三	八	六
波・潮	〇	〇	〇	〇	一	一	一	七	二	〇
火	〇	一	一	一	〇	一	〇	〇	一	一
宇宙・空	三	〇	三	〇	〇	一	〇	〇	二	二

	夏目漱石	室生犀星	岡本かの子	芥川龍之介	横光利一	川端康成	梶井基次郎	小林多喜二	林芙美子	三島由紀夫
天体・光	三	一	三	一	〇	九	二	〇	一二	五
地形〜森林	三	二	二	〇	二	三	七	一	四	〇
川〜景	〇	二	六	二	三	一	〇	二	八	四
B〔植物〕	**三**	**三**	**二四**	**三**	**四**	**一二**	**一二**	**〇**	**一六**	**四**
植物〜花	三	三	二四	三	四	一二	一二	〇	一六	四
C〔動物〕	**四**	**四**	**九**	**八**	**六**	**一八**	**四**	**三**	**九**	**一**
哺乳類	〇	〇	〇	四	〇	一一	三	〇	三	一
鳥類	一	〇	〇	一	一	〇	〇	〇	〇	〇
爬虫類・両生類	〇	一	〇	二	〇	〇	〇	〇	〇	〇
魚類	二	三	五	〇	三	〇	〇	〇	〇	〇
昆虫〜無脊椎動物	〇	〇	二	〇	二	七	一	一	一	〇
鳴き声	一	〇	二	一	〇	〇	〇	二	三	〇
巣	〇	〇	〇	〇	〇	〇	〇	〇	〇	〇
D〔人間〕	**二三**	**二六**	**二八**	**一〇**	**一三**	**一七**	**二**	**八**	**六五**	**二〇**
人称〜人間	一〇	一二	一二	五	五	五	二	一	二七	一三
神仏・精霊	〇	〇	〇	〇	〇	〇	〇	〇	〇	〇
男女〜人物	一〇	一三	一三	五	六	一二	〇	一	三三	四

専門職〜地位	三	一	三	〇	二	〇	〇	六	五	三
E〔身体〕	**三一**	**二九**	**五一**	**二二**	**二五**	**二九**	**七**	**二三**	**七〇**	**四八**
姿〜体	一	二	七	〇	六	二	〇	三	五	九
頭・顔・目鼻	一八	二〇	一七	一〇	八	七	〇	七	二八	一八
背・胸・腹	〇	〇	五	一	四	一	〇	二	一	四
手足・指	二	五	九	一	三	四	二	六	九	六
筋・神経・内臓	八	一	一	四	二	一	〇	〇	三	二
皮・毛髪	二	〇	七	一	〇	八	一	一	一一	二
骨・歯・爪	〇	〇	一	一	一	〇	〇	〇	二	二
血・涙・汗	〇	〇	一	〇	一	三	二	三	五	二
生命〜四百四病	〇	一	三	〇	〇	三	二	一	六	三
F〔精神〕	**一四**	**六**	**一〇**	**五**	**五**	**三**	**〇**	**一**	**二九**	**一二**
感覚〜睡眠	三	〇	三	一	〇	〇	〇	〇	九	三
心〜性質	六	二	〇	〇	四	一	〇	一	七	四
感情〜愛憎	二	四	七	三	〇	一	〇	〇	一二	二
欲望〜思考	三	〇	〇	一	一	一	〇	〇	一	三
G〔言語〕	**二〇**	**一〇**	**九**	**二**	**二**	**三**	**〇**	**一**	**一〇**	**五**
名〜文字	九	一	二	二	〇	二	〇	一	四	一
記号〜通信	〇	〇	〇	〇	〇	〇	〇	〇	〇	一

	夏目漱石	室生犀星	岡本かの子	芥川龍之介	横光利一	川端康成	梶井基次郎	小林多喜二	林芙美子	三島由紀夫
文献～文芸	五	二	三	○	○	○	○	○	一	○
話～口論	一	○	一	○	○	○	○	○	○	二
声	五	七	三	○	二	一	○	○	五	一
H〔社会文化〕	**八**	**一**	**六**	**二**	**五**	**一**	**○**	**四**	**一五**	**七**
社会～国	三	○	二	○	二	○	○	二	○	二
学校～宿	二	○	○	○	一	○	○	○	七	一
政府～政治	○	○	○	○	○	○	○	○	一	○
学芸～仕事	○	○	一	一	一	○	○	一	四	二
身振り～行為	二	○	三	一	一	一	○	一	一	二
金銭	一	一	○	○	○	○	○	○	二	○
I〔製品〕	**二四**	**一二**	**一七**	**七**	**九**	**一四**	**八**	**二四**	**八五**	**三七**
荷～網	一	二	○	三	一	一	一	二	六	○
綿～帽子	四	○	一	一	○	○	一	一	九	七
履物～寝具	○	二	○	○	○	○	○	○	二	一
装身具	○	○	一	○	一	二	○	一	二	○
飲食物・嗜好品	四	二	六	○	二	○	○	二	四	三
医薬・化粧品	○	○	○	○	○	○	○	一	一	○

家屋～柱	七	二	二	三	○	五	二	一	一四	一三
寝台～道具	一	○	○	○	三	二	○	一	五	○
容器	○	○	○	○	○	○	○	○	二	○
文具	一	○	○	○	○	○	○	○	三	二
農工具～武器	○	○	○	○	○	一	○	○	○	一
楽器	二	二	○	○	○	○	○	一	三	三
玩具	一	○	○	○	○	○	○	○	一	一
標識・ふだ	一	○	○	○	○	○	○	○	三	○
灯火	一	○	三	○	○	一	二	三	一三	○
鏡・レンズ	○	○	○	○	一	○	○	○	一	一
機械	○	○	○	○	○	○	○	○	三	二
乗り物	一	二	三	○	○	一	一	○	四	二
地類～土木施設	○	○	一	○	一	一	一	一一	九	一
J〔抽象的関係〕	**二**	**一**	**五**	**二**	**二**	**一**	**○**	**一**	**六**	**九**
事柄～力	一	一	三	○	一	一	○	○	○	二
時～人生	一	○	二	一	一	○	○	○	五	六
位置～模様	○	○	○	一	○	○	○	一	一	一
K〔活動〕	**一九**	**一○**	**一七**	**八**	**一七**	**一八**	**六**	**一一**	**七四**	**二四**
異同～転倒	一	○	一	一	二	○	一	一	一	○

	夏目漱石	室生犀星	岡本かの子	芥川龍之介	横光利一	川端康成	梶井基次郎	小林多喜二	林芙美子	三島由紀夫
出入り～時間	一	○	○	○	一	二	○	四	七	○
打撃～変形	○	○	○	○	一	○	○	○	一	○
感覚～意識	○	一	○	○	一	○	○	○	五	一
疲労～睡眠	○	○	一	○	○	二	一	○	二	二
驚き～対人感情	五	一	二	二	一	四	一	○	七	四
泣き～つぶやき	一	一	三	一	四	二	○	一	五	三
発言～報告	二	○	一	一	一	一	○	○	三	二
読み・書き	○	○	○	○	○	○	○	一	○	○
努力～反省	一	○	二	○	○	○	一	○	二	二
記憶～調査	一	○	一	○	一	○	○	○	一六	一
想像～判断	二	○	○	○	○	二	一	○	二	○
生活～生・死	一	○	三	二	二	一	○	一	七	二
踊り～別れ	二	一	一	○	○	二	○	○	二	三
待遇～嘲罵	一	一	一	○	○	○	○	○	一	○
経済	○	○	○	○	○	○	一	○	○	○
凝り～跳ね	○	一	○	一	一	一	○	一	四	○
足～その他の動作	一	四	一	○	二	一	○	二	九	四

乾湿~照射	○	○	○	○	○	○	○	○	○	○
L〔状態〕	八	六	一一	二	二	六	六	五	七〇	八
整い方~平安	○	○	○	一	○	○	一	○	八	二
変化~多少	一	一	一	○	○	二	○	二	一	○
温度~視覚	○	二	○	○	○	○	一	○	九	○
意識~苦痛	○	一	六	一	一	○	○	三	一五	○
寂しさ~悲しさ	○	○	二	○	一	○	二	○	二〇	三
恐ろしさ~安堵	二	○	○	○	○	一	一	○	九	○
対人感情~不幸	○	一	○	○	○	一	○	○	一	○
弁舌~明確	一	○	一	○	○	○	○	○	二	一
性格・態度	四	一	一	○	○	二	一	○	五	二

これらはトピック別の分布であるから、各作家がどのような対象を描写する際に比喩表現を用いる傾向があるかを示している。全体の傾向としては、〔人間〕〔身体〕〔製品〕〔活動〕に関する描写において比喩表現が多く使われ、〔自然〕も比較的多い。一方、当然ながら〔抽象的関係〕を示す箇所には比喩表現がきわめて出現しにくく、〔社会・文化〕もそれに近い。〔植物〕〔動物〕〔状態〕も一般に例はさほど多くない。〔言語〕は作家による差が大きい。

この結果を作家別の分布という点から眺めてみよう。夏目漱石の場合は、他作家に比べ〔言語〕がきわだって多い。室生犀星・川端康成・小林多喜二では〔社会・文化〕と〔抽象的関係〕が他作家と比べてもきわめて少ない。川端では〔動物〕が多い。小林は〔製品〕が多く、〔植物〕〔動物〕が少ないのが目立つ。岡本かの子では他作家に比べ

〔植物〕〔身体〕が多い。梶井基次郎では全体として用例数は多くないが、〔自然〕と〔植物〕にかなり集中している。林芙美子は用例数が圧倒的に多く、〔製品〕〔活動〕〔状態〕〔人間〕〔自然〕が特に多い。三島由紀夫は〔自然〕〔製品〕が多く、〔植物〕〔動物〕はめったに現れない。

次に、それぞれの中身を詳しく見てみよう。『比喩表現辞典』の冒頭に掲げた「分類体系一覧」では中分類が二五二に分かれているが、分類があまり細かくなると用例数が散らばりすぎて傾向がつかみにくいため、ここではもう少し大きくまとめ、一〇〇ブロックに整理した調査結果を掲げた。

この数表から読み取れる全体的な傾向としては、〈植物～花〉〈人称～人間〉〈男女～人物〉〈頭・顔・目鼻〉といったトピックに対して比喩表現を用いた例が多く、〈色～味〉〈天体・光〉〈姿～体〉〈手足・指〉〈筋・神経・内臓〉〈皮・毛髪〉〈名～文字〉〈身振り～行為〉〈荷～網〉〈家屋・柱〉〈驚き～対人感情〉〈泣き～つぶやき〉〈生活～生・死〉〈足～その他の動作〉の描写においても、頻度はそれほど高くはないが、大抵の作家が比喩を使用している点が注目される。逆に、〈巣〉〈神仏・精霊〉〈記号～通信〉〈政府・政治〉〈医薬・化粧品〉〈容器〉〈農工具～武器〉〈標識・ふだ〉〈機械〉〈打撃～変形〉〈読み・書き〉〈経済〉〈乾湿～照射〉のようなトピックに関しては、どの作家も比喩表現を用いて描写する例がほとんど見られない。

これを作家別に見ると、以下のような傾向がうかがえる。夏目漱石は全体の傾向のうち〔自然〕の分野は少なく、〈人称～人間〉〈男女～人物〉〈頭・顔・目鼻〉など〔人間〕〔身体〕の分野に集中し、〈名～文字〉〈文献～文芸〉〈声〉という〔言語〕の分野が比較的多い点に特徴が見られる。室生犀星は〈人称～人間〉〈男女～人物〉〈頭・顔・目鼻〉および〈声〉の領域に集中する点は漱石と同様で、〔活動〕の分野に例が少ない。岡本かの子も〈人称～人間〉〈男女～人物〉〈頭・顔・目鼻〉の領域に例が多いが、〔植物〕の分野にさらに多くの例が見られるのが特色であり、〈川～景〉〈魚類〉〈手足・指〉〈飲食物・嗜好品〉〈意識～苦痛〉の領域に比較的例の多い点も相対的な特徴となっている。

芥川龍之介は全体として例が少なく、分布にも目立った偏りは認められないが、〈哺乳類〉〈筋・神経・内臓〉の領域が比較的多い点は注目される。横光利一も〔身体〕の分野に幅広く例が集まっている点以外にきわだった特徴は見られない。川端康成は〈雨・雪〉〈哺乳類〉〈昆虫～無脊椎動物〉〈皮・毛髪〉の領域の多い点が目立ち、〔植物〕の分野も比較的多い。梶井基次郎も〔植物〕の分野が比較的多く、全体的に比喩表現例が少ないなかで〈地形～森林〉の領域にかなり集中している点が注目される。小林多喜二は調査作品が『蟹工船』一編になったための題材の影響もあり、〈波・潮〉と〈地類～土木施設〉とが相対的に目立つ結果になった。

林芙美子は調査作品が多かったことも関係して比喩表現の用例が圧倒的に多いという結果になった。特に〈人称～人間〉〈男女～人物〉〈頭・顔・目鼻〉にきわめて多くの例が集まったが、それ以外に〈愛憎〉〈灯火〉〈記憶～調査〉〈意識～苦痛〉〈寂しさ～悲しさ〉の領域が相対的に多かった点は注目される。三島由紀夫は一般に多いという結果の出た三領域のうち、〈人称～人間〉〈頭・顔・目鼻〉は比較的多いが、〈男女～人物〉はごくわずかで、〈姿～体〉〈綿～帽子〉〈家屋～柱〉〈時～人生〉といった領域が相対的に多く、〔動物〕の分野がほとんど現れないという結果になった。

イメージ別に見た分布状況

小林多喜二『蟹工船』や三島由紀夫『金閣寺』などの場合のように、《トピック》は作品の舞台や題材などの影響を直接受けるが、ある対象から何を連想するかは基本的に作品世界から自由であるという比喩表現の機構上、そこに作家の個性や想像力が生の形で反映しやすい。

今度は、その意味でより重要な《イメージ》を軸に、比喩表現の分布を見ることにする。

〔表三〕 イメージ別分布

	夏目漱石	室生犀星	岡本かの子	芥川龍之介	横光利一	川端康成	梶井基次郎	小林多喜二	林芙美子	三島由紀夫
A〔自然〕	**三五**	**二五**	**五三**	**二八**	**一七**	**三五**	**一一**	**九**	**一〇九**	**四五**
色～味	一	○	一	○	一	五	○	○	五	○
天象～天災	○	○	三	○	○	○	一	○	六	一
鉱物	一二	一二	一〇	七	四	五	三	四	一八	一二
空気	○	一	一	一	一	○	一	○	二	二
水	三	二	六	三	一	五	一	三	二〇	四
風	二	二	一	○	二	一	○	一	五	一
雲	三	二	三	一	○	○	○	○	二	三
雨・雪	三	一	○	二	一	三	一	一	一〇	三
波・潮	三	一	四	○	一	○	二	○	八	二
火	一	二	二	二	○	三	○	○	七	五
宇宙・空	○	○	四	一	○	○	○	○	○	三
天体・光	三	○	三	九	四	九	二	○	六	五
地形～森林	○	○	四	一	一	二	○	○	九	○
川～景	四	二	一一	一	一	二	○	○	一一	四
B〔植物〕	**六**	**三**	**三〇**	**一〇**	**一七**	**一二**	**二**	**九**	**四三**	**二二**

植物〜花	六	三	三〇	一〇	一七	一二	二	九	四三	二二
C〔動物〕	**二五**	**四二**	**三一**	**一六**	**二〇**	**一四**	**九**	**二八**	**八六**	**三三**
哺乳類	一一	一七	七	六	五	三	二	九	二三	一〇
鳥類	三	六	五	三	八	一	二	三	一一	四
爬虫類・両生類	二	一	七	一	〇	一	一	一	一	二
魚類	三	九	七	一	二	二	二	八	二六	六
昆虫〜無脊椎動物	六	九	五	五	五	七	二	七	二三	一一
鳴き声	〇	〇	〇	〇	〇	〇	〇	〇	〇	〇
巣	〇	〇	〇	〇	〇	〇	〇	〇	二	〇
D〔人間〕	**一七**	**二**	**一〇**	**三**	**八**	**六**	**四**	**三**	**二五**	**一二**
人称〜人間	〇	〇	二	一	二	〇	〇	二	八	一
神仏・精霊	七	〇	二	一	一	三	〇	〇	一	〇
男女〜人物	三	二	三	一	三	二	二	一	八	二
専門職〜地位	七	〇	三	〇	二	一	二	〇	八	九
E〔身体〕	**六**	**七**	**一五**	**七**	**六**	**一一**	**八**	**六**	**三四**	**二三**
姿〜体	二	〇	〇	〇	一	一	一	一	一	一
頭・顔・目鼻	〇	一	四	三	一	一	〇	〇	三	三
背・胸・腹	〇	一	〇	〇	一	一	二	〇	三	一
手足・指	〇	二	〇	〇	〇	三	〇	〇	三	二

	夏目漱石	室生犀星	岡本かの子	芥川龍之介	横光利一	川端康成	梶井基次郎	小林多喜二	林芙美子	三島由紀夫
筋・神経・内臓	○	一	一	一	○	○	○	○	三	三
皮・毛髪	二	○	六	○	○	一	一	○	五	一
骨・歯・爪	一	一	三	○	二	○	二	○	一	五
血・涙・汗	一	○	○	○	○	一	○	○	六	○
生命・四百四病	○	一	一	三	一	三	二	五	九	六
F〔精神〕	**六**	**二**	**四**	**○**	**○**	**五**	**二**	**○**	**二**	**四**
感覚〜睡眠	五	○	三	○	○	四	一	○	二	一
心〜性質	一	二	一	○	○	○	○	○	○	一
感情〜愛憎	○	○	○	○	○	一	一	○	○	一
欲望〜思考	○	○	○	○	○	○	○	○	○	一
G〔言語〕	**三**	**三**	**二**	**一**	**○**	**一**	**三**	**○**	**四**	**一**
名〜文字	二	○	一	○	○	一	一	○	○	○
記号〜通信	○	一	○	一	○	○	○	○	二	一
文献〜文芸	一	二	一	○	○	○	一	○	○	○
話〜口論	○	○	○	○	○	○	一	○	○	○
声	○	○	○	○	○	○	○	○	二	○
H〔社会文化〕	**三**	**○**	**四**	**○**	**○**	**一**	**一**	**○**	**一三**	**六**

社会~国	一	○	○	○	○	○	○	○	○	○
学校~宿	○	○	○	○	○	一	○	○	○	二
政府~政治	○	○	○	○	○	○	○	○	○	○
学芸~仕事	○	○	四	○	○	○	一	○	一二	四
身振り~行為	○	○	○	○	○	○	○	○	○	○
金銭	二	○	○	○	○	○	○	○	一	○
I〔製品〕	**六五**	**二九**	**五八**	**一一**	**二四**	**三二**	**一九**	**三八**	**一五七**	**五六**
荷~網	四	一	一	○	三	一	一	四	一一	二
綿~帽子	三	一	一○	一	二	四	五	三	一七	六
履物~寝具	○	○	二	○	○	一	○	○	○	○
装身具	一	二	一	一	○	○	○	○	三	○
飲食物・嗜好品	九	五	七	二	二	○	一	六	三三	一
医薬・化粧品	四	一	三	○	○	○	○	三	二	一
家屋~柱	○	四	一	一	一	四	一	一	四	四
寝台~道具	四	○	七	○	三	七	三	二	九	七
容器	七	二	二	一	三	三	二	一	二三	五
文具	三	四	一	○	一	一	一	五	九	二
農工具~武器	四	三	五	二	四	三	二	○	三	一
楽器	八	三	二	一	一	二	一	○	七	三

	夏目漱石	室生犀星	岡本かの子	芥川龍之介	横光利一	川端康成	梶井基次郎	小林多喜二	林芙美子	三島由紀夫
玩具	三	一	五	一	二	二	一	三	一一	二
標識・ふだ	一	○	二	○	○	○	○	一	三	二
灯火	四	○	三	○	○	一	○	一	二	○
鏡・レンズ	三	一	○	一	○	一	○	三	二	五
機械	三	一	一	○	二	○	○	二	三	八
乗り物	二	○	四	○	○	一	一	一	九	六
地類〜土木関係	二	○	一	○	○	一	○	二	六	一
J〔抽象的関係〕	**二**	**一**	**一**	**一**	**五**	**二**	**一**	**○**	**八**	**二**
事柄〜力	○	○	○	一	一	○	一	○	○	○
時〜人生	一	一	一	○	二	○	○	○	二	○
位置〜模様	一	○	○	○	二	二	○	○	六	二
K〔活動〕	**八**	**七**	**一五**	**○**	**四**	**二三**	**三**	**四**	**三七**	**一二**
異同〜転倒	○	○	四	○	○	一	○	一	五	○
出入り〜時間	一	一	一	○	○	七	○	○	五	一
打撃〜変形	一	三	一	○	○	六	一	一	二	○
感覚〜意識	○	○	○	○	○	○	○	○	○	○
疲労〜睡眠	○	○	一	○	○	○	一	○	一	○

驚き~対人感情	○	一	一	○	○	○	○	○	○	○
泣き~つぶやき	○	○	○	○	○	○	○	○	二	○
発言~報告	○	○	○	○	○	○	○	○	○	一
読み・書き	○	○	○	○	○	○	○	○	○	○
努力~反省	○	○	○	○	○	○	○	○	○	○
記憶~調査	一	○	○	○	○	○	○	○	○	○
想像~判断	○	○	○	○	○	○	○	○	○	○
生活~生・死	一	○	○	○	○	○	○	○	五	四
踊り~別れ	○	○	○	○	○	○	○	○	二	○
待遇~嘲罵	○	○	○	○	○	○	○	○	○	○
経済	○	○	○	○	○	○	○	○	○	○
凝り~跳ね	○	○	○	○	○	○	○	○	二	○
足~その他の動作	三	一	六	○	四	八	一	二	一二	二
乾湿~照射	一	一	一	○	○	一	○	○	一	四
L〔状態〕	**一**	**二**	**一**	**一**	**○**	**三**	**○**	**○**	**三**	**○**
整い方~平安	○	○	○	○	○	○	○	○	○	○
変化~多少	○	一	○	○	○	○	○	○	一	○
温度~視覚	一	○	一	一	○	三	○	○	二	○
意識~苦痛	○	○	○	○	○	○	○	○	○	○

	夏目漱石	室生犀星	岡本かの子	芥川龍之介	横光利一	川端康成	梶井基次郎	小林多喜二	林芙美子	三島由紀夫
寂しさ～悲しさ	○	—	○	○	○	○	○	○	○	○
恐ろしさ～安堵	○	○	○	○	○	○	○	○	○	○
対人感情～不幸	○	○	○	○	○	○	○	○	○	○
弁舌～明確	○	○	○	○	○	○	○	○	○	○
性格・態度	○	○	○	○	○	○	○	○	○	○

作品中の描写対象を比喩的に表現するときに、作家がどのような方面に材料を求めてイメージ化しているかを一望できる数表である。まずは大きな分野別の全体的な傾向を探ってみよう。〔製品〕の分野がきわめて例が多く、〔活動〕の分野もかなり多いのはトピックの場合と同様であるが、トピックできわめて多かった〔人間〕〔身体〕の分野はさほど多くない。人物を何かに喩えるのが一般的で、何かを人物に喩えるという方向の発想はあまり頻度が高くないからだろう。トピックのほうでも比較的多かった〔自然〕の分野はこのイメージではさらに例が多く、トピックではさほど多くなかった〔動物〕〔植物〕の分野もイメージではかなり例が多くなっている。当然ながら〔抽象的関係〕はごく稀で、〔精神〕〔言語〕〔社会文化〕の分野も少ない。

この分布を作家別に眺めてみよう。夏目漱石は〔製品〕がきわめて多いほか、〔自然〕〔動物〕も多く、次いで〔人間〕という順になる。室生犀星は〔動物〕の多いのが目立ち、〔製品〕〔自然〕がそれに次ぎ、〔植物〕は他作家と比べても少ない。岡本かの子は〔製品〕〔自然〕が多く、〔動物〕〔植物〕ともにかなり例が多い。

芥川龍之介は〔自然〕がかなり多いほかは、〔動物〕が比較的多い程度で、他作家と比べ〔製品〕の分野に例が少ない。横光利一は〔製品〕〔動物〕〔自然〕〔植物〕が比較的多い程度で、特に多い分野は見られず、〔精神〕〔言語〕〔社会文化〕〔状態〕の分野に例がない。川端康成は〔自然〕が最多で、〔製品〕がそれに次ぎ、〔活動〕の分野に例が多いのも目立つ。

梶井基次郎は〔製品〕のほかは〔自然〕がやや多い程度である。小林多喜二は〔製品〕〔動物〕が多く、他作家と比べ〔自然〕の少ないのが目立つ。林芙美子は〔製品〕〔自然〕の例が圧倒的に多く、〔動物〕もかなり多く、〔植物〕〔活動〕〔身体〕などの幅広い分野で多くの用例が見られる。三島由紀夫も〔製品〕〔自然〕がきわだって多く、〔動物〕〔植物〕〔身体〕がそれに次ぐ。

今度は各分野においてそれを構成する領域ごとの傾向を探ってみよう。全体としてよく現れるイメージとしては〈鉱物〉〈植物〜花〉〈哺乳類〉〈鳥類〉〈魚類〉〈昆虫〜無脊椎動物〉〈綿〜帽子〉〈飲食物・嗜好品〉〈容器〉などの領域が目立つ。これを作家別に見ると、以下のような傾向が浮かび上がる。

夏目漱石では〈鉱物〉〈哺乳類〉〈飲食物・嗜好品〉〈楽器〉〈神仏・精霊〉〈専門職〜地位〉〈容器〉、室生犀星では〈哺乳類〉〈鉱物〉〈魚類〉〈昆虫〜無脊椎動物〉、岡本かの子は〈植物〜花〉がきわめて多く、〈川〜景〉〈鉱物〉〈綿〜帽子〉も比較的多い。

芥川龍之介は特に集中している領域はなく、〈植物〉〈天体〜光〉〈鉱物〉〈哺乳類〉が比較的多い程度である。横光利一も〈植物〜花〉が比較的多いほかは〈鳥類〉〈哺乳類〉〈昆虫〜無脊椎動物〉が若干目立つ程度であるが、〔抽象的関係〕の分野に数例見られるのは相対的に注目される。

川端康成は〈植物〜花〉〈天体〜光〉〈昆虫〜無脊椎動物〉〈寝台〜道具〉の領域が比較的多く、〔活動〕分野の〈出入り〜時間〉〈打撃〜変形〉といった領域も例が比較的多い点は相対的な特色となっている。梶井基次郎は全体として例が少なく、〈綿〜帽子〉の領域が若干目立つ程度である。

小林多喜二は〈植物〜花〉〈哺乳類〉〈魚類〉〈昆虫〜無脊椎動物〉〈飲食物・嗜好品〉が比較的多い点と、〔抽象的関係〕はもちろん〔精神〕〔言語〕〔社会文化〕の分野にも例がなく、〔身体〕の分野でもほとんどが〈生命〜四百四病〉の領域に集中している点が注目される。

全体として用例が圧倒的に多い林芙美子では、〈植物〜花〉〈飲食物・嗜好品〉が特に多く、〈魚類〉〈哺乳類〉〈昆虫〜無脊椎動物〉〈容器〉〈水〉の領域のイメージもかなり多い。最後に三島由紀夫は〈植物〜花〉〈鉱物〉〈昆虫〜無脊椎動物〉〈哺乳類〉の領域に例が多く、〈専門職〜地位〉〈機械〉〈寝台〜道具〉にも比較的多い。

以上、今回の調査のうち各作家の比喩表現出現数、トピック別およびイメージ別の分野・領域ごとの分布状況を報告し、そこから浮かび上がる全体および作家ごとの傾向を略述した。トピックとイメージの組み合わせについても調査し、データを作成した。そこから各作家の比喩表現の特徴や傾向をとらえて論を展開すれば個人文体の問題に直結し、文学的にも興味深いが、紙幅の関係でその面の本格的な考察は他日を期したい。

（「文体とメタファー――トピックとイメージの分布」楠見孝編『メタファー研究の最前線』ひつじ書房 二〇〇七年）

第九章　文体印象に働く表現要素

文体印象の分析

――三好達治と木下夕爾の詩を例に――

目的

文体を、ある言語作品に内在する様式という固定した存在と見なさず、作者と作品と読者との間の相互作用によって作り出されるある種の効果として現象的にとらえる立場をとるならば、作者と読者との直接の出会いは一般にきわめて少なく、また、作者と作品との交渉面にいきなり飛び込んだ研究はそこから出発するかぎり、著しく主観的にならざるをえない。文体の究明は、奥に作者・作品間の、間接的に作者・読者間の、相互の働きかけのあることを十分に念頭に置きながら、手続きとしては、作品と読者との接触面から入るのが正当であろう。しかし、作品と読者との接触は、文学作品を読むという芸術行為そのものなのであって、その実態、交渉の模様を、第三者がそこに参加して知ることはできない。したがって、読者がその作品印象を記述したものをもとにしてそこに迫るというように、基本的に間接的な方法にならざるをえない。そのうえ、総合的な現象である印象を言語化することによって失われ、歪められ、時には不純な要素が混じりこむことも避けがたいが、印象の記述とその分析といった方法の面を精密にすることによって、その芸術的な接点の状況の把握、少なくともその推測が、ある程度は可能になると予想される。

そこで、本稿ではその第一のステップとして、被調査者に、ある文学作品を読ませ、その印象を記述させたデータを、どのような着眼点や記述形式がありうるか、また、それらはどの程度の安定性・確定性があり、客観性があるものなのか、といった観点から分析・考察し、さらに、それらを項目ごとに整理することによって、扱った作品の文体印象の諸相を、多角的、多面的に記述することにしたい。

方法

被調査者

調査作業のうち、作品印象の記述およびその妥当性の判定に関しては、武蔵野美術大学造形学部基礎デザイン学科の二年生の協力を得た。

調査資料

調査に用いた文学作品は、三好達治の『水辺歌』と木下夕爾の『黒い蠅』という二編の詩で、角川書店の文庫版『現代詩人全集』第八巻をテキストとした。以下の記述の具体的理解を助けるために、次に全文を掲げておく。

黒い蠅

貨車に積まれた牛たちは
首をすりつけ合い
ぼんやりと
眼をひらく

黒い蠅は
牛たちにたかりながら
ここまでいっしょにきた

貨車の中の牛たちは
自分を待ちうけている運命に向って
ものうげに啼く

血ぶくれのした
黒い蠅は
遠くから
貨車にゆられながら
ゆっくりした絶え間ない牛のしっぽに追われながらここまできた

この執拗で残忍な同行者は
結局どこへ行くのだろう
最後に
牛たちが
ばらばらの肉塊になり

鉤にぶらさがり
やがて
鉤だけが
宙にゆれるとき

水　辺　歌

ほのかににがき昼すぎの
ここに露くさほたるぐさ
鮒の背すじのわかれては
またかえりくる秋のみず

水のおもてに手をのべて
甲斐なく何をよぶべしや
ひとは遠くをすぎゆきて
いまは旅路をへだたりぬ

山かい村のなるかみの

鳴りのかすかや日照あめ
魚はしたしくむれきたり
われが願いをついばめり

詩を材料にとったのは、言語量の関係で短時間の調査に適当と考えたからであり、この二編を選んだのは、形式や題材、それに筆者自身の文体印象において、かなり対照的に思われたからである。

調査の手順

㈠ まず、前掲の二編の詩を、作者名と詩の題名とを伏せ、『黒い蠅』をA、『水辺歌』をBとしてプリントした紙を配布した。

ここで、作者名を隠したのは、その詩人について被調査者の持っている先入観念、特に、それ以前に読んだ同一作者の他の作品の残像などの働く余地をできるだけ減らそうとしたためである。

また、詩の題名をおおったのは、題も作品の一部であるという考え方からすれば、適切を欠いた処置かもしれないが、題から受ける印象は、作品そのものの与える印象とは異質のものであり、両者を同一の次元で扱うべきではないと判断したからである。題と本文の内容とがマッチしない場合は、本文を改めるべきではなく、題名のほうを本文に合わせるのが当然である。題がその作品の鑑賞・理解に欠かせない場合もむろんあるであろうが、それは一つの手法なのであり、少なくともこの二編に関しては、題名を伏せることが作品の味わいを著しく損なうとは考えがたい。すなわち、題名を含めた全体が一作品であることを認めながら、ともかく今回は、事実を曲げないかぎり、分析の際に複雑な要因の入ることをできるだけ防ごうとした。

㈡　次に、配布したプリントを各人に黙読させ、A・Bそれぞれの詩の印象、あるいはその作品から連想したことを、文章としてではなく、短い語句の組み合わせで表すように指示した。例として、「明るい」「暗い」、「重い」「軽い」、「動的」「静的」をあげ、ただし、必ずしも両者を対立させる必要はなく、もし適当ならば、AとBの両方に同一の印象・連想の語句を配してもいい、という注意を添えた。この回答用紙は一週間後に回収した。

㈢　この調査によって得られた印象・連想語句は、回収できた一六名分を合わせ、異なり語句数で二〇五となった。これは、例えば、「苦しむ」「苦しみ」「苦しさ」「苦しい」の間に、たとえ機能面を捨象し、意味の中核を問題にするとしても、やはりその語の意味の一部である感情的ニュアンスの違いのあることを考慮して、「なつかしい」と「なつかしさ」などを区別し、例えば、「人」と「ひと」との間にも同様に微妙な差が認められることから、表記上の相違のある「生（いかす）」と「活（いかす）」や「さびしさ」と「淋しさ」などを区別し、さらに、言語はその成分の単なる総和ではないとの見地から、「暗い」や「静けさ」と「暗い静けさ」とを区別するなど、言語形式にわずかの差異でもあるものはすべて別々に数えた場合の数値である。

次に、この二〇五の語句をでたらめに並べ、そのうち、のちに示す七語句については、同一語句に関する回答の揺れを調べるために、目だたずに二度出るようにばらまいた、延べ二一二の印象語句をプリントし、回答用紙を回収してから一週間後、すなわち、最初に調査用紙を配ってから二週間後に配布した。つまり、被調査者が作品の印象を記してから、短い場合で一週間、長い場合で二週間経過した時点である。

そして、ふたたび二編の詩を読ませ、印象語句の一つ一つについて、Aの詩だけにあてはまるものにはA、Bの詩だけにあてはまるものにはB、両方の詩に共通して感じられるものには◎、どちらの詩からも感じられないものには×印をつけるように指示した。各自のあげた語句もそこここに散在する。この判定はその場でおこなわせ、約五〇分の時間を与えた。平均すれば毎分四語句以上の判定を処理しなければならない計算となるように、直観的な判断を求めた。

結果

作品印象のほうの回答を提出した一六名のうち、判定を求めたときに欠席した一名を除いた一五名分を集計し分析した結果の概略を次に述べる。

印象・連想語句の種類

印象・連想語句の異なり数は、一五名分で二〇四となった。これらの回答が、どのような観点からなされ、また、それはどのような記述の形式をもって現れたかをまず示しておく。

㈠　最初に、作中の語句をそのまま利用して答える場合と、作品以外から適切な語句を探し出してくる場合とに分けることができる。前者の例としては、Aの「運命」「残忍」「ものうい」など、Bの「ひと」「みず」「手」、活用形と表記とを変えた「親しい」などがあげられる。しかし、Aの「蒸し暑い」「グロテスク」、Bの「繊細」「淡彩画」「微光」など、ほとんどが後者の方法をとったものであった。

㈡　次に、目のつけどころをもとに、叙述の態度をも含めた、作品の表現の仕方に関するもの、作品の主題・題材など、その概念内容を示したもの、それから、作品のムードあるいは肌ざわりといったあたりに関係したものの三類を立てることができる。第一類の例としては、Aの「直接的」「叙事的」「散文的」、Bの「抒情的」「リズム」「きどり」などが、第二類の例としては、Aの「真夏」「運命」「残酷」、Bの「永遠性」「いなか」「孤独感」などが、また、第三類の例としては、Aの「太い」「だるい」「暗い」、Bの「静か」「なめらか」「弱い」などがあげられる。第二と第三との厳密な区別は困難であるが、第三類に属するものが圧倒的に多いことは動かせない。第一類は比較的少なかった。

㈢ 今度は、作者の叙述態度ではなく、読者すなわち被調査者がどのような態度で表現するか、といった点から見ると、説明あるいは批評に類するもの、感覚印象を形容語句で示したもの、連想される事物もしくは事柄、という三分類が可能である。具体例をあげると、Aの「現実的」「放心無為」「大きなものの小さな動き」、Bの「単調」「あえて言葉をえらんでいる」「古風」などは第一類に、Aの「かたい」「力強い」「やりきれない」、Bの「やわらかい」「さびしい」「すがすがしい」などは第二類に、それぞれ属しているものと見られる。また、第三類としては、Aの「真夏の太陽」「つち」「骨」、Bの「母」「澄んだ冷たい空気」「風車（かざぐるま）」などの具象物のほか、ことばそのものの雰囲気を利用した、オノマトペらしい「ざんざんざん」、あるいは、対応する概念を伴わない「なんとなく」や「そして」などを数えることができる。量的には、第二類が多かった。

㈣ また、言語形式の面から見ると、品詞としては、「恐怖」「自然」といった名詞、「暑い」「むなしい」といった形容詞、「不気味」「なめらか」といったいわゆる形容動詞が主であるが、そのほか、「いのる」といった動詞、「大きな」といったいわゆる連体詞、「なんとなく」や「そう」や「ざんざんざん」といった副詞とも考えられる語、それに、意外なところで、前掲の「そして」といった接続詞も現れている。

㈤ もうひとつ、同じ言語形式でも、その長さの単位に目を向けると、「恋」とか「明るい」とかといった単語がもちろん大勢を占めるが、「無風状態」といった複合語、「暗い静けさ」「澄んだ冷たい空気」といった連語、さらには、「表現がのびのびしている」などといった文またはそれに近い単位での記述もまれではない。

印象・連想の揺れ

同一人が同一の作品から受ける印象であっても、それに接する時点・環境などの条件によって、また、読者の精神状態等によって、常に同一とはかぎらないと思われるので、ある特定の条件のもとではあるが、その揺れ幅の状況を調べてみる。

㈠ 印象と判定とのずれ

自発的に印象・連想語句としてあげたものを、全員のそれを交ぜ合わせたなかで判定させたときに、自分がAならAの印象としてあげたものにはやはり同じAという判定をくだしているかどうかを調べてみると、次のようになる。

最初AかBかにあげ、判定で「共通」と答えた場合は、それほど矛盾しないので除くと、AからBに移ったのが一〇、逆にBからAが五、Aから×が四、Bから×が三で、計二二となる。これは印象・連想語句の延べ総数二三九のほぼ九パーセントにあたる。おおざっぱに言うと、一割近い揺れ幅ということになる。しかし、これはあくまで平均値であり、内部を検討すると、必ずしも平均的に一割程度の揺れを示しているわけではない。すなわち、その二二は、男一九、女三であり、男八名の延べ総数一三六の一四パーセント、女七名の延べ総数一〇三の三パーセントという、大きな差となっている。しかし、さらにそれぞれの内部を調べてみると、男の場合、特別に揺れの大きい二名を除くと六名で五となり、次に揺れの大きいもう一名を除くと五名で二となるので、女七名で三という割合とほとんど差がないことがわかる。これだけの範囲内で言うならば、性別に関係した有意の差は認めがたい。したがって、特殊な二、三名を別にすれば、一三名で八、あるいは一二名で五という食い違い件数が見られるだけで、延べ総語句数の三パーセント程度にすぎないことになる。一、二週間の間におけるという条件下では、印象・連想の揺れは、男女を通じて、一般にはきわめて少ないと考えてよさそうである。

㈡ 同一語句に対する判定のずれ

一〇か二〇程度の語句に関する判定であれば、同一語句の混入に誰でも気づくので、同一の判定結果が得られるのが当然なのであるが、この場合は、類似した語句の多い異なり語句総数二〇五の中にばらまかれており、しかも短時間のうちに処理させたので、ほとんどが直観的な判断となり、同一語句の混在に気づきにくかったと思われる。そこで、いくつかの矛盾した判定結果が現れるという予想のもとに調べてみた。

ばらまいて重複させたのは、次の七語句である。

悲しい・軽い・さびしさ・淋しさ・自然・すがすがしい・はかなさ

前項同様、◎だけは別扱いにすると、同一の語句に対して矛盾した判定をくだしたのは、最も多い者で七語句中二語句であり、一五名各七語句の計一〇五のうち、矛盾した回答は合計一〇で、一割に満たなかった。

また、語句のほうから見ると、「さびしさ」「淋しさ」「自然」「すがすがしい」については、ほとんどずれが見られず、最も多いのは「はかなさ」で、二割となっている。結局、短時間に大量の判定処理を求めるというこのような条件下においては、同一の語句に対する回答に一割近い揺れを示すが、そのほとんどは、ある特定の語句の性質、例えば、その多義性、曖昧性、詩の性格との対比的な関係などに基づくものであり、一般には、回答の信憑性を大きく崩すほどに揺れることはないように思われる。

㈢　類意語句のあいだのずれ

今度は、もう少し範囲を広げて、同一語句に限らず、類似した意味の、あるいは密接な関係にある語句のグループを考え、そのなかでの異同を調べてみる。

次の各語句群間にはほとんど判定のずれが認められない。

残虐・残酷・残忍さ

死・殺す

美しい・優美
生命・いのち
ロマンチック・浪漫的
だるい・けだるさ

また、次のような、単なる表記上の差しかないもの、接辞や一字の造語成分が加わっただけのもの、あるいは、品詞の違いにすぎないものなどについては、予想どおり同様の判定結果となった。

生（いかす）・活（いかす）
自然・自然的・自然美
リズム・リズム感・リズミカル
かたい・かたさ
すがすがしい・すがすがしさ
力強い・力強さ
なめらか・なめらかさ
のどか・のどかさ
倦怠・倦怠感
流動・流動感

しかし、もう少し複雑な結果となったグループもある。

郷愁・親しさ・なつかしい・なつかしさ・ノスタルジア・母

このグループにおいては、「ノスタルジア」と「郷愁」とでは圧倒的にBであるが、他ではその傾向がもう少し薄くなる。

哀愁・寂しい・さびしさ・淋しさ・さみしい・憂愁・わびしい

このグループでは、「哀愁」「憂愁」は圧倒的にBであるが、「寂しい」「さみしい」になるとその支持の割合が減り、「淋しさ」や「わびしい」のように、偏りのはっきりしないものも見られた。次に、

静か・しずけさ・静けさ・静・静寂・静的

このグループでは、大部分は圧倒的にBという判定が多いが、「静的」だけはそういった偏りが目立たない。これは、他が主として音に関係した判断であるのに対し、「静的」は主に動きに注目しての評であるという、語義上のずれと無関係ではないであろう。

明・明部・明るい・微光

暗・暗部・暗い・暗闇

右のような光関係の語群では、前者では「明部」がB支持が他の語よりやや少ない、後者では「暗闇」がA支持が特に多い、といった程度の出入りがあるだけで、いずれにおいても、前者はB、後者はAと、はっきり線を引かれた結果になった。

判定の分布

㈠　重複して現れた印象・連想語句

類意の語句はもとより、品詞の違いのあるもの、同語句でも異表記のものなどをすべて区別すれば、まったく同一の言語形式を具えた語句を二名以上が重複してあげた例はわりあいに少なかった。次に、それを、ＡＢのおのおのについて、重複の多い順に掲げておく。

	A	B
5名	重い	
3名	残酷	軽い・のどか
2名	運命・死・男性的・力強い・悲惨・無気力	明るい・女性的・静的

複数の支持があり、一読者の独断でないことの明らかなこれらの語句は、それぞれの内容や作品の雰囲気を端的に伝えるものと思われる。

(二) 数量的分布とその具体例

被調査者各人のあげた印象・連想語句のそれぞれが、どの程度の客観性を持っているか、すなわち、一五名のうち何名ぐらいがそれと同じ印象を受け、同じ連想を働かせるものなのかを調べるために、全員に一つ一つの判定を求めた。それが段階ごとにどのような散らばりをなすか、その概略を次に述べる。

① どちらかにある

どちらか一方にそういった印象があるという判定の多かったもので、次の三段階に分けてみる。

1 ほとんどの者が一方にその印象のあることを認めたもの
2 かなりの者が一方にその印象のあることを認めたもの
3 認めた人数はそれほど多くないが、一方の支持が他方のそれと比べて著しい差のあるもの

基準としては、まず、AとBの一方が他方の二倍以上であること、そして、1と2とでは、AとBの一方が被調査者一五名の過半数である八名の、AB共通としたものを除く、単独の支持を得ていることとし、そのうち、AB共通の意の◎を含めたものが一二名以上となるもの、すなわち、一二名以上がAならAにその印象があるとしたものを

1、和が一一以下の場合を2とした。また、3は、AとBの一方が同じく他方の二倍以上でありながら、多いほうで五以上七以下といった程度の場合とした。この基準で分けると、1に該当するものは、Aでは、全員支持の「重い」「残忍さ」「蒸し暑い」、例外の一名を除いてみんなが認めた「運命」「けだるい暑さ」「けだるさ」「現実的」「残酷」「だるい」「白昼」「不気味」「無情」などをはじめとする三七語句、Bでは、満票の「静か」「自然」、一四票の「しずけさ」「静けさ」「詩的」「清色」「淡彩画」「流動」など二七語句となる。

2に該当するものは、Aでは「恐怖」「暗い」「生命」「力強さ」「直接的」「夏」など二五語句、Bでは「哀愁」「明るい」「美しい」「軽い」「なつかしさ」「のどか」「リズム感」など四〇語句である。なお、「むなしさ」のように、一四名がAにそれを認めながら、そのうちの多くがAB共通という形での認め方であったために1から脱落したものもある。

次は3であるが、Aにはその「むなしさ」や「かげ」「かたさ」「索漠」など一七語句、Bには、「暖かい」「絵画的」「きどり」「孤独感」「親しさ」など二二語句となった。

ここに属するものでもう一つ、以上とは性質の異なるものがある。すなわち、

4　共通ではなく、どちらか一方にあるとした判定が少なからずあるが、AかBかとなると個人差が大きく、支持の分かれるもの

◎とAとの和も、◎とBとの和も、ともに五以上で、ABのうち多いほうが少ないほうの二倍には満たず、◎が三以下である場合、という基準を設けると、「観念的」「経験的」「静的」「疎外感」「大地」など一四語句がこれにあてはまる。

②　どちらにもある

両方の詩から共通して感じられるとしたものである。①の4の「◎が3以下」を「◎が4以上」に変えた基準をと

ると、「悲しい」「むなしさ」「やるせなさ」「わびしい」など八語句を数えあげることができる。

③ どちらにもない

逆に、どちらの詩からも感じられないという判定の多かったものである。基準を、過半数の八名以上が×印で、ABのうち多いほうでもその半分以下、かつ、多いほうが少ないほうの二倍以下とすると、「カーテン」「老人」「笑い」など一〇語句がここに属することになる。

④ どちらかにない

もうひとつ、以上と当然重複する場合が出てくるが、どちらか一方にはまったく感じられないという判定結果に目を向けてみる。ABのどちらかが皆無で、◎印も皆無、換言すれば、どちらかにはそれがあることを一人も認めなかったものである。すなわち、欠けている要素と解すべきもので、Aについては、「軽い」「古風」「抒情的」「すがすがしい」「淡彩画」「なめらか」「微光」「風流」「ほほえましさ」「みずみずしさ」「やわらかい」「優美」「リズミカル」「ロマンチック」など二六語句、Bについては、「悪魔的」「重い」「恐怖」「緊迫感」「グロテスク」「残虐」「貪婪」「蒸し暑い」など二二語句を指摘することができる。

以上の印象・連想の語句は、それぞれの段階に応じて、あるいは濃く、あるいは薄く、あるいは共通して、あるいは欠如という形で、その作品の在り方を点的に描き出しているものと思われる。

『黒い蝿』と『水辺歌』の文体印象

これまでは、主として分析・考察上の観点を示すために、方法中心に述べてきたが、最後に、今回の調査で扱った二編の詩おのおのについての文体印象を、その着眼点によって分類・配列し、一覧できるように表形式に整理して、次に掲げておく。

この総体が即これらの詩の意味ではないが、詩の意味の重要な部分である、いわば感性的な意味を指し示すものと考えられる。芸術作品の受容を、もし理解と鑑賞とに分けることが可能なら、これは鑑賞の対象に関するものである。すなわち、すべてが正しければ、作者・作品・読者相互のかかわりあいから生ずる文体の点描となるはずのものである。

なお、扱った印象・連想の語句は、ある程度以上の支持を得た比較的客観性のあるもので、しかもAとBとの間に有意の差の認められるものだけに限定し、前項の①の1・2・3を基準とした。二項目以上に関連した語句はそれぞれに配列したので、重複する場合がある。

上段が『黒い蝿』、下段が『水辺歌』である。

1 作品の表現法に関する印象

1・1 態度

現実的	人間社会からの遊離
直接的	使われていることばそのものの美しさ／あえてことばをえらんでいる／きどり／素朴／古風
緊迫感	風流／ロマンチック／浪漫的

1・2 叙述

叙事的	抒情的

1・3 調子

散文／散文的 スローモー	詩的／七五調／リズム／リズム感／リズミカル／流動／流動感 ／つながりがいい

2 作品の概念内容に関する印象

2・1 時間

2・1・1 時間性

時間性	永遠性

2・1・2 季節

夏／真夏（の暑さ）／真夏（の太陽）	秋／秋（の涼しさ）／（春か）秋（のさわやかな風）

2・1・3 時刻

白昼

2・2 空間

繁華街	いなか

2・3 題材

生命／いのち 死／殺す／骨	自然／自然的／自然美
残虐／残酷／残忍さ／無情／悪魔的／貪婪／悲惨／索漠	のどか／のどかさ

大きな物の小さな動き	小さな物の小さな動き

2・4　主題

運命／遭遇	孤独感／恋

2・5　指向

抑圧	解放／可能性
	いのる

3　作品の雰囲気に関する印象

3・1　視覚

3・1・1　明暗

暗／暗部／暗い／暗い（静けさ）／暗闇／かげ／陰気	明／明部／明るい／明るい（静けさ）／微光
真夏の太陽／白昼	微光

3・1・2　色彩

黄色く（乾いた土）	青／絵画的

3・1・3　濃淡

油絵的	日本画的／淡彩画

3・1・4　清濁

濁色	清色／清部／澄んだ（冷たい空気）
どんより（沈んだムード）	かすみます

3・1・5　大小

大きな（物の小さな動き）	小さな（物の小さな動き）

3・1・6　太細

太い	繊細

3・1・7　広狭

狭い	広い

3・2　聴覚

（暗い）静けさ	静か／しずけさ／静けさ／（明るい）静けさ／静／静寂／音無
音中（空虚）	静寂
繁華街	いなか

3・3　嗅覚

くさい	

3・4　触覚

3・4・1　硬軟

かたい／かたさ	やわらかい／やわらかさ
男性的	女性的

3・4・2　凹凸

男性的	なめらか／なめらかさ
	女性的

3・4・3　寒暖

夏／真夏の暑さ／（けだるい）暑さ／真夏の太陽／蒸し暑い／黄色く乾いた土	秋の涼しさ／（澄んだ）冷たい（空気）／（春か秋の）さわやかな風／みず
	暖かい

3・4・4　乾湿

（黄色く）乾いた（土）	（春か秋の）さわやかな風／風車（かざぐるま）／澄んだ冷たい空気／すがすがしい／すがすがしさ／気体的
けだるい暑さ／蒸し暑い／無風状態／陰気／どんより／（沈んだムード）	

3・5　軽重

重い／（どんより）沈んだ（ムード）／陰気	軽い／浮／気体的

3・6　烈穏

鋭さ／鮮烈／真夏の暑さ／真夏の太陽／白昼／男性的	微光／のどか／のどかさ／いなか／女性的

3・7　強弱

力強い／力強さ／男性的	弱い／繊細／女性的

3・8　美醜

グロテスク	美しい／優美

3・9　全身感覚

けだるい（暑さ）／けだるさ／だるい しめつける	浸透的

3・10　神経

執拗／うるさい	さばさばした淡彩ムード／日本画的

3・11　感情

やりきれない／やるせない （音中）空虚／むなしい／はかなさ	寂しい／さびしさ／さみしい／孤独感 哀調／哀愁／憂愁 郷愁／ノスタルジア／なつかしい／なつかしさ／母／親しさ

3・12　精神状態

不安／恐怖／陰気／不気味／グロテスク／悪魔的／骨	安らぎ
放心（無為）／無気力／倦怠／倦怠感	放心（有為）

4 連想・象徴

真夏の太陽／黄色く乾いた土／つち／骨／ゴム／悪魔的／陰部／性欲／そして	ひと／母／手／風車（かざぐるま）／澄んだ冷たい空気／気体的／みず／いのる

（「文体印象の分析」『月刊　文法』一九七〇年二月号　明治書院）

文章における古風さとは何か
――近代作家一七人の文章比較――

文章は時とともに移り、文体に時代の翳がさすことも否定できない。明治は遠くなり、戦後さえ隔たったと見ることもできよう。本稿ではその変遷する姿が現代人の眼にどう映じているかを明らかにしたい。以下はそのための一小調査の報告である。

調査の方法

実施時期は一九八一年秋。対象は、早稲田大学第一文学部・第二文学部、青山学院大学文学部、成蹊大学経済学部・法学部の学生とし、被調査者数は合計四五七名となった。

調査の方法は次のとおりである。一七個の短い文章例をプリントして配布し、以下のことを指示した。それぞれについて「現代日本文として古い感じが全くしない」場合はA、「少し古い感じがする」場合はB、「かなり古い感じがする」場合はCと記入する。次に、各文章の特に古い感じのする箇所に傍線を引く。そして、説明を要する場合は、その文例を古い感じがすると判断した理由を簡潔に記す。

文例の選択基準は次のとおりである。⑴明治から現在までに書かれた口語体の散文。⑵執筆時期が偏らない。⑶小説あるいは文章作法書（交互に配列）。(4)著名な作品、著名な主人公を持つ作品、著名な一節はいずれも避ける。(5)一〇〇字から二〇〇字程度で一応意味の完結する部分。(6)参考までに、古典の現代語訳（異なる訳者による同一箇所の訳）を加える。

以下に、調査に用いた全文を掲げる。なお、表記は新字体・現代仮名遣いに統一し、表外漢字と送り仮名は原文のままとした。

① 大雨である。雨滴が、暗いガラスの面を斜の尾を曳いて走っている。サッとそれが白銀の影絵に変る。稲妻だ。ガラス戸を揺ぶる風は吹きやまない。波の音が少し軒端から遠のいた。引潮にかかったようである。けれども相変らず家ごと呑みつくすような地響と咆哮を上げている。階段の辺り、何処か雨洩れの音が絶えず聞えはじめている。

② 近来文章の道が著しく頽廃して来たというのは、識者の認めるところであって、そうして最も憂うべき事柄になっている。で、その頽廃の原因は何処から来ているかというに、口語体の文が盛んになるにつれて、しゃべると同じ事がドシドシ筆に上って、それが文章になるのだから、これまでの文章に必要と認めて来た調子とか力とか修辞とかが、あまり注意されなくなって、ただ達意という方面にのみ向うようになって来た。

③ ああ思い出せばもう五十年の昔となった。見なさる通り今こそ頭に雪を戴き、額にこのような波を寄せ、顔のつやも失せ、肉も落ち、力も抜け、声もしわがれた梅干老爺であるが、これでも一度は若い時もあったので、人生行路の踏み始め若盛の時分にはいろいろ面白い事もあったので、その中で初めて慕わしいと思う人の

できたのは、そうさ、丁度十四の春であッたが、あれが多分初恋とでも言うのであろうか、まあその事を話すとしよう。

④　文章はおのれを欺かぬということが、全体を通じての極致である。真に感情の純なるものにして、始めて感情の純なる文章があり、涙ある人にして、ここに涙のある文章が書きえられる。滑稽を書くにしても誠のある人にして始めて、その滑稽に面白味があるので、ふわふわしたる軽薄な人には、形は滑稽らしくとも、軽佻浮薄人をして悪感を起さしめるのみで、真の滑稽な文章は書きえられない。

⑤　海からの五月の風が頬に快い。彼女はむしろ蒼ざめた顔をしていた。疲れてい、それが別の美しさを出していた。彼女は呼鈴を押した。その瞬間、彼女は、ベッドの上で安らかな眠りを眠っているであろう二人の子供たちの寝顔を、思い出していた。

⑥　談話ばかりでなく、面接の際の状況、服装とか表情といった視覚的な描写がないと文章に精彩がなくなる。よほど注意していないと、そうした描写に必要なデータの取材をおろそかにしてしまうおそれがある。これも瞼から消え去らないうちに再現しておかなければならない。

⑦　白い光の月が空にあった。時々、薄い雲がそれにかかって虹のような色に染められた。庭には木々の黒い影が、足の入れどころもないまでに縦横に落ちていた、庸介は小松の林をぬけ、池を廻って母屋の裏手へ出た。ばさっとした八ツ手の木の上からちらちらと灯が洩れていた。

⑧　修辞法上の例證法もまた、論理学上の帰納法と同一でない。帰納法は、個物より一般を導く方法であるが、例證法は、後に述べる総合法とともに、この帰納法を仮定せる理論的文章上の方法である。例證法は、帰納法を用いて議論を目的として書く方法である。総合法は、同じく、帰納法を用いるが、解釈を目的とする。

⑨　何となく奥の部屋に置いてある白い布に包まれた棺の方に眼をやった。棺の上に猫がすまして坐っていやしないかと思ったからである。しかし、むろん、そんな筈はなかった。どうやら、大寺さんが猫を見たのは、幻覚という奴らしかった。それに気づくと、大寺さんは両肩の上に堪えがたい疲労が重くのしかかって来る気がした。

⑩　見たまま、聞いたまま、感じたままをそのままソックリ書き現す、すなわち現象を現象のままに描き写すという風になって来て、形式はあくまで内容に合致しなければならぬ。その合致の程度によって文章の価値が定まるので、その書き現し方が真実に近ければ近いほど良い文章とせられてある。

⑪　言うことはすべて尤も千方で、聞く身に取ればただその心のうちを察していたましいと思うのが人情であるが、さてその哀れな述懐のうちには、ひしひしと当面の人を刺す毒があるようなので、お勝の思いやりは折れて自分の身を寄せることができぬのである。

⑫　不器用な、いたずらにぐずぐずと間のびしたようにみえる文章が、実は自己の内心の苦悶をひき出すためにたどった、いわばようやく表現を見出した苦悶の文章であるといってよいのではないだろうか。それだからこ

そ、この読みにくい、たどたどした文章が、どんなすらすらとした達意な文章よりも実感がこもっているわけである。

⑬　うなじの肌を男の手にあずけて、佐枝は子に向かって甘たるく、つらそうに微笑みかけていた。同じ笑みが、頤に指をかけてゆっくりこちらへ仰向かせたとき、不安そうに眉をひそめた顔の、口もとにまだこわばりついていた。

⑭　書簡を書くに、まず心得べきは他の感情を害せぬことである。後輩に向って敬称を濫用すれば、かえって冷かしたように取られる。先輩に向って敬意を欠く時は失礼な奴だと悪く取られる。先輩、後輩、同輩、親しからぬ人、それぞれ相手を見て書き方を工夫せねばならぬ。

⑮　美しい薄日の午後が来て、彼は思わず四時過ぎまで仕事を続けた。一蔵は絵筆を置き、椅子の上で大きく伸びをして、煙草の煙を戸外に吐いた。日が傾き、外気が冷えて来た。彼はこの郊外の生活を実に愛するのだ。小住宅の影を長々と引いた原を横切って、犬を連れた牛乳車が小さく轍をきしらせて行く。

⑯　顔つきがいかにもあどけなく、眉のあたりが煙ったようにほんのりして、無邪気につくろいもせず掻きやった額つきや髪のかかりがすぐれて美しい。生い育ってゆく有様がゆかしくしのばれる人だなとお目にとまるのであった。

⑰　顔つきがいかにもあどけなく、眉のあたりがほのぼのと匂うようで、振りかかる毛を子供らしく掻き上げてある額つき、髪の具合など、非常に美しいのです。大人になって行くさまを見るのが楽しみのようなと、目をお留めになります。

結果と分析

文例ごとの判定結果

個々の文章に対する判定の集計結果を示す。ＡＢＣ欄の数字は、その判定を下した者が全体の何パーセント（小数位を四捨五入）あったかを表す。次の「古風度」欄の数字は、Ａに〇点、Ｂに〇・五点、Ｃに一点を与えて合計し、各文例を古いと感じる度合いが〇～一〇〇中に位置づけられるようにしたものである。そして、その結果を一七例中の古いとされたほうからの順位で示した。

文例出典	成立年	Ａ	Ｂ	Ｃ	古風度	順位
①檀一雄＝終りの火	一九四八	八七	一二	一	七	〔一五〕
②金子薫園＝文話歌話	一九一一	五一	四二	七	二八	〔八〕
③矢崎嵯峨の舎＝初恋	一八八九	二一	五三	二七	五四	〔五〕
④大森勝留＝文章作法及文範	一九三五	一二	三五	五三	七一	〔二〕
⑤藤沢桓夫＝大阪の話	一九三四	八六	一三	一	八	〔一四〕
⑥槌田満文＝入門文章の書き方	一九八一	九九	一	〇	一	〔一七〕

⑦相馬泰三＝田舎医師の子	一九一四	七二	二五	三	一六	〔一二〕
⑧渡辺吉治＝現代修辞法要	一九二六	六三	三五	二	二〇	〔九〕
⑨小沼丹＝黒と白の猫	一九六四	七六	二三	一	一三	〔一三〕
⑩松平俊夫＝文章構成法	一九四七	二五	六二	一三	四四	〔六〕
⑪柳川春葉＝泊客	一九〇三	一一	五六	三四	六二	〔四〕
⑫瀬沼茂樹＝文章作法	一九六〇	九五	五	〇	三	〔一六〕
⑬古井由吉＝宿	一九七九	六八	三〇	二	一七	〔一一〕
⑭大町桂月＝書翰講義	一九二〇	一〇	三九	五二	七二	〔一〕
⑮犬養健＝姉弟と新聞配達	一九二三	六七	二九	四	一九	〔一〇〕
⑯円地文子訳＝源氏物語〈若紫〉	一九六七～七三	一二	四一	四七	六八	〔三〕
⑰谷崎潤一郎訳＝源氏物語〈若紫〉	一九三五～四一	五一	三九	一〇	三〇	〔七〕

ジャンルと年代

以上の結果をジャンル別に年代順に並べると、次のようになる。ただし、古文の現代語訳は除き、順位も残った一五例中の順位で示す。

小　説

成立年	文例番号	古風度	順位
一八八九	③	五四	〔四〕
一九一一	②	二八	〔六〕
一九二〇	⑭	七二	〔一〕
一九二六	⑧	二〇	〔七〕
一九三五	④	七一	〔二〕
一九四七	⑩	四四	〔五〕
一九六〇	⑫	三	〔一四〕
一九八一	⑥	一	〔一五〕

文書作法書

成立年	文例番号	古典度	順位
一九〇三	⑪	六二	〔三〕
一九一四	⑦	一六	〔一〇〕
一九二三	⑮	一九	〔八〕
一九三四	⑤	八	〔一二〕
一九四八	①	七	〔一三〕
一九六四	⑨	一三	〔一一〕
一九七九	⑬	一七	〔九〕

以上を総合すると、小説より文章作法書のほうが概して古風な文章で書かれていることがわかる。すなわち、古風度の平均が、小説二五、文章作法書三四であり、前者から明治期の二例、後者から昭和中期以降の二例というふうに、それぞれの極端な数値を示した文例を仮に除くと、両者の古風度は実に一三対四七という大きな違いになる。このことを逆に見れば、小説では明治期に成った二例だけが極度に古く、大正期に入ってからはさほど目立った変化が認められず、文章作法書ではむしろ戦争直後までが大差なく、それ以後にすっかり新しくなった、という推測が成り立つ。その結果、近年は小説のほうがどちらかといえばやや古い感じに受け取られているようである。が、それは、

いわゆる文学的表現の日常表現に対する異質性が古風な印象と結びついたせいかもしれない。

谷崎源氏と円地源氏

文例⑯の円地文子訳が古風度六八で三位、文例⑰の谷崎潤一郎訳が古風度三〇で七位を記録した。同一箇所の訳文としては意想外の大差が出ている。B判定すなわち「少し古い感じ」とした者の割合はほぼ同じであるが、A判定すなわち「古い感じが全くしない」とした者が、谷崎訳で半分強を占めたのに対し、円地訳では一割強に過ぎず、逆に、C判定すなわち「かなり古い感じ」とした者が谷崎訳でちょうど一割なのに対し、円地訳では全体の半分近くを占める。

このような差がどこから生じたかを被調査者の反応から具体的にたどると、谷崎訳では「匂う」を視覚的に用いた点と、「楽しみのような」という連体形で引用の「と」に続く点ぐらいが目につく程度なのに対し、円地訳では「掻きやる」「生い育つ」のほか、「ゆかしい」という語や、「すぐれて美しい」という「すぐれて」の用法、さらには「お目にとまる」という尊敬語形など、雅びの表現が点綴されていることが影響しているように観察される。

判定の基礎

BないしCの判定がどのような言語事実をもとにして行われたかを、「特に古いと感じる箇所」に引いた傍線部から推測しよう。ここでは、古風度が五〇を越えた五文例について、早稲田大学第一文学部の文学専攻の学生五〇名（男二八、女二二）の結果を報告する。（　）内の数字は、その部分に古さを感じるとした者がその五〇名中に少なくとも何人いるかを示す。「少なくとも」というのは、BやCという判定を下しながらその文例のどこにも傍線を引かない回答が交じっており、また、全員が自分の古いと感じるすべての箇所を指摘したという保証もないからである。

最も古い感じがするとされた文例⑭〔古風度七二〕においては、「せねばならぬ」（三八）、「親しからぬ」（三四）、「害せぬ」（三〇）のように、現代語の助動詞「ない」の終止形および連体形に代わって文語の助動詞「ず」の連体形「ぬ」という語形の現れた箇所と、「心得べきは」（三四）、「書くに」（一三）のように、体言あるいは準体助詞が省略されたと解せる箇所とが、「特に古いと感じる箇所」の大部分を占めている。ほかに、「書簡」（三）という語自体を指摘した者もある。

二番目に古いとされた文例④〔古風度七一〕においては、もっと多岐にわたる指摘が見られる。最も多いのは、「純なるもの」（三八）、「純なる文章」（一九）、「ふわふわしたる」（三五）といった文語的な活用語形で、「書きえられる」（二一）、「書きえられない」（二三）といった「（…し）得《う》る」の用例、「起さしめる」（三八）という文語の使役の助動詞「しむ」の荘重な口語形「しめる」の用例、「涙ある人にして」（二一）、「誠のある人にして」（二二）のような「であって」の意の「…にして」の用法（「純なるものにして」も同種の例であるが、「純なる」という語形に対する反応と分離できないので、今はその部分を指摘した回答が多かったことを付記するにとどめる）も、多くの者に指摘されている。また、助動詞「ない」に代わって「ぬ」の現れた「欺かぬ」（二一）の例、格助詞の省略と考えられる「涙ある（人）」（一二）の例、「だけ」「ばかり」に置換可能な「のみ」（一八）の用法、「ても」に置換可能な「（滑稽らしく）とも」（七）の用法を指摘した回答も多い。その他、「おのれ」（一三）、「軽佻浮薄」（一一）、「真に」（六）、「真の」（二）、「悪寒」（三）のようにその語自体が古風だとされた例、「滑稽を書く」（三）という語連続が古いとされた例、あるいは、「誠のある人」（一二）や「涙のある文章」（六）のような言いまわしに古さを感じるとした例も見られた。なお、「人をして」（一九）、「ここに」（六）に対する傍線は、その部分を含む漢文脈に対する指摘であると考えられよう。

三番目に古いとされた文例⑯〔古風度六八〕においては、主として語の選択と用法に見られる古めかしさが指摘された。源氏物語のこの円地訳については、谷崎訳との対比の項で述べたので簡略に記す。最も多く指摘されたのが「ゆかしい」(三一)で、次いで「すぐれて(美しい)」(二四)、「しのばれる」(二〇)、「お目にとまる」(一七)、「生い育つ」(一五)、「掻きやる」(一二)、「(髪の)かかり」(一一)の順になる。その他、「有様」(八)、「額つき」(三)、「ほんのり」(三)という語自体、あるいは、「つくろいもせず」(四)の「つくろう」の用法、それに、「眉のあたり」に対する「煙ったように」(五)という形容も、それぞれ古風な感じを指摘された。

四番目に古いとされた文例⑪〔古風度六二〕においては、助動詞「ない」に代わる語形「ぬ」の現れた「できぬ」(二八)の部分と「尤も千万」(二二)という慣用的な語連続との二箇所が際立って多くの指摘を受けている。次いで、「…が、さて、その…」と用いられた接続詞「さて」(一〇)、「思いやりは折れて」という「折れる」(八)の用法、「…にとっては」の意の「取れば」(七)などが目立つ。ほかに、「身を寄せる」(五)、「聞く身」(三)といった語連続、「当面の人」という「当面」(三)や「心のうち」の「うち」(一)の用法、女性の名に冠して軽い敬意や親しみを表す接頭辞「お」の用例「お勝」(四)などがあり、「述懐」(五)、「人情」(四)、「思いやり」(三)、「ひしひしと」(二)、「いたましい」(一)については、その語自体に古風な感じがあると指摘された。

五番目に古いとされた文例③〔古風度五四〕においては、尊敬語形「見なさる」(二二)の指摘が圧倒的に多い。白髪を「頭に雪を戴く」(一五)とし、皺を「額に波を寄せる」(九)とするような慣用的な比喩による遠まわしな固定表現や、「人生行路」(一〇)という語あるいはそういう考え方、特にその比喩的思考を利かせた「人生行路の踏み始め」という句を指摘する者も多い。個々の語がすでに黴の匂いを立て始めた語連続「若盛の時分」(八)、個々の語には特に匂いがなく両者が組み合わさることによってそういう匂いを発する「五十年の昔」(二)、「十四の春」(四)という語連続も指摘された。「慕わしい」(一二)や「梅干老爺」(三)はそれらの語自体が古いのであろう。後者はその語の指示体のイメージも関係していそうである。「思う人のできたのは」(一)として格助詞「が」の代わりに主格を表す「の」の用法、「ああ思い出せば」（七）と大仰な感慨を見せる「ああ」の用法、「今こそ…が、これでも若い時は…」（五）のように用いられる「こそ」の例、「…とでも言うのであろうか、…」という言いまわし、あるいはその「あろう」（四）の部分など、語そのものというより語の使い方に注目した指摘も無視できない。

古風さの所在

人がある文章を読んで古いと感じるとき、その人にそういう感じを引き起こす何らかの言語的性格がその文章のどこかに存在しているはずである。そこで、今回の小調査の傍線部および注記箇所を手がかりに、古い感じを誘う言語表現側の条件を探ってみたい。情報を整理すると、結局、古風な感じというのは文章中の次の諸要素のいずれか、または、その組み合わせと結びついていることがわかる。各項目、文例番号順に具体例を列挙し、必要に応じて注記や補足的説明を付す。なお、分類そのものが目的ではないので、例えば「語形」か「語法」か、「語結合」か「言いまわし」か「形容」か、という用例処理上の境界の問題にはこだわらない。各グループの性格を示す見出しである。なお、各例の冒頭の①〜⑰はそれが出現する文例の番号、〈 〉内はそれに対する解説や注記である。

Ⅰ

漢字使用

①雨滴〈「あまだれ」と読む場合。「うてき」と読めば後出の〔用語選択〕の例になる。〉　①曳く　①辺り　①何処か　①雨洩れ　②何処〈「どこ」と読む場合。「いずこ」と読めば〔用語選択〕の例にもなる。〉　⑥瞼　⑧例證法〈「証」と比べて〉　⑨何となく　⑭濫用〈「乱」と比べて〉

＊常用漢字表（背景としてはむしろ当用漢字表か）に含まれていない漢字、音訓表に認められていない読み方をする漢字、認められていても仮名表記の慣用が見られる語に用いられた漢字、複数の漢字表記が通用する語について難しい漢字あるいは使用度の低い漢字を用いた例など、結局、現代社会において一般的でないほうの表記を選んだことになる場合は、古風であるという印象と結びつく傾向が見られる。

片仮名使用

②ドシドシ　③であった　⑩ソックリ

＊現行の国語表記は漢字・平仮名交じり文をベースに外来語を片仮名で記すのが通例であり、オノマトペのうちの擬声語も片仮名で書く傾向が見られる。その範囲を越えて片仮名が用いられた場合は、かつての漢字・片仮名交じり文を連想させるか、あるいは少なくとも、現代表記の慣行を破るというところから、時によって古風な印象と結びつくことがある。なお、伊藤整や安岡章太郎や小島信夫らの片仮名混用は特殊な文体効果をねらうものであり、当然このような一般的な傾向とは別に考えなければならない。

用語選択

①影絵　①軒端　①咆哮　②近来　②識者　②そうして〈「そして」と比べて〉②で〈接続詞〉②（…に）つれて　②達意　②（…に）のみ　③失せる　③梅干老爺　③人生行路　③若盛　③時分　③慕わしい　④おのれ　④真に・真の〈「真に」「真の」ともに古いという判定なので、用法のせいとは考えにくい。「ほんと」という語と比べた際の極端な固さが古さと結びついたのか。あるいは、真善美という理念自体が〝美〟を除いて過去のものとなりつつあるのか。〉④滑稽　④誠〈語の単なる衰退か、あるいは、価値観の変容に伴って自然この語の使用頻度も下がったのか。〉④（…らしく）とも〈「…ても」と比べて〉④軽佻浮薄

④悪感　④のみ（で）〈助詞〉　⑧個物　⑧同じく　⑨むろん〈「もちろん」と比べて〉　⑨どうやら　⑨（堪え）がたい〈一般に「…にくい」と比べて「…がたい」が古いのか。あるいは、「堪えがたい」とある時に特にそう感じるのか。〉　⑩すなわち〈「つまり」と比べても〉　⑩描き写す〈「描く」自体のせいか。それとも、「写す」と結びついた和語複合動詞の一般の傾向である優美さのせいか。または、この場合の組み合わせが非慣用的であるためか。あるいは、「描写する」と比べてのことか。〉　⑩定まる〈「さだまる」と読むとすれば「決まる」と比べて。もし「きまる」と読ませるのなら〔漢字使用〕の例になる。〉　⑪（尤も）千万　⑪いたましい　⑪述懐　⑪ひしひしと　⑪お勝〈女性の名に冠せて親しみと軽い敬意を添える接頭辞「お」の用法〉　⑪思いやり〈語の衰退か。そういう事実が稀薄になったためか。なお、例中の「思いやり」は単なる同情より少し広義。〉　⑫いたずらに　⑫いわば　⑫たどたどした〈「たどたどしい」は別〉　⑫達意な〈語形もさることながら「達意」自体も衰退。前ページ後半の②参照。〉　⑬うなじ　⑬肌〈「皮膚」と比べてか。〉　⑬子〈「子供」と比べて〉　⑬甘たるい〈「甘ったるい」と比べてか。もしこれで「あまったるい」と読ませるのなら〔表記〕の問題に移行する。〉　⑬笑み　⑭書簡〈「手紙」と比べて〉　⑮美しい〈よほど改まらないかぎり、東京語で話しことばにほとんど現れなくなったせいか。〉　⑮一蔵〈古めかしい人名なのか。〉　⑮小住宅〈一家族分の標準規格が2DKから3LDKに広がった住宅事情との関連はともかく、この語自体の使用頻度の落ちたことは事実。〉　⑮原〈語の文体的レベルを下げて「はらっぱ」とするか、意味を多少ずらして他の語を用いるのが、現在の通例か。〉　⑮牛乳車　⑮轍　⑮きしる〈「轍をきしらせる」として現れ、それ以外あまり使われないせいか。〉　⑯ほんのり　⑯（髪を）つくろう　⑯掻きやる〈「掻く」自体には古さが感じられない。〉　⑯額つき　⑯生い育つ　⑯有様　⑯ゆかしい　⑯しのばれる〈「しのぶ」自体も古くなったか。〉　⑰顔つき〈⑯では指摘されず〉　⑰いかにも〈⑯では指摘されず〉　⑰あどけない〈⑯では指摘されず〉　⑰振りかかる（毛）　⑰額つき　⑰非常に　⑰美しい　⑰さま

＊その語の指し示す対象自体が今日では物珍しくなったというより、ほとんどの例は、その現実を表現するにあたって選択した語の性格に関係する。

語形

②憂うべき〈「憂う」も「べし」も古い感じを伴い、「憂える」でさえもすでに古くなりつつあるかもしれないが、「憂う」や「べし」の箇所だけを指摘した回答例が見られなかったので、〈用語選択〉の項でなく一応この〈語形〉の項に掲げた。つまり、この形以外で現れた場合に必ず古風であるという指摘がなされるかどうかについて確証がないのである。〉 ④欺かぬ〈「欺かず」でも同じ。助動詞部分が「ない」とある語形と比べて明らかに古い感じが伴うため、類例が多い。ただし、この場合は「欺く」という動詞自体にも多少の古さが付着しているかもしれない。〉 ④純なる ④書きえられる・書きえられない〈「書くことができる」「書ける」およびその否定形と比べて〉 ④ふわふわしたる〈「ふわふわした」と比べて〉 ⑧仮定せる〈「仮定した」と比べて〉 ⑨（坐ってい）や（しないか）〈会話的な表現であること自体はむしろ新しさとこそ結びつきやすいのであるが、最近の東京方言でこの形が少なくなっているのであろう。〉 ⑩なければならぬ ⑩せられてある〈中心は「されて」の対応部分が「せられて」となっている点にあるが、「（て）ある」の部分も現在では「（て）いる」となるのが通例であろう。〉 ⑭害せぬ ⑭親しからぬ ⑭せねばならぬ〈「ない」とならずに「ぬ」となっている例であるが、上の「せねば」の部分も「しなければ」と比べると明らかに古い感じが伴う。〉 ⑯（つくろいも）せず

語法

②（…ているかと）いうに〈「…というのに」の「の」が省略された形であるが、現代語法としてはむしろ「…というと」が普通。〉 ②（しゃべる）と同じ〈これは単純に助詞「の」の省略。〉 ③見なさる（通り）〈「する」の尊敬語形としての「なさる」はまだ勢いを保っているが、補助動詞としての「なさる」「行きなさる」など）は、命令形から出た「なさい」を除き（この点で本動詞と対照的。すなわち、「する」の命令表現の尊敬語形は通常「しなさい」となり、単なる「なさい」はあまり用いられなくなった。）、全般的に著しい衰えが見られる。この場合は「ごらんになる通り」あるいは「ごらんの通り」となるのが現代の通例。〉 ③（思う人）の（できたのは）〈現在では「が」となる場合が多い。「の」に先行する主格名詞に対する意味上の述部（ここでは「できた」）が連用修飾を受けて長くなるほど、この「の」は「が」

に変わる傾向が強い。したがって、そのような条件下でなおかつ「の」の現れる例はそれだけ古い感じが強くなるはずである。〉 ④涙ある〈助詞「が」または「の」の省略。〉 ④軽佻浮薄（人をして悪感を起さしめる）〈「軽佻浮薄」と投げ出し、助詞・助動詞も介さずに次に流れて行く漢文脈〉 ⑤疲れてい、〈一般的に連用中止は書きことばにほとんど限られるところからか。あるいは、動詞の連用中止全般のことではなく、補助動詞「(て)いる」の連用中止のこの語形に限ってのことか。〉 ⑤（…で）あろう（二人の）子供たち〈推量形自体の問題ではなく、その連体的な用法が外国語の古い直訳あるいは古文の現代語訳を想定させるのであろう。少なくとも最近、この種の表現が大幅に少なくなっていることは確かである。〉 ⑧…でない〈現代東京語において、この形はすっかり衰退し、ほとんどの場合に「…ではない」として現れるため。〉 ⑭心得べきは〈「べき」と「は」との間に体言の省略された感のあるこの形は文語的。「べき」も「心得《え》る」さえ多少古い感じが出てきているところに、この例では「心得《う》」という文語の下二段活用で「べし」に接続しているので、いっそう古い感じがするのであろう。したがって、「心得《え》るべきなのは」となっていれば、古い感じがかなり減ると思われる。〉 ⑯お目にとまる〈「目にとまる」の尊敬語形としての「お目にとまる」という形そのものが後退したというより、「目にとまる」という表現に尊敬形式を選択すること自体が現在では少なくなったという事情が関係しているか。「お目」の部分に注目して一般的な語形でないという印象を得た者、あるいは、「お目にとまる」の主語が明示されておらず、文脈から少女という主体が浮かぶので、人物関係を混同したり、この部分の敬語形式がその少女に向けられたものと解してそこに現実離れした大仰さを感じたりした者もあったかもしれない。が、現代の若年層には、豊かな敬語表現がそれ自体として古風な印象に映る傾向があることは確かである。〉 ⑰額つき、髪の具合など、非常に美しいのです〈「…など」の次に格助詞を介さず直接に述部に続く点か。〉 ⑰楽しみのようなと（、目をお留めになります）〈「…ようだ」とあれば、おそらく指摘されなかったであろう。この例では「ような」という連体形から「と」に続いたので、「ような」の次に体言が省略された感じになり、体言や準体助詞がよく省略される文語的表現を思わせるのかもしれない。ともかく、「ようなと」という続きは現代では大幅に減っているようである。〉 ⑰目をお留めになる〈「目を留める」という表現に尊敬形式を選択することが現在ではあまり多く見られないためか。〉

語結合

②文章の道　②筆に上る　③五十年の昔　③十四の春　④滑稽を書く　⑤眠りを眠る〈外国語の直訳として往時は斬新な感じだったと思われるが、今では、かつて流行した表現だという記憶のために逆に古い感じが出てくる。〉　⑪聞く身　⑬眉をひそめる　⑮外気が冷える　⑮実に愛する　⑯髪のかかり　⑯すぐれて美しい〈結局「すぐれて」の用法が現代では特異に感じられるのであろう。〉　⑰眉のあたり〈⑯では指摘されず〉

＊個々の語を単独に用いた場合には特に古い感じがないのに、両者が組み合わさると古風な感じが出てくる語の組み合わせ。

言いまわし

②（識者の認める）ところであって　②…であって、そうして…　③ああ思い出せば…　③今こそ…であるが、これでも　③…たのは、そうさ、…であッたが〈現在は「そうさ」をこのように自分であいづちを打つようなぐあいには使わない。その点「そうだ」や「そう（そう）」とは違う。〉　③…とでも言うのであろうか、…　③まあ…（話す）としよう　④…て、始めて　④…にして、ここに…　④（人）をして（悪感を起さ）しめる　⑤（疲れ）てい、それが（別の美しさを出し）ていた〈このような解説ふうの記述を現代作家は好まないとも言う。〉　⑦（足の入れどころもない）までに　⑨（幻覚）という奴（らしい）〈「…というもの（らしい）」と比べて〉　⑩…という風に（なって来る）〈「…という感じに」と比べて〉　⑪（聞く）身に取れば〈現在では「…にとって（は）」が普通〉　⑪（…と思う）のが人情（であるが）　⑪…であるが、さて（その…）　⑪…ようなので…　⑫それだからこそ…　⑯…のであった

＊慣用的に固定した言いまわしは、その使用頻度が落ちるにつれて、よりいっそう古めかしい感じが出てくる傾向があるようである。

形 容

①雨滴がガラスの面を斜の尾を曳いて走る　③頭に雪を戴く　③額に波を寄せる　④感情の純なる文章　④涙ある人　④涙のある文章　④誠のある人〈この例の〝誠〟にしろ、前の〝涙〟にしろ、あるいは、「感情の純なる」という形容にしろ、そういうものと〝人〟や〝文章〟との結びつきがすべて指摘されるのは、表現の言語形式のせいではなく、その種の表現の奥にある思考、ひいては価値観がすでに過ぎ去りつつあることを告げるものであろう。〉　⑦白い光の月が空にある　⑦（木々の）黒い影が…（縦横に）落ちている　⑦ちらちらと灯が洩れる　⑨（堪えがたい）疲労が重くのしかかる　⑫自己の内心の苦悶　⑬頤に指をかけてゆっくり仰向かせる　⑬笑みが口もとにこわばりつく　⑮（美しい）薄日の午後が来る　⑮煙草の煙を戸外に吐く　⑮（小住宅の）影を長々と引いた（原）　⑯煙ったようにほんのり　⑰ほのぼのと匂うよう〈「匂う」の視覚的用法〉

＊いわゆる文学的表現は慨して古風な印象と結びつきやすい傾向がある。

Ⅱ 表現法

③いわゆる老人語の使用がひなびた感じを与える。③対句的列挙法に芝居の科白のような大上段に構えた時代がかった響きがある。③大げさな言いまわしが現代風でない。③使い古された比喩を平気で使える感覚的な古さがある。〈名文が今のように見本でなく、まねをすべき手本であった時代の感覚か。〉　④用語が大仰。④漢文訓読調の使役表現が古さを感じさせる。④漢詩ふうの対句的表現がある。④文法的に古い感じがある。⑤「彼女」という語の使い過ぎから来る翻訳臭が洗練されない古さを感じさせる。⑤「眠りを眠る」というかつての直訳体が古い感じを誘う。⑧やたらに漢字の並んだ偉そうな文章で、漢語の多い点が古い感じをもたらす。⑨「どうやら…幻覚

という奴らしかった」というふうに距離を置いて緩めるより、あっさりと「幻覚らしかった」で片づけるほうが現代的らしい。⑨「（堪えがたい）疲労が（重く）のしかかる」の部分はやや安易な表現で、少し古い感じも伴う。⑩文語文法の名残がある。⑩「…せられてある」というような言い方は、単に文語の響きがあるだけでなく、いかにも大儀ぶった感じがする。⑪小説の中に用いられた「さて」は論説文やエッセイに用いられた場合より古風で、孫に昔話を語って聞かせる老人の姿を髣髴とさせる。⑪用語に古いイメージがある。⑪述べていることが不明瞭な表現法は古くさい感じがする。⑫「自己の内心の苦悶」といった表現は浪花節的な大時代を思わせる。⑬現代人はもっとスマートなすっきりした表現を求める。⑭文語的な言いまわしが多い。⑮日常あまり使われない語が混在し、古き良き時代の表現という感じがある。⑯擬似古典語とも言うべき和語の多用で古風な響きを持つが、文学的表現や敬語が多少無理な感じもする。⑰修辞が古く、丁寧過ぎる敬語表現も気になる。

＊構えた表現、大仰な表現、婉曲な表現、型をもった表現、文学めいた表現、ある程度以上の敬語表現などは、概して古風な印象と結びつきやすい傾向がある。

構文

①文が短く、接続詞の少ない文章は、余裕の乏しい感じがし、それがやや古い印象をもたらすことがある。①「大雨である。」「稲妻だ。」といった簡潔で明瞭な短文は品位と力強さを感じさせ、それがやや古い印象と結びつく。②「で、その頽廃の原因は……向かうようになって来た。」の長大なセンテンスは、切れの悪さを感じさせるだけでなく、主語と述語との間の距離が大きくなり、そのため、時にはその主述の対応に不整も生じやすい。この例では一文中に少なくとも三つの論理的な転回点が認められるので、現代ふうの論説文なら三個の短文を接続詞でつなぐ展開になるはずである。③「…（あった）ので、…（あった）ので、（その中で）…」という展開は古

い感じの口話体を思わせる。③切れない和文脈の長文は枝づたいに幹を移るような展開になり、主語も不明確でつながりがわかりにくい。古文を直訳した感じがする。現代的な文章ではもっと句点で区切るはずである。⑦無生物主語の翻訳調が時として古い気取りを思わせる。⑪句点で区切らぬ長文は切れそうで切れない感じで、くどい文章のすっきりしない印象を与える。⑪主語が必ずしも明確でなく、その位置も不自然で、明治期の翻訳体を連想させる。⑫近年の文章では、主語がもっと明確に、しかも頻繁に出る。⑬「同じ笑みが…口もとに(こわばりつく)」の部分は「口もとに同じ笑みが(こわばりつく)」としたほうが現代文として自然な語順になる。⑬主語と述語との間に状況や様態を説明する多くの修飾句が入り込んだため、主語がわかりにくく、また、くねくねした文脈になって、古い感じを与える。⑭助詞その他の省略が目立ち、大時代的な印象を誘う。⑮「彼は…実に愛するのだ」という呼応が現代文と見るにはこなれていない感じであり、また、小説においてこのように「のだ」で終わる文は古い感じがする。⑯だらだらつながった感じの切れそうで切れない文で、主語は省略され、接続もわかりにくい。⑰助詞が省略され、主語がはっきり提示されない、しかも切れそうで切れない文は、昔風の文章に感じられる。⑰論文は別として、小説や随筆において「(の)です」「ます」で結ぶ文は、すでに古い感じに受けとられるようになってきている。

＊主語を明示しない文、長い修飾語を伴う文は、古い印象と結びつきやすい。

文調

①文章の調子が硬質である。②江戸っ子を思わせる調子を重視した文章である。③演劇調あるいは民話調といった語り物の調子がある。すなわち、連用中止の多用などで七五調に近いリズムを作り出し、どこまでも調子に乗って続いて行きそうな文章は西鶴を思わせる面もあるが、一方、だらだらつながっていく感じが、しつこさや重

さと結びつき、古めかしい印象をもたらす。　④欧文直訳的な硬い感じがあって文はスムーズに流れない。④擬古文めいた口調が感じ取れる。④漢文調の高い調子できっぱりと言い切るために文章にいかめしさが感じられるが、その壮厳さは現代にそぐわない。すなわち、今の評論家はこうは書かないという感じが強い。⑦文章のリズムが間のびして古い感じを与える。⑧昔からある百科事典的な調子の記述で、原語に精通していない訳文を思わせる点、学問が象牙の塔にこもっていた時代の文章という感じがある。⑨軽妙なリズム感はむしろひと昔前の感じもある。⑨「むろん」「どうやら」などの合の手で故意に間のびさせて、古めかしい感じを出している。⑪戯作文調あるいは古風な落語調、人によっては活動大写真の弁士の語り口を連想させるが、逆に、歯切れの悪さを指摘する者もいる。⑪時代小説風の軽快なテンポがある。⑭古いことば特有のリズムが、この場合は明治期の文調を思わせる。⑯なよなよした平安時代の調べに似た、流れるような優しい調子で、古い感じが漂う。⑰特に文末が昔語り風の口調をしのばせる。

＊流麗な和文調も、荘厳な漢文調も、軽快なリズムも、つっかかる翻訳調も、のんびりとした間のびも、ともかく何らかの調子が意識されることによって古風な感じを引き起こすことがある。

描　写

①大げさで手法が古い。①現代は事実の客観的記述が方向として通例になっているので、このような感覚的な情景描写はそれだけでも古い感じがする。①大雨の描写にしては用語が平凡で迫力がないことが古びた感じを与える。③白髪や皺に対する婉曲な形容が現代の描写とは思えない類型的な感じにしている。⑤風に頰をなぶられる意の類型的な描写が古さを感じさせる。⑪情景描写が時代的である。⑮人事の前に時間・空間の主観的な状況描写を配するのはあまりに伝統的な手法で、大げさな感じから古風な印象を生ずる面もある。

＊主観的・感覚的な描写、大仰な描写、間接的な表現は、一般に古風な印象と結びつきやすく、また、描写法自体の類型性のほか、どこにどういう描写を配するかという手法面での伝統性も、文章の古さを感じさせる場合がある。

表現内容

③そこに表現されている内容自体が古い。③描写から老爺のイメージが浮かぶ。③書き手が老人であることが伝わって来るため、それが文章自体の古さを強調する働きをする。⑤病気でやつれた姿に優美さを見出すという発想そのものが古風である。⑦情景自体が古い。特に、庭のようすが細ごまと描かれているが、現代の若年層が月や雲や庭木に興味を持つことはあまり期待できない。⑦登場人物（庸介）の行動が現代的でない。⑦この例文に描かれたぼんやりした不気味な雰囲気は古き日本を連想させる。⑧情報量の多いのが現代の文章の特徴であるが、その点、この例文は情報量が乏しい。⑨題材から漠然と古さが感じられる。⑪浄瑠璃の世界を連想させる内容である。⑪論理展開が古い感じである。⑮情景、風俗、ともに古く、現代にはありえない風情が漂っている。⑯登場人物が現代女性の容姿と異なるなど、内容上も古い感じがある。

＊文章中に描かれる人物、風俗、情景、雰囲気、あるいは書き手のイメージなどの古風な感じが、その文章自体の古さを印象づけることがある。少なくとも、文章表現から生ずる古い感じを増幅することがある。

表現態度

②「一部の別格の知識人」の立場から教えを垂れるような態度で書かれた文章は、それ自体あまり現代的とは言えない。③修飾過剰の美文調は過去のものである。③「ああ思い出せば…」と大仰な詠嘆で始めて盛り上げよう

とする行き方から伝わってくるのは、老人の愚痴っぽさと感傷的な気分だけであり、文章の切れや論理性が感じ取れない点、とうてい現代の言語作品とは思えない。③「見なさる通り」と読者に語りかけながら述べるのは、小説として古い感じがする。④大上段に振りかぶった述べ方は今ふうでない。④戦前までの精神的な心情第一主義にどっぷりと漬かったような文章で、大時代的な感傷が感じられ、スマートさがない。④明治精神に根差した快活な対置的精神の明快な文章論理は、当人には一刀両断の快感があるが、読者にとっては結局のところ曖昧な論理で、書き手の押しつけがましさだけが印象に残る。⑦全文が筆者の観察の客観的記述に終始しているような書き方であるが、現代では感想を交ぜるほうが普通の書き方らしい。⑦まっすぐに淡々と書き連ねているところから来る文章の重みが一方で古風な感じに結びつくことがある。⑨「大寺さん」といった主人公の呼び方に明治・大正の匂いを感じる者がいる。⑨ワンクッション置いて対象に向かう書き方は必ずしも現代的とは言えない。⑩文章にみなぎる説教調は過去のものになりつつある。⑩論に具体性を欠く点、現代向きでない。⑪文を言い切ることを回避したような書き方には古い感じがつきまとう。⑫「それだからこそ」に象徴されるいかにも気ばった書き方には古い感じが伴う。⑬例文に見られる詳密な観察は、それ自体が今では古典的な感じがする。⑭気どった感じの文章で、そのことが今や古風な印象と結びつく傾向がある。

＊高圧的な文章、美文臭のある文章、大仰な表現、感傷的な文章、論理性に乏しい文章、説教じみた述べ方、力んだ文章、それから、逆にワンクッション置いた感じの述べ方も、古風な印象と結びつく傾向がある。

おわりに

調査に用いた文例のどの部分を古いと感じ、どういう点に古風な印象を得るのか、学生の反応をまとめてルール化すれば、ほぼ以上のような結果になる。それでは、現代的な文章とは何か。彼らにとってのそれを、調査結果から消去法によって求めるならば、次のような姿が推測される。

常用漢字表の範囲の漢字を、その音訓表の範囲で用い、複数の表記が存在する場合は現代社会でより一般的と認められる表記を選び、しかも、全体として漢字があまり多過ぎないようにする。片仮名は外来語だけ、または、せいぜいそれと擬声語以外には用いない。用語については、使用頻度の高いものを用い、かつてよく使われ今はあまり使われなくなった語や、その語の指し示す対象自体が衰退したものは避ける。語形も特に口語的なものを選ぶようにする。格助詞が省略されると文語調めくので注意する。敬語の使用を少し控えめにする。また、単独ではまったく古い感じがしない語でも、組み合わせによって古風な感じになる場合があるので、句のレベル以上での感触にも気を配る。特に、慣用的に固定した言いまわしは、使用頻度が落ちたら避ける。いわゆる文学的表現を控える。刺激的に述べるにしろ遠まわしに言うにしろ、ともかく構えた感じの表現にならないよう注意する。不自然にならない範囲で各センテンスに主語を明示し、また、特に述語との間にあまり修飾語を置かずに、できるだけすっきりした構造の短い文を書く。リズミカルに流れる文章はもちろん、何らかの調子を感じさせる書き方にならないように気をつける。伝統的な描写法の類型にはまらないよう心がける。表現内容自体が古風であったり、書き手の老人くさいイメージが目立ったりすることを極力回避する。上から下へという執筆態度から出る高圧的な、あるいは説教じみた論調を抑える。力みや感傷性、さらには自ら酔うような美文臭を排除する。また、あまりに淡々と書きすぎてストイックな重さが漂うことのないようにする。要は、若干の論理性を見せつつ適度に淡々と書くことである。

以上が、調査結果から消極的に浮かび上がる〝古くない文章〟の書き方の素描である。資料の性格上、これは若年層の文章感覚の現段階を示すわけであるが、しかしそれは、現代人の言語感覚の一つの穂先であることも間違いない。

ある学生の回答にこうあった。文章を読んでそこに古い感じを意識するとき、それは自分にとって不快感であったとばかりは言えない。これは大事なことである。

現代的な文章というものはいったいどのような構造をなしているのか。そういう問題を考えているうちに、今日の文章の奥を遙かな伝統の水脈が通っていることを恐ろしいまでに感じた。それはほとんど逃れられない深さで文章表現の組織を成しているとさえ言えよう。が、同時に、その表現の個々の細胞は絶えず変質し、あるいは崩壊する。あえて古風な物言いをするならば、本稿の抱えているのは、生生流転してやまない文章の姿を動態としていかに記述するか、という課題であったことに気づく。それには、表現の各レベルでの不易と流行とを弁別しうる言語資料と、そこから法則性を探りとる強い文章史観が必要なのである。

（「現代共通語文の成立」「講座日本語学」7『文体史 二』明治書院 一九八二年）

連接方式から見た文体の側面
――近代作家六人の比較――

はじめに

文（sentence の意味で、通例、句点と句点とによって挟まれた部分の文字連続を指すが、ここでは、会話文および会話を含む文は考察の対象から外してある。）の内部構造を分析し、文間の呼応を探りあて、文段間の連接を究めえたとしても、文章自体の構造がそれによって全面的に明らかになるわけではないだろう。そこには文構成のルールを超えた文章独自の統一原理が働いているのかもしれない。文の羅列に終わらず、一編の作品としてまとまっている場合には、確かにそのような奥にある何かを考えたくなる。だが、表現主体は絶対者ではない。とすれば、そういった文という下からの操作が、文章の原理をとらえる一つの手がかりとはなるはずである。そのような地道な分析・考察を経ない推論は危険である。特に、受容主体の立場からは、作品における文段の布置・配列を問うよりも、そのような連接の問題を考えることのほうが一次的な迫り方である。本稿は、以上述べた観点から、文学作品における連接の実態をおさえようとした一小調査のうち、句（句読点と次の句続点との間の文字連続として、その形式面だけに目を配り、まったく機械的にとらえたものである。第八章の「散文リズムを探る」の場合と同様、波多野完治に倣ってそれを仮に「句」と呼んでおく。なお、文末は、ここでは、句末から外した。）と句および文と文に関する部分の中間報告である。

句間接続について

〔目的〕

今回は、読点の直前にある語、いわゆる句末語に焦点を定め、その種類や数量的分布に、作家の、もしくは作品の個性が表れるか、つまり、それは文体因子としてどの程度効くものなのかを探ってみた。

〔方法〕

一　テキストとしては、筑摩書房の現代日本文学全集を用いた。

二　扱った作家とその作品は次のとおりである。

島崎藤村『破戒』・森鷗外『雁』・徳田秋声『縮図』・川端康成『千羽鶴』『山の音』

ここで、川端康成に二作品を採ったのは、同一作家における作品間の差を調べるためである。『千羽鶴』と『山の音』とは、三島由紀夫が〈経〉と〈緯〉と名づけたように、異質の美的理念を追う作品系列のなかで、それぞれのピークを成した作品と見ることができる。したがって、この組み合わせは、調査結果と主題との連関の有無あるいは強弱を検討するにも適していると考えられる。ただ、両作品がきわめて近い時期に成った、ある部分は平行して執筆されたものである（発表時期は、『千羽鶴』一九四九～一九五一年、『山の音』一九四九～一九五四年と、それぞれ数年にわたって雑誌に分載された。『山の音』はそれで完結したが、『千羽鶴』は『波千鳥』と題して後編が書き継がれ、それも未完に終わった。）点に、資料選択上の問題もある。

三　各作品の全文章から句末語をすべて抽出した。

四　抽出された各語を品詞別に整理し、百分率に表した。

五　抽出された各語の度数を数えた。

〔結果〕

一　品詞別の割合は第一表のとおりである。数字は各作品の句末語全量に対するパーセンテージを表す。

〔第一表〕

作品＼品詞	助詞	助動詞	動詞	形容詞	副詞	接続詞	その他
破戒	六四	九	七	一	七	一	一一
雁	七八	一二	三	三	一	一	二
縮図	六九	一二	一三	二	二	一	一
千羽鶴	七一	一四	二	○	四	六	三
山の音	七二	一三	二	○	五	四	四

なお、この場合、副詞には、「去年、伊豆へ旅行した」などにおける「去年」のような、名詞からの転用、すなわち、名詞の副詞的用法をも含めた。

〈解説〉①　ほぼ七割が助詞で、この割合は、作品や作家による差がきわめて少ない。②　二番目に多いのは助動詞で、だいたい一二％ぐらいであるが、作家によって少し差が見られる。③　次いで、動詞・副詞・接続詞・形容詞などであるが、この辺になると、いずれも作家間の差が著しい。④　句末語の品詞の割合は作家によってだいたい一定しており、作品による差はあまりないと考えられる。『千羽鶴』と『山の音』との結果の数値は酷似しており、前述した成立時期の問題があるにもかかわらず、そう思わせるものがある。

〔第二表〕

作品＼順位	一	二	三	四	五	六
破戒	て	は	で	も	と	は
雁	て	は	に	が・で		と
縮図	て	が	と・ので		は・で	
千羽鶴	て	が	も	は	と・で	
山の音	て	が	も	は・と・で		

〔第三表〕　※数字は度数、○の中の数字は順位

作品＼語	接続助詞 て	接続助詞 が	係助詞 は	助動詞「だ」の連用形「で」	接続助詞 と	係助詞 も	格助詞 に	接続助詞 ので	主格に立つ助詞 は	総数
破戒	九五①	五⑨	二六②	二〇③	一一⑤	一八④	五⑨	四⑫	八⑥	三三八
雁	一〇四①	二三④	三二②	二三④	一九⑥	七⑯	二九③	一七⑧	九⑬	四五三
縮図	四八①	三九②	一九⑤	一九⑤	二〇③	八⑩	一三⑦	二〇③	一二⑧	三六三
千羽鶴	三六①	二六②	一七④	一五⑤	一五⑤	二五③	一二⑦	四⑯	三⑳	三一〇
山の音	二八①	二五②	一一④	一一④	一一④	一六③	四⑬	七⑨	二⑰	二一四
計	三一一①	一一八②	一〇五③	八八④	七六⑤	七四⑥	六三⑦	五二⑧	三四⑨	一六七八

二　頻出する句末語を度数の多い順に並べると、各作品六番目までの語は第二表のようになり、そこに現れた各語

の作品ごとの度数と順位を示すと第三表のようになる。なお、係助詞の「は」が主格の位置に立つと格助詞の「が」と対立すると考え、ここではそれだけを独立させ、その他の係助詞「は」と区別して集計した。

〈解説〉① 頻出する語の最高は接続助詞の「て」で、作家・作品を問わず、圧倒的に多い。② 次に多いのは接続助詞の「が」または係助詞の「は」である。③ ほかに、助動詞「だ」の連用形の「で」、格助詞「に」、係助詞「も」、接続助詞「と」なども多いが、作家により、あるいは作品によって、その順位は揺れる。④ 句末語の頻度順の上位数語は、作家によってだいたい一定しており、作品による差はあまりないと考えられる。品詞の割合の場合と同様、この種の推論はきわめて乱暴であるが、『千羽鶴』と『山の音』とについてそれほどに近似した結果が出ているのである。⑤ 作品ごとに特徴的な点を列挙しておく。島崎藤村の『破戒』では、副詞が多く、動詞もかなり多い。森鷗外の『雁』では、格助詞の「に」がかなり目立つ。徳田秋声の『縮図』では、動詞がきわめて多い。川端康成では、『千羽鶴』と『山の音』とに共通して、まず、接続助詞が非常に多く、また、係助詞「も」の多いことも目を引く。前者は、要するに、接続詞を用いる場合にはそのあとにこの作家は読点を打つことが多いというにすぎないが、後者は注目されていい。川端自身が『文学的自叙伝』で、この点を指摘しており、それが自分の秘密を解明する鍵になるかとまで述べている（みんなもっともだとは、日常茶飯にも私の悲しい癖で、分らぬは分らぬまま先さまの立場を重んじがちである。諸者はこの一文にも、「も」という助詞がいかに多いか、あきれるだろうが、この一字に私というものの謎を解く鍵を見出さないか。――現代日本文学全集『川端康成集』（筑摩書房）四〇九〜四一〇ページ）からである。

文間接続について

〔目的〕

文と文とがどうつながって文段を形成し、やがては作品へと流れていくものなのか、そこがおさえられれば、それが文体を支える因子として働く程度に応じて、その作家の思考の型ないしそのリズムをとらえることもできるだろう。そういったあたりを遙かに望みながら、今回はしかし、文間の連接方式についてのみふれることにした。資料のうえでは、前記の目的遂行をある程度可能にする量をそろえたが、その結果をもとにしての本格的な考察や推定にはなお慎重な検討を要するので、ここでは、途中経過の報告にとどめる。

〔方法〕

一　テキストとしては、筑摩書房の現代日本文学全集を用いた（ただし、『みずうみ』は収められていないので、新潮社発行の単行本を用いた。）。

二　扱った作家とその作品は次のとおりである。

芥川龍之介　『湖南の扇』『海のほとり』『年末の一日』『点鬼簿』『玄鶴山房』『蜃気楼』『河童』『冬』『歯車』『或阿呆の一生』『西方の人』

川端康成　『千羽鶴』『山の音』『みずうみ』（作品選択は、両作家の場合とも、後期のものに限ったので、文体がだいたい固まっていると予想される。）

三　調査範囲については次のようにした。両作家の各作品全文章のうち、芥川の場合は二～六文段落、川端の場合は二～四文段落のそれぞれから、会話を含まない各二〇例をでたらめに抽出した。ここで、一文段落を省いたのはこれが文間接続を考える試みであるから当然であるが、芥川で二～六文段落、川端で二～四文段落としたのは、芥川のほうが川端と比べると多文段落が多く、この範囲とすれば両者とも大半の文段を対象に採ることになる。もう少し詳細に言うと、芥川の同時代作家である谷崎潤一郎・志賀直哉・武者小路実篤、川端の同時代作家であり新感覚派の盟友でもあった横光利一の場合をも参考までに含め六作家、計三六作品の調査結果を第四表としてまとめた。この第四表に示した段落構成文数の度数分布に明らかなように、芥川の場合は、二～六文段落が、一文段落を除いたものの九二％（(14＋17＋18＋16＋12)÷(100−16)≒0.92）、川端の場合は、二〜四文段落が、同じく一文段落を除いたものの八七％（(26＋16＋5)÷(100−46)≒0.87）をそれぞれ占めているのである。

〔第四表〕 ※各作家一〇〇段落ずつの調査だから数字は度数と百分率とを併示

段落構成文数／作家	一	二	三	四	五	六	七以上	計	調査作品
谷崎潤一郎	一三	二一	一八	一一	一二	四	二一	一〇〇	『痴人の愛』『異端者の悲しみ』『刺青』『母を恋うる記』
志賀直哉	一三	一九	二二	一〇	八	七	二一	一〇〇	『暗夜行路』『網走まで』『大津順吉』『清兵衛と瓢箪』『城の崎にて』『和解』『焚火』
武者小路実篤	一九	一八	一六	九	六	七	二五	一〇〇	『お目出たき人』『幸福者』『友情』『愛と死』『真理先生』
芥川龍之介	一六	一四	一七	一八	一六	一二	七	一〇〇	本文中に記載
横光利一	一	九	八	八	一七	一六	四一	一〇〇	『上海』『日輪』『花園の思索』『微笑』『時間』『春は馬車に乗って』
川端康成	四六	二六	一六	五	四	〇	三	一〇〇	本文中に記載
計（平均）	一〇八（一八％）	一〇七（一八％）	九七（一六％）	六一（一〇％）	六三（一〇％）	四六（八％）	一一八（二〇％）	六〇〇（一〇〇％）	三六作品

四　三で述べた文段例に含まれる接続箇所の例数は、芥川の場合が三〇〇（二〜六文段落から各二〇例であるから、20×(1＋2＋3＋4＋5)＝300）、川端の場合が一二〇（二〜四文段落から各二〇例であるから、20×(1＋2＋3)＝120）となる。

五　文段を単位とした考察は、前述したように次の機会に譲り、ここでは、まず種類別に統計をとった。

〔結果〕

A　後続文が接続語句（いわゆる接続詞に限らず、こそあど指示とか、「同時に又」などの連語とか、「いや」「現に」などをも含め、先行文に対してなんらかのつながりを示した語句を指す。）で始まる場合

一　芥川三〇〇、川端一二〇のうち、接続語句で始まるものの合計は、芥川一五六、川端二三であった。

二　その内訳は第五表のようになる。

〔第五表〕

種類／作家	順接	逆接	添加	コソアド指示	その他	計
芥川龍之介	二三	五五	三四	三八	六	一五六
川端康成	四	五	四	九	一	二三

三　二の詳細は、語句別に度数を示した第六表のような現れ方であった。

B　後続文が接続語句以外で始まる場合

後続文の冒頭に接続語句の来ない場合の連接方式には、次のような種類が見られる。

一　接続語句が後続文の途中に現れるもの（芥川一五　川端四）

狂人たちは皆同じように鼠色の着物を着せられていた。広い部屋はその為に一層憂鬱に見えるらしかった。

——『或阿呆の一生』

人間にわずらわされないひとときをのどかに楽しんでいる。初め信吾はそう思って、小春日の図にほほえんだ。

——『山の音』

〔第六表〕

種類	接続語句	芥川龍之介	川端康成
順接	そして	〇	四
	それから	八	〇
	すると	一〇	〇
	と同時に	一	〇
	そのうちに	二	〇
	従って	一	〇
	その間も	一	〇
逆接	しかし	二〇	五
	が	三〇	〇
	けれども	五	〇
添加	のみならず	九	〇
	まして	一	〇
	しかも	七	一
	殊に	三	〇
	いや	三	〇
	おまけに	一	〇
	同時に又	五	〇
	又	一	三
	その又	四	〇
コソアド指示	あの	〇	一
	この	二	〇
	その	二三	〇
	それは	四	三
	こう言う	一	〇
	そこへ	二	〇
	これも	一	〇
	そこには	五	〇
	それの	〇	一
	そのために	〇	一
	そこでは	〇	一
	そのような	〇	一
	そう	〇	一
その他	現に	一	〇
	或は	一	〇
	尤も	一	〇
	丁度	二	〇
	言わば	一	〇
	もしかすると	〇	一
計		一五六	二三

〔第七表〕

種類	芥川龍之介	川端康成
順接	一五	一八
逆接	三五	二二
添加	二二	一八
コソアド指示	二四	三九

※数字は、文頭に用いられた接続語句の全量を一〇〇としたときの各機能の割合（百分率）を示す。小数第一位を四捨五入。

〔第八表〕

連接方式	芥川龍之介	川端康成
接続語句が後続文の途中に現れるもの	一五	四
同一語句の反復によるもの	六五	三四
関連語句によるもの	二三	二二
同型の文または文末形式の並列によってリズム的につながりを感じさせるもの	〇	二
文を隔ててつながるもの	一八	七
接続語句の省略が比較的明らかなもの	一	一四
連接を示す言語形式の発見が困難なもの	二二	一四
計	一四四	九七

二　同一語句の反復によるもの（芥川六五　川端三四）

僕はその闇の中を僕の住居へ帰りながら、のべつ幕なしに嘔吐を吐きました。夜目にも白じらと流れる嘔吐を。

——『河童』

菊治は素直に別の世界へ誘いこまれた。別の世界としか思えなかった。

——『千羽鶴』

三　関連語句によるもの（芥川二三　川端二二）

僕等は暫く浪打ち際に立ち、浪がしらの仄くのを眺めていた。海はどこを見てもまっ暗だった。

——『蜃気楼』

雲のなかにかがやくので、星はなお大きく見えるらしい。光の縁が水に濡れているようだった。

——『千羽鶴』

四　同型の文または文末形式の並列によってリズム的につながりを感じさせるもの（芥川〇　川端二）

おしめにする古ゆかたしか、保子は里子にくれなかっただろうか。房子の言い方は、毒をふくんでいて、うそではないのか。産衣も宮参りのきものもくれなかっただろうか。もしかすると、房子が洋服をと望んだのではないのか。

五　文を隔ててつながるもの（芥川一八　川端七）

それからもう何年かたった、或寒さの厳しい夜、僕は従兄の家の茶の間に近頃始めた薄荷パイプを啣え、従姉と差し向いに話していた。初七日を越した家の中は気味の悪いほどもの静かだった。従兄の白木の位牌の前には燈心が一本火を澄ましていた。

——『冬』

あの少女の見ごろは短いものと銀平には思われた。ひらきかけたつぼみの気高い匂いなど、今の少女たちは学生というほこりにまみれている。あの少女の美しさはなにに洗い清められ、なにで内から光り出たのだろうか。

——『みずうみ』

〔第九表〕

芥川龍之介

順位	連接方式	%
一	同一語句の反復によるもの	二二
二	逆接	一八
三	コソアド指示	一三
四	添加	一一
五	順接	八
六	関連語句によるもの	八
七	連接を示す言語形式の発見が困難なもの	六
八	文を隔ててつながるもの	六
九	接続語句が後続文の途中に現れるもの	五
	その他	三
計		一〇〇

川端康成

順位	連接方式	%
一	同一語句の反復によるもの	二八
二	関連語句によるもの	一八
三	接続語句の省略が比較的明らかなもの	一二
	連接を示す言語形式の発見が困難なもの	
五	コソアド指示	八
六	文を隔ててつながるもの	六
七	逆接	四
八	順接	三
	添加	
	接続語句が後続文の途中に現れるもの	
	その他	三
計		一〇〇

六　接続語句の省略が比較的明らかなもの（芥川一　川端一四）

これは山桃の鉢植えを後に苦い顔をしていたペップの言葉です。僕は勿論（それを聞いて）不快を感じました。

――『河童』

鎌倉円覚寺の境内にはいってからも、菊治は茶会へ行こうか行くまいかと迷っていた。（その）時間にはおくれていた。

――『千羽鶴』

七　連接を示す言語形式の発見が困難なもの（例えば、「宮子は子供のように答えてじっとしていると、老人の白毛の頭の上で、涙があふれて来た。明りを消した」（『みずうみ』）における連接が、「涙があふれる」という現象と「明りを消す」という行為との事柄どうし連関によって成り立つように、文全体に対応する現実（行為・現象・情景など）どうしの連関認識によりかかっているもので、結果として、文脈依存の度合の著しく大きいものになる。）（芥川二二　川端一四）

日の暮も秋のように涼しかった。僕は晩飯をすませた後、この町に帰省中のHと言う友だちやNさんと言う宿の若主人ともう一度浜へ出かけて行った。

——『海のほとり』

文子がかけた石も、裾の方は濡れているように見えた。厚い青の葉に赤い花だと、咲きあふれた夾竹桃は炎天の花のようだが、それが白い花だと、豊かに涼しい。

——『千羽鶴』

〔整理〕

一　後続文の文頭に接続語句を明示する割合は、芥川龍之介五二％（156 ÷ 300 × 100 ＝ 52）、川端康成一九％（23 ÷ 120 × 100 ≒ 19）で、川端は芥川の三分の一にすぎない。

〈解説〉芥川の文章からは整頓された印象を、川端の文章からは唐突感や行間の空白を、読者が意識する、その一つの原因となっているであろう。

二　後続文に置かれる接続語句を機能別に分類して、その割合を調べてみると、第七表（算出法は、各機能の度数を、文頭に置かれた接続語句全量（芥川は一五六、川端は二三）で除し、一〇〇を乗ずる。）のようになる。

〈解説〉①　芥川は逆接が多い。②　川端はコソアド指示が多い。③　芥川の文章に論述的性質を、川端の文章に叙述的性質を感じる理由の一つとして、右の①と②の特色を考えることもできるだろう。

三　二をさらに詳細に検討し、後続文の文頭に置かれる接続語句の両作家における対比的特色を考えてみると、その機能ごとに次のことがあげられる。

（一）順　接

芥川は、ほとんどが「それから」と「すると」であるにしても、一往いろいろな種類が見出され、七種を数える。しかし、川端のほうは「そして」だけである。

（二）逆　接

芥川は、半数が「が」で、残りの半分は、「しかし」と「けれども」が四対一の割合になる。一方、川端は「しかし」だけである。

（三）添　加

芥川は、「のみならず」と「しかも」で半分、ほかに「同時に又」があるのを初め、その種類は多く、九種にわたる。一方の川端は、ほとんどが「また」であり、あとは「しかも」が一例あるにすぎない。

（四）コソアド指示

芥川は、ほとんどが「その」で、ほかには「そこには」や「それは」が少し見られるにすぎない。川端では「それは」がやや多い程度で、ほかに六種類の語形が一例ずつ現れる。種類は両者とも七種であるが、この場合は、調査量の少ない川端のほうが、相対的にバラエティに富んでいるということになろう。

〈解説〉概して、芥川龍之介のほうが種類が多く凝っており、川端康成は平凡な語句をしかも単調に用いているようである。これは、両作家の、接続にではなく、接続語句にかけた比重の差であろうか。

四　後続文の文頭に接続語句を明示しない割合は、一の結果から、芥川四五％（(300−156)÷300×100＝48)、川端八一％（(120−23)÷120×100≒81）と導かれ、川端は芥川の二倍に近い。

〈解説〉これは一で指摘した事実と表と裏の関係にあり、同様の背景が考えられる。そしてそれは結局、芥川の文章の有する知的性格、川端の文章から伝わる情的性格の側面を支えるものと解することができよう。

五　今度は、文頭の接続語句によらない連接方式のそれぞれの割合を調べてみると、第八表のような結果になる（算出法は、各方式の度数を、文頭に接続語句を持たない文間接続箇所の総数（芥川一四四　川端九七）で除し、一〇〇を乗ずる。）。

〈解説〉①　芥川には、事物や事項を繰り返したり、文の途中にでも接続語句を示したり、文を隔ててでも連接を感じさせる語句を配したり、ともかく、論理的につながりを明示する傾向が見える。②　川端には、関連語句にとどめたり、接続語句を省略したり、指し示す対象自体の連関によりかかったりする場合がかなりあり、そこでは、直接的な言語形式以外の何かで流れ包むような文展開が見られる。換言すれば、危うくつながっていくのである。

六　二と五を全体に対する割合に換算し、作家ごとに、多い順に示すと、第九表のようになる。この場合の計算は、度数を接続箇所総数で除し、一〇〇を乗ずることとし、数値はパーセントの整数位未満を四捨五入したものである。なお、順位が違って数値の同じものは、丸める以前の微差を考慮した結果である。また、単独で三％に満たないものは、まとめて「その他」とした。

〈解説〉①「同一語句の反復」による連接方式が、共通して最もしばしば用いられている。ただし、これが、文章一般に共通する普遍的な性格なのか、日本語の表現全体に見られる特性なのか、小説というジャンルに通有する特色なのか、あるいは、個性の偶然の符合なのか、という点になると、今は判断の論拠をまったく持たない。それは今後の課題である。②　芥川・川端という両作家の文間接続方式は、だいたい以上述べたような割合で現れると予想しても、それほど大きくは揺れないであろう。

〔第一〇表〕

作家＼種類	内容的接続	形式的接続
芥川龍之介	一四％	八三％
川端康成	四二％	五五％

七　第九表の結果を二つに大別すると、第一〇表の結果が得られる。

ここで、内容的連接としたのは、「関連語句によるもの」「接続語句の省略が比較的明らかなもの」「連接を示す言語形式の発見が困難なもの」の三項目で、その数値を加えた結果である。一方、形式的連接としたのは、上の三項目と「その他」を除いた部分の総和である。

〈解説〉内容的連接の数値を対比すると、文脈依存度が、川端は芥川の三倍もあるという事実に帰着する。そしてこの大きな懸隔は、次の二面における推測を誘うのである。

創作面からは、芥川は、あらかじめ論理的に整理した上で執筆したことが推察され、川端は、情感のおもむくままに、極言すれば、一文一文を発露的にほとばしるように書いたことを思わせる。

受容面について言えば、芥川の文章は、論理的に意味を解しやすく、川端の文章は、的確な意味よりも、まず雰囲気が伝わり、時に、その断絶感が、信吾が山の音を聞く、あの鬼気を生ずるのだと考えられる。

（「連接方式から見た文体の側面」國學院大學『国語研究』二六号　一九六八年）

第十章　作品意図と文体効果

視点と文体

――視点論と坪田譲治『風の中の子供』の分析実践――

視点の確認

ルネッサンス期に確立されたという絵画における遠近法は、制作時における画家の眼の位置を間接的に伝えてくる。また、テレビで相撲を観戦していると、正面からのメイン・カメラのほか、時折、裏正面のカメラや天井から吊したカメラが、同一場面をそれぞれの位置から撮った、視角を異にする各映像を送り届けることがあるので、写真においても、眼の位置というものがすぐ意識にのぼる。

空間芸術における視点の問題は、このように比較的単純な形で明確に意識できる。時間的に展開する言語表現においてはどうであろうか。

牡丹《ぼたん》百二百三百門一つ　　阿波野青畝

何の予備知識もなく、俳句の鑑賞力も文学的な感覚も持たない人でさえ、この語連続から引き出すことのできる情報はいくつかある。「門一つ」の箇所を別にすれば、最も単純なのは、咲いている牡丹の花の数を「百二百三百」と見る解釈であり、その単純な解釈がこの場合はおそらく妥当であろう。問題は、「牡丹の花の数」と「百」「二百」「三百」という三種類の数字とがどう結びつくか、という点にある。

まず、ある所に咲いている花の数が、百であるとともに二百であり同時に三百でもある、ということは論理的にありえない。仮に、事実の写生ではなく夢想の句だとしたところで、その着想はイメージの分裂を引き起こし、奇抜というよりはナンセンスである。

「百」と「二百」と「三百」とが、同一時刻における同一空間の現象でありえないとすれば、時間と空間のいずれかを一点に限定しない形でその矛盾を解消する解釈が、次に考えられる。

時間の点で幅を設けると、その三つの数字は三つの時点での花の数を指すことになる。通常は、百から二百、さらに三百へと、牡丹が花数《はなかず》を増してゆく変化と受け取るであろう。しかし、どれほど広い花畑であっても、花の数が百から三百まで増加するにはかなりの時間を要する。これを写生の句ととるなら、花数を二百もふやす幾日間かにわたって、じっと見つめ続ける眼の存在を想定しなければならない。理論的にはともかく、そのような病的に執拗な視線は、常識的に考えにくい。

時間上の幅を、そのような連続的な移行すなわち線としてとらえず、三つの点としてとらえる解釈もありうる。その場合は、花数が百であった時点、二百であった時点、三百になった時点におけるそれぞれの眼を一括する方式で牡丹の花の変遷をとらえたことになる。これは理科のごく粗っぽい観察記録のようなもので、きわめて概念的である。

両者の折衷案として、「百」と「二百」を記憶として遠ざけ、「三百」だけを眼前の実景と解することも考えられないわけではない。しかし、「前に百ほど咲いていた牡丹が、この間は二百ぐらいになっていた。それが今見ると三百もありそうに増えている」というふうに、記憶と実景とに二分する解釈は、「百二百三百」とした漸層的な展開の表現効果を著しく減ずる。

一方、空間の点で幅を設けると、その三つの数字は一群の牡丹の花数ではなく、三箇所の花畑のそれぞれの花数に対応している、という解釈になる。その場合は、左から右へ、あるいは手前から前方へ、花数が百、二百、三百の三つの牡丹畑が並んでいることになって、整然とした美の世界が広がる。このような幾何学模様が俳句の世界におよそ似つかわしくないことはすぐにわかる。

それでは、時間と空間の両方に幅を持たせると、その三つの数字は現実とどうかかわってくるであろうか。まず考えられるのは、牡丹の花数を三百まで数えていく途中経過として「百」「二百」という区切りが意識にのぼった、という関係である。厳密に指折り数えるのでなくても、ともかく牡丹の花の広がりを前にして、この辺で百ぐらい…そしてこの辺で二百ほど…とすれば、全部で三百程度にもなりそうだ、というように、一分近い時間の経過とそれにつれて意識に入ってくる空間の移動としてその三つの数字は展開することになる。

その場合、視線の対象はあくまで全体の牡丹の花の広がりとして固定しており、その数を認識する経過が映し出されたとしても、結果は同じになる。一面に牡丹が咲いている…花の数は百もあるだろうか…いやいや、百どころではない、二百はありそうだ…いや、もっとあるかな、もしかすると三百近いかもしれない、というような意識の動きに合わせたとしても、言語面では「牡丹百二百三百」と展開するはずである。

しかし、いずれの場合も、数を数える途中経過や認識の訂正過程のような情報が、わずか十七文字の短詩に詠みこむほどの美的価値を有するとは考えがたい。

牡丹と「百二百三百」との関係について以上七つのケースを想定してみたが、どれも一句の文学的価値を支える解釈とはなりえなかった。夢想の句とする解釈を含めても、以上八つの場合がすべて固定的な視点を前提としていたことに気づく。あるものは見る行為に時間的な幅をおき、あるものは視線の移動に伴う空間上の展開を取り入れたが、視点そのものは一つの動かない存在として固定的に考えられた点で共通している。

絵地図のように同時に複数の視点が散在する表現も言語的にありうるはずであるが、この場合はそのような特殊な技法を想定して複雑に考える必要はない。一人物の視点としても、絵巻ふうに視点自体が動く展開ととらえるならば、もっと無理のない解釈が可能になる。牡丹の花数を「百」と見る地点と「二百」と見る地点と「三百」と見る地点とがそれぞれ別の場所であるならば、一つの視点の一連の動きと解することができるからである。

そして、その動きに伴って視野や視角が変化し、それぞれ違った部分なり側面なりが目に映じたと考えるなら、「百」と「二百」と「三百」という互いに両立しない数字に必ずしも複数の対象を想定せずに、自然な解釈が成立する。一つの門を入ると、牡丹の花がたくさん咲いている…百ぐらいもあるだろうかと思って、なお歩み入ると、牡丹の花々はまだ広がっている…百どころじゃないな、二百ぐらいありそうだと思いながら、さらに進むと、花の広がりはなおも続く…これじゃみんなで三百ほどになるかもしれない……。色彩豊かな量感に次第に圧倒される、そういう過程を、作者は漸層的な数字の列挙ということばの姿で謳いあげた、と解するのがそれである。

牡丹の花が、まず百ばかり目に入り、次に二百ほど見えてきて、やがて三百ぐらい見渡せる位置に立つ、という経過をたどるわけであるが、それを実現する条件は現実にはさまざまな形でありうる。道が曲がっていてもいいし、傾斜地など、高低差を考えてもよい。また、道が曲がるにしても、建物の角で直角に折れる場合もあれば、自然にカーブする場合もある。道を上るにしても、連続的ないしは断続的な石段を踏む場合もあれば、ゆるやかな爪先上がりの道をたどる場合もある。さらに、両者が組み合わさって、ゆるいカーブの坂道を上るというケースを想定してもよい。

それぞれに応じて、視界に入ってくる光景、刻々に展開する風景には微妙な違いが生ずる。牡丹の花数が徐々に増す場合もあれば、百程度から二百程度へと一挙にふえる場合もある。三百の花が一度に見渡せる地点に立つ場合もあれば、最後の百を眼におさめたときにそれまでの二百が物陰に隠れて視野から消えるなど、視界が開けず、全体を一望できる地点を通過しない場合もありえよう。

しかし、いずれにしても、「百二百三百」が矛盾なく受け取られるのは、そこに、動く視点を想定するからである。今井文男「視点の構造」（中村明編『日本語のレトリック』（筑摩書房 一九八三年刊）所収）では、これを「視点の見て廻りによって、その空間の多様な広さを表現したもの」と規定した。
文章表現において視点というものが問題になるのは、なにもこのような特殊な文芸空間においてだけではない。

ハムプトン・コートへ行く日だが、昨日に引続いて快晴。風が少しあるらしく、七時半にゲイエティへ行って朝食を食べていると、硝子戸の外の道を出勤する娘さんの髪がうしろに吹かれているのが見えた。

——庄野潤三『陽気なクラウン・オフィス・ロウ』

こういう何でもない記述にも、視点の位置は鮮明に映っている。「風が少しあるらしく」という表現は、風を肌で感じていない者の推測であり、「硝子戸の外の道」というとらえ方は、ガラス戸の内側からの観察であることが、それぞれ明白である。

視点のありかを意識させるこの散文の例も、文学という特殊な世界での出来事だというのなら、日常の言語表現を例にとってもいい。

リード一瞬逆転負け

これは、日常言語のうちでも特に客観性の要求される新聞の報道記事の見出しである。一九八六年八月十二日付の朝日新聞の朝刊のスポーツ面で、高校野球夏の甲子園大会において大分県代表の佐伯鶴城が四対三で宮城県代表の仙台育英に勝った試合を報じた記事の見出しの一つである。

東海大四、逆転サヨナラ

これも同一紙面に載った見出しで、南北海道代表の東海大四高が最終回に逆転して七対六で香川県代表の尽誠学園に勝った試合結果を報じている。

いずれも見出し特有の言語的特徴を具えてはいるが、いずれも試合の展開の模様とその勝敗の行方を簡潔・的確に記しており、きわめて客観性の高い表現として目に映ずる。

これらの見出しの伝える情報はおそらく正確であろう。例えば、「リード」が「一瞬」でなく五、六回《イニング》も続いたとか、「東海大四」でなく「東洋大四」であったとか、あるいは、「逆転」でなく同点に追いつかれて突き放したのだとか、そういう意味での事実の誤りは多分一つもなかったはずである。

それでは、事実のありのままの姿を純客観的に公正に伝えてくるであろうか。実際の印象はむしろ逆で、主観的な感じが強い。それはどのような表現事実に基づくのであろうか。実際には十分か二十分か、あるいはそれ以上かかったはずの時間を「一瞬」というきめの粗さで感覚的に切り取り、印象をよりどころにして感情的に報じた、という事実が確かにある。しかし、そういった表現の言語寄りのレベルを問題にする前に、もっと深い発想のレベルですでに明確な主観性が認められる。

同じく逆転試合を扱いながら、一方は「逆転負け」とし、他方は「逆転サヨナラ」としたことに注目したい。前者は逆転された側からとらえ、後者は逆転した側からとらえたことになる。一つを敗戦チームのほうから、一つを勝利チームのほうから見ることによってバランスをとり、全体として客観的な扱いにしたなどということは考えにくい。「逆転負け」を喫したのが仙台育英高校、「逆転サヨナラ」を演じたのが東海大四高、つまり、宮城県代表と南北海道代表という、ともに東日本の代表チームの側から事実を見つめているのである。

逆転勝ちをおさめたチームの立場からつけた常識的な見出し「東海大四、逆転サヨナラ」においても、「東海大四」が勝者だったからではなく、東日本側の代表だったからそういう扱いになったまでのことであろう。仮に、西日本の読者を想定して見出しをつけ直すとすれば、それぞれ、「佐伯鶴城、またたく間の逆転勝ち」、「尽誠学園、最終回に逆転を許す」とでもいったような形に逆転するはずである。

いずれにしても、逆転負けを喫した試合はいかにも惜しかったという印象を与え、逆転勝ちをおさめた試合はゴール前で鮮やかに抜き去った感じを持たせる。それによって、勝つにしろ負けるにしろ、わが方のチームはみごとな健闘ぶりであった、と思わせる表現効果を奏することになる。つまり、事実だけを冷静に伝達しているように見えながら、その実、はっきりと一方の側に立って報道した見出しなのである。逆にいえば、きわめて主観的なとらえ方が、驚くほど客観的な言語表現となって実現した例である、ということにもなるであろう。

視点論の課題

絵画や写真のような空間的構成を持つものに限らず、時間的に展開する言語作品においても〈視点〉のありかがその表現のあり方を規制する面がある、という事実が以上いくつかの例で確認された。

それでは、言語表現における視点論は、どのような課題を抱え、どういう分野にかかわる形で成立するのであろうか。

あらゆる学問がそうであるように、ここでも、第一の課題として、まずはその対象、(i)視点とは何か　が問われねばならない。

そこでは、時間・空間、心理や評価とのからみで視点を論じたウスペンスキイ（ボリス・ウスペンスキイ著／川崎浹・大石雅彦訳『構成の詩学』（法政大学出版局　一九八六年刊）参照。）その他の先行業績をふまえながら、空間芸術における視点と共通する時間芸術上の視点の性格を記述し、次いで、時間芸術における視点の特異性を指摘するところから始まることになろう。

そして、その中で言語表現が抱えている独特な問題を探り出して考察を加え、さらに、一般の言語作品に対して特に文学作品において問題となる点は何かを検討し究明していく、といった方向に、この課題の考究は展開するはずである。

第二の課題は、(ii)視点考察のあゆみ を振り返って、その広がりをとらえ、問題の所在を明らかにすることである。

これを近代以降の問題に絞るなら、「篇中の人物の読者に対する位地の遠近を論ずる」夏目漱石〝間隔論〟(夏目漱石『文学論』(大倉書店 一九〇七年刊)第四編第八章。)あたりから論を起こすことになろう。そして、田山花袋や岩野泡鳴らの描写論がそれに続き、下って、横光利一の純粋小説論(『改造』一九三五年四月号に発表。)などが取り上げられるはずである。

以上はいずれも実作者側の問題意識として提起されたものであるが、研究者の側でも、例えば、杉山康彦が〈いま・ここ〉の表現という形で取り扱い(杉山康彦『ことばの藝術』(大修館書店 一九七六年刊))、野口武彦が二葉亭四迷『浮雲』の語り手の中に、対読者と対作中人物に応じた、性格の分裂ともいえる機能を、話法とのかかわりで見てとった(野口武彦『小説の日本語』(中央公論社 一九八〇年刊))文学論上の問題も、さらには、根岸正純が〈語り〉との関連で論ずる表現論上の問題(根岸正純「視点と語り」(『表現学論考』一九七六年刊 所収))なども、その延長線の近くに位置づけられよう。

そのほか、国語教育畑において、西郷竹彦が人称とのからみで論じた視点の問題(西郷竹彦「文章の視点」(『作文の条件』明治書院 一九七七年刊 所収))、甲斐睦朗が井上靖『白ばんば』の中に語り手の視点と作品世界内の視点と主人公の視点との連続するさまを観察した試行(甲斐睦朗「視点論から見た語句の分析」(『表現学論考〈第二〉』一九八六年刊 所収))も、この課題の域内にある。

さらに、国語学の畑において、樺島忠夫が〈叙述の眼〉として取り立てた問題(樺島忠夫・寿岳章子『文体の科学』(綜芸舎 一九六五年刊)、樺島忠夫『日本語のスタイルブック』(大修館書店 一九七九年刊))、宮地裕が語句と文と文章というレベルに分けて扱った視点発現の問題(宮地裕「文章論の視界」(『国語学と国語史』明治書院 一九七七年刊 所収))や、糸井通浩がアスペクトやテンスとの関係で視点の移動を説明しようとした試み(糸井通浩「物語・小説の表現と視点」(『表現学論考〈第二〉』所収))なども、この課題を扱う際に言及したい論考である。

第三の課題として、ⅲ視点分類上の諸観点、というテーマを立てておこう。これは当然、ⅱの課題の延長線上に位置づけられるはずであるが、ⅱが通時的な考察を中心とするのに対し、このⅲのほうはいわば共時的な存在として各観点を取り上げ、それぞれの方法論上の異同を中心にすえて論ずる、という関係になるものと考えられる。

A　具体例をいくつか掲げておこう。まず問題になるのは、〈内部視点〉と〈外部視点〉の別である。これは小説における二つの基本形態とされてきた（川端康成『小説の構成』（三笠書房　一九四一年刊）、谷崎精二『小説の鑑賞と作法』（新星社　一九四七年刊）、同『小説形態の研究』（講談社　一九五一年刊）など参照。）。作品世界の内側から描くか、場面に登場しない者の目で作品世界を外側から描くか、という基準でとりあえず二分されるが、細かく見るとそれほど単純ではない。

内部の眼といっても、主人公からものを見るとはかぎらず、脇の一人物の眼に映るままに描く場合もある。例えば、コナン・ドイルは『シャーロック・ホウムズの回想』で、主人公のホウムズの視点からでなく、その相棒である医師ワトスンの眼をとおして「ホウムズは岩によりかかって、うでをくみ、急流をじっと見おろしていました。これがこの世で、ホウムズのすがたを見た最後だった」（林克己訳）というふうに描く。書簡体をとって〈あなた〉が描かれる場合もある。池澤夏樹は『骨は珊瑚、眼は真珠』で「中のわたしははじめ一条の白い粉となって水の中にふわっと舞う。そこでおまえは一気に袋の端をつかんで引き、中のわたしをすべて解放する」というふうに、死者が妻に語る逆転の構図で展開を試みた。また、外部の眼といっても、冷静に客観視して述べる理知的な筆致になるとはかぎらず、主情的に語られるケースもある（大場俊助『小説論序説』（芦書房　一九六七年刊）では、分析的・解剖的に描写する理知的視点の例として二葉亭四迷『浮雲』・島崎藤村『破戒』・田山花袋『蒲団』をあげ、架空的・想像的に構想する主情的視点の例として高山樗牛『滝口入道』・樋口一葉『たけくらべ』をあげている。）。

さらに、作品全体がそれらの一定の視点で貫かれているとはかぎらず、途中での眼の切り替えや視点の揺れが認められる作品があるなど、その実態は多様である。

B　次いで取り上げるべきものに、〈全知視点〉（前掲の西郷論文では、対象を外側から描写する客観の視点に対し、登場人物を内外から自在にとらえて描く場合を全知の視点と呼んで区別している。また、『文芸用語の基礎知識』（至文堂　一九七九年刊）の「視点」（項目執筆は井関義久）では、『竹取物語』を三人称全知視点の例とし、両角克夫「表現の視点」（『表現学論考』所収）では、全知遍在の語り手を設定した例に『源氏物語』の名をあげている。）と〈制限視点〉という組み合わせがある。前者は、すべての作中人物について、その外見だけでなく、行動や心理や性格をも熟知しているのみか、その過去も現在も、さらには将来のことまでも知り尽くしている眼、人物に限らず全環境の歴史も現状も未来も何もかも心得ている、いわば神に近い視点である。対する後者は、主人公なり脇の人物なりの作中のある一人物、あるいは傍らの観察者、さらには聞き書きという場合をも含めて、ともかく一個人の知りうる範囲での一元的な限定視点である。

この場合も、全能の神の座に徹する典型的な全知視点と、厳密に一個人の眼で押し通す典型的な制限視点との間に、散在する複数視点とか部分的な全知視点とか、中間的な性格を持つ視点が何段階かありうる。

C　その次に、視点と〈人称〉との関連にまつわる問題がある。同じ一人称といっても、「私」「僕」「俺」といった代名詞の違いに応じて表現上の性格に微妙な差異の生ずることは当然考えられる。また、実質上の視点人物を三人称で扱うにしても、「彼」や「彼女」として対する場合のほか、「鈴木」「田中さん」「佐藤君」「木村氏」といった違い、あるいは姓か名かの違い、さらには男性の名か女性の名かといった違いに応じて、やはりなんらかの表現上の質的な差が生まれることもありえよう。小沼丹は『黒と白の猫』で「僕」でも「彼」でもない「大寺さん」という微妙な視点を開発することで、妻の死に関する「いろんな感情が底に沈澱した後の上澄みのような所」が書きやすくなったと述べている。

横光利一が、自分を見る自分という〈第四人称〉を設定し、描く自己と描かれる自己という主観と客観とを総合する視点からの新しい小説構造を企図した試みとも、構想が言語面に具体化するレベルで基底的なかかわりを持つであろう。

D　また、古く田山花袋が〈平面描写〉（田山花袋「「生」に於ける試み」（『早稲田文学』一九〇八年九月号 所収））という形で主張した小説作法も、基本的に視点論という性格を有している。いささかの主観をも交えず、結構をも加えず、ただ素材をありのままに書き表す、という執筆態度であるから、対象の内部、人物の精神に立ち入ることなく、目に見え耳に聞こえるままを描く点で客観視点の一つであると言える。しかし、客観視するといっても、全能の神の立場でその作品に君臨する全知視点の典型とはかなりの距離がある。単に外面的な現象をスケッチするにとどまるかぎり、それはせいぜい印象主義的な客観視点と言うほかはないからである。

E　岩野泡鳴の〈一元描写〉（名称の初出は、岩野泡鳴「現代将来の小説的発想を一新すべき僕の描写論」（『新潮』一九一八年一〇月号）であるが、それより十年以上も前に、すでにその萌芽が見られる、という。）の主張も、創作態度としての手法というレベルでの小説論であろうが、視点論とのかかわりはもっとわかりやすい。それは、作者が作中の登場人物の一人の立場に身を置き、その一人物が見たり聞いたり感じたり知ったり考えたりできる範囲の内容に限って述べようとするものである。その意味で、制限的あるいは拘束的な視点のある種の典型とも見られるが、その人物のうちに作者の主観がどのような形でどれほど移入されるかに応じて、現実に言語化される表現の性格はおのずと異なってくるであろう。

F　そのほか、〈副次的視点〉と呼ばれるものも、この人称と直接かかわる。これは、作品が一人称で語られながら、その語り手が主人公ではなく、補助役あるいは傍観者にすぎない場合である。作品の場に目があるという意味では内部視点の形式をとっているわけであるが、〈注解的視点〉とも呼ばれるように、主たる人物の動きや場面を眺める側から書いているという意味で、実質的には外部視点に近い効果となるため、分類上、微妙な問題を抱えている。

G　〈複数的視点〉と呼ばれるものにも、それと類似の問題がある。これは、同一の素材について別々の観点から述べる〈証言的視点〉（阿媽港甚内・北条弥左衛門・ぽうろ弥三郎の三人がそれぞれ「私」として物語る形式をとったところから、川端前掲書で複数の内部視点を持つ例としてあげられた芥川龍之介『報恩記』を、大場前掲書ではこの証言的視点の例とした。盗賊多襄丸・女・男（の死霊）が次々に語るところから、林四郎『文章表現法講説』（學燈社　一九六九年刊）で「視点の移動」として処理した、同じ芥川の『藪の中』も、同じ性格として位置づけられよう。）や、共通点のあるいくつかの話を列挙する〈説話的視点〉など、複数の一人称叙述が並列される場合である。一話一話は内部視点であるが、それらの関連を見出し、テーマに沿って配列した眼の存在を想定すると、それは作品世界の外側にあることは明らかであり、外部視点による統一を経て作品が成立したと見なすべきであろう。

H　一人称の叙述を形式的に内部視点として一括したときに、前述の副次的視点や複数的視点と並び、より基本的なものとして位置づけられるものに〈単元的視点〉（大場前掲書を参照。）という名称がある。これは主人公自身の立場から描くもので、内部視点の典型をなす。

ただし、主人公である「私」の日記のような〈固定的視点〉のほか、遺書形態の〈一方的視点〉、往復書簡形式の〈交互的視点〉、自叙伝や独白などの〈放射的視点〉という下位区分を設けることがある（大場前掲書では、それぞれ、国木田独歩『武蔵野』、有島武郎『石にひしがれた雑草』、同『宣言』、夏目漱石『坊っちゃん』ほかをその例としてあげている。）ように、ここに含まれる言語作品の表現的性格は、なお多様である。

I　樺島忠夫は、眼のある叙述と眼を考える必要のない叙述（「火星人が六人地球に到着した。」という例があがっている。）とがあるとし、前者の中に〈作者の眼〉や〈作中人物の眼〉とは別に〈非人称の眼〉というものを設定した。例えば、「一度も土の上を歩いたこともなさそうなよく光った靴」（丹羽文雄『蛇と鳩』）とある場合の「なさそうな」という推定を行う主体は作者でも作中人物でもないというのである。

回想的な叙述における、かつての行動主体としての自分と今それを振り返る自分との関係などとともに、この非人称の問題も、視点の分類について論ずる際に見逃すことはできない。

Ｊ　前にふれた表現論の立場からの分類案を二つ付け加えておく。一つは今井文男の〈原視点〉と〈配賦視点〉という考え方（前掲論文のほか、今井文男『表現学仮説』（法律文化社　一九六八年刊）、同『文章表現法大要』（笠間書院　一九七五年刊。）など）である。前者は表現主体自身がもともと有している視点であり、後者は「八方に目を配る」というときに原視点から配られた眼、いわばそれぞれのカメラ位置のようなものである。

なお、作品の世界の部分部分として各場面を位置づけたとき、その一場面全体を見張っている眼を原視点と配賦視点との中間項としてとらえ、そういう〈中継視点〉を想定する立場（森米二「詩の構造における視点」（『表現学論考』所収））もある。

Ｋ　もう一つは、根岸正純の提起した〈人物視点〉と〈機能視点〉という考え方（根岸正純「視点論の課題」（『表現学論考〈第二〉』一九八六年刊所収））である。一人称と三人称の問題、語り手と作中人物の問題、あるいは、視野の広さや視線の到達度といった、今日の一般的な視点概念は、そのほとんどが人物視点を中心として処理しようとするが、そのように視点の主体を人物に戻すことなく、文学的叙述が経過するその表現過程の各地点で、機能主体として視点というものをとらえることの重要性を示唆した。

第四の課題として、(iv)表現主体の存在を映し出す言語的条件　を探ることが要求されよう。

これはまず、発想レベルと言語レベルとに大きく二分され、後者はさらに、語句レベル・文レベル・文章レベルといった段階別の考察が可能であろう。いずれも、具体的な表現例をもとに、言語形式に即して論ずることが期待される。

発想という思考レベルでの視点の存在が表現面にどう映り出るかについては、本稿の「視点の確認」で新聞の見出しを一例としてすでに述べた。

言語レベルのうち、まず語句レベルの例（中村明「語感のひろがり」（『講座日本語教育〈第二三分冊〉』早稲田大学語学教育研究所 一九八七年刊 所収）で扱った、語の周辺的意味の分類は、その多くが視点の性格ともかかわりを持つ。それらは、視点関係語彙の一部をなすはずである。）をあげる。最もわかりやすいのは、ある単語の選択がそれだけで表現主体の何かをにおわせる場合である。例えば、「お絵かき」とか「うっそー」とか「ぎょうさん」とか「バケ学」とか「独擅場《どくせんじょう》」とか「黒洞々」とかといった語に接すると、そのことばの使い手の年齢なり性別なり出身地なり配慮なり教養なり職業なり性格なり趣味なりについて、読者は何らかの情報を受け取る。

　このような直接にはね返ってくるものから、次のような間接的で微妙なものまで、その多様性はほとんど連続的に存在するであろう。

　例えば、「爪はじき」という語がある。これだけでは別にどうという体臭があるわけではない。が、これを類義の「排斥」とか「指弾」とかという語と対比させてみると、和語と漢語との感触の差、そういう硬軟の響きの違いとは別に、両者のイメージ喚起力の程度、あるいはその直接性にも、微妙な差異が感じ取れる。漢語の場合は、「ハイセキ」なり「シダン」なりの音連続がほとんど初めから全体として「排斥」なり「指弾」なりに変換され、その段階でそれぞれの語義と結合する、という傾向がある。その点、和語の場合は、複合する個々の要素、この例では「爪」と「はじく」とが、あるレベルで分離して意識され、「爪はじき」という一語全体の意味を把握するまでの過程で、「爪ではじく」映像が一瞬脳裏をよぎる、という現象が起こりやすい条件を具えている。

　無論、程度の差ではあるにしても、他のすべての条件が等しければ、生き生きとした形象性を感じさせる語句のほうが、それを用いた表現主体の存在を受容主体に意識させる度合が相対的に大きい、と考えられる。

　対象的な意味のうちに方向性（「連れて来る」「相談にのる」など。『文章表現』（国際交流基金 一九七四年刊）で執筆者の池尾スミが、日本語学習過程の問題点の一つとしてあげている一群の語句は、その一部をなす。）を指示する働きを含む語句や相互関係（「左」「先方」「明くる日」など）を示す語句、相手に対する働きかけを具体的に連想させる語句（「せがむ」「殴りつける」など。）、意図や感情や評価を内包する語句（「めきめき」「幸いに」「海千山千」など。）、待遇（「いらっしゃる」「ほざく」など。）や強調（「決して」「ほかならぬ」など。）その他の修辞的な意識を強く感じさせる語句（「骨ぬき」「角突き合い」のような比喩的な語など。）などにおいても、右に準ずる傾向が生じ、同様に、広い意味での視点の問題にかかわってくるはずである。

単なる語句選択のレベルを超え、文あるいはそれ以上のレベルにまで広げれば、主語の性格（「忘却が当然の権利のように夫婦の心に訪れた。」（三島由紀夫『真夏の死』）など。）やその省略（川端康成『雪国』に「素直に稽古本を開いて」のあと「この秋、譜で稽古したのね」という会話文に流れ、行が改まって、主語なしに、ただ「勧進帳であった」と結ぶ例がある。）、それと述語との関係（同じ『雪国』の「雪の鳴るような静けさが身にしみて、それは女に惹きつけられたのであった」という一文には、異例の主述関係が見られる。）、修飾語と被修飾語との組み合わせ（同じ『雪国』の「悲しいほど美しい声」のほか、「不幸な幸福」（芥川龍之介『或阿呆の一生』）や「誠実な無責任」（江藤淳『作家は行動する』）といった対義結合などは、その極端な例。）、何を受身（「斜面一帯はこの豊かな湧き水のために、常に人に住まわれていた」（大岡昇平『武蔵野夫人』）などは異例の受身。）として扱うかというヴォイスの選択、同じく使役（宮地前掲論文では、「遊ばせておく」に容認主体、「気をもませる」に困惑主体を想定している。）の扱い、「…ている」と眼前の状態として対象を認識するなど、アスペクトにかかわる補助動詞（糸井前掲論文では、「ル・タ」形に移動視点、「テイル・テイタ」形に静止視点を仮定した。）、いわゆる歴史的現在（「声に応じて外へ出てみると、声は闇の中からしきりに自分を招く。」（中島敦『山月記』）など。）を含むテンス（曽我松男「日本語の談話における時制と相について」（大修館書店『言語』一九八四年四月号 所収）で、主筋的事象を過去形、副次的事象を現在形で述べる傾向があることを指摘。とすれば、時制に表現主体の意図が反映。）、それに、内言語を含めた会話文における話法（「きのう彼はあした僕から君に言うべきだと自分は思うと言った」のような例で考えると、視点の位置がわかりやすい。）、さらには、文間の論理関係に対する主体的認識を示す接続詞の選択（「徹夜で勉強した」と「試験に失敗した」という二文を、「そして」でつなぐか、「しかし」でつなぐか、「だから」でつなぐか、に表現主体の考え方が映る。）や指示詞の用法（コソアドと視点の位置とは直接の関係がある。本稿末尾に具体例の分析・言及がある。）など、視点にからむ言語的な問題はさらに多様性を増すことになる。

以上の四つの課題が視点論の理論的な基礎をなす。そして、それに立脚して、(v)視点と文体　という課題が取り上げられ、伝達効果の個別的な問題が表現価値として論ぜられて、文体研究の一環に組み入れられることになろう。

これに関して筆者は以前、〈創作視点〉と〈叙述視点〉という二層の視点概念を仮定して、文学上の視点と表現の問題を掘り起こし、若干の分析を試みた上で、いささかの私見を述べたことがある（中村明「文体としての視点」（筑摩書房『言語生活』一九八一年六月号　所収））。

そこでは作中で表現の言語化が実現する基準点の動いていく流れを線としてとらえ、それを叙述視点と呼ぶならば、背後にあってその叙述視点を操作・調節する潜在的な視点というものを想定することによって、一つの作品としての視点構造を明らかにしようとした。その背後の目は、創作動機とか作品意図とかという何らかのレンズを通して作中の視点の動きを見張っているという点で、生身の作家自身の裸眼とは区別される。

例えば、夏目漱石の『吾輩は猫である』の場合、「吾輩」と名乗るのは無論、漱石ではない。それはあの教師の家に居候をしているインテリ猫であり、作中の叙述はすべてその視点に依拠しているが、その視点人物（動物）の尊大な態度を許容し、かつ、作者自身をも観察可能な視点のメカニズムを設営するのは、二重否定を多用する語り手の猫ではなく、その猫に二重否定を多用させる、あくまでその作品における漱石の目である。それをあえて創作視点と名づけたのは、実生活における夏目金之助でもなければ、一般的な意味での作家漱石でもないからである。

いずれにしても、この課題においては、右の意味での視点構造の奥行きを、視点の動きと視線の流れとして映ずる言語表現上の具体的事実をもとに確認した上で、作家の文体行為としての視点の特質をつきとめる方向に、論は展開すべきであろう。

この(v)の課題に関しては、いずれ基礎的な研究の進んだ段階で詳しく論じたいと思う。その基礎作業の一つとして(ii)と(iii)の課題を取り上げ、それを体系化してゆく過程で、(i)の課題を原理的に究明する必要が生じ、より具体的な相でその本質論を展開することになるであろう。

一方の言語面の基礎作業にあたる(iv)の課題については、語句レベルおよび文レベルの考察は紙幅の関係で割愛し、以下、現実の文章における視点の言語的発現の実態を追いつつ、その種々相を統括された表現構造の中で考えてみることにしたい。

視点の実際

①善太がお使から帰って来ると、玄関に子供の靴と女の下駄がぬいであった。

②「三平らしいぞ」

③思わず微笑《びしょう》が頰にのぼって来る。④それでも真面目くさって、

「唯今。」

と、上にあがって行く、（筑摩書房版『現代日本文学全集』第七〇巻では、この読点が句点になっている。そのほうが自然に感じられるので、ここで文が一往切れたものとして扱う。）⑤座敷で、お母さんと鶏飼のおばさんとが話している。⑥お辞儀をして側に坐る。

⑦「三平チャンは？」とききたいのだけれど、何故か、その言葉が出て来ない。⑧立って、その辺を歩いて見る。⑨茶の間にも、台所にも、奥の間にもいない。⑩玄関の帽子掛けにチャンと三平の帽子があり、その下に背負《しょ》いカバンも置いてある。⑪聞かなくても、三平は帰っている。⑫此度《こんど》は外へ出て見る。⑬柿の木の下へ行って見ると、そこにお母さんの大きな下駄がぬいである。⑭三平がのぼっているのである。⑮善太ものぼって行った。⑯木の上で、二人は顔を合せた。⑰ニコニコして見合ったのであるが、言葉が出て来ない。⑱一週間ばかりしか別れていないのに、二

人とも少しばかり恥しい。⑲三平チャンとも言いにくいし、兄チャンとも呼びにくい。⑳まして、三平が夢の中で子捕りにとられて、自分が泣いたなんてことは言おうにも言われない。㉑三平とても同じである。㉒然しいつ迄もニコ〳〵しあっている訳にも行かない。㉓三平は木をすべり始めた。㉔巧《たくみ》にすべるのである。㉕五六日でそんなにも上手になっている。

――坪田譲治『風の中の子供』(引用文は、初出である東京朝日新聞に一九三六年九月五日から連載された本文をテキストにし、ルビを減らして新字体に改めたものである。)

小説と童話という区別をほとんど無意味にしてしまうほど、大人の読者をも子供の読者をも惹きつけずにおかない作品である。欲が渦巻き、罠が張りめぐらされる大人の世界の醜さを背景にし、襲いかかる不幸や困難、その社会的な圧力にもめげず奔放に生きていく純粋な子供たちの美しい姿と活気を描き出した。あるいは逆に、子供の純粋な美しさを描き出すことをとおして、対比的に社会の醜悪さを印象づけようとした、という見方もありえよう。いずれにしても、子供の姿が生き生きと読者の目と心に映じてくるかどうかが、この作品の成否の鍵を握っていることに変わりはない。

会社の専務青山一郎は、隠謀にはまって、私文書偽造の罪を着せられ、警察に引き立てられる。そして、家の財産も差し押えられ、執達吏の手で会社に運び込まれて、空き家同然になってしまう。その妻は、まだ一年生で足手まといになる下の子の三平を、自分の兄にあたる鵜飼という山奥の医者の家に預かってもらい、五年生になる上の子の善太に家事を手伝わせながら、自分は働き口を探そうと決心する。

ところが、連れて行かれた三平はおとなしくしていない。自分の父親が厄介者扱いにされかかっている会話が聞こえてくる鵜飼家を飛び出し、お母さんと兄の善太のいる自分の家の方角を眺めようと、高い松の木の上に登ったまま、日が沈みかけても下りて来ない日がある。たらいに乗ってずうっと川を流れて行き、みんなを大騒ぎさせることもある。河童を見ると言って姿を消し、村中の男が集まって、池の中や森、山から谷にかけての大捜索が始まることもある。引用箇所は、すっかり手をやいた鵜飼家では、この子は危なくてとても預かりきれないと、子供たちから見れば伯父の妻に当たる「鵜飼のおばさん」が三平を自宅に連れ戻す場面である。一九三六年十月十七日付の東京朝日新聞に連載の第二六回として掲載された部分の前半に相当する。

ここだけ読んでも、子供の姿や心が実に生き生きと描かれていることに驚く。まるで自分自身のことのように、読む者の気持ちにそれがじかにしみてくるのはなぜか。それは、作者自ら子供になりきって書いているからである。子供になりきると文章がどうなるのかを、表現視点の言語面への反映という形で具体的に考えてみたい。すなわち、登場人物である子供の内側にすべりこむ叙述視点、その叙述視点の動きをほほえましく見まもる創作視点の在り方を問題にしようというのである。

作品全体としては、「善太」なり「三平」なりとして一応は三人称で扱われる小説である。とすれば、通常は、その善太や三平を外から見つめる眼が存在するはずであるが、作中人物の行動や心理を冷静に観察し客観的に記述する、そういう遠い眼というものが、読む者の意識にめったにのぼらない。むしろ、子供の眼からものを見、ともにうれしがり恥ずかしがっている感じである。

以下、順を追って、そのような視点のありかを示す表現を指摘し、文章の言語事実に即して、その動きを具体的にたどっていこう（中村明『名文』（筑摩書房　一九七九年刊）の中で、文体論の立場からこの作品の文章を分析する際に、この視点に関してもいくつか言及した。その後、もっぱら視点の動きに注目してこの文章の表現分析を進め、興味深い問題点を新たにいくつか掘りあてた。文体論の講義や講演の際にもこの文章を用い、前者でふれなかった点を中心に述べた。したがって、重複する面もあるが、ここに全体をまとめ、この文章を対象に視点分析を実施した場合の目下の到達点を示しておくことにしたい。）。

まず、第一文に「お使《つかい》」という子供の用語が地の文の中に出ることに注目したい。「用事を済ませて」といった表現とは視点の性格が違うからである。

次に、「……すると、……てある」という構文に着目しよう。「帰って来ると、……ぬいであった」と言うとき、「帰って来る」ことが「ぬいである」ことの成立にとって必要条件になっているわけではない。したがって、「帰って来なければ……ぬいでない」という意味にはならず、帰って来る来ないにかかわらず、それ以前から「ぬいであった」のを、「帰って来たときに発見した」ということを意味する（『学研国語大辞典』の接続助詞「と」の項で「ある事態が成立することによって、それと同時に別のあることに気づく、その瞬間をそれと示す」と規定し、『雪国』〈現行版〉の冒頭の一文「国境の長いトンネルを抜けると雪国であった。」を例にあげた用法に対応する。）。つまり、この表現は、そのことに気がつく主体の存在を前提として書かれているのである。

その際、「子供の靴と女の下駄が」という認識がその発見主体について語っていることにも注目したい。「ぬいであった」物は、はたしてその二足だけだったのであろうか。「ぬいであった」のが何と何であっても、ともかく、玄関に存在するいろいろな物のうちで特にその二つが眼に留まった、という事実を伝えるにすぎまい。それは、その二つの履物の組み合わせに関心のある人物、つまり、三平が連れられて戻る日を心待ちにしている善太の視点に立つ選択なのである。

第二文の「三平らしいぞ」は善太の頭の中の発話、あるいは、思わず口をついて出た独り言である。それを誰のことばかも断らずに置きっぱなしにしたこの文の扱いも、行為の主体である善太の視点がこのあたりの文脈を支配していることをあてにした叙述と解すべきであろう。

そのために、次の第三文の主体も言語化されない。「微笑が頰にのぼる」こと自体は表情の変化として外部から気がつく場合もあるが、それが「思わず」であるかどうかは、そういう外から観察している眼からは判断できない。

そして、「のぼる」事実を「て来る」ととらえうるのは、それを感じる当人の意識以外には考えられないので、この地の文の視点を善太自身にあると判断する際の決定的なよりどころとなる。

次の第四文における発話と行為の関係も同様である。が、その発言を「と」で受けて発言動詞なしに直接行動につなぐ関連づけの奥にかすかに外の眼を感じる読者もあるかもしれない。しかし、「あがって行った」とならず、現在形の文末表現を採用していることに着目したい。主語なしの現在形文末で記される表現形式は、例えば、日記のような文章を連想させる。そこでは、自明の一人称主語が前提となって展開する。この例でも、かなり先の第一五文で「善太ものぼって行った」という三人称らしい視点の一文が過去形の文末でようやく姿を現すまで、そういう実質的には一人称に近い性格の視点がずうっと続いてゆく。

次の第五文にある「お母さん」「鶏飼のおばさん」という言い方も、地の文ではあるが決して作家坪田譲治から見た関係のとらえ方ではない。善太という子供の使っている呼び名がそのまま地の文の中に入り込んだのである。そう呼ばれる二人の人物が「話している」として文を結んだのも、そのことに気づいた者の立場で言い切ったのであろう。この文の冒頭が例えば「ちょうどその頃、座敷の方では」などとなるような視点とは明らかに異質である。

続く第六文も、第四文と同様、主語を明示せず現在形で文を結んだ行動記述である。

次の第七文では、視点のありかがさらにはっきりする。「三平チャンは？」ということばは、まだ「ききたい」という段階にとどまっており、いまだに音声として発話されていないから、外部から観察するという性格の視点でとらえられるはずはない。といって、登場人物の心のうちも、その将来をも見通す全能の神に近い視点を仮定すると、その文の後半と矛盾が起こる。神には「何故か」ということばがふさわしくないからである。

そして、第三文の場合と同じく、「言葉が出て来ない」の「て来る」の用法から、ここもやはり当人である善太の視点であることが判明する。

次の第八文も、例の主語自明の行動記述である。その点を除いても、「その辺」というとらえ方や「…て見る」という述べ方には、現場にいる当事者の眼が感じられる。「歩いて見る」という文の切り方を、「歩く」とか「歩いて見た」とかといった形と比べてみても、そういう視点の性格がより強く伝わってくるのである。

第九文はどうであろうか。「茶の間にも、台所にも、奥の間にも」三平がいないということ自体は、客観的な事実であろう。しかし、事実ということに重点を置くなら、三平のいない場所はほかにいくらでもある。それなのに、なぜその三つだけが取り上げられ、その順に並べられたのであろうか。それはおそらく、どの部屋に三平がいるとかいないとかという事実よりも、三平の姿を求めて家の中をあちらこちら探しまわる善太の息せき切った行動を写し取っているのであろう。三つの場所がその順に並ぶ表現から読者が受け取るのは、三平のいない部屋の列挙ではなく、善太が三平を探しながらその三箇所をその順に回ったという意味である。

三平の姿を頭に描いて歩きまわる善太の視点に立つからこそ、「いない」の主語を「三平は」などと、今さら断るまでもなかったのであろう。

第十文に目を転じよう。これは、どこに何があると述べた文で、主観の入りにくい構造をしている。この場合も、「玄関の帽子掛けに」「三平の帽子があり、その下に背負いカバン」が「置いてある」ということ自体は、たしかにすべて客観的な事実として書かれている。

ただ、「チャンと」という部分はどうであろうか。「ちゃんと掛かっている」という表現は、ちょっと引っ掛けてあるだけではなく、きちんと掛かっていて落ちにくい、という意味でも用いられるが、この場合は無論そういう意味ではない。そのような事柄的な事実を指示していない。

つまり、ここでの「チャンと」が意味するのは帽子の所在や状態という客観的事実ではなく、三平の帽子やカバンが存在する事実をとらえた主体の判断である。その意味では主観的な表現であるとも言えよう。観察的立場、あるいは、全知全能の神の座に立って俯瞰する作者の視点からは、「チャンと」などと書きはしない。善太にとってだから、その事実が「チャンと」なのである。つまり、三平が帰って来ているという証拠がまさしくそこにあるではないか、と思う善太の心がその副詞を選び取ったと考えられるのである。

そういう判断に立てば、「背負いカバンが」とならず「背負いカバンも」となった点にも、ある種の目配りがかすかに感じられる。単なる格助詞に比べ、一般的に係助詞や副助詞には視点とのかかわりを意識させやすい傾向があるからである。

この例では、「が」のように、ただ、帽子とカバンという三平の持ち物が二つ存在する、という形で事を描かない。まず、帽子を見つけて、玄関にあった靴から三平が帰って来たのではないかという期待を抱いていた善太は、その期待が裏づけられた心強さを覚える。そして、下を見ると、それに追い打ちをかけるように、また一つ三平の所持品である「背負いカバン」が置いてある。こういう一回一回の発見行為につれて次第に確信を強めてゆく善太の心が、「が」よりは「も」のほうに直接映っていると考えられる。

第一一文は、一文全体がそっくりそのまま、善太の心の中のことばであろう。「……と思った」という引用形式をとって客観化することなく、いわば善太の内言語を剝き出しのまま地の文として投げ込んだものであり、きわめて主観性の強い叙述である。

第一二文の「此度は外へ出て見る」については、第八文で「その辺を歩いて見る」について述べたことがそのままあてはまる。時間的な「此度《こんど》は」の部分は、空間的な「その辺」と同様、行為を続ける当事者のとらえ方である。「……て見る」の用法やその現在形文末の点でも、同じことが言えよう。単に「出た」のでなく「出てみた」ことがわかるのは当人だからである。

第一三文のうち、「お母さん」という用語については第五文の説明で言及した。また、「行って見ると……ぬいである」という構文に見られる視点の性格も、第一文の「帰って来ると……ぬいであった」の部分について説明したとおりである。

もう一つ、「大きな下駄」とある点に注目したい。もちろん、善太や三平の母親の足のサイズが特別に大きい、という意味ではない。大人用としてはごく普通の大きさの女物の下駄のはずである。それが大きく見えるのは子供が見るからだとも考えられようが、しかし、それがもし玄関かどこかに置かれていたら、どうだったか。第一文の「女の下駄」と同様、おそらく「大きな」とは書かれなかったであろう。つまり、ここは、単なる子供の眼というより、「お母さん」ということばを使う人物、すなわち善太が、柿の木の根元まで履いて行ったにちがいない三平の小さな足を頭に浮かべて見たからこそ、それが不相応に大きく見えたのであろう。「大きな」は、まるでサイズの合わないその対象と、それをつっかけた弟の行為をほほえましく感じた善太が瞬間的に発した連体詞なのである。

次の第一四文は単純な構文であるが、視点の構造は少し複雑である。「お母さんの大きな下駄」が「柿の木の下」という妙な場所に「ぬいである」のを見て、「ははあ、さては三平のやつだな」と頭にぴんと来た善太が見上げると、はたして木の上に、小さな足の一年坊主がちょこんと枝にまたがっているのが眼に入った、という場面である。したがって、ここに、「三平がのぼっている」のだという意味の情報を配したこと自体は、前の文までの善太の行動を受け継いで、その発見行為を前提にして書いた、という関係になる。が、「のである」という文末表現の調子にこだわるなら、場面からある距離をおいて立つこの作品での作者の立場から、柿の木の根元に女物の下駄が脱いであるという奇妙な状況について事情説明を加えた、と解せないこともない。ただ、そう考えると、善太が思いがけない場所に母親の下駄を発見したあと、三平の姿を見つけた事実を跳び越えてその先に移行することになってしまい、「善太ものぼって行った」という次の第一五文への流れに不自然な飛躍が感じられる。

いずれにしろ、その第一五文と次の「木の上で二人は顔を合せた」という第一六文という過去形文末の両文では、彼らの動きを見つめる目の存在が場面の外に感じられ、その分だけ叙述が客観化した印象を受ける。

しかし、それも束の間、その次の第一七文では、また、「言葉が出て来ない」というように、「……て来る」という当事者の視点に立つ地の文に戻る。ただし、前の文の「二人は」という主語の支配がこの文にも伸びていると考えられるので、第一四文までとは異なり、ここでは善太個人ではなく、善太と三平という兄弟を同時に当事者扱いしていることになる。

次の第一八文では、「二人とも」と断ってあるので、「一週間ばかりしか別れていない」のに「少しばかり恥しい」感じを持つ主体、すなわち、この文で言語化されていない主語が善太と三平の両人であることは、いっそう明白である。

ただし、善太にしろ三平にしろ、当事者である個人の意識で「二人とも」などというとらえ方をするはずはないので、「二人とも」とまとめる別の目が利いていることも確かであろう。

しかし、「恥しがる」といった外面的に観察可能な語形ではなく、心の状態という内面を示すにとどまる「恥しい」という形容詞を、「と感じた」といった言語形式で包むことなく、剝き出しのまま断定の文末として投げ出した点は、明らかに登場人物の内側に視点を置いたという判断を誘う。

しかしまた、そういう性格が認められるにしても、単純にそうであると言い切るには、それにかかる連用修飾語「少しばかり」という語形がひっかかる。その語形の選択に大人の眼が利いていることは疑いなく、それは、「二人とも」と外から括った眼の働きともども、この文の視点構造を複雑微妙にしていると考えられる。

次の第一九文の視点構造もやや複雑である。「言いにくい」「呼びにくい」が主語なしの述語として断定の文末になっていることから、それぞれ「……にくい」当人の視点と考えていいわけであるが、「三平チャンと」「言いにくい」のは善太であり、「兄チャンと」「呼びにくい」のは三平であるから、文の前半と後半とで視点が交替していることになる。主語が途中で交替するにもかかわらず、ともにその主語を省いて一文にまとめてしまった眼の存在をその奥に想定し、そういう二重の視点構造として理解したい。その奥の眼は、直前の第一八文で「二人とも」と一括した眼とつながるはずである。

しかし、「まして」という副詞で次の第二〇文を起こしたときには、ふたたび善太の視点に戻る。そのことは、「自分」という用語や、「言おうにも言われない」という文末に明らかに映じている。

次の第二一文の「三平とても同じである」という短い一文は、そのことを三平側について外からとらえて書いたものである。もしもここだけを独立した一文として見るなら、すべてを見通す神という全能の視点で書いたと考えることもできよう。

このあたりからしばらくは、確かにそのような位置にまで視点が遠ざかった感じの叙述が続く。が、よく注意して読むと、完全な客観視点にはなりきっていないことに気づく。

まず、第二二文の「然し」という接続詞は、場面の外の眼が選びとった大人の用語であるが、「いつ迄もニコニコしあっている訳にも行かない」というのは、その現場にいる者が今現に抱いている心理である。

直前の文が三平について述べているので、ここにもその主語の影が伸びていると解せそうであるが、「……しあって」とあるからには、善太と三平の両者の気持ちを、何者かがまとめて取り上げたものと受け取ったほうが自然であろう。

いずれにしても、「と思う」や「と考える」と括る引用形式を採らず、「訳にも行かなかった」という過去形文末で結ぶ回想形式をもふまずに、その〝間の悪さ〟を剝き出しに示した点を見過ごすわけにはいかない。

この部分の叙述を、こういった再会場面では、ある一定期間を超えて無言の状態が継続するのを断ち切りたい衝動が起こりやすい、などといった一般的な傾向について作者が論じていると受け取る読者はまずなかろう。うれしさ、恥ずかしさの遣り場に困っている子供たちの息づかいが、客観的記述の主体化された表現の隙間からもれてくるのである。

次の第二三文は、場面の外の眼によるほぼ完全な客観的記述であると言ってよい。ただし、先行文からの意味上のつながりを明示するなら、「だから」とか「そこで」とかといった接続詞を文頭に配するのが通例であろうが、ここにはそのような接続詞が置かれていない。したがって、森羅万象を意のままに動かす神が事柄の因果関係を含めて語り聞かせる、といった性格の視点ではない。そういう行為の背景を解釈することなしに、ただ、行動の事実だけを描写する、いわゆる観察的立場で書き留めた。客観的記述であるといっても、その限りでのことである。

次の第二四文をそれに続けて読むと、一つの疑問が浮かぶ。作者はなぜその間で文を切ったのであろうか。小説の文章は一般に文が短いとはいっても、一文あたりが平均で四〇字ほど（中村明「コトバの美と力」（『コトバの美学』中山書店一九五八年刊 所収）本書四七四ページ参照。）だとした場合、「三平は巧みに木をすべり始めた」というわずか一四字の一文を、長過ぎると作者が判断したとは考えられない。

それでは、「巧に」という点を特に強調するために別の文として独立させて取り立てたのであろうか。それならいかにもありそうであるが、「実に」とか「驚くほど」とかといった連用修飾語に頼らず、また、「巧と言うほかはない」とか「巧以外の何ものでもない」とかという否定形式の強調表現（渡辺実「強調表現のひろがり」（『國文學』一九八七年一一月臨時増刊号〈日本人のための日本語セミナ〉所収）では、「非Pの可能性を考えてそれを拒否する」という思考を「Pを強調するための基本的過程」と位置づけている。）をも採ることなく、どうしても別の文として切り離さなくてはいけない積極的な理由とはならない。

これを視点の問題として考えると、二つの文に切り離されたことがもっと無理なく説明できる。この二つの文に別々の視点を仮定してみるのである。前のほうの文についてはすでに述べたとおりであるが、この第二四文のほうの視点を善太に近づけて解釈すると、「巧《たくみ》」という判断は一般的な観察者、あるいはそれを代弁する作者の評価ではなく、善太の判定だということになる。

とすれば、その「巧」は現段階の三平の技術に対する絶対評価ではなく、ついこの間までの三平の技能を知っている善太が、その進境著しい点に対して下した相対評価だ、ということになるであろう。つまり、先行文の指示する事実に接して起こった善太側の反応、すなわち驚きが、後続文として取り立てられたというふうに、両文に別種の機能を想定したほうが、自然な文章展開に感じられる。

ただし、それは後続文の、あくまで意味内容の深いレベルでのことである。それがどのような言語形式になって実現するか、という表現過程の浅いレベルでは、この作品は一人称小説ではないという意識も働いて、文章化に際し、ある種のコントロールが利いたものと推定される。「巧に」という用語や「のである」という文末形式の選択には、そういう配慮が働いているのではあるまいか。

結局、この文は、善太の視点を作者の視点で包み込んだ構造になっている、ととらえるべきかもしれない。

このような、いわば多重の視点構造が、そのまま次の第二五文に流れ込み、「そんなにも」という一見奇妙な指示詞を実現させたのではなかろうか。

「五六日で」ずいぶん「上手になっている」という内容そのものは、三平の進歩に驚いた善太の気持ちという先行文の意味を具体化した、という関係になるであろう。が、完全に善太の視点に立つならば、「こんなに」というコ系を採るのがその現場での率直な感じ方であったはずである。その点で、この部分の原文は善太に密着しているとは言えない。

一方、その善太を外から見る視点のうち、神の座からの全能記述であったなら、そもそもこういった指示詞そのものが現れなかったであろう。また、外部の観察者の立場であったとするなら、空間的あるいは時間的な隔りを意識したア系の「あんなに」という語形が選ばれるほうが、まだいくらか自然であったように感じられる。と考えてくると、この文脈ではどことなく違和感のあるソ系の原文「そんなに」という語形は、善太の心の中を作者が中継して読者に伝えているような、微妙な表現距離を感じさせるのである。

このように、多少とも距離をとろうとしながら、しかしなお、「と善太は思った」とか、「と彼は驚いた」とかという形で括って間接化するところまでは離れ切らない表現態度とともに、危うい中間距離を演ずるこの象徴的なソ系の選択は、このあたり一帯の玄妙な視点構造の機微を映し出しているように思われる。

以上は一作家の一作品の一部分についての視点分析にすぎないが、文章レベルでのこの種の試みは、ある意味で創作過程をなぞる体験であり、内側からの文体分析を深めるものと考えられる。

一九八七年一月一七日に早稲田大学小野記念講堂で行われた早稲田大学国語教育学会の講演会において、筆者は「視点を映す表現」と題して講演した。その際、本稿の草稿の一部をメモに加えて話した関係上、それぞれの論点や文例にいくつかの重複が見られるはずである。ただし、実際に本稿を草するにあたっては、できるだけ相補的な関係になるよう心がけたので、同学会の雑誌『国語教育研究〈第七集〉』(一九八七年六月)に掲載された講演記録「視点を映す表現」を合わせて御参照いただければ幸いである。

(「言語表現における視点の問題」早稲田大学『文学研究科紀要』三三輯 一九八七年)

余情論
――井伏鱒二から辻邦生まで一〇作家の余情得点――

余情の広がり

辞書の中の余情

〈余情なき「余情」〉

字引の編者として名を連ねると、大変な年寄りだと思われるらしい。辞書というものが権威を持っているからだろう。監修という形ででも金田一京助や久松潜一といった名が必要なのはそのためだと言う人もある。規範となるには、新しい主張よりも誤りのない記述が望まれる。こうして、正確無比な辞典ほど余情から遠ざかる。ことばをことばで規定しつくせると考えるオプティミズムが支配的で、著者の理想とする余情の漂う語義解説にはめったに出合わない。意味規定に失敗して対象を十分に指示できない不的確な記述にはしばしば出合うが、この種の曖昧さをふつう「余情」とは呼ばない。辞書の意味記述になぜ余情が生まれにくいかを探ることは、余情というものの性格を考える上で有効であるように思う。簡にして要を得た叙述、それ自体が積極的に余情を締め出していることはなさそうだ。文脈に依存しない表現の独立性、完結性……可能な限り限定的、排他的であろうとする執筆態度……極度の客観的記述から来る抽象性……そういったものが絡み合って、読み手の映像喚起力を低下させ、イメージのふくらみや連想の広がりを著しく制約しているのだろうか。こう考えていくことは、逆に余情の成立条件を浮き彫りにすることになると考えられる。

それでは、余情とは何か。まずは、一切の余情が排除されているはずの辞書における意味規定を読んでみよう。

〈余韻の実体〉

「余情」という語を引くと、ほとんどの場合、同意語あるいは類義語として「余韻」と書き換えてある。そこで、その「余韻」という語の意味を先におさえておきたい。

基本的な意味、少なくとももともとの意味として、どの辞書でも「鐘をついたあとなどに残る響き」をあげる。むろん、大ざっぱにどういうものを指しているかはわかる。が、その指示対象をもう少し厳密に規定しようとすると、はっきりしない点があることに気づく。どの記述でも例外なく「音」とせず「響き」としているので、鐘をついたときに発し一定時間継続する音響の単なる後半部を指すことはなさそうだ。その音響は次第に弱まる。そして、最初の音色とはかなり異質なものが聞こえていると意識した瞬間に「音」から「響き」に移行するのだろうか。たいていの辞書（『新字源』『岩波国語辞典』『新明解国語辞典』『三省堂国語辞典』『講談社国語辞典』『角川新国語辞典』『角川類語新辞典』など）では、「あとに残る」あるいは「あとまで残る」というふうに漠然としているが、『新潮国語辞典』では「音が終わったあとまで残っている」という規定になっている。これは、そういう〝音〟とは違う〝響き〟の認識に対応するのだろうか。それとも、もっとはっきりと次の段階に到達したことを、すなわち、人間の耳にもう音としては聞こえない空気の振動を指すのだろうか。あるいはまた、それも消えた後になお聞こえているような感じの残っていることを指すのだろうか。

〈余韻から余情へ〉

微弱な音響か、発音体の鳴りやんだあとの残響か、感覚主体側の反響意識かは判然としないが、実はそのことが、この語の転義に意味の広がりの微妙な差を生じさせ、さらに、そのまま「余情」のほうの語義にまでもたれこんで、その意味を複雑にしているように思われる。

例えば、『日本国語大辞典』では、本義のほうでも「音のあとにかすかに残って続くひびき」と「音が消えたあと、耳に残っているかすかな音」とを併記している。まず、そのうちの「音の（消えた）あと」の部分が拡大解釈されて「事が終わったあと」（『新明解国語辞典』『新潮国語辞典』『日本国語大辞典』など）の意に広がる。それに伴って、当然「響き」の部分も変質し、「おもむき」「味わい」「雰囲気」「風情」「情緒」「情趣」というふうに抽象化する。そして、ほとんどの辞書が掲げているように、言語表現の場合が特に取り立てられる。〝鐘〟を〝文学〟に置換したとき、〝音〟は〝ことば〟に移行する。

ここで、音自体からではなく「音の消えたあと」に発生する現象であることに、まず着目しよう。これは、あるひとつの言語形式が文字どおりの意味として指し示す表現内容そのものでないことを思わせる。そして、音がすでに存在しないことに目を転ずると、読者にとって、そのことばが通りすぎたあとに引き起こされるある感慨だということになり、今その場に言語的に存在しないことを前提としていることに気づく。いずれにしろ、余韻・余情は言外の意味であり、それ自体は言語的な存在ではない。

しかし、それが言語を契機として発することも確実だ。問題は、読者の前を通りすぎることばが必ず完結した言語作品でなければならないかどうかだろう。「音の消えた」という状態が、それでもまだ「響き」という物理的な現象の実在する段階を指すか、それとも、その空気の振動も途絶えてから耳にまだ聞こえている感じが残っている生理的な存在の段階を指すか、さらには、ただその名残を味わっているだけの心理的な存在の段階を指すか、というあの

「余韻」の本義のほうの意味合いが、この文学鑑賞における「余情」の存在を微妙にしていると考えられる。

物理的な存在に支えられている間の感覚であるならば、比喩的に、文章という言語刺激によって形成されたイメージに対して抱く情緒へと移行するだろう。生理的な存在に支えられているときの感覚であるならば、比喩的に、そのイメージから読者自身の体験など過去の記憶が喚び起こされて起こる情緒へと移行するだろう。そして、心理的な存在に支えられてからの感覚であるならば、比喩的に、そういう連想作用が一段落し、ひとつの文学体験が読者の中に生き続ける情緒へと移行するだろう。

そして、それにつれて、余情のありかは表現という言語側から読者という精神活動へと移り、〝像〟から〝気〟へとその姿を変えてゆく。同時に、作品の展開とともに、のめりこむ読者の中で刻々くりひろげられる表現の文体効果から、事終わり、ソファーに沈んだ読者が一杯の紅茶とともに静かに物を想う読後感に至るまで、余情はたっぷりと余韻を響かせることになる。

余情の現在

余情の発生する〝時〟も〝処〟も、また、その〝姿〟も、決して一様でないことを確認した。この多様な存在は、また、その受け取り手によって、さらに多様な広がりを見せることになるだろう。そのとらえ方の実態を具体的におさえるために、早稲田大学・成蹊大学・青山学院大学の学生を相手に一つのアンケート調査を行った。（一）余情とはどのようなものか（二）余情の成立を促す言語的手つづきにはどんなものがあるか（三）どのような文章に実際に余情を感じるか という三点に狙いを定めて調査項目を設定した。ここでは、そのそれぞれについて、青山学院大学（被調査者約一〇〇名。文学部・法学部・経済学部・経営学部の三、四年生で、ごく少数の理工学部生が含まれている。男女の比はほぼ三対一）の場合の調査結果をまとめ、解説・批評を交えながら、推論ふうに紹介する。

余情とは何かを問うことにより、その本質・性格・存在形態を明らかにしようとした設問では、予想どおり、前章末に言及した二つの異なったとらえ方のあることがわかった。すなわち、一つは、作品を読み終えた際に感じるものであり、もう一つは、そういう読後感に限らず、ある種の文章から感じ取るなんらかの印象や効果を全体として問題としたものである。

最初に、読後の印象・効果・感情のほうを取り上げる。なお、余情というものを意識する時期について、読んだ瞬間に感じるものと、作者の考えを味わっているうちにじわじわ感じてくるものと、二つの種類がある、という指摘もあったが、いずれも作品を読み進む過程で感じるという意味には解しにくいので、読了直後、および、読了後ややあって、という意味に解し、ともに読後感を細分したものとして扱った。

A　読後感

〈イメージの保存〉

余情は言語表現を契機として起こるが、それ自身が言語的な存在でないことは、前章でくりかえし述べた。今回の調査でも、余情を言語そのもの、あるいは、その意味機能、あるいは、それが指示する対象自体である、ととらえた例は見られなかった。読後感の側で最も言語寄りの理解を示したのは次のようなものであろう。

作品を読みながら、その言語表現に応じて読者が頭の中にそれぞれの像を組み立てる。それが作品を読み終えたのちも消えずに残っている場合に「余情」と言う、というとらえ方である。この場合に浮かんでいる像は、物語中の一場面とか、文章中に現れたひとつの情景とかであることが多い。しかし、鮮やかなイメージとなって残る感覚的な存在であれば、必ずしも風景とか光景とかにはかぎらない。さらに、感覚的な存在以外に、作中の心情がいつまでも読者の心に残っている状態をも含む。これらは、要するに、読中のなんらかのイメージが読後にまで保存されている場合であり、脳裏に焼きついて離れない広義の残像であると考えることができる。ただし、それが感情寄りのイメージである場合には、いわゆる感動とは違った響きを頭に残す、という指摘のあったことに注目したい。

〈作品のぬくもり〉

イメージの保存という継続性にではなく、読後にその作品についての映像を浮かべているという状態そのものに重点を置くとらえ方もある。この場合、イメージの連続性をまったく問題にしないものと、むしろその連続性に対して否定的に、読後になって心の中に浮かび上がるとするものとがある。しかし、一度消えたイメージが読後になって再度浮かぶと解するにしても、あるいは、読中には一度も浮かばなかったイメージを読後に初めて浮かべるという極端な場合を考えてみても、ともかくそれらのイメージが作品言語を契機にして起こるかぎり、やはり読中に接した作品世界との連続性を本質的に断ち切ったことにはならない。その意味で、文章が終わりになっても対象の存在感や生命感が読者の中に途切れない感じで流れていることが、余情の成立を支える条件として働いていることが推定されるのである。読後に余情を感じるとき、その人は作品の言語が現出した世界にどっぷりとひたり、そのぬくもりをなつかしんでいるのだろう。

〈想像発展〉

以上は、作中の情景を思い描くことをとおしていわば作品内に息づいているのだが、さらに積極性を加え、作品世界をわがものとしようとする読後の思考活動に及ぶ場合もある。物語の中にあったいくつかの場面を頭の中に再現しているうちに、その話の舞台となった土地の情景や、その時どきでの主人公の気持ちが読者の心の中で動き出し、どんどん広がっていく、余情とはそういう形で存在するものなのかもしれない。登場人物たちはその後どうなっていくのか、そういう作品世界の今後に思いを馳《は》せたくなる感情と言ってもよい。それはいわば、読後に残る想像の波紋である。やがては電子雲のように広がってしまうと考えた例もあった。

〈文章の魂〉

読んでいた作品から何かが残るという点では共通するが、残るものは作中の映像や主人公の心情、あるいはそういった情報のふくらみのようなものではなく、そのような情報の奥に脈打つ文章の魂とでも言うべき作者側の存在なのだ、という見方もある。ただし、この場合も、作者側あるいは作品側に静的に存在するものでなく、読む者に移り住み、読後にも心に残って、なにとはなしにその胸を打ち続ける、というふうに読者側に位置づけられている点を見逃してはならないだろう。

〈感動の残存〉

また、同じく、残るものを映像よりは心理的な存在だとしながら、作者側・作品側から伝わってくるものでなく、読中に得た感動や情緒という読者側のそれが尾を引いていくのだ、というとらえ方もある。作品を読んでいく過程で受けた感動が、それを読み終えたあとも消えずに残っている状態を「余情」という語で指し示していることになる。

〈心の断面〉

一方、そのような感動や情緒の読後における存在や活動それ自体に重点を置き、それが、読みながら得たものを保持しているのか、読了後に発生したものなのか、という点にはこだわらない立場もある。文章を読んで、ことばでは言い表せない何かが心に残り、時には、それが読者自身に何かを訴え続ける、それが余情を感じるということなのだ、と考えるのはそういう例である。

もっとはっきりと、作品を読み終えたときに感じる心のある状態を指す、と考える者が多い。広くは喜怒哀楽の感情すべてを含むはずであるが、やはり、心がジーンとするような感動が中心となる。感動という大仰なものでなくても、すがすがしさや重々しさであったり、ほのぼのとした感じやしみじみとした感じであったり、やさしい気持ちになって自然にほほえまれてきたりするような、ともかくプラスの感情であるという傾向が認められる。が、それは、次に進みたくない、しばらくはこのままじっとしていたい、という一種のけだるさであったり、なんとなく気持ちのおさまりのつかない一種の落ちつかなさであったりもする。また、時には、そこはかとない淋しさや悲しみである場合もある。しかし、いずれにしろ、どの感情も長く尾を引くという性格を共有していることに注目したい。

〈波　紋〉

そして、さらに、そのような感情にひたることが引き起こす効果という影響面までを余情の中に含めるとらえ方も見られる。その種の結果にもおのずから時間的な先後関係がある。近いものとしては、読後に物思いにふけるという形で現れる場合があり、しばらく経過したのちに、その作品をもう一度読んでみたくなる、という形で情緒的な連続性を意識する場合もある。さらには、読者がその後の生活で、どこかの風景に接したり、何かの場面に出合ったりした折に、ふとその作品を思い出す、というところまで、余情を引きのばす見方もある。これはやや強引な拡大解釈のようにも見えるが、それに似た経験と「余情のある作品」との間にしばしば見られる結びつきは必ずしも偶然であるとばかりは思えない。

B　読中感

次に、余情を感じる時期が読後にはかぎらないとした者の抱く「余情」感を見てみよう。ここでも、作中の言語の指示機能に密着した解釈を先に取り上げる。

〈動く映像〉

読後感に限定した場合の余情の概念は、当然、読中に得た何かが読後に保存されるという共通基盤の上に立ち、それがなんらかの形で読者に働きかけるという一般型を持っていた。読後感に限定しない場合でも基本的にはそのとおりである。しかし、読後という点にこだわらない分だけ、保存という点に対するこだわりも少ない。そして、読みながら作中の情景や心情が読者に伝わるという点だけを強調したとらえ方も出てくる。ただし、それは単なる伝達可能という最低線ではなく、書き手の気持ちが強く伝わるとか、情景が鮮明に、しかも生き生きと伝わるとか、あるいは、読者がその情景を心中深く想い浮かべるとか、その伝達効果になんらかの積極的な条件のつくことに注目したい。

なお、その条件について、もう一つ興味深い指摘がある。それは、そのときに読者の頭に浮かぶイメージが動くという点である。例えば、映画のスチール写真のようにではなく、美しい情景や感動的な場面が本物の映画のように動いて見え、それが完結せずに流れてゆく過程で余情が感じられる、ということのように思われる。

〈行　間〉

今述べたのは、作品中の言語表現から読者がひとつの像を組み立てる場合であるが、余情というものの本領は、そのような直接情報、つまり、その表現の指示する対象自体から、なんらかの逸脱が見られるときに発揮される、という解釈のほうが一般的である。ことばの文字どおりの意味ではなく、少なくとも、そのことばの指し示す事柄より奥深い意味を含んでいるときに、読者はその表現に余情を感じると言える。

ことばの指し示す事柄より奥深い意味を含むとすれば、言語形式と表現内容とが表面上イコールではないということになる。ということは、ことばが表していない事柄、いわゆる言外の意味をその表現から引き出すことができるということである。

作者はその部分の意味をなぜ言語化しないのであろうか。文章で説明しようとして説明しきれなかった部分を読者が推察して補う場合もある。また、初めからことばでは表せない情景や心情である場合もあろう。さらには、書き手自身に表現を省略したという意識がまったくないのに、その文章の奥に隠れている微妙な感情の揺れを読者が鋭敏に嗅ぎ取る場合もあるかもしれない。

そして、作者の表現意図というものを捨象して考えれば、この種の余情は、結局、行間からしみ出す心情を汲み取る読者側の能動的な行為をとおして実現することになる。このような行間を読む行為には、ほとんど連続的とも言えるスケールの大小がある。小さいほうは、作中のある一行の意味をふくらませるところから始まる。大きいほうは、ひとつの文章全体、あるいは一編の物語から自然ににじみ出る情感として意識される。とするなら、その言外の意味が、時には、作者にとって、それこそが最も語りたいことであった、という場合もあるだろう。

これをある種の伝達効果と結びつく作品側の表現的性格という側面でとらえることも可能である。そのとき、スケールの拡大とともに、それは次第に文章の奥行として読者に見えてくるにちがいない。そして、読者がその効果を意識する時期が一作品の読了時に近づくにつれて、それは結局、読み手に訴えるその作品全体の深さという形で感じ取られるようになるはずである。

〈味わい〉

同じく作品側に寄せて考えるにしても、その表現のもたらす伝達効果をもう少し情緒的にとらえる見方もある。その場合は、行間に漂う言外の意味としての単なる含蓄のすべてではなく、その価値評定がからんでくる。つまり、その言語表現の奥に感じられる何かが人間にとって尊いものであるというプラスの評価が得られるときにのみ、その何かが余情となりうるのである。

言外の意味なるものが、いわゆる情報という乾いた存在から、言語手段の選択が表現内容とマッチしたときに作品の醸し出す雰囲気といった潤いのある存在に移ると、そこでの余情はそれに応じて湿りけを帯びる。時には、読者の激しい感動を招来する。が、感動という枠は絶対的ではない。なかには、不気味で漠然としたパワーを持つサムシングだという指摘もある。が、プラスのイメージであるという見方は広く認められるので、この類の解釈の中心は、深い感銘を受ける文章の味わい、というあたりにあると考えてよかろう。

〈連　想〉

次に、作品の文章の側にひそむ力としてよりも、それが契機となって起こる読者の思考活動のほうに重点を置く解釈を取り上げる。読者はまず、作中の言語表現をもとにしてある形象を思い描く。ここまでは多分に受身の読解・鑑賞という活動である。ところが、読者はしばしば作品から離れる。そのイメージを自己流に修正し、変形し、拡大する。これは、基本的には、その文章によって伝達される情報に誘われて、それと関連する他の情報を連想する結果として起こる現象だと考えてよい。が、必ずしも、その言語表現の伝えようとする中心情報を起点として広がるとは限らない。作者の表現意図からいえばむしろ周辺的なある情報をもとにして、意外な方向へ伸びていく場合も少なくないだろう。また、時には、文章中の一つの用語がバネとなって、あらぬ方向に跳びはねたり、基底リズムに揺られているうちに思いがけない遠い昔の記憶が蘇ったりすることもあるかもしれない。

このような連想は、要するに、文章に書かれていることを契機として、そこに書かれていないことを思い浮かべることだから、その連想の方向や距離に対し作品言語側からの制御がきかない。したがって、そのずれ幅は読者側の条件次第ということになる。一方に、文面に直接関係のある範囲で連想を働かせる読み方があり、他方に、第三者からは連絡をたどりにくいまでに奔放な空想のひらめく読み方がある。映像の拡張・拡散はきわめて主観性が高く、自己の中でどこまでイメージがふくらむかという点には個人差が大きいと予想される。

〈振り返らせることば〉

しかし、多くの読者に広く見られる傾向としては、文章の表現内容、特に情景なり場面なりに近似した、あるいは関連した、読者自身の記憶を喚び起こす、という形での連想のタイプを指摘することができよう。つまり、文章を読むことがきっかけとなって昔の経験が連想され、その思い出が脳裏に浮かぶ、という型が目立つのである。

過去の心象風景を想起させるこのような感情が余情というものであるならば、余情を感じさせる文章は、読者が心の中で深いイメージを刻むことのできる表現を内蔵しているはずである。とすれば、読者にとって身近な話題を取り上げてもあまり隅ずみまで描き尽くさず、想像の余地を豊かに残している文章のほうが、余情を発現する可能性を秘めていることになるだろう。そういういわば白い文章のほうが、そこに描かれていない心理なり背景なり雰囲気なりを読者が自分なりに色づけし、ある意味では、思うがままのストーリーを楽しむ創造的な読書が可能になるからである。

〈没　入〉

余情というものが文章表現の言語的な意味からの発展や飛躍という形での反応を導いたとしても、そういう作品面からの逸脱が、それへの反発としてでなく、ともかくもプラスの効果として実現するかぎり、それはまず、当の作品に対する主観的に高い評価を条件とするはずである。

まず、その文章に惹かれるということを余情の前提としてあげるのは、その意味で当然のことだと言える。惹かれるというのは、遠い位置に立って客観的に優れた価値を評定することとは違う。絶対評価はともかく、読者自身がその文章に魅力を覚え、それに誘われることである。目の前に展開する物語に吸い込まれることである。

作品世界に没入する。現実世界での読者の心は一瞬停止する。しかし、このとき読者は何とひとつになるのかという点は必ずしも自明ではない。むろん、自分が今その物語世界の現場にいるような幻覚に陥るという場合が一般には多い。読者が登場人物の気持ちになりきるわけである。が、その話の主人公や作中の一人物にのめりこむのではなく、余情とは読者が作者の感動に一体化したという感覚なのだ、という見方もある。また、対象の限定を最大限に緩くし、あらゆるものが自然に溶け込んで一体となったときにはじめて感じるものだとして、余情の成立条件を逆に厳しく限定する解釈も見られる。

〈心理的反響〉

そのようななんらかの意味での一体感を基礎としながら、その際の作品への没入それ自体をではなく、文章との出合いによって生ずる読者側の心理的反響のほうにもっぱら視線を投ずる「余情」観も多い。

通常の意味での「感動」や「感銘」とは別のものだという指摘もあるが、ここでも中心はやはり広義の「感動」と見てよい。それは一種の快感ということになろうが、具体的にどのような感じかとなると、その説明は個人ごとにかなりの差が出るのは予想どおりである。

文章に接した際の強い印象によって読む者の心が動かされる結果「いいなあ」と感じるのがその基本的な感覚であろう。が、実際の指摘としては、嬉しいとか楽しいとかというプラス感情だけではない。喜びのほかに、悲しみがあり、怒りがあり、不安がある。悲しみに限定が伴って「ひんやりとした悲しさ」となる場合もある。また、その悲しさにわびしさやせつなさの混じり合った複合感情を指摘する者もいる。さらに、体がぞくぞくとし、頭をたたかれて、ふと涙がにじんでくるような感情だとも言う。

一方、作品を読みながら突如ギクッとするような感情に襲われる、という形で表現する者もいる。読んでいる文章によって心が乱されるというのも、それと近似した感じなのであろうか。

逆に、読みながらぼうっとしてしまう、というふうに余情を意識する者もいる。それは何も言えない、何も言いたくない、という感じかもしれない。そのように読者を思わず黙らせてしまうのが、文章の余情というものであろうか。その意味で、余情とは沈黙自体である、という指摘は注目される。

〈開　拓〉

読者側の反応自体に限定せず、文章が読者に働きかけてその心の中に引き起こす変化、という動きに着目した余情の解釈としては次のようなものがある。文章中の何ものかが読者の胸に入りこんで何かを残す、というのがその一般的なとらえ方である。それは、その文章が自分に何かを教えてくれるという感じ、換言すれば、読者がその文章から何かを学びとったという意識である。つまり、作中のある対象の存在感やその生命感の流れが、読む者に意味のある何かを感じさせる、という「余情」観である。そして、強調して表現すれば、その文章にふれることによって読者の心の奥底にひそんでいるものを揺さぶり、人間の本質に訴える、というようなダイナミックな動きと見ることもできる。

以上が「余情」というものの広がりに関する現段階における概観である。


〈伝達手段〉

この項の最後に一つ付け加えておきたい。それは、この余情なるものを、自然に生まれるのではなく多分に意図的なひとつの伝達手段と考える見方があるということである。つまり、自らの伝えたいことを直接はっきりと示さずに、その輪廓が読者の中で次第に明らかになってくるような効果をねらう表現技法だというのである。それでは、そのような余情効果をあげるにはどのような表現手段が有効か。以下さまざまな角度からその面に言及することにしたい。

余情の方法

余情のありか

〈作者／作品／読者〉

前章ではいろいろな角度から余情の広がりを見わたした。が、その驚くべきその多様性も、結局は、とらえ手がその現象のどのような側面に注目し、どの段階での、どういう働きかけによる、どんな効果に焦点をあてるかによって、違った姿に見えてくるにすぎないのであろう。要するに、作者の表現行動の過程においてなんらかの条件に応じて実現した言語手段の選択が、作品面における読者の能動的な参加を得て、その内面に働きかける感情的な奥行の感覚であったように思える。

したがって、余情の成立には基本的に作者・作品・読者という三要素がかかわっている。しかし、作者の在り方はなんらかの形で作品の言語的な性格に反映しているはずである。また、余情を感じる側から見る限り、読者は自分自身という固定した存在であり、その広がりが見えてこない。そこで、余情の条件として意識にのぼるのは、作品における表現の在り方が中心となる。事実、今回の調査でも、作品を超えて作者側に言及した例はきわめて少なく、わずかに、書き手の倫理観や問題意識が余情という表現効果の存在を規定する旨の指摘が見られただけである。また、読者そのものを問題にした言及もとぼしく、これもわずかに、余情というものは行間を読みとる読者側の行為であって、読み手自身の体験や感覚、あるいは、その読書態度によって左右される旨の、枠組に関する発言が見られたにすぎない。

以下、もっぱら、文章における表現の在り方についての言及を扱い、その諸相を多角的に考察してみたい。

〈品　格〉

文章の在り方に関するもっとも総合的、精神的、抽象的な言及は、余情を感じさせる文章はそれ自体の品格を重視しているという指摘であろう。この場合の「品格」という語の規定が明確でないが、例えば、和歌的な文章と俳句的な文章、囲碁的な文章と将棋的な文章というような対比で考えられているのなら、そのまま信ずるわけにはいかない。谷崎潤一郎と志賀直哉、森鷗外と井伏鱒二、芥川龍之介と室生犀星といったような組み合わせを描いてみるとよくわかる。その間にあるのは、余情の有無とか、その量的な差ではなくて、余情の質の違いなのだから。

しかし、夾雑物を切り捨て、感傷を拭い去った寡黙の文章が、おもねりやらくすぐりやらでとめどなく流れる饒舌の文章に対して有する表現的特質を、もし格調の高さとして性格づけるレベルで論ずるなら、それが結果として余情に結びつくことは確かであろう。

いずれにせよ、余情ゆたかな文章を思い描くとき、そこに高い品格の作品が多く浮かんでくる、という傾向は認められるかもしれない。

〈ジャンル〉

次はジャンルに関する言及である。批評の文章と小説や紀行文とを比べると、概して後者のほうに余情が感じられるという。これを一般化すると、情報の論理を基底として展開する文章よりも、そこに情景の描写を挟み、感情の糸で織りあげた文章のほうが、余情の織り縞が浮かびやすい生地だ、ということになるだろう。これは常識的な感覚に合う。

ストーリーを追及する文章には余情を感じにくいという指摘もジャンルに関係する。これは、小説作品と詩歌あるいは論説文・報告文といったレベルでのジャンル間の比較ではなく、小説というジャンルの内部の問題であると思われる。叙事的な性格の強い作品と叙景あるいは抒情の色彩の濃い作品というようなものが、対比的に想定されているように考えられるのである。

痛快な文章には、筆者の才気を感じることはあっても、余情を感じることはほとんどない、という指摘も、やはり、例えば小説という一ジャンルの中の種類を問題にしているのだろう。

ストーリーだけを追って書くのでなく、そこに具体的な場面や状況をそれとなく折り込んで展開する作品のほうに余情を感じる、という指摘は、その類別のさらに下位にある作品ごとの性格にふれているように見える。この点では、登場人物が何を考え、いかなる行動をとるかというだけでなく、その人がどういう気持ちでいるかという心理的な面も描かれているときに余情を感じやすい、というレベルまで具体化した指摘もある。なお、その際、その人物の感情が生の形で説明されるのでなく、その場の情景に織り込まれてなにげなく伝わってくるような書き方が有効だ、という言及は、多くの回答に見られる「それとなく」「おのずから」「自然に」といった用語とも対応して注目される。

〈話　題〉

次に、表現内容に関する指摘にふれる。余情を感じるか否かはその文章の題材次第だ、という骨太の言及がある。それでは、どんなことを書くと余情が生まれやすいのであろうか。簡単に言えば、身近な事柄であるという。誰にとって身近なのか。

そこに人類というようなスケールの大きさを感じとるのは難しい。例えば、星雲の彼方について、あるいは、何万年か昔の魚の化石について語った文章よりも、ラーメンや税金やファッションや入試や鼻風邪について書いた文章のほうが余情が出やすい、といった一般論はおそらく成り立たないだろうから。

とすれば、書き手にとって身近なのか、読み手にとって身近なのか、そのいずれかということになる。身近な自然や心情が描かれている文章という規定は、そのいずれにもあてはまる。が、身近な話題、肌に合った話題、興味ある話題といった列挙からは、読み手にとっての感じという意味のほうが強く伝わってくる。そして、自分自身が実際に経験したことや、人から聞いて知っていたことなどにより、その文章中の情景がよく想像できるときに、余情というものの生じてくる地盤が形成される、という言及になると、もうはっきりと読者にとって身近な題材であるという方向の指摘であることがわかる。ただし、読み手にとって身近な文章が余情を醸し出す可能性は、一方で、書き手にとって身近な題材を扱うかどうかということに関連していることをも無視するわけにはいかない。なお、このあたりの余情の条件の背後にある「余情」観が、イメージの残存よりも、鮮明な映像に伴う豊かな広がりの感覚のほうに傾いていることに注目したい。

〈二重写し〉

読者は、自分にとって疎遠な題材で展開する文章よりも、身近にあって日ごろ関心を持っている話題について語られる文章のほうに余情を感じやすい。それは、一つには、その表現内容に興味を覚え、気持ちが自然にそちらの方向を向くからであろう。また、一つには、自分の知っていることなら、その文章が容易に理解され、そこにある文章中の言語表現をもとにしてかなり詳細な映像を浮かべることができるからであろう。余情を感じるのは、そのイメージが読者自身のあらかじめ抱いていたものと感覚的に合ったときなのだ、という指摘もある。

小説の場合などについて言えば、ある作品を読んでいるときに、それに似たことが自分にもあったな、と読者に思わせるような文章において、余情が起こりやすい。これは、おそらく、作品自体によって読者の目の前を展開するイメージの背後に、そういった読者自身の記憶が淡い映像となって流れるからであろう。そのいわば近景と遠景の二重写しから生ずる遠近感が、文章に奥行を感じさせるのであろうか。

したがって、描写をとおして読者の経験に訴える文章、特に、美しかった、あるいは、恐ろしかった幼児体験を喚起する文章は、他の条件が同じなら、それだけ余情の生ずる可能性が大きい、と言うことができよう。

そのような、読者自身の過去を喚び起こす文章でも、その記憶を対照的な経験として連想する場合より、自分と似かよった境遇の主人公が登場し、そこに連帯感を意識する場合のほうが、当然その可能性は大きくなると考えられる。

〈奇妙な存在感〉

「余情」観の箇所でふれたように、余情はある種の感動であるという見方が強かった。とすれば、余情を感じさせる文章の条件は人を感動させる文章という枠の中で考えることができるはずである。

まず、ぱっと浮かぶのは、美しい風景画のような文章であるという。静かな情景描写であるという。秋、森の夕暮れ、夜の静けさといった具体的な指示も見える。人間を描いたものより自然を描いたものという指摘は興味深い。読む者が自然に接することによって素直になり、思い出が蘇るという背景があるようだ。

ネイチャーがナチュラルに移行すると、題材がらみの表現法の問題となる。つまり、その自然がごく自然に表されている必要があるというのである。この被調査者は、心に強く訴えてくる文章よりも、ふつうのことを書きながらそこから人生や自然の動きなどがさりげなく伝わってくる文章に余情を感じると、井伏鱒二の『珍品堂主人』のラストシーンを例にして述べた。

また、必ずしも題材には関係せず、その文章の雰囲気が読者の心にしみこむことを余情生成の条件にあげる者もいる。典型的な例はしみじみと感じさせる文章であろうが、それは必ずしも、しんみりとした文章でなくてもいい。その雰囲気が楽しいものであれ悲しいものであれ、それがともかく読む者の心の奥深くしみこむところに重点があるように思われる。

そのため、プラスのイメージとは限らないことになり、時には、得体の知れない感じ、奇妙な存在感のある文章に、不思議な余情を覚えたりもする。目の前の文章から読者は何かを感じとる。それが〝納得〟でなく〝疑問〟であるときにむしろ余情を意識するという指摘も、あるいはその同一線上にあるのかもしれない。

〈持続性〉

表現内容に関する条件のうちで次に目立つのは、文章全体の持続性・連続性である。これは二つの別の側面を持つ。一つは、その文章に書いてあることが読み手の頭に長く記憶される、という意味合いである。もう一つは、その内容のまとまり、区切りが明確に意識されず、内容面での完結感が乏しい、という意味での連続感である。いずれにしろ、余情というものが作品の内と外との漠然としたつながりの意識をその基本的な性格として持つかぎり、このような持続感がその条件として取り立てられるのは当然であろう。

〈幕切れ〉

作品の内と外がはっきりと時間的に隣り合うのは一編の終了する結末の部分である。したがって、余情を読後感と限定する場合はもちろん、読後に限定しない「余情」観に立つ場合にしても、それが作品の終結部において最も起こりやすいという傾向を否定するわけにはいかない。最後の数行が読者の内面に訴えかける文章であると、余情がきわめて起こりやすい条件ができあがる。小説や物語においても、余情にかかわるのは、その話の筋や表現内容より、その作品のフィナーレ、極端にいえば結びの一文なのだ、という指摘も、その意味であながち暴論ときめつけることはできないであろう。

余情の生成

〈リーダビリティー〉

それでは、もう少し具体的に、余情の生じやすい文章の条件を考えてみよう。まず、読みにくい文章より読みやすい文章のほうに余情を感じる確率が高い、という指摘がある。が、これは、リーダビリティーの連続的な変化の全領域において、読みやすさの増すにつれてそれだけ余情発生の可能性が高まる、という一般ルールを提起したものではない。ただ、余情を感じるにはその文章の内容がある程度つかめることが必要であり、そのための情報の読解に精一杯であるような難解な文章に対した場合には、そこに余情などを感じているゆとりがない、という当然の前提を示したものであろう。

〈透けて見えるイメージ〉

ある文章を読んで、読者が自分自身そういう経験をした感じになることが、余情を感じるひとつの土台となるならば、まず、作中の場面が生き生きと目に浮かぶことが必要である。すなわち、読みながらその場に居合わせた感じになるような文章であることが望ましい。

そのためには、作中のシーンを具体的に思い浮かべやすい表現のされていることが必要である。したがって、概念的な説明の文章より、会話や動作によってイメージのわく描写的な文章であることが余情を生ずるためには有利に働く。叙景の文章であれば、その景色が実際に見えてくることが肝要なのだ。また、その場面の色彩感や音感が読者に鮮明に伝わる感覚的な文章であることが条件になる。しかし、同時に、読者の目には、その奥に何かがあるように見える文章、うっすらと霞のかかった文章であるときに、その余情効果は高まるものと思われる。

ヴェール——といっても、レースか何かの薄い半透明の覆いのかかった文章は、水をたっぷりふくませて描く水彩画のぼかしのように、しっとりとした抒情のにじむ作品に見えることがある。余情の条件として、悲しそうに漂う感じの文章、メルヘン・タッチの文章があがるのは、そのためであろうか。

〈自然な感情〉

抒情的な作品では当然、文章の中に感情がしみこんでいる。作者の深い心情を投入した文章に読者は余情を感じやすいという指摘は、ひとつの傾向としてはよくわかる。余情を感じる度合いが登場人物や作中の事物に対する作者の思い入れの度合いと連動するのも確かであろう。

しかし、余情が出るように書くには、その感情の表し方が問題であるという。思い入れを読み手に感じさせないような配慮が必要らしい。詩などにおいてさえ、書き手の心象風景を露骨に見せつけられると、読み手としてはかえってそこに余情を感じにくくなるというのである。作者の感動がわかりすぎると、読者は一歩退いて身構えるので、その間の心の交流が冷えてしまうのかもしれない。したがって、興奮を抑えた筆致の奥で書き手の心の波立ちが自然に感じとれるような表現が有効なのであろう。

それでは、どう書いたらいいのか。その点をもう少し具体的に探ってみよう。まず、その心情を必要以上に強く描写しないことだという。いかに激情がたぎろうとも、読者は作者と別の人格を有するので、押しつけがましい感じを招くと逆効果になるからであろう。情景にしろ感情にしろ、それをストレートに語れば、余情は出ない。したがって、感情表現の場合、「悲しい」とか「こわい」とかという生の語で、ありのままの気持ちを出そうとすることは控えるべきであろう。ストレートな表現は一般に余情が出にくい。あまりあからさまに語らず、素朴な感情を時折ヒントを交えながら作品の中になにげなく織り込むような表現態度が必要なのであろう。

〈ふくみ〉

露骨に語らないためには、真意をある程度は内側にひそめることである。ことばを簡潔にし、そこに深い思いをこめた表現、そういう含蓄に富んだ文章から余情はたちこめる。といって、あまりにしつこく多くの意味をそこに含めようとすると、かえって余情効果は消滅する。表現と意味との間で読者は混乱し、余情どころではなくなるからである。そこの限界は場面や文脈、読者側の条件などにより当然違ってくる。書き手にとって、その見きわめがむずかしい。

表現にふくみを持たせるという意味での含蓄が、通常の意味での余情の生成に大きな役割を果たすことは、基本的な傾向として確かに認められよう。そのふくみを持った表現を可能にする言語的な手つづきはいろいろあるが、大別すれば、間接的な表現と省略的な表現とに二分できるであろう。

今回の調査においても、気持ちを間接的に伝えるとか、ものごとを遠まわしに述べるとか、頭に直接届かず心を通して響くとかといった方向での表現を、余情の出やすいものとしてあげる例があった。表現内容が直観的に感じとれるものより、だんだんとわかってくるような文章のほうが余情が生まれやすい、とする指摘も類例と言えようか。

一方、省略的な表現を強く主張する人も多い。ほんとに言いたいことだけを書き、そのまわりのもやもやを思い切って捨てる、そういう省略を利かせた簡潔な文章こそ有効であり、余情の成否は表現における空白の置き方ひとつにかかっている、という趣旨の言及は、まさに読者一般の感覚の一面を映している。つまり、書き手が何もかも、その隅ずみまで述べてしまったのでは、読み手が自分の気分を注ぎ込む行間が詰まってしまい、そこに余情の生ずる論理的・心理的なゆとりが失われるのであろう。

余情の技術

次に、間接的な文章と省略的な文章という形でまとめられるある種の書き方に関し、表現態度から言語技術に寄せてもう少し個々の問題を取り上げる。いわゆる表現の内容と形式という永遠の課題も、現象面から見れば、要するに、ことばの使い方として一括できる。この面での指摘を列挙すれば、余情の生成とかかわることばの使い方の諸相を点描することになるはずである。

〈倒　置〉

まず、全体として、平凡でない表現、あるいは、一見、非論理的に見える表現など、なんらかの意味で一風変わった形態を示すことが多いという。普通でない表現としてすぐ頭に浮かぶのは倒置表現であろう。倒置という名に示されるように、これは通常、世間の慣用を破る語順で現れる。したがって、その箇所で読者はまず、その点にひっかかる。そして、語順が逆転された結果、新しく隣り合うことになった成分としっくりいかず、そこに論理上のすきまが生ずる場合が多くなる。その際の空間が読者に心理的に働きかけると考えると、それが余情と結びつくことは容易に理解できる。この倒置が文末で起こると、述語など、その文末部に本来あるべき言語形式が存在しなくなる。その結果、たとい述部が文中にすでに現れていても、末尾の非在感がその部分の欠如に近似した効果をあげることになるであろう。その倒置が、例えば芥川龍之介のいくつかの小説のように、一編の作品の結びの箇所で起こると、その種の効果はさらに大きなスケールで発揮されると考えられる。ただし、安易で強引な抒情空間づくりと映ることもあり、そのすべてが常にプラス・イメージとしての余情効果となるかどうかは、多分に読者側の条件によりかかるものと思われる。

〈空白記号〉

次は、文中や文末に見られるリーダー（「……」）の使用である。これは明らかに、言語表現の間《ま》を意図して、書き手が意識的に挿入するものであるから、余情との結びつきは容易にたどることができよう。その効果の質はダッシュ（「――」）使用の場合も変わらない。久保田万太郎に代表され、里見弴にも色濃く現れたこの種の表現法の場合は、その文章の語り口を性格づける働きをとおして全体としての作品世界が読者にある種の余情感を残すのだ、という因果関係をとらえそこねやすい。言語上の空白部を強引に作り出す技術としてこれらの記号を濫用すると、いたずらに乱脈な文面になる危険がある。特に、文を途中で強引に切り、文末部を省略して、そこにこのリーダーやダッシュを配する技法は、読者に余情感を押しつける、確実で、安易で、だからこそ最も危険な修辞なのである。しかし、ともかく、ダッシュやリーダーは、〝一行アキ〟と同じように、そこに確実に時間的・空間的なブランクを指示するので、感傷に堕することがなければ、次の展開に対する読者の期待をかきたてる効力を有するという点で、余情の生成に有利な条件を性格的にそなえているとは言える。

〈時　制〉

また、文末表現の時制については、現在形で終止するより過去形で終止した文のほうが余情が出やすい、という指摘があった。過去のことを現在形で叙する歴史的現在とか、いわゆる現写法とかといった表現法は、読者自身があたかもその現場に居あわせたような臨場感を与えるとされる。しかし、余情感というものは、あくまで、なんらかのレベルでの終結を前提とする一種の残像である、という立場に立つなら、過去形文末が条件的にその土壌を造成する役をしていることに気づき、少なくとも観念的に納得することができる。

〈比　喩〉

比喩表現の指摘も多い。特に、暗喩あるいは擬人法というふうに、そのうちの一種の技法に限定する場合もある。比喩という表現法は、ある事柄を他の何かに喩えることによって間接的に伝えるところに方法上の特色がある。おそらくこの間接性が余情生起の誘因となるのであろう。特に、喩えるものの映像と喩えられるものの映像というダブル・イメージの存在、および、その両者の間の距離の感覚が、表現に奥行を感じさせるのかもしれない。

〈用　語〉

用語に関しては次のような点が余情の生成にかかわるという指摘があった。まず、同じ語の反復使用である。回答に具体例が示されていないのではっきりしたことはわからないが、二つのことが考えられよう。一つは、「走る、走る、ひたすら走り続ける」というような、同語を反復する強調である。もう一つは、「湖」なり「稲妻」なり「颪」

なり、ある特定の語を作中で何回もくりかえし用いることによって、一種のライト・モチーフめいた効果をねらうものである。これらは余情とどうかかわるのであろうか。前者の場合は、ある部分が脚光を浴びて読者の中で鮮明な像が結ぶ。そこだけくっきりと見えるために、それを浮かばせている周囲の文面との間に結果として凹凸ができ、それが一種の遠近感を誘い出すのかもしれない。

読者の場合も原理は同じであろう。例えば「湖」とか「稲妻」とか「凧」とかといった語が一次的にはまさにその〈湖〉〈稲妻〉〈凧〉という情報を伝達する。そして、それが二度、三度と出現するにしたがって、そういった情報伝達を果たしながらも、同時に次第に象徴性を加えるようになる。そうして、やがてそういう二次的な意味合いがぼんやりと浮かびあがり、淡い背景をつとめるのであろうか。

第二は、これと逆の方向になるが、同じ事柄を指示することばを時に応じて交換するという表現法である。つまり、同じことをそのつど別語で表現するわけである。この場合は、情報自体の像は一定して流れるが、その情報を運ぶ語に伴うその他の情報、すなわち、多義語においてその場合の意味として選ばれなかった他の意味や、ことばの音感、さらには、そこからの連想などが、表現ごとに一回ずつ違うため、それらが複雑に響き合って奥行を添えるからであろうか。

なお、片仮名の交じった文章は一般に余情にとぼしい旨の言及もあった。片仮名で表記されるのは通常、外来語とせいぜい擬声語であるが、漢字・仮名交じり文による基調との違和感が、しっとりとした余情の生起をむずかしくしているのかもしれない。ふくみを持たせるいかにも日本的な表現にとって、特に新しい外来語の単純明快さが異質に感じられることはありそうである。

〈長　さ〉

構文面では、長さについての条件をあげる者も多い。まず、短い文章のほうに余情を感じることが多い、という言及がある。そこに詩のようなものが浮かんでいるらしい形跡があるので、これは文論というより文章論の問題と見るべきであろう。つまり、作品全体の量的な条件を論じているのであり、単純に考えるなら、それは結局、論理的ならびに心理的な情報量と言語量との関係を取り上げたことになる。とすれば、一作全体という大きなスケールでとらえた〈ことばのふくみ〉の問題であり、省略的な表現などと一括できる性質の指摘だと見ることもできよう。そこには、少ないことばは多くのことを考えさせる、という一般的なルールがあるように思われる。

また、長々とした文より単純明快な俳句のような文のほうに余情を感じやすい、という指摘もある。この回答の「文」という用語を「文章」という意味にとれば、これも前例とほぼ同様の趣旨になる。しかし、俳句は通常、一文で一文章を成す、という事実があるので、この場合の「文」を「センテンス」の意に解することもできる。そうなると、この言及は、一つの作品というより、ある事柄を表す文の量的な面、つまり、一文の長さを問題にしたことにもなるのである。

しかし、また、この場合の文の長さというのは、あくまで、それによって表現しようとする内容とのからみで取り上げられていることに注意しておきたい。つまり、ある事柄を一つの文で表すか、二つの文で表すか、という性質の問題ではなく、そのことを一つの長い文で表すか、一つの短い文で表すか、という対比でものが考えられているのである。

そして、事実、余情の発生は文の切り方によりかかる面が大きいことを指摘しながら、しかし、ただ、ぶつぶつ切ったのはだめで、一般的に短く切り過ぎた文章は逆に余情がとぼしくなるという言及も見られる。

それでは、どうあればよいのであろうか。ある者はこう答えた。それぞれに応じた適度の長さの文と文が調和し、あたかも薄墨が溶け合ったように、明るくもなく、さりとて真暗でもないイメージを抱かせる文章だ、と。谷崎潤一郎の『細雪』という作品名が例としてあがっていることからも、そこに〝陰翳礼讃〟のあの美意識が支配していることはすぐわかる。余情というもののひとつの姿を指さしたものとして受けとめておきたい。

〈リズムとテンポ〉

もう一つ、リズムとテンポに関する言及を取り上げる。まず、余情は文章全体の語調によって読む側に響くところから生まれる、という指摘がある。文章中の語連続を読むときに感じる音響的な快さを余情生成の一因と考える見方である。ある音の次にどんな音が続き、さらにどういう音に流れて行くか、という意味でのことばの響きが、ある一定の仕方で繰り返す、そのリズムとともに伝わってくる躍動感なりなめらかな諧調なりが、読む側のイメージをふくらませるのであろうか。

テンポについては、スピーディーに畳みこむような文章より、むしろテンポの遅い文章のほうに余情を感じやすい、という方向での指摘が多い。しかし、それはせいぜい、緩やかな展開の文章、スロー・テンポの文章という程度の指示であり、テンポは遅ければ遅いほど余情がにじみ出る、というところまで強調した言及は見られない。要は、文章展開において、時の経過を、あるいは、過ぎて行く時そのものの姿を、読者が感じ味わうことのできるゆとりを、そのテンポが持ちうるかどうかなのではなかろうか。どの程度の速さが最適かという一般論はおそらく成り立たない。作品とともに読者を揺り続けてきたリズムとテンポのバランス感覚——その波が、文章を離れてなお読者の感性を揺り続ける生命力を保てるかどうか、ということのほうが大事なのかもしれない。

以上、余情を生じさせやすい文章側の条件をいろいろな角度から見てみた。そのどれもが、余情性のなんらかの側面にかかわり、その成立をなにがしか支えているはずである。しかし、それらの多様な条件は互いに無縁な存在として散らばっているわけではない。梢の細い枝もどこかの太い枝から出て次第に分かれたものであり、その枝もまた、かつては木の幹から分かれ出たものであったように、これら数々の条件の奥に、もっと単純な太い筋が見つかるかもしれない。

〈非連続感〉

熱弁をふるう文章よりクールなタッチの文章のほうが余情を生じやすいという。なぜであろうか。これを説明するには、表現と効果との外見的な非連続感を持ち出すとわかりやすいかもしれない。

ある一定の言語表現がある一定の情報を伝達する。その際の情報の伝達それ自体の成否を効果と考えるなら、それは表現と連続的な存在であると言っていい。しかし、余情は、それが心理的な実在ではあるにせよ、文章をとおして伝達される書き手の感情そのものではない。むしろ、その文章中に言語的には存在しない何かを、読み手がそこから汲みとったように感じる、という意識を前提として成立する現象体験なのではないか。熱弁をふるう文章は、伝達すべき情報とともに、それに対する自らの感情をも激しく言語化してしまっている。このような文章に接する読者は、ただ全面的に受け入れるか、あるいは、反発を感じて拒絶するか。いずれにしろ、読者はそこに、自己が積極的に参加して、思考し、想像をめぐらすべき空間を見出すことができない。

その点、クールなタッチで描く文章では、通常、事実関係を中心に述べ、事柄の細部や情景の周囲などは、多く省かれる。そのため、読者は、自らの意志によって表現の内部に入りこみ、人それぞれに着色したイメージを通じて、作者の心情を思い描くことが可能になる。このようにして半ば読者がクリエイトした世界は、もとの言語表現が消極的に抱えていた意味から原則として隔り、その間の連続性は言語的に保証されていない。むろん、これは見かけの非連続性であり、文脈的あるいは状況的ななんらかの連続性に支えられているはずである。しかし、作者の手でそこに置かれた表現の言語的な意味と、読者がそこから発展して描き出した想像的な意味、それは表現されている意味と表現されていない意味と言ってもいいが、そういういわば言内と言外との二枚のタブローの間の非連続感が、作品の奥行を意識させ、そこから流れ出るある種の心理的な効果を〝余情〟として特定する方向に駆りたてる力となっているように思われる。

〈完結感の回避〉

余情の生ずる基本的な条件を右の一点にしぼると、最も有効なのはどのような文章であろうか。読者は文章に空白を認識し、それを埋めようと表現内に踏みこむ。そして、言語的に存在しなかったものを自らの想像力で描き出す。その結果、いわば作者と読者との共同作業をとおして、そのつど作品の豊かな意味が広がる。このようなプロセスをたどるためには、当然、その出発点が問題になる。ひとりの読み手がある文章に接し、そこに言語化されていない何ものかの存在を感じとることが、余情の成立する契機となる。この場合の「ひとりの読者」をある優れた読者として固定しよう。すると、文章側の条件がはっきりする。すなわち、その表現ですべてを語り尽くしたという完結感を回避することであろう。それは、具体的には、表現の省略性と間接性という形で実現するはずである。

クールなタッチの文章は読者をつきはなす書き方から生まれる。あまりに親切な文章、詳細な記述からは余情は生じにくい。むしろ、抑えた表現を採ることが必要であろう。「抑える」というのは、描き切らないということである。「描き切らない」ということは、量的な面で、何もかも書き表すことをやめ、なんらかの部分を書かずに残すということである。と同時に、質的な面でいえば、表現内容の中心部まで連続的に導かない書き方であることが要求される。つまり、あることを表すのに、それ以外の何ものでもないというところまで限定するような、極度に的確な表現は有効でない。

結局、重要なのは、読み手にとって「察する」部分が残されていることである。したがって、その文章をただ読んだだけではおさまらない形で仕上がることが大事である。余情感を誘い出すには、そういう質的・量的な表現限度をわきまえた文章が望ましい。

〈要点ぼかし〉

読者が想像力を働かせる余地を残す書き方、それだけのゆとりのある文章であることが、余情の成立する地盤を形成する。しかし、その余情効果は、想像力を働かせる余地がその文章のどこにどういうふうに置かれているかによって違ってくる。読者としては、そこに書かれていることを理解したときより、書かれていないことを自分で想像し、積極的に読みとったときのほうが深い喜びを味わう。そういった効果をねらって、書き手のほうが、ほんとに伝えたいことを意図的に文章の背後に隠す場合もあるかもしれない。事実、肝要なところほどさりげなくほのめかすにとどめる、例えば井伏鱒二という作家がいる。そういう作為があらわになりすぎると、読者にはかえっていやみに感じられる。この作家が成功しているのは、単純な寡黙の文章でなく、むしろ一般にはどうでもいいようなディテールをふんだんに盛りこみ、クライマックスを慎重に避けているからではないか。虚と実とのあわいをぬいながら、その作為をいつかほとんど体質のように思わせてしまう。そんな不思議な筆づかいに、年季の入った読者は、涙を笑いにすりかえないでいられなかったこの作家のはにかみを感じないわけにはいかない。

〈吸引力〉

余情が単に言外の意味を内包するだけで生まれるものなら、そんなことはたやすい。しかし、余情について論ずるのは、それが何とも言えないプラスの感情だからであろう。読み手が積極的に表現の中へと入りこむことをとおして、はじめてその文章が豊かな広がりを見せる。そうして、やがてその作品世界は読者自身を包むように満ちてくる。このような余情の生起が、心ひかれる文章との出合いを前提としていることはまちがいない。つまり、論ずる価値のある余情は、作品として読者の心をとらえたときにのみ成立するのである。これは大事なことだ。

余情の実際

はかり知れぬ余情

〈余情番付〉

それでは、具体的にどのような文章に人は実際に余情を感じるのであろうか。調査結果から、多くの者がそこに余情を感じた文章を取り上げ、表現の在り方を具体的に考えてみたい。

今回の調査の一部として、次に示す一〇編の文学作品の一節を読ませ、そこにどの程度の余情を感じるかを調べた項目がある。示した例は、いずれも以下に掲げる小説の書き出しか結びの部分であり、四〇〇字から一〇〇〇字程度の量で内容的にある程度のまとまりをなすものを用いた。

書き出し

幸田文『おとうと』

丸谷才一『笹まくら』

阿部昭『大いなる日』

結び

里見弴『椿』
徳田秋声『風呂桶』
志賀直哉『山鳩』
石川淳『紫苑物語』
井伏鱒二『珍品堂主人』
安岡章太郎『海辺の光景』
辻邦生『旅の終り』

これらの文章を読んだときに余情をどのぐらい感じるかを「まったく感じない」（×印）、「少し感じる」（△印）、「かなり感じる」（○印）の三段階で判定させた。今、仮に、各段階の回答者の割合を百分比で表したものをもとにし、○印に一点、△印に〇・五点を与え、×印を〇点として計算すると、例えば、全員が「かなり余情を感じる」と判定した場合に計一〇〇点、全員が「少し感じる」と判定するか、あるいは、それ以外の判定、つまり「かなり感じる」の支持者と「まったく感じない」の支持者とが同数である場合に計五〇点、全員が「まったく感じない」と判定した場合に計〇点となる。

このような簡便な方法で、各文章片の余情の度合いを数量化すると、一〇例のうち、計七〇を越える高い余情得点をあげたのは、次の四例であった。

『旅の終り』　八四・三
『海辺の光景』　七四・九
『紫苑物語』　七二・〇
『大いなる日』　七〇・五

〈難解な余情〉

逆に、最低を記録したのは『珍品堂主人』で、わずかに一八・二という際立って低い数値にとどまった。ちなみに、この例の最後の部分（作品の末尾）を示そう。

今年の夏の暑さはまた格別です。でも珍品堂は、昨日も一昨日も何か掘出しものはないかと街の骨董屋へ出かけて行きました。例によって、禿頭を隠すためにベレー帽をかぶり、風が吹かないのに風に吹かれているような後姿に見えているのを自分で感じているのでした。先日、丸九さんからの手紙を見て、一年後には伊万里なるものが実質的な相場になると予想して、前祝いに飲みすぎて腹を毀したのです。このところ、下痢のために少し衰弱しているのです。

料亭の繁栄の夢がやぶれ、ほとんど業のようにふたたび骨董の道に舞いもどるひとりの男――「風が吹かないのに風に吹かれているような」その思い屈したうしろ姿が、一編の流れを集約して、今、ふらふらと歩いて行く。作品の映画化に際し、井伏はこのうしろ姿に注目したという。このラスト・シーンの余情効果を、しかし若年層はまったく測りえないように見える。あるいは、作品から一節を切り取って示さねばならぬことの怖さを思い知るべきなのであろうか。しかし、それにしても、作品の成否をこのうしろ姿ひとつに賭けながら、その絶対的な作品時間に照れて、最終二行でそれに水をささずにはいられないこの作家の大仰なはにかみは、やはり途方もなく難解な文学の方法であったかもしれない。

余情の典型

それでは逆に、際立って多くの若い読者において余情を成立させた文章の表現を追ってみよう。

「死んだのは若い男女で、何か毒薬で自殺したんです」妻が日本語で彼の言葉をくりかえした。

私はジュゼッペの顔をみた。「イタリアで……？」私は思わずいった。彼は敏感にさとって肩をすくめた。「愛してたんでしょうが……よくあることです」

私たちはその夜、一晩じゅう雨の音をきいていたように思う。妻は蒼い顔をし、どうしても一人で寝られないといった。しかし妻が私のベッドに寝息をたててからも、私は眠ることができなかった。どのくらいたった頃だろうか、私はそっと起きて、窓をあけ、外を見た。雨はまだ降りしきり、街燈の光のなかで、雨脚がしぶきをたてていた。雨につつまれた町は死にたえたように静まりかえり、事件のあった家も闇のなかでひっそりしていた。さっきの騒ぎはうそのようだった。しかしかえって、この雨にうたれた空虚な闇が、私に、最後にここまできた若い男女のことを考えさせた。なぜかこの二人が死んだことが、私には、安らかな、ある悲劇の終末のような気がした。そこに空虚と沈黙と同時に、果しない休息もあるような気がした。「こんな静かな町で、誰にも知られず、野心もなく、暮してみてもいいわね」妻がそういったときの気持が、私のなかに、雨のしずくのように、流れこんでくるようだった。その妻は蒼ざめて、いまは静かにねむっている。おそらくあんな事件を眠りのなかまでは持ちこむまい。私は、妻のほうを見たが、暗い部屋のなかで、そのかげを見わけることもできなかった。

果してここに止まることは、安らかさのなかへの休息なのであろうか。歴史もなく、歴史に鞭うたれることもなく……。ジュゼッペ一家のように？

私は暗い人気ない通りに雨の降りしきるのを見つめながら考えつづけた。おそらく私たちは明日午後の列車で町をたつだろう。何一つ未練なく……。そして五年後には、ジュゼッペのことも忘れるだろう。おそらくこの小さな事件のことも……。にもかかわらず私はこの町にとどまりたい激しい衝動を感じた。これは一瞬ふれあい、また永遠に離れていってしまう何かである気がした。「シラクサの僭主ディオニュシオスは……」私は思わずそうつぶやき、街燈の光のなかにしぶく雨脚を、ながいこと見つめていた。

——辻邦生『旅の終り』

これが最も余情を感じる文章であると多くの若人が判定した。表現の何が読む者のそういう情感を誘うのであろうか。

〈〈雨〉の効果〉

この文章に魅せられた者がその感動を振り返るとき、口をそろえて指摘するのは、何よりもまず〝雨〟の働きである。引用部分のほとんど初めから終わりまで、街燈の明かりに照らされた雨が主人公の物想いにふける姿を映し出して降りしきる。思索場面での視覚的・聴覚的な背景をなすにとどまらず、一種の象徴性を帯びて内面にしみこみ、広がってゆく。「妻がそういったときの気持が、私のなかに、雨のしずくのように、流れこんでくるようだった」という比喩表現をひとつ取り上げてもいい。それは、「雨のしずく」という喩詞が、作品を離れた作者の想像界に材を仰がず、まさに作品場面の現実から引かれたという意味でだけ、作中に溶けこんでいるのではない。それははっきりと〝雨〟の質感——冷たさとほのかな潤いを置き去りにして流れ続けるひとつの時間の感覚を伴って、被写体としての「私」の中にしみこむように思う。

このように〈雨〉が象徴性を帯びるにつれて、思想とは名づけがたいほど漠とした意味を漂わせてくる。この雨を、ある休息と見る者もいる。それはおそらく、旅における、あるいは、人生における、時間的な、あるいは、空間的な、ひとつの安らぎなのであろう。

ぼんやりとうつろな感覚に映じてくるのは、まずは近景としての雨であり、それはいつか、失われた時の映像へと流れる。この遠景と近景との交替は、意識のコントロールのきかない層で、きわめて偶然のように繰り返すだろう。

繰り返しながら次第に溶け合い、気づかぬうちに一体感を増して、いつかひとつの感情となってゆくだろう。「暗い人気ない通りに雨の降りしきる」のは、それを「見つめながら考えつづけ」る主人公の感覚の対象であって、思考の内容ではない。しかし、そういった外界の状況がしきりに繰り返されるうちに、読者の中であたかも作中人物の心象風景のように見えてくる、という表現効果が生まれ、そこに雨の比喩などもからんで、つい主人公の感情を映し出したもののように読んでしまうのかもしれない。事実、「雨脚がしぶきをたてていた」から「雨につつまれた町は死にたえたように静まりかえり」への文展開を取り上げ、雨の激しさに主人公の悲しみを重ねる読み手もあった。

歴史もない静かな町で起こった一つの自殺事件の心理的余波を、このような雨の降りしきる夜を背景にして描くとき、その雨に心の動きが象徴されているように受け取る傾向が生じるのは、むしろ自然なのかもしれない。文学作品における描写は、いかに現実そのものに見えようと、つねに、ある意図のもとに選択され、なんらかの使命を帯びてそこに配置されているということを知る読者は、描写の奥に積極的に意味を探ろうとするからである。そういう読み方をするとき、若い男女のその服毒を「安らかな、ある悲劇の終末」に至る小道と思い、「そこに空虚と沈黙と同時に、果しない休息もあるような気がした」という内面の動きに先立つ外面の描写「雨にうたれた空虚な闇」を、読者が空間的というより心理的な存在ととらえてしまうのはごく自然であろう。

このように夜の街の描写が視点人物の心情に溶けこむことにより、前者は象徴性を帯び、それにつれて後者が深みを増し厚みを加えることは確かである。こういう、いわば景と情との融合に対して、それをむしろコントラストの効果と見る向きもある。自殺事件というひとつの事象を受けとめる感情と、その背景をなす雨とが、対比的に他を強め合いながら、読者の心に流れこむ、そういう表現効果を指さすのだろうか。

景と情との融合と考える者があり、逆に対比と考える者がある。その中間に考える者もあり、それとはまた別の見方もありうる。しかし、どの方向に考える者も、そこに偶然以上のなんらかのつながりを感じとり、それをプラスの表現効果として読みこんでいる点では、はっきりと共通性が認められるのである。

この場面で、〈雨〉は生きている。そうして、やがて雨がやむと、この主人公はどこへ行き、何を考えるのだろう。ぼんやりと遠くを見るような目で、雨の降りやんだときのその姿と動きと思いを頭に描く読者もいる。こうして文章が読者の心の中で広がってゆく。そのとき、ライト・モチーフにも見えるこの〝雨〟が、表現のふくらみを作り出す重要なファクターとなって働いていることは否定できない。

〈景と情〉

景と情との一体化による象徴性の獲得は〈雨〉の外側にも及ぶ。末尾のほんの二、三行を読むだけで、それがこの文章の余情感を支えていることは容易にわかる。私が「この町にとどまりたい激しい衝動を感じた」のちに、それを「一瞬ふれあい、また永遠に離れていってしまう何かである気がした」と承けて流れる文展開の方向に、たまらない余情感を思う読者もいた。現実とのぶつかりを、ひとつの出来事という客観の場でとらえるよりも、それが与える衝撃という内面の事実として、いわばその映像を浮かべるレベルでとらえているように見える。物自体を直接示さず、その影をとおして存在を感じさせる、この表現の間接性が、読む者に抒情性をかきたてるのであろうか。

たっぷりと水をふくませた筆で、このように、あたかもそれ自体がもの悲しい存在であるかのごとく描き出される情景が、直接に「シラクサの僭主ディオニュシオスは……」とつぶやく心情と照らし合って、頭上に目に見えぬ短剣がつるされ、揺れている人生の〝平穏〟の意味をにじませるのも、同質の手法であろう。

しかし、情景なり行為なりが、いかに独立性を失い、すべて感情の中に溶けてしまおうと、ともかくもそれらが描かれることによって、作品の抒情性に歯止めをかける働きをしていることは推測できる。この文章から〝生活感〟を嗅ぎとった一読者の存在を無視することはできない。この場面にたゆたう心の動きが、辛くもそういう現実とつながることによって、夢見る人の幻想や旅人の単なる感傷であることを免れたように思う。現実につなぎとめられていない幻想はとめどもなく広がり散ってしまう。単なる感傷は振り向くだけで終わり、そこで停滞してしまう。その点、この文章は読者の中で広がる種子を内蔵しているのであろう。

〈旅と人生〉

しかし、感傷のあとの旅立ちという行為の過程こそが、読む人に余情を感じさせるのだ、と見る者も多い。自殺——死——永遠の休息とたどる思考の果てで、その安らぎにふと誘われる。淡いあこがれにも似た心のゆらめきを、ともすればセンチメンタルな思いに流れやすい〈旅〉という場で展開させた、一種の場面設定が、暗示的な効果をあげていると考える立場もありえよう。

死を休息と見るのは、あるいはそう見たがるのは、かなり普遍的な感情であろう。それに対する共鳴が余情感となって広がるのだとも言う。

そういう意味でなら、旅に人生を重ねる思考はさらに普遍性が高いはずである。旅は人生に似、人生は旅に似る。それは文学のテーマとなって久しい。ある読者はそういう広い文脈の中で読むかもしれない。旅は何かとの出合いであり別れである。それは、否応なく、出合いと別れの繰り返しである人生を思わせずにはおかない。そして、この文章も例外ではないだろう。旅と人生という二枚のタブローの遠近感が文章の奥行を生み出し、その両者の互いのアナロジーに対する共感がそれを増幅する。余情を誘う強力な条件がそろっていると言えよう。

〈余　白〉

もう少し表現に近づけて考えてみよう。最も大事なのは余白の生成であろうか。それがまず、「空虚な闇」といった象徴的な言いまわしとなっても現れることにはすでにふれた。「永遠に離れていってしまう何か」といった非限定の表現としても現れる。「なぜか」と始まる未解決の叙述があり、「ある悲劇」という不定の指示がある。多くの疑問や推量の表現に交じって、「おそらく」と冠し、「ようだった」、「気がした」と断定を回避して結ぶ文がしばしば出現する。いずれも、事柄を的確に指ささない表現の特徴である。

以上のような、はっきりと限定的に言及しない表現的性格と並んで、余白をつくるもう一つの方法は、全部書き尽くさず、表現しない部分を意図的に残す言語技術である。間接性も、この省略性のほうも、読者の積極的な参加を促し、その想像力の働きに期待する方向で、余情の生成にかかわる。

〈「……」の立体効果〉

省略感を手っとり早く確実に実現するにはリーダーの活用が便利である。引用部分だけで実に六回も現れていることに注目したい。「シラクサの僭主ディオニュシオスは……」の例ならば、単なる「以下省略」の意を表す記号としてドライに受けとめることもできよう。が、それとて、そのあとを明示した表現に比べれば、何かを覆っているという印象はやはり抜きがたい。

引用部分の初めにある「イタリアで……?」の例は、その前の「自殺したんです」で終わる会話文の内容を承けた発話だから、単に「イタリアで?」とあってもごく自然に通じるはずである。つまり、そのあとが言語化される必要はほとんどない。にもかかわらず、そこに「……」を置いたのは、仮にそのあとをもきちんと言語化して示すのが通例であるとしても、こだわりなく完結文を口にするわけにはいかないような重い雰囲気があって、どうしてもこのような中断した形で発話を切らねばならぬ、という言いよどみのけはいを暗示するためであろうか。そこで気軽に言い切ってしまえない何かのあることを伝えているのであろうか。この箇所に限りない余韻を感じる読者は多い。

次の「愛してたんでしょうが……よくあることです」の例になると、もうはっきりと、その話題の性格から来る空気の重苦しさに言いよどんだ沈黙部分を示していることがわかる。

残る三例はどうか。「歴史もなく、歴史に鞭うたれることもなく……。」、「おそらく私たちは明日午後の列車で町をたつだろう、何一つ未練なく……。」、「五年後には、ジュゼッペのことも忘れるだろう。おそらくこの小さな事件のことも……。」と並べてみるとすぐに気づくように、いずれも地の文の文末部分に置かれている。これは「私」の高ぶる感情を抑えた書きよどみであり、「悲しい」とか「苦しい」とか「つらい」とかということばが出かかるのを抑えつけ、さびしい胸のうちを押し隠すことによって、その堪えがたい淋しさ・つらさをかえって強く表現しえていると、高く評価する読み手も多い。

しかし、これらのリーダーの使用がそういった感情抑制の跡であったことを証すものはどこにもない。多用されるその沈黙表示をことごとく感情抑制の跡と読むのは、文学作品の鑑賞としてやや素朴に過ぎるであろう。なぜなら、その跡はもっときれいに消し去ることもできたのだから。それはやはり、感情抑制の跡を残すという形での一種の感情表現であった、と見るほうが妥当であるように思う。

この三例に共通する点がもう一つある。それは、いずれも倒置の結果としてそのような文形態になった、と考えられる点である。最初の例は、一見すると、これだけで独立した文のように思えるが、この部分は、次の「ジュゼッペ一家のように?」とともに、その前の文「果してここに止まることは、安らかさのなかへの休息なのであろうか」のうちの「ここに止まる」に対して連用的にかかっており、それは意味の上で、さらに先行する妻のことば「こんな静かな町で、誰にも知られず、野心もなく、暮してみてもいいわね」に応じているように読める。

二番目の例、三番目の例がそれぞれの先行部分と倒置の関係にあることは、もっと見やすい。「何一つ未練なく」はその前の「町をたつ」に、「この小さな事件のことも」は先行文の述語文節「忘れるだろう」に、やはりそれぞれ連用的にかかっていく。

これらが倒置されてそこにあることを重視すれば、論理的には、そのあとに続くべきことばは初めから何もないことになる。つまり、そこに配されたリーダーの位置でもともと省略など起こっていないのだ。とするなら、感情抑制の事実もなかったことになる。

意図的に省略感を招くことばの魔術なのであろうか。その折の作者の表現心理を今となって正確に読むことは望みようもないが、このあたりの流れは「私」の意識の流れをそのまま忠実に追ったものではなかっただろうか。が、それは、文の姿を整える余裕もなく、とまどいの軌跡をとどめつつ、ただ、つぶやくように書くほかはなかった「私」の気持ちの在りようをも同時に伝えている。そういう意味においても、やはりこの作家なりの感情の表現であったことを知るのである。

とはいえ、そこに言いよどみがあろうがなかろうが、省略があろうがなかろうが、ともかく、このような形での文終止が舞台芸術におけるフェード・アウトに近似した表現効果をあげていると考えることはできる。

〈思い入れ〉

事実、この文章に演劇の世界を感じとった読者もある。そういえば、「どのくらいたった頃だろうか、私はそっと起きて、窓をあけ、外を見た」という動作に、なにとはなしに、「私」の思い入れがあるように読める。もう一つ、最後の一文を読もう。そこには、こうある。

私は思わずそうつぶやき、街燈の光のなかにしぶく雨脚を、ながいこと見つめていた。

「私」の行為を「見つめていた」という過去の形で終止することにより、それ自身が「見つめられる」対象の位置へと動く。読後にもの想いに沈ませる効果を持つ映画的手法をそこに探りとる読者もあった。それは音楽が耳に残るような読後感だとも人は言う。聞こえてくるのは雨の音だろうか。そう思ってじっと眺めていると、文章のそこここにちりばめられた「……」に雨の降る形を連想する視覚上の擬態効果を見てとった感覚が笑い捨てられなくなってくるような気がした。

ひとつの文章の表現にこだわりながら、余情の成立する条件をいろいろと探ってみた。今振り返って、思い当たるふしがある。

底にあるのは日本の美意識。少し恥ずかしいが、その中には紛れようもない日本人の思考と心情と感覚のにおいがある。よくも悪くも、それは日本人の典型的な表現のスタイルであり、日本人の典型的な読みのスタイルでもあったように思う。

（「余情論―条件と方法を考える―」講座「日本語の表現」四『表現のスタイル』所収　筑摩書房　一九八四年）

あとがき

鶴岡の代々医者の家に生まれ、先祖は庄内藩酒井家の御殿医をつとめたと聞かされて育った。予定どおり兄は医者になって灰田勝彦や三橋達也の手術もしたらしく、その息子たちも抵抗なく医者になっている。そんな家庭の雰囲気から自分も何となく医者になるものと思っていたようだ。が、ふとしたことから、漱石夏目金之助のつむじ曲がりの人間性に惹かれ、いつか文学の道を歩きだしていた。早稲田の文学部に入って、良寛の歌と書に憧れたり、作者兼読者の習作を楽しんだりしているうちに、思わぬ転機が訪れる。

坪内逍遙・高田早苗・島村抱月・五十嵐力から早稲田修辞学の伝統があるせいか、さすがこの大学には昭和三十年代に入っても珍しく「修辞学」と称する講義科目が残っていた。服部嘉香教授の定年退職にともない、のちにお茶の水女子大学の学長となる波多野完治先生が非常勤講師として招かれる。講義名が何であれ、内容はおのずと御自身の編み出した文章心理学ということになる。数学好きの若者は、芸術という聖域に科学のメスを入れ、言語と文学とのせめぎあうその新鮮な学問にすっかり魅せられた。川端康成の「ふと」を論じたレポートに注目した先生は、自ら事務所と掛け合い、特別に卒業論文の指導を認めさせた。いつも放送局などからの漆黒のお迎えの車の中で研究指導がなされ、たまたまどこかの駅近くを通りかかったところで、なぜか五百円渡されて終了となる。この御殿場の兎が大学まで戻る交通費のおつもりだったかしらん?

大学院時代には指導教授の時枝誠記先生の国語美論や小林英夫先生の言語美学を学び、川本茂雄先生の講義にもぐりこんでピエール・ギローの語学的文体論をかじるなど、その後いくらか関心の幅が広がった。が、ひとすじの道にとびこむ運命を決定づけたのは、一年時にその科目を履修しなかったために実現した波多野先生との偶然の出会いである。ここが人生の岐路であったかもしれない。やがて貧乏な研究者の道をのこのこ這いだし、ＩＣＵの小さな三角チャペルで時枝先生御発声の乾杯以外に酒も素餐も出ない最低料金の結婚式を挙げた。さっぱりしていい挙式だったと出席者に評されたこの折にも、波多野先生は勤子先生ともども仲人を務めてくださった。今は亡きお二人の姿が遠い夢のように浮かんでくる。

今ふと気がつけば、学部学生の時代から実に半世紀以上にわたってずうっと文体研究につながってきた。その間に書き散らした論文めいた文章のうち、これまで著書に収録していない近代文学作品を対象とした具体的な文体分析をまとめて、ここに一本とする。先に公にした岩波セミナーブックス『日本語の文体』で多様な文体論を展望し、語学的な分析の結果をもとに文学的直観を駆使して文体批評を展開する自らの方法論の構想を打ち出した。それを理論編とするなら、『文体論の展開』と銘打ち、「文藝への言語的アプローチ」という副題を付した本書は、それに対する実践編として位置づけることができるだろう。

学部時代や大学院時代の生意気盛りでやたら威勢よく今では気恥ずかしい若書きから、だいぶ枯れてきてはらはらと散りそうな近作まで、まさにこの本は文体見本市の観を呈する。だが、文体論研究者の生きてきた航跡を振り返る記念碑として刊行するわけではない。文体の姿を暴き出す重要な役割が期待できる分析や論述、ことばの奥にいる人間への道を拓く可能性を秘めている言語データ、そんな資料価値が今なお生きているとして淡々と世に問う色めきも、まだ心の奥に灯っている。そのため、用字用語の統一を図り、表現や論調を一部変更するなど、できるだけ抵抗なく読めるように今の視点を導入した箇所もある。

なお、作家や作品の文体や表現に関するいくぶん軽いタッチの論考は、続刊予定のエッセイ集コンビ『日本語の美』および『日本語の芸』に収める。そういう個人文体のスケッチを含めて、自分なりの文体論の姿が次第に輪郭を鮮明にすることだろう。照れくさいような、ちょっぴり怖いような、不思議な気分である。

本書の企画段階で明治書院の山本真一郎さん、編集段階で佐伯正美さんの手をわずらわし、校正段階では川本ときさんの綿密で力強い支えをいただいた。出版事情の悪いなかでこのような大部の論文集の刊行を決断された三樹敏社長をはじめ、関係者それぞれの好意に心から厚く御礼申し上げる。

信濃追分に夏の家を建てた折に、波多野先生から軽井沢彫りの座卓をお祝いに買っていただいた。先生御愛用の揺り椅子も今、縁あって同じ部屋にある。この本の校正がすべて終わったら、それに揺られながら、ワインまでのひととき、涼しいせせらぎの音でも聞きたいと思う。

二〇一〇年　重陽

高きに登らず菊酒も酌まず
東京小金井市の自宅にて

中村　明

〔著者紹介〕

中村　明（なかむら　あきら）

一九三五年九月九日山形県鶴岡市に生まれる。早稲田大学大学院文学研究科日本文学専攻国語学（指導教授時枝誠記）修士課程修了。国際基督教大学助手・東京写真大学（現東京工芸大学）専任講師・国立国語研究所室長・成蹊大学教授・早稲田大学教授を経て現在早稲田大学名誉教授・山梨英和大学教授（特任）。主著に『比喩表現の理論と分類』（国立国語研究所報告　秀英出版）、『日本語レトリックの体系』『日本語の文体』『笑いのセンス』『文の彩り』『日本語　語感の辞典』（以上岩波書店）、『作家の文体』『名文』『現代名文案内』『文章の技』『悪文』『文章工房』『文章作法入門』『日本語案内』『笑いの日本語事典』『人物表現辞典』（以上　筑摩書房）、『手で書き写したい名文』（角川書店）、『比喩表現辞典』（角川学芸出版）、『文章プロのための　日本語表現活用辞典』『小津の魔法つかい』『文体論の展開―文藝への言語的アプローチ―』（以上　明治書院）、『感情表現辞典』『感覚表現辞典』『たとえことば辞典』『センスをみがく文章上達事典』『日本語の文体・レトリック辞典』（以上　東京堂出版）、『文章をみがく』（NHKブックス）、『センスある日本語表現のために』『日本語のコツ』（以上　中公新書）など。『角川新国語辞典』編集委員、『集英社国語辞典』編者、『三省堂類語新辞典』編集主幹。高校国語教科書（明治書院）統括委員。

文体論《ぶんたいろん》の展開《てんかい》 —文藝《ぶんげい》への言語的《げんごてき》アプローチ—

平成22年11月10日　初版発行

著　者　中村《なかむら》　明《あきら》

発行者　株式会社明治書院
　　　　代表者　三樹　敏

印刷者　亜細亜印刷株式会社
　　　　代表者　藤森英夫

製本者　株式会社渋谷文泉閣
　　　　代表者　渋谷　鎮

発行所　株式会社明治書院
　　　　〒169-0072　東京都新宿区大久保1－1－7
　　　　電話　03-5292-0117　振替　00130-7-4991

ISBN 978-4-625-43436-5